LES ASSASSINS

R. J. Ellory est né en 1965 en Angleterre. Après l'orphelinat et la prison, il devient guitariste dans un groupe de rhythm and blues, puis se tourne vers la photographie et l'écriture. En France, le succès est immédiat avec son roman *Seul le silence* qui conquiert plus de 500 000 lecteurs.

Paru dans Le Livre de Poche :

Les Anges de New York
Les Anonymes
Mauvaise étoile
Les Neuf Cercles
Seul le silence
Vendetta

R. J. ELLORY

Les Assassins

TRADUIT DE L'ANGLAIS PAR CLÉMENT BAUDE

SONATINE ÉDITIONS

Titre original :

THE ANNIVERSARY MAN

© Roger Jon Ellory, 2009.
© Sonatine Éditions, 2015, pour la traduction française.
ISBN : 978-2-253-18443-0 – 1ʳᵉ publication LGF

« Si tu regardes trop longtemps l'abîme,
l'abîme aussi regardera en toi. »

Friedrich Nietzsche

*À tous ceux qui ont regardé l'abîme,
mais sans jamais perdre l'équilibre.*

Pendant longtemps, John Costello tenta d'oublier ce qui s'était passé.

Fit semblant, peut-être, que ça n'était jamais arrivé.

Le diable se présenta sous la forme d'un homme, enveloppé par l'odeur des chiens.

À voir sa tête, on aurait cru qu'un inconnu lui avait donné un billet de 50 dollars dans la rue. Un air surpris. Une sorte d'émerveillement satisfait.

John Costello se souvenait d'un bruit d'ailes affolées lorsque les pigeons fuirent la scène.

Comme s'ils savaient.

Il se souvenait que l'obscurité était tombée à la hâte ; retardée quelque part, elle était maintenant soucieuse d'arriver à l'heure dite.

C'était comme si le diable avait le visage d'un acteur – un acteur oublié, au nom effacé, mais dont la tête rappellerait vaguement quelque chose.

« Je le connais… Oui, c'est… c'est… Chérie, l'autre type, là. Comment il s'appelle, déjà ? »

Il avait plein de noms.

Tous signifiaient la même chose.

Le diable possédait le monde entier mais il se souvenait de ses racines. Il se souvenait d'avoir été jadis un ange jeté dans la géhenne pour avoir trahi et s'être révolté, et il faisait de son mieux pour se contenir. Parfois, il n'y arrivait pas.

C'était aussi paradoxal que de coucher avec une vilaine putain dans un motel pas cher. Partager quelque chose de si intense, de si intime, sans jamais donner son nom. Ne se croire coupable de rien de grave, donc se croire innocent.

John Costello avait presque 17 ans. Son père possédait un restaurant où tout le monde allait manger.

Après ça, John ne fut plus jamais le même.

Après ça... Mon Dieu, aucun d'entre eux ne fut plus jamais le même.

Jersey City, près de la gare de Grove Street. L'odeur de l'Hudson, partout. La ville ressemblait à une vaste bagarre, même le dimanche matin, quand la plupart des Irlandais et des Italiens s'habillaient pour l'église.

Le père de John Costello, Erskine, était debout devant le Connemara – du nom des montagnes où ses ancêtres allaient pêcher dans le Lough Mask et le Lough Corrib, rapportant le poisson chez eux le soir tombé ; ils y allumaient des feux, racontaient des histoires, entonnaient des chants qui ressemblaient à des sagas avant même la fin du premier vers.

Erskine était un chêne, un homme réservé – le regard franc et le cheveu noir comme la suie. Si vous passiez un peu de temps avec lui, vous finissiez par répondre à vos propres questions tellement vous vous sentiez seul.

Le Connemara était niché dans l'ombre du quai du métro aérien, avec ses marches et ses portiques en fer forgé qu'on aurait pu prendre pour des passages vers un autre monde – un monde situé au-delà de tout, au-delà de notre univers, au-delà des rêves de sexe et de mort et de la fin de l'espoir pour tout ce que cette partie de la ville, étrange et ombragée, avait à offrir.

John était fils unique. En janvier 1984, il avait 16 ans.

Ce fut une année importante.

Ce fut l'année où *elle* arriva.

Elle s'appelait Nadia, ce qui veut dire «espoir» en russe.

Il la rencontra un dimanche au Connemara. Elle venait faire une course pour son père. Elle venait acheter du pain irlandais.

Il y avait toujours la radio qui passait de la musique, les éclats de rire, le claquement des dominos. Le Connemara était un pub pour les Irlandais, les Italiens, les Juifs, et les ivrognes – les bouillonnants, les agressifs, les énervés –, tous réduits au silence par la nourriture que leur préparait Erskine Costello.

Nadia avait 17 ans, soit cinq mois de plus que John Costello. Mais dans ses yeux il y avait tout un monde qui démentait son âge.

«Vous travaillez ici?» demanda-t-elle.

Première question. Première d'une longue série.

Un grand moment ne peut jamais vous être enlevé.

John Costello était un garçon timide, un garçon discret. Il avait perdu sa mère quelques années auparavant. Anna Costello, née Bredaweg. John s'en souvenait bien. Elle avait toujours cet air un peu consterné, comme si elle venait d'entrer chez elle et qu'elle avait trouvé les meubles déplacés, ou même un inconnu assis là alors qu'aucun rendez-vous n'était prévu. Elle commençait ses phrases mais ne les terminait pas, peut-être parce qu'elle savait qu'on la comprendrait quand même. Par un simple regard, Anna Costello vous disait mille choses. Elle se calait toujours entre le monde et son fils. Maman qui faisait tampon. Maman qui absorbait les chocs. Elle tenait la dragée haute au monde, le défiait de lui faire un petit numéro, un rapide tour de passe-passe. D'autres mères perdaient leurs enfants. Anna Costello n'en avait qu'un, et celui-là, elle ne le perdrait jamais. Pas une seule fois elle ne se dit que lui pourrait un jour la perdre.

Elle parlait avec une sorte de sagesse maternelle instinctive.

« On m'a insulté à l'école.

— Quel genre d'insultes ?

— Oh... Je ne sais pas. Des insultes.

— Les insultes ne sont que des bruits, John.

— Quoi ?

— Prends-les comme des bruits. Dis-toi juste que les autres te lancent des bruits.

— Et qu'est-ce que ça va changer ? »

Un sourire, presque un rire. « Ma foi... Dans ta tête tu n'as qu'à les attraper et les leur renvoyer. »

Et John Costello se demanderait plus tard, bien plus tard : sa mère aurait-elle vu venir le diable et les aurait-elle tous deux protégés ?

Il sourit devant la fille. « Je travaille ici, oui.
— C'est vous, le patron ?
— Non, c'est mon père. »
Elle hocha la tête. « Je viens chercher du pain irlandais. Vous en avez ?
— On en a.
— Combien ?
— Un dollar vingt-cinq.
— Je n'ai qu'un dollar. »
Elle tendit le billet comme pour prouver qu'elle ne mentait pas.

John Costello emballa un pain irlandais dans du papier, puis le fourra au fond d'un sachet qu'il lui fit passer par-dessus le comptoir. « Vous me donnerez le reste la prochaine fois. »

Lorsqu'il prit le billet, leurs doigts se touchèrent. Comme on touche un fil électrique.

« Vous vous appelez comment ? demanda-t-elle.
— John... John Costello.
— Moi, c'est Nadia. En russe, ça veut dire "espoir".
— Vous êtes russe ?
— Parfois. »

Elle eut un sourire comme un coucher de soleil et s'en alla.

Tout changea après ça, après l'hiver 1984.

John Costello comprit qu'il deviendrait quelqu'un d'autre, mais il n'aurait pas pu deviner comment.

Aujourd'hui, il se rassure par des petits rituels. Il compte. Il fait des listes.

Il ne porte pas de gants en latex.

Il n'a pas peur de boire du lait directement à la brique.

Il n'apporte pas des couverts en plastique au restaurant.

Il ne collectionne pas les épisodes psychotiques afin de les partager, allongé sur un divan à 5 000 dollars, avec un voyeur pervers dérangé.

Il n'a pas peur de la nuit, car il porte en lui toute la nuit dont il a besoin.

Il ne récupère pas les rognures d'ongles ou les mèches de cheveux de peur qu'un rituel de magie noire ne le frappe et ne le tue subitement, inopinément, dans un magasin Bloomingdale's, son cœur lâchant dans l'ascenseur, du sang jaillissant de ses oreilles sous les cris hystériques des gens. Comme si crier pouvait servir à quelque chose.

Il n'entrerait pas dans la mort en douceur.

Et parfois, quand New York suintait la chaleur de l'été par toutes ses briques, par toutes ses pierres, quand la chaleur des mille étés précédents semblait contenue dans tout ce qu'il touchait, on le voyait acheter une bouteille de root beer *derrière le comptoir frais et la presser sur son visage, voire la toucher du bout des lèvres, sans craindre qu'une maladie mortelle ou qu'un germe virulent ne se soit déposé sur le verre.*

Dans la rue, il ressemblait à des millions d'autres gens.

Vous lui parliez et il vous semblait exactement comme vous.

Mais il n'était pas comme vous. Et il ne le serait jamais.

Parce qu'il vit le diable pendant l'hiver 1984. Et quand vous avez vu le diable, jamais vous n'oubliez son visage.

Elle revint le lendemain.
Elle apporta les 25 cents et régla sa dette.
«Tu as quel âge, John Costello?» demanda-t-elle.
Elle portait une jupe et un tee-shirt. Ses seins étaient petits, parfaits. Ses dents, incomparables. Elle sentait la cigarette et le chewing-gum aux fruits.
«16 ans, dit-il.
— Quand est-ce que tu fêtes tes 17 ans?
— En juin.
— Tu as une copine?»
Il fit signe que non.
«OK», reprit-elle avant de faire demi-tour et de s'en aller.
Il voulut dire quelque chose mais rien ne sortit de sa bouche.
La porte se referma derrière elle. Il la regarda atteindre le coin de la rue, puis disparaître.

Le Connemara n'était jamais vide. Il y avait toujours au moins une atmosphère. Mais les gens qui venaient là étaient des vraies gens avec des vraies vies. Ils avaient tous des histoires à raconter. Plus que les histoires elles-mêmes, c'était les mots qu'ils employaient. Plus personne ne parlait comme ça. Les digressions et les petites anecdotes dont ils se servaient pour combler les vides, comme du mortier entre deux briques. C'était la musique de ces mots – le timbre, le ton, la cadence – au fur et à mesure que leurs bouches les déversaient à la face du monde. Des mots que le monde attendait.

Les vieux choisissaient de partager des fragments de leur vie colorée – une nuance différente selon les jours – et les déballaient soigneusement, comme des cadeaux fragiles conçus pour ne survivre qu'à un seul récit avant de disparaître. Des histoires en fil d'ange, peut-être en toiles d'araignée ou tout en ombres. Ils les racontaient pour être entendus, pour que leurs vies laissent une trace sur le monde une fois leur besogne accomplie. Certains de ces types se connaissaient depuis vingt ou trente ans mais ignoraient tout de leurs métiers respectifs. Ils parlaient du reste – du base-ball, des voitures, parfois des filles, de toutes choses extérieures, toutes choses définissables par des expressions empruntées aux journaux ou à la télévision, qu'ils employaient quelquefois sans les comprendre. Souvent, leurs conversations n'étaient pas des conversations au sens strict du terme. Vous leur posiez une question et ils vous expliquaient ce que *vous* en pensiez. Tout était affaire de point de vue : le leur. Mais ils ne s'en rendaient pas compte. Eux y voyaient une vraie discussion, un dialogue structuré et équilibré, une rencontre intellectuelle. Et pourtant, il n'en était rien.

Ces vieux qui hantaient le Connemara, peut-être qu'ils virent aussi leur fin avec l'arrivée du diable. Peut-être qu'ils se retournèrent vers l'abîme du passé et découvrirent un monde qui ne reviendrait jamais. Ils avaient fait leur temps. Leur heure avait sonné.

Ils entendirent ce qui arriva au fils Costello, et à la fille qui était avec lui, et ils fermèrent les yeux.

Une longue inspiration. Une prière silencieuse. Un doute sur ce qu'il était advenu du monde et la manière dont tout ça finirait.

Et puis ils ne se dirent plus rien, car il n'y avait plus rien à dire.

Erskine Costello expliqua à son fils que l'Homme était le diable sous forme humaine.

« Untel est parti acheter des cigarettes et n'est jamais rentré à la maison, lui dit-il. Tu entendras souvent ça. C'est devenu un truc en soi. Ça veut dire autre chose que ce que les mots laissent entendre. Comme la plupart des choses. Les Italiens. Les Irlandais, parfois. Untel est parti acheter des cigarettes, un paquet de Lucky. C'est vrai qu'il est parti en acheter, mais c'était ses dernières cigarettes, tu comprends ? Depuis, il est au fond du lac et il a perdu tous ses doigts. »

Plus tard – identification dentaire et autres avancées scientifiques aidant –, ils se mirent à casser les dents.

Haches, aussières, machettes, couteaux de boucher, marteaux à bout plat et à panne sphérique.

Ils brûlèrent le visage d'un type avec une lampe à souder. Ça sentait mauvais. Tellement mauvais qu'ils ne recommencèrent plus.

« Ce sont des choses qui arrivent, dit Erskine. Si tu cherches le diable, tu trouveras tous les diables du monde dans un seul homme. » Un sourire. *« Tu sais ce qu'on dit des Irlandais et des Italiens ? Le fils aîné à l'église, le deuxième chez les flics, le troisième en prison et le dernier chez le diable. »* *Il éclata de rire,*

comme un train qui crache de la fumée dans un tunnel sombre. Il ébouriffa les cheveux de John.

Et John Costello écoutait. Maintenant qu'il avait perdu sa mère, son père était tout pour lui; il ne pouvait pas mentir.

Plus tard, après coup, John comprit que son père n'avait pas menti. On ne pouvait pas mentir à propos d'une chose qu'on ne comprenait pas. Simplement, l'ignorance influençait sa compréhension des choses, lui donnait une vue biaisée.

John vit le diable. Aussi savait-il de quoi il parlait.

La semaine suivante, elle vint trois fois.

Nadia. « Espoir » en russe.

« Je fais des études d'art, dit-elle.

— D'art. »

C'était un constat, pas une question.

« Tu sais ce que c'est, l'art. »

John Costello lui adressa un sourire plein d'assurance.

« Donc je fais des études d'art, et un jour j'irai à New York, peut-être au Metropolitan, et je… »

Le regard de Costello glissa, vers le trottoir, vers la rue. Il pleuvait.

« Tu as un parapluie ? » demanda-t-il, question sortie de nulle part.

Elle s'arrêta au milieu de sa phrase, le regarda comme si la seule réaction concevable était une clé de bras. « Un parapluie ? »

Il jeta un coup d'œil vers la vitrine. « Il pleut. »

Elle se retourna. « Il pleut, répéta-t-elle. Non, je n'ai pas de parapluie.

— Moi, j'en ai un.

— Eh bien, tant mieux pour toi.

— Je vais aller le chercher. Tu peux le rapporter quand tu voudras. »

Elle sourit. Chaleureusement. Avec une vraie intention. « Merci », dit-elle, et pendant un moment elle parut gênée. « C'est très gentil à toi, John.

— Gentil... Oui, sans doute. »

Après qu'elle eut quitté le pub, il s'approcha de la vitrine. Il la regarda qui marchait vers le coin de la rue en évitant les flaques. Une rafale soudaine souleva le parapluie, sa jupe, ses cheveux. On aurait cru qu'elle avait été soufflée.

Et elle disparut.

Aujourd'hui il vit à New York.

Il consigne tout par écrit. En majuscules. Avant il faisait des phrases, mais ces derniers temps il abrège.

Il tient encore une chronique, plutôt un registre, un journal intime si vous préférez. Il a noirci beaucoup de papier. S'il n'a aucun événement à décrire, il note ses impressions du jour avec de simples mots.

Exigeant.

Palpable.

Manipulation.

Quand il aime quelque chose, il apprend tout sur le sujet. Souvent il apprend des choses par cœur.

Les stations de métro : Eastern, Franklin, Nostrand, Kingston, Utica, Sutter, Saratoga, Rockaway, Junius. Toutes les stations de l'Express de la 7ᵉ Avenue jusqu'à Flatbush en passant par Gun Hill Road.

Pourquoi? Pour rien. Il trouve ça rassurant.

Le lundi il mange italien, le mardi français, le mercredi des hot dogs avec ketchup et moutarde allemande, le jeudi il s'en remet au hasard. Le vendredi il mange iranien – gheimeh, ghormeh, barg. *Un petit restaurant près de Penn Plaza, dans le quartier de Garment où il vit. L'endroit s'appelle le Persépolis. Le week-end, enfin, il mange chinois ou thaï, et s'il est inspiré il se fait du gratin de thon.*

Pour le déjeuner, il va toujours au même endroit, à une rue et demie du journal où il travaille.

Les rituels. Toujours les rituels.

Et il compte les choses. Les panneaux stop. Les feux rouges. Les magasins qui possèdent des auvents. Les magasins qui n'en possèdent pas. Les voitures bleues. Les rouges. Les breaks. Les personnes handicapées.

Les chiffres le rassurent.

Il invente des noms aux gens : Face de Sucre, Socrate-Pâle, Parfait-Enfant-Silencieux, Peur-Immense, Drogué-Mort-de-Peur.

Des noms fabriqués de toutes pièces. Des noms qui leur correspondent. Qui correspondent à leur apparence.

Il n'est pas fou. Ça, il en est sûr et certain. Simplement, il a une manière bien à lui de voir les choses. C'est tout.

Il ne fait de mal à personne, et personne ne se douterait de tout ça.

Car en apparence il ressemble à n'importe qui.

Comme le diable.

John Costello et Nadia McGowan déjeunèrent ensemble pour la première fois le samedi 6 octobre 1984.

Ils mangèrent du corned-beef dans du pain de seigle avec de la moutarde et des cornichons, et ils partagèrent une tomate grosse comme le poing. Écarlate, rouge sang, sucrée et juteuse.

Ils déjeunèrent ensemble et elle lui raconta quelque chose qui le fit rire.

Le lendemain, il l'emmena au cinéma. *Les Saisons du cœur.* John Malkovich. Sally Field. Le film avait remporté deux oscars, meilleure actrice et meilleur scénario. John Costello n'embrassa pas Nadia McGowan, il n'essaya même pas, mais il tint sa main dans la sienne pendant la dernière demi-heure du film.

Il avait presque 17 ans et voulait tellement voir ses seins parfaits et ses cheveux tomber en cascade sur ses épaules nues.

Plus tard, après tout ce qui allait arriver, il se souviendrait de cette soirée. Il la raccompagna chez elle, une maison située au croisement de Machin Street et de Wintergreen Street. Le père de Nadia l'attendait sur le pas de la porte. Il serra la main de John Costello et dit : « Je connais ton père. Grâce au pain irlandais. » Puis il étudia John de très près, comme pour déchiffrer ses intentions.

Nadia McGowan regarda John Costello de la fenêtre de sa chambre tandis qu'elle ôtait son pull. *John Costello,* se dit-elle, *est discret et sensible, mais derrière ça, il est fort, intelligent, et il écoute, et il y a quelque chose chez lui dont je peux tomber amoureuse.*

J'espère qu'il m'invitera de nouveau.

Ce qu'il fit. Le lendemain. Un rendez-vous fixé au samedi suivant. Ils virent le même film, mais cette fois ne le regardèrent pas.

C'était la première fois qu'il embrassait une fille. Un vrai baiser. Bouche ouverte, la sensation d'une langue qui n'est pas la sienne. Après, dans le vestibule sombre chez elle, derrière la porte d'entrée, ses parents de sortie quelque part, elle enleva son soutien-gorge et le laissa toucher ses seins parfaits.

Et encore après : le deuxième jour de novembre.

«Ce soir», dit-elle. Ils étaient assis côte à côte sur un étroit banc de bois, au bout de Carlisle Street, près du parc.

Il la regardait, la tête inclinée sur le côté, comme s'il portait un poids sur son épaule.

«Est-ce que tu as déjà…, demanda-t-elle. Enfin… est-ce que tu as déjà fait l'amour ?

— Dans ma tête, susurra-t-il. Avec toi. Mille fois. Oui.»

Elle rit. «Non, sérieusement. Pour de vrai, John. Pour de vrai.»

Il fit signe que non. «Et toi ?»

Elle tendit le bras et toucha son visage. «Ce soir. La première fois, pour nous deux.»

Ils trouvèrent leur rythme, comme s'ils étaient en territoire connu. Ce n'était pas le cas, mais ça n'avait pas d'importance, car la découverte faisait autant partie du voyage que la destination. Peut-être même plus que la moitié de celui-ci.

Debout devant lui, elle leva les bras pour l'enlacer. Il sourit, se déplaça vers la droite et resta à côté d'elle pour qu'elle puisse poser sa tête contre son épaule.

«Tu sens bon», dit-il. Elle rit. Puis : «Tant mieux. Je n'ai pas envie de sentir mauvais.

— Tu es…»

Chhhutt, fit-elle. Elle posa un doigt sur sa bouche et l'embrassa. Il sentit la main de Nadia sur son ventre, et il l'attira contre lui.

Ils firent l'amour pour la première fois.

Elle dit que ça ne lui faisait pas mal, mais le bruit qu'elle fit lorsqu'il s'introduisit en elle lui indiqua autre chose.

Puis ils trouvèrent le rythme, et même si cela sembla ne durer qu'une fraction de seconde, ce n'était pas grave.

Ils remirent ça plus tard, beaucoup plus longtemps cette fois ; une nuit que les parents de Nadia étaient à Long Island City, ils dormirent ensemble et ils n'en furent pas beaucoup plus avancés.

John Costello se leva aux premières heures du jour. Il réveilla Nadia McGowan pour discuter, tout simplement. Pour savourer le temps qu'ils passaient ensemble.

Elle lui répondit qu'elle voulait dormir, et il la laissa.

Si elle avait su qu'elle mourrait avant la fin du mois... Si elle l'avait su, elle se serait peut-être réveillée.

Il se souvient de tellement de choses. C'est d'ailleurs précisément la raison pour laquelle il garde son boulot, il en est sûr.

Il est un index.

Il est une encyclopédie.

Il est un dictionnaire.

Il est une carte du cœur humain et sait précisément ce qui peut être fait pour le châtier.

Il avait 16 ans quand elle est morte. Elle avait été son premier amour. La seule qu'il ait vraiment, vraiment aimée. Il s'en était convaincu. Ce n'était pas bien difficile.

Il y a repensé mille fois et il sait que ce n'était pas sa faute.

C'est arrivé sur le même banc, celui au bout de Carlisle Street, près du parc.

Il pourrait y retourner maintenant, dans sa tête ou pour de vrai, et il sentirait quelque chose, ou peut-être rien du tout.

Ça l'a changé. Évidemment. Ça l'a rendu curieux de la nature des choses, du pourquoi des choses. Pourquoi les gens aiment et haïssent, tuent, mentent, souffrent, saignent, pourquoi ils se trahissent les uns les autres, pourquoi les uns volent les maris, les femmes et les enfants des autres.

Le monde avait changé.

Quand il était petit, ça se passait comme ça : le tricycle d'un enfant au coin d'une rue. La mère avait dû appeler le petit pour le dîner. Un passant ramassait le tricycle, le posait au bord du trottoir afin que personne ne trébuche dessus et ne se fasse mal. Un sourire simple, nostalgique. Souvenir de sa propre enfance, peut-être. Sans jamais y réfléchir à deux fois.

Aujourd'hui, on penserait d'abord à un enlèvement. Le gamin kidnappé en deux temps trois mouvements et jeté comme un sac au fond d'un coffre de voiture. Le tricycle étant la seule chose qui resterait de lui. On retrouverait l'enfant trois semaines plus tard – frappé, abusé, étranglé.

Le quartier avait changé. Le monde avait changé.

John Costello croyait que c'était eux qui l'avaient changé.

Après la mort de Nadia McGowan, la petite communauté se disloqua. Sa mort sembla marquer la fin de tout ce que les gens considéraient comme essentiel. Ils n'emmenaient plus leurs enfants au Connemara. Ils restaient chez eux.

Son père assista à la fin de ce monde, et il eut beau essayer de renouer avec John, il n'y parvint jamais tout à fait. Peut-être que sa mère aurait pu le retrouver, caché dans le monde qu'il s'était construit.

Mais elle n'était plus là.

Partie pour toujours.

Comme Nadia, qui voulait dire « espoir » en russe.

Ce n'était pas facile de trouver des moments pour être ensemble. John Costello travaillait, Nadia McGowan faisait des études ; et il y avait les parents. Dès qu'elle le pouvait, elle allait faire une course au Connemara. Parfois Erskine Costello était là, mais pas John, et Erskine sentait chez elle, à sa manière de s'attarder devant la porte avant de s'en aller, comme une attente, quelque chose qui lui faisait comprendre que le pain irlandais n'était pas la seule raison de sa venue.

« Elle est mignonne, cette petite », dit-il un jour à son fils.

John hésita, ne leva pas les yeux de son assiette. « Laquelle ?

— Tu vois très bien de qui je parle, fiston. La rouquine.

— La petite McGowan ? »

Erskine rigola. « Rassure-moi, tu ne l'appelles pas comme ça quand elle est en face de toi, si ? »

Leurs regards ne se croisèrent pas, et ni l'un ni l'autre ne poursuivit.

Le samedi 17 novembre, les McGowan s'en allèrent une fois de plus chez la grand-mère de Nadia, pour l'anniversaire de la mort du grand-père. Nadia leur expliqua qu'elle resterait à la maison, qu'elle avait des devoirs à faire. Dès que la voiture des parents démarra, elle se rendit au Connemara, tomba sur John, lui dit que ses parents passeraient la nuit ailleurs et ne reviendraient que le lendemain matin.

John quitta sa chambre un peu avant 23 heures. Il descendit l'escalier à pas de loup, les pieds posés au bord des marches, qui étaient vieilles et ployaient et craquaient sous son poids.

Erskine l'attendait près de la porte de derrière. « Tu nous quittes ? »

John ne répondit pas.

« Pour aller voir la fille », compléta Erskine, l'air détaché, d'une voix monocorde, le visage impassible. Il sentait le bon whisky – un fantôme familier.

John ne pouvait pas mentir à son père. Il n'en avait jamais été capable et n'apprendrait jamais à le faire.

« Elle est mignonne, ça c'est sûr. Et studieuse. Pas de doute là-dessus. »

John sourit.

« Toi, avec tes bouquins et ta manie d'écrire des choses... Il ne faudrait pas que tu te mettes avec une hystérique qui n'aime pas la lecture.

— Papa...

— File, mon petit, file. Fais donc ce que j'aurais aimé faire à ton âge. »

John passa devant lui.

« Repense à ta mère, ajouta Erskine. Et ne fais rien que tu aurais honte de lui raconter. »

John leva les yeux vers son père. « Promis.

— Je sais, fiston. Je te fais confiance. C'est pour ça que je te laisse y aller. »

Erskine regarda ainsi son enfant, son seul enfant, un homme maintenant, descendre les marches de derrière et traverser la rue d'un pas pressé. Il tenait surtout de sa mère, qui aurait été fière de lui. Mais il n'allait pas rester à Jersey City, en tout cas pas pour longtemps. C'était un lecteur, un littéraire, toujours en train de chercher de belles phrases pour dire les choses qui n'avaient pas besoin d'être dites.

Erskine Costello referma la porte du Connemara et regagna la cuisine. L'odeur du bon whisky le suivait – le fantôme familier.

Voir quelqu'un mourir, quelqu'un qu'on aime, et le voir mourir d'une façon aussi horrible, aussi brutale, voilà une chose qu'on ne peut oublier.

Je suis le Marteau de Dieu, dit-il.

John se rappelle la voix, plus que tout le reste, bien qu'il n'ait jamais vu le visage – pendant de longues années, il regretterait de ne pas l'avoir vu. Juste pour savoir.

Bien sûr il a vu des photos de l'homme, mais ça ne remplacera jamais le fait de voir la personne en chair et en os. Il y a quelque chose, chez l'être humain, qu'une image ne peut jamais saisir, pas même un film : sa personnalité, la vibration autour de lui, son odeur, ses pensées, toutes ces choses que l'on peut ressentir.

Si seulement il l'avait vu...

Avant que John Costello se remette à parler, elle était déjà enterrée.

Erskine avait cru que son fils ne reparlerait plus jamais.

Les premiers jours – quatre ou cinq –, il venait et s'asseyait à côté du lit de John. Et puis ce fut comme si Erskine Costello ne pouvait plus affronter le silence, l'attente, la peur; alors il rentra chez lui, but et resta ivre jusqu'au Nouvel An.

John ne pouvait pas lui en vouloir. Voir son fils unique, son seul enfant, allongé sur un lit d'hôpital, la tête entièrement bandée à l'exception des yeux, et voir ces yeux fermés, et les tuyaux, les tubes, le glucose, les gouttes de sérum physiologique, le bip-bip des écrans, le bourdonnement constant d'une chambre saturée d'électricité...

Il ne pouvait pas lui en vouloir.

John Costello se réveilla le sixième jour, le 29 novembre. La première personne qu'il vit était une infirmière du nom de Geraldine Joyce.

« Comme l'écrivain, dit-elle. James Joyce. Un fou furieux. »

Il lui demanda où il était ; en parlant, il eut l'impression d'entendre quelqu'un d'autre.

« Au bout d'un moment, vous allez retrouver votre voix, lui dit Geraldine l'infirmière. Ou alors vous vous y ferez et vous commencerez à vous dire que vous avez toujours parlé comme ça. »

Elle lui expliqua qu'il y avait un inspecteur de police, dehors, qui souhaitait lui parler.

À cet instant, John Costello comprit que Nadia était morte.

Elle était assise sur le perron. La porte d'entrée était ouverte et, en haut, la fenêtre de sa chambre était éclairée. Le reste de la maison était plongé dans le noir.

Elle tendit sa main et, les derniers mètres, il courut vers elle, comme s'ils se retrouvaient à la gare. Il était parti à la guerre. Ses lettres n'étaient jamais arrivées. Pendant longtemps elle avait pensé qu'il s'était peut-être fait tuer, sans jamais oser y croire.

« Viens, entre, dit-elle. Avant que quelqu'un te voie. »

La petite intonation irlandaise dans sa voix, discrète mais bien là.

Ils avaient fait deux fois l'amour jusque-là. Maintenant, ils étaient des professionnels. Maintenant, ils n'étaient plus timides ni gênés. Elle jeta ses vêtements dans l'escalier, tandis qu'ils se ruaient vers sa chambre.

Dehors il se mit à pleuvoir.

« Tu sais ce que c'est que l'amour ? » lui demanda-t-elle lorsque la lumière du jour commença tout juste à se frayer un chemin parmi les draps.

« Si c'est ça, alors oui. Je sais ce que c'est que l'amour. »

Plus tard, ils s'assirent côte à côte devant la fenêtre, nus sous une couverture, et regardèrent le monde martelé par la pluie. Ils virent un vieil homme marcher au ralenti, son corps voûté déformé par les gouttes ruisselant sur la vitre. D'ici quelques heures, il y aurait un groupe de gamins en bottes et cirés, tout excités par les flaques d'eau, main dans la main sur le chemin de l'église.

« Tu dois rentrer ? demanda-t-elle.
— Ça va aller.
— Ton père...
— Il sait où je suis. »

Le souffle soudain court. « Il... Oh, mais il va tout raconter à mes parents... »

John rigola. « Non, il ne le fera pas.
— Je te jure, John, s'ils apprennent ça, ils me tuent.
— Mais non », répondit-il. Il voulait dire qu'ils ne l'apprendraient jamais, certainement pas qu'ils ne la tueraient pas.

Parce qu'ils ne la tueraient pas.

Quelqu'un d'autre s'en chargerait.

La plupart des gens qui tuent ont l'air normaux.

L'homme qui expliqua cela à John Costello était un inspecteur de la brigade criminelle de Jersey City, un certain Frank Gorman.

« Je m'appelle Frank », dit-il. Il tendit sa main. Il annonça à John que la fille était morte. Nadia McGowan. L'enterrement avait déjà eu lieu, la veille. Apparemment en comité restreint, avec la seule famille. Mais la veillée mortuaire s'était déroulée au Connemara, noir de monde pour l'occasion. Jusqu'à Lupus Street et Delancey Street, jusqu'à Carlisle Street près du parc, des gens s'étaient retrouvés pour se présenter

aux parents endeuillés. Plus d'amis dans la mort que dans toute une vie. N'en allait-il pas toujours ainsi ? Et ils déposèrent des fleurs près du banc où elle était morte. Tant de fleurs qu'elles finirent rapidement par engloutir le banc. Des lis. Des roses blanches. Une couronne jaune.

Donc Frank serra la main de John, lui demanda s'il allait bien, s'il voulait boire un verre d'eau ou autre chose. Il était le premier à l'interroger. Il était celui qui passerait le plus souvent, celui qui poserait plus de questions que tout le monde ; il y avait quelque chose dans son expression, dans son regard, qui indiqua à John que l'homme était tenace, déterminé, qu'il ne supportait pas l'échec. Lui aussi était irlandais, ce qui aidait, quand on y pense.

« Un tueur en série, dit-il. Ce type... Celui qui vous a agressés. » Il tourna la tête vers la fenêtre de la chambre, comme si un objet silencieux exigeait son attention.

« On a identifié quatre victimes... Deux couples. Il y en a peut-être d'autres, on ne sait pas. Vous êtes le seul... » Il eut un sourire compréhensif. « Vous êtes le seul à avoir survécu.

— À votre connaissance. »

Frank Gorman sortit un stylo de la poche intérieure de sa veste, ainsi qu'un calepin qu'il feuilleta avant de trouver une page vierge.

« Il agresse les couples... On imagine qu'il s'en prend aux couples qui sortent, vous voyez... et qui font ce que les couples font généralement ensemble. » Il se tut.

« J'ai l'impression de ne me souvenir de rien.

— Je sais, John. Je sais. Mais je suis là pour vous aider à vous souvenir. »

« Le premier amour est le plus important », dit Erskine Costello à son fils.

Il était assis à une table dans l'arrière-cuisine, son repas terminé, un verre de bière à côté.

« Il faut que je te dise. Ta mère n'était pas mon premier amour.

— On dirait que tu veux t'excuser de quelque chose.

— Je ne voudrais pas que tu sois déçu.

— Déçu ? Pourquoi est-ce que je serais déçu ? »

Erskine haussa ses larges épaules. Il leva une main et la passa dans ses cheveux noir de jais.

« Cette Nadia McGowan... C'est une fille magnifique.

— Oui.

— Ses parents sont au courant que vous flirtez ?

— "Flirtez" ? Mais qui dit encore "flirter" en 1984 ? Je crois que les gens ont arrêté de flirter en 1945.

— Très bien, John, très bien. Alors n'y allons pas par quatre chemins. Est-ce que ses catholiques de parents savent que leur fille couche avec un gamin de 16 ans dont le père est un ivrogne qui n'a pas mis les pieds à l'église depuis plus de trente ans ? Ça te va comme ça, fiston ? »

John acquiesça. « Ça me va. Et non, ils ne savent pas.

— Et s'ils l'apprennent ?

— Ça va barder, c'est sûr. »

Il leva les yeux vers son père, s'attendant à prendre une volée de bois vert, mais Erskine Costello, les parties affûtées de son cerveau et de sa langue émoussées par le travail de sape du bon whisky irlandais, se contenta de répondre : « Alors fais gaffe à pas te faire attraper, d'accord ?

— Je ferai gaffe. »

Et John Costello savait que si sa mère avait été vivante, il y aurait eu de l'orage.

« Comment est-ce que je peux me souvenir de ce dont je ne me souviens pas ? »

Frank Gorman, inspecteur de la brigade criminelle de Jersey City, ne répondit pas. Il sourit, comme s'il savait quelque chose que le monde entier ignorait, et regarda encore vers la fenêtre.

« Vous pouvez me raconter ? »

John voulut parler, lui répondre qu'il avait essayé de se rappeler mille fois ce qui s'était passé, mais que chaque fois, rien ne lui venait.

« Je sais que vous vous l'êtes raconté tout seul, insista Gorman, mais pas devant moi... Et il faut que vous le fassiez. »

John le regarda, détailla son sourire – celui d'un enfant qui aurait fait une bêtise et voudrait qu'on soit patient à son égard, compréhensif, indulgent.

« S'il vous plaît, dit-il doucement. Allongez-vous, fermez les yeux et racontez-moi du début jusqu'à la fin. Commencez par le matin même et dites-moi le premier souvenir que vous avez de ce jour-là. »

John Costello le regarda pendant quelques secondes, puis cala l'oreiller sous sa nuque et s'allongea. Il ferma

les yeux, comme le lui avait demandé Frank, et essaya de se rappeler comment la matinée avait commencé.
 « Il faisait froid », commença-t-il...

John Costello se tourna sur le côté et resta allongé un moment sous les draps. Six jours s'étaient écoulés depuis le soir où il avait dormi chez Nadia.

Il jeta un coup d'œil à la pendule près du lit : 4 h 55. Dans un instant, son père viendrait tambouriner à la porte et hurler son nom. Il était bien au chaud, mais dès qu'il sortit un bout de pied de sous la couverture, il fut transi de froid. Il adorait ces quelques minutes avant le lever du soleil, conscient que sa vie avait changé plus qu'il ne l'aurait jamais imaginé.

À 5 h 03, il se leva et entrouvrit la porte de sa chambre, pour que son père comprenne qu'il était réveillé.

Il fallait cuire le pain. Faire frire le bacon, les saucisses, les pancakes, les galettes de pomme de terre. Et moudre des seaux entiers de café en grains.

Il entendit l'eau couler dans la salle de bains. Erskine Costello se servait encore d'un rasoir manuel : il l'affûtait sur un affiloir en cuir, le faisait aller et venir sans réfléchir, puis se rasait à l'eau froide et au savon au goudron. À l'ancienne. Un type normal.

La journée se déroula comme toutes les autres. Du petit déjeuner on passa doucement au déjeuner, puis aux sandwichs de l'après-midi, aux cafés et aux tartes aux pommes préparées pour les bûcherons de la scierie McKinnon. L'obscurité commença à tomber aux alentours de 16 heures. Il fallut moins d'une heure pour qu'elle comble tous les interstices et projette des ombres autour des lumières.

Il vit Nadia traverser Delancey Street. Il devait être pas loin de 19 heures. Elle portait un jean avec une fleur rouge brodée à la hanche, des chaussures plates et un petit coupe-vent en daim. Ses cheveux étaient attachés sur un côté, retenus par une barrette-papillon en strass.

Il ouvrit la porte et s'avança sur le trottoir.

«Salut», dit-elle avant de tendre la main et de la poser sur son bras.

«Salut.» Il aurait voulu l'embrasser mais il y avait des clients.

« À quelle heure tu finis ?
— Vers 21 heures, 21 h 30.
— On se retrouve sur Carlisle Street à 21 h 30. Il faut que je te dise quelque chose.
— Quoi donc ? »

Nadia McGowan regarda sa montre. « Deux heures… Tu peux bien attendre deux heures.
— Dis-le-moi maintenant. »

Elle secoua la tête, eut une sorte de rire. « 21 h 30, sur le banc au coin de Carlisle Street, d'accord ?
— Tu as faim ?
— Non… Pourquoi ?
— J'ai des viennoiseries à la cannelle… Je les ai faites moi-même.
— Non merci, Johnny, ça ira. »

Elle caressa sa joue du revers de la main, puis se retourna et s'en alla, atteignit le coin de la rue avant de jeter un dernier coup d'œil par-dessus son épaule.

Il leva la main et la vit sourire…

« Et vous n'avez vu personne ? »

John Costello fit non de la tête, sans rouvrir les yeux.

« Et les clients du pub ?

— C'étaient les mêmes que d'habitude. Personne d'autre.

— Et dans la rue, est-ce que...

— Personne dans la rue, coupa John. Je vous répète qu'il n'y avait personne.

— Très bien. Continuez.

— Donc je l'ai vue traverser le carrefour, et elle a tourné au coin... »

Puis elle disparut.

Deux heures à attendre. Interminables. John regardait sans arrêt la pendule près du miroir, ses aiguilles lourdes, lentes.

Erskine allait et venait. Il vit l'agacement sur le visage de son fils. « Pourquoi tu ne partirais pas un peu en avance ?

— J'ai rendez-vous avec elle après 21 heures, répondit John.

— Dans ce cas, va dans l'arrière-cuisine et nettoie la vaisselle en émail. Le temps passera plus vite si tu t'actives. »

Il fit ce que lui avait demandé son père, lava les casseroles et les poêles en les frottant avec du sel.

20 h 30 sonnèrent et passèrent en un clin d'œil. John fit un brin de toilette, changea de chemise et se peigna les cheveux.

Carlisle Street n'était qu'à cinq minutes à pied, mais il quitta le Connemara à 21 h 10.

« *Et vous n'avez vu personne non plus… quand vous êtes parti ?* »

John fit signe que non. Il ouvrit la bouche pour parler mais se rendit compte qu'il n'y avait rien à dire.

Frank Gorman l'observa pendant un petit moment, sans doute pas plus de quelques secondes, mais ces secondes pesaient comme des minutes, voire des heures. Il en allait ainsi dans cette chambre confinée. C'était tendu. Un peu étouffant.

L'œil droit de Gorman n'était pas centré. Ça lui donnait un drôle de regard. John se demanda si une telle particularité physique lui permettait d'avoir des angles de vue que les autres n'avaient pas.

« *Et donc vous êtes allé à pied du pub jusqu'à Carlisle Street ?*
— *Oui.*
— *Et vous n'avez vu personne sur le chemin ?*
— *Non, je n'ai vu personne.*
— *Et quand vous êtes arrivé au croisement avec Carlisle Street ?* »

Il s'assit sur le banc et s'emmitoufla dans son coupe-vent. Il regarda vers Machin Street, d'où Nadia devait arriver. Sous les lampadaires, des auras jaunes de sodium. Un chien aboyant quelque chose que seul un autre chien pouvait comprendre. Le lointain bourdonnement des voitures sur Newark Avenue. Dans le ciel, il y avait les petites lumières des avions, très haut, quittant Irvington et Springfield. C'était une soirée froide, mais une bonne soirée.

John Costello remonta la fermeture Éclair de son blouson, fourra les mains dans ses poches, et attendit...

« Pendant combien de temps ? »
John sentait toute la pression de ses bandages sur sa peau. « Dix minutes, peut-être un quart d'heure. » Il regarda Gorman droit dans les yeux. C'était difficile de l'avoir bien en face, avec son œil bien centré et l'autre qui filait de cinq degrés à bâbord, à l'affût des tempêtes.
« Et qu'est-ce qui s'est passé ensuite, John ? Quand vous l'avez vue arriver ?
— Quand je l'ai vue arriver, je me suis levé... »

Il marcha vers elle. Elle leva la main, presque pour le faire ralentir. Elle souriait, et il eut une sorte de prémonition à cet instant précis, comme s'il savait que quelque chose se tramait, mais vraisemblablement quelque chose d'agréable.
« Salut, dit-il lorsqu'elle arriva au croisement avec Carlisle Street.
— Salut à toi. »
Elle s'approcha de lui, les mains en avant.
« Comment ça va ?
— Asseyons-nous », dit-elle. Elle le regarda, puis détourna les yeux. Il émana de son regard un éclat soudain qui lui fit comprendre que, finalement, le quelque chose n'était peut-être pas si agréable.
Si elle avait su qu'elle ne le lui dirait jamais, qu'il l'apprendrait par un inconnu dans une chambre d'hôpital, et s'il avait compris pourquoi cette vérité

serait démentie, il aurait posé son doigt sur les lèvres de Nadia, arrêté le flot de ses paroles, pris sa main et l'aurait aussitôt emmenée en lieu sûr.

Mais le recul survient toujours après les faits, jamais avant, et c'est seulement après sa mort, après ce terrible drame, qu'il se dit que la prémonition – son *instinct* pour ce genre de choses – aurait été bien utile.

Son *instinct* lui aurait dit de rentrer chez lui en courant, d'emmener Nadia, de faire en sorte que quelqu'un d'autre meure ce soir-là.

Mais non.

Il en va toujours ainsi avec ces choses-là.

C'était au tour de Nadia McGowan de mourir, et John Costello ne pouvait rien y faire.

« Elle allait déménager à New York pour ses études », dit Gorman.

John digéra la nouvelle en silence. Avait-elle prévu de le quitter ? Lui aurait-elle demandé de le suivre ?

Il leva les yeux vers Gorman. « Elle n'a pas eu le temps de dire quoi que ce soit.

— Et vous n'avez rien entendu ? Enfin, jusqu'à ce qu'il arrive juste derrière vous ? »

John Costello fit non de la tête, sentit une fois encore la compression des bandages.

« Et qu'avez-vous vu ? »

John ferma les yeux.

« John ?

— Je cherche. »

Gorman se tut. Tout à coup, il fut gagné par un vague malaise, une inquiétude.

« J'ai vu les pigeons… Les pigeons qui se sont envolés soudain… »

Et Nadia sursauta, un peu effrayée par le bruit ; elle manqua tomber sur John, il attrapa son bras et l'attira contre lui ; elle rit d'avoir eu peur d'un bruit aussi dérisoire.
« Tout va bien ? »
Elle hocha la tête, sourit, se libéra du bras de John et avança vers le banc.
Il la suivit, s'assit à côté d'elle. Elle se blottit contre lui. John ressentit le poids et la chaleur de son corps.
« Qu'est-ce que tu voulais me dire ? »
Elle se tourna vers lui et leva les yeux. « Tu m'aimes ?
— Bien sûr que je t'aime.
— Tu m'aimes beaucoup ?
— Je ne sais pas. C'est combien, beaucoup ? »
Elle écarta les bras, comme un pêcheur vantard. « Comme ça.
— Alors cinq fois plus que ça, répondit John. Dix fois, même. »
Elle tourna la tête et John suivit son regard, jusqu'au bout de Carlisle Street, et même plus loin, vers Pearl Street et Harborside Plaza.
« Nadia ? »
Elle se retourna vers lui…

« Et c'est à ce moment-là qu'il est apparu ?
— Je ne suis pas sûr qu'"apparu" soit le bon mot. Je ne sais même pas quel mot on pourrait employer.
— Comment ça ?

— Apparu... Oui, ça s'est peut-être passé comme ça. Comme s'il avait soudain surgi de nulle part. Il n'y avait personne, et tout à coup, il y a eu quelqu'un.
— Et de nouveau le bruit des pigeons ? »
John acquiesça. « Oui, elle s'est tournée vers moi... »

Elle lui prit la main et posa sa tête sur son épaule.
« J'ai réfléchi, dit-elle, presque en un murmure.
— Réfléchi à quoi ?
— À ce dont on a déjà discuté... Ce que je te disais l'autre fois... »
Les pigeons étaient revenus. Tout un groupe réuni autour de la base d'un arbre, à moins de cinq mètres du banc. Depuis des années, des vieilles dames venaient parfois s'asseoir ici avec des miettes de pain, et les pigeons se rassemblaient là, guettant leur retour.
« Quelle autre fois ? »
Un courant d'air, derrière et à gauche de John, et...

« Je l'ai senti sur ma joue... Un courant d'air... Si je m'étais retourné à ce moment-là...
— Vous ne pouvez pas faire ça, John. Ça ne vous sera d'aucun secours.
— Pas faire quoi ?
— Vous demander sans arrêt ce qui serait arrivé si. Tout le monde passe par là, mais ça ne fait qu'attiser la douleur. »
John regarda ses mains, son poignet toujours dans le plâtre, ses ongles noirs, la boule sur son pouce droit, qui resterait là jusqu'à la fin de ses jours. « Mais on ne

peut pas s'en empêcher, dit-il. On ne peut pas s'empêcher de se repasser la scène, si?

— J'imagine.

— Est-ce qu'il vous est déjà arrivé une chose aussi horrible?»

Gorman posa de nouveau sur lui son regard décentré. « Non, il ne m'est jamais arrivé rien de tel.

— Mais vous avez déjà vu des gens à qui c'est arrivé, non?

— Tout le temps. Enfin… Je ne l'ai pas vu arriver à proprement parler, mais j'en ai vu les effets sur eux, plutôt. C'est mon boulot. Je suis inspecteur de police. J'enquête derrière les barrages de police et les rubans jaunes. Les choses terribles que les humains sont capables de s'infliger les uns aux autres.

— Et pourquoi pensez-vous que de telles choses arrivent?

— Je ne sais pas, John.

— Les psychiatres le savent, eux, non? Ils savent pourquoi certaines personnes font des choses pareilles?

— Non, je ne crois pas, John. Pas d'après mon expérience. S'ils savaient pourquoi les gens sont fous, ils seraient en mesure de les aider. Depuis le temps que je fais ce métier, je n'ai jamais vu un de ces types faire quoi que ce soit pour aider qui que ce soit.

— Alors pourquoi, à votre avis? Pourquoi certaines personnes font du mal à d'autres, inspecteur?

— Il me semble que tout le monde agit pour la même raison. Toujours.

— À savoir?

— Pour que les autres sachent qu'ils existent.

— *C'est une curieuse façon de se faire remarquer, non ?*

— *En effet, John. En effet... Mais je ne prétends pas comprendre. Je fais simplement de mon mieux pour retrouver les coupables et m'assurer qu'ils n'aient plus la possibilité de recommencer.*

— *En les tuant.*

— *Parfois, oui. Mais la plupart du temps en les arrêtant, en les confiant à la justice et en les envoyant en prison pour le restant de leurs jours. »*

John ne dit rien pendant quelques instants. « Vous croyez à l'enfer, inspecteur Gorman ?

— *Non, mon vieux, je ne crois pas à l'enfer.*

— *Moi non plus.*

— *Mais je ne peux pas en dire autant du diable. Ne serait-ce que parce qu'il...*

— *Parce qu'il peut occuper les pensées d'un homme, coupa John. Qu'il peut lui faire faire des choses... Comme si le diable n'était pas une personne comme vous et moi, mais plutôt un...*

— *Un concept. Une idée qui s'empare des gens et les pousse à faire des choses qu'ils n'auraient jamais faites autrement.*

— *Exactement.*

— *Exactement. »*

Un long silence s'ensuivit, jusqu'à ce que Gorman lève les yeux vers John Costello.

« Donc vous avez senti un courant d'air.

— *Oui. Et après... »*

Il serra fort la main de Nadia et la tira un peu vers lui. Elle avait besoin de lui annoncer quelque chose et elle avait du mal à le dire. Sur le coup, cela ne le troubla pas. Il ne sentit poindre aucune inquiétude. Il ne se dit pas qu'elle était en train de le quitter, car ce n'était jamais arrivé, et il pensait que ça n'arriverait jamais.

« Nadia ? »

Elle le regarda encore. C'est à cet instant précis que les pigeons s'envolèrent brusquement pour la deuxième fois.

Elle sursauta de nouveau, se mit à rire, et pendant qu'elle ouvrait la bouche pour rire, l'ombre grandit derrière elle.

Obscure. Presque noire. Et autour de cette ombre, l'odeur de chien. L'ombre dissimulait le lampadaire. On aurait cru que quelqu'un avait appuyé sur un interrupteur et que minuit sonnait derrière Nadia.

Voyant l'expression de John se transformer, elle fronça les sourcils. Un bref éclair d'angoisse passa dans ses yeux.

John regarda derrière elle, puis vers le haut, et c'est à ce moment-là qu'il discerna vaguement un visage dans l'ombre. Un visage d'homme. Un visage ponctué par deux yeux qui paraissaient lointains, inexpressifs, dénués de lumière. Des yeux qui donnaient l'impression de n'appartenir à personne.

John sourit – une réaction involontaire, le sourire que vous adressez à un inconnu, peut-être à quelqu'un qui vous a interrompu pour vous demander l'heure, ou son chemin, car il s'agissait bien de ça, non ? Quelqu'un qui était en retard. Quelqu'un qui s'était perdu. Quelqu'un qui avait besoin de quelque chose.

Et qui que ce fût, il resta là un moment, sans parler, sans prononcer un mot. John ouvrit la bouche pour demander ce qui se passait, et c'est alors que...

« Il a simplement levé la main et j'ai vu qu'il tenait quelque chose...

— Mais vous ne saviez pas quoi?

— Pas tout de suite. Pas avant qu'il abatte sa main et... qu'il dise ces mots... »

Gorman plissa le front. « Il a dit quelque chose? »

John hocha la tête. « Oui. Il a dit : "Je suis le Marteau de Dieu." Et c'est là que j'ai vu qu'il tenait en effet un marteau dans sa main. »

Gorman prit des notes sur son calepin. « Et son visage? »

John voulut secouer négativement la tête, en une réaction instinctive à la question, mais s'aperçut qu'il n'en était pas capable sans s'infliger une douleur violente à la nuque. « Je n'ai pas vraiment vu son visage. Il n'y avait que l'obscurité, et ensuite l'impression d'un visage dans l'obscurité. Ce n'était pas comme si je regardais vraiment quelqu'un.

— Et il a d'abord frappé Nadia? »

John voulut pleurer – impossible. Ses yeux souffraient d'être secs. La douleur, les bandages autour de sa tête – il les sentait parfaitement, mais il n'arrivait pas à sentir l'émotion qu'il cherchait. Il avait dérivé dans un état d'inconscience, et tout ce temps passé possédait cette ressemblance avec l'incertitude bizarre des rêves. Les images. Les sons. La compréhension soudaine de ce qui se passait. Le fait que cet homme avait abattu son marteau sur la tête de Nadia à une telle vitesse, avec une telle détermination. Un seul coup, ininterrompu... Un coup d'une telle violence qu'elle avait eu la tête fendue jusqu'à la mâchoire.

« Elle est morte avant même de se rendre compte de ce qui se passait, lui avait dit Geraldine Joyce, l'infirmière. Croyez-moi, je le sais. » Elle avait dit ça pour le consoler, pour lui faire comprendre qu'elle n'avait pas souffert, que l'homme au marteau avait eu assez de cœur, de générosité et de compassion pour s'assurer être preste, définitif, précis et net dans son assassinat de Nadia McGowan. Fais-le d'un coup. Fais-le bien. Telle était sa philosophie.

Je suis le Marteau de Dieu.

« Oui, murmura John. Il a d'abord frappé Nadia... »

Et pendant un petit moment, quelques secondes, John ne comprit pas ce qui s'était passé.

Aucun point de référence. Aucun moyen de s'expliquer ce qu'il était en train de voir.

L'ombre se leva derrière Nadia. Un homme. Un homme avec un visage, et sur ce visage des yeux qui le fixèrent avec un tel néant, une telle absence de lumière, qu'il était impossible de savoir ce que cet homme voulait. Il se contenta de rester là, et il eut un vague sourire, un vague petit sourire bizarre à la commissure de ses lèvres – le genre d'expression qu'on attendrait de celui qui va vous raconter une blague, une anecdote amusante, qui connaît la chute et qui s'apprête à vous la balancer en pleine face.

Mais non.

Il resta un instant immobile, puis sa main remonta sur un côté. Il leva son bras et l'abattit avec une force incroyable, et le marteau atteignit le sommet du crâne de Nadia, un peu au-dessus du front. L'espace d'un instant, elle sembla ne rien sentir du tout, mais au bout d'une seconde, peut-être un peu moins, un mince filet de sang, minuscule, aussi ténu que du fil, se fraya un chemin à partir du point d'impact et coula le long du nez, et puis le filet s'épaissit, comme si quelqu'un ouvrait lentement un robinet, et l'expression de Nadia McGowan changea, et la lumière dans ses yeux s'évanouit, et John essayait de comprendre ce qu'il était en train de voir, et le sang se mit à couler sur la joue de Nadia, sur son œil, et Nadia, affolée, leva par réflexe la main pour l'essuyer.

Le dos de sa main toucha sa joue. Comme si ce geste lui avait fait perdre l'équilibre, elle se pencha sur le côté, juste à temps pour que l'homme répète cette phrase : « Je suis le Marteau de Dieu. »

Sa voix était calme et assurée. Il abattit son marteau une deuxième fois pour toucher le côté de la tête de Nadia, juste au-dessus de l'oreille, avec le bruit de quelque chose qui tombe de très haut, de quelque chose qui touche le trottoir après une chute du sixième étage, de quelque chose de tellement puissant qu'elle ne s'en remettrait jamais...

Au moment où John Costello sentit la main de Nadia lâcher la sienne, où il se leva du banc et tenta de l'empêcher de tomber, il vit ce bras se lever une fois encore, vit la lueur fugace d'un lampadaire jaune se refléter sur le bout métallique du marteau à panne bombée, et il entendit l'homme dire pour la troisième fois...

« "Je suis le Marteau de Dieu."
— Et c'est là qu'il vous a frappé ? » demanda Gorman.
John attendit avant de répondre, puis il regarda de près le policier, comme pour comprendre le motif et les raisons.
« Est-ce qu'on peut revenir en arrière une seconde ? demanda Gorman. Après qu'il a frappé pour la deuxième fois ? J'essaie de savoir s'il a dit autre chose.
— S'il a dit autre chose, je ne l'ai pas entendu. »
Gorman griffonna sur son calepin. « Et ensuite ? »

John tenta de se mettre debout, de tendre le bras vers Nadia, de garder une main levée pour contrer les coups qui pleuvaient, mais le Marteau de Dieu se tourna et s'abattit sur lui comme la foudre. John put parer le premier coup avec sa main – son poignet fut démoli. Le deuxième coup heurta son épaule, le troisième son bras. John Costello pissait le sang, il hurlait, il savait qu'il allait mourir...

Il tomba sur le côté. Son genou heurta le bord du banc. Pendant quelques instants, il hésita entre sa survie et le besoin instinctif de protéger Nadia face à une nouvelle attaque – même s'il savait déjà que les coups l'avaient tuée.

Il voulut se relever, empoigner le dossier du banc, mais le marteau ricocha sur son oreille, puis sur un côté de sa nuque, lui brisa la clavicule et le fit tomber au sol comme un poids mort.

C'est alors qu'il entendit le cri.

Quelqu'un criait.

Ce n'était pas Nadia, ce n'était pas lui non plus. Le bruit provenait du trottoir d'en face...

Et le fait que quelqu'un ait vu l'agression sur le trottoir d'en face, le fait qu'une femme ait vu ce qui se passait et ait crié – c'est uniquement pour cette raison qu'il avait survécu.

Le marteau s'abattit encore une fois et s'apprêtait à recommencer lorsque la femme hurla. John Costello fut touché sur un côté du visage, avec assez de force déployée contre sa mâchoire, juste sous l'oreille, pour que son système nerveux se déconnecte.

Ensuite, il ne vit plus rien. Rien du tout.

Tout ne fut que froid et ténèbres, et odeur du sang, odeur des chiens, et bruit de pieds qui partent en courant.

John mit beaucoup de temps avant de se réveiller. À son réveil, le monde avait changé.

Gorman se retourna soudain ; quelqu'un avait ouvert la porte.

L'infirmière Geraldine Joyce. « Il faut arrêter maintenant, dit-elle doucement. Il a besoin de repos. »

Gorman hocha la tête, se leva et se pencha vers John Costello. « On se reparlera », dit-il avant de le remercier pour son temps et de lui exprimer ses condoléances pour la fille. Sur ce, il s'éloigna et quitta la chambre sans un regard derrière lui.

Les jours qui suivirent, il vint quatre ou cinq fois ; ils reparlèrent de ces quelques minutes.

Ce fut l'infirmière Joyce qui apporta le journal le mercredi suivant.

Elle le laissa sur le bord de la petite table, à côté du lit de John Costello. Il le trouva là à son réveil.

JERSEY CITY TRIBUNE
Mercredi 5 décembre 1984

**Arrestation dans l'affaire des
assassinats au marteau**

Dans une déclaration faite aujourd'hui, le bureau du procureur du district de Jersey City a confirmé qu'une personne avait été arrêtée dans le cadre de l'enquête sur les récents assassinats au marteau. Bien que le nom du suspect n'ait pas été dévoilé, l'inspecteur Frank Gorman, de la police criminelle de Jersey City, a tenu les propos suivants : « Nous avons de bonnes raisons de penser que l'individu appréhendé pourra nous fournir des renseignements importants au sujet de ces meurtres. »

La ville de Jersey City vit dans la psychose après la mort de cinq adolescents au cours des quatre derniers mois. D'abord l'assassinat brutal de Dominic Vallelly (19 ans) et de Janine Luckman (17 ans) le mercredi 8 août ; ensuite, celui de Gerry Wheland (18 ans) et de Samantha Merrett (19 ans) le jeudi 4 octobre ; enfin l'agression mortelle dont a été victime Nadia McGowan (17 ans) dans la soirée du vendredi 23 novembre. La police estime que tous ces crimes ont été commis par une seule et même personne. Le jeune homme qui se trouvait avec Nadia McGowan au moment de l'agression, John Costello (16 ans), souffre de blessures graves à la tête, mais son état est jugé stable par l'hôpital de Jersey City.

Frank Gorman se présenta après le déjeuner. Il resta sur le seuil de la porte – en silence, patiemment – et attendit que John Costello parle.

« Vous l'avez eu. »

Gorman hocha la tête.

« Il s'est rendu ?

— Pas tout à fait.

— Comment s'appelle-t-il ? »

Gorman entra dans la chambre et s'approcha du lit de John. « Je ne peux pas encore vous le dire.

— Comment cela s'est déroulé ?

— On a suivi une piste... On a identifié sa maison. On y est allés, on a frappé à la porte, il a ouvert, et c'est là qu'il a avoué.

— Qu'est-ce qu'il a dit ?

— La même chose. "Je suis le Marteau de Dieu."

— Et il a avoué les meurtres ?

— Il a avoué avoir agressé trois couples en tout. Vous étiez le dernier.

— Et maintenant ?

— Il va subir un examen psychiatrique. Il va maintenant suivre la procédure normale. Il va aller au tribunal. Il va aller dans le couloir de la mort. On va l'exécuter.

— Sauf s'il est déclaré irresponsable.

— Exact.

— Ce qui sera le cas.

— C'est fort possible, oui. »

John Costello se tut un moment et réfléchit. Puis : « Qu'est-ce que vous en pensez ?

— Du fait qu'il puisse être déclaré irresponsable et échapper à la mort ?

— *Oui.*

— *J'essaie de n'en rien penser. Pourquoi ? Et vous ? »*

John hésita, avant de froncer les sourcils, comme étonné par sa propre réponse. « Je n'en pense rien non plus, inspecteur Gorman... Je n'en pense rien du tout.

— *Est-ce que vous vous souvenez d'autre chose maintenant ? Quelque chose qu'il aurait dit ?*

— *Quelle importance ? Il a avoué.*

— *Parce que ça nous permettrait de mieux comprendre ce qui lui passait par la tête.*

— *Pourquoi voulez-vous savoir ce qui lui passait par la tête ?*

— *On essaie de recueillir tout ce qui pourra convaincre le procureur et le juge qu'il savait ce qu'il faisait. Qu'il avait plus ou moins conscience de ses actes. Qu'il était vraiment conscient de ce qu'il faisait.*

— *Pourquoi ? Pour prouver qu'il n'était pas fou ? »*

Gorman acquiesça. « Oui. Pour qu'on puisse dire qu'il était responsable de ses actes.

— *Pour que vous puissiez l'exécuter.*

— *Oui. »*

John Costello ferma les yeux. Il essaya de réfléchir, mais rien ne vint.

« Non, dit-il. Je suis désolé, inspecteur... Je ne crois pas qu'il ait dit autre chose. »

INTERROGATOIRES WARREN HENNESSY/FRANK GORMAN-ROBERT MELVIN CLARE. SECTION 1 (PAGES 86-88)

WH : Bon, Robert, réexplique-nous. Parle-nous un peu de cette histoire de marteau.

RMC : Qu'est-ce que vous voulez savoir ?

WH : Pourquoi tu devais les tuer avec un marteau ?

FG : Oui, Robert. Pourquoi un marteau ? Pourquoi pas un flingue, un couteau ou autre chose ?

RMC : Ça faisait partie du rituel.

FG : Quel rituel ?

RMC : Le rituel de purification. Ils devaient être purifiés.

WH : Purifiés de quoi, Robert ?

RMC : De ce qui leur avait été fait.

WH : De ce que tu leur avais fait ?

RMC : Non. Je ne leur ai rien fait du tout, moi. Ils devaient être purifiés des choses sexuelles qui leur avaient été faites. Vous auriez quelque chose à boire ? Un verre de quelque chose ? Je peux avoir un 7-Up, oui ou non ?

WH : On peut t'apporter un 7-Up, Robert.

RMC : J'ai soif. Je veux un 7-Up. C'est trop demander ou quoi ? Je ne peux pas parler si j'ai la bouche pleine de sable et de sciure, pas vrai ? Il me faut un 7-Up... Un 7-Up... Il me faut un 7-Up.

FG : Je vais te trouver un 7-Up, Robert... Pendant ce temps, tu expliques à l'inspecteur Hennessy cette histoire de purification, d'accord ?

RMC : D'accord.

[À cet instant, l'inspecteur Frank Gorman quitte la salle d'interrogatoire pendant environ deux minutes.]

WH : Bon, revenons à la purification, Robert.

RMC : Oui, la purification.

WH : C'était quoi, le deal ?

RMC : Le deal ? Mais il n'y avait pas de deal, inspecteur Hennessy. Je n'ai fait de deal avec personne. Il fallait juste que ce soit fait.

WH : D'accord, d'accord... On s'éloigne du sujet, Robert. Revenons juste à ce que tu disais à propos de ces jeunes qui devaient être purifiés après ce qu'on leur avait fait.

RMC : Après ce qu'on leur avait fait, oui.

WH : Réexplique-moi.

RMC : Ils devaient être purifiés.

[À cet instant, l'inspecteur Gorman revient et donne une cannette ouverte de 7-Up à l'individu interrogé, Robert Melvin Clare.]

RMC : Merci, inspecteur Gorman.

FG : Mais je t'en prie, Robert. Désolé de t'avoir interrompu. Tu étais en train d'expliquer quelque chose à l'inspecteur Hennessy?

RMC : Je lui parlais de la purification.

FG : Ah oui... Je t'en prie, continue.

RMC : C'étaient des choses sales, vous comprenez? Des choses très sales... Le genre de choses qui souille à jamais l'âme et l'esprit. Et il n'y a rien qui puisse les débarrasser de cette saleté. Il faut leur donner une autre apparence.

WH : Aux petits couples?

RMC : Exact. Les garçons comme les filles. Il faut leur donner une autre apparence.

WH : Pourquoi, Robert? Pourquoi est-ce que tu devais leur donner une autre apparence?

[L'individu se tait pendant à peu près quinze secondes.]

WH : Pourquoi, Robert? Dis-nous pourquoi tu devais leur donner une autre apparence?

RMC : Vous ne savez pas pourquoi?

WH : Non, Robert, on ne sait pas. Dis-nous.

RMC : Pour que Dieu ne les reconnaisse pas. Pour qu'il ne les reconnaisse pas comme ceux qui ont fait ces choses très, très sales.
FG : Et qu'est-ce qu'il leur serait arrivé si Dieu les avait reconnus ?
RMC : Il ne les aurait pas laissés aller au paradis. Il les aurait jetés en enfer. Mais je les ai purifiés, vous comprenez ? Je leur ai donné une autre apparence et Dieu ne les a pas reconnus.
WH : Qu'est-ce qui leur est arrivé, alors, Robert ?
[L'individu se tait pendant environ dix-huit secondes.]
FG : Robert ?
RMC : Ils sont devenus des anges, inspecteur Gorman. Tous autant qu'ils sont. Dieu ne les a pas reconnus. Ils ont réussi à franchir les portes du paradis. Ils sont allés jusqu'au paradis et sont devenus des anges.

JERSEY CITY TRIBUNE
Vendredi 7 décembre 1984

Inculpation de l'homme suspecté
dans les assassinats au marteau

Dans un document officiel émanant de la police de Jersey City, l'inspecteur Frank Gorman, à la tête de la brigade criminelle du commissariat n° 2, a déclaré : « Ce matin, nous avons inculpé Robert Melvin Clare, résidant à Jersey City, pour les assassinats de Dominic Vallelly, Janine Luckman, Gerry Wheland, Samantha Merrett et Nadia McGowan, ainsi que pour la tentative d'assassinat de John Costello.

Pour le moment, aucune demande d'avocat n'ayant été faite par M. Clare, un avocat commis d'office sera désigné afin de l'aider dans la préparation de son procès.

Robert Clare, âgé de 32 ans, né à Jersey City, habitant Van Vorst Street et travaillant comme mécanicien chez Auto-Medic Vehicle Repair and Recovery sur Luis Muñoz Marin Boulevard, a été décrit par ses collègues comme un personnage « un peu excessif ». Le patron du garage, Don Farbolin, a refusé tout commentaire et s'est contenté de dire : « Ce n'est pas parce que je donne du boulot à quelqu'un que je suis responsable de ce qu'il fait quand il rentre chez lui. »

INTERROGATOIRES WARREN HENNESSY/FRANK GORMAN-ROBERT MELVIN CLARE. SECTION 2 (PAGES 89-91)

FG : Tu penses vraiment que c'est ça qui leur est arrivé, Robert ? Qu'ils sont devenus des anges et qu'ils sont allés au paradis ?

RMC : Oui, c'est ce qui s'est passé.

FG : Tous les cinq ?

[L'individu se tait pendant environ vingt-trois secondes.]

WH : Robert ?

RMC : Ils étaient six.

FG : Cinq, Robert. Le dernier, le jeune garçon... Il va s'en sortir.

RMC : S'en sortir ? Mais c'est justement tout le contraire qui va se produire, inspecteur.

WH : Apparemment, non. Les médecins disent qu'il va survivre.

RMC : Les médecins ? Je ne vous parle pas de médecins. Je vous parle de s'en sortir... S'en sortir aux yeux du Seigneur. Accéder au paradis. Les cinq autres, eux, vont s'en sortir. Le sixième, malheureusement pour lui, n'y arrivera pas. Désormais, il est maudit. Il porte en lui sa malédiction. Jusqu'à la fin.

FG : Bien. Dis-nous comment tu as choisi ces jeunes, Robert. Dis-nous comment ça s'est passé.

RMC : Ils se ressemblaient tous, non ? Ils étaient tous jeunes, beaux, innocents, et ils faisaient des choses qu'ils n'auraient pas dû faire. Dans la rue, en public. Tous. Tous faisaient ces choses-là et leurs visages devaient disparaître. Je devais les faire disparaître, vous comprenez ? Je devais les faire partir. C'était la seule manière pour eux d'aller au paradis.

FG : Tu les choisissais au préalable ou tu sortais la nuit avec ton marteau ?

RMC : Ce n'était pas mon marteau.

WH : À qui appartenait-il ?

RMC : À Dieu. C'était le Marteau de *Dieu*. Vous n'avez donc rien écouté de tout ce que je vous ai dit ?

INTERROGATOIRES WARREN HENNESSY/FRANK GORMAN-ROBERT MELVIN CLARE. SECTION 3 (PAGES 93-94)

FG : Parle-nous du premier couple, Robert... Dominic et Janine. Tu les as d'abord épiés pendant quelque temps ? Tu les as choisis ou c'est arrivé par hasard ?

RMC : Ils ont été choisis.
WH : Et comment s'est faite la sélection, Robert ?
RMC : Ils devaient avoir une certaine apparence, j'imagine. Je ne sais pas comment ils sont choisis.
WH : Tu les choisis ou est-ce que quelqu'un les choisit pour toi ?
RMC : Ils sont choisis pour moi.
WH : Et qui les choisit pour toi, Robert ?
RMC : Je ne sais pas.
FG : Tu ne sais pas ou tu ne te souviens pas ?
RMC : Je ne sais pas. Je sais que quelqu'un est envoyé, et quelqu'un me montre qui a été choisi.
FG : Quelqu'un est envoyé ?
RMC : Je n'ajouterai rien de plus.
FG : Très bien, très bien. Alors dis-nous ce dont tu te souviens à propos des deux premiers que tu as agressés.
RMC : Je me rappelle comment elle a crié... Comme si elle pensait qu'en faisant du bruit quelqu'un l'entendrait et viendrait à son secours. J'ai d'abord frappé le garçon. C'était une grosse erreur. J'ai appris qu'il fallait d'abord frapper la fille parce que c'est elle qui fait le plus de bruit, mais il faut être rapide et la cogner assez fort pour qu'elle se taise. Ensuite il faut frapper le garçon, avant qu'il ait la possibilité de réagir.
FG : Et qu'est-ce que tu as fait à la fille, Robert ?
RMC : Je l'ai vraiment bien purifiée. Je peux vous appeler Frank ? Ça vous dérange si je vous appelle Frank, inspecteur Gorman ?
FG : Pas du tout, Robert.
RMC : Frank et Warren. Bien.
FG : Tu disais donc ?

RMC : Oui... Elle a été arrangée bien comme il faut, Frank. C'est un bon prénom, Frank. Frank est un bon prénom... Un bon prénom masculin. Simple. On ne peut pas se tromper avec Frank. Pas vrai, Frank ?
FG : Non, Robert, on ne peut pas se tromper avec Frank. Continue de nous raconter ce qui s'est passé avec elle.
RMC : Elle avait mis des chaussettes blanches, il me semble – et des tennis. Oui, des chaussettes blanches et des tennis. Et elle avait du sang partout. Beaucoup de sang, je crois. Mais elle avait cette expression... On aurait dit qu'elle avait de l'espoir, quelque chose qui lui disait de faire comme si elle s'amusait et qu'elle pouvait s'en sortir vivante.
WH : Mais ça n'a pas été le cas, si, Robert ? Elle ne s'en est pas sortie ?
RMC : Non, elle ne s'en est pas sortie, Warren... Elle n'est plus jamais sortie nulle part, d'ailleurs.
FG : Et après ?
RMC : Et après, rien. J'ai frappé le garçon, j'ai frappé la fille, tout était fini. Je suis rentré chez moi. Sur le chemin, j'ai voulu m'arrêter pour manger une pizza, mais je n'avais pas trop faim.

JERSEY CITY TRIBUNE
Jeudi 20 décembre 1984

Le billet du rédacteur en chef
La mort du bien commun

En tant que rédacteur en chef du journal d'une grande ville américaine, pas un jour ne passe sans que je constate combien notre société a considérablement évolué. En vingt-trois ans de carrière dans la presse, j'ai lu les unes semaine après semaine, année après année, et j'ai le sentiment que le métier de journaliste aujourd'hui consiste moins à relater les faits qu'à assimiler l'horrible réalité de ce que les hommes sont capables de s'infliger les uns aux autres.

Il est consternant de voir qu'un homme en est réduit à demander au bureau du procureur de protéger son foyer et son commerce face à des gens qu'il qualifie de «fanatiques du meurtre». (Voir à ce sujet, en première page : «L'employeur du "Marteau de Dieu" engage des poursuites contre des visiteurs clandestins.») Don Farbolin vit et travaille à Jersey City depuis dix-neuf ans. Sa femme Maureen travaille à ses côtés dans le petit mais prospère garage qu'ils possèdent sur Luis Muñoz Boulevard, Auto-Medic Vehicle Repair and Recovery. M. Farbolin affirme que son chiffre d'affaires a chuté depuis l'arrestation de Robert Clare, aujourd'hui détenu à l'hôpital psychiatrique d'Elizabeth dans l'attente d'une expertise qui déterminera s'il est apte à être jugé pour cinq meurtres commis récemment. Cette dégringolade est due à la perte de sa clientèle, sa maison et son garage étant envahis par des gens en quête de n'importe quel «souvenir» ayant appartenu à Clare, le tueur en série. «Je ne comprends pas, explique M. Farbolin. Qui peut être assez détraqué pour vouloir posséder un objet ayant été la propriété de quelqu'un comme Robert Clare? Ce type a tué des gens. C'était un être maléfique, c'est aussi simple que ça. J'ai l'impression d'être accusé par les gens au seul motif que j'ai eu la gentillesse de donner du boulot à quelqu'un. C'est injuste. Ce n'est pas l'Amérique que j'aime. » (La suite p. 23.)

INTERROGATOIRES WARREN HENNESSY/FRANK GORMAN-ROBERT MELVIN CLARE. SECTION 4 (PAGE 95)

WH : Qu'est-ce qui s'est passé ensuite, après ton retour à la maison, Robert ?
RMC : Je ne me souviens pas... Plus tard, quand tout...
WH : Tout quoi, Robert ?
RMC : Je ne me souviens plus.
FG : Dis-nous quelque chose dont tu te souviens.
RMC : Le sang. Je me souviens du sang. Je me souviens du bruit du marteau quand il a heurté le garçon. Et puis quand il a touché la fille, après. C'était la première fois pour moi et pendant un bref instant, ça m'a foutu la nausée. Mais je n'avais pas le choix. Je me rappelle avoir regardé la première fille... Son changement d'expression, vous voyez ? Les choses qui lui étaient faites... La manière dont elle est devenue femme avant même d'être assez vieille pour comprendre ce qu'être femme signifie. Je voyais ces choses-là. Elles me rendaient fou, Frank. Vraiment fou. Tous ces baisers, toutes ces mains baladeuses...
FG : Et comment t'es-tu senti après ? Je veux dire, quand tu es rentré chez toi. Comment te sentais-tu après ce premier meurtre ?
[L'individu se tait pendant quarante-neuf secondes.]
FG : Robert ?
RMC : Comment je me sentais ? Mais comment quiconque pourrait se sentir après une telle chose ? Je me sentais comme le Marteau de Dieu.

SECTION 5 (PAGES 96-97)

FG : Et le deuxième ?
RMC : Le deuxième ?
FG : Après Dominic Vallelly et Janine Luckman. Tu te souviens d'eux, Robert ? Le 4 octobre. Gerry Wheland et Samantha Merrett.
RMC : Je me souviens d'eux, oui.
WH : Raconte-nous ce qui s'est passé entre la première agression et la deuxième.
RMC : Ce qui s'est passé ? Il ne s'est rien passé.
FG : Tu as attendu presque deux mois avant de passer de nouveau à l'action. Pourquoi attendre si longtemps ?
RMC : Tout était hors de mon contrôle, Frank. À ce moment-là, tout était vraiment hors de mon contrôle.
FG : Comment ça, hors de ton contrôle ?
RMC : Tout a commencé à m'échapper. C'était comme si quelque chose prenait possession de moi... entrait en moi sans que je puisse rien y faire. Ils étaient là, devant moi, et je ne pouvais rien faire pour empêcher quoi que ce soit. Si je ne l'avais pas fait, tout aurait été mille fois pire. Et ce n'est pas *vous* qui pouvez comprendre de quoi il s'agissait... Vous n'avez jamais rien vu qui s'approche des choses que j'ai vues...
WH : Qu'est-ce que tu as vu ? Où ça ?
RMC : Le soir où je suis ressorti. Le deuxième soir. En octobre. Je pensais que ça ne se reproduirait plus, que deux fois était peut-être suffisant. Mais ce soir-là, j'ai encore reçu le message... le message qui me disait de sortir pour accomplir ma tâche...
WH : D'où venait ce message, Robert ?

RMC : Je ne sais pas. Est-ce que je ne vous ai pas déjà expliqué que je ne savais pas ? Je ne sais pas d'où venait le message... Il fait tout noir à l'intérieur, il fait noir tout le temps, comme s'il n'y avait pas de fenêtres. Je vais là-bas et je les vois, je les entends pleurer et crier comme si c'était leurs âmes qui criaient, qui pleuraient... Comme s'ils savaient qu'ils faisaient quelque chose de mal et qu'ils avaient besoin d'être purifiés, mais qu'ils avaient trop peur de le faire eux-mêmes. Alors ils ont besoin que je les aide... Et moi, je sentais bien qu'ils avaient peur et je savais que la seule chose qui les empêcherait d'avoir aussi peur, c'était de recevoir l'ordre de monter jusqu'au paradis. L'ordre arrive, et vous l'écoutez, pas vrai ? C'était comme une lumière qui les éclairait d'en haut, et j'ai su que c'était eux... Ça prouve de manière irréfutable la compassion de Dieu, le fait qu'Il aime tous les hommes, quoi qu'ils fassent.
FG : Comment ça, Robert ?
RMC : Parce que même les méchants... Même les méchants se voient accorder une chance. On leur donne une chance, ils la saisissent, et moi, tout ce que j'avais à faire, c'était d'y aller et de faire en sorte qu'ils aient leur chance au bon moment.
FG : Donc que s'est-il passé après la deuxième agression ? Qu'est-ce que tu as fait ?
RMC : Je suis rentré chez moi et j'ai pris une douche.
FG : Tu as pris une douche ?
RMC : C'est ça.
FG : Pour nettoyer le sang ?
RMC : Non, parce que je prends toujours une douche. Chaque soir avant de me coucher, je prends une douche,

je bois un verre de lait et je vais au lit. Je ne peux pas dormir si je me sens sale.

WH : Donc tu es rentré chez toi, tu as pris une douche et tu es allé te coucher ?

RMC : Exact. Ah non, attendez... Non, j'ai pris une douche, j'ai bu un peu de lait et j'ai regardé la télé pendant quelque temps.

FG : Qu'est-ce que tu as regardé, Robert ?

RMC : J'ai regardé *200 dollars plus les frais.*

FG : Et ça s'est passé de la même façon avec le couple suivant ?

RMC : Quoi donc ?

FG : L'enchaînement des événements... Tu es sorti, tu les as agressés et ensuite tu es rentré chez toi pour prendre une douche et regarder la télé ?

RMC : La troisième fois je n'ai pas regardé la télé. Je me suis couché de bonne heure et j'ai lu.

FG : Qu'est-ce que tu as lu ?

RMC : Raymond Chandler. J'aime bien Raymond Chandler. Vous aimez Raymond Chandler, Frank ?

FG : Jamais lu, Robert.

RMC : Vous devriez, Frank, vraiment... Vu que vous êtes inspecteur et tout ça, vous devriez lire Raymond Chandler.

JERSEY CITY TRIBUNE
Jeudi 27 décembre 1984

Le « Marteau de Dieu » s'est suicidé
à l'hôpital d'Elizabeth

Robert Melvin Clare, 32 ans, arrêté et inculpé pour cinq assassinats et une tentative d'assassinat, a été retrouvé mort, ce matin, dans sa chambre à l'hôpital psychiatrique d'Elizabeth. Les premiers éléments indiquent que Clare s'est pendu avec une corde fabriquée à partir de morceaux de draps déchirés. Le directeur de l'établissement, le Dr Mitchell Lansden, n'a pas souhaité faire de commentaire, mais un porte-parole a déclaré qu'une enquête approfondie serait immédiatement diligentée afin de comprendre comment un tel incident a pu se produire. Clare avait déjà été interrogé par l'inspecteur Frank Gorman, chef de la brigade criminelle de Jersey City, au sujet des récents meurtres commis par le « Marteau de Dieu ». Il avait été ensuite confié à l'hôpital psychiatrique d'Elizabeth pour y subir un examen concernant son aptitude à être jugé. Contacté, l'inspecteur Gorman a dit sa déception de savoir que Clare ne serait pas jugé pour ces crimes. Il a également reconnu être convaincu de la culpabilité de Clare et affirmé que, avec son suicide, l'État n'aurait ainsi pas à supporter le coût d'un procès et que les familles des victimes se verraient également épargner la douleur de voir les noms et les images de leurs enfants dans le journal. Aucune déclaration officielle n'a été faite par le bureau du procureur.

« Vous avez entendu la nouvelle ? demanda Gorman.
— J'ai appris qu'il s'était suicidé.
— Il s'est pendu… Il a déchiré un drap en plusieurs morceaux et les a ensuite noués entre eux pour en faire une corde.
— À quoi est-ce qu'il s'est pendu ?

— *Il a soulevé son lit et l'a calé contre le mur, à la verticale. Pour être tout à fait précis, il est davantage mort étouffé que pendu. Il a été obligé de garder ses pieds au-dessus du sol. »*

John Costello resta un moment silencieux. Avec difficulté, il tourna la tête et regarda par la fenêtre. « *Vous pensez que c'était lui ?*

— *Aucun doute là-dessus.*

— *Il a avoué ? »*

Gorman mit du temps à répondre. « *Je suis censé ne rien révéler de son interrogatoire, mais oui, il a avoué.*

— *Est-ce qu'il a expliqué pourquoi il a fait ça ?*

— *Oui. »*

John sourit faiblement et regarda de nouveau Gorman.

« *C'était de la folie pure, John. Il n'y avait pas de raison. Évidemment, il n'y avait aucune raison rationnelle. On ne peut pas rationaliser un comportement irrationnel.*

— *Mais il avait une raison valable à ses yeux, non ?*

— *Oui.*

— *Vous voulez me dire laquelle ?*

— *Non, bien sûr que je ne veux pas.*

— *Mais vous allez me la dire, pas vrai ?*

— *Vous croyez que ça vous soulagera ?*

— *Moi ?* fit John. *Non, je ne crois pas. Vous l'avez dit : c'est de la folie pure. Il faut vraiment être fou, non ? Les gens qui sont sains d'esprit ne sortent pas dans la rue pour aller éclater des crânes avec un marteau.*

— *Il croyait faire le bien, expliqua Gorman. Il croyait aider les gens qu'il tuait à monter au paradis. »*
John esquissa un sourire narquois. « C'est de la folie.
— *Pour sûr. »*
Gorman s'interrompit une seconde, puis ajouta : « De toute façon, on en reparlera un peu plus tard. Reposez-vous. Vous avez l'air d'aller mieux.
— *Et vous, vous avez l'air de quelqu'un qui ne dort jamais.*
— *C'est le cas.*
— *Vous pouvez peut-être dormir un peu, non? Maintenant que c'est terminé.*
— *Bien sûr, mon vieux. Peut-être, maintenant. »*

JERSEY CITY TRIBUNE
Vendredi 4 janvier 1985

Le policier qui avait arrêté le «Marteau de Dieu» est mort

L'inspecteur Frank Gorman, chef de la brigade criminelle de Jersey City, tout récemment chargé de l'enquête sur les assassinats du «Marteau de Dieu», est mort hier soir dans les toilettes d'un restaurant, semble-t-il d'une crise cardiaque. Gorman (51 ans), dans la police depuis vingt-huit ans, célibataire et sans enfants, dînait vraisemblablement seul. Marcus Garrick, le directeur de la police, a déclaré ce matin que la mort de ce policier dévoué et efficace laisserait un immense vide. Ses obsèques auront lieu le mercredi 9 janvier en l'église de la Première Communion. À la place des fleurs, le directeur Garrick a demandé que des dons soient versés au fonds d'entraide pour les veuves et orphelins de la police de Jersey City, par l'intermédiaire de la municipalité.

John Costello devint le genre de personnes qui se rassurent par des petits rituels : il compte, il fait des listes.
Il n'a pas peur de la nuit, car il porte en lui toute la nuit dont il a besoin.
Dans la rue, il ressemble à des millions d'autres gens.
Vous lui parlez, il semble exactement comme vous.
Mais il n'est pas comme vous.
Et ne le sera jamais.

1

Juin 2006

Avec son enseigne jaune délavée, son auvent en demi-cercle rouge, et le fait qu'on y avait toujours salé, fumé et saumuré maison, le Carnegie Deli & Restaurant, situé au n° 854 de la 7ᵉ Avenue, était un petit bout de paradis. À l'intérieur, les odeurs du bœuf salé, du hareng saur et des *kneidles* au bouillon de poulet, les images aux murs et les vieux serveurs dont l'impolitesse légendaire n'était compensée que par le sourire des serveuses; tout cela donnait le sentiment d'une agréable familiarité.

Ray Irving, de la quatrième division de la brigade criminelle, n'était pas juif, mais il estimait que son estomac représentait un candidat sérieux.

Il concoctait son petit déjeuner à partir de l'interminable carte casher – une omelette à la mortadelle, façon pancake, peut-être du jambon de Virginie en tranches épaisses, et des œufs. D'autres fois, il préférait du saumon fumé cuit avec de la crème de fromage, de la laitue, de l'oignon doux, un bagel, des pêches, du chocolat, un baba aux fruits et aux noix, du *pumpernickel* grillé et un jus de canneberge.

Pour le déjeuner, il y avait les sandwichs, mais il ne s'agissait pas de sandwichs comme les autres ; c'était les fameux sandwichs au bœuf salé, assez gros pour nourrir une petite famille, des combinaisons gargantuesques baptisées Crise de Foi, Bœuf en Folie, Jambon Quand Tu Nous Tiens ou encore le Fameux de Chez Reuben. Enfin, pour le dîner, on pouvait commander le pain de viande, les côtes d'agneau grillées, l'assiette de dinde du Vermont, le poulet au paprika à la roumaine, du pastrami servi sur des *knishes* aux pommes de terre maison, accompagné d'emmental fondu. Si vous demandiez une salade, on vous en préparait une : la Central Park, la Julienne Child, la George Shrimpton, la Zorba le Grec, la Spéciale au Thon, la Deux Fois du Foie, et la préférée d'Irving entre toutes, la Saumon Beau Bateau !

Irving possédait un appartement dans un immeuble en grès brun de trois étages, au croisement de la 40e Rue et de la 10e Avenue, dans le West Side. Il n'était pas marié. Il n'avait pas d'enfants. Il ne faisait pas la cuisine. Le commissariat n° 4 étant situé sur la 6e Avenue, à hauteur de la 57e Rue, son trajet pour se rendre au travail et en revenir lui permettait de passer par le Carnegie : il se garait derrière l'Arlen Building, près de la station de métro de la 57e Avenue, marchait un peu et le tour était joué. Les patrons de l'endroit le connaissaient de tête et de nom, mais ne le traitaient pas comme un flic – ils le traitaient comme un membre de la famille. Ils prenaient les messages quand il n'était ni chez lui ni au commissariat. Il avait son ardoise et la réglait chaque mois, sans qu'on le lui réclame, sans jamais aucun retard. Cela faisait des années que les choses fonctionnaient ainsi, et il n'y avait pas de raison que ça change. Face à l'horreur de son existence, à ce qu'il voyait quotidiennement, à la brutalité dont les humains étaient capables entre eux, il estimait que certaines choses devaient rester intactes, inchangées. Le Carnegie Deli & Restaurant en faisait partie.

Ray Irving dormait bien, mangeait bien, et, encore sept mois plus tôt, il avait pour habitude d'aller voir une femme nommée Deborah Wiltshire chez elle, 11e Rue Ouest, près de l'hôpital St. Vincent. Ils parlaient de choses et d'autres, buvaient du bourbon et jouaient aux cartes, écoutaient Miles Davis et Dave Brubeck, flirtaient comme des adolescents. Deborah avait 39 ans, elle était divorcée, et Ray se disait qu'elle avait fort bien pu être autrefois une putain... ou alors une danseuse. Il l'avait connue neuf ans plus tôt, lors d'une banale enquête de voisinage après le meurtre d'un adolescent derrière son immeuble. Elle n'avait eu aucune information à lui fournir, mais une fois qu'il en eut terminé avec ses questions, elle avait jeté sur lui un regard pétillant et lui avait dit de repasser s'il avait besoin d'autre chose. Il était revenu le lendemain pour lui demander si elle était célibataire et l'inviter à boire un verre. Ils s'étaient vus pendant quelques mois, puis il s'était lancé dans ce que certains avocats appelleraient une «demande de précisions complémentaires».

«Tu ne te dis jamais que notre histoire pourrait être plus...

— Plus quoi? avait-elle fait. Plus sérieuse?
— Mais oui. Tu sais, du genre…
— Du genre tu veux que je m'installe chez toi?
— Je ne parlais pas de ça, non. À moins que tu en aies envie, bien sûr. Je pensais plutôt…
— Écoute, Ray, pourquoi tout foutre en l'air? On s'entend bien. On s'amuse. Je me dis que si on se voyait plus souvent on finirait par découvrir toutes ces petites manies qui font que les gens se quittent. Là, on est bien. J'ai suffisamment d'expérience pour savoir que c'est la meilleure solution, et ça me plaît comme ça. Sinon je ne le ferais pas. »

Il n'avait plus jamais posé la question.

Les choses avaient peu évolué pendant presque dix ans, et puis Deborah Wiltshire était morte. Fin novembre 2005. Brutalement, inopinément. Une faiblesse cardiaque héréditaire. Disparue d'un coup. Elle était tombée comme une pierre.

La nouvelle de sa mort lui avait fait l'effet d'un coup de boule. Irving était resté hagard pendant un mois, puis il était tout de même parvenu à retrouver le chemin du réel.

En fin de compte, ce qui avait déclenché le retour d'Irving dans le monde des vivants fut le meurtre d'un enfant. Tuer des enfants était une chose qui ne pouvait ni s'expliquer, ni se justifier. Qu'importent l'auteur du crime et les circonstances, la raison officielle et la raison officieuse : un enfant mort était un enfant mort. L'affaire avait été difficile, elle avait duré des mois, mais la ténacité et l'implication de Ray avaient fini par déboucher sur l'inculpation d'un homme parfaitement irrécupérable.

Durant les six mois qui avaient suivi, se servant de son travail comme d'une ancre, d'un point fixe, Irving s'était progressivement éloigné du bord du gouffre. Il n'oublierait jamais Deborah Wiltshire, ne voudrait jamais l'oublier, mais il avait commencé à croire que le petit monde dans lequel il vivait avait encore besoin de lui. Il n'y avait pas de recette miracle pour surmonter la douleur – il l'avait bien compris – et il cessa donc d'en chercher une.

L'appartement de Ray Irving était comme au premier jour de son installation, onze ans plus tôt. Huit voyages en break depuis son ancien appartement, des tonnes d'affaires, sans cartons ni boîtes. Tous ces objets avaient trouvé leur place et n'en avaient depuis jamais bougé. Sa mère n'était jamais venue car elle était morte d'un emphysème au début de 1984. Son père jouait aux dominos et marmonnait des résultats de base-ball dans une maison de retraite de l'autre côté du quartier de Bedford-Stuyvesant. Personne n'était là pour lui dire de vivre autrement. Les choses étaient ce qu'elles étaient. Et il pensait qu'elles le seraient jusqu'à la fin des temps.

Le samedi 3 juin au matin, un peu après 9 heures, Ray Irving prit un appel. La rue et les trottoirs étaient vernis par la pluie. La distance entre la terre et le ciel était anormalement restreinte. Il avait fait mauvais toute la semaine; l'atmosphère était compacte, maussade, impénétrable. Le temps était humide et confus, et si cela pouvait être salutaire pour les paysans ou les horticulteurs, Irving, lui, n'y voyait qu'une source d'emmerdes. La pluie dissimulait les preuves, transformait la terre en boue, nettoyait tout, effaçait les faibles empreintes.

Le temps qu'il arrive à l'orée de Bryant Park, derrière la bibliothèque et suffisamment près de la 5ᵉ Avenue pour sentir l'odeur de l'argent, les agents avaient sécurisé la scène. L'herbe avait été foulée, la terre ressemblait à du porridge, et déjà les allées et venues avaient écorné le ruban jaune.

« Melville, dit le premier agent avant d'épeler son nom.

— Comme Herman ? » demanda Irving.

Melville sourit. Ils voulaient tous qu'on se souvienne d'eux. Ils voulaient tous recevoir un jour le coup de fil de la Criminelle, ou des Mœurs, ou des Stups : Tu as fait du bon boulot, petit, tu l'auras, ton insigne.

« Qu'est-ce qu'on a ?

— Une fille. Une adolescente, je dirais. La tête a été enfoncée. Le corps a été emballé dans du plastique noir et abandonné sous les arbres, là-bas.

— Qui l'a trouvée ?

— Deux gros gamins qui habitent en face. Des jumeaux de 14 ans. J'ai envoyé quelqu'un chez les parents.

— Les gamins connaissent la victime ?

— Pas d'après ses vêtements, répondit Melville. La tête est trop abîmée pour permettre une identification visuelle.

— Venez avec moi », dit Irving.

La terre collait à ses chaussures. La pluie s'était calmée, transformée en une fine bruine pénétrante. Irving ne remarqua pas à quel point ses cheveux étaient mouillés avant de passer sa main dedans et de sentir des gouttes ruisseler sur sa nuque.

Il ne connaissait rien aux différentes espèces d'arbres, mais ceux sous lesquels le corps de la fille avait été jeté sans ménagement étaient petits, avec des troncs épais et des branches basses qui formaient une voûte très dense. C'était une bonne nouvelle. La terre, au-dessous, semblait en effet encore relativement ferme vu les quantités de pluie qui étaient tombées. Il y avait des traces et des marques, des endroits où l'herbe était couchée, et deux zones bien nettes à côté du corps où, semblait-il, quelqu'un s'était agenouillé. Le corps était emballé dans une bâche en plastique noir, dissimulant le haut du torse de la jeune fille jusqu'à ses pieds. N'étaient visibles que ses épaules, son cou et le peu qu'il restait de son visage. Irving enfila des gants en latex, souleva délicatement la bâche sur un côté et examina les mains de la victime. À première vue, elles étaient intactes. Elle serait peut-être identifiée grâce à ses empreintes digitales, voire à ses dents. Irving rabaissa la bâche. Derrière les arbres s'étiraient une clôture en fer forgé, et plus loin encore, le trottoir de la 42e Rue. La grille et les arbres formaient un écran plus qu'efficace. Irving se demanda combien de gens – y compris même peut-être les parents de la fille – étaient passés juste à côté du corps sans s'en apercevoir.

« Les médecins légistes sont en route ? » fit-il en ôtant ses gants et en les fourrant dans sa poche de veste.

Melville hocha la tête. « Ils vont peut-être mettre un peu de temps… Disons une demi-heure. »

Irving se releva. « Postez deux de vos gars ici et deux autres dans la rue. Je veux parler aux gamins. »

Melville avait été gentil dans sa description. Les jumeaux n'étaient pas gros. *D'une obésité pathologique* : voilà l'expression qui venait plutôt à l'esprit. Une peau lisse, et dans leurs yeux, une hypertension déjà perceptible. Ils avaient l'air livides, froids, bouleversés, identiques. Les parents étaient tout le contraire : la mère d'une maigreur qui faisait mal à voir, le père d'une taille normale et plutôt gringalet.

Melville resta sur le palier de la porte d'entrée pour empêcher un éventuel attroupement.

En voyant Irving entrer, une femme flic, installée à la table de la cuisine, se leva. Il la connaissait du commissariat. Elle était mariée à un policier infiltré des Stups qui pouvait se targuer d'avoir un joli palmarès d'arrestations, mais aussi une belle collection de blâmes pour usage excessif de la force.

« M. et Mme Thomasian, dit-elle avant de faire un signe de tête vers les jumeaux. Et voici Karl et Richard. »

Irving sourit.

M. Thomasian se leva, tendit la main et invita Irving à s'asseoir.

Ce dernier sourit de nouveau, le remercia, expliqua qu'il n'en aurait pas pour longtemps. « Je ne vais pas vous retenir. Je voulais juste m'assurer que les garçons allaient bien, voir si vous aviez besoin de quelque chose, peut-être de quelqu'un pour leur parler. » Il se tourna vers les deux frères, l'un après l'autre. Ils le fixaient d'un air absent, saturé de sucre.

« Ça va, dit Mme Thomasian. On va gérer la situation. Pas vrai que ça va aller, les garçons ? »

L'un d'eux regarda sa mère, tandis que l'autre avait toujours les yeux rivés sur Irving.

Leur mère sourit encore – un sourire forcé, presque douloureux. « Ça va aller… Je vous assure. »

Irving acquiesça, se dirigea vers la porte de la cuisine et demanda à la femme flic de le rejoindre dans le hall d'entrée.

« Adoptés, lui expliqua-t-elle. Ils ont perdu leurs parents il y a environ quatre ou cinq ans dans un accident. Ils vont bien. Ils ne savent pas qui était la fille. Ils faisaient une sortie ce matin avec un de leurs professeurs. Karl a balancé le cahier de Richard par-dessus la clôture. Ils ont tous les deux fait le tour pour le récupérer, et c'est comme ça qu'ils l'ont trouvée.

— Demandez aux parents d'être témoins de leur déclaration. Les deux. Et faites signer les petits aussi. Aucune question sans la présence des deux parents.

— Bien sûr… C'est la moindre des choses. »

Irving la laissa là puis, accompagné de Melville, regagna la scène de crime. Les experts scientifiques étaient en train de déballer leur matériel.

Leur chef, un grand type mince du nom de Jeff Turner, tenait un sachet en plastique. À l'intérieur, deux ou trois objets, dont une carte scolaire.

« Si c'est bien la sienne, alors la gamine s'appelle Mia Grant et était âgée de 15 ans. »

Irving se tourna vers Melville. « Vérifiez le nom. Voyez si c'était une fugueuse. »

Melville se dirigea vers le véhicule de police noir et blanc garé derrière la station de métro.

« Bon, qu'est-ce qu'on a ? demanda Irving sur un ton résigné.

— Pour l'instant, uniquement le rapport initial. Les contusions ont été identifiées comme la cause du décès. Pas d'autres éléments apparents. Pas de traces de ligotage, pas de blessure par balle. Il faut que je fasse les prélèvements mais à première vue elle n'a pas l'air d'avoir subi d'agression sexuelle, et elle est morte à un autre endroit. Elle a juste été balancée ici. À vue de nez, je dirais que la mort remonte à vingt-quatre heures, peut-être moins. Je vais prendre la température du foie, mais avec le temps qu'il fait, je ne pense pas que ça nous aidera beaucoup.

— Elle est sortie vendredi soir, dit Irving. Et elle n'est jamais rentrée chez elle. »

À une trentaine de mètres de là, Melville appela Irving en lui faisant signe de venir.

« On l'a identifiée dans le fichier des personnes disparues, dit-il. Les parents ont signalé sa disparition la nuit dernière, un peu après 23 heures. Ils ont expliqué qu'elle était sortie à 19 h 30, sans doute pour un entretien d'embauche. Elle habite dans le lotissement de Tudor City. Aucun rapport officiel, parce qu'il ne s'est pas encore écoulé quarante-huit heures. Mais il y a une note dans la main courante.

— Il nous faut une identification définitive avant d'aller voir les parents. Hors de question que j'aille les interroger sur le meurtre de leur fille si c'est pour m'apercevoir qu'il ne s'agit pas de leur fille.

— Le risque que ce soit quelqu'un d'autre est…

— Quasi nul, coupa Irving. Je sais. Mais il faut que j'en sois absolument sûr et certain. »

Turner acquiesça. « Il va nous falloir une petite heure… » Il jeta un coup d'œil à sa montre. « Appelez-moi à 11 heures. On verra ce qu'on aura trouvé. »

Sur le coup de 11 h 15, Jeff Turner joignit Irving à son bureau. « On l'a retrouvée, dit-il. Ses empreintes figuraient dans la base de données. Son père est avocat. Anthony Grant, grand spécialiste du droit pénal… C'est lui qui a inscrit sa fille dans cette base de données quand elle avait 13 ans. Les parents sont en route.

— Je vous retrouve sur place. »

Irving décrocha sa veste du dossier de sa chaise et indiqua par écrit qu'il était en partance pour le bureau du coroner.

2

Evelyn Grant était dans un état lamentable. Son mari, un avocat qu'Irving reconnut vaguement pour l'avoir vu au procès d'un meurtre qui avait fait du bruit quelques années auparavant, était assis, droit comme un I – l'air décidé, en apparence impassible, mais avec dans les yeux le choc du réel, monstrueux, qui ne serait jamais oublié.

« Elle avait un boulot ? demanda Irving.

— Elle mettait des sous de côté pour acheter une voiture, répondit Anthony Grant. Elle voulait pouvoir s'en payer une avant son entrée à l'université. Je lui ai dit que je lui donnerais le double de tout ce qu'elle gagnerait en travaillant. Je voulais qu'elle comprenne... »

Il s'interrompit. Sa femme venait de lui attraper la main. Un sanglot étouffé monta dans sa gorge ; elle enfouit son visage dans un mouchoir.

Grant secoua la tête. « Je voulais qu'elle comprenne l'importance du travail.

— Et ce boulot, de quoi s'agissait-il ?

— Des petites choses domestiques, du nettoyage ou quelque chose comme ça. Je ne sais pas exactement. »

Grant regarda sa femme. Celle-ci détourna les yeux, comme si elle le tenait en partie responsable. « C'était une fille indépendante, reprit Grant. Je la laissais faire ce qu'elle savait faire. Elle allait voir les gens qu'elle connaissait, elle rentrait à la maison à l'heure dite. Parfois, elle restait dormir chez ses copines. Pour toutes ces choses-là, elle était très adulte.

— La première chose que je dois vous demander, bien sûr, vous concerne, monsieur Grant. Des clients mécontents. Naturellement, si vous aviez été procureur, ça aurait été plus logique. Mais même en tant qu'avocat, vous êtes probablement amené à avoir des ennemis.

— Bien entendu, fit Grant, avant d'hésiter une seconde. Mon Dieu, je ne sais pas. J'ai défendu des centaines d'affaires. Je gagne plus souvent que je ne perds, et de loin, mais il m'arrive de perdre. Qui ne perd pas ? Il y a beaucoup de gens aujourd'hui en prison qui m'en veulent.

— Et des gens qui en seraient ressortis ?

— C'est fort possible. »

Grant regarda de nouveau sa femme, dont les yeux brûlaient de reproches. Irving sentit que c'était une femme froide et que son mari faisait tout pour maintenir leur relation à flot.

« Écoutez, je comprends bien la nécessité de toutes ces questions, mais faut-il absolument le faire maintenant ? Je crois que ce n'est pas... »

Irving eut un sourire compréhensif. « Je veux juste savoir si vous avez une idée de l'endroit où elle se rendait. »

Grant fit signe que non. « Elle nous a simplement parlé d'une possibilité de boulot à temps partiel à Murray Hill. Elle devait y aller en métro. Je l'aurais bien emmenée en voiture, mais ma femme et moi avions quelque chose de prévu.

— Et l'heure à laquelle Mia a quitté la maison ?

— 18 heures. 18 h 30, peut-être. On est partis une demi-heure plus tard et on est revenus juste après 22 heures. Mia n'était pas là, elle ne décrochait pas son portable, alors j'ai prévenu la police à 23 heures. On m'a répondu…

— Qu'on ne pourrait pas établir un rapport officiel avant quarante-huit heures.

— Oui, exactement.

— Et elle ne vous a rien dit d'autre sur l'endroit où elle allait, ni sur la personne qu'elle voyait ? »

Grant resta silencieux un instant, puis, lentement, secoua la tête. « Non, rien dont je me souvienne.

— D'accord. Où puis-je vous joindre en cas de besoin ?

— Je vais emmener ma femme chez ma mère, à Rochester. Je reviendrai demain matin pour m'occuper de tout. »

Il sortit de son attaché-case une lettre à en-tête et la donna à Irving. « Voici mon numéro au cabinet et mon portable. Et puis… » Il nota deux autres numéros sur la feuille. « Celui-là, c'est mon domicile en ville, et là, c'est celui de ma mère, si vous avez vraiment besoin de me joindre ce soir. Essayez d'abord sur mon portable, mais chez elle ça capte très mal, et je préférerais que vous ne m'appeliez pas. Je passerai vous voir demain. Vous êtes au commissariat n° 4, c'est bien ça ?

— Oui. Au croisement de la 6ᵉ Avenue et de la 57ᵉ Rue.»

Grant se leva et aida sa femme. Mentalement, spirituellement peut-être, elle n'était plus dans la pièce. Elle était déjà loin. Elle ne voyait plus son mari, ni Irving, ni le policier en uniforme qui leur ouvrit la porte et les accompagna jusqu'à la sortie. Elle resterait dans cet état pendant plusieurs jours. Grant, inévitablement, appellerait un médecin, et le médecin lui prescrirait quelque chose pour retarder encore un peu l'échéance du réel.

Irving partit à gauche et retrouva Turner au bout du couloir.

«Pas d'agression sexuelle, lui annonça ce dernier. Je ne l'ai pas encore ouverte de bas en haut, mais il n'y a aucune trace extérieure, hormis le coup sur la tête. Sans doute un marteau... Enfin, quelque chose de petit, vous voyez? D'après la rigidité cadavérique et l'écoulement du sang, je dirais hier soir entre 21 h 30 et 23 heures. Je ne sais pas où elle a été tuée mais en tout cas elle n'y est pas restée longtemps. Elle a été déplacée presque immédiatement. L'écoulement sanguin horizontal, à l'emplacement où elle était couchée par terre, dans le parc, est primaire, pas secondaire. Ce qui signifie que vous allez devoir trouver une autre scène de crime.

— Si vous avez quoi que ce soit de nouveau, vous m'appelez?

— Bien sûr. Et les parents?

— Rien de très instructif pour l'instant. La fille était partie pour un boulot. Vers 18 h 30.

— Vous savez, fit Turner, il n'a rien dit quand il l'a vue. Même dans l'état où elle était, ça n'a pas eu l'air de l'affecter.

— Ça viendra. Ce soir, demain, la semaine prochaine. Ça viendra.

— Il ne fait pas partie des suspects ?

— Ils sont tous suspects jusqu'à ce qu'ils ne le soient plus. Mais Grant ? Pour le meurtre de sa propre fille ? Non, je ne le sens pas. Il se peut que ce soit une vengeance, quelqu'un qu'il aurait mal défendu. Mais la vérité est toujours plus tordue. »

Le bipeur de Turner sonna. Il devait y aller. Les deux hommes se serrèrent la main. Turner assura à Irving qu'il l'appellerait si l'autopsie révélait quoi que ce soit d'intéressant.

Or l'autopsie ne révéla rien d'intéressant.

Les TSC n'avaient rien trouvé non plus.

Les deux rapports parvinrent au commissariat le 5 au matin. Mia Emily Grant, 15 ans, née le 11 février 1991. Mort due à un traumatisme crânien, avec importante hémorragie interne. Pas d'agression sexuelle. L'orée de Bryant Park, sous la voûte des feuillages, était bel et bien l'endroit où le corps avait été abandonné, et non le lieu du crime. L'enquête de voisinage, pourtant approfondie, ne donna quasiment rien. Les employés du métro des stations 34e Rue-Penn Station, 50e Rue, 42e Rue, Times Square, Grand Central Station et 33e Rue – toutes les personnes qui auraient pu voir Mia Grant sur le trajet entre chez elle, près de St. Vartan's Park, et Murray Hill – furent interrogés, photo à l'appui. Bien sûr, Irving savait, pour commencer, que rien n'assurait qu'elle ait pris le métro ; elle n'avait peut-être même pas dépassé le coin de sa rue. Il savait aussi que cette histoire de boulot à mi-temps pouvait n'être qu'une ruse pour tromper ses parents. Une jeune fille de 15 ans, intelligente, jolie… Tout était dit.

Le samedi 10 juin, soit une semaine après la découverte du corps, l'affaire était toujours dans l'impasse. Chaque piste, chaque fil, chaque scénario potentiel qu'Irving avait pu imaginer à partir de la mort de la fille ; tout avait été exploré, une, deux, trois fois. L'alibi des parents était en béton. Il n'y avait rien. Irving plongeait régulièrement sa main au fond d'un sac et la ressortait vide.

Le dossier traîna quelque temps sur le rebord de son bureau. Très vite, il se retrouva sous un numéro du *New York Times,* une enveloppe de photos qui semblait avoir perdu son étiquette d'identification, une tasse à café et une cannette de Coca vide.

À quelque six rues de là, John Costello était assis à son bureau, au service de documentation du *New York City Herald*, les yeux rivés sur un panneau en liège accroché en face à lui. À hauteur de ses yeux était punaisé le petit article de deux colonnes relatant la découverte du corps de Mia Grant, avec les quelques détails relatifs à son âge, à son école, au métier de son père. Tout en bas, souligné de rouge, le fait qu'elle était partie, apparemment, chercher du travail à Murray Hill.

À côté de la coupure de journal, une demi-page arrachée à la petite gazette locale. Là, entourée à l'encre, figurait une annonce datée du jeudi 1er juin.

Cherche jeune fille pour travail domestique à temps partiel. Rémunération à négocier. Horaires flexibles.

Le numéro de téléphone comportait l'indicatif du quartier de Murray Hill.

De son écriture précise et mesurée, John Costello avait noté : *3 juin Annonce Carignan,* puis, à droite du cercle d'encre : *????*

À voir son air concentré et la manière dont il se tenait assis, Costello semblait fasciné par ces quelques lignes.

Lorsque le téléphone sonna sur son bureau, il sursauta, puis décrocha.

Il écouta, afficha un demi-sourire et dit : «Oui, madame, j'arrive tout de suite.»

3

« La vérité, c'est qu'il y a quelque chose comme dix-huit mille meurtres commis chaque année aux États-Unis. Ce qui nous fait mille cinq cents par mois, soit environ quatre cents par semaine, cinquante-sept par jour, un toutes les vingt-cinq minutes et demie. Et seuls deux cents par an sont l'œuvre de tueurs en série… » John Costello sourit. « Sauf erreur de ma part. »

Leland Winter, le rédacteur en chef adjoint du *New York City Herald,* se cala au fond de son siège. Il croisa les mains, les deux index pointés en flèche, et lança un regard interrogateur à Karen Langley, la responsable des faits divers, la femme pour laquelle John Costello travaillait comme enquêteur.

Ce dernier comptait les bonsaïs alignés sur le bureau de Winter. Il y en avait huit. Le deuxième à partir de la droite était d'une symétrie presque parfaite.

« Bien. Qu'est-ce que vous voulez ? demanda Winter.

— Trois pages, trois dimanches de suite », répondit Langley. Elle jeta un coup d'œil vers Costello et sourit à son tour.

« Une enquête sur les victimes des tueurs en série qui ne font jamais la une ?

— Exactement », fit Karen Langley.

Winter hocha lentement la tête et se tourna vers Costello.

Celui-ci inclina la tête sur le côté. « Je peux vous demander quelque chose, monsieur Winter ?

— Bien sûr.

— Les arbres... Ceux qui sont sur votre bureau...

— John », murmura Karen Langley, comme un reproche, un rappel à l'ordre.

Winter sourit et se pencha en avant. « Oui, les arbres... Eh bien ?

— Je crois n'avoir jamais rien vu d'aussi beau, monsieur Winter. Ce sont vraiment des spécimens remarquables.

— Vous vous y connaissez en bonsaïs ? Et au fait, John, personne ne m'appelle monsieur Winter, sauf le fisc et les flics. Appelez-moi Leland. »

Costello secoua la tête. « Est-ce que je m'y connais en bonsaïs ? À vrai dire, pas vraiment. Disons, suffisamment pour reconnaître ceux qui s'y connaissent.

— Eh bien, merci, John. Ça me va droit au cœur. Les bonsaïs sont en effet une de mes grandes passions.

— Je vois ça, Leland. Je vois ça. »

Leland Winter et John Costello restèrent un bon moment sans parler, l'un en face de l'autre, les yeux rivés sur les bonsaïs. Karen Langley se dit qu'elle aurait tout aussi bien pu ne pas être là.

Winter finit par se tourner vers elle. « Alors proposez-moi quelque chose, Karen... Préparez-moi quelque chose, que je puisse voir à quoi ça va ressembler, d'accord ? Trois pleines pages, je ne suis pas sûr, mais voyons déjà ce qu'on a à se mettre sous la dent. Entendu ? »

Karen Langley sourit et se leva. « Merci, Leland, c'est parfait… On aura quelque chose d'ici le milieu de la semaine. »

John Costello se leva aussi, avança d'un pas, tendit la main.

Leland Winter la serra, tout sourire. « Ça fait combien de temps que vous êtes ici, John ? Au journal, je veux dire.

— Ici ? »

Costello fit une moue songeuse. Il regarda Karen Langley.

« Huit ans et demi, dit-elle. John travaille pour moi depuis huit ans et demi… Il a commencé environ six mois après mon arrivée.

— Je suis surpris qu'on ne se soit encore jamais croisés. Je sais bien que je ne suis ici que depuis quatre ans, mais quand même… »

John Costello acquiesça. « Personne ne m'avait dit que vous aviez des bonsaïs, Leland. Sinon je serais monté vous voir depuis bien longtemps. »

Leland Winter sourit de plus belle et les raccompagna devant son bureau avec une mine satisfaite.

« Vous êtes incroyable, John, dit Karen Langley. C'est la chose la plus scandaleuse que j'aie jamais vue.

— Comme ça, vous aurez peut-être vos pleines pages, non ?

— On verra bien. Maintenant vous allez m'aider à préparer quelque chose, d'accord ? Il faut qu'on ait quelque chose pour la réunion du planning. Mercredi dernier carat.

— Je vais consulter mon calendrier. »

Langley agita la serviette en cuir qu'elle tenait à la main et attrapa le bras de Costello.

« Consulter votre calendrier... Franchement, vous devriez faire une demi-heure de *stand-up* au Comedy Club le samedi soir, ça vous ferait un peu atterrir. »

Ils arrivèrent devant l'ascenseur ; elle appuya sur le bouton pour descendre.

« Une question, fit Costello. Pourquoi lui avoir dit que je n'étais là que depuis huit ans et demi ? »

Elle sourit. « Je n'ai pas dit que vous étiez ici depuis huit ans et demi. Je lui ai dit que vous travailliez pour moi depuis huit ans et demi. »

Costello haussa les sourcils.

« Sérieusement, John, quand je raconte aux gens que vous êtes ici depuis près de vingt ans, ils sont tout étonnés de ne pas savoir qui vous êtes. Ils se sentent, comme qui dirait, un peu gênés. »

Costello voulut répondre, puis sembla se raviser. Il haussa les épaules et se dirigea vers l'escalier.

« Ah oui, c'est vrai, dit Karen. Pas d'ascenseurs. »

Il sourit modestement, franchit la porte et se lança dans l'escalier en comptant les marches, comme toujours.

4

Le matin du lundi 12 juin, Max Webster se retrouva coincé dans un embouteillage sur Franklin D. Roosevelt Drive. Il avait prévu de prendre le tunnel de Queens-Midtown, mais changea d'avis en voyant la longueur du bouchon qui s'étirait au bout de la 42e Rue Est, et décida d'emprunter le pont de Williamsburg, pensant que ce serait une meilleure idée. Max était dans la force de l'âge – si tant est que cette expression ait un sens. Né dans le Lower East Side, il travaillait en tant que commercial pour une petite mais florissante entreprise de produits chimiques installée sur Rivington Street, qui vendait jusqu'à Waterbury, Connecticut, dans le Nord, et Atlantic City au sud. Max était un type normal. Un type qui ne se distinguait par rien d'autre que sa respectabilité et sa bonté naturelle. Il appartenait à cette communauté des gens simples aux existences simples, qui avaient depuis longtemps surmonté la frustration quant à ce qui aurait pu être, à ce qui aurait dû être, à ce qui ne serait jamais. Des gens pas compliqués – simplement limités.

Max avait deux visites prévues chez des clients, à la suite de quoi il devait retourner au bureau afin de démarcher quelques prospects. Son entreprise, Chem-Tech, n'était plus obligée de batailler pour tourner, et d'une certaine façon Max se rendait compte que l'heure n'était plus aux défis. Depuis quelque temps il n'avait plus la niaque. Plus comme avant, dix ans plus tôt. L'époque des discours bien rodés, des «achetez tout de suite» et des délais de livraison plus courts que chez la concurrence. L'époque des tensions avec les gestionnaires de stock, les équipes de livraison et les manutentionnaires. L'époque où il prononçait trois Ave Maria en prenant sa voiture pour se rendre chez le client potentiel, puis serrait des louches, lançait de grands sourires idiots, faisait croire au type en face qu'il appelait le patron pour voir s'ils ne pouvaient pas obtenir une petite ristourne si la commande dépassait 3 000 dollars. L'époque où toutes ces choses lui donnaient une bonne raison de se lever le matin. Encore cinq ans et il plaquerait tout, s'achèterait un bateau et irait pêcher. Encore cinq ans de routine et de monotonie – il pouvait bien supporter ça. Car Max Webster était un homme respectable, courageux, qui mourrait sans que les gens se rappellent grand-chose de lui, sinon que c'était un type bien.

Les embouteillages aussi, il pouvait les supporter. Il était à l'heure pour son rendez-vous. Mais ce matin-là, il avait pris un deuxième café et, assis dans sa voiture sur Roosevelt Drive, il avait l'impression qu'un personnage cruel avait fait un nœud à sa vessie et lui serrait la base des intestins. Max avait beaucoup de qualités, mais il n'était pas très doué pour le petit déjeuner. Peut-être qu'il fumait trop. Quoi qu'il en soit, au réveil, la nourriture était le cadet de ses soucis. Depuis toujours. Il ne mangeait pas avant 10 ou 11 heures. Et ce matin-là, son deuxième café faisait la java dans son estomac.

Un quart d'heure plus tard, il n'avait avancé que d'une quinzaine de mètres. Il avait les mains cramponnées au volant et une fine couche de sueur était apparue sur son front. S'il ne bougeait pas de là, il avait l'impression qu'il finirait par pisser dans son froc.

Il jeta un coup d'œil à droite, vers la bande d'arrêt d'urgence. Soudain, il braqua, appuya sur l'accélérateur et fonça sur les cent derniers mètres qui le séparaient de l'embranchement. Il emprunta la route qui passait sous l'autoroute et se gara juste devant le parc de l'East River. Un ballon rempli d'eau essayait de sortir de son bas-ventre. Il hésita une seconde ou deux puis, dans un élan de spontanéité folle, coupa le moteur, sortit de la voiture et dévala la berge du fleuve vers un bosquet au bord de l'eau.

Le soulagement fut incroyable, immédiat. Il pissa avec une telle force qu'il aurait pu casser une vitre. Il pissa comme le champion du comté. La quantité qu'il déversa dépassant largement les deux tasses de café, il regarda furtivement à droite et à gauche pour s'assurer que personne ne le voyait. Mais les arbres étaient suffisamment denses pour le dissimuler, et ce n'est qu'au moment où il baissa de nouveau les yeux que son soulagement subit un violent coup d'arrêt.

D'abord il fronça les sourcils, puis, à mesure qu'il prenait conscience de ce qui se présentait devant lui, la réalité s'enfonçant dans son crâne tel le soleil dans le golfe du Mexique depuis la baie Ponce de León, il plissa les yeux et commença à se concentrer sur ce qu'il voyait. Parmi les feuilles mortes et les bouchons de bouteille, entre des morceaux de papier journal détrempés et une cannette de Coca rouillée, au milieu de toutes ces choses qu'on s'attendrait à trouver sur les bas-côtés de la route, il y avait une main humaine, paume tournée vers le ciel. Les doigts étaient tendus vers lui, presque pointés, presque accusateurs, et bien que le poignet fût dissimulé par un tas de feuilles mortes mouillées, les doigts semblaient surgir de la terre comme une plante bizarre, monstrueuse.

Max Webster avait beau être un garçon respectable, il arrosa le bout de ses vieilles godasses. Le dernier jet d'urine trempa la jambe droite de son pantalon et, à peine son engin remis à sa place, il quitta les arbres en courant, se retourna brusquement et faillit tomber, le visage blanc comme un linge, les yeux grands ouverts. Il tituba jusqu'à sa voiture, retrouva son portable dans la boîte à gants et appela les secours. Pour la première fois depuis des lustres, il jura. Quelque chose comme : « Il y a un cadavre, putain ! Putain, il y a un cadavre sous les arbres ! » À l'autre bout du fil, l'opératrice garda son sang-froid, le pria de lui expliquer où il se trouvait et ce qu'il avait vu, puis lui demanda de ne pas bouger.

Et il ne bougea pas. Il ne voulait même pas regarder derrière lui, en contrebas, vers les arbres. Il réfléchit un instant à ce qu'il leur raconterait, se demanda s'il y avait une loi qui interdisait de pisser à cent mètres de Franklin D. Roosevelt Drive. Mais en type bien qu'il était, il décréta que la vérité était la vérité. Et cette vérité, il la confia aux types qui arrivèrent dans leur véhicule de patrouille, deux jeunes flics frais émoulus de l'école de police. Le premier resta avec lui pendant que l'autre descendait au milieu des arbres pour confirmer que la main vue par Max était bel et bien une main humaine, et non pas un de ces stupides accessoires comiques jeté là par des petits farceurs.

La main était bien réelle, tout autant que le corps auquel elle était rattachée, et le policier ressortit des fourrés tout aussi choqué, tout aussi blême. Il appela le standard. L'opératrice contacta le bureau du médecin légiste ; le coroner adjoint du comté fut immédiatement dépêché sur place. Hal Gerrard – c'était son nom –, la quarantaine bien entamée, savait qu'à moins d'une intervention divine, il ne serait jamais coroner à la place du coroner, et, philosophe, il s'y était résigné depuis longtemps. Il emmena avec lui un TSC, un certain Lewis Ivens. À eux deux, ils fouillèrent toute la zone autour du cadavre et en trouvèrent un deuxième. Deux filles. Jeunes – pas plus de 16 ou 17 ans. Gerrard prit quelques notes, tomba d'accord avec Ivens pour estimer l'heure de la mort à environ vingt-quatre heures. Les filles avaient reçu deux balles : la première, une à l'arrière du crâne et une dans le torse ; l'autre en avait pris une à l'arrière du crâne, avec un orifice de sortie près de son sourcil droit, et une deuxième balle était ressortie derrière l'oreille gauche. Malgré leur jeune âge, elles portaient des tenues de travail : la première, un gilet sans manches en jean et un débardeur rose ; la seconde, des bas résille, des talons aiguilles, et une minijupe pas beaucoup plus large qu'une ceinture.

« Elles travaillaient déjà ? demanda Ivens. À leur âge ? »

Gerrard se contenta de secouer la tête, blasé. Il ne répondit pas. Il en avait vu d'autres, et il n'y avait vraiment pas grand-chose à dire.

Ils inspectèrent les alentours pour s'assurer qu'il n'y avait rien d'autre à signaler. Ils découvrirent un sac à main contenant un rouge à lèvres, un spray contre la mauvaise haleine, une petite bombe lacrymo et six préservatifs. Non loin de là, un paquet de Marlboro écrasé avec à l'intérieur trois cigarettes et une boîte d'allumettes au nom du EndZone, une discothèque. Gerrard et Ivens balisèrent la scène de crime à l'aide d'un ruban noir et jaune, prirent des photos sous tous les angles possibles et imaginables, puis demandèrent un deuxième véhicule à la morgue du comté.

À l'arrière de la voiture de patrouille, les deux policiers, John Macafee et Paul Everhardt, entendirent le bref témoignage de Max Webster. Ils prirent sa carte de visite et son numéro de portable et lui dirent qu'ils le contacteraient s'ils avaient besoin de renseignements supplémentaires. Sur ce, Max regagna sa propre voiture et téléphona au bureau. Il raconta à son responsable ce qui s'était passé, demanda à pouvoir annuler ses rendez-vous de la journée et à prendre un jour de congé. Le responsable de son secteur, un homme compréhensif et généreux, lui répondit qu'il irait aux rendez-vous à sa place. Max

Webster rentra chez lui. Il entendrait parler de sa découverte dans les journaux, verrait son nom en une, raconterait son histoire encore vingt-trois fois durant divers barbecues, sauteries, garden-parties et rendez-vous professionnels. Il ne parlerait qu'une seule fois à un certain inspecteur Machin Chose Lucas, lors d'une conversation téléphonique assez courte, mais en matière d'adolescentes mortes, il avait donné, et plutôt deux fois qu'une. Plus jamais il ne but deux tasses de café le matin, et plus jamais il ne s'arrêta pour aller pisser sur le bas-côté de la route.

En moins d'une heure, Karen Langley, du *City Herald*, fut au courant. Un journaliste fut envoyé à la recherche de Max Webster, un autre dépêché sur place. Le premier reçut un accueil glacial de la part d'Harriet, la femme de Max. Elle lui dit en des termes on ne peut plus explicites que Max n'avait pas de commentaires à faire. Le journaliste, qui n'avait pas le bagout de Karen Langley, rentra donc bredouille. Son confrère se posta au sommet de la pente qui descendait vers les fourrés, où le ruban noir et jaune qui entourait les arbres interdisait tout accès à la zone, et se demanda quoi faire. Il prit deux ou trois photos, mais des agents postés là ne lui permirent pas d'approcher davantage.

Karen Langley appela le bureau du coroner, enjôla Gerrard et décrocha le scoop sur les deux jeunes filles mortes.

Elle téléphona ensuite à John Costello. Lequel resta silencieux un long moment.

« John ?

— Le calibre. Elles ont été abattues, c'est ça ? J'ai besoin de connaître le calibre.

— Je n'ai pas demandé cette information. Pourquoi en avez-vous besoin ? »

Costello retomba dans le silence. Karen Langley l'entendait respirer à l'autre bout du fil.

« Vous pouvez vous renseigner, Karen ? Sur le calibre de l'arme avec laquelle elles ont été tuées ? Vous pouvez voir s'il s'agit d'un .25 ?

— Je ne sais pas, John… Je vais rappeler Gerrard.

— Oui, ce serait bien. »

Karen raccrocha, soucieuse. Costello était sans conteste un homme aussi étrange que remarquable. Extraordinairement intelligent, doté d'une mémoire fabuleuse, une encyclopédie vivante, un puits de science, il savait une infinité de choses, pour la plupart sinistres et dérangeantes. Elle connaissait son histoire, avait lu les articles sur le Marteau de Dieu. Elle l'avait interrogé une fois sur le sujet, mais il s'était montré peu prolixe et lui avait fait comprendre qu'il ne souhaitait pas en parler. En tout cas, après une vingtaine d'années passées dans le journalisme, elle n'avait jamais eu un enquêteur comme John Costello. Ne voulant pas le perdre, elle n'avait jamais insisté.

Elle tenta de joindre Hal Gerrard. Il était indisponible. Elle appela Ivens.

« Je ne peux pas vous le dire, Karen… C'est classé confidentiel, voyez-vous ?

— Il faut que je sache si c'est un .25, Lewis. Rien de plus. »

Lewis Ivens se tut. Il réfléchissait. Lorsqu'il finit par répondre, Langley sentit quelque chose dans sa voix. « Vous voulez savoir si elles ont été abattues avec un calibre .25 ?

— Oui, un .25. »

Nouveau silence d'Ivens.

« Si je disais au hasard qu'elles ont été abattues avec un .25, est-ce que je ferais une erreur ? » continua Langley.

Ivens prit une grande bouffée d'air, puis expira lentement. « Si vous disiez *au hasard* qu'elles ont été abattues avec un .25, ça ne me choquerait pas.

— Je vous remercie, Lewis. Vraiment.

— Pas de quoi. On ne s'est pas parlé aujourd'hui. Je ne vous connais pas. On ne s'est jamais rencontrés.

— Je suis désolée... Je crois que j'ai fait un faux numéro. » Langley raccrocha, puis décrocha aussitôt pour appeler Costello.

« Un .25, lui dit-elle d'emblée.

— Et elles étaient deux ? Des adolescentes, c'est ça ?

— Que je sache, oui.

— Bien, bien, bien... Laissez-moi m'en occuper. J'aurai peut-être quelque chose pour vous dans quelques jours.

— Quoi donc ? À quoi pensez-vous ?

— Quelque chose. Rien. Je ne sais pas encore. Avant d'en être sûr, il faut que j'en trouve un autre.

— Un autre quoi, John ? Trouver un autre quoi ?

— Laissez-moi m'en occuper... Je vous dirai si ça rime à quelque chose. Si je vous en parle maintenant, vous allez vous emballer et m'emmerder avec ça.

— Allez vous faire foutre, John Costello.
— Oh, mais quelle vulgarité ! »
Au moment où il raccrocha, elle l'entendit éclater de rire.

5

Peu après 13 heures, le lundi 12 juin 2006, au bureau du coroner du comté, les corps d'Ashley Nicole Burch, 15 ans, et de Lisa Madigan Briley, 16 ans, furent formellement identifiés par Hal Gerrard, le coroner adjoint. Lewis Ivens était là, ainsi que Jeff Turner, le TSC en charge du meurtre de Mia Grant. Il n'y avait aucune similitude entre les deux affaires – Turner n'était présent que parce qu'il connaissait personnellement Ivens. Durant l'après-midi, ils devaient assister à la conférence d'un certain Dr Philip Roper, du département des enquêtes scientifiques, bureau des services au personnel, sur *L'Analyse des projectiles à l'origine non répertoriée : plats, rainures, rayures, stries.* Ils partirent ensemble à 13 h 20, achetèrent un café chez Starbucks et filèrent vers l'ouest dans la voiture d'Ivens. Hal Gerrard appela l'inspecteur Richard Lucas, du commissariat n° 9, celui-là même qui avait eu une brève discussion téléphonique avec Max Webster.

« J'ai retrouvé vos deux gamines, lui dit-il. Les rapports sont terminés, du moins concernant les informations dont vous avez besoin. Deux tirs chacune, à bout portant, avec un calibre de .25... On vérifie les balles dans la base de données, mais vous connaissez la musique, n'est-ce pas ? »

Lucas demanda si quelqu'un s'était chargé d'annoncer la nouvelle aux parents.

« Aucune idée... C'est votre domaine de compétence, cher ami. Alors sentez-vous libre de le faire. »

Lucas voulut savoir si on avait retrouvé des traces de drogues dans les corps.

« De l'alcool, en grosse quantité. À mon avis, elles ne devaient plus marcher tout à fait droit. Mais pas de drogue. »

Ils se dirent au revoir et la conversation s'arrêta là.

Lucas contacta alors une des policières, lui demanda d'aller chercher les rapports d'autopsie, ainsi que les adresses des victimes, attendit son retour et la pria de l'accompagner. Les adresses en question étaient toutes deux situées dans le même pâté d'immeubles : la résidence dite Chelsea Houses, sur la 9e Avenue, à Chelsea Park.

Comme toujours lors de ces visites en pleine journée, les pères étaient souvent au travail, si bien qu'il revenait aux mères d'apprendre la terrible nouvelle et de répondre aux questions. Ashley Burch avait dit à ses parents qu'elle dormirait chez Lisa Briley. Lisa Briley avait expliqué à ses parents qu'elle passerait la nuit chez Ashley. Astuce vieille comme le monde, mais les vieilles astuces étaient encore les meilleures. Elles s'étaient manifestement habillées comme des prostituées, étaient allées au EndZone, avaient bu comme des trous, et ensuite... Elles avaient croisé quelqu'un, et ce quelqu'un s'est révélé être la dernière personne qu'elles aient vue.

Lucas demanda qu'une autre policière du n° 9 le rejoigne et qu'une autre reste auprès des deux mères, en attendant que les pères soient contactés et rentrent du travail. Il se rendit alors au EndZone, montra des photos des filles, déroula la procédure classique, fit pression sur le patron parce qu'il avait servi à boire à des mineures. Cela ne mena nulle part. Ce soir-là, l'établissement était bondé, soit la capacité maximale de mille six cents personnes. Ça avait été une bonne soirée.

Lucas revint bredouille.

Il ne se passa rien pendant deux jours.

Le mercredi 14 juin à 20 heures, un correspondant anonyme demanda à parler à l'inspecteur chargé d'enquêter sur la mort des deux filles retrouvées l'avant-veille. Par chance, Lucas était dans son bureau. Il prit l'appel.

«Je crois que mon amant est un assassin.

— Qui est à l'appareil? fit Lucas. À qui ai-je l'honneur?

— Contentez-vous de m'écouter, dit la femme, sinon je raccroche.

— Je vous écoute.»

Lucas fit signe à l'un de ses collègues de déclencher l'enregistrement sur la table de contrôle.

«Ce que je veux, c'est savoir si oui ou non la personne que je connais et qui se trouve être mon amant a bien commis ce crime. Il prétend l'avoir fait. Je m'appelle Betsy.

— Betsy?

— J'ai dit Betsy? Non, je m'appelle Claudia.

— C'est très gentil à vous, dit Lucas. Nous vous sommes très reconnaissants de votre aide. Vous pouvez nous donner le nom de votre amant ?

— Non, ça, je ne peux pas.

— Vous pouvez nous en dire un peu plus sur lui, Claudia ?

— Je peux vous dire qu'il a des cheveux bruns frisés et des yeux bleus. Son prénom est John et il a 41 ans. J'ai retrouvé dans sa voiture un sac de sport rempli de draps, de serviettes en papier et de vêtements qui lui appartiennent, ensanglantés.

— D'accord, d'accord, très bien... Est-ce que vous pouvez nous donner son nom, Claudia ?

— Il me dit qu'il a tiré quatre fois, continua la femme, manifestement indifférente. Il me dit qu'il a tiré quatre fois. Pour l'une des filles, deux balles dans la tête, ce qui la fit presque exploser. Pour l'autre, une balle dans la tête et une dans la poitrine. Il s'est servi d'un pistolet de calibre .25. Est-ce que ça colle avec ce que vous avez trouvé ?

— Oui, ça colle... Ce que vous nous dites est d'une grande utilité pour nous, Claudia... Mais il faut vraiment qu'on connaisse le nom de cet homme. Si vous pouviez nous le donner, je suis persuadé que cela permettrait d'éviter d'autres... »

Sur ce, la ligne coupa.

Une heure plus tard, Richard Lucas demanda la liste de tous les individus ayant soumis une demande d'arme de calibre .25 au cours de l'année précédente. Il procéda à une recherche sur tous les hommes arrêtés pour agression violente, âgés de 41 ans, avec des cheveux bruns frisés et des yeux bleus, habitant New York.

Avec les meilleures intentions du monde, Richard Lucas fut l'instigateur d'une opération qui allait mobiliser près de trois cents hommes pendant trois jours.

Et tout ça pour rien.

Aucune piste ne donna de résultats probants.

Le lendemain, au rez-de-chaussée du siège du *New York City Herald,* debout près de la fontaine à eau, John Costello lisait l'article du *New York Times,* daté du 13 juin, consacré au meurtre de Burch et de Briley. Il l'avait entouré au stylo rouge et souligné trois fois.

Remonté dans son petit bureau du premier étage, il découpa la colonne et l'agrafa à côté de celle consacrée à Mia Grant. Il colla un Post-It sous le texte et nota : *12 juin Clark, Bundy, Murray – Tueurs du Crépuscule,* puis accola de nouveau quatre points d'interrogation.

Il fit un pas en arrière, posa sa main à l'arrière de son crâne et lissa ses cheveux. Il compta le nombre de mots dans chaque article, puis recompta.

Il sentit la fine cicatrice sur son cuir chevelu, juste au-dessus de la nuque.

Il sentit l'appel muet de son propre cœur apeuré.

6

D'Ashley Burch et de Lisa Briley, Ray Irving ignorait tout. C'était l'affaire de Richard Lucas – autre commissariat, autres pratiques. Irving était un pragmatique, un méthodique, de temps en temps sujet à des éclairs de génie, mais des éclairs qui, avec l'âge, se faisaient de plus en plus rares, de plus en plus espacés.

Ray Irving était un inspecteur-né, d'une curiosité insatiable, toujours en train de poser plein de questions, et en même temps assez au fait de la réalité du monde dans lequel il vivait pour savoir que certaines énigmes demeureraient toujours sans réponse. Peut-être insolubles.

Nietzsche disait que quiconque se battait contre des monstres devait prendre garde à ne pas en devenir un lui-même. Il disait que celui qui scrutait trop longtemps l'abîme était aussi scruté par l'abîme.

Irving avait marché au bord de l'abîme pendant pas mal d'années, d'un pas mesuré, voire régulier. Et bien qu'il eût tracé un chemin à force de faire le tour du périmètre, il sentait que le périmètre se réduisait malgré tout. Avec chaque nouvelle affaire, il se rapprochait du centre de quelque chose. Il retrouvait toujours plus de folie à chaque meurtre, à chaque manifestation de brutalité absolue perpétrée par un être humain sur un autre être humain. Et malgré tout ce qu'il avait vu dans sa vie, il se retrouvait encore, quelquefois, sidéré par l'inventivité que déployaient certains hommes pour en détruire et exterminer d'autres. Il avait aussi appris que l'irrationnel ne pouvait être rationalisé. Comme pour une drogue, la nécessité était plus forte que toute loyauté, que tout accord. Il y avait ceux qui tuaient sous le coup de la colère ; mais ceux qui commettaient des meurtres par passion formaient une race à part. En réalité, ceux mus par un *désir* de tuer n'existaient pas : ce n'était pas un désir, mais une pulsion, plus puissante que l'amour, que la famille, que n'importe quels serments ou promesses formulés pour soi-même ou adressées aux autres. On avait affaire à des individus qui tuaient parce qu'ils *devaient* tuer. Ce n'était pas un désir, c'était une obligation.

Tant de fois il avait été témoin d'événements qui allaient à l'encontre de l'ordre naturel des choses. Des parents qui enterraient leurs enfants. Des gens qui avouaient, montraient leurs mains couvertes de sang, puis repartaient, libres de tuer encore. La vérité ne délivrait pas les hommes. Les astuces juridiques étaient devenues une planche de salut. Ces choses-là n'auraient jamais dû exister, et pourtant elles existaient.

Ray Irving pensait qu'il mourrait en ayant compris une partie de ce qu'il avait pu voir, mais jamais l'ensemble. Tout comprendre ? C'était tout bonnement impossible.

Un mois s'était écoulé depuis la mort de Mia Grant. Il ne l'avait jamais connue, aussi ne lui manquait-elle pas. En revanche, Deborah Wiltshire lui manquait. Et d'une manière inédite. Cela faisait sept mois qu'elle était morte et, bien qu'il restât chez lui quelques traces de sa présence, de sa personnalité – un lisseur de cheveux en céramique, une paire de chaussures plates dont la droite avait le bout troué –, Irving les contemplait avec une sérénité et une distance uniquement permises par le passage du temps. Dans un premier temps, il avait été incapable de les ranger, à cause de ce qu'ils représentaient, parce qu'ils étaient tout ce qu'il restait d'elle. À présent, plus de six mois après sa mort, il voyait en eux le rappel constant de la personne qu'elle avait été, du chemin qu'il avait lui-même parcouru, de la fin d'un cycle qu'ils incarnaient. Deborah Wiltshire, le grand amour inavoué de sa vie, avait disparu. Le seul paradoxe, bizarrement, était qu'elle n'avait pas été assassinée. Irving avait le sentiment – peut-être lié à une petite zone noire qu'il portait au fond de lui, l'ombre de l'abîme qui s'était frayé un chemin en lui à force d'en sonder les profondeurs – que l'assassinat aurait été pour elle la seule manière convenable de mourir. Il était inspecteur à la brigade criminelle, et si le type ou la chose en charge de son karma était vraiment allé au bout de ses idées, il aurait fait en sorte que cette femme meure assassinée. Voilà qui eût été cohérent. Approprié. Mais non. Rien de tout ça. La vie de Deborah lui avait été arrachée discrètement, presque en silence, une progressive détérioration des minutes, chacune plus courte que la suivante à mesure qu'elle luttait contre un adversaire invisible. Et puis elle s'était éteinte. Sans vaciller. D'un coup. Elle n'avait pas disparu par étapes imperceptibles, comme une aquarelle qui se fane avec le temps. Elle était simplement partie.

Ray Irving se retrouvait avec un sentiment qu'il ne pouvait pas saisir ni comprendre. Ce n'était ni la solitude, ni un apitoiement complaisant. C'était le vide. Un vide que rien ne pouvait combler. Il se rappelait une phrase d'Hemingway sur la perte des choses. Quand vous perdiez une chose, bonne ou mauvaise, celle-ci laissait un vide. Si c'était une mauvaise chose, le vide se remplissait de lui-même ; si c'en était une bonne, il fallait trouver mieux, ou alors le vide restait indéfiniment là. Quelque chose comme ça… Irving trouvait la théorie intéressante, même s'il avait du mal à définir ou à imaginer quelque chose de meilleur que Deborah Wiltshire.

Le vide, s'il s'agissait bien de ça, resterait à jamais.

Il vaquait à ses affaires, mangeait au Carnegie's, scrutait les ténèbres et se collait régulièrement un mouchoir sur la bouche. Il voyait comment des existences étaient brisées sans aucune raison. Il posait beaucoup de questions et obtenait très peu de réponses. Il terminait chacune de ses journées devant la fenêtre, chez lui, face au monde qui replongeait dans le silence.

Le 29 juillet au matin, ce fut le monde qui vint le trouver. Il se présenta plein de couleurs, avec des pom-pom girls et des kiosques à musique, des chars décorés et des fanfares, des marches de John Philip Sousa et des majorettes. Il se présenta sous le masque d'un clown. Au croisement de la 39ᵉ Rue Est et de la 3ᵉ Avenue, côté Murray Hill. Si cela avait été à l'est de la 2ᵉ Avenue, ce n'aurait plus été du ressort d'Irving. Mais non, le monde voulait qu'il rencontre James Wolfe.

James avait été un gamin sympathique devenu jeune homme à problèmes. Il venait du Lower East Side, à l'orée du Vladeck Park. Il rêvait de devenir architecte, ou designer, quelque chose dans ce goût-là, mais son père était un bonhomme sévère, le genre bleu de travail imbibé de sueur et de bière, qui avait passé sa vie à travailler sur les quais – du n° 34 au n° 42 – à l'ombre du Manhattan Bridge, les poumons emplis par l'air de la baie de Wallabout depuis le jour où il avait eu la force de porter et de donner des coups de marteau. Dennis Wolfe n'était pas un homme instruit ; il n'avait ni diplômes ni qualification. Un jour, il transporta un homme sur un kilomètre, jusqu'à l'hôpital, et lui sauva la vie en empêchant son ventre ouvert de se vider de son sang grâce à des chiffons enroulés dans un sac plastique. « J'ai pensé que c'était logique, expliqua-t-il à l'infirmière des urgences. Si j'avais mis les chiffons juste comme ça, ils allaient s'imbiber du sang sans l'empêcher de couler, pas vrai ? Alors qu'en les emballant dans un sac plastique, ça agit comme du mastic... En tout cas c'est ce que je me suis dit. » Dennis Wolfe avait vu juste. Une semaine plus tard, quand on organisa une fête en son honneur, il fut intimidé, gêné même. Le chef de quai passa pour lui serrer la main, puis lui offrit une petite plaque en cuivre avec son nom gravé dessus. Dennis avait empêché un accident du travail de se transformer en un horrible procès pour homicide involontaire. Il enroula la plaque dans du papier journal et la planqua dans une petite cachette nichée sous le toit, juste au-dessus de l'escalier, là où il rangeait toutes les babioles qui ne lui servaient pas à grand-chose. N'importe quelle personne un peu sensée, pensait-il, aurait fait la même chose. Il n'en reparla plus jamais.

Dennis Wolfe avait du mal avec son fils. Il était à peu près certain que son gamin n'était pas une tapette, mais il ne comprenait décidément rien à ses rêves d'artiste. La mère de James, Alice, était une gentille femme, peut-être un peu simple, mais pragmatique et terre à terre. Rien d'artistique chez elle. James l'avait emmenée une fois au Whitney Museum, deux ans plus tôt. Elle n'avait parlé que du thé qu'on lui avait servi dans la petite cafétéria à l'extérieur ; le thé : c'était la seule chose qu'elle avait remarquée, la seule chose dont elle se souvenait. James avait deux sœurs, toutes deux mariées à des hommes qui travaillaient sur les quais, toutes deux jeunes mères, toutes deux reliées à un monde que Dennis comprenait. L'avenir était prévisible. Il y avait du sens dans la tradition, la répétition, les choses connues, et non pas dans la nouveauté, la découverte, l'inconnu. L'architecture ? La décoration intérieure ? Ces choses-là avaient leur place quelque part, bien sûr, mais pas dans la famille Wolfe. Les Wolfe étaient des travailleurs, pas des rêveurs. Les Wolfe suaient sang et eau pendant que les gens des beaux quartiers hantaient les cafés et parlaient pour ne rien dire.

Dennis Wolfe interrompit sa pause pour prendre un appel dans le bureau du contremaître du quai. Ce dernier avait un maillet en guise de tête, des traits grossiers, un caractère encore plus grossier. L'appel fut bref et sans fioritures. Dennis Wolfe ne montra aucune émotion; il se contenta d'expliquer à son chef qu'il devait régler un problème familial. Il rattraperait le temps perdu – le lendemain, peut-être le surlendemain.

Après avoir roulé quelques dizaines de mètres, Dennis Wolfe ralentit au feu rouge. C'est à ce moment-là qu'il réalisa : il n' aurait plus à s'inquiéter de savoir si son fils était une tapette ou non, car son fils était mort.

Lorsque Ray Irving arriva à l'arrière du magasin Wang Hi Lee, spécialisé dans les déguisements et les feux d'artifice, la scène de crime avait déjà été sécurisée et interdite d'accès. Des agents avaient dressé des barrières et cerné le bâtiment d'un ruban jaune et noir, laissant uniquement autour un périmètre de sept mètres. Jeff Turner, le TSC qui s'était occupé de l'affaire Mia Grant, était déjà là; l'expression qui passa sur son visage quand il vit Irving mit ce dernier mal à l'aise.

« A priori, dit Turner, il a d'abord été étranglé, très vraisemblablement avec une corde. C'est ma première hypothèse pour ce qui est de la cause du décès. L'identification définitive n'a pas encore été faite, mais le jeune avait un portefeuille sur lui, avec sa carte d'université à l'intérieur. Si elle est authentique, alors il s'appelle James Wolfe.

— D'abord étranglé? Et ensuite?

— Eh bien... Celui qui a fait le coup lui a presque cassé le corps en deux.

— Cassé le corps en deux? Comment ça?» demanda Irving alors qu'ils passaient sous le ruban pour se diriger vers l'arrière du bâtiment. Partout planait une odeur de soufre et de peinture.

«Il a fait rentrer le corps à l'intérieur d'une trappe carrée percée dans le sol; une arrivée d'eau ou un truc comme ça d'environ quatre-vingt-dix centimètres sur quarante-cinq. Apparemment, le raidissement des muscles avait déjà commencé. Si c'était le cas...» Turner agita la tête, l'air dégoûté. «S'il était déjà rigide, ça veut dire que quelqu'un a dû lui sauter à pieds joints sur le ventre jusqu'à ce que le pauvre ait été plié en deux. Sans quoi il aurait été impossible de le faire rentrer là-dedans.»

Devant eux, un agent fit coulisser la grande porte de l'entrepôt.

«Et il avait le visage maquillé», reprit Turner.

Irving ralentit le pas, puis s'arrêta. «Quoi?

— Son visage... Le visage du jeune était grimé. En plus, quelqu'un lui a collé une perruque rouge sur la tête...

— C'est une blague?»

Turner inspira longuement et regarda droit devant lui. «Venez. Je vais vous montrer.»

7

Le portrait de James Wolfe, son visage grimé en clown Grippe-Sou, son corps péniblement enfoncé dans un trou à même le sol en béton du magasin Wang Hi Lee, fit la une du *New York Daily News*. Pour ça, il avait suffi d'un policier ayant une pension à payer, un crédit à rembourser pour sa voiture, une ou deux ex-femmes, et d'un portable équipé d'un appareil photo.

Les formes à l'arrière-plan – des chevaux de manège grotesques, un diablotin à ressort de cinq mètres de haut, la tête d'un dragon chinois – et les gros titres en rouge s'affichèrent chez les marchands de journaux, dans le métro, et furent l'objet de discussions aux machines à café et dans les cours d'immeuble. Le Tueur de Clown. On lui donna un nom. Il fallait toujours donner un nom, car une chose n'était rien tant qu'elle n'avait pas de nom.

Le 31 juillet au matin, Ray Irving se tenait debout dans le couloir qui faisait face à son bureau. Ce couloir comportait une fenêtre qui donnait sur la rue; son bureau n'en avait pas. Suffisamment d'années de service pour bénéficier d'un bureau personnel, pas assez pour avoir droit à la lumière du jour. Il avait des plantes en pot – une petite fougère, une fleur de lune. Il avait aussi un percolateur qui embaumait la pièce du parfum amer d'un expresso italien quand l'envie lui prenait. Il avait une table, un téléphone, une armoire-classeur, un fauteuil avec dossier à ressorts pour alléger la tension dans sa colonne vertébrale, et, au mur, un panneau en liège. Sur celui-ci étaient punaisés des pense-bêtes : à côté de photos de scènes de crime, des bouts de papier où étaient griffonnés des numéros de téléphone illisibles, une recette de muffins aux amandes, enfin un cliché en noir et blanc le montrant aux côtés de Deborah Wiltshire quand il était plus jeune et elle, en vie. Son bureau ressemblait à son appartement. Son bureau était ordinaire, sobre, impersonnel. Eût-on un jour conseillé à Irving d'avoir une vraie vie, il aurait peut-être souri et répondu : *Une vraie vie ? Mais c'est ça, ma vie.*

Mia Grant et James Wolfe étaient les malheureux parmi tant d'autres malheureux. L'Amérique connaissait dix-huit mille crimes par an, et New York faisait partie des endroits les plus prisés par ceux qui les commettaient. Par nature, New York était une scène de crime à elle toute seule. Si cela était sans doute moins le cas que dans les années 1980, du point de vue d'Irving, il était malgré tout clair que les périodes de répit – les périodes *entre* les meurtres – étaient lointaines et décousues. Sa vie consistait à passer rapidement, tranquillement, d'une scène primaire à une autre.

Pour le meurtre de Mia Grant, la scène secondaire était un petit bout de terrain dissimulé par les arbres, derrière une barrière qui bordait un trottoir très fréquenté ; la scène primaire, elle, était encore indéterminée. Dans le cas de Wolfe, la scène primaire était encore en cours d'analyse, mais d'ici deux jours ce ne serait rien de plus qu'un trou dans le sol, au fond d'un entrepôt détenu par une entreprise chinoise de feux d'artifice. Il ne restait rien d'autre. Le corps serait enterré ou incinéré, selon les volontés de la famille, puis le reste du monde oublierait. La famille *tenterait* d'oublier et se sentirait coupable de vouloir une telle chose.

Irving lâcha un soupir. Il ferma les yeux quelques secondes, puis se retourna lorsqu'il entendit le téléphone sonner dans son bureau.

« Irving à l'appareil.

— Ray ? J'ai une journaliste du *City Herald* pour vous. »

Irving s'assit. « Passez-la-moi, fit-il, blasé.

— Inspecteur Irving ?

— Lui-même.

— Bonjour... C'est gentil à vous de prendre mon appel. Je suis Karen Langley, je travaille au *New York City Herald.* J'avais deux ou trois questions auxquelles il me semblait que vous pourriez répondre.

— Dites toujours.

— Mia Grant.

— Eh bien ?

— Je me demandais si le coroner s'était prononcé au sujet de l'arme utilisée.

— Nous avons décidé de ne pas divulguer cette information.

— Donc vous savez quelle arme a été utilisée ?

— Bien sûr qu'on le sait, madame Langley.

— Mais vous ne le dites pas ?

— Je viens de vous le dire.

— Les gamines, répondit Karen Langley après un silence. Ce n'est pas votre affaire, si ?

— Les gamines ?

— Les deux jeunes filles retrouvées à East River Park. 15 et 16 ans. Abattues. J'ai leurs noms ici...

— Je n'ai aucune gamine abattue, l'interrompit Irving. Pas au cours des deux dernières semaines. Quand est-ce que c'est arrivé ?

— Non, vous avez raison... C'est l'inspecteur Lucas, au n° 9.

— Il faudra donc vous adresser directement à lui.

— Très bien. Une dernière chose... Cette histoire de meurtre de clown...

— Je déteste ce genre de pratique, vous savez ?

— Quoi donc ?

— Celle qui consiste à donner des noms à ces affaires, bon Dieu.

— Je ne suis en rien responsable de ça, inspecteur... Je pense que vous allez devoir chercher du côté d'un autre cerveau à l'imagination débordante.

— Très bien. Mais c'est déjà suffisamment dur comme ça de mener cette enquête sans faire en plus de la publicité gratuite à ces animaux. Merde, la victime était un pauvre gamin. Il avait quoi ? 19 ans ?

— Je suis désolée, inspecteur Irving... »

Il poussa un soupir audible. « En même temps, je ne sais pas de quoi je me plains... J'en ai vu assez pour être occupé encore plusieurs vies. Quelle était votre question, madame Langley ?

— Le jeune homme a été retrouvé samedi, c'est bien ça ?

— Oui, samedi. Avant-hier.

— Et pouvez-vous me dire s'il s'est maquillé tout seul ou si c'est l'assassin qui l'a maquillé ?

— Pardon ?

— S'il s'est maquillé tout seul... Comme pour aller à une fête ou à un événement particulier ? Ou est-ce que c'est son assassin qui l'a maquillé ? C'est ça que je voulais savoir.

— Je ne peux pas vous le dire, madame Langley. Non pas que je ne veuille pas, mais tout simplement, je n'ai pas la réponse.

— Il était habillé en clown ? »

Irving laissa passer un silence.

« Inspecteur ?

— Je suis là.

— Donc... Il était habillé en clown ? Si c'est le cas, il paraît donc probable que...

— Je vois où vous voulez en venir, madame Langley. »

Karen Langley ne dit rien. Elle attendit patiemment la réponse d'Irving.

« Pourquoi ? finit par demander ce dernier.

— Pourquoi ? Mais parce que ça m'intéresse de savoir si oui ou non...

— Ça vous intéresse ? Vous avez des éléments sur cette affaire ?

— Des éléments ? Non, je n'ai pas d'éléments sur cette affaire en particulier.

— Vous me posez des questions précises concernant trois affaires distinctes, madame Langley. »

Karen Langley ne répondit pas.

« N'est-ce pas ? insista Irving.

— À mon tour de me taire.

— Vous pensez avoir trouvé un lien entre elles ?

— Peut-être, répondit Langley.

— Un traumatisme crânien, des victimes tuées par balles, et une strangulation... Des victimes qui ne se connaissaient pas, trois lieux différents, deux commissariats différents. Les modes opératoires...

— Nous extrapolons, inspecteur Irving. Tout comme vous.

— Ne lancez rien là-dessus, madame Langley.

— Comment ça ?

— Ne lancez rien dans la presse, rien qui puisse effrayer les gens et leur faire croire que les choses sont plus graves qu'elles ne le sont.

— Quatre adolescents assassinés en l'espace de sept semaines ? »

Irving se cala au fond de son siège et ferma les yeux. « Madame Langley, sérieusement...

— Je voulais juste vous poser deux ou trois questions, inspecteur. Rien de plus. On en tirera quelque chose, ou rien du tout. Peut-être que si vous répondiez à mes questions, ça nous permettrait de dissiper certaines idées que...

— C'est de la foutaise, madame Langley. Et vous le savez très bien. Vous ne pouvez pas décemment croire que je vais tomber dans le panneau.

— On fait notre boulot, inspecteur, et on le fait de toutes les manières possibles. Merci de m'avoir consacré un peu de votre temps.

— Vous ne me laissez aucune marge de manœuvre, c'est ça ?

— Aucune marge de manœuvre ?

— Vous allez nous bricoler un article et le publier sans nous en parler.

— Depuis quand est-ce que la presse coopère avec la police dans ce genre d'affaires ? demanda à son tour Langley sur un ton badin. Ou plutôt depuis quand est-ce que la police coopère avec nous ?

— Est-ce que vous ne soulevez pas là une seule partie du problème ?

— Question rhétorique. Je vous ai interrogé, vous avez répondu ou n'avez pas répondu. On n'en parle plus.

— Je crois bien, oui.

— Je vous souhaite une bonne journée, inspecteur Irving.

— Pareillement, madame Langley... Ah, attendez.

— Oui, inspecteur ?

— Vous êtes stagiaire dans quel journal, déjà ?

— Très drôle, inspecteur Irving. Très drôle. »

Là-dessus, la ligne coupa et Irving raccrocha.

Il ouvrit le dossier Wolfe et regarda une fois de plus le visage horriblement grimé du clown adolescent, son incroyable perruque rouge, son corps enfoncé dans une trappe, sa langue gonflée et tirée, les traces de lien très nettes sur son cou.

Tu parles d'une vie, se dit-il pour la millième fois, avant de se rappeler que cette vie-là, il l'avait bel et bien choisie.

8

D'après les TSC et le coroner de New York, les trois adolescents découverts aux premières heures du lundi 7 août étaient morts depuis moins de huit ou dix heures. Les meurtres avaient d'abord semblé ne pas être reliés car il y avait deux scènes de crime. Mais l'analyse des téléphones portables clarifia les choses. Sous une saillie du pont de Queensboro, le corps nu et roué de coups d'une adolescente fut retrouvé. On récupéra près d'elle son portable encore allumé avec la photo d'un jeune homme en fond d'écran. Le TSC dépêché sur place fit le dernier numéro composé, appuya sur le bouton vert et fut tout étonné d'entendre une voix qu'il connaissait. Son collègue présent sur la deuxième scène de crime – deux adolescents abattus et abandonnés dans le coffre d'une voiture – répondit en effet au portable retrouvé dans le blouson d'un des deux garçons. Plus tard, ils s'aperçurent que le fond d'écran de ce téléphone-là était une photo de la jeune fille assassinée. Peut-être donc que la dernière image que chacun vit fut celle, numérisée, de l'autre. Trente-sept rues séparaient les deux scènes primaires – deux juridictions différentes, deux commissariats différents –, mais la présence de traces de pneus identiques aux deux endroits en faisait une seule et même affaire criminelle.

Gary Lavelle, du commissariat n° 5, inspecteur à la brigade criminelle de New York, fut chargé de l'enquête sur la mort de la jeune fille. D'après les papiers retrouvés sur elle, il s'agissait de Caroline Parselle, 17 ans. Un rapide examen démontra qu'elle n'avait pas subi d'agression sexuelle, mais qu'elle avait été étranglée à l'aide d'un objet.

« Pas une corde, expliqua le TSC à Lavelle. Plutôt un genre de barre, vous voyez ? Comme si l'assassin avait pris une barre d'une certaine longueur et avait plaqué la fille au sol avec ce truc sur la gorge jusqu'à ce qu'elle ne puisse plus respirer. » Il invita l'inspecteur à le suivre jusqu'à l'endroit où le corps gisait encore par terre, les bras en croix. « Regardez, dit-il en montrant les innombrables traces autour des pieds, des mains et des coudes. Elle s'est débattue, elle a griffé la terre... Elle a lutté mais quelqu'un lui a écrasé le cou avec un objet. Quelqu'un de mille fois plus costaud qu'elle. Après, c'était terminé. »

L'autre scène primaire était beaucoup plus troublante. Sous la responsabilité d'un inspecteur du commissariat n° 3, la Ford gris foncé au coffre ouvert fut entourée d'un cordon de sécurité, et un vaste périmètre bloqué. La voiture avait été remarquée le matin même, garée au croisement de la 23e Rue Est et de la 2e Avenue, à la frontière avec la juridiction de Gramercy Park. Un responsable du musée de la Police de New York, ancien sergent au commissariat n° 11, s'était approché du véhicule au simple motif qu'il était garé sur un emplacement interdit.

Le coffre entrouvert et l'impact de balle sur la partie supérieure de l'aileron arrière éveillèrent aussitôt ses soupçons.

En moins d'une heure, les deux garçons furent identifiés et la cause de leur mort établie. Luke Bradford, 17 ans, avait été tué de deux balles dans la tête, dont une avait d'abord traversé son bras, comme s'il l'avait levé pour se protéger. La deuxième victime – Stephen Vogel, 18 ans, le petit ami de Caroline Parselle – avait reçu quatre balles dans la tête ; l'une avait transpercé son crâne de part en part avant de ressortir par l'aileron arrière. En tout, six coups de feu avaient été tirés. Les garçons avaient été assassinés directement dans le coffre et la voiture avait été abandonnée sur place, bien visible et ouverte.

Autrement dit, l'assassin avait voulu qu'on la retrouve le plus vite possible.

Ce même lundi matin, Ray Irving prit son petit déjeuner au Carnegie's. Il commanda une omelette à la mortadelle, style pancake, et but deux cafés. La circulation étant plus dense qu'à l'accoutumée, il arriva au n° 4 après 9 h 30. Sur son bureau, il trouva un message : « Allez voir Farraday dès que possible. »

Irving et le capitaine Bill Farraday entretenaient une relation de travail apaisée. Cela faisait seize ans que Farraday était au n° 4, et le poids de ces longues années le suivait comme une ombre, son esprit étant constamment persuadé que quelque part, quelque chose ne tournait pas rond.

« Ray, dit-il dès qu'Irving entra dans son bureau.

— Capitaine. »

Irving s'assit. Il passa en revue le mois qui s'était écoulé depuis la dernière fois qu'ils s'étaient entretenus, tenta de compter le nombre d'affaires non résolues : une quinzaine, voire plus.

« Parlez-moi de Mia Grant », dit Farraday. Il était juché sur le rebord de la fenêtre, les épaules contre la vitre.

« Vous pourriez être plus précis ? »

Farraday haussa les épaules. « Dites-moi tout ce que vous avez.

— J'ai très peu de chose, répondit Irving avec une moue sceptique. La gamine a été découverte par deux enfants à l'orée de Bryant Park, derrière la bibliothèque. La tête défoncée et le corps enroulé dans du plastique noir. Le père est avocat.

— Elle avait répondu à une petite annonce, apparemment ?

— Apparemment. Du moins, c'est ce qu'elle a raconté à ses parents. »

Farraday hocha lentement la tête. « Vous savez, dit-il d'une voix calme et mesurée, je n'ai pas lu le dossier. »

Irving fronça les sourcils.

« Vous savez comment je suis au courant pour la petite annonce ? »

Irving fit signe que non.

« J'ai lu un article qui paraîtra peut-être dans le *City Herald*. »

Irving voulut dire quelque chose, mais Farraday l'en empêcha : « Vous connaissez un type qui s'appelle Richard Lucas, au n° 9 ? »

Après quelques secondes de réflexion, Irving secoua la tête. «Je ne pense pas, non...» Puis il s'interrompit et repensa au coup de fil de la journaliste. Comment s'appelait-elle, déjà? Langdon? Langford?

«Eh bien, ce Lucas est en charge d'une enquête depuis la deuxième semaine de juin. Deux adolescentes retrouvées à environ deux cents mètres de Roosevelt Drive. Tuées par balles.»

Irving se tortilla sur son siège. Lui aussi sentait que quelque part, quelque chose ne tournait pas rond.

«Et vous avez eu une nouvelle affaire samedi, si je ne m'abuse? demanda Farraday. Un jeune retrouvé dans un entrepôt. Le visage grimé, c'est bien ça?»

Irving acquiesça.

«Vous lisez le *City Herald*?
— Non.
— Moi oui, fit Farraday. Et notre directeur aussi. Il semblerait qu'il soit copain avec le rédacteur en chef. C'est sans doute pour cette raison que le directeur a été prévenu qu'il y avait quelque chose...»

Farraday se pencha en avant, souleva quelques feuilles posées devant lui et les jeta à Irving.

Il reçut le titre en pleine figure :
Un assassin réédite d'anciens meurtres
Signé Karen Langley.

Irving leva les yeux vers Farraday.

Celui-ci haussa un sourcil. «Vous savez lire, oui?»

Irving reporta son attention sur les feuilles mais, avant même d'en commencer la lecture, il sentit un frisson parcourir sa nuque.

« Il s'agit d'un brouillon, reprit Farraday. Pour l'instant, le rédacteur en chef du *Herald* se le garde sous le coude, mais uniquement parce qu'il a une dette morale envers notre patron. »

Irving se mit à lire.

Le mardi 1er mai 1973, le *Seattle Times* publiait une petite annonce pour un emploi dans une station-service de la région. Une jeune fille de 15 ans, Kathy Sue Miller, répondit à cette offre d'emploi. Elle aidait son petit ami à trouver du travail. Lorsque Kathy Sue téléphona, l'homme qui décrocha lui expliqua qu'il recherchait des jeunes filles, et Kathy Sue convint d'un rendez-vous après l'école. L'homme proposa de passer la prendre en voiture devant le Sears Building, puis de la conduire jusqu'à la station essence afin qu'elle remplisse le formulaire de candidature. La mère de Kathy la dissuada d'aller à ce rendez-vous. Kathy lui promit qu'elle n'irait pas, mais elle finit par désobéir à sa mère, et personne ne la revit vivante.

Le 3 juin, deux garçons de 16 ans découvrirent le cadavre de Kathy Sue Miller dans la réserve des Tulalip. Le corps était enveloppé dans du plastique noir, dans un état de décomposition tellement avancé qu'il fut d'abord difficile de déterminer le sexe de la victime. L'identification fut établie grâce au dossier dentaire, et l'autopsie montra que la jeune fille était morte des suites d'un violent traumatisme à la tête.

Bien des années plus tard, un homme du nom d'Harvey Louis Carignan, reconnu coupable de pas moins

de cinquante homicides, s'entendit poser une question simple : « Si vous étiez un animal, lequel seriez-vous ? » Sa réponse : « Un être humain. »
Trente-trois ans plus tard, de nouveau un 3 juin, deux écoliers trouvaient le corps d'une jeune fille de 15 ans nommée Mia Grant, enveloppé dans du plastique, sous des arbres à l'orée de Bryant Park. Elle était morte des suites d'un traumatisme crânien. Il est très probable qu'elle venait de répondre à une petite annonce pour un emploi de femme de ménage à temps partiel à Murray Hill, publiée par le journal gratuit local, plus connu sous le nom de « gazette ».

Irving leva les yeux. « C'est vrai ? »
Farraday secoua la tête. « Qu'est-ce que j'en sais ? J'espère que non. Lisez jusqu'au bout. »

Le jeudi 12 juin 1980, les corps nus de deux jolies adolescentes furent découverts sur un talus de la Ventura Freeway, à Hollywood. Elles avaient pour noms Cynthia Chandler et Gina Marano. Cynthia avait reçu deux balles d'une arme de calibre .25 : la première était entrée à l'arrière de la tête et s'était logée dans le cerveau, la deuxième avait perforé le poumon et fait éclater son cœur. Gina aussi avait été tuée de deux balles, l'une dans la tête, derrière l'oreille gauche, avant de ressortir près de son sourcil droit, et l'autre à l'arrière du crâne. Deux jours plus tard, une femme téléphona à la police de Los Angeles, secteur Nord-Est, dans le quartier de Van Nuys. À l'inspecteur qui décrocha, elle expliqua qu'elle soupçonnait son amant d'être un assassin.

« Ce que je veux, dit-elle, c'est savoir si oui ou non la personne que je connais et qui se trouve être mon amant a bien commis ce crime. Il prétend l'avoir fait. Je m'appelle Betsy. » Avant la fin de la conversation, elle se fit appeler Claudia, et ajouta : « Il a des cheveux bruns frisés et des yeux bleus. Son prénom est John et il a 41 ans. J'ai retrouvé dans sa voiture un sac de sport rempli de draps, de serviettes en papier et de vêtements qui lui appartiennent, ensanglantés. »

Aujourd'hui encore, tous les détails concernant la série de meurtres commis par ceux qui furent surnommés les Tueurs du Crépuscule ne sont pas connus. Trois individus sont impliqués : Douglas Clark, Carol Bundy et John « Jack » Murray. Ils tuèrent des prostituées à Los Angeles – au moins cinq. Carol Bundy et Jack Murray étaient amants. Elle l'aimait tant que, le dimanche 3 août 1980, elle lui tira deux balles dans la tête, par-derrière, le poignarda plusieurs fois à l'aide d'un gros couteau à désosser, puis le décapita. Pendant quelque temps, elle circula en ville avec la tête de Jack Murray posée sur son siège passager. Carol Bundy finit par être condamnée à la prison à vie, et Douglas Clark fut exécuté à San Quentin.

Or, voilà que vingt-six ans plus tard, le lundi 12 juin, les corps d'Ashley Nicole Burch, 15 ans, et de Lisa Madigan Briley, 16 ans, étaient découverts par un représentant commercial du nom de Max Webster.

Irving n'en revenait pas. « C'est impossible... Si c'est vrai, alors...

— Vous avez tout lu, jusqu'au passage sur James Wolfe ? »

Irving se replongea dans sa lecture, envahi par un malaise de plus en plus épais, de plus en plus dérangeant.

Près de la voie de secours de Franklin D. Roosevelt Drive, dans un bosquet de l'East River Park, les corps ont été retrouvés un peu après 9 heures du matin. Les deux jeunes filles avaient été abattues à l'aide d'une arme de calibre .25, de deux balles chacune. La disposition des blessures était exactement la même que pour les meurtres de Chandler et de Marano en juin 1980.

Une fois, a-t-on souvent coutume de dire, c'est une circonstance ; deux fois, c'est une coïncidence ; mais trois fois, c'est un acte délibéré.

Tout cela doit être évalué à la lumière de l'affaire la plus récente.

John Wayne Gacy, l'un des tueurs en série américains les plus tristement célèbres, fut reconnu coupable du meurtre de John Butkovich, un adolescent de 17 ans, à Chicago. Butkovich adorait briquer et conduire sa Dodge 1968. Passion onéreuse, qu'il entretenait en rénovant des maisons pour l'entreprise de Gacy, PDM Contractors. Le mardi 29 juillet 1975, Butkovich, estimant que Gacy lui avait retenu une partie de son salaire, se rendit directement chez lui. Patron et employé eurent une violente altercation qui n'aboutit à rien. Plus tard, néanmoins, Gacy demanda à Butkovich de passer chez lui. Apparemment, il s'excusa, reconnut qu'il y avait eu un malentendu et, après lui avoir offert un verre, le tua. Gacy enveloppa le corps dans une bâche, le traîna jusqu'au garage et le laissa sur place jusqu'à ce que l'odeur devienne incommodante. Incapable de déplacer le cadavre, Gacy creusa dans le sol de son garage un trou d'environ quatre-vingt-dix centimètres sur trente. À cause de la rigidité cadavérique, Gacy fut obligé de sauter plusieurs fois à pieds joints sur le corps de sa victime. Lorsque le cadavre de Butkovich fut enfin retrouvé, le coroner conclut qu'il avait été étranglé au moyen d'une corde.

Le 29 juillet dernier, soit il y a à peine huit jours, le corps de James Wolfe, 19 ans, a été retrouvé dans un trou de quatre-vingt-dix centimètres sur quarante-cinq ménagé dans le sol en béton du magasin de déguisements et de feux d'artifice Wang Hi Lee, situé 39e Rue Est. Il avait été étranglé avec une corde.

Le seul détail supplémentaire, et peut-être le plus troublant, dans cette affaire, est que James Wolfe avait été déguisé en clown. Son visage était maquillé et il portait une perruque rouge vif. Cet accoutrement n'est pas anodin. John Wayne Gacy était une personnalité publique connue, un philanthrope, qui organisait notamment le défilé de la fête nationale polonaise, événement au cours duquel il fut même un jour photographié serrant la main de Rosalynn Carter, la femme du président. Gacy récoltait des fonds pour des maisons de retraite ; il était secrétaire-trésorier de l'agence chargée de l'éclairage du quartier de Norwood Park et, pour finir, appartenait au « Jolly Joker's Club » – ce groupe de personnages trop vieux pour être des Jaycees, mais néanmoins encore alliés à la Moose Lodge de River Grove. C'était sous sa casquette de Jolly Joker qu'il se déguisait en « Pogo le Clown » pour amuser les enfants dans des fêtes ou à l'hôpital. Gacy, finalement condamné à mort, dira : « Il n'y a rien de plus effrayant qu'un clown à la nuit tombée. »

Trois affaires de meurtre, un total de quatre victimes, chacune tuée de manière très précise, et à des dates tout aussi précises. Chacune tuée d'une manière quasi identique à des assassinats plus anciens commis par des personnes qui, depuis, ont été exécutées ou enfermées à vie dans des prisons fédérales. Il reste encore aujourd'hui plusieurs zones d'ombre. Dans le cas de Mia Grant, son assassin s'est-il servi d'un marteau pour lui infliger des blessures mortelles, comme Harvey Carignan le fit avec Kathy Sue Miller ? Seul le coroner du comté et les personnes les plus proches de l'enquête sont en mesure de le savoir. Et après l'assassinat des deux adolescentes découvertes par Max Webster au bord de l'East River, la police a-t-elle reçu un coup de fil anonyme d'une femme laissant un message identique à celui délivré après la mort de Cynthia Chandler et de Gina Marano en juin 1980 ? Si oui, alors de qui s'agit-il ? Et surtout pourquoi ?

Ces questions restent sans réponse, et l'identité du ou des tueurs demeure inconnue. S'agit-il d'un retour vers le passé ? Y a-t-il à New York un tueur en série qui choisit d'assassiner des adolescents d'une façon très particulière et très personnelle ? Ou faut-il y voir une coïncidence aussi rare qu'extraordinaire ? Au vu des

faits, cette dernière hypothèse paraît plus qu'improbable. Nous devons donc en conclure, inévitablement, qu'un ou plusieurs criminels courent toujours dans la nature.
Harvey Louis Carignan, aujourd'hui âgé de 79 ans, est enfermé à Stillwater, dans la prison du Minnesota. John Murray est mort, Carol Bundy purge deux peines de prison à vie et Douglas Clark patiente dans le couloir de la mort à San Quentin. John Wayne Gacy a été quant à lui exécuté par injection létale le 10 mai 1994, dans la prison de Stateville, à Crest Hill, Illinois.
La question reste donc posée : la ville de New York héberge-t-elle un tueur en série qui réédite d'anciens meurtres ? Les membres des commissariats n°s 4, 5 et 9 se refusent à tout commentaire, de même que le service des relations publiques de la police, le directeur de la police et le cabinet du maire.

Irving se pencha en avant et reposa les pages sur le bureau de Farraday. Son cœur s'emballait, il avait les mains moites. Ce n'était pas l'excitation qui accompagne la découverte d'un nouvel élément dans une affaire au point mort ; ce n'était pas non plus le sentiment d'urgence qui vous prend quand une planque finit par donner des résultats. Non, c'était beaucoup plus dérangeant. Ray Irving sentait que quelque chose s'était glissé sous sa peau et s'y était logé pour un long moment.

Farraday eut un sourire entendu. « Vous voulez que je vous dise quelque chose qui fout vraiment les jetons ?

— Encore plus que ça ? »

Farraday sauta du rebord de la fenêtre et se rassit à son bureau. « J'ai téléphoné à l'inspecteur Richard Lucas, du commissariat n° 9. Deux jours après la découverte des cadavres des jeunes filles, ils ont reçu un coup de fil anonyme. Une femme qui a prononcé exactement la même phrase que l'autre en 1980. Ils l'ont enregistrée et je leur ai lu le passage du *Herald*. Ils ont comparé... C'était le même texte. Le même, bordel. Exactement les mêmes mots.

— Et ils ont identifié cette femme ?

— Allez savoir qui c'est. Une complice ? Quelqu'un qu'il a payé pour téléphoner à sa place ? Aucune idée. »

Irving leva les yeux vers Farraday. « J'ai reçu un coup de téléphone d'une journaliste. Une certaine Karen Langley.

— Vous plaisantez ?

— Elle m'a appelé la semaine dernière pour me poser des questions sur le pauvre gamin retrouvé dans l'entrepôt, savoir s'il était déguisé en clown ou non. »

Farraday ne disait rien.

« Ça ressemblait à n'importe quel autre coup de fil de journaliste... »

Farraday leva la main. « Le problème, c'est que quelqu'un, un de ces foutus journalistes, a établi un lien entre trois scènes de crime apparemment sans rapport. Et s'il s'agit bien de ce qu'elle dit...

— On est dans la merde.

— Allez la voir, Ray. Voyez un peu ce qui se passe, d'accord ? Voyez si elle a un putain d'informateur dans la police. Voyez comment elle sait certaines choses dont nous n'avons même pas connaissance. »

Irving se leva.

Farraday s'approcha de lui. « Pour l'instant, j'ai reçu neuf appels, rien que ce matin : le cabinet du maire, le directeur, trois journaux, quelqu'un du FBI, de nouveau le directeur, une femme du comité pour la réélection du maire et un type du service de presse de CBS. Et tout ça uniquement par le bouche-à-oreille. Dieu sait ce qui arriverait si toutes ces conneries se retrouvaient dans le journal.

— On fait quoi, alors ?

— Je ne sais pas. D'abord on essaye d'étouffer ce truc du journal. On empêche ces gens-là de fabriquer leur foutue bombe incendiaire. J'ai une réunion avec le directeur dans deux heures. Moi, les autres capitaines, ce fameux Lucas du n° 9 et quelques autres gars. Ils ont demandé que vous soyez présent, mais j'ai refusé. »

Irving ouvrit de grands yeux.

« Vous avez plus d'années de service que la plupart d'entre eux. S'ils veulent mettre quelqu'un en première ligne, il y a toutes les chances pour que ce soit vous. Et c'est précisément ce que je ne veux pas. Je refuse que cet endroit devienne le centre d'un cirque médiatique à la con. »

Sur ce, Farraday mit les mains dans ses poches. Il semblait résigné face au caractère inexorable des mauvaises nouvelles et, une fois celles-ci entendues, à la certitude que d'autres encore suivraient. « Allez parler à votre chère gratte-papier. Dites-lui un peu comment ça marche. Dites-lui de se calmer un bon coup et de nous laisser bosser, OK ?

— J'y vais de ce pas. »

Irving referma derrière lui sans un mot et emprunta le couloir jusqu'à l'escalier.

9

Après avoir dépassé la gare routière de la Port Authority, sur la 9ᵉ Avenue, Irving tourna à droite et tomba sur le siège du *New York City Herald* s'élevant face à la poste centrale de New York, au croisement avec la 31ᵉ Rue. Le ciel était gris comme de l'argent terni. Irving sentait bien l'odeur de la ville, son air épais, comme si le seul fait de respirer était une épreuve. Il se gara à l'arrière du bâtiment et fit le tour à pied, jusqu'à l'accueil. Il présenta sa carte d'identité, attendit patiemment et s'entendit répondre que Karen Langley serait disponible d'ici une heure. Irving resta poli, dit qu'il allait boire un café et repasserait sur le coup de 11 heures. La fille derrière le guichet lui sourit à son tour. Elle était jolie et avait une coiffure qui l'encadrait comme un tableau, les cheveux coupés court derrière et longs sur les côtés. Elle lui fit penser à Deborah Wiltshire, non par son physique, mais par la seule intensité de sa présence. Il repensa aux journées qui avaient suivi sa mort, à ces moments où, dans la cuisine, chez lui, il ouvrait un placard et s'arrêtait net, ou alors se penchait pour poser son front sur le haut du frigo, sentait la vibration dense et haletante du moteur à travers son corps, comme un long souffle continu, sans répit. Et ce souffle s'interrompait soudain, avec un petit déclic, le faisant sursauter; il s'apercevait alors qu'il avait les larmes aux yeux. Tout ça parce qu'il y avait un pot de moutarde à l'intérieur. Il n'aimait pas la moutarde. Il l'avait acheté pour elle, ce pot, pour les rares fois où elle venait chez lui et préparait des sandwichs. Quelque chose comme ça. Un petit détail qui se transformait en quelque chose d'énorme.

Il but son double mélange café-décaféiné en deux grandes gorgées, assis sur une banquette dans un coin du café, avec vue étroite sur la synagogue, au loin. Il se demanda si un homme comme lui pouvait trouver une consolation dans la religion. Il se demanda si les questions qu'il portait en lui trouveraient un jour des réponses. Et si oui, les oublierait-il? Ou au contraire est-ce que le poids de toutes ces questions lui était devenu familier, confortable, nécessaire?

À 11 h 04, il se présenta de nouveau devant la jolie fille aux cheveux magnifiques.

« Elle est revenue, dit-elle.

— Vous avez des cheveux magnifiques. »

Manifestement touchée, la fille répondit par un grand sourire. « Merci. Je me demandais si ce n'était pas une coupe un peu… Enfin, un peu sévère, quoi. Vous voyez ce que je veux dire ? »

Irving fit signe que non. « Vous ressemblez à une actrice. »

Pendant quelques secondes, elle sembla incapable de parler. Puis elle décrocha et appela Karen Langley.

Des mots furent échangés, le combiné retourna sur son socle, et la jeune fille lui indiqua l'ascenseur. « Montez, dit-elle. Deuxième étage. Karen vous attend en haut. »

Irving hocha la tête et se mit en route.

« Au plaisir, lui lança la fille dans son dos.

— Pareillement. »

Karen Langley était une belle femme. Cependant, lorsqu'elle ouvrit la bouche, ce fut pour dire : « Vous êtes venu pour me demander de fermer ma grande gueule, c'est ça ? » Le tout sur un ton qui mit Irving mal à l'aise.

Il sourit, tenta de rire de la brusquerie de la question, mais ni dans sa voix, ni dans son regard, Karen Langley n'avait l'air de vouloir plaisanter.

Elle le fit entrer dans un bureau à droite de l'ascenseur. L'endroit était neutre. Aucune décoration, aucune photo de famille sur le bureau, ni sur les étagères.

Karen Langley s'assit. Elle n'invita pas Irving à l'imiter, mais il le fit quand même.

« Écoutez, j'ai plein de choses à faire, dit-elle.

— Comme tout le monde, non ? »

Elle sourit – d'un sourire un peu forcé, mais qui trahissait en partie la personnalité cachée derrière l'armure. Elle devait approcher de la quarantaine, peut-être même la dépasser. Le blanc de ses yeux montrait qu'elle buvait trop. Sa peau était claire, sans les rides et le teint fatigué qui trahissaient les gros fumeurs. Les ongles étaient courts, mais manucurés. Pas de vernis. Une jupe foncée toute simple, un chemisier blanc échancré, une chaîne en argent autour du cou. Pas de bagues, pas de boucles d'oreilles, les cheveux aux épaules, raides, avec une petite ondulation vers les pointes. Elle faisait sérieuse parce qu'elle voulait faire sérieuse. Irving sentit qu'elle était seule, le genre de femme qui comble tous les vides de sa vie par du travail superflu.

« Je suis l'inspecteur Ray Irving.

— Je sais qui vous êtes.

— Je m'occupais de l'affaire Mia Grant...

— Vous vous en occupiez? fit Langley, le front plissé. C'est déjà une affaire classée? Je croyais que vous n'aviez trouvé personne. »

Irving acquiesça. « Je *m'occupe* de l'affaire Mia Grant.

— Et de l'affaire James Wolfe, n'est-ce pas? Le n° 9 a mis Richard Lucas sur les meurtres de Burch et de Briley le 12 juin, et aussi Gary Lavelle, du n° 5, et Patrick Hayes, du n° 3, sur le triple assassinat d'hier. »

Irving ne répondit pas.

Karen Langley lui adressa un sourire complice. « J'ai dit ça pour vous emmerder, dit-elle. Vous n'étiez pas au courant pour le triple assassinat d'hier, si? »

Il resta muet. Il était poussé dans ses retranchements et il n'aimait pas ça.

« Trois adolescents. Deux garçons abattus dans le coffre d'une voiture et la petite amie d'un des deux retrouvée nue et étranglée un ou deux kilomètres plus loin.

— Et vous l'avez appris grâce à ?

— Grâce à nos récepteurs scanners. Grâce aux gens avec qui on discute. Grâce aux tuyaux anonymes qu'on reçoit régulièrement. La plupart sont bidon, mais quelquefois il nous arrive de trouver des pépites d'or dans toute cette boue. »

Irving sourit. « Est-ce que vous êtes vraiment aussi dure que vous le laissez entendre ? »

Elle éclata de rire. « Je montre mon côté chaton uniquement pour vous, inspecteur. D'habitude, je suis une vraie peste.

— Et le sens du triple assassinat d'hier ?

— Vous avez déjà entendu parler d'un type nommé Kenneth McDuff ?

— Pas du tout.

— Exécuté en novembre 1998 pour avoir commis un triple homicide en août 1966...

— Le 6 août, non ?

— Pile-poil. Le 6 août. Un triple assassinat. Deux jeunes retrouvés dans le coffre d'une voiture. Une fille retrouvée à un kilomètre ou deux de là, étouffée par un manche à balai. Il avait un complice, un demeuré qui s'appelait Roy Green. McDuff était un animal sans âme. Vous savez ce qu'il avait dit à Green ? »

Irving fit non de la tête.

« "Tuer une femme, c'est comme tuer un poulet. Dans les deux cas, ça couine."

— Il m'a tout l'air d'être un vrai génie. »

Langley attrapa un dossier en papier kraft sur le côté droit de son bureau. Elle l'ouvrit, feuilleta les pages et en tendit une à Irving.

« Voilà la copie d'une partie des déclarations faites par Green après son arrestation. »

Irving y jeta un rapide coup d'œil et regarda Langley.

« Allez-y, dit-elle. Lisez donc. »

Lundi 8 août 1966
Déclaration de Roy Dale Green, complice de Kenneth Allen McDuff, devant l'inspecteur Grady Hight, bureau du shérif du comté de Milan, Texas.

Meurtres de Robert Brand (18 ans), Mark Dunman (16 ans) et Edna Louise Sullivan (16 ans) le samedi 6 août 1966.

On a roulé près du stade de base-ball et on s'est retrouvés sur une route de gravier. Il [McDuff] a vu une voiture garée, on l'a dépassée et on s'est arrêtés à environ 150 mètres. Il a pris son pistolet et m'a dit de sortir. Je croyais que c'était une blague. Je ne pensais pas que ce qu'il disait allait arriver pour de vrai. Je l'ai accompagné jusqu'à la moitié du chemin et lui a continué jusqu'à la voiture. Il a dit aux jeunes dans la voiture de sortir sinon il les tuerait. Je l'ai rejoint. Il les a mis dans leur propre coffre. Il a rapproché sa voiture de la leur et m'a dit de remonter dans la sienne et de le suivre. C'est ce que j'ai fait. On a roulé un peu en se suivant sur l'autoroute par laquelle on était arrivés puis il s'est arrêté dans un champ. Je l'ai suivi, et il m'a dit que le champ ne ferait pas l'affaire, alors on a rebroussé chemin et on a trouvé un autre champ. Il est sorti de leur voiture et a dit à la fille de sortir également. Il m'a demandé de la mettre dans le coffre de sa voiture à lui. J'ai ouvert le coffre, elle est montée dedans. C'est là qu'il a expliqué qu'on ne pouvait pas laisser de témoins, ou un truc comme ça. Il a dit : « Je vais devoir les dézinguer », un truc comme ça.

J'ai vraiment eu peur. Je croyais encore qu'il rigolait, mais je n'étais pas sûr. Ils étaient à genoux dans le coffre et le suppliaient de ne pas les tuer. Ils disaient : « On ne dira rien à personne. » Je me suis tourné vers lui et il a mis son pistolet dans le coffre, là où il y avait les gars, et il a commencé à tirer. J'ai vu la flamme sortir du pistolet au premier coup de feu. Je me suis bouché les oreilles et j'ai regardé ailleurs. Il a tiré six fois. Il a tiré deux balles dans la tête du premier, et quatre dans la tête de l'autre garçon. Une des balles a traversé son bras parce que le garçon essayait de se protéger. Il [McDuff] a voulu refermer le coffre mais n'a pas réussi. Alors il m'a dit de remonter dans sa voiture. J'étais déjà mort de trouille, et j'ai obéi. Il est monté dans la voiture du garçon et a fait marche arrière dans une barrière ; il est sorti et m'a dit de l'aider à effacer les empreintes digitales. Je ne voulais pas le contrarier. Je m'attendais à être le suivant sur la liste, alors je l'ai aidé.

On a effacé les traces de pneus, on est montés dans sa voiture, on a roulé sur un bon kilomètre, on a pris une autre route, il s'est arrêté, il a sorti la fille du coffre et l'a mise sur la banquette arrière. Il m'a dit de descendre de la voiture, et j'ai attendu jusqu'à ce qu'il lui dise de se déshabiller. Il s'est déshabillé à son tour et il l'a baisée. Il m'a demandé si je voulais aussi le faire, je lui ai dit non. Il m'a demandé pourquoi et je lui ai répondu que je n'avais pas envie. Il s'est penché vers moi ; je n'ai pas vu le pistolet mais j'ai pensé qu'il me tuerait si je ne le faisais pas, alors j'ai baissé mon pantalon et enlevé ma chemise, je suis allé sur la banquette arrière et j'ai baisé la fille. Elle ne s'est pas débattue ni rien, et si elle a dit quelque chose, je ne l'ai pas entendue. Pendant tout le temps où j'étais sur la fille, je gardais un œil sur lui. Après ça, il l'a baisée une deuxième fois.

Il a demandé à la fille de sortir de la voiture. Il l'a obligée à s'asseoir sur le gravier, il a sorti de sa voiture un manche à balai d'environ quatre-vingt-dix centimètres de long et a poussé la tête de la fille en arrière jusqu'à ce qu'elle touche le sol. Il a commencé à l'étouffer avec le manche à balai. Il a appuyé très fort, elle s'est mise à agiter les bras et à donner des coups de pied. Il m'a dit de lui attraper les jambes, je n'ai pas voulu, il m'a dit « Il faut le faire », alors j'ai attrapé ses jambes et les ai tenues pendant une seconde ou deux, avant de les relâcher. Il m'a dit : « Recommence », et j'ai recommencé, et c'est là qu'elle a arrêté de se débattre. Il m'a dit de lui prendre les mains pendant qu'il lui tenait les pieds, et on l'a balancée par-dessus une barrière. On a franchi la barrière à notre tour, puis il a traîné la fille sur une petite distance et il l'a encore étranglée un peu plus. On l'a laissée dans une sorte de fourré.

Irving leva les yeux.

« Ça suffit comme ça ? » demanda Langley.

Il hocha la tête.

« Je vous parie ce que vous voulez, dit-elle, que le mode opératoire du meurtre d'hier va ressembler à celui-là.

— Deux garçons et une fille, vous dites ?

— Oui. Deux garçons retrouvés tués par balles dans le coffre d'une voiture et une fille nue découverte à environ un kilomètre de là, étranglée à l'aide d'un objet.

— Donc on a affaire à un copieur.

— Un copieur qui tue le jour anniversaire du meurtre original. Et qui copie non pas un, mais plusieurs tueurs. Jusqu'à présent il a copié Carignan, plus connu sous le nom de Harv le Marteau, Murray, le Tueur du Crépuscule, John Gacy, et Kenneth McDuff. Sept victimes, toutes des adolescents, et en moins de deux mois.

— On va être obligés de vous demander de ne pas publier votre article.

— Je sais.

— Vous allez me répondre que le peuple a le droit de savoir, la liberté de la presse, toutes ces conneries. »

Langley fit non de la tête et sourit.

Elle était tellement mieux quand elle souriait, pensa Irving.

« Non, je ne vais pas vous répondre ça. Que le peuple ait le droit d'être informé, peu importe. Et pour ce qui est de la liberté de la presse... Vous et moi sommes suffisamment cyniques et blasés pour savoir que la liberté de la presse vaut ce qu'elle vaut. Non, je vais vous répondre que vous allez avoir besoin d'une décision de justice pour me faire taire au seul motif que je complique les choses. J'ai passé beaucoup trop de temps dans ma vie à obéir, et je suis enfin arrivée à un stade où j'aime mon boulot et où je veux le garder. Or ce genre de conneries fait vendre du papier.

— J'obtiendrai une décision de justice, dit Irving.
— Ne vous gênez surtout pas, inspecteur. »

Irving aimait bien cette femme. Il avait très envie de lui mettre une claque, mais n'empêche, il l'aimait bien. Il se leva.

« Donc, j'ai combien de temps devant moi ? » demanda-t-elle.

Irving jeta un coup d'œil sur le témoignage de Roy Green. « Vous allez publier un papier sur ce triple homicide ? »

Langley haussa les épaules. « Vous allez me demander de ne pas le faire ?

— Je ne vous demande rien, sinon d'avoir un minimum de bon sens et de respect pour le travail que l'on mène. »

Langley voulut répondre, changea d'avis. « Je vous l'accorde, inspecteur Irving. » Elle se leva, contourna son bureau et se planta face à lui. « Vingt-quatre heures, dit-elle. Revenez d'ici vingt-quatre heures avec une décision de justice et vous aurez gagné – je ne publie pas mon article. Pas de décision de justice, et le papier paraît demain soir. »

Irving tendit la main. « Marché conclu. »

Ils se saluèrent.

« Ah, et une dernière chose, dit Langley. On va devoir lui donner un nom, évidemment. On n'est rien tant qu'on n'a pas de nom. "Copieur", c'est un peu ringard, non ? Très années 1980, je trouve.

— Je ne vous ferai même pas l'honneur d'une réaction.

— Il réédite les crimes le même jour que les meurtres originels. J'aime bien ça. "Les Meurtres Anniversaires".

— Vous savez quoi, madame Langley ? Je pense vraiment que vous... »

Irving s'interrompit, secoua la tête.

« Oui, je vous écoute ?

— Laissez tomber », fit Irving avant de quitter la pièce en refermant sèchement la porte derrière lui.

10

« Elle n'a rien dit d'autre sur la petite annonce ? demanda Farraday.

— Qu'est-ce qu'il y a d'autre à dire ? Ils ont tiré au hasard et ils sont tombés sur quelque chose... Je ne pense pas qu'ils *sachent* qu'ils sont tombés sur quelque chose. »

Farraday se pencha pour s'emparer du brouillon d'article. « "Il est très probable qu'elle venait de répondre à une petite annonce pour un emploi de femme de ménage à temps partiel à Murray Hill, publiée par le journal gratuit local, plus connu sous le nom de 'gazette'." Voilà ce qu'a écrit Karen Langley. » Il jeta le journal sur le bureau. « Et elle a tenté sa chance avec le coup de téléphone concernant le double meurtre à l'arme à feu des deux filles retrouvées au bord de l'autoroute.

— Oui, elle exagère, dit Irving. Elle n'est pas aussi dure qu'elle en a l'air, mais elle l'est suffisamment pour savoir défendre son morceau. Si elle apprend l'existence du coup de fil de Betsy, elle va devenir intenable.

— Et maintenant, elle a en plus le témoignage qu'elle vous a fait lire sur cet autre triple assassinat, un assassinat qui n'était même pas mentionné dans leur article…»

Il y eut un silence. Puis Farraday reprit : «On n'aura jamais de décision de justice.

— Je sais bien.

— Ce n'est même pas la peine de demander.

— Et le n° 5? Et le n° 9?

— Comment ça?

— C'est bien Lucas qui dirige l'enquête sur les deux filles? Et Lavelle et Hayes sont sur le triple assassinat, à savoir les deux garçons retrouvés dans le coffre et la fille étranglée, n'est-ce pas? Faites-les venir ici, histoire qu'on travaille ensemble sur ces affaires. On a quelque chose qui est en train de se dessiner. Je sais que les modes opératoires sont différents, les victimes aussi, les juridictions aussi, mais au moins on a quelque chose…»

Farraday lui lança un sourire narquois. «Et ce qu'on a, on l'a obtenu grâce à ce foutu *New York City Herald.* Ce que je ne comprends pas, c'est comment ils ont réussi à faire le lien aussi rapidement. Ils prennent trois affaires de meurtre et en quelques jours ils arrivent à les relier à des affaires qui remontent à près de quarante ans. Sans compter les derniers, avec la fille et les garçons dans la bagnole.»

Irving se tortilla, mal à l'aise, sur son fauteuil.

«C'est bizarre», conclut Farraday. Il scruta Irving comme si ce dernier allait ajouter un élément intéressant. Mais l'inspecteur, impassible, ne dit rien.

«Je vais en parler au directeur, reprit Farraday au bout d'un moment. On va voir pendant combien de temps encore il se montrera indulgent avec le rédacteur en chef du *Herald*. Je lui dirai ce qu'on a et je lui demanderai ce qu'il pense d'une éventuelle coopération entre vous et les autres équipes.

— Et en attendant ?

— Retournez voir Langley et voyez un peu ce qu'ils ont trouvé sur la petite annonce. *D'où* est venue l'information sur la gazette ? Comment est-ce qu'ils l'ont obtenue ? Elle a forcément quelqu'un qui a des tuyaux... Il faut voir s'il n'y a pas une fuite quelque part. »

Irving acquiesça, se leva et se dirigea vers la porte.

« Au fait, Ray ? »

Irving se retourna. « Si vous apprenez que quelqu'un dans ce commissariat est stipendié par le *Herald*, vous m'en parlez en premier, compris ?

— À qui d'autre pourrais-je en parler ? »

Une heure plus tard, Ray Irving était de retour dans le hall du *City Herald*. La réceptionniste du matin n'était pas là – peut-être partie déjeuner de bonne heure. Quoi qu'il en soit, le jeune homme qui la remplaçait était antipathique et peu serviable. Il dit simplement à Irving d'attendre le temps qu'il parvienne à joindre Karen Langley.

Il était déjà presque 13 heures lorsqu'il apprit qu'elle reviendrait d'ici un quart d'heure. Elle savait qu'Irving voulait la voir, elle était disposée à le recevoir, mais elle avait très peu de temps.

« Je suis très, très occupée », dit-elle en traversant le hall à grandes enjambées. Les bras chargés de dossiers, elle était suivie par un homme équipé d'un appareil photo, d'un sac à dos et d'un trépied. Elle s'arrêta devant Irving. Celui-ci ne se leva pas.

« À tout à l'heure, Karen, dit le photographe.

— Fais-moi une copie de toutes les photos, répondit-elle. Balance-les-moi par mail et j'essaierai d'y jeter un coup d'œil plus tard. »

L'homme hocha la tête et disparut par une porte à droite de l'escalier.

« Qu'est-ce que vous voulez ? demanda Langley.

— Un quart d'heure.

— Trop long. »

Ray Irving récupéra son pardessus sur le siège. Il se releva lentement, resta face à elle une seconde et dit : « Un autre jour, alors. »

Il la contourna et se dirigea vers la sortie. Il ralentit dès l'instant où il l'entendit rire derrière lui.

« Vous vous foutez vraiment de la gueule du monde », dit-elle.

Il se retourna.

« Allez. Mais vraiment... Pas plus d'un quart d'heure, d'accord ? »

Irving haussa les épaules d'un air évasif.

« Qu'est-ce que c'était que ce truc ? demanda-t-elle.

— Quoi donc ?

— Le numéro que vous venez de me faire. Comme si ça n'avait pas d'importance. Franchement, inspecteur, ça fait plus d'une heure que vous m'attendez...

— Oh, vous savez... Je suis connu pour être capable de rester assis plus de deux heures sans bouger. »

Langley sourit. Un vrai sourire. C'était la deuxième fois qu'Irving voyait ça chez elle. Le genre de sourire qui prouvait qu'elle avait bel et bien un cœur.

Il s'avança vers elle. Elle lui refourgua les dossiers qu'elle tenait dans les bras.

« Vous voulez bien me les porter ?

— Mais c'est la moindre des choses, madame Langley.

— Karen, corrigea-t-elle. Puisqu'on va passer un peu de temps à se raconter des salades, autant le faire en s'appelant par nos prénoms.

— Moi, c'est Ray.

— Je sais. Vous me l'avez déjà dit. »

Ils s'assirent dans le même bureau, au même endroit. Elle lui proposa du café ; il déclina.

« Le rapport, commença Irving. Je serais curieux de savoir comment vous avez fait le rapport entre le présent et le passé. Ces meurtres remontent parfois à quarante ans.

— Je ne peux pas vous le dire.

— La petite annonce, continua Irving. Comment avez-vous fait le lien ? Sans la petite annonce, on en restait à une simple histoire de jeune fille assassinée.

— Elle était enroulée dans du plastique noir. C'était le point commun. Ensuite, il a suffi de voir où elle habitait et où elle a été retrouvée, de tracer une ligne et de voir quels quartiers se trouvaient entre ces deux points. On a ensuite épluché la gazette, on a trouvé une petite annonce…

— Impossible, intervint Irving. Ça n'a pas pu être aussi simple. Vous avez trouvé une petite annonce ? »

Langley confirma d'un signe de tête.

« Pour se mettre en quête d'une petite annonce, il fallait déjà connaître l'affaire initiale, qui remonte à… quelle année, déjà ?

— 1973. Une certaine Kathy Sue Miller.

— Donc il fallait que vous connaissiez cette affaire pour ne serait-ce qu'avoir l'idée de chercher une petite annonce. Parce que des corps enroulés dans des sacs-poubelle en plastique, je peux vous assurer que j'en ai vu beaucoup.»

Langley ne répondit pas.

«Vous ne dites rien?

— Non, inspecteur, je ne dis rien.

— Et l'affaire des deux filles? Votre article était très précis, notamment sur le fait qu'elles ont été tuées avec une arme de calibre .25 et que les blessures étaient identiques à celles infligées lors des premiers meurtres.

— Les Tueurs du Crépuscule. Cynthia Chandler et Gina Marano. Juin 1980.

— Vous avez un informateur au sein de la police, c'est ça?»

Karen Langley rigola. Ce n'était ni du mépris, ni de la gêne, simplement la réaction de quelqu'un qui voulait éviter de regarder Ray Irving dans les yeux.

«Je considère donc ça comme un oui, fit celui-ci.

— Je n'ai rien dit.

— Vous n'êtes pas obligée.

— Alors on est dans l'impasse, inspecteur Irving…

— Ray. Je vous rappelle que puisqu'on se raconte des salades, autant nous appeler par nos prénoms.

— Alors on est dans l'impasse, Ray. J'ai beaucoup de choses à faire et…

— Qu'est-ce que vous diriez d'un marché?»

Langley fronça les sourcils.

«Vous me posez une question, je dis la vérité. Ensuite on inverse les rôles.

— À condition que vous commenciez, dit-elle.

— Vous ne me faites pas confiance ?

— À part pour nous raconter des salades, non, je ne vous connais pas. Bien sûr que je ne vous fais pas confiance – vous êtes flic.

— Je n'en reviens pas…»

Langley haussa les épaules. «Il va falloir, pourtant. Assumez.

— Alors ? Qu'est-ce que vous en pensez ?

— Une seule question.

— D'accord, une seule question.

— C'est moi qui commence ? fit Langley.

— Bien sûr… Tout le monde sait que les journalistes sont beaucoup plus honnêtes et fiables que les policiers.

— Le coup de téléphone, dit Langley. Après le meurtre des deux adolescentes, est-ce qu'une femme a passé un coup de fil anonyme et laissé un message ?»

Irving hocha la tête.

«Vous êtes sérieux ? s'exclama Langley, profondément surprise.

— Mot pour mot. Ils l'ont enregistré, au n° 9.

— Nom de Dieu… Mais c'est tout simplement incroyable.

— Tout ce qu'il y a de plus vrai, malheureusement. À mon tour, maintenant.»

Langley le regarda.

«Le rapport. Comment avez-vous fait le rapport entre ces meurtres-là et les plus anciens ?»

Elle sourit. «Je n'ai pas fait le rapport.»

Irving fit une grimace.

«Ce n'est pas moi qui ai fait les recherches sur cette affaire, Ray. Quelqu'un d'autre s'en est chargé. J'ai un enquêteur à ma disposition.

— Qui s'appelle?»

Karen Langley se leva. Elle lui adressa un sourire et tendit le bras, comme pour le raccompagner à la porte. «Ça fait deux questions.

— Vous êtes une dure à cuire, pas vrai?

— Allez. À demain, donc?»

Langley sourit encore.

Irving traversa la pièce. «Ou à tout à l'heure.»

Au bout du couloir, Irving nota au passage le nom inscrit sur la porte d'un des bureaux situé en haut de l'escalier. Gary Harmon. Il jeta ensuite un coup d'œil derrière lui. Il surprit Karen Langley en train de rentrer précipitamment dans son propre bureau, comme si elle l'avait épié.

Dans le hall d'entrée, la jeune réceptionniste était de nouveau là.

«Encore vous?

— J'ai toujours du mal à partir, répondit Irving. Dites-moi... L'enquêteur de Karen Langley, c'est bien Gary Harmon, non?»

La fille fronça les sourcils. «Gary? Non, c'est John. John Costello.»

Il sourit, comme si on l'avait pris en flagrant délit de distraction. «Mais oui, bien sûr, dit-il. Merci infiniment.

— Je vous en prie.»

Ray Irving regarda son joli sourire, sa coiffure de star de cinéma et pensa : *Dans une autre vie. Peut-être dans une autre vie...*

11

Ray Irving éplucha les anciens numéros de la gazette. Il ne lui fallut pas longtemps pour retrouver une petite annonce publiée à Murray Hill. Le numéro de téléphone était celui d'un portable. Il appela; la ligne était désactivée. Il contacta le central téléphonique, discuta avec trois personnes différentes et finit par comprendre que le numéro avait été attribué provisoirement à un téléphone sans engagement. 30 dollars. Un appareil bon marché. Une fois le crédit consommé, on jette le tout à la poubelle. Indétectable.

Il téléphona alors aux archives de la police et tomba sur une personne disposée à l'aider.

«Des affaires anciennes, dit Irving. Qui remontent à 1966, 1973, 1975 et 1980.

— Ici?

— Dans différents endroits. Los Angeles, Seattle, Chicago et le Texas.

— C'est une blague?

— Pas du tout.

— Dans ce cas, je ne vois pas comment je peux vous aider. Enfin... Je *pourrais* vous aider, mais ça prendrait un temps fou. Il faudrait que j'appelle tous les services qui ont eu affaire au crime initial, que j'obtienne l'autorisation de transférer les dossiers et que j'envoie quelqu'un là-bas pour les retrouver. Ce n'est pas un travail de deux heures, inspecteur Irving, et quelqu'un, quelque part, va devoir valider le temps et l'argent dépensés.

— Qu'est-ce que je dois faire, alors ?

— Vous devez obtenir ce qu'on appelle un formulaire de transfert d'archive inter-États. Il doit être signé par un capitaine ou nécessairement un gradé supérieur. Ensuite, et seulement ensuite, je pourrai vous aider.

— Et où est-ce que je peux obtenir ça ?

— Donnez-moi votre adresse mail et je vous en envoie un. Imprimez-le, remplissez-le, faites-le signer, et après on en rediscute. »

Irving remercia son interlocuteur et raccrocha.

Sur son ordinateur, il chercha des renseignements concernant John Costello. Il trouva trois John et un Jonathan. Tous vivaient à New York : deux avaient été arrêtés pour conduite en état d'ivresse, un autre pour attaque à main armée, le dernier pour son implication dans un système d'évasion fiscale au début des années 1980. Deux d'entre eux avaient quitté l'État de New York, le troisième était mort. Le seul qui habitât encore New York frisait la soixantaine et vivait sur Steinway Street. À moins que ce type ressente un besoin irrépressible de prendre les trains de banlieue, Irving doutait qu'il puisse s'agir de la bonne personne. Il se rendit ensuite sur le site du *City Herald,* consulta l'ours, trouva les portraits de Karen Langley, de Leland Winter et du rédacteur en chef, un homme à la mine grave nommé Bryan Benedict. Mais aucune trace de Costello. Il entra *Costello enquêteur* dans le moteur de recherche et n'obtint qu'une liste d'articles sans rapport contenant ce nom, des textes de professeurs d'université, rien de pertinent. John Costello n'avait donc pas d'antécédents judiciaires, il travaillait pour le *New York City Herald* et avait réussi à relier plusieurs crimes récents à des meurtres parfois vieux de quarante ans.

Irving nota le numéro, téléphona au *Herald* et demanda à parler à Costello.

« Il n'a pas de ligne personnelle, lui dit la réceptionniste.

— Je suis passé tout à l'heure. Inspecteur Irving à l'appareil.

— Oui, bien sûr. Bonjour. Comment allez-vous ?

— Je vais bien, très bien. Mais il faut que je parle à John Costello.

— Je peux lui laisser un message pour qu'il vous rappelle. Ou alors je peux le croiser quand il aura terminé sa journée.

— Vers quelle heure ? »

Irving jeta un coup d'œil à sa montre. Il était 14 h 15.

« Vers 17 heures. Peut-être 17 h 30.

— Vous serez encore là ?

— Bien sûr. Je suis là jusqu'à 18 heures. »

Irving attendit quelques secondes. « Excusez-moi, mais je n'ai pas retenu votre nom.

— Emma, répondit la réceptionniste. Emma Scott.

— J'ai envie de faire quelque chose, Emma. J'ai envie de passer vers 16 h 45 et d'attendre que M. Costello sorte. Quand ce sera le cas, je voudrais que vous me le montriez, afin que je puisse lui parler tout de suite.

— Est-ce qu'il est... Il a des ennuis ?

— Non, pas du tout, c'est même le contraire. Je crois qu'il pourrait m'éviter bien des ennuis. Il a fait des recherches sur un certain sujet et j'ai besoin de ses conseils.

— Et tout ça est légal, oui ? Je ne vais pas être...

— Tout est parfaitement légal, Emma. Je veux juste que vous me le montriez afin que je puisse aller le voir.

— D'accord, dit-elle, un peu hésitante. D'accord... Je pense que ça va pouvoir se faire, inspecteur Irving. Passez vers 16 h 45 et je vous présenterai John.

— Je vous remercie, Emma. À tout à l'heure. »

Le formulaire de transfert d'archive inter-États était un document de neuf pages, avec une police de taille 10 et un interligne simple. Irving connaissait les noms et les dates de décès des précédentes victimes, mais uniquement grâce au projet d'article de Karen Langley. Il ne connaissait ni les commissariats, ni les secteurs, ni les noms des inspecteurs qui avaient été en charge de ces affaires – ils devaient sans doute tous être morts ou à la retraite depuis longtemps. Certes, il avait vu la transcription du témoignage de Roy Green dans le bureau de Langley, avec le nom du policier qui l'avait interrogé en haut de la page, mais il était incapable de s'en souvenir. Il fut tenté d'appeler Langley pour le lui demander, puis changea d'avis. Il ne voulait pas qu'elle l'aide, qu'elle ait le sentiment d'avoir contribué, d'une quelconque manière, à la résolution de cette affaire. Le *City Herald* avait doublé la police. Le *City Herald* avait l'intention d'annoncer à tout New York quelque chose que la police ignorait. Par quel miracle ? À cause de ce satané John Costello.

Bien entendu, Irving soupçonna d'abord Costello d'être l'assassin. Des meurtres anniversaires. Quelques jours seulement après les crimes, un brouillon d'article de journal qui établit le rapport. Improbable, même dans le meilleur des mondes. D'après le peu de chose qu'Irving savait sur les tueurs en série, beaucoup d'entre eux faisaient ça pour la publicité. *J'ai une petite bite, je n'ai pas de vie sociale, je suis incapable de baiser autrement qu'en tenant l'autre sous la menace d'une arme, et quand j'aurai fini, je détruirai les preuves de mon crime. J'ai été un enfant molesté. Je suis un pauvre type pour lequel tout le monde devrait avoir de la compréhension et de la compassion. J'ai dû tuer ces filles parce qu'en réalité elles étaient toutes ma mère. J'ai un travail important à accomplir, une petite entreprise si vous préférez... Pourquoi ne pas investir dans votre fille ? Je suis un vrai taré.*

Il en eut marre.

Irving sourit et se replongea dans la paperasse.

12

Ray Irving n'était pas homme à se laisser facilement prendre au dépourvu.

Très rares, en effet, étaient ceux qui parvenaient à le désarçonner. En tout cas, c'est ce qu'il pensait.

John Costello, néanmoins, y réussit, et d'une manière qu'Irving n'aurait jamais imaginée.

« Je ne peux pas vous parler. » Telle fut la réaction de Costello lorsque Irving s'approcha de lui dans le hall du siège du *New York City Herald,* au croisement de la 31e Rue et de la 9e Avenue.

John Costello ne différait en rien des cent mille autres hommes proches de la quarantaine qui travaillaient dans les bureaux, les banques et les salles informatiques de New York. Sa coiffure, sa mise – un pantalon sombre, une chemise bleu pâle au col ouvert, une veste –, l'attaché-case marron foncé qu'il tenait à la main, sa manière de tenir la porte ouverte pour laisser passer une collègue devant lui, la façon dont il hocha la tête et sourit lorsqu'elle le remercia, son attitude en apparence détendue... Tout cela incita Irving à aller toucher le bras de John Costello, à prononcer son nom, à se présenter : « Monsieur Costello, je suis l'inspecteur Ray Irving, du commissariat n° 4. Je me demandais si vous aviez un moment…»

Et Costello l'interrompit aussi sec en six mots : «Je ne peux pas vous parler.»

Irving sourit. «Je comprends que vous soyez pressé de rentrer chez vous…»

Costello secoua la tête, esquissa une sorte de demi-sourire et répondit : «Un homme se tient au milieu d'une rue. Il est vêtu de noir de la tête aux pieds. Il porte une cagoule noire, des lunettes noires, des gants noirs. Tous les réverbères sont cassés, et pourtant un type qui roule à 130 à l'heure, tous phares éteints, réussit à le voir et à l'éviter. Comment est-ce possible?

— Pardon, je ne comprends…

— C'est une devinette, dit Costello. Vous connaissez la réponse?»

Irving fit signe que non. «Je n'ai pas vraiment écouté…

— Parce qu'il faisait jour. Vous êtes parti du principe qu'il faisait nuit quand j'ai parlé des réverbères cassés, mais il faisait jour. Le conducteur de la voiture arrive à voir l'homme parce qu'il fait jour. Il existe un vieux dicton sur les préjugés… Comme quoi ils sont à l'origine de toutes les conneries.»

Costello inclina la tête sur le côté en souriant.

«Oui… Oui, bien sûr», dit Irving avant de faire un pas de côté vers la sortie, comme pour le bloquer.

«Vous avez cru que j'étais disponible et pourtant je ne le suis pas. Je suis convaincu que ce dont vous voulez m'entretenir est de la plus haute importance, inspecteur Irving, mais j'ai un rendez-vous. Je ne peux pas vous parler maintenant, vous comprenez ? » Il consulta sa montre. « Je dois y aller.

— D'accord, bien… Je comprends, monsieur Costello. Je peux peut-être vous voir après votre rendez-vous ? Peut-être chez vous ? »

Costello sourit. « Non », dit-il, avec une telle fermeté qu'Irving, l'espace d'une seconde, ne sut pas quoi répondre.

« Vous voulez discuter du brouillon d'article, reprit Costello.

— Oui. L'article sur…

— Vous et moi savons de quel article il s'agit, inspecteur Irving. Mais pas maintenant. »

Il regarda de nouveau sa montre. « Il faut *vraiment* que j'y aille. Je suis navré. »

Avant même qu'Irving ait eu la possibilité de réagir, Costello lui était passé devant et avait disparu derrière la porte.

Irving jeta un coup d'œil en direction d'Emma Scott. Elle était en train de discuter avec une femme entre deux âges. Il regarda vers la rue et, obéissant à une impulsion soudaine, décida de suivre Costello.

Ce dernier, d'un pas rapide, tourna à droite et remonta la 9e Avenue vers l'église St. Michael. Là, il prit à gauche la 33e Rue Ouest, et Irving – se tenant le plus à distance possible sans le perdre de vue – le fila jusqu'à la 11e Avenue, où Costello tourna à droite en direction du Javits Center. Mais avant d'y parvenir, il emprunta, encore à droite, la 37e Rue, et s'arrêta un instant pour chercher quelque chose dans son attaché-case. Sur ce, il monta rapidement le perron d'un immeuble et entra.

Le temps de le rejoindre, Irving avait perdu sa trace. Il inspecta l'immeuble. Quelques marches en pierre, un réverbère miniature de part et d'autre de la large porte d'entrée, et, au-dessus, calligraphié en lettres discrètes sur l'imposte en verre : « Winterbourne Hotel ».

Il hésita. Il se demandait s'il n'avait pas plutôt intérêt à faire demi-tour et à rentrer au commissariat. Il regarda sa montre : 17 h 20. Il traversa la rue pour mieux étudier la façade de l'hôtel. Plusieurs fenêtres en étaient éclairées – trois niveaux en tout, deux fenêtres à chaque niveau. En considérant qu'il y avait aussi des chambres à l'arrière du bâtiment, il devait y en avoir une douzaine en tout. Le Winterbourne Hotel. Irving n'en avait jamais entendu parler. D'un autre côté, il n'y avait aucune raison pour qu'il connaisse cet endroit.

Il était presque 18 heures lorsqu'il se décida à entrer. Il avait envisagé plusieurs scénarios. Il ignorait où habitait Costello. On partait toujours du principe que les gens étaient généralement propriétaires ou locataires. Mais non, certaines personnes vivaient à l'hôtel. Les gens allaient à l'hôtel pour dîner, pour des rencontres galantes, pour des rendez-vous privés qu'ils préféraient ne pas avoir à la maison. Les gens allaient rendre visite à d'autres gens qui séjournaient à l'hôtel...

Irving ne pouvait pas deviner ce que Costello fabriquait dans celui-là. Soit il entrait et demandait, soit il s'en allait.

Il opta pour la première solution.

L'homme à la réception était âgé, peut-être pas loin de soixante-dix, voire un peu plus. En voyant Irving, il lui adressa un sourire chaleureux et son visage se plissa comme un chiffon.

« Vous êtes l'inspecteur de police », dit-il.

Irving s'arrêta net et se mit à rire – réaction nerveuse, gênée.

« M. Costello a laissé un message pour vous.

— Un message ? »

Le vieux sourit encore et lui montra un bout de papier plié en deux.

Irving s'en empara, le déplia et lut, rédigé dans une écriture extrêmement soignée : « Carnegie's Delicatessen, croisement 7e Avenue et 55e Rue. 20 heures. »

Il ouvrit de grands yeux et fut gagné par une sensation bizarre, comme si quelque chose escaladait sa colonne vertébrale. Il frissonna ostensiblement, s'éloigna de la réception, hésita, se retourna encore.

« Monsieur ? fit le vieil homme.

— C'est M. Costello qui a laissé ça pour moi ? demanda Irving, qui avait du mal non seulement à y croire, mais à comprendre.

— Oui, monsieur. M. Costello.

— Dites-moi... Il vit ici ?

— Oh non, monsieur. Il ne *vit* pas ici, il vient juste pour les réunions. Comme tous les autres. Le deuxième lundi de chaque mois. Depuis aussi longtemps que je me souvienne.

— Les réunions ? Quelles réunions ? »

Le vieil homme secoua la tête. «Je suis désolé, monsieur, je n'ai pas le droit de vous le dire.»

Irving n'en revenait pas. Il avait l'impression d'avoir franchi un miroir déformant. «Vous n'avez pas le droit me le dire?

— En effet, monsieur.

— Mais qu'est-ce que... Comme les Alcooliques anonymes? Quelque chose dans le genre?

— Quelque chose dans le genre. Oui, je pense qu'on peut dire ça.

— Pardon, mais je ne comprends pas. M. Costello vient ici pour une réunion le deuxième lundi de chaque mois et vous n'avez pas le droit de me dire en quoi consistent ces réunions.

— C'est cela, monsieur.

— Et il y a d'autres personnes qui viennent?

— Je ne peux pas vous le dire.

— Mais vous avez parlé d'une réunion, n'est-ce pas? On ne peut pas tenir une réunion tout seul, si?

— J'imagine que non, monsieur.

— Donc il y a d'autres personnes à ces réunions.

— Je ne peux pas vous le dire.

— C'est ridicule. Quel est votre nom?

— Je m'appelle Gerald, monsieur.

— Gerald... Gerald comment?

— Gerald Ford.»

Irving hocha la tête, puis : «Gerald Ford. Comme le président Gerald Ford?»

Le vieil homme sourit avec une telle sincérité qu'Irving fut décontenancé. «Exactement, monsieur. Comme le président Gerald Ford.

— Vous vous foutez de moi.

— Pas du tout, monsieur. C'est mon nom.
— Et vous êtes le propriétaire de cet hôtel ?
— Non, monsieur, je n'en suis pas le propriétaire. Je n'y fais que travailler.
— Et depuis quand ont lieu ces fameuses réunions ? »

Ford secoua la tête.

« Vous n'avez pas le droit de me le dire, c'est ça ?
— C'est ça, monsieur.
— C'est délirant… C'est tout simplement délirant. »

Ford acquiesça et sourit de nouveau. « J'imagine, monsieur. »

Irving regarda encore le bout de papier, avec l'adresse de la cafétéria où il se rendait presque tous les jours, et se demanda si ce à quoi il avait affaire était une vraie coïncidence, ou…

« Bien, dit-il. Bien… Dites à M. Costello que j'ai eu son message et que je le retrouverai à 20 heures.
— Très bien, monsieur. »

Irving fit un pas vers la porte, s'arrêta, se retourna vers le vieil homme posté derrière la réception, puis sortit et redescendit les marches vers le trottoir.

Pendant quelques instants, il ne sut pas quoi faire. Il décida quand même de retourner à son bureau à pied, par le Garment District. Il aurait pu prendre le métro, mais il voulait se donner un peu de temps pour réfléchir. Il ne comprenait décidément pas ce qui venait de se passer au Winterbourne Hotel. Il ne comprenait pas le bref échange qu'il avait eu avec Costello dans le hall du *City Herald*. Il se sentait dépassé et ne comprenait pas pourquoi. Rien n'était logique. Absolument rien.

Au commissariat, Irving apprit que Farraday serait absent toute la journée. Il fut presque soulagé. Il n'avait aucune envie d'avoir à expliquer une chose que lui-même ne comprenait pas. Bien qu'il n'eût contre John Costello que des soupçons circonstanciels, son instinct lui disait qu'il avait tout intérêt à l'interroger, afin de comprendre comment il avait fait le rapprochement entre ces meurtres. Mais la pensée de Karen Langley interrompit son projet. Il y avait déjà un article de journal en gestation, et un suffisait amplement comme ça.

Pas de message sur son bureau. Il en conclut qu'aucun accord n'avait été trouvé entre les divers commissariats en vue d'une enquête commune. Encore une fois, rien ne démontrait, pas même des éléments circonstanciels probants, que ces récents meurtres pouvaient être reliés. Rien, sauf un article écrit par Karen Langley sur la base des recherches de John Costello.

Assis à son bureau, une tasse de café devant lui, Ray Irving surfa sur Internet pour essayer de trouver davantage d'informations sur les meurtres originels. Il lut quelques pages sur Harvey Carignan, l'homme dont le meurtre de Kathy Sue Miller en 1973 avait été réédité sous l'aspect de l'assassinat de Mia Grant. Il trouva une phrase à son sujet, une phrase prononcée par un certain Russell Kruger, enquêteur à la police de Minneapolis. « C'est le diable, ce type, avait-il dit. Ça fait des années qu'on aurait dû le faire griller, et je vous assure que les gens auraient fait la queue pour appuyer sur le bouton. À sa mort, on aurait dû lui planter un pieu dans le cœur, l'enterrer, puis le déterrer une semaine plus tard et lui en planter un autre, juste pour être sûr qu'il soit bien mort. »

Il lut aussi un article sur l'exécution de Kenneth McDuff, l'homme qui avait commis en 1966 un triple meurtre, réédité par l'assassinat de Luke Bradford, de Stephen Vogel et de Caroline Parselle. McDuff avait été exécuté le 17 novembre 1998 dans la prison de Huntsville, au Texas. Il avait été reconnu coupable d'au moins quinze assassinats et, d'après les témoignages des personnes présentes ce jour-là, pas un seul opposant à la peine de mort n'était venu manifester. L'exécution fut supervisée par Neil Hodges, le directeur adjoint de la prison, en charge des exécutions.

Hodges était cité : « Les gens croient que l'exécution n'est pas douloureuse. C'est faux. En deux mots, les condamnés souffrent énormément. Ils sont comme physiquement paralysés, mais ils entendent. Ils se noient dans leurs propres fluides et s'étouffent jusqu'à en mourir. Oui, il arrive qu'il y ait des problèmes. Parfois, les types refusent de se coucher sur la table. Mais ici, nous avons le gardien le plus costaud de tout le Texas et il parvient à les faire coucher sur la table sans aucun problème. Ils sont sanglés en quelques secondes. Aucun problème. Ils vont sur cette bonne vieille table et se prennent leur coup de jus, que ça leur plaise ou non. »

Irving regarda la pendule au-dessus de la porte. Il sentait une boule désagréable au fond de ses tripes. Il était 18 h 40. Encore un peu plus d'une heure avant d'aller au Carnegie's. Il but son café. Pour la première fois depuis très longtemps, il avait une envie folle de se fumer une cigarette.

Il releva l'existence de plusieurs sites intégralement dédiés aux gens nourrissant un intérêt morbide pour la vie et la mort des tueurs en série. Il avait beau se considérer comme quelqu'un de difficile à surprendre, certains articles comportaient des signes inquiétants d'idolâtrie et d'obsession. Le besoin constant, compulsif, de savoir ce qui se passait vraiment dans la tête de Jeffrey Dahmer, de Henry Lee Lucas et de leurs compères pendant qu'ils massacraient des dizaines d'êtres humains ne lui semblait pas être un passe-temps particulièrement sain.

Pourtant – phénomène proche, d'une certaine manière, de celui qui incite à ralentir pour regarder un accident de voiture –, Irving ne put s'empêcher de revenir à la page consacrée à Kenneth McDuff, au récit de ses dernières heures, de son exécution.

L'homme était responsable de la mort de Robert Brand, de Mark Dunman et d'Edna Louise Sullivan en août 1966 – les trois assassinats décrits dans le témoignage que lui avait montré Karen Langley. Irving se rappelait l'absence totale d'humanité de McDuff lorsqu'il viola à plusieurs reprises une jeune fille de 16 ans, avant de l'étouffer au moyen d'un manche à balai de quatre-vingt-dix centimètres. Il fallut attendre trente-deux ans avant que celui-ci soit puni pour ses crimes. McDuff avait d'abord écopé de trois condamnations à mort en 1968, deux ans après les meurtres Brand/Dunman/Sullivan, peines plus tard commuées en peine de prison à perpétuité, avant d'être libéré le 11 octobre 1989. Au bout de quelques jours, il tuait de nouveau. Deux ans après, le 10 octobre 1991, il assassina une prostituée en la torturant atrocement. Cinq jours plus tard, il tua une autre femme. Quatre jours après Noël, dans une station de lavage, il enleva une femme mesurant un mètre soixante et pesant cinquante kilos. Il fallut sept ans pour la retrouver, violée et assassinée. Et ainsi de suite – une longue litanie d'actes brutaux et inhumains que McDuff semblait incapable de réfréner. Il ne se contentait pas de tuer ses victimes; il les martyrisait. Il frappait à coups de bâton et de matraque. Il violait avec une rage sadique qui donnait des cauchemars aux enquêteurs les plus aguerris. Il faisait sauter les têtes de ses victimes à bout portant, il les taillait en pièces, il les découpait au couteau.

Irving relut le témoignage sur l'exécution de McDuff. Il ne put s'empêcher d'éprouver une sorte de satisfaction vengeresse.

McDuff avait d'abord été conduit sous escorte sur les vingt-quatre kilomètres qui séparaient Ellis Unit de la prison de Huntsville. Il fut placé dans une cellule vide à l'exception de lits superposés, d'une petite table et d'une chaise. À côté se trouvait une cellule de type «contacts strictement interdits» fermée par une porte couverte d'un fin grillage en acier. McDuff mangea son dernier repas – deux côtes de bœuf, cinq œufs au plat, des légumes, des frites, une tarte à la noix de coco et du Coca-Cola. À 17 h 44, on lui administra une préinjection de 8 cl de penthotal de sodium à 2 %. Dans une pièce adjacente l'équipe commando attendait en silence;

des hommes vêtus d'une tenue de protection spéciale et armés de masses. À 17 h 58, McDuff apprit que la Cour suprême avait rejeté sa dernière demande de sursis. Les témoins affluaient déjà. Ils étaient dirigés, une fois franchie l'entrée principale de la prison, vers la salle de surveillance. À 18 h 08, McDuff se vit prier de quitter sa cellule et de marcher jusqu'à la salle d'exécution. Il n'offrit aucune résistance. Il fut couché sur la civière pendant une heure, avant d'être sanglé. Les infirmiers introduisirent deux aiguilles de calibre 16 et deux cathéters dans chacun de ses bras, reliés par des tubes au siège du bourreau. Un moniteur cardiaque et un stéthoscope furent fixés sur le torse de McDuff. Les rideaux séparant la salle d'observation de la chambre de la mort furent ouverts et le directeur de la prison, Jim Willett, lui demanda s'il avait une dernière chose à dire.

McDuff répondit simplement : « Je suis prêt à être soulagé. Soulagez-moi. »

Dans la salle d'observation avait pris place un homme de 74 ans, le père de Robert Brand, le garçon de 18 ans qui avait été assassiné vingt-deux ans plus tôt, avec Mark Dunman et Edna Sullivan.

Dix secondes plus tard, McDuff se fit injecter du thiopental de sodium, un anesthésiant rapide. Une minute plus tard, on lui donna 15 cl de sérum physiologique afin de faciliter le passage des 50 mg/50 cl de bromure de pancuronium, un relaxant musculaire, dérivé du curare, qui paralyse les fonctions respiratoires. McDuff dut éprouver une pression intense dans son torse, avoir une sensation d'étouffement qui le fit instinctivement chercher de l'air, puis de tournis et d'hyperventilation. Son cœur battait de plus en plus vite, l'ensemble de son système nerveux était inondé de poison. McDuff se retrouva ensuite incapable de bouger, mais il pouvait encore entendre et voir. Ses yeux se dilatèrent, tous les poils de son corps se hérissèrent ; 15 cl supplémentaires de sérum physiologique lui dilatèrent les veines avant qu'elles ne reçoivent une dose massive de chlorure de potassium. Injecté en intraveineuse, celui-ci brûle et fait souffrir : il rompt immédiatement l'équilibre chimique du corps, déclenche une contraction extrême de chaque muscle et, lorsqu'il atteint le cœur, le fait cesser de battre. Incapable de crier, McDuff dut ne rien sentir, sinon une terrible crampe au cœur. Deux minutes plus tard, il fut examiné et déclaré mort. Un autre témoin, Brenda Solomon, mère d'une des victimes de McDuff, dirait : « Il ressemblait au diable. Il part là où il doit aller. Je suis contente... Je suis ravie. »

En bas de l'article, Irving nota que l'auteur avait indiqué le coût total des médicaments ayant servi à tuer McDuff. 86 dollars et 8 cents.

Irving ferma les yeux et médita. Il avait voulu être inspecteur, avait quitté les Stups et la Mondaine pour rejoindre la Criminelle. Il avait travaillé, potassé, fait des nuits blanches pour réussir ses examens et monter en grade. Rien de tout cela ne l'avait préparé aux horreurs qu'il avait vues ; mais, aussi cynique, aussi amer qu'il pût être parfois, il croyait encore à la bonté fondamentale de l'homme. Il pensait que ceux qui tuaient, même sous le coup de la jalousie et de la haine, représentaient une minorité.

En revanche, ces meurtres sadiques et ces exécutions étatiques qui s'apparentaient, par leur précision glaciale, à une vengeance administrative, ces choses-là se situaient à des années-lumière du commun des mortels. C'était l'éternel débat : prison à vie ou peine de mort ? Était-ce vraiment œil pour œil, dent pour dent ?

Mais qui étaient ces gens ? se demanda-t-il. Pourquoi se comportaient-ils ainsi ? Dans un autre article, un tueur en série condamné déclarait simplement : « Elles n'auraient rien pu dire, rien du tout. Elles étaient mortes dès l'instant où je les ai vues. Je me suis servi d'elles. Je les ai violées et puis je les ai tuées. Je les ai traitées comme des ordures. Qu'est-ce que vous voulez que je dise de plus, bordel ? »

Dans le silence de son bureau, la question taraudait Ray Irving : si Langley et Costello avaient raison, *s'ils* avaient raison, alors cela signifiait que quelqu'un reprenait délibérément le flambeau là où ces gens l'avaient laissé...

Il se leva et quitta la pièce. Personne aux alentours. Dans les autres bureaux du couloir, toutes les lumières étaient éteintes.

Il se sentait troublé, mal à l'aise. Pour la première fois depuis l'enfance, il ressentait cette même angoisse qui s'empare de vous quand vous êtes seul dans une maison obscure.

Il récupéra sa veste, ses clés de voiture, puis se dépêcha de repartir et de descendre l'escalier.

Il fut soulagé d'apercevoir des visages connus au rez-de-chaussée, de saluer l'agent de faction, et se retrouva dans la rue, au milieu de la circulation et de la foule, des bruits et des odeurs de la ville.

Il repensa à John Costello, à son rendez-vous imminent au Carnegie's – et à cette étrange devinette sur la voiture qui fonce à toute allure.

Le préjugé limite l'observation, quand l'observation permet de voir la réalité, et non pas ce que l'on s'attend à trouver.

Irving fourra ses mains dans ses poches et descendit la rampe qui menait au parking souterrain.

13

Une tache en forme de larme sur la cravate de l'inspecteur. Le genre de tache qui se nettoyait avec un chiffon propre et de l'eau de Seltz.

John Costello compta les diamants sur la cravate. Il y en avait trente-trois, trente-cinq si on incluait les deux autres en partie cachés par le nœud.

D'après les cernes qui entouraient les yeux d'Irving, John Costello comprit que l'homme en avait marre d'être seul.

Lassesolitude.

Quelque chose comme ça.

Irving était un être difficile à déchiffrer. Il y avait des angles en lui, et ces angles donnaient une impression de profondeur, même si Costello avait du mal à dire si cette profondeur existait vraiment.

Costello sentait que quelqu'un était mort. Quelqu'un d'important. Les gens portaient ça sur eux comme une seconde peau.

« Avez-vous été marié ?

— Non, répondit Irving avec un sourire, je ne me suis jamais marié. Pourquoi cette question, monsieur Costello ? »

Costello se contenta de secouer la tête.

Ils étaient assis depuis huit ou dix minutes lorsqu'il lui expliqua enfin pourquoi il avait choisi cette cafétéria.

« J'ai fait des recherches sur vous en juin, après le meurtre de la petite Grant. Je n'ai pas eu de mal à trouver quel était votre commissariat, et puis quelqu'un que je connais vous a vu ici deux ou trois fois. Nous nous sommes donc dit que vous ne deviez pas habiter très loin si vous y veniez régulièrement.

— Nous ?

— Un ami... Une connaissance, à vrai dire.

— Attendez, monsieur Costello, il y a quelque chose qui m'échappe... Vous dites avoir fait des recherches sur moi en juin ?

— Exact.

— Et pour quelle raison ?

— Simple curiosité.

— Curiosité à quel sujet ?

— Au sujet de la personne qui allait enquêter sur l'affaire Mia Grant. Nous, enfin... J'étais curieux de savoir si vous alliez apprendre des choses qui ne soient pas déjà connues. »

Une serveuse arriva sur la droite d'Irving.

« Pour moi, rien, dit Costello. Vous voulez quelque chose, inspecteur Irving ? »

Irving fit signe que non.

Costello lança un sourire à la jeune femme. « Un peu de café... Du café, pour le moment, s'il vous plaît. »

La serveuse apporta une tasse, la remplit et laissa un pot de crème liquide sur la table.

Irving s'enfonça sur la banquette et étudia John Costello. Appréhension ? Soupçon ? Tout simplement malaise ? Il y avait quelque chose d'indéchiffrable dans les yeux de cet homme.

« Dites-moi ce que vous savez sur ces meurtres, fit Irving.

— Je n'en sais pas beaucoup plus que vous, inspecteur. Quelqu'un, peut-être plusieurs personnes, reproduit les meurtres d'anciens tueurs en série. C'est, manifestement, ce qui se passe. Le plus intrigant, je trouve, c'est que, sur les trois inspecteurs concernés par ces enquêtes en apparence distinctes, vous êtes le seul qui soit venu discuter avec Karen Langley.

— Vous êtes son enquêteur, pas vrai ? »

Costello acquiesça.

« Eh bien, monsieur Costello...

— John.

— Eh bien, John, vous pouvez sans doute imaginer quelle a été ma première pensée...

— Que je pourrais être l'assassin ? »

Irving, une fois de plus, fut désarçonné. Le rendez-vous au siège du journal, le message laissé à l'hôtel, le fait qu'ils se retrouvaient tous les deux au Carnegie's... Il se sentait pris de vitesse à chaque pas qu'il faisait. Ce n'était pas normal.

« Eh bien, vous pouvez imaginer ma réaction à la lecture de cet article. Vous expliquiez que Mia Grant répondait peut-être à une petite annonce pour un boulot à Murray Hill.

— Je crois que nous avons dit qu'il y avait une forte probabilité.

— Du coup, la question est...
— Comment est-ce que je l'ai su?
— Exactement.
— J'ai regardé là où elle vivait. J'ai regardé là où on l'a retrouvée. Je me suis dit que si elle allait quelque part, il y avait toutes les chances pour que ce soit vers le quartier de Murray Hill. J'ai récupéré un exemplaire du petit journal local, j'ai épluché les annonces et j'ai trouvé la seule annonce à laquelle une fille de son âge aurait pu répondre...

— Je sais tout ça, l'interrompit Irving. Je comprends bien. Ce que je ne comprends pas, c'est *pourquoi* vous en avez déduit qu'elle se rendait à un rendez-vous professionnel. »

Costello fronça les sourcils, comme intrigué par la question. « Mais à cause de Kathy Sue Miller.

— La victime originelle.

— Le 3 juin 1973. La jeune fille assassinée par Harvey Carignan. »

Irving sentait monter en lui l'agacement et la frustration. « Oui, monsieur Costello... John. Oui, je comprends bien, répondit-il sur un ton légèrement impatient. Mais le fait même de savoir qui était Kathy Sue Miller est pour le moins étrange. Il faut avoir une connaissance particulièrement précise d'un meurtre commis il y a presque trente-cinq ans pour ne serait-ce que déceler une ressemblance entre les deux crimes. Il faut notamment savoir que Kathy Sue Miller était sur le point d'avoir un rendez-vous d'embauche pour simplement avoir l'idée de chercher dans la gazette du coin. Voilà la question qu'il faut se poser. Et puis les derniers crimes, ces deux jeunes filles...

— Ashley Burch et Lisa Briley.

— Exactement... Vous dites que ces meurtres sont liés à des crimes identiques qui ont été commis au début des années 1980.

— Le 12 juin 1980, répondit Costello. Cynthia Chandler et Gina Marano, assassinées par les Tueurs du Crépuscule. Sauf erreur de ma part. Je n'ai pas accès au rapport du coroner et je ne peux que supposer que Burch et Briley ont été tuées avec un calibre .25.

— Et l'adolescent retrouvé dans l'entrepôt ?

— Là, c'était un peu tiré par les cheveux.

— Tiré par les cheveux ?

— Oui... Disons que nous avons pris une certaine liberté poétique avec l'affaire James Wolfe. L'assassin était censé reproduire le meurtre de John Butkovich, mais John Gacy n'a jamais maquillé ses victimes en clowns – il a uniquement grimé son propre visage. La seule chose que je me dis, c'est que celui qui est derrière ça fait tout pour qu'on fasse le lien... Il sous-estime notre capacité à identifier des similitudes sans...

— OK, coupa Irving en levant les mains. Il y a quelque chose qui m'échappe. Vous êtes en train de m'expliquer que vous pouvez prendre les détails d'un crime récent, les relier à un meurtre plus ancien, qui peut remonter à quarante ans, et retrouver des similitudes...

— Mais oui. Bien sûr.

— Et ce avec n'importe quelle affaire criminelle ? »

Costello secoua la tête. « Vous allez beaucoup trop loin, inspecteur. Il ne s'agit pas de voyance, mais d'une étude technique. Le résultat de longues, longues années passées à tenter de comprendre pourquoi ces gens-là font ces choses-là. Une volonté de comprendre et d'étudier ce qui pousse quelqu'un à faire ça.

— Et cela fait partie de votre travail au sein du journal ?

— D'une certaine façon. Disons que c'est un centre d'intérêt. J'appartiens à un groupe qui analyse ces informations et essaie de tirer des conclusions du peu de renseignements qu'on arrive à recueillir...

— Un groupe ?

— Bien sûr.

— Vous voulez dire qu'il y a un groupe de gens qui étudient les meurtres...

— Les meurtres en série, inspecteur. Uniquement les meurtres en série.

— Et ?

— Et nous nous retrouvons le deuxième lundi de chaque mois au Winterbourne Hotel. Le reste du temps, nous restons en contact, par téléphone, par Internet... ou de toute autre façon. »

Irving, ébahi, gagné par un désarroi muet, se cala au fond de la banquette.

« Nous épluchons les journaux, nous regardons les informations à la télévision, reprit Costello. Certains d'entre nous sont équipés de récepteurs scanners et ont des contacts au sein de la police. Ensuite, nous essayons d'en déduire certaines choses.

— Et après?

— Comment ça, et après?

— Une fois que vous avez recueilli ces renseignements, vous en tirez des conclusions sur...

— Sur rien en particulier, inspecteur. Sur rien en particulier.

— Pourquoi le faire, alors? Vous n'allez pas me dire que vous trouvez ça épanouissant? Lire des choses sur des gens qui infligent ça à d'autres êtres humains?

— Épanouissant? fit Costello en riant. Non, vraiment pas épanouissant... Il s'agit simplement d'affronter la vie. Pour les uns, c'est peut-être une façon de tourner la page, pour les autres une occasion de rencontrer des gens qui ont ressenti le même genre de choses... D'essayer de comprendre ce qui leur est arrivé à la lumière d'autres expériences.

— Quelles expériences, John? Expériences de quoi?

— L'expérience d'avoir été assassiné... Ou plutôt, d'avoir failli être assassiné.

— Assassiné?

— C'est bien ça, inspecteur. Voilà à quoi est consacré ce groupe. Nous avons tous une chose en commun. »

Irving ouvrit de grands yeux.

« Nous avons tous survécu. D'une manière ou d'une autre, nous avons tous survécu.

— Survécu à quoi, John? De quoi parlez-vous?

— Tentative d'assassinat, inspecteur. Nous avons tous été victimes de tentatives d'assassinat... Victimes de tueurs en série. Et pour une raison que la plupart d'entre nous ont cessé de chercher, nous avons survécu. »

Irving regardait John Costello sans rien dire.

Ce dernier sourit avec une simplicité presque désarmante.

« Vous avez survécu à un tueur en série ?

— En grande partie, sourit Costello. J'ai en grande partie survécu, inspecteur. »

14

Irving discuta encore un peu avec Costello, lui fit clairement comprendre qu'il était dorénavant impliqué dans l'enquête, qu'il ne devait pas quitter la ville ni évoquer les questions qu'on lui avait posées, ni même ses propres réponses. Costello semblait n'en avoir cure. Irving lui demanda son adresse et son numéro de téléphone. Il refusa, arguant qu'il pouvait être très facilement joint au journal. Irving, sentant qu'il ne pourrait pas l'y contraindre, laissa tomber.

«Vous comprenez bien que je ne suis pas totalement convaincu...

— Convaincu de quoi? Que quelqu'un puisse connaître les tueurs en série comme d'autres les joueurs de base-ball ou les équipes de football? Si je vous avais dit que je connaissais le score de tous les matchs des Giants depuis vingt ans, et les noms des joueurs, et leurs moyennes...»

Irving le coupa d'un simple geste de la main. «Ne quittez pas la ville, dit-il calmement.

— Je n'ai absolument aucune intention de quitter la ville, inspecteur. Croyez-moi.»

Irving n'avait plus rien à lui demander. N'ayant aucune raison de le retenir davantage, il le laissa partir, le regarda passer la porte puis s'en aller à gauche.

Irving marcha jusqu'au croisement avec la 57e Rue Est et, prenant au sud-ouest, rejoignit la 10e Avenue. Lorsqu'il referma enfin la porte de son appartement et ôta ses chaussures, il était déjà presque 22 heures.

Dans la cuisine, il se versa un verre de Four Roses et se planta devant la fenêtre qui donnait sur le De Witt Clinton Park. Il pouvait voir les fantômes des quais de l'Hudson, à gauche aussi loin que le musée de l'Air et de l'Espace, à droite aussi loin que le Jacob K. Javits Convention Center. La circulation formait un long serpent sur West Side Highway. Le monde vaquait à ses affaires. Les gens ouvraient et refermaient de petits chapitres de leur existence. Ils se rapprochaient puis s'éloignaient, se souvenaient puis oubliaient. L'espace d'une même minute, quelque part dans le monde, tout était en train d'arriver. Celui qui avait tué Mia Grant, massacré Ashley Burch et Lisa Briley, qui avait tabassé le corps de James Wolfe jusqu'à le faire entrer dans une trappe, qui avait abattu deux garçons dans le coffre d'une voiture, qui avait pris un manche à balai et écrasé de tout son poids le cou d'une pauvre fille... Celui-là – ou ceux-là –, cet inconnu, était quelque part. En train de réfléchir, de manger, de dormir, de planifier, d'affronter des problèmes, d'avoir peur – ou pas. Peut-être se sentait-il requinqué, peut-être indifférent à ce qu'il avait fait.

Ray Irving, lui, essayait de ne pas repenser à John Costello, car ce dernier ne rentrait dans aucun de ses cadres de référence.

S'il disait vrai, l'homme avait donc survécu à une tentative d'assassinat par un tueur en série. Il appartenait à un groupe de gens comme lui. Ils se retrouvaient le deuxième lundi de chaque mois et discutaient de leurs expériences. Ils parlaient des meurtres qui s'étaient produits, peut-être de ceux qui se produisaient *en ce moment*; ils en tiraient des hypothèses et des conclusions. Mais ils n'en faisaient rien. Sinon écrire un article de journal. Lequel article représentait maintenant, du moins potentiellement, une source d'ennuis sans fin pour la police. Il n'y avait rien de pire qu'une affaire soumise à la police et dont la police ignorait tout. C'était toujours synonyme d'embarras, de faux pas diplomatique et politique. Cela suscitait des questions, des moments gênants en conférence de presse, des discussions sans fin entre le directeur de la police et le maire concernant l'allocation des ressources, le rapprochement budgétaire, les renouvellements de candidatures. Tout ça ne faisait qu'alimenter les rumeurs, à l'intérieur comme à l'extérieur, et accroître les risques de voir la population s'émouvoir, s'affoler...

New York hébergeait un tueur en série, ou des tueurs en série, et la police ne le savait pas.

Pour la presse, cela créait un précédent : elle pouvait publier ce qu'elle voulait – suppositions, bruits, on-dit, théories...

Mais Ray Irving savait qu'il ne s'agissait pas de ça. Il savait que John Costello avait touché du doigt quelque chose qui était peut-être plus vrai que ce que lui-même imaginait. Parce que ces filles *avaient été tuées* à l'aide d'un calibre .25, parce qu'un coup de fil anonyme de «Betsy» *était arrivé* deux jours après les crimes de l'East River Park, parce que Irving savait au plus profond de lui que les meurtres anniversaires étaient précisément cela : un signal, voire une commémoration, un moyen par lequel quelqu'un, quelque part, adressait un message que personne n'avait encore reçu.

Et ce quelqu'un continuerait tant que le message ne serait pas passé.

N'était-ce d'ailleurs pas ça qu'ils recherchaient, tous ? Savoir que le monde entier écoutait ce qu'ils avaient à dire ?

Et cette personne, cette voix solitaire, pouvait-elle s'appeler John Costello ?

Irving espérait que non. Si John Costello était le Commémorateur, alors son audace allait peut-être même plus loin encore que les assassinats eux-mêmes.

Au cours des deux semaines qui suivirent, le commissariat n° 4 n'eut pas le temps de souffler. Entre le 7 août et le 10 septembre, il y eut neuf autres morts – deux défenestrés, un noyé, un accidenté de la route, un vendeur d'alcool abattu à bout portant à l'aide d'un Mossberg Magnum de calibre .12, formellement identifié grâce à un tatouage sur son lobe d'oreille (lequel lobe d'oreille fut retrouvé à même le trottoir, à douze mètres du corps), deux suicides et, pour finir, un suicide-homicide : un homme et sa femme se disputent, il menace de la frapper, elle lui dit qu'elle ne veut plus entendre parler de lui, essaie de s'en aller… il l'étouffe, comprend ce qu'il a fait, prend sa voiture, fonce sur l'autoroute à 130 km/h et s'encastre tranquillement dans le pilier d'un pont. Comment pouvait-on affirmer qu'il s'agissait d'un suicide ? Parce qu'il n'y avait aucune trace de freinage sur la chaussée.

Les dossiers de Mia Grant et James Wolfe attendaient toujours sur le bureau d'Irving, mais n'attiraient son attention que de temps en temps, et encore – uniquement quelques minutes.

Farraday ne reparla plus de Lucas, de Lavelle et de Hayes. Du côté du n° 3, du n° 5 et du n° 9, silence radio. Il semblait qu'un brouillon d'article de journal ne constituait pas une menace suffisante contre le statu quo pour justifier de coûteuses collaborations et des opérations communes.

Irving reconnaissait son propre cynisme, mais en avoir conscience n'y changeait rien.

Karen Langley ne lui téléphona pas et il n'eut aucune nouvelle de John Costello. Il avait fait des recherches sur lui et découvert qu'au moins une des choses qu'il lui avait dites était vraie.

John Costello et Nadia McGowan, respectivement 16 et 17 ans. Le 23 novembre 1984, un samedi soir.

Et avant eux, il y avait eu Gerry Wheland et Samantha Merrett. Et encore avant, Dominic Vallelly et Janine Luckman.

Les meurtres du Marteau de Dieu.

Irving avait trouvé très peu d'informations sur cette affaire. Mais le peu de chose qu'il avait lu l'avait laissé avec un sentiment de malaise qui ne parvenait pas à s'estomper. Il y avait quelque chose de troublant. John Costello était une ancienne victime d'un tueur en série, un rescapé, et il fréquentait d'autres rescapés qui auraient dû être morts mais ne l'étaient pas. Et le deuxième lundi de chaque mois, ils se retrouvaient dans une chambre d'hôtel anonyme pour se raconter comment quelqu'un qu'ils ne connaissaient pas avait voulu les assassiner.

Irving avait beau essayer de ne plus penser à ces gens, ils étaient bien présents. Il savait que ce n'était qu'un début. La question n'était plus de savoir si cette histoire le hanterait ou non, mais pendant combien de temps elle le hanterait.

C'était comme si tout ça l'attendait, et l'attendrait aussi longtemps que nécessaire.

Il savait que *cette chose* – quelle qu'elle fût – avait tout le temps du monde.

15

Le cinquième anniversaire du 11 Septembre : telle était la signification de cette journée. Le lundi 11 septembre 2006, Carol-Anne Stowell, qui n'avait perdu aucun proche à l'époque mais qui portait en elle suffisamment de compassion et d'humanité pour comprendre l'importance de cette journée, songea un instant à ce qui se passerait si elle n'allait pas au travail.

Carol-Anne avait 27 ans. Elle était droguée à l'héroïne, ce qui lui coûtait presque 200 dollars par jour. Son nom de travail était Monique, et elle ne se considérait plus comme deux personnes différentes. Ce qu'elle croyait et ce qu'elle se forçait à croire n'étaient désormais qu'une seule et même chose. Elle avait volé la voiture de sa propre mère pour la revendre 350 dollars. Elle avait été violée, tabassée, agressée, poignardée; elle avait été arrêtée trente et une fois, inculpée et libérée sous condition, entendue; elle avait passé trois mois à la prison de Bayview, et tout ça pour le speed. Elle savait ce que c'était, le speed. Elle le connaissait même mieux que son propre nom. Et plus elle en fumait, plus la distance entre le speed et elle s'accroissait. Il était remplacé par la nausée et les vomissements, les dents pourries et les gencives enflammées, la constipation, les suées, la dépression, l'incapacité à jouir ; les pertes de mémoire, les insomnies et le somnambulisme, les mille et un substituts. Alors elle tapinait. Elle avait commencé à 21 ans. Elle faisait ça n'importe où. Les hommes regardaient toujours. Voilà ce qu'ils faisaient. Ils regardaient, elle souriait, elle marchait, elle parlait, elle se vendait, ils la sautaient, ils payaient. Ce n'était pas sorcier. Ce n'était pas grand-chose, d'ailleurs. Elle avait cessé de *ressentir* depuis belle lurette. Tout ça pour 50 dollars, parfois 60, ou 80 s'ils voulaient faire ça sans capote ou en anal. C'était un business. Elle possédait un bien. Tout le monde faisait la pute. Il y avait toujours quelqu'un qui baisait quelqu'un d'autre pour de l'argent.

Un peu après minuit, aux premières heures de ce lundi 11, Carol-Anne enfila des talons aiguilles usés, une jupe qui devait mesurer entre vingt et vingt-cinq centimètres, et un chemisier moulant en nylon à manches courtes. Elle se maquilla, exagérément, outrageusement, comme si elle avait besoin de ressembler à un clown pour avoir l'air normale dans le noir – toujours dans le noir. Même elle, désespérée, désenchantée, comprenait qu'en plein jour elle ressemblait à la mort. La nuit, c'était différent. La nuit, elle pouvait ressembler à celle qu'ils voulaient qu'elle soit. Ils faisaient semblant d'y croire, en tout cas ; ils faisaient semblant qu'elle était leur grand amour perdu, la petite nana d'en face, la pom-pom girl, la reine de beauté. Elle vendait du rêve, ils payaient en dollars – et ces dollars lui offraient une liberté provisoire.

Un peu après minuit, elle suça un type à l'arrière de son break. Il l'appela Cassie. Une fois son affaire terminée, il s'empressa de vouloir partir et manqua la jeter hors de la voiture. Il rentrerait chez lui rongé par la culpabilité, craignant d'avoir attrapé une maladie malgré le préservatif. Il se demanderait si le sida pouvait se transmettre par les doigts, par la sueur, par les vêtements d'une putain. Il essaierait de se rappeler si, dans le feu de l'action, il l'avait touchée. Carol-Anne avait bien vu l'alliance qu'il portait au doigt. Il se sentirait écœuré en embrassant sa femme, ses gamins, terrifié à l'idée de porter en lui un virus qui décimerait toute sa famille... Pour Carol-Anne, ce n'était rien d'autre qu'une pipe de plus, pas la fin du monde. La fin du monde, elle l'avait déjà vue – et une pipe, ce n'était pas ça.

Quelques minutes après 1 heure du matin, une berline bleu nuit ralentit devant elle. La vitre se baissa en une fraction de seconde. Carol-Anne s'approcha. Une main sur le toit, une autre sur la hanche, elle sourit comme s'il y avait des paparazzis.

« Tu as quel âge ? » demanda le conducteur. La vitre n'était pas assez baissée pour qu'elle puisse distinguer son visage.

« 22 ans.

— Mon cul. Dis-moi la vérité ou tire-toi.

— 27 ans.

— 27 ans, ça me va. »

Elle entendit le déverrouillage automatique des portières. Elle se redressa, recula d'un pas, tira la poignée et ouvrit la portière.

Une fois à l'intérieur, elle put enfin voir les traits du conducteur. Des cheveux foncés coupés court, des yeux sains – bref, pas un toxico. Bien rasé, des dents droites. Il ressemblait à un mec de la ville.

« Pas de truc de vicelard, dit-il sur un ton neutre. Rapport normal, mais tu me suces un peu avant.

— 60 dollars, répondit-elle.

— Parfait. »

Carol-Anne sourit toute seule. Elle avait affaire à un nouveau venu. Il aurait dû marchander, la faire baisser jusqu'à 45 dollars.

« Comment tu t'appelles ? demanda-t-elle.

— Aucune importance, fit-il.

— Il faut bien que je te donne un petit nom. »

L'homme sourit. Un bon sourire. « Quel est le nom du meilleur type que tu aies connu ? demanda-t-il.

— Le meilleur type que j'aie connu... Merde, quelle question. Le meilleur que j'aie connu était un prof au lycée. Un vrai amour.

— Comment s'appelait-il ?

— Errol.

— Alors appelle-moi Errol. Ça te rappellera le bon vieux temps, pas vrai ? »

Errol tendit la main et la referma doucement sur le genou gauche de Carol-Anne. Une main douce, chaude. L'espace d'un instant, elle se dit qu'ils auraient même pu être amis. Dans une autre vie. Dans une autre vie, ils auraient très bien pu être amis.

Errol démarra, s'éloigna du trottoir, roula sur quelques centaines de mètres, puis tourna dans une petite rue. Il ne parla pas, ne posa aucune question.

Il paraissait très à l'aise, ce qui étonna Carol-Anne, puisqu'il n'avait pas marchandé. Il se comportait comme un homme parfaitement au fait de ces choses-là, et pourtant il n'avait pas discuté le tarif. Est-ce que ça avait de l'importance? Et comment! 60 dollars, ce n'était pas rien. Deux passes comme ça et elle pouvait rentrer directement se coucher.

Il coupa le moteur et éteignit le tableau de bord.

Il se tourna vers Carol-Anne et sourit encore. «Je veux que tu fasses quelque chose pour moi», dit-il.

C'est parti, pensa-t-elle.

L'homme tendit le bras derrière lui, vers la banquette, et s'empara d'un sac en papier.

«Je veux que tu mettes ça, dit-il.
— Qu'est-ce que c'est?
— Un jean, un débardeur et des claquettes.
— Quoi?»

Errol sourit. «Je veux que tu mettes ça.» Il parlait lentement, d'une voix douce, comme s'il se souciait vraiment de l'apparence de Carol-Anne.

Il sourit une fois de plus – avec sincérité, presque de la compassion – et, d'un hochement de tête, montra le sac.

Carol-Anne en sortit le contenu. Un jean Calvin Klein, un débardeur blanc avec des bretelles rouges, une paire de claquettes bleues.

«Tu es sérieux? fit-elle.
— On ne peut plus sérieux, répondit Errol en sortant de son portefeuille quatre billets de 20 dollars. Fais ça pour moi et je t'en rajoute vingt.»

Carol-Anne sourit à son tour; elle avait déjà ôté ses chaussures.

« Je veux que tu enlèves tout sauf ta culotte, continua Errol. Tes collants, ton chemisier... Tout. Tu mets le jean, le haut et les claquettes.

— Tu veux que je ressemble à quelqu'un ?
— Tu as tout compris.
— À ta petite amoureuse au lycée ?
— Peut-être bien.
— C'était quoi, son nom ?
— Son nom ?
— La fille au jean et au débardeur.
— Son nom... Elle s'appelait Anne-Marie.
— *S'appelait ?* »

Errol se tourna vers Carol-Anne. Soudain, son regard se fit froid.

« Je suis désolée..., dit-elle. Je ne voulais pas... »

Errol tendit la main et lui caressa la joue. Pendant quelques secondes, elle ne ressentit rien d'autre que le bout de ses doigts contre son oreille.

Elle prit une longue inspiration et ferma les yeux. Elle se demanda si un jour elle se souviendrait de ce que cela faisait d'avoir quelqu'un qui vous aime pour ce que vous êtes, et non pour ce qu'il voudrait que vous soyez.

« Pas grave, dit Errol. Pas grave.

— Tu veux m'appeler Anne-Marie ?
— Mets les vêtements, chérie. »

Carol-Anne se tortilla pour enfiler le jean, coincée dans l'habitacle de la voiture. Elle était plus douée pour les enlever.

Quelques minutes plus tard, elle se rassit. Ses propres vêtements étaient maintenant dans le sac.

«J'ai envie d'aller à la plage», dit-elle. Elle recroquevilla ses orteils et fit résonner les claquettes sur la plante de ses pieds.

Errol posa un bras sur l'appuie-tête et se tourna vers elle.

Carol-Anne commença à lui masser le bas-ventre. Elle ouvrit sa fermeture Éclair et glissa ses doigts à l'intérieur. De son autre main, elle dénoua la ceinture d'Errol, défit le bouton du pantalon et se baissa dès que l'érection arriva.

Elle avait le visage à quelques centimètres de sa cuisse lorsqu'elle sentit la main de l'homme sur sa nuque.

«Doucement, doucement», dit-elle. Errol ne sembla pas l'entendre. La main se serra un peu plus sur sa nuque.

Elle tenta de relever la tête, mais la poigne d'Errol était beaucoup trop forte pour qu'elle puisse y résister.

Maintenue à plat ventre en travers de l'habitacle, elle donna des coups de pied qui heurtèrent la portière. Par réflexe, elle remonta les genoux et ressentit une douleur atroce lorsqu'ils cognèrent la boîte de vitesses.

«Hé!» cria-t-elle. Il n'en fallut pas plus à Errol pour lui soulever violemment la tête, lui attraper les cheveux et la redresser jusqu'à ce qu'elle sente le froid de la vitre contre sa joue. Il serra ensuite son cou à deux mains, ses deux pouces exerçant une pression intense, soutenue sur sa gorge.

Si elle avait seulement voulu hurler, elle n'aurait pas pu le faire.

Elle sentit ses yeux gonfler.

Des vagues d'obscurité l'aveuglèrent par intermittence. Elle pouvait voir le sang derrière ses yeux alors que ceux-ci tentaient de s'échapper de leurs orbites.

Elle haletait de façon hystérique, mais Errol maintint son étreinte, toujours plus puissante, jusqu'à ce qu'elle ait l'impression que les pouces et les autres doigts se rejoignaient au milieu de sa gorge.

Elle voulut lever les bras, mais déjà ses forces la lâchaient. Elle réussit à hisser une main, les ongles prêts à raviner le visage d'Errol, mais ce dernier s'en aperçut, amena la tête de Carol-Anne vers lui et l'envoya cogner contre la vitre. Elle perdit aussitôt connaissance, un court instant, comme un bref black-out – mais elle rouvrit rapidement les yeux et comprit qu'elle était vivante. Le visage d'Errol était à quelques centimètres du sien. Il semblait calme, comme si tout ça n'était pas plus compliqué que de commander un café, et elle s'aperçut qu'il souriait. Il était difficile de lire ses pensées. Il avait encore l'air gentil, compatissant même, comme s'il pensait faire quelque chose de difficile, et néanmoins d'absolument nécessaire – comme si quelqu'un *devait* le faire, et que ce quelqu'un, c'était lui.

Si Carol-Anne Stowell avait été plus forte, si son système immunitaire avait été moins dévasté, si ses muscles n'avaient pas été ravagés et son système respiratoire tellement affaibli, elle aurait pu vivre encore quelques instants. N'importe comment, elle n'était pas de taille à résister à son agresseur dont la force était bien supérieure à la sienne, et dont les gestes résolus indiquaient clairement qu'elle n'avait aucune chance de s'en sortir vivante.

Ainsi fut ce cinquième anniversaire du 11 Septembre. 27 ans ; si peu de chose à l'échelle d'une existence. Carol-Anne Stowell capitula et cessa de respirer. Peut-être même que d'une certaine façon elle fut soulagée. La dope n'était rien, comparée à la mort. La mort était certainement le plus puissant de tous les speeds.

16

Le lundi soir, la brigade criminelle du commissariat n° 7 de New York, représentée avec talent par l'inspecteur Eric Vincent, n'avait presque rien à se mettre sous la dent.

La fille était une prostituée, indéniablement, découverte un peu après 6 heures du matin par un docker, près du quai 67, à quelques mètres de la 12ᵉ Avenue. Une heure et demie plus tard, les policiers connaissaient son nom et avaient retracé ses faits et gestes jusqu'aux abords du quartier des théâtres. Hormis un éventuel lien avec une berline bleue, ils n'avaient rien. Eric Vincent interrogea huit filles. Cinq d'entre elles parlèrent d'un type à bord d'une voiture qui avait ralenti pour leur demander leur âge, rien de plus. Elles lui avaient toutes répondu, il avait douté de leur sincérité, elles lui avaient finalement dit la vérité, il était reparti. Dans ce métier, ce n'était pas rare de voir un client demander telle taille, telle couleur de cheveux, tel tour de poitrine. L'âge, c'était un peu moins courant ; mais dans ce métier, au bout d'un moment, même les exigences les plus bizarres finissaient par paraître normales. Une description ? Aucune n'avait vu son visage. La vitre était juste assez baissée pour qu'il puisse, lui, les voir, poser sa question et entendre la réponse.

Carol-Anne Stowell avait été étranglée. Son cadavre, jeté du haut du quai, avait été retrouvé sur les berges en gravier de l'Hudson. Elle gisait sur le flanc gauche, en position semi-fœtale. Elle portait un jean Calvin Klein baissé sur les chevilles. Un débardeur blanc avec des bretelles rouges avait été enroulé autour de son poignet droit, et une paire de claquettes bleues fut récupérée non loin de là. Outre les contusions sur son cou, une abrasion au genou et une bosse sur un côté de sa tête, une poignée de cheveux avait été arrachée et ses yeux, retirés. Le TSC arriva, prit des photos, récupéra des éléments sur la zone, mais le corps dut être déplacé. Les eaux du fleuve montaient et la scène de crime allait bientôt disparaître.

Eric Vincent nota tout ce qu'il put relever et informa le TSC qu'il superviserait l'autopsie. Tandis que le fourgon du coroner s'éloignait, l'inspecteur resta quelques instants devant la 12e Avenue. Ce n'étaient pas les orbites énucléées qui le dérangeaient, ni la mèche de cheveux arrachée – c'étaient les claquettes. Personne ne travaillait en claquettes, surtout pas les prostituées de New York. Cela signifiait donc que quelqu'un l'avait déguisée avant ou après sa mort. Et si quelqu'un l'avait déguisée, alors les policiers n'avaient affaire ni à un opportuniste, ni à un client honteux qui ne supportait pas l'idée que la fille puisse raconter à autrui ce qu'il lui avait fait. Ni, non plus, à son maquereau, furieux qu'elle ait, par exemple, décidé d'arrêter le tapin. Non, ils avaient affaire à un crime prémédité, à un personnage inventif. Et les inventifs étaient toujours les pires.

Irving était en retard. Un jeune type qui ne devait pas avoir plus de 25 ans s'était écroulé au Carnegie's, après une crise d'épilepsie. Irving avait donné un coup de main, l'avait couché par terre, avait éloigné les gens qui s'approchaient, mus par une curiosité étouffante, et attendu l'arrivée des secours. Le gamin allait déjà mieux, mais ils l'avaient quand même emmené. Il avait remercié Irving sans savoir de quoi.
 Irving arriva au bureau un peu après 10 heures. L'agent de faction – un certain Sheridan – lui remit une enveloppe en papier kraft.
 Irving haussa les sourcils. « Qu'est-ce que c'est ?
 — Comment voulez-vous que je sache ? Un type est venu l'apporter. Je lui ai demandé s'il voulait vous voir, il m'a répondu que non. Et puis il est reparti. Affaire classée.
 — Il était quelle heure ?
 — Il y a une demi-heure. Quarante minutes, peut-être. »
 Irving sourit, remercia Sheridan et ouvrit l'enveloppe en montant à son bureau.
 Il lui fallut deux bonnes minutes pour comprendre de quoi il s'agissait. Manifestement, les pages imprimées provenaient d'un site Internet dont le nom figurait en bas à gauche.

Quelque part dans les profondeurs de l'enfermement solitaire, à la prison de Sullivan, Fallsburg, àtat de New York, se trouve un certain Arthur John

Shawcross. Son nom vient de l'anglais médiéval crede cruci, littéralement «croyance en la croix». Mais rien n'aurait pu être plus éloigné de la vérité. Surnommé le Monstre des Rivières par les médias, Shawcross est soupçonné d'être l'auteur d'au moins cinquante-trois meurtres, bien que seuls treize d'entre eux lui aient été formellement attribués. Sadique, cambrioleur, violeur, pédophile, voleur à l'étalage, exclu du système scolaire, il fut arrêté une première fois en décembre 1963, encore adolescent, après avoir pénétré par effraction dans un magasin Sears Roebuck. Il échappachappa à la prison mais écopa de dix-huit mois en liberté surveillée. À 17 ans passés, il avait déjà développé certaines particularités et tendances comportementales. Il parlait d'une voix aiguë, enfantine. Il avait l'habitude de marcher «par raccourcis», se déplaçant d'un pas rapide, balançant ses bras le long du corps comme à la fanfare de l'école, le corps bien droit, les bras raides, piétinant tout ce qui se trouvait sur son chemin. En secret, il aimait la compagnie d'enfants beaucoup plus jeunes. Il jouait avec leurs jouets. Très maladroit, il perdit conscience en sautant à la perche, fut percuté par un disque qui lui provoqua une fracture du crâne, s'électrocuta à plusieurs reprises avec des appareils défectueux, fut touché par un marteau, tomba d'une échelle et fut hospitalisé après avoir été heurté par un camion en pleine rue.

Irving survola encore une demi-douzaine de paragraphes. Puis, quelques pages plus loin, son œil fut attiré par un passage surligné :

Anne-Marie Steffen, 27 ans, était une prostituée héroïnomane qui avait plongé dans la drogue après la mort de sa sœur paralytique. D'après les différents témoignages recueillis, elle fut aperçue en vie pour la dernière fois le samedi 9 juillet 1988, sur Lyell Street. Grâce à des éléments circonstanciels et au témoignage ultérieur d'Arthur Shawcross, on sait que ce dernier rencontra Steffen devant le Princess Restaurant, sur Lake Avenue, puis marcha avec elle jusqu'à un endroit situé derrière le YMCA. Un peu plus tard, il l'emmena au Driving Park dans sa voiture et, pendant qu'elle lui faisait une fellation, l'étrangla. Une fois morte, il jeta son corps dans les gorges de la Genesee. Anne-Marie Steffen fut retrouvée gisant sur son flanc gauche, en position fœtale, avec un jean Calvin Klein retourné et baissé aux chevilles. Un débardeur blanc avec bretelles rouges était attaché autour de son poignet, et une paire de claquettes bleues fut retrouvée à proximité, avec confirmation qu'elles appartenaient à la victime. Une grosse touffe de cheveux avait été arrachée et ses yeux n'étaient plus dans leurs orbites.

Irving décrocha le téléphone et appela le standard.

« Aucune femme assassinée cette nuit ? demanda-t-il à Sheridan.

— Rien pour l'instant… Je n'ai pas encore reçu les rapports de toutes les unités, mais que je sache, rien. Pourquoi ?

— Je pense qu'il a pu y en avoir un. Je vais vérifier les rapports intercommissariats. »

Il raccrocha et consulta son ordinateur.

Il y avait eu deux morts : l'une au n° 11, l'autre au n° 7. La première était une femme d'âge mûr, blessure mortelle par balle, et on attendait encore que le coroner détermine s'il s'agissait d'un suicide ou d'un meurtre. Le rapport du n° 7 était un peu vague, mais suffisamment consistant pour qu'Irving passe un coup de fil.

Lorsqu'il tomba sur le standard du n° 7, il sentit les poils sur sa nuque se hérisser.

« On a une prostituée, je crois. Eric Vincent était sur le coup... Il est peut-être encore là. Ne bougez pas. »

Irving attendit, de plus en plus tendu, de plus en plus mal à l'aise.

« Vincent à l'appareil.
— Inspecteur Vincent, ici Ray Irving, du n° 4.
— Qu'est-ce qu'il se passe ? Je suis sur le point de rentrer de chez moi.
— Je n'en aurai pas pour longtemps. Je voulais juste avoir deux ou trois renseignements sur votre meurtre.
— La prostituée ?
— C'était une prostituée ? Vous en êtes sûr ? »

Irving sentit le sourire sardonique à l'autre bout du fil. « Franchement, Ray, si elle n'en était pas une, alors elle avait un vrai problème de style.
— Où est-ce qu'elle a été retrouvée ?
— Devant le quai 67... Pourquoi ?
— Je pense avoir une piste, mais je voulais juste vérifier deux ou trois détails.
— Je comprends, je comprends... Qu'est-ce que vous voulez savoir ?

— Elle a été étranglée ?

— D'après les marques sur son cou, il semblerait que oui. Ou alors étranglée jusqu'à s'évanouir, et elle s'est cassé le cou en tombant du quai. Il faudra attendre le rapport d'autopsie.

— Et ses vêtements ?

— Ses vêtements ?

— Oui... Comment était-elle habillée ? »

Vincent mit du temps à répondre.

C'est ce silence qui permit à Irving de comprendre.

« Eh bien, c'est ça qui est bizarre. D'après ce qu'on sait, elle était en train de travailler dehors, mais elle portait un jean et des claquettes... »

Irving fut pétrifié sur place.

« Et un débardeur, mais noué autour de son poignet, allez savoir pourquoi... »

Irving déglutit péniblement et prit une longue inspiration. « 27 ans, c'est ça ? Et les yeux arrachés ? »

Vincent ne répondit pas.

« Eric ?

— Bordel, mais comment est-ce que vous savez ça ?

— Parce que je pense qu'il peut s'agir d'un tueur en série, dit Irving.

— Vous avez trouvé une autre victime énucléée ?

— Non, mais il y a un rapport avec certaines affaires plus anciennes.

— Conclusion ? Vous m'enlevez cette affaire ? Parce que si vous pouviez faire ça, je vous en serais très reconnaissant.

— Je ne sais pas encore, fit Irving. Je ne sais pas encore ce que je vais faire, il faut que je parle avec mon capitaine, voir si on peut collaborer sur ce coup-là. Vous dites que vous avez terminé votre service pour aujourd'hui?

— C'est l'anniversaire de mon fils. Un moment important. Je ne peux pas...

— Pas de problème, l'interrompit Irving. Je m'en occupe. Mon capitaine va devoir discuter avec le directeur. Dieu sait combien de temps ça va durer et Dieu sait s'il en sortira quelque chose ou pas... Enfin, vous connaissez la chanson. Vous avez un numéro où je peux vous joindre?»

Vincent lui donna son numéro de portable.

«Comment s'appelait la fille? demanda Irving.

— Carol-Anne Stowell.

— Et quand est-ce qu'on l'a retrouvée?

— Ce matin, vers 6 heures.»

Vincent inspira bruyamment. «Ça commence à faire peur, cette histoire. Qu'est-ce que c'est que cette saloperie?

— Je pense que le type qui a fait le coup recherchait un genre de fille en particulier, et d'un âge très précis.

— Ça paraît logique. On a interrogé plusieurs filles. Cinq d'entre elles ont parlé d'un client dans une berline bleu nuit. Il leur a demandé leur âge et il est reparti, jusqu'à ce qu'il trouve Carol-Anne.

— Aucune d'elles n'avait 27 ans, c'est pour ça. Il lui fallait une fille de 27 ans, et il avait emporté les vêtements avec lui. Ceux de Carol-Anne sont peut-être quelque part, mais il y a de fortes chances pour qu'il soit reparti avec après l'avoir tuée.

— Et c'est un tueur en série? Combien de meurtres, pour l'instant?

— Autant qu'on sache, avec votre prostituée, ça ferait un total de huit victimes. »

L'inspecteur Vincent siffla entre ses dents. « Qu'est-ce que ça veut dire ? Il essaie de battre un record ? »

Irving sourit. « J'espère que non. Aujourd'hui, j'ai lu un texte sur un charmant jeune homme qui est censé en avoir tué cinquante-trois.

— Bon, d'accord, je vous le laisse. Je vais filer à mon goûter d'anniversaire, si ça ne vous embête pas. »

Et la conversation s'arrêta là.

Irving se cala au fond de son fauteuil et ferma les yeux. Il souffla longuement et tenta de rester concentré.

Mia Grant, les filles de l'East River, James Wolfe, les deux adolescents dans le coffre de la voiture, la fille morte sous le pont de Queensboro. Et maintenant Carol-Anne Stowell.

Il se pencha pour reprendre les pages qu'on lui avait remises le matin même. Il les parcourut une deuxième fois et retrouva le passage surligné.

Il savait qui lui avait transmis ce document – et pourquoi. En revanche, il ne comprenait pas comment le lien avait pu être établi aussi vite. La fille avait été découverte à 6 heures du matin, les radios avaient dû en parler autour de 7 heures ou 7 h 30, et à 9 h 30, John Costello avait déjà identifié le meurtre, trouvé un site Internet, imprimé les pages et les avait envoyées au n° 4.

Irving s'apprêta à décrocher son téléphone pour appeler le *City Herald*. Puis il changea d'avis. Il se demandait si le document qu'il avait reçu pouvait lui permettre de procéder à un interrogatoire en bonne et due forme, de faire un tour au Winterbourne Hotel et d'avoir une petite discussion avec le reste de la bande à Costello. Après tout, on était le deuxième lundi du mois.

17

Cela prit du temps, mais ils finirent par comprendre.

Lorsque la lettre arriva, le directeur de la rédaction du *New York Times*, un journaliste chevronné nommé Frank Raphael, comprit que quelque chose clochait. C'était le jour anniversaire du 11 Septembre, et le bureau des courriers était aux aguets. Des doux dingues et des fous furieux, le *New York Times* en avait toujours connu, mais un jour comme celui-là, ça valait le coup d'engager du personnel supplémentaire, de faire passer tout objet plus épais qu'une lettre à travers le détecteur de métaux, d'employer en extra deux types équipés d'une machine à rayons X. C'était triste, mais le monde marchait comme ça.

La lettre arriva par le courrier normal. Elle fut décachetée par une certaine Marilyn Harmer. Lorsqu'elle vit les symboles bien dessinés, presque parfaits, quelque chose se déclencha dans sa tête. Elle reposa la lettre aussi délicatement que possible, s'empara d'un des sachets refermables qu'on leur fournissait à cet effet et glissa l'enveloppe à l'intérieur. Elle appela la sécurité, remit le document et attendit.

La lettre atterrit sur le bureau de Frank Raphael à 10 h 06. À 10 h 22, trois rédacteurs, deux éditorialistes, un photographe et un journaliste politique étaient derrière lui, debout, en train de regarder par-dessus son épaule. Tous ressentaient ce désarroi gêné qui accompagne la peur non identifiée.

« Quelqu'un sait combien il y en a eu ? demanda Raphael.

— En tout, vingt et une, je crois. »

Raphael leva les yeux vers un des rédacteurs adjoints, âgé d'environ 35 ans, visage taillé au couteau. Il s'appelait David Ferrell.

« Vous avez des infos là-dessus ? » demanda Raphael. Il sembla s'apercevoir du nombre de gens postés derrière lui. « Bordel de Dieu, vous allez vous asseoir, oui ou merde ? »

Ils obéirent prestement. Le photographe quitta la pièce, mais les autres s'installèrent autour de la grande table de réunion.

« Pas grand-chose », répondit Ferrell. Il s'assit à la droite de Raphael. « Je crois qu'il y a eu vingt et une lettres, la première courant 1969, la dernière en avril 1978. À quoi s'ajoutent une demi-douzaine de documents baptisés "Écrits de Riverside" et un message laissé sur la portière d'une des victimes, au lac Berryessa. »

Raphael grimaça. « Comment est-ce que vous savez tout ça, vous ? Parfois, je vous jure, vous me faites vraiment peur. »

Ferrell sourit. « Ça m'intéresse, rien de plus. Je suis loin d'être une autorité en la matière.

— OK, on a donc affaire à un copieur. Peut-être que le type utilise le même code, qu'est-ce que j'en sais, en tout cas, d'après mes souvenirs, ça y ressemble comme deux gouttes d'eau.

— Qui on appelle, alors? demanda Ferrell.

— Le directeur de la police, peut-être... Quelle est la procédure dans ce genre de cas?

— C'est forcément un faux, dit Ferrell. Selon l'avis général, ce type est censé être mort depuis des années.

— Peu importe. Appelez donc le capitaine du commissariat le plus proche. C'est lequel, déjà?

— Le n° 2.

— Appelez-le et dites-lui que nous sommes fiers d'avoir reçu la première lettre du Zodiaque depuis vingt-huit ans. »

Le capitaine Lewis Proctor, du commissariat n° 2, connaissait Bill Farraday davantage comme un confrère que comme un ami, mais suffisamment tout de même pour le reconnaître au téléphone quand on lui passa l'appel. Proctor était en train de tenir une réunion bimestrielle avec le directeur Ellmann quand Farraday avait appelé pour lui parler d'une éventuelle collaboration entre le n° 4 et le n° 9.

« Vous connaissez Farraday? » lui avait demandé Ellmann une fois le téléphone raccroché.

Proctor avait hoché la tête. « Un peu. Il est sur une enquête qui concerne plusieurs commissariats. Un taré qui réédite d'anciens crimes de tueurs en série. »

La conversation s'était arrêtée là. Mais lorsque David Ferrell téléphona du *New York Times* ce lundi matin, une sonnette d'alarme retentit au fond du crâne de Proctor.

Il rappela Bill Farraday pour le tenir au courant. Farraday répondit par un long silence.

« Vous voulez aller là-bas ? lui demanda Proctor.

— Vous y allez, vous ?

— Pas besoin d'y aller à deux.

— Je vais emmener quelqu'un avec moi. Si ça ressemble à du lourd, je reviens vers vous.

— Merci, Bill. »

Fin de la discussion. Farraday bipa Irving, qui se trouvait à quelques dizaines de mètres de là, en train de déjeuner.

Il se présenta dans le bureau de Farraday moins d'un quart d'heure plus tard.

« On part en voyage, annonça Farraday. Au siège du *New York Times*. Ils ont reçu une lettre... On dirait une lettre du Zodiaque. »

Irving écarquilla les yeux. « Vous vous foutez de ma gueule.

— Moi, non, mais il semblerait qu'un autre s'en charge.

— C'est peut-être sans rapport.

— Oui, peut-être que rien de tout ça n'a de rapport. Qu'est-ce qu'on en sait ? Il faut qu'on aille voir. Un type du *New York Times* a appelé Proctor, au n° 2, Proctor m'a appelé, je vous ai appelé. C'est ce qu'on appelle la délégation. On va jeter un coup d'œil et on va voir s'il y a le moindre lien. »

Irving songea à évoquer les documents que John Costello lui avait fait parvenir dans la matinée, au sujet d'Arthur Shawcross et des meurtres de la

Genesee. Mais il se ravisa et préféra attendre encore un peu.

Ils arrivèrent au siège du journal un peu après midi. Frank Raphael les reçut. Ils lui expliquèrent pourquoi il recevait des policiers du n° 4, et non du n° 2. Il pria David Ferrell de les rejoindre. Celui-ci se présenta avec la lettre et l'enveloppe dans le sachet en plastique, ainsi qu'un exemplaire de *Zodiac,* le livre de Robert Graysmith.

« J'ai décodé la lettre, dit-il. Tout le code se trouve dans ce livre... »

Il remit l'original de la lettre à Farraday et la transcription à Irving.

Farraday, peu au fait des lettres du Zodiaque, examina les symboles soigneusement notés.

Irving lut à voix haute la transcription décodée.

« "On m'a demandé : Est-ce que j'ai tué ? Oui, trop de fois pour un seul homme. Je suis un dieu moi-même. Je suis le juge, le jury et le bourreau. Chers amis, au cours de ma vie j'ai assassiné, massacré et totalement anéanti cinquante-trois êtres humains. Pourquoi?" »

Irving s'interrompit, leva les yeux vers Farraday, puis vers Frank Raphael. La tension était palpable.

« Continuez », dit doucement Raphael.

Irving reporta son attention sur la lettre :

« "Imaginez ça : on m'a appris à rester assis des heures durant sans bouger ; on m'a appris à chercher et à détruire l'ennemi tel que je le percevais.

« "Les prostituées qu'on m'accuse d'avoir tuées sont pour moi l'ennemi, à leur manière, car elles peuvent tuer à coups de maladies vénériennes et de sida sans être punies. Est-ce que je regrette, me demande-t-on ? Ma réponse est : je le regrette beaucoup, au point de me demander pourquoi j'ai été choisi pour accomplir cette mission.

« "Le gouvernement des États-Unis m'a appris à tuer ; ce qu'il ne m'a pas appris, c'est le désir de ne pas le faire. J'ai toujours ces pulsions – mais les médicaments que je prends maintenant les apaisent au point de me calmer. Pourquoi pas avant ?

« "Pourquoi suis-je ce que je suis ? Réfléchissez bien – et trouvez la réponse avant que trop de gens ne soient tués. Je suis comme un prédateur, capable de chasser et de détruire sur un coup de tête, à n'importe quel moment. On me malmène et on me menace, mais les médicaments réussissent à freiner ou à atténuer le désir de combattre. Je sais que quand je combattrai pour de bon, il n'y aura plus de limites – je serai de nouveau le prédateur.

« "La plupart des gens me disent que je mourrai en prison. Et alors ? Êtes-vous en mesure de choisir quand et où vous mourrez ? Beaucoup de gens pensent que quand ils mourront, ils iront au paradis. Pas du tout. Votre âme attend d'être appelée : relisez votre Bible si c'est en elle que vous croyez. Quant à moi, je vivrai de nouveau et passerai à la prochaine étape. Je suis un spiritualiste. La mort n'est qu'une étape de la vie. Les gens que j'ai tués en sont à leur prochaine étape. Ils vivront de nouveau, mais une vie bien meilleure que celle qu'ils ont quittée.

« "Tout homme, femme ou enfant âgé de plus de 10 ans est capable de tuer sciemment. Vous autres, humains, vous êtes nombreux à me décrire comme un fou furieux. C'est votre droit. Ce que vous pensez n'est peut-être pas la vérité.

« "Regardez vers les cieux, c'est de là que je suis descendu. Vous aussi, mais vous ne l'admettrez jamais. Mon heure va bientôt sonner pour cette étape. Je vais bientôt passer à l'étape suivante, je ressens ce que je ressens. Si tous les hommes, femmes et enfants possédaient la même chose, le crime et la guerre n'existeraient pas.

« "Souvenez-vous : observez les cieux, nous arrivons pour vous sauver de vous-mêmes.

« "Je suis, où suis-je?"»

Irving regarda Farraday, Frank Raphael et David Ferrell.

« Oh, putain, dit Raphael.

— Qu'est-ce qu'on sait de ce type?» demanda Farraday.

Ferrell se pencha. «Je me suis un peu intéressé à cette affaire dans le cadre d'un projet de recherche il y a deux ans de ça. Je ne suis pas un expert, mais d'après ce que je vois, la lettre a été écrite de la même manière : une écriture serrée, au feutre bleu, avec certaines lettres qui penchent à droite. Celui qui a fait ça a payé double tarif de timbres sur l'enveloppe – autre point commun. Le Zodiaque écrivait toujours sur l'enveloppe pour demander à la personne qui la distribuerait de faire vite. Les marges gauches et le texte sont extrêmement rectilignes, comme s'il avait placé une feuille quadrillée au-dessous. Le Zodiaque écrivait sur un papier qu'on appelle Eaton Bond. Je ne sais pas du tout si celui-ci est le même, mais le format de la page est de 19,1 centimètres sur 25,4 centimètres, soit la même taille. Il commençait chacune de ses lettres par la phrase : "Ici le Zodiaque", ce qui n'est pas le cas de notre auteur actuel. D'un autre côté, il y a une explication à cela... »

Ferrell s'arrêta soudain.

« Oui ? demanda Raphael.

— Cette lettre m'a fait penser à quelque chose... J'ai vérifié quelques-unes des phrases sur Internet et j'ai découvert à qui appartenait cette lettre.

— Pardon ? fit Farraday. Qu'est-ce que vous voulez dire ?

— La personne qui a envoyé ce texte n'a fait que reprendre une lettre déjà existante et la transcrire dans le code du Zodiaque, puis il nous l'a postée. Ce n'est pas du tout une lettre du Zodiaque. C'est une lettre d'un autre tueur en série.

— Qui s'appelle ? demanda Farraday.

— Arthur John Shawcross. Et...

— Nom de Dieu ! s'exclama Ray Irving. Les meurtres de la Genesee. »

Farraday se retourna, surpris. « Ray ?

— Shawcross... On a eu une réplique d'un crime commis par Shawcross ce matin. Eric Vincent, au n° 7.

— Ce matin ? Mais comment êtes-vous déjà au courant ? »

Irving sortit de sa poche intérieure de veste les feuilles pliées en deux. Il les étala sur sa cuisse avant de les remettre à Farraday.

« Qu'est-ce que c'est ? D'où est-ce que ça vient ?

— C'est une longue histoire », répondit Irving.

Farraday hocha la tête et se leva. «On va emporter cette lettre, dit-il à Raphael. C'est une pièce d'un puzzle beaucoup plus grand.

— Compris. Mais nous avons besoin d'une histoire, capitaine Farraday.»

Farraday lui adressa un sourire sec. «Pas sûr que vous soyez très friands de celle-là.

— Nous sommes au *New York Times*... Ici, on est friands de toutes les histoires.

— Ce n'est pas une petite affaire. Il y a toutes les chances pour qu'elle remonte jusqu'au bureau du directeur de la police. Après ça... Eh bien, après ça, je ne sais pas ce qui va se passer.

— Vous ne pouvez pas nous reprendre cette lettre comme ça. C'est à nous qu'elle a été envoyée.

— Vous voulez que je déchaîne une tempête? lui lança Farraday. Je peux tout de suite passer un petit coup de fil au procureur, ou alors on passe un marché, cher monsieur Raphael.»

Celui-ci secoua la tête. «Faites votre boulot, dit-il sur un ton résigné. Mais nous voulons avoir l'exclusivité sur cette affaire, quelle qu'elle soit.

— La police n'accorde pas d'exclusivité, vous le savez bien.

— Dans ce cas, que nous soyons les premiers informés de la conférence de presse quand cette histoire sortira.

— *Si* elle sort.

— Donc, si elle sort, nous sommes les premiers à être informés de la conférence de presse. Marché conclu?»

Farraday tendit la main et serra celle de Raphael.

Le capitaine ne prononça plus un mot jusqu'à ce qu'Irving et lui aient regagné le hall d'entrée. Il ralentit le pas, puis s'arrêta net. « Qui était au n° 9 ?

— Lucas. Richard Lucas.

— Et pour l'autre affaire, ce matin ?

— Eric Vincent, au n° 7.

— Qui d'autre ?

— Patrick Hayes au n° 3 et Gary Lavelle au n° 5 – un triple assassinat pendant la première semaine d'août.

— Réunissez-les, dit Farraday. Appelez-les tous, dites-leur de venir chez nous. Il faut qu'on parle.

— Je risque d'avoir du mal à joindre Vincent. Il est parti ce matin fêter l'anniversaire de son fils.

— Dites-lui que des anniversaires, son fils en fêtera d'autres. Je veux voir toutes les personnes concernées avant que la ville entière apprenne ce qui est en train de se passer. »

18

Il fallut attendre presque 15 heures pour que tout le monde soit contacté. Irving, resté dans le bureau de Farraday, lui avait expliqué l'enchaînement des meurtres, les dates, les anniversaires, Karen Langley, John Costello. Vers 13 h 30, le directeur de la police, Anthony Ellmann, comprit qu'il se passait quelque chose. Il passa un rapide coup de fil à Farraday, puis à chacun des capitaines des commissariats concernés. Tous reçurent des instructions : il y aurait une réunion au commissariat n° 4 à 17 heures. Aucun retard ne serait toléré. Le coroner adjoint, Hal Gerrard, serait présent, mais Ellmann ne serait pas là ; il avait rendez-vous avec le maire à propos d'un tout autre sujet, cependant il voulait un compte-rendu complet avant la fin de la journée. Farraday avait été désigné coordinateur provisoire. Une fois le programme d'action précis défini, le directeur Ellmann étudierait les ressources disponibles et les redéploierait si nécessaire. Leur mission, dans l'immédiat, consistait à déterminer si ces meurtres obéissaient à une logique et, si oui, à mettre en commun les résultats de leurs enquêtes et de leurs analyses scientifiques, à établir un «chemin critique», enfin à proposer une méthode en vue d'arrêter et d'inculper le ou les assassins. Le tout sans entraver le bon déroulement de leurs tâches habituelles et la résolution de toutes les affaires en cours. Simple en théorie. Dans les faits, comme d'habitude, c'était une tout autre histoire.

Farraday fit vider les bureaux de la brigade criminelle. Il repoussa toutes les cloisons de la salle de réunion, demanda qu'on colle trois tables ensemble et qu'on achète des tableaux blancs, ainsi qu'un projecteur.

Un peu avant 16 h 30, le commissariat n° 4 s'était transformé en ruche. Des agents en uniforme jouaient les majordomes pour les inspecteurs et autres TSC qui se présentaient dans le hall d'entrée, et des dossiers remontaient par brassées entières des coffres des véhicules jusqu'au troisième étage.

Les TSC concernés par chacune des affaires arrivèrent l'un après l'autre, tout comme les inspecteurs, et Ray Irving avait déjà défini l'objet de la discussion à venir. Au bout de la table, il avait installé un grand tableau blanc sur lequel il avait noté les noms des victimes récentes, puis ceux des assassins dont les crimes semblaient avoir été réédités. Étaient donc présents – sinon en personne, en tout cas certainement en pensée – quelques-uns parmi les tueurs en série les plus sadiques et les plus violents jamais connus en Amérique. Sous leurs noms, Irving avait indiqué leurs dates de naissance respectives et, selon les cas, leurs dates d'exécution. Pour ceux qui étaient toujours en prison, leur dernier établissement pénitentiaire connu. Bien qu'il eût accès à la base de données fédérale, Irving avait eu un mal fou à savoir où se trouvaient certains de ces hommes. Ce qui n'avait pas été le cas pour Shawcross – plutôt le comble quand on savait qu'il était le dernier appelé. Shawcross n'aurait jamais figuré là si, le matin même, le corps de Carol-Anne n'avait pas été découvert et si John Costello n'avait pas transmis les documents à Irving. Arthur John Shawcross, avait-il appris, était prêt à entretenir une correspondance avec toute personne désireuse de le faire et, sur de nombreux sites, indiquait sans difficulté son numéro de prisonnier et son adresse à la prison du comté de Sullivan, à Fallsburg. Pendant que les inspecteurs se réunissaient, Shawcross croupissait donc dans une cellule à moins de cent trente kilomètres de là.

Pour finir, Irving avait déposé une photocopie du projet d'article devant chaque chaise. C'était la première chose que les participants liraient, car c'était l'article de Karen Langley qui justifiait leur réunion ce jour-là.

Pourtant peu au fait du protocole à suivre dans ce genre de circonstances, Bill Farraday prit le contrôle des opérations. Il répondit aux doutes concernant l'article, affronta le feu nourri des questions et apaisa le débat potentiellement houleux qui aurait pu suivre en définissant les paramètres d'action des inspecteurs.

Il se leva de sa chaise et s'avança vers le tableau blanc.

« Ce qu'on a ici, dit-il calmement, c'est une série de possibilités. Rien de plus. Si on considère qu'il n'existe aucun rapport entre ces événements... » Il s'interrompit pour esquisser un sourire malicieux.

« Alors on a affaire à la plus extraordinaire coïncidence jamais vue. » Il regarda les visages en face de lui – tous concentrés, graves. « Nous devons *supposer*, et j'emploie le mot avec prudence… Nous devons *supposer* qu'il existe un rapport. »

Lucas leva la main. « Je crois que personne ne remet en cause le fait que ces crimes sont liés entre eux… Je pense qu'on doit plutôt envisager la possibilité qu'on se soit réveillés très tard.

— Comment ça ?

— Qui vous dit que la petite Grant est la première ? Peut-être que ça dure depuis des années. On n'en sait absolument rien.

— Il me semble qu'on a la réponse, intervint Irving. Je crois qu'on est face à quelqu'un qui veut que l'on sache ce qu'il fait.

— C'est une piste intéressante. Qu'est-ce qui vous fait dire ça ?

— Trois choses, fit Irving. D'abord, le coup de téléphone après le double meurtre. Ashley Burch et Lisa Briley. Si j'ai bien compris, cet appel est arrivé par le standard du n° 9. Donc on ne pourra jamais l'identifier. Il a très bien pu appeler lui-même, avec un logiciel de transformation de la voix, ou payer quelqu'un d'autre pour le faire à sa place. Dieu seul le sait. Ensuite, pour ce qui est de James Wolfe, l'auteur du crime s'est emmerdé à le grimer en clown. Or Gacy ne faisait jamais ça. Il ne maquillait personne à part son propre visage. Donc celui qui a fait le coup voulait qu'on établisse le lien. Et ce matin, le fait qu'on ait retrouvé cette fille habillée comme elle l'était, avec des cheveux arrachés et les yeux enlevés... Ces éléments auraient dû nous suffire à faire le rapport avec Shawcross et l'affaire Anne-Marie Steffen. »

Il s'interrompit une seconde. « Mais non : il a voulu s'assurer qu'on avait vraiment compris. D'où la lettre au *Times*. Il se sert du code du Zodiaque pour nous envoyer la lettre de Shawcross.

— Pourquoi le code du Zodiaque ?

— Encore une fois, c'est de la théorie, mais je pense qu'il voulait qu'on sache qu'il est plus intelligent que tous les autres... y compris le Zodiaque lui-même. Les tueurs en série précédents se sont tous fait attraper, deux ou trois ont été exécutés, mais pas le Zodiaque...

— Dans ce cas, pourquoi ne pas copier un meurtre du Zodiaque ? Pourquoi envoyer une lettre ?

— Peut-être qu'il ne réédite que les meurtres de gens qui se sont fait arrêter.

— Tout ça, intervint Gary Lavelle, ce ne sont que des suppositions et des hypothèses. J'ai vu comment cette fille a été balancée sous le pont de Queensboro. Elle s'est fait massacrer. Deux kilomètres plus loin, on retrouve deux pauvres gamins flingués dans le coffre d'une voiture. Je ne sais pas à qui ce type essaie de ressembler, mais on reste confrontés au fait, bien réel, qu'on a au moins huit victimes et aucune enquête coordonnée. Cette histoire dure depuis déjà... Depuis combien de temps, d'ailleurs ?

— La première victime, du moins à notre connaissance, était Mia Grant, au début du mois de juin, précisa Irving.

— Donc ça fait plus de deux mois que ça dure. Et où est-ce qu'on en est ?

— On en est exactement là où on doit être, répondit Farraday. Mais si on en est là, ce n'est pas grâce à ce qu'on a fait ou pas fait, mais grâce à ce projet d'article de journal.

— Est-ce que je peux vous demander de quoi il s'agit ? demanda Vincent.

— Il existe un groupe de personnes, répondit lentement Irving, un groupe de gens, je ne pourrais pas vous dire combien, qui se réunissent au Winterbourne Hotel, 37ᵉ Rue Ouest, le deuxième lundi de chaque mois. D'après ce que j'ai compris, ces gens ont tous survécu à des agressions de tueurs en série…

— Quoi ? l'interrompit Lavelle. Ne me dites pas que c'est une milice d'autodéfense ! »

Irving fit signe que non. « Je ne sais pas ce que c'est. Un des membres de ce groupe est un certain John Costello. C'est l'enquêteur de Karen Langley au *City Herald*. Et c'est lui qui a pigé le truc à propos de ces meurtres.

— Il fait partie des suspects ? demanda Lucas.

— Je ne sais pas de quoi il fait partie. Ce n'est pas un type très net. Il est un peu bizarre, mais je ne pense pas que Karen Langley soit le cerveau derrière l'article. À mon avis, c'est lui. Je crois que c'est lui qui fait le boulot, mais qu'elle écrit les articles et les signe, parce qu'il ne veut pas qu'on s'intéresse à lui. Pour tout dire, je n'en sais rien. Je ne connais pas l'histoire de Costello et je ne sais pas quelle est la bonne marche à suivre. On est peut-être face à quelqu'un de parfaitement innocent, juste un type intelligent qui s'y connaît très bien en tueurs en série. Il est enquêteur pour une journaliste spécialisée dans les faits divers, nom de Dieu... Il est *censé* connaître ces choses-là. Le simple fait qu'il ait pigé le truc aussi vite... D'après moi, voilà une autre bonne raison de croire que ces assassinats commencent avec Mia Grant. S'ils remontaient plus loin, je crois que cet article serait sorti avant.

— Donc il a écrit l'article, dit Lucas. Quoi d'autre?
— Ce matin, moins de deux heures après la découverte du corps de la prostituée, il m'a fait parvenir, ici même, la biographie d'Arthur John Shawcross.
— C'est une blague?
— Pas du tout.
— Mais qui est ce Shawcross?» demanda Lavelle.
Irving secoua la tête.
Au bout de la table, Hannah Doyle, la TSC de Hayes au n° 3, leva la main. «Je connais un peu l'animal. J'ai écrit un mémoire sur lui. Il était surnommé le Monstre des Rivières, ou le Tueur de la Genesee. Il prétend avoir tué cinquante-trois personnes, mais seuls treize assassinats lui sont officiellement attribués. Parcours classique pour un tueur en série : sadisme adolescent, torture d'animaux, passage progressif du cambriolage à l'incendie criminel. Bref, le schéma habituel : incapacité à établir un lien avec les autres, difficulté à gérer les relations, prédisposition aux accidents. Il a un peu connu l'armée et a passé deux ans à Attica au début des années 1970 pour tentative de braquage et incendie criminel. Quand il est ressorti, il s'est

marié, vers le mois d'avril 1972, je crois... Deux semaines après, il a tué un garçon de 10 ans; trois ou quatre mois plus tard, il a violé et assassiné une petite fille de 8 ans. Il a été arrêté et a passé presque quinze ans en prison, en partie à Attica, en partie à Green Haven. Il en est sorti début 1987, a recommencé à tuer en 1988, puis a assassiné cette Anne-Marie Steffen en juillet de la même année. Il s'est de nouveau fait attraper vers 1990 et a avoué des tas d'autres meurtres. Il purge aujourd'hui sa peine, soit deux fois cinquante ans de prison, dans la prison du comté de Sullivan.

— C'est à Fallsburg, c'est bien ça ? demanda Vincent.

— Oui, là où se trouve aussi Berkowitz.

— Berkowitz ? fit Lucas.

— Le Fils de Sam, précisa Hannah Doyle.

— Donc, où est-ce que tout ça nous amène ? demanda Farraday. On a des informations sur ces types, ces tueurs que quelqu'un est en train de copier. Mais qu'est-ce que ça nous dit sur le copieur lui-même ?

— Aucun de ces assassins n'est en liberté conditionnelle, intervint Gerrard, le coroner adjoint. N'est-ce pas ?

— D'après ce que je sais, répondit Irving, Carignan est enfermé dans la prison du Minnesota, Carol Bundy a écopé de la perpétuité mais peut aujourd'hui demander une remise en liberté conditionnelle. Douglas Clark attend dans le couloir de la mort à San Quentin, et Jack Murray est mort. Gacy a été exécuté à Stateville en 1994 et Kenneth

McDuff à Huntsville, au Texas, en novembre 1998. Pour ce qui est de Shawcross, il est à la prison de Sullivan et n'en sortira plus.

— Donc nous excluons totalement la possibilité que le tueur actuel soit un de ceux-là ?

— Je considère, dit Irving, que c'est une certitude.

— Et le Zodiaque ? demanda Vincent.

— Le dernier meurtre attribué au Zodiaque date de mai 1981, répondit Jeff Turner avant de jeter un coup d'œil vers Hannah Doyle et de sourire. Moi aussi, j'ai étudié le Zodiaque pour mon mémoire de recherche, et certaines caractéristiques concernant ses victimes étaient systématiquement les mêmes : il tuait le week-end, dans des zones proches de l'eau, et toujours pendant la pleine lune ou la nouvelle lune. Hormis un chauffeur de taxi, il n'a agressé que des couples, surtout de jeunes étudiants. Toujours au crépuscule ou en pleine nuit, et chaque fois avec des armes différentes. Le vol n'était jamais un mobile et il n'abusait jamais sexuellement de ses victimes, que ce soit avant ou après les avoir tuées. On lui reconnaît quarante-six assassinats mais, dans les faits, seuls six de ces crimes lui ont été définitivement attribués. »

Farraday se pencha en avant. « On n'a pas affaire au Zodiaque. Je crois qu'on peut exclure cette piste sans la moindre hésitation. »

Un murmure approbateur parcourut l'assistance.

« Qu'est-ce qu'on fait, alors ? lança Vincent.

— Il me paraît évident qu'on va demander un mandat de perquisition chez ce groupe du Winterbourne, dit Lavelle.

— En vertu de quoi? demanda Farraday. Parce qu'ils sont bien trop intelligents pour leur propre bien?

— Pour *notre* propre bien, interjeta Lucas. Ce taré de merde nous fait passer pour une bande de gros cons.

— Élégant», commenta Hannah Doyle, caustique.

Lucas répondit par un sourire gêné et leva la main d'un air confus. «Pardon. J'avais oublié que je n'étais pas seul.

— Je vais retourner là-bas, dit Irving. Ils se réunissent ce soir...

— Vous avez parlé à ce type, oui?» demanda Lucas.

Irving confirma d'un signe de tête.

«Comment vous l'avez trouvé?

— Oh, vous savez, je vis à New York... J'ai l'impression que tout le monde est fou.»

Les autres murmurèrent et échangèrent des commentaires entre eux. L'espace d'un instant, il sembla que la petite saillie d'Irving permit de faire baisser la tension. Jusque-là, aucun d'entre eux ne l'avait vraiment perçue, et pourtant elle était bien palpable. Huit victimes. Ils savaient très peu de chose et ils avaient conscience que c'était synonyme de presque rien.

«Il a, je dirais, quelque chose comme la quarantaine, commença Irving.

— Vous avez dit que c'était un rescapé, c'est ça? demanda Hannah Doyle. Un rescapé de quoi?»

Irving se cala au fond de son siège et croisa ses deux mains sur son ventre. «Est-ce que quelqu'un parmi vous a déjà entendu parler des meurtres du Marteau de Dieu?»

Lavelle leva la main. «Au début des années 1980, si je me souviens bien. C'était où, déjà? À Jersey City?

— Exactement. Un type du nom de Robert Clare. Il a tué cinq personnes, tous des adolescents, des petits couples en train de fricoter. Il leur cassait la tête avec un marteau. Notre bonhomme, ce fameux John Costello, est le seul à en avoir réchappé. Sa petite amie, Nadia McGowan, n'a pas eu cette chance. Lui avait 16 ans, elle en avait un ou deux de plus. Costello a été grièvement blessé, il a passé du temps à l'hôpital, mais il s'en est sorti.

— Clare s'est fait attraper, n'est-ce pas?

— Il s'est fait attraper, confirma Irving, en décembre 1984. Mais il s'est suicidé juste avant son procès. Il s'est pendu dans un hôpital psychiatrique.

— Et votre impression concernant ce Costello?

— Je ne l'ai vu qu'une fois. Il savait où j'ai mes habitudes pour déjeuner et m'a demandé de le retrouver là-bas.

— Quoi?»

Irving afficha un petit sourire. «Il savait qui j'étais. Il savait qu'on m'avait confié l'enquête sur Mia Grant. Je suis allé voir Karen Langley au siège du *City Herald* et elle m'a avoué que c'était lui qui avait fait les recherches pour son article.

— Mais c'est quoi, son problème, à cette Langley? demanda Lucas. Ça l'excite de faire ça ou quoi?

— Pas la peine de s'emballer, dit Vincent. C'est une journaliste. Tous les mêmes.

— Quoi qu'il en soit, poursuivit Irving, si j'ai bien compris, cet article ne sera publié ni dans le *Herald* ni dans le *New York Times,* et à ma connaissance aucune équipe de télévision ne s'est encore pointée dans les commissariats et aucune dépêche n'est sortie là-dessus.

— C'est une question de jours, rétorqua Lucas. Une fois qu'ils auront compris qu'on collabore sur une enquête, ils nous prendront à la gorge.

— On s'éloigne du sujet, dit Vincent. La question est de savoir si ce Costello est suspect ou non.

— Pour l'instant, pas moins qu'un autre. Mon instinct me dit que non, mais je peux me tromper. Si c'est notre homme, alors il est particulièrement doué pour ne rien lâcher.

— Bon, définissons un plan d'action, intervint Farraday. Puisque le n° 4 a deux affaires distinctes sur les bras alors que les n°s 9, 5, 7 et 3 n'en ont qu'une chacun, je propose que le centre de coordination provisoire soit installé ici. Des objections ? »

Il n'y en avait pas.

« Bien, je m'adresse maintenant aux TSC et aux légistes : qui parmi vous a le plus d'expérience en la matière ? »

Turner leva la main. Il était de toute évidence le plus âgé du groupe.

« OK. Est-ce que quelqu'un s'oppose à ce que Jeff Turner supervise toutes les questions liées à la médecine légale et à la police scientifique ? »

Une fois encore, personne n'émit la moindre réserve.

« Parfait. Je résume. Irving et Turner mettent en commun leurs ressources. J'envoie un compte-rendu au directeur Ellmann ce soir. On fait taire Karen Langley au *City Herald* et on passe un accord avec les gars du *New York Times* pour qu'ils ne fassent rien de la lettre du Zodiaque tant qu'il y aura une enquête en cours. Toute question de la part des journalistes, toute demande de déclaration ou de rendez-vous passe directement par moi... Et n'essayez même pas de faire les malins en répondant "pas de commentaire". Si vous dites ça, ils comprennent qu'on est sur une piste. Si on vous demande l'objet de cette réunion, répondez qu'il s'agissait de la sécurité du maire pendant sa campagne électorale. L'essentiel est de rester silencieux et discret. On s'est emmerdés à garder cette enquête pour nous et je veux que ça reste comme ça. Les unes des journaux, je peux vraiment m'en passer, si vous voyez ce que je veux dire.

— Et John Costello ? demanda Lavelle.

— Je m'occupe de Costello et du groupe du Winterbourne », indiqua Irving.

Farraday se leva. « Je propose qu'on passe au crible tous les tueurs en série depuis cinquante ans. On établit une base de données et on recense les dates de tous leurs meurtres commis entre maintenant et Noël. Je sais : ça va être un cauchemar. Même s'il est impossible de prévoir quel meurtre notre cher ami va rééditer, si on sait qu'aucun meurtre n'a été commis entre, disons... aujourd'hui et mardi prochain, au moins on a un peu de temps pour souffler. »

Il s'arrêta une seconde pour regarder dans les yeux chacune des personnes présentes. «Des questions?»

Pas de questions. Sans attendre, tout le monde se leva et se déplaça pour discuter. Le brouhaha devint si fort que Ray Irving entendit à peine Farraday lui dire : «Faites-les dégager, nom de Dieu... Vous pouvez faire ça pour moi?»

Farraday n'attendit même pas la réponse. Il se contenta de rajuster sa veste, de contourner le groupe des inspecteurs et des TSC, puis il quitta la pièce.

Irving resta planté là pendant quelque temps, essayant de se rappeler à quoi ressemblait sa vie avant le 3 juin.

19

« Vous avez reçu l'enveloppe ? » demanda John Costello. Il était sur le trottoir devant le Winterbourne Hotel. Il adressa un sourire à Ray Irving, comme s'il s'agissait des retrouvailles inopinées entre deux vieux amis.

« Oui.
— Shawcross, c'est ça ?
— Exact.
— J'imagine que ça a dû énerver quelques personnes. »

Irving acquiesça. Pendant un long moment, il scruta John Costello. On aurait cru qu'il le voyait pour la première fois.

Costello était de taille moyenne, peut-être autour d'un mètre soixante-quinze. Il s'habillait bien – un beau pantalon, une veste, une chemise blanche propre et repassée. Ses cheveux étaient coupés avec soin, il était rasé de frais et ses souliers étaient cirés. Il ressemblait à un architecte, à un écrivain, peut-être même à un publicitaire qui se serait fait un nom grâce à des campagnes réussies et qui s'occuperait désormais de conseiller les autres.

Il n'avait rien d'un tueur en série passant ses journées à rééditer d'anciens crimes avant d'y consacrer des articles de journaux.

D'un autre côté, pensa Irving, qui ressemblait à ça ?

« Vous avancez un peu ? demanda Costello.

— Qu'est-ce que vous voulez que je vous dise, monsieur Costello ? »

Ce dernier jeta un coup d'œil au bout de la rue, comme s'il attendait quelque chose. « Je ne sais pas, inspecteur... Disons que j'ai encore dans l'idée que la police a toujours un coup d'avance sur les autres.

— Les *autres* ?

— Oui, tous les Shawcross, les McDuff et les Gacy du monde. Ce n'est pas agaçant d'être toujours en train de courir après ceux qui ont commis des horreurs au lieu de les attraper avant qu'ils recommencent ?

— Il faut peut-être partir de l'idée que ceux que nous arrêtons ne pourront plus commettre d'autres horreurs. On ne peut pas revenir sur ce qui s'est passé, mais on peut sauver des vies. »

Costello ferma les yeux, puis eut un sourire résigné. « Si vous espériez voir les autres personnes qui participent à notre petite réunion, je les ai fait partir par la porte de service. Je ne suis pas en grande faveur auprès d'eux en ce moment.

— Parce que ?

— Parce que j'ai enfreint une règle fondamentale.

— À savoir ?

— Que rien ne doit sortir du groupe.

— Ça ne me paraît pas très responsable.

— Question de point de vue, répondit Costello. Je suis le seul membre du groupe dont l'agresseur n'a pas refait des siennes. L'homme qui s'en est pris à moi...

— S'est suicidé, c'est ça ? Robert Clare ?

— Oui, Robert Clare. Tous les autres ont survécu à une agression par quelqu'un qui a de nouveau tué.

— Donc ce n'est pas le grand amour entre votre groupe et la police.

— On peut dire ça, oui.

— Combien comptez-vous de membres ?

— En tout, nous sommes sept. Quatre femmes et trois hommes.

— Et qui le dirige ? Qui l'a fondé ?

— Un certain Edward Cavanaugh. Pour être plus précis, le groupe a évolué par rapport à son projet initial. Cavanaugh n'était pas une victime, mais sa femme l'était. Il y a vu un moyen d'obtenir un peu de soutien et d'aide de la part de gens qui, pensait-il, comprendraient peut-être ce qu'il ressentait. Sa femme a été assassinée il y a quelques années de ça, et il a lancé ce groupe comme une sorte de groupe de soutien, une fraternité, si vous préférez. Les gens qui ont répondu à son appel avaient eux-mêmes survécu à des agressions, ce qui n'était pas le cas de leurs proches ou de leurs êtres chers.

— Et Cavanaugh est encore aujourd'hui l'un des membres ?

— Non. Il s'est suicidé il y a quelque temps.

— Et comment en avez-vous entendu parler ?

— En l'an 2000, j'entretenais une relation avec une femme sur Internet. Uniquement des mails et quelques coups de téléphone, vous voyez ? Il ne s'est rien passé entre nous, mais nous avons lié une sorte d'amitié. Elle a découvert l'existence du groupe et a voulu assister à une réunion, mais ne souhaitait pas s'y rendre seule. Alors elle m'a demandé de l'accompagner et j'ai accepté.

— Et elle appartient toujours au groupe ?

— Non, elle a rencontré quelqu'un, s'est mariée et s'est installée à Boston. On ne se parle plus. Elle fait partie des chanceux.

— Comment ça ?

— Elle s'en est remise. Elle a affronté ce qu'elle devait affronter et a pu commencer une nouvelle vie. Je crois même qu'elle a eu des enfants. Mais allons boire quelque chose à l'intérieur, vous voulez ? Je peux imaginer qu'il s'agit là d'une de ces fameuses conversations officieusement officielles, et si je vous disais maintenant que je devais rentrer chez moi, vous ne seriez pas content.

— Il faut que je vous parle, monsieur Costello. Je crois que ce que vous faites est important et je veux tout savoir de ce que vous avez appris. »

Costello sourit. « Vous m'en voyez très flatté, inspecteur, mais j'ai bien peur que vous soyez déçu par ce que je sais. »

Ils marchèrent jusqu'au carrefour suivant et trouvèrent une cafétéria au croisement de la 38e Rue et de la 10e Avenue. Costello commanda un café sans sucre, Irving un déca.

« Je ne dors pas très bien, dit-il à Costello. Le café n'arrange rien. »

Ils restèrent assis sans rien dire pendant quelques instants, jusqu'à ce que Costello demande à Irving comment il voyait évoluer son enquête.

« Il se peut que ce ne soit plus mon enquête dès demain, répondit Irving.
— Pourquoi donc?
— Parce qu'il y a cinq commissariats impliqués. Chaque commissariat a son capitaine, et chaque capitaine a une charge de travail et certaines ressources que le directeur de la police alloue comme bon lui semble. Du coup, toute l'affaire peut très bien être confiée à quelqu'un d'autre.
— Mais pour le moment?
— Pour le moment? Eh bien… En toute franchise, monsieur Costello, les personnes qui travaillent sur cette affaire s'intéressent beaucoup à vous… Et à votre groupe. Et à ce que celui-ci peut bien avoir à faire dans cette histoire.
— Ce qui est compréhensible. Mais je peux vous assurer que dans le groupe, personne n'a le moindre lien direct avec aucun de ces meurtres. Leur intérêt est purement intellectuel.
— Vous le savez, monsieur Costello, dit Irving avec un sourire, et je serais prêt à l'accepter, mais… »

Costello leva la main. Irving se tut.

« Les raisons qui nous poussent à faire ce que nous faisons sont très nombreuses. Le dénominateur commun est une volonté d'affronter ce qui nous fait peur. Ce n'est pas compliqué et ça n'a assurément rien de nouveau. Nous parlons de la mort, des personnes qui sont capables d'en tuer d'autres, et parfois, voyez-vous, les gens évoquent leurs cauchemars. Voilà ce qu'ils font, et quand ils ont surmonté leur colère et leur peur initiales, ils commencent à regarder un peu autour d'eux... À envisager la possibilité qu'il existe une vie au-delà de ce qu'ils ont connu. Un peu comme les gens qui sortent de prison, ou qui ont été torturés, ou qui ont fait la guerre... Quelque chose dans ce genre-là. Quand vous subissez une chose pareille, vous avez l'impression, pendant un certain temps, qu'il n'y a que ça dans votre vie ; et quand vous en parlez à d'autres personnes qui ont vécu les mêmes choses, alors vous commencez à vous dire que, peut-être, *il y a* quelque chose après. » Costello afficha un sourire triste. « Il s'agit simplement d'un groupe de gens qui pensent tous qu'ils devraient être morts mais qui ne le sont pas... Et je vous assure que ce n'est pas facile à vivre.

— J'entends bien, mais qu'est-ce que le détective amateur vient faire là-dedans ? Où est-ce qu'il intervient dans l'équation ?

— Ne voyez pas le mal là où il n'est pas, répliqua Costello. C'est un boulot pour les journaux, pas pour la police. »

Son propre sarcasme le fit sourire. « Ce domaine est mon centre d'intérêt, du moins le plus important, mais il y a quelqu'un d'autre dans le groupe, quelqu'un qui a... » Il s'interrompit pour soulever sa tasse de café, avaler une gorgée et reposer la tasse sur la table. « C'est une connaissance à moi. Il est très fort pour les dates et les lieux, voyez-vous ? Il se souvient de certaines choses.

— C'est lui qui a fait le lien entre les... »
Costello confirma d'un signe de tête.
« Et d'après lui, où va-t-on cette fois-ci ?
— Où va-t-on ? Mon Dieu... Je vous parle de gens qui s'intéressent aux crimes en série, pas d'une réunion de voyants. »

Irving sourit. Les deux hommes restèrent un moment silencieux.

« Dites-moi quelque chose, inspecteur Irving. Est-ce que vous avez des éléments sur ce type ? La moindre idée de la tournure que les choses sont en train de prendre ? »

Irving fit signe que non. « Je ne peux pas vous répondre. Je n'ai pas le droit de parler d'une enquête en cours.

— C'est pourtant ce que vous faites.

— Mais je ne vous dis rien que vous ne sachiez déjà...

— Dans ce cas, inspecteur, passons un marché. »
Irving haussa les sourcils.

« Dites-moi quelque chose que je ne sache pas déjà et je vous dirai quelque chose en retour. »

Irving repensa à sa conversation avec Karen Langley. Il s'enfonça sur son siège, regarda par la fenêtre, vit sur le trottoir d'en face un homme qui se débattait avec un parapluie, et remarqua qu'il pleuvait. Des voitures passèrent, un taxi, un bus – on aurait dit une scène de film. Le monde s'étalait devant leurs yeux et ils ne savaient rien de ce qui se passait.

« C'est une situation potentiellement compromettante, répondit Irving, presque à lui-même.

— Tout est affaire de confiance, inspecteur.

— Vous travaillez pour un journal.

— Et vous, pour la police de New York.

— Vous sous-entendez que les policiers ne sont pas dignes de confiance ?

— Pas tous.

— Mais certains.

— Bien sûr… »

Il y eut un silence.

« Qu'est-ce que vous voulez savoir, alors ? demanda Irving.

— Quelque chose qui ne soit pas dans les articles de journaux et que je n'aie pas pu apprendre en écoutant la radio de la police. Un détail. Un aspect de la personnalité. Un fait qui vous paraît important dans le cadre de cette enquête.

— Et en échange ?

— En échange, *je* vous dirai quelque chose que vous ignorez.

— Et qui a un rapport avec cette affaire ? »

Costello confirma d'un hochement de tête.

« C'est un accord ferme, pas une arnaque bidon ?

— Il y a des vies en jeu…

— Cette discussion n'a pas de témoins. »

Irving se pencha brusquement en avant et attrapa la main de Costello. Ce dernier la retira, par réflexe, mais Irving refusa de la lâcher. En une fraction de seconde, il palpa les épaules de Costello, son torse, ses aisselles, puis le relâcha.

« Quoi ? fit Costello. Vous pensiez que j'enregistrais notre discussion ?

— Je suis un inspecteur de la police de New York. Je travaille dans cette maison depuis vingt ans. Je suis devenu inspecteur en 1997, monsieur Costello, je suis passé par les Mœurs, les Stups et à la Criminelle. J'ai vu plus de cadavres que vous ne pourriez l'imaginer, et je ne vous parle pas de sites Internet ou de photos dans le journal. Je ne vous parle pas d'un passe-temps qui donne aux gens l'impression de savoir ce qu'est le travail d'un policier... Non, je vous parle d'avoir vu, de très près, en chair et en os, ce que les gens peuvent faire de pire aux autres. Vous comprenez ? »

Costello voulut répondre.

« Je n'ai pas terminé, monsieur Costello. Vous avez écrit un article. D'accord, il n'a pas été publié par le journal, mais il aurait pu l'être. Vous avez compris des choses concernant certains meurtres qui se sont déroulés au cours des dernières semaines. Vous avez reconstitué le puzzle. Vous avez fait passer les policiers de New York pour une bande de connards demeurés tout juste capables de faire leurs lacets. J'arrive à mon bureau et vous avez la gentillesse de me refiler quelques pages sur une affaire dont je ne connaissais même pas l'existence, et on se retrouve ici à faire les malins. On boit un café ensemble en faisant les malins à propos de ce que je sais peut-être et de ce que pourriez éventuellement me dire. Je vous parle de la vraie vie, monsieur Costello. On est dans le réel ; tout ça est très, très réel. Et ces derniers temps ma patience est assez limitée...

— Ça suffit, coupa Costello. Ça suffit, inspecteur. Je n'ai rien à me reprocher. Je suis un citoyen engagé, rien de plus. Je travaille comme enquêteur pour la rubrique faits divers d'un journal et je sais certaines choses – je suis *censé* connaître certaines choses. C'est mon boulot. Je garde mes yeux et mes oreilles grands ouverts, je passe des coups de fil, je consulte Internet. Je vérifie les faits et je les retranscris de telle sorte que mon journal ne soit pas attaqué pour diffamation et injures. Quoi que vous pensiez, vous vous trompez. Je *ne suis pas* votre suspect, compris ? J'essaie de vous aider, pas de vous compliquer la vie. Je ne suis pas idiot, inspecteur. Si j'avais un lien quelconque avec ces crimes, je ne vous enverrais certainement pas des documents susceptibles de vous aider à m'attraper...

— Oh, détrompez-vous, monsieur Costello. Croyez-moi, vous seriez très surpris de voir ce que font certains de ces fous furieux pour attirer l'attention.

— Et qu'est-ce que ce fou furieux-là a fait, inspecteur ? Qu'a-t-il fait que personne, à part la police, ne sache ? »

Irving hésita et regarda de nouveau vers la rue. La pluie semblait s'être arrêtée, mais le trottoir et la chaussée étaient encore luisants. Les reflets des lampadaires et des enseignes au néon, les gens se promenant seuls ou en couple, le bruit d'une musique en provenance d'un bar, quelque part... Tout cela faisait croire à une ville normale, un endroit sûr, un endroit où les gens pouvaient mener leur petite vie tranquille, sans craindre pour leur sécurité. Or pas du tout. Ça n'avait jamais été le cas, du moins pas depuis qu'Irving avait vu le jour, et étant donné la marche du monde, il pensait que ce ne serait jamais le cas.

« Inspecteur ? »

Irving revint vers Costello. Il n'osait pas lui faire confiance. On ne pouvait faire confiance à personne, pas entièrement.

« Vous savez quelque chose qui pourrait nous aider ? demanda-t-il.

— Je connais une piste que vous pourriez suivre et qui pourrait donner des résultats.

— Ça n'a pas l'air très sûr.

— Rien n'est sûr, inspecteur. Vous le savez aussi bien que moi.

— Qu'est-ce que vous voulez en échange ?

— N'importe quoi, répondit Costello. Un simple élément... Une chose que j'ignore.

— Si je vous en révèle une, rien ne vous empêchera de me répondre que vous le saviez déjà. »

Costello éclata de rire. « Qu'est-ce que ça fait de vivre sans jamais faire confiance aux autres, inspecteur ? »

Irving le regarda droit dans les yeux. Costello ne détourna pas les siens. À cet instant précis, sans trop savoir pourquoi, Irving fut tenté de croire que Costello disait la vérité.

« Il a envoyé une lettre, dit Irving. Ce matin même... Une lettre au *New York Times*.

— Qu'est-ce qu'il racontait ?

— Ce n'est pas tant ce qu'il racontait... Pas les mots eux-mêmes. C'était une lettre écrite par Arthur Shawcross. Mais notre ami l'a rédigée en se servant du code du Zodiaque. »

Costello inspira brutalement. Il écarquilla les yeux, recula sur son siège et secoua la tête. « Comme James Wolfe, lâcha-t-il à demi-voix.

— Comment ça ?

— Il veut vraiment qu'on fasse le rapport. Il nous propose un spectacle et il ne veut surtout pas qu'on en rate une miette. Il tue quelqu'un de la même manière qu'une ancienne victime, mais il a peur qu'on ne comprenne pas.

— Voilà, je vous ai dit quelque chose. »

Costello hochait la tête, toujours perdu dans ses réflexions. « Vous vous êtes demandé si c'était un message ? fit-il.

— Pardon ?

— Le fait qu'il ait envoyé sa lettre en utilisant le code du Zodiaque ?

— Un message au sujet de sa prochaine victime ?

— Oui. Une manière d'annoncer que sa prochaine victime serait tuée dans le style du Zodiaque.

— Qu'est-ce que j'en sais ? Pour le moment, je suis obligé de passer en revue tous les tueurs en série recensés depuis cinquante ans et d'entrer dans une base de données chaque date de décès des victimes située entre aujourd'hui et Noël.

— Vous savez que le Zodiaque n'a à son actif que six victimes confirmées ?

— C'est ce qu'on m'a dit.

— Et vous ne vous intéressez aujourd'hui qu'à celles qui ont été tuées à des dates bien précises, c'est bien ça ?

— C'est bien ça. »

De sa poche intérieure de veste, Costello tira un carnet et un stylo. « Bien, se demanda-t-il à voix haute, qui avons-nous ? Le 27 septembre 1969, Bryan Hartnell et Cecelia Shepard, tous deux poignardés près du lac Berryessa. Lui a survécu, pas elle. Le 11 octobre 1969, Paul Stine, abattu à San Francisco. Le 26 septembre 1970, Donna Lass, dans le Nevada, sauf qu'on ne l'a jamais retrouvée... Le 29 septembre 1974, Donna Braun, étranglée à Monterey. Et pour terminer, Susan Dye, étranglée à Santa Rosa le 16 octobre 1975. Parmi ces gens-là, seuls Hartnell et Shepard sont des victimes avérées du Zodiaque. Hartnell a survécu...

— Vous devriez lui écrire, dit Irving. Pour lui demander de rejoindre votre petit groupe. »

Costello ne releva pas la remarque sardonique d'Irving.

« Du coup, si notre tueur commet un meurtre à la manière du Zodiaque, il se produira le 26, le 27 ou le 29 de ce mois-ci, ou alors pas avant le 11 ou le 16 octobre.

— Si tant est qu'il imite le Zodiaque, ajouta Irving.

— Exact, répondit Costello. Si tant est qu'il imite le Zodiaque et qu'il décide de rééditer les meurtres qui ne lui sont pas officiellement attribués. En revanche, s'il opte pour les seules victimes avérées du Zodiaque, Hartnell et Shepard, alors ce sera le 27.

— Et sinon ?

— Vous allez devoir rester particulièrement éveillés, parce que si vous commencez à recenser les près de deux cents meurtres de tueurs en série commis chaque année, et qui plus est sur cinquante ans, eh bien... Chaque jour de l'année sera l'anniversaire de la mort de quelqu'un.

— Voilà une nouvelle très réconfortante. »

Costello referma son carnet et le remit dans sa poche.

« Et maintenant, à vous, dit Irving. Apprenez-moi quelque chose que j'ignore.

— Il existe toute une sous-culture, un groupe de gens qui collectionnent certains objets, des objets liés à des meurtres en série.

— Je connais cette saloperie, oui.

— Non. Pas ces collectionneurs-là. Ceux dont je vous parle, ce ne sont pas les dingues qui vendent des photos de scènes de crime ou des tee-shirts tachés de sang. Non, je vous parle de gens très sérieux, de gens qui ont beaucoup d'argent. De ceux qui vont réussir à vous dégotter un vrai *snuff movie*.

— Et quel rapport entre ces gens et ce qui se passe en ce moment ?

— Vous devriez vous adresser à eux, dit Costello. Il est possible – du moins je le pense – que votre homme fasse partie de ces gens-là, ou qu'il soit entré en contact avec eux pour mieux comprendre tel ou tel crime en particulier.

— C'est une supposition. Mais il me semble que d'après notre marché, vous deviez me dire quelque chose que je ne...

— J'ai un nom à vous donner, coupa Costello. Leonard Beck.

— Qui est-ce ?

— Quelqu'un qui à mon avis pourrait vous aider plus que vous ne l'imaginez.

— Et où est-ce que je trouverais ce Leonard Beck ?

— Dans l'annuaire, inspecteur... Tout simplement dans l'annuaire. Autant que je sache, il vit à Manhattan, et il est le seul à porter ce nom.

— C'est tout ?

— C'est tout, inspecteur.

— Bien. Maintenant, j'ai deux petites questions à vous poser, monsieur Costello. »

Ce dernier haussa les sourcils.

« Est-ce que Mia Grant était la première victime ?

— Je le crois, oui.

— Pourquoi ? Comment pouvez-vous être sûr que ça ne dure pas depuis des années ?

— Je ne peux pas en être sûr. Ma foi, qui pourrait être sûr de quoi que ce soit ? J'ai... »

Il s'interrompit quelques secondes. « Cela fait un moment que je m'intéresse à cette question.

— Les meurtres en série ?

— Les *tueurs* en série. Non pas ce qu'ils font, mais qui ils sont. La dynamique de la situation. La manière dont les choses se combinent pour pousser quelqu'un à croire que tuer un autre être humain qu'il ne connaît même pas constitue un acte rationnel, une solution.

— Mais une solution à un problème que vous et moi ne considérons pas comme un problème.

— Non, bien sûr... Vous ne pouvez pas rationaliser l'irrationnel. Nous ne sommes pas en train de parler de gens qui suivent les chemins convenus de la réflexion et de l'action, mais d'individus qui ont abandonné depuis longtemps tout ce qui passe pour la normalité.

— Et quel problème est-ce que cela vous permet de régler, monsieur Costello ?

— Quel problème ? Non... Je me considère comme un chercheur, inspecteur. Rien de plus. Si vous croyez que j'exorcise ainsi quelque vieux démon du passé, vous vous trompez. J'ai été agressé par quelqu'un qui n'avait aucune raison de m'agresser. Il a essayé de nous tuer tous les deux, mais il n'a tué que la jeune femme avec qui j'étais à l'époque. Elle avait 17 ans. Après avoir soigné mes blessures physiques, j'ai dû affronter les conséquences mentales et affectives de son crime.

— Comment avez-vous fait ?

— J'ai lu beaucoup de livres. Sur la psychologie, la psychiatrie, la psychanalyse – toutes sortes de choses. Mais aucun de ces livres n'explique comment fonctionne un être humain. Pas avec certitude, pas avec le degré d'appréciation avec lequel un individu peut se connaître lui-même. J'ai le sentiment d'avoir atteint un niveau de connaissance de moi-même qui me permet de continuer à vivre sans traîner le poids du passé comme un boulet. J'ai mes petits moments... »

Costello eut un sourire entendu. « J'ai mes particularités. Je n'ai de relation avec personne et, pour vous dire la vérité, je pense que je n'en aurai jamais. » Il s'arrêta un instant. « Je compte les choses... »

Irving lui lança un regard étonné.

« Quelle est votre petite manie, inspecteur ? Quelle est la chose que vous faites dont personne n'est au courant ? Vous contournez les fissures sur le trottoir ? Vous vérifiez trois fois que la porte du fond est bien fermée avant de quitter l'appartement ? »

Irving éclata de rire. « Je lis les journaux à l'envers... Non pas que je lise de droite à gauche, mais je commence par la dernière page pour arriver à la première.

— Pourquoi ? Ça n'a aucun intérêt. »

Irving haussa les épaules. « Mon Dieu, je ne sais pas... Mon père faisait ça. D'abord les pages sportives, ensuite les dessins, puis l'horoscope, et enfin les nouvelles qui l'intéressaient. J'ai toujours eu l'impression qu'il lisait son journal à l'envers.

— Vous étiez proches ?

— Pas particulièrement, non... Je crois que je l'ai beaucoup déçu.

— Pas de frères et sœurs ?

— Non, il n'y avait que moi.

— Et vous avez été décevant ?

— J'espère que non.

— On a sans doute tous nos petites manies et nos particularités, qu'on emprunte aux autres parce que ça nous rassure... Ça nous rattache à quelque chose, vous voyez ?

— Attendez. Je suis chez le psy ou quoi ?

— Non, répondit Costello. C'est un simple constat. On fait tous des choses qui n'ont aucun sens et la plupart du temps on ne sait même pas pourquoi on les fait. Les gens qui infligent ces horreurs aux autres... Les dingues, les psychopathes, les tueurs en série... Eh bien, inspecteur Irving, ils fonctionnent exactement de la même manière. Il est évident que ce qu'ils font, à leur manière tordue, ils le font sans vraiment savoir ou comprendre pourquoi. Mais dans le fond ça n'a pas d'importance, le pourquoi de leur geste : ils savent juste qu'il faut le faire, et tout de suite, et on ne peut pas échapper au fait que la vie fonctionne ainsi. Quoi qu'ils fassent, de leur point de vue, la logique est parfaitement respectée.

— C'est une vision très simpliste.
— Qui a dit que ce devait être compliqué ?
— L'autre question, embraya Irving.
— Je vous écoute.
— Cet ami dont vous me parliez... Cette personne qui se souvient des noms et des dates, celle qui fait tous ces rapprochements. »

Costello hocha la tête.

« Elle n'existe pas, si ? »

Costello sourit.

« Les noms et les dates des meurtres commis par le Zodiaque... Ceux qui ont été confirmés et les autres. Vous vous souveniez de ces dates, n'est-ce pas ?
— En effet.
— Vous vous souvenez des quarante-six dates ?
— Qu'est-ce que c'est ? Un grand oral ?
— Non, monsieur Costello, pas du tout. Simplement, je pense que si vous souhaitez m'aider dans cette affaire, à partir de maintenant tout doit être très clair entre nous.
— Vous êtes en train de me demander mon aide, inspecteur ?
— Vous êtes prêt à me l'accorder ?
— Si vous pensez que je peux vous aider, oui.
— Dans ce cas, je reviendrai peut-être vers vous après avoir vu Leonard Beck. Vous dites qu'il est le seul dans l'annuaire de Manhattan à porter ce nom ?
— Le seul qui vous sautera aux yeux. Il est médecin. »

Irving se leva et tendit une main que Costello serra. Il eut l'impression que son propre désespoir se reflétait sur le visage de Costello. C'était un sentiment familier, cette conscience que des vies étaient en suspens, que les gens – selon les décisions que l'on prendrait, les actions que l'on mènerait – continueraient de vivre sans savoir qu'un individu, qu'un inconnu, avait souhaité et même planifié leur mort dans tous ses détails. Et pour peu qu'Irving passe à côté d'un indice, d'une réponse, c'était la certitude, brutale, sans équivoque, qu'une existence prendrait fin. Ces choses-là étaient lourdes à porter, et le fardeau ne faisait que s'alourdir avec les années.

« Nous en avons donc terminé, dit doucement Costello.

— Pour le moment, monsieur Costello. Pour le moment. »

20

Tard dans la soirée, un peu après 22 heures, Ray Irving retrouva sur Internet la trace d'Edward Cavanaugh, ainsi que les détails du meurtre de sa femme. Sarah Cavanaugh, née Russell. Quatrième victime sur six. Kidnappée devant son lieu de travail dans la soirée du jeudi 13 mai 1999. Son mari signala sa disparition pendant la nuit, puis une deuxième fois l'après-midi du lendemain. Il fallut attendre le vendredi 14 au soir pour qu'un avis de recherche officiel soit lancé. Entre-temps, le groupe opérationnel de la police de Manhattan – en charge d'une récente série d'enlèvements suivis de meurtres – s'était aperçu que le mode opératoire de leur auteur était le même. Sarah Cavanaugh fut retrouvée le samedi 15, au petit jour, dans une benne à ordures derrière un hôtel minable du centre. On lui avait bandé les yeux avec du *gaffer,* on lui avait rasé la tête, ses ongles de pieds et de mains avaient été arrachés à l'aide d'un sécateur. La mort était due à une plaie perforante dans la gorge, qui l'avait vidée de son sang par la jugulaire. Comme pour les trois victimes précédentes, il n'y avait pas de trace d'agression sexuelle, bien que sur son ventre – comme sur les autres – le mot « salope » eût été marqué au cutter. L'assassin, un homme d'une beauté renversante nommé Frederick Lewis Cope, avait ensuite tué deux autres femmes, l'une en juin, l'autre en août. Les six victimes étaient toutes des femmes âgées de 35 à 41 ans qui travaillaient dans des bureaux ou des banques du quartier d'affaires de Manhattan. Toutes se rendaient au travail en voiture le matin et rentraient dans leurs banlieues résidentielles le soir. Toutes étaient sans enfants et mariées à des courtiers. On ne sut jamais pourquoi Frederick Lewis Cope avait ressenti le besoin d'arracher les ongles à des femmes de courtiers de Manhattan et de les laisser se vider de leur sang dans des bennes à ordures. Cope, une fois sa mission accomplie, semble-t-il, s'était égorgé le 4 septembre 1999, avec le même cutter dont il s'était servi pour embellir ses victimes.

Edward Cavanaugh était jeune associé chez Machin, Freed & Langham, une petite société d'investissement qui possédait des bureaux à New York, à Boston et à Manchester, New Hampshire. Après la mort de sa femme, on lui accorda trois mois de congés payés, mais il ne revint jamais à son poste. À en croire divers articles et blogs qu'il avait postés sur Internet, il se referma comme une huître et ne fut plus jamais le même homme. Cope, vulgairement surnommé le Tueur des Salopes, devint une sorte d'idole et de modèle pour un groupe de rock, The Slut Killers, «Les Tueurs de Salopes», autoproclamés «révolutionnaires culturels anti-élitistes», qui, entre 2000 et la fin 2002, firent l'objet d'un véritable culte sur toute la côte Est. Leurs fans portaient des tee-shirts avec le portrait de Frederick Cope, voire parfois celui de ses victimes. Cavanaugh voulut poursuivre en justice The Slut Killers, mais sa demande fut rejetée au motif que le groupe n'était pas responsable des actes de ses fans et que, l'expression «tueur de salopes» n'étant pas une marque déposée, une action en justice était irrecevable. Cavanaugh créa alors son propre site Internet.

C'est ce site, justement, qui avait incité plusieurs victimes de tueurs en série à se réunir – celles-là mêmes qui formeraient le groupe du Winterbourne. Irving lut de nombreuses pages du site et, ce faisant, découvrit l'évolution psychologique d'un homme brisé et désespéré. Alors que Cavanaugh parlait d'abord d'espoir et d'avenir, maintenait un semblant d'envie de travailler avec d'autres personnes ayant pu vivre des expériences similaires, son site avait fini par ne devenir qu'un temple dédié à sa défunte femme. Il y parlait de leur vie ensemble, du fait qu'ils avaient essayé d'avoir un enfant environ une semaine avant sa mort. Ils s'étaient préparé un avenir et, en une fraction de seconde, cet avenir avait été anéanti.

Les jours précédant son suicide, Cavanaugh avait fait part de sa détresse et de son manque de foi en l'existence d'une justice universelle. Il évoquait son éducation, ses parents religieux, la manière dont sa croyance en Dieu avait depuis longtemps disparu. Il parlait du hasard, de la chance, du destin, du karma, de la réincarnation, de l'idée selon laquelle les gens étaient responsables de ce qu'ils avaient fait dans une vie antérieure. Les pages du site étaient remplies de ce genre de choses, tantôt réflexions raisonnées et articulées, tantôt monologues et thèses délirantes. Chaque jour semblait l'éloigner un peu plus du monde dans lequel il avait jadis vécu et cru. Son dernier post, rédigé une heure avant son suicide, le mercredi 15 mai 2002, soit trois ans jour pour jour après la découverte du cadavre de sa femme, disait simplement : « Et puis merde. »

Edward Cavanaugh avait ensuite avalé quarante-sept gélules d'anxiolytique et s'était tailladé les poignets dans son bain.

Irving se massa les tempes. Il était exténué, mais il savait qu'il n'arriverait pas à dormir. Il voulait de la compagnie, le genre de celle que Deborah Wiltshire lui avait donnée avec une telle facilité. Il voulait du sens, un but, il voulait de l'espace et de la raison, une explication simple à la vie qu'il menait. Il voulait savoir ce qu'il faisait, et pourquoi. Convaincu que ces choses-là étaient pour l'instant hors de sa portée, il décida d'ouvrir l'annuaire téléphonique de Manhattan et y trouva le Dr Leonard Beck. Son nom figurait en gras, aussi visible que l'avait annoncé John Costello. Sur Internet, Irving découvrit que le cabinet du médecin n'était qu'à quatre ou cinq rues du commissariat n° 4. Beck était un spécialiste du cœur, un homme dont les titres avaient plus de lettres que son nom n'en comptait. Il irait lui rendre visite demain.

Sur le coup de 23 h 30, Irving éteignit son ordinateur.

Il s'assit devant la table de sa cuisine, écouta le bruit des voitures sur la 10ᵉ Avenue et repensa à John Costello, l'homme qui avait choisi de se rappeler les dates et les lieux des meurtres comme si ces choses pouvaient lui donner stabilité et sérénité. Ou peut-être pas. Peut-être qu'il n'y avait aucune raison à chercher. Peut-être – comme, semblait-il, pour Harvey Carignan, Kenneth McDuff, John Gacy, Arthur Shawcross et Frederick Cope – était-ce simplement quelque chose qu'il fallait faire.

21

L'immeuble était impressionnant. Au croisement de la 37ᵉ Rue et de Madison Avenue, près de la bibliothèque Pierpont Morgan. Des étages à n'en plus finir, un hall d'entrée gigantesque. Beck possédait trois niveaux à lui tout seul. Grosse pointure. Grosse fortune. Grosse poignée de main lorsqu'il alla à la rencontre de l'inspecteur Irving.

« Inspecteur », dit-il avec un grand sourire aimable, mais qui trahissait tout de même une certaine méfiance.

Le cabinet du Dr Beck était décoré comme dans les magazines, tout en pots de fleurs et en marbre, avec un bureau plus grand que la cuisine d'Irving. De petits gadgets technologiques étaient disposés un peu partout, mais ils paraissaient bien esseulés.

Beck invita Irving à s'asseoir dans un gros fauteuil, lui demanda s'il voulait un café, du jus de fruits, peut-être un verre d'eau ? Irving refusa.

Leonard Beck devait avoir un peu plus de 45 ans. Il avait l'attitude mesurée de l'homme sûr de sa place dans le monde. Il la connaissait, les autres aussi la connaissaient, et le reste n'avait pas grande importance. Il y avait assez d'argent dans ce lieu pour pouvoir effacer tout ce qui ne lui convenait pas. Mais Irving n'avait pas eu de mal à obtenir un rendez-vous. Un seul coup de fil pour expliquer qu'il avait besoin d'un peu d'aide dans une affaire, et on l'avait prié de venir sans attendre.

« Je vous remercie de me recevoir aussi vite, lui dit Irving.

— Vous avez de la chance que je sois ici, répondit Beck en s'installant face à lui. Je suis rentré de l'étranger il y a quelques jours et je m'en vais à Atlanta demain matin.

— Il ne s'agit pas d'une demande officielle en tant que telle, mais j'ai eu votre nom par une personne qui pense que vous pourriez m'aider.

— Un problème médical ? demanda Beck.

— Non. Ce n'est pas au médecin que je m'adresse... »

Irving s'arrêta, un peu gêné. « C'est un peu étrange de...

— Mon hobby ? » fit Beck.

Irving ne put cacher sa surprise.

« Dans mon domaine, inspecteur, je n'ai pas le temps de jouer au plus malin. Pas plus que vous, j'en suis convaincu. Je suis avant tout cardiologue, et quand il s'agit du cœur, on n'y va pas par quatre chemins. J'ai ce que d'aucuns appelleraient une fascination morbide pour un aspect particulier de la condition humaine. En toute sincérité, je ne saurais pas vous dire pourquoi. » Beck sourit, croisa les jambes ; il semblait parfaitement à l'aise. « Rien dans mon passé n'expliquerait mon intérêt pour ce domaine, mais quand vous devenez médecin, vous

vous frottez à certains éléments de la psychologie humaine, comme les maladies psychosomatiques, par exemple. Cela me semblait mériter d'être approfondi et j'ai énormément lu sur le sujet. Chemin faisant je me suis rapproché de la psychiatrie et de la psychanalyse. De là, il n'y avait qu'un pas jusqu'à la psychologie criminelle. »

Il s'interrompit, le temps de pointer les livres à gauche de son bureau. « Deuxième rayon en partant du bas. Vous pourrez constater que je garde quelques ouvrages à portée de main. »

Irving suivit le regard de Beck et découvrit le fameux rayon : Geberth, *L'Enquête pour homicide : tactique, procédures et techniques de police scientifique*; Ressler et Shachtman, *Chasseurs de tueurs*; Turvey, *Le Profilage criminel : une introduction à l'analyse comportementale de la preuve*; Ressler, Burgess et Douglas, *Crimes sexuels : schémas et motivations*; enfin, de Egger, *Les Tueurs parmi nous : une analyse du meurtre en série et de son investigation*.

« Un intérêt relativement inoffensif, quoique fascinant. Mais ce n'est pas de ça que voulez parler avec moi.

— Je ne sais pas exactement ce que je dois vous demander, répondit Irving. J'avais dans l'idée que ce serait quelque chose de moins théorique, de plus...

— Concret ? Vous voulez parler de ma collection ?

— Votre collection ? »

Beck hocha la tête. « Puis-je savoir qui vous a donné mon nom, inspecteur ?

— Oui, bien sûr... Un certain John Costello.

— Le Marteau de Dieu.

— Vous le connaissez ?

— John Costello ? Non, je ne le connais pas. J'ai entendu parler de lui pour l'agression qu'il a subie. Il était le plus jeune rescapé de cette série-là.

— C'est ce que j'ai cru comprendre. »

Irving se sentit soudain très troublé et eut l'impression brutale d'être au bord de l'abîme, comme si se précisaient ici même les limites entre le monde qu'il connaissait et quelque chose de beaucoup plus sombre.

« On ne vous a pas menti, fit Beck. Le 23 novembre 1984, lui et sa petite amie, Nadia McGowan, ont été agressés par Robert Melvin Clare. Elle a été tuée, lui en a réchappé. Il appartient à ce fameux groupe, n'est-ce pas ? Celui qui a été fondé par Edward Cavanaugh.

— Oui, il en fait partie. Le groupe des gens qui ont survécu à des tueurs en série. Ils se réunissent chaque mois...

— Vous avez l'air sidéré, inspecteur.

— Peut-être. Il semblerait qu'il existe un petit univers sous la surface...

— Il y a toujours quelque chose au-dessous, coupa Beck. Le groupe Cavanaugh, ce que je fais... Tout ça n'est rien comparé à la réalité. Il y a des gens qui sont totalement obsédés et consumés par cette question. Ils consacrent leur vie, chaque instant, chaque dollar dont ils disposent, à la recherche de ces objets. »

Beck jeta un coup d'œil à sa montre et sembla se rappeler quelque chose. « Vous connaissez Truman Capote ? »

Irving fit signe que oui.

« Son livre, *De sang-froid,* à propos du meurtre de la famille Clutter, dans le Kansas. Toute la famille a été abattue, et le père a en plus été égorgé. Figurez-vous que je connais un homme qui a passé onze ans et dépensé plus de 80 000 dollars pour retrouver le couteau qui avait été utilisé. »

Irving plissa le front.

« Vous vous demandez pourquoi ?
— Oui.
— Pour la même raison qui m'a poussé à devenir médecin, dit Beck, et vous, inspecteur de police. Pourquoi quelqu'un voudrait-il plonger ses deux mains dans la cage thoracique d'un autre, lui sortir le cœur et le remplacer ? Pourquoi quelqu'un comme vous voudrait-il passer ses journées à étudier des meurtres épouvantables jusque dans leurs moindres détails ?
— Je crois que nos métiers sont légèrement différents de ce qui pourrait se résumer à l'assouvissement d'un intérêt morbide pour la vie et les effets personnels des tueurs en série.
— Peut-être que c'est ce que nous pensons, inspecteur. Mais pour ces collectionneurs, ce n'est pas le cas. Vous n'arriverez jamais à rationaliser l'irrationnel.
— Ce n'est pas la première fois que j'entends ça.
— Laissez-moi vous donner un exemple, dit Beck. Est-ce que vous pouvez imaginer ce que quelqu'un comme John Costello peut ressentir ? Imaginer le genre d'introspection à laquelle il a dû se livrer dans les mois qui ont suivi le drame ? Il a 16 ans, il sort

avec sa petite amie, sans doute sa première véritable histoire, et il se fait agresser par un homme armé d'un marteau, qui lui casse la tête et tue la fille. Mais lui en réchappe. Il se demande pourquoi tout ça est arrivé, pourquoi il a survécu et pas elle. Il s'interroge sur le destin, sur Dieu, sur le châtiment divin. Il se demande s'il n'y a pas eu erreur, si ce n'est pas lui qui aurait dû mourir. Les gens se posent des questions, inspecteur Irving, et ils y répondent comme ils peuvent. Ils doivent faire avec les réponses qu'ils trouvent, car personne d'autre n'est une autorité en la matière.

— Pourquoi collectionnez-vous des objets...»

Irving s'interrompit et sourit. «Et d'abord, que collectionnez-vous, *au juste* ?

— Surtout des lettres. J'ai la plus belle collection américaine – peut-être même du monde – de lettres et de documents appartenant à des tueurs en série. Je possède des documents qui ont été signés par certaines personnes. J'ai des lettres d'amour, des lettres de protestation, des lettres pour demander appel, des lettres d'excuses, des lettres adressées à des mères et à des pères, des lettres de rescapés envoyées à leurs agresseurs, et des lettres de ceux-ci à ceux-là. Je dispose de plus de mille trois cents pages de textes et de dessins. J'ai même un dessin de Perry Smith, un des tueurs du Kansas dont parle Capote.

— Et pour obtenir tout ça?»

Beck sourit. «C'est pour cette raison que votre cher M. Costello vous a conseillé de discuter avec moi, n'est-ce pas?

— Ah oui? esquiva Irving.

— Pour répondre à votre question, inspecteur… Comment est-ce que j'obtiens toutes ces choses ? Eh bien, en faisant affaire avec certains individus que pour rien au monde je n'inviterais à dîner chez moi.

— Il s'agit d'autres collectionneurs ?

— D'une certaine façon, oui. Dans ce milieu, il existe deux catégories d'individus très différents : les collectionneurs et les vendeurs. Les vendeurs, ce sont ceux qui partent à la recherche de ces objets, et parfois, je n'ai aucune envie de savoir comment ils font pour les récupérer. Ils les trouvent, ils m'en informent, je passe quelques coups de fil, je regarde les objets, je négocie et j'achète ce que je veux. Depuis quelque temps, j'achète beaucoup moins. Il existe maintenant un énorme marché de la contrefaçon – des photos mises en scène, des documents falsifiés, la plupart présentant un luxe de détails destinés à faire croire que telle ou telle chose est authentique. Le plus gros de ce que je vois ces temps-ci est soit faux, soit inintéressant.

— D'accord. Donc si je voulais reconstituer une scène de crime… Si je voulais obtenir certaines photos d'un crime afin de l'imiter avec précision… La position du corps, les vêtements de la victime, ce genre de choses…

— Eh bien, il vous faudrait commencer à chercher beaucoup plus profondément sous la surface que vous ne le faites actuellement.

— C'est-à-dire ?

— Les milieux *underground*. La sous-culture que représente ce business. Vous devriez commencer à fréquenter les endroits où ce genre de choses peut être acheté.

— Et comment y avoir accès ? Comment savoir ne serait-ce qu'où les trouver ?

— Il est évident que ces gens ne passent pas des petites annonces dans le *New York Times*. »

Beck se tut quelques instants, puis il se leva et se dirigea vers son bureau. « Le plus souvent, les objets authentiques qui sont vendus dans ces endroits ont été volés par des personnes appartenant au système judiciaire ou fédéral : des employés, des gens qui travaillent aux archives, des sténographes, des salariés chargés de surveiller les coffres-forts... C'est de là que provient la majorité du matériel. Pour eux, c'est comme de voler des agrafeuses ou des Post-It au bureau. Un vieux carton, des dossiers qui moisissent, un aveu signé de la main d'un assassin que personne ne réclamera parce que le type a été exécuté en 1973... Vous voyez un peu le tableau. Le document disparaît dans la poche de quelqu'un, qui le revend à un autre pour 500 dollars, et je finis par le racheter trois ans plus tard pour 1 200 dollars. Les autres objets, beaucoup plus nombreux, sont des faux. Dans les deux cas, il s'agit d'une activité illicite : soit du vol et du recel de documents officiels volés, soit de la contrefaçon. Donc s'il y a bien une personne que ces gens ne veulent pas voir débarquer à leur vide-greniers, c'est un inspecteur de police.

— Je ne mettrai pas mon uniforme. »

Beck hésita. « Je crois qu'il y a peut-être une rencontre le vendredi 15.

— Où ça ?

— Je ne suis pas sûr que vous devriez...

— Nous parlons de personnes réelles, docteur Beck.»

Ce dernier leva la main. «Je peux vous dire où, inspecteur, mais je ne peux pas vous y faire entrer. Il va falloir que vous vous débrouilliez tout seul.»

Irving ne dit rien.

«Bien que je sois tenu au courant de ces rencontres, cela fait des années que je n'y suis pas allé. Les gens avec qui je travaille organisent des expositions privées...

— Où aura lieu cette réunion, docteur Beck?

— Je ne peux pas vous laisser...

— Votre probité vous honore. Je comprends également que je n'obtiendrai rien en essayant de vous menacer. Vous savez aussi bien que moi que toute tentative pour déterminer la provenance de vos documents et lettres n'aboutirait à rien. Je vous demande simplement de m'aider parce que...

— Greenwich Village, fit Beck. Au croisement de la 11e Avenue et de Greenwich Street. Il y a là un hôtel qui s'appelle le Bedford Park. Le nom est très chic, mais l'établissement ne l'est pas. C'est un véritable trou à cafards. Il y a une rencontre là-bas vendredi soir.

— Et je fais comment pour y entrer?

— Sur recommandation personnelle. Uniquement.

— Et je ne peux pas vous demander de le faire pour moi?

— Je serais ravi si vous ne me le demandiez pas, inspecteur Irving.»

Ce dernier se tut pendant quelques secondes. Enfin il se leva, rajusta sa veste et dit : « Aujourd'hui, nous sommes mardi. Si je n'ai rien d'ici jeudi matin, il est possible que je revienne vers vous.

— Encore une fois, inspecteur : je pars pour Atlanta demain matin. Je ne serai pas de retour avant lundi prochain.

— Est-ce que je peux vous joindre d'une manière ou d'une autre ? »

Beck lui tendit sa carte. « Les numéros de mon portable et de mon bipeur sont notés là. »

Irving prit la carte, non pour lire ce qui était écrit, mais pour se donner le temps de rassembler un peu ses esprits.

Ces instants de réflexion furent interrompus par Beck. « Je peux vous demander la raison de tout cela ? Il y a quelqu'un qui tue des gens ? »

Irving leva les yeux vers lui. « Il y a toujours quelqu'un qui tue des gens, docteur Beck. Il semblerait que le monde soit ainsi fait. »

22

Le capitaine Farraday n'était pas content. Ellmann, le directeur de la police, avait débarqué dans la matinée et demandé à parler à Irving en tête-à-tête. Farraday s'en était sorti en disant qu'Irving était sur une piste cruciale. Ellmann avait voulu connaître les détails, Farraday lui avait raconté des fadaises, Ellmann l'avait senti et lui avait dit de filer droit. C'était sa formule. Irving eut du mal à croire que quelqu'un ait pu dire une chose pareille. Ellmann avait ensuite expliqué que le commissariat n° 4 était au centre de ce cauchemar, qu'Irving devait diriger l'enquête, que c'était leur affaire. Ils obtiendraient une enveloppe qui permettrait de payer des heures supplémentaires aux agents pour leur travail sur les dossiers et leurs recherches complémentaires – ce genre de choses –, mais quant à intégrer des inspecteurs du n° 9, du n° 7, du n° 3 et du n° 5, ce n'était même pas envisageable.

«Combien d'homicides cette année? demanda Ellmann.

— Pour ce commissariat... Mon Dieu... Deux cent quarante, deux cent cinquante? Plus ou moins.

— Et combien d'inspecteurs?

— Six.

— Ça fait donc quarante ou cinquante homicides par inspecteur. »

Ellmann envoyait ses phrases à la tête de Farraday comme s'il s'entraînait au tir au pigeon. «Irving s'occupe des huit assassinats. C'est son bébé. C'est un bon flic. Il a été félicité. Il ne fait l'objet d'aucune enquête de l'inspection. Il est capable de s'en occuper. Et gardez-moi cette affaire loin des journaux, nom de Dieu.

— Mais... »

Ellmann l'arrêta tout de suite. «On a huit meurtres sur le dos. J'ai une campagne à mener et le maire joue sa propre réélection. Des affaires réglées : voilà ce dont on a besoin, capitaine. Je ne peux pas me permettre d'avoir quatre ou cinq commissariats qui mettent toutes leurs ressources humaines dans ce qui est à la base une seule et même enquête. Irving est un grand garçon, il peut s'en charger. J'ai réussi à éteindre l'incendie au *Herald* et on s'est mis d'accord avec le *New York Times* sur la lettre qu'ils ont reçue. Ils ont accepté de coopérer, mais s'ils apprennent qu'on jette toutes nos forces dans cette bataille, vous pouvez vous imaginer comme ils vont s'emballer. Irving est notre homme. Dites-lui qu'on veut du travail bien fait et vite fait. »

Le message fut transmis à Irving dès son arrivée.

Il ne fut pas surpris. Il s'y attendait un peu.

«Je vous ai laissé la moitié du grand bureau, lui annonça Farraday. Tous les dossiers sont là-haut. Tout a été transféré des autres commissariats. C'est un vrai foutoir, mais vous pouvez demander à deux ou trois agents de vous aider à faire le tri. Je suis là encore trois heures environ, ensuite je serai absent jusqu'à jeudi matin. Vous avez besoin de quelque chose ?

— Je dois vérifier une réservation de chambre d'hôtel et faire surveiller les personnes qui s'y rendront.

— Je signerai tout ce que vous voudrez. Dites à quelqu'un de m'apporter le document.

— Comment vous joindre en cas de besoin ?

— Officiellement, c'est impossible. Si c'est une question de vie ou de mort, appelez sur mon portable et laissez-moi un message. Je vous rappellerai au plus vite.

— Je peux garder un des agents avec moi ? demanda Irving.

— Non, je ne peux pas m'en séparer. Jusqu'au milieu du mois prochain, je ne peux libérer personne. Aujourd'hui, j'en ai deux sous mes ordres. Je vous en donne deux parce que c'est ça ou rien. Vous les avez à votre disposition jusqu'au déjeuner, après quoi vous les libérez. Pour l'instant, il nous faut surtout être visibles dans les rues…

— Les élections, commenta Irving.

— C'est notre boulot. Envisagez la situation sous cet angle et vous verrez, ça passera déjà mieux. »

Irving fit un bref détour par son bureau et monta au deuxième étage. La pièce qu'ils avaient utilisée la veille avait été séparée en son centre par des parois. À gauche se trouvaient les postes des inspecteurs ordinaires, dont les bureaux avaient été réunis pour faire de la place ; à droite, deux bureaux collés l'un à l'autre, ainsi que les tableaux blancs, dossiers et piles de documents rapportés des autres commissariats, le tout entassé par terre.

Au bout de quelques minutes, les deux agents se présentèrent.

«Prenez ce mur, leur dit Irving. Poussez les bureaux contre lui, sur la longueur. Divisez les dossiers d'enquête en cinq sections, une pour chaque meurtre, ensuite je voudrais voir au mur les photos des victimes et des scènes de crime. Tout à droite, je veux les documents liés à Shawcross, la lettre envoyée au *New York Times* et...»

Le plus jeune des deux flics, Michael Kayleigh, l'interrompit. «Inspecteur, je suis sûr à cent pour cent que la lettre se trouve à la police scientifique. Je crois que M. Turner l'a emportée hier.»

Irving hocha la tête. «Bien. Ça vous économisera un voyage.

— Je sais comment faire», intervint le deuxième agent. Il s'appelait Whittaker, il venait d'être transféré du n° 11. «J'ai déjà fait ce genre de choses.

— OK. Dans ce cas, pas besoin de vous en dire plus. Passez tout au peigne fin, retrouvez ce qui manque dans la paperasse, faites-moi une liste. Dès que vous avez un doute, mettez de côté et je m'en occuperai à mon retour.

— Vous savez qu'on ne peut rester que jusqu'au déjeuner?» fit Kayleigh.

Irving jeta un coup d'œil à sa montre. Il était 10 h 45. «Magnez-vous, alors.»

23

Le nom de l'individu qui avait réservé la salle de réunion du Bedford Park Hotel vendredi soir coûta à Irving 40 dollars. À 20 dollars, le réceptionniste s'était montré méfiant et peu convaincu. Irving avait donc dû doubler la mise.

Le Bedford Park Hotel correspondait en tout point à ses attentes. Un bâtiment datant sans doute du début des années 1950, construit dans la folie expansionniste qui s'était emparée de New York après la guerre. L'hôtel avait connu des jours meilleurs et il en émanait aujourd'hui une sorte de solitude désespérée, où se mêlaient les trafics illicites, la drogue, les passes et les cafards. L'intérieur du bâtiment sentait la sueur, souvenir indélébile des individus sales et indésirables passant au ralenti d'un petit boulot à un autre. L'endroit était déprimant. Irving ressentit un soulagement considérable lorsqu'il en repartit.

George Dietz. C'était tout ce dont il disposait, tout ce que ses 40 dollars lui avaient donné comme tuyau.

De retour au n° 4, il lança une recherche. En vain. Il appela les archives, discuta de pseudonymes et de liste des noms d'emprunt avec l'une des employées.

« Tout est informatisé, dit-elle, mais vous ne pouvez y avoir accès depuis votre ordinateur.

— Vous pouvez faire une recherche pour moi ?

— Donnez-moi le nom. »

Irving le lui épela.

« Je vous rappelle. »

Irving resta assis un moment et regarda Whittaker et Kayleigh accrocher au mur les éléments concernant les meurtres récents. Huit visages en tout le scrutaient : Mia Grant, Ashley Burch et Lisa Briley, James Wolfe – dont le visage grimé, hideusement figé, semblait lui demander, accusateur : *Pourquoi n'étais-tu pas là ? Pourquoi n'y avait-il personne pour m'aider ?* Puis, les trois victimes qui relevaient des commissariats n° 3 et n° 5 – Luke Bradford, Stephen Vogel et Caroline Parselle. Enfin, la prostituée Carol-Anne Stowell, la réédition du crime de Shawcross.

Le téléphone sonna.

« George Dietz, c'est bien ça ? demanda la fille des archives.

— Vous avez quelque chose ?

— C'est le pseudonyme connu d'un certain George Thomas Delaney. Si vous tapez son nom sur votre ordinateur, vous allez découvrir un type absolument charmant et délicieux. »

Irving la remercia, raccrocha, tapa le nom de Delaney et vit le dossier du personnage s'ouvrir sous ses yeux.

Âgé de 46 ans, Delaney était né à Scranton, en Pennsylvanie. Arrêté à sept reprises depuis ses 19 ans. Obscénités, exhibitionnisme, tentative de viol (autant de charges non retenues faute de preuves), soupçons de proxénétisme de mineures, cambriolage (l'entrepôt d'un importateur de films pornographiques), racolage, tentative de corruption d'un officier de police et agression à main armée. Il n'avait jamais séjourné en prison. Il l'avait échappé belle. Delaney avait la gueule de l'emploi : yeux chafouins, teint livide, cheveux gras. Il avait donc réservé le Bedford Park. Il n'y avait rien d'illégal à réserver une salle de réunion, aussi vil qu'en fût l'usage. Delaney n'était pas la meilleure clé pour entrer dans cet univers. Il était trop connu.

Irving nota son adresse, un immeuble situé Bleecker Street, à deux rues du Bedford Park Hotel. Il imprima la photo du bonhomme, rangea la feuille dans sa poche de veste, échangea quelques mots avec Kayleigh et Whittaker, les remercia et s'en alla.

Il fit le même trajet qu'il avait effectué une demi-heure plus tôt : la 6e Avenue, puis la 14e Rue Ouest à droite, la 8e Avenue jusqu'à Abingdon Square, et Bleecker Street.

L'immeuble, minable, correspondait bien à la réputation et au statut social de George Delaney. La peinture était écaillée en maints endroits, un patchwork de taches de rouille décolorait les murs sous les gouttières, et des tas d'ordures jonchaient le trottoir – un fauteuil cassé dont la mousse s'échappait par le revêtement crevé, un tricycle d'enfant, autrefois rutilant mais depuis jeté aux oubliettes, une pile de journaux moisis reliés par une ficelle.

Irving avait du mal à comprendre comment on pouvait accepter de vivre dans de telles conditions. Si ça avait été son immeuble, il aurait réuni tous les voisins, ouvert quelques bières, nettoyé le trottoir, repeint la façade, fait croire que ce qu'ils possédaient valait le coup d'être entretenu... Mais ici les gens menaient des existences désespérées, solitaires – des chômeurs, assis à fumer de l'herbe, buvant des bières chaudes, mangeant des pizzas froides et transpirant devant des images cochonnes en boucle sur Internet.

Irving se gara en face pour avoir une vue d'ensemble de l'immeuble. Des voitures stationnaient devant, au nombre de trois ; il nota le numéro des plaques d'immatriculation. L'horloge de son tableau de bord indiquait 11 h 50. De sa poche, il sortit la photo imprimée de Delaney, la déplia et la posa sur le volant. Il fixa son visage en se demandant quel univers sinistre et implacable se cachait derrière ces yeux.

Regrettant de ne pas avoir emporté un sandwich, il se cala au fond de son siège et commença à attendre.

Au bout de trois quarts d'heure, une Buick Regal en piteux état s'arrêta le long du trottoir d'en face. L'homme qui en sortit ressemblait à M. Tout-le-Monde. Un jean usé, une veste en cuir, des cheveux plaqués en arrière, mal rasé, une cigarette au bec. Il verrouilla les portières, se dépêcha de traverser le trottoir et s'engouffra dans l'escalier, tout droit jusqu'à la porte de Delaney. Irving releva le numéro de la plaque, appela le central et demanda une identification.

Les mots qui furent échangés n'avaient pas d'importance ; le fait que Delaney n'apparaisse pas, encore moins. La seule chose qui intéressait Irving était le nom du visiteur de Delaney, un certain Timothy Walter Leycross, c'est-à-dire précisément le genre d'individu qu'il lui fallait. Leycross avait 31 ans et à son actif trois contraventions non payées, sept mois passés dans une prison pour jeunes délinquants, deux ans et demi à Attica pour tentative de viol sur mineur et il attendait actuellement de savoir si l'ordinateur aux mains du procureur allait livrer ses secrets ou non. Il avait en effet été arrêté lors d'un vaste coup de filet contre un réseau de pornographie pédophile à New York. Son ordinateur avait été saisi, et les meilleurs spécialistes en informatique du procureur essayaient de défaire le dédale de chemins sinueux et de boîtes invisibles que ces gens-là utilisaient afin de dissimuler les preuves de leurs activités. Irving connaissait bien cette affaire – l'opération Secure – et, bien qu'il ne fût pas directement concerné, il avait passé suffisamment de temps à la Mondaine pour savoir combien il était difficile de trouver des preuves inattaquables. Les opérations de la police ralentissaient les efforts de ces gens, mais rien ne pourrait les empêcher de nuire. Et s'ils étaient appréhendés, inculpés, jugés, condamnés et emprisonnés, l'indulgence du système leur permettait désormais de ressortir libres au bout de quelques mois, de remettre le couvert et de se venger. Même si, aux yeux d'Irving, ces gens-là étaient moins intéressés par les bénéfices financiers qu'accros à leur passion, il y avait néanmoins de l'argent dans ce milieu, beaucoup d'argent. Delaney et Leycross représentaient une certaine catégorie d'êtres humains, et le monde dans lequel ils évoluaient était extraordinairement sombre.

La conversation sur le pas de la porte de Delaney dura moins d'une minute. Un objet passa de main en main. Lorsque Leycross se retourna vers l'escalier, Irving le vit enfouir quelque chose sous son blouson.

Leycross redémarra en trombe, sans un regard derrière lui. Il ne semblait pas avoir remarqué qu'il était filé. Irving suivit la Buick sur cinq ou six rues, alluma son gyrophare au moment de traverser Gansevoort Street, puis obligea Leycross à s'arrêter après le croisement entre la 13ᵉ Avenue et Hudson Street.

Irving n'avait pas son arme sur lui. Il avait laissé son pistolet de service dans le coffre de sa voiture. Des types comme Leycross, il en connaissait des milliers : il se contenta d'attendre que celui-ci cache à la hâte ce qu'il avait récupéré chez Delaney sous le siège passager.

Alors qu'Irving s'approchait de l'aile arrière de la Buick, la portière côté passager s'ouvrit.

« Reste à l'intérieur, Timothy ! » s'écria Irving.

La ruse était classique : on sort de la voiture, on va vers l'agent, on engage la conversation, on le maintient à l'extérieur du véhicule, on détourne son attention de la voiture.

Timothy Leycross se rassit et referma la portière.

Lorsque Irving posa les yeux sur lui, il vit sur son visage une expression qu'il connaissait par cœur. *Merde,* semblait se dire Leycross. *Merde, merde, merde.*

« Ça roule comme tu veux, Timothy ? demanda Irving.

— Bien... oui. Ça roule, oui. Tout va bien.

— Je suis content de savoir que tu vas bien. Dis-moi, où sont le permis et la carte grise, au juste ?

— Dans la boîte à gants.

— Alors vas-y doucement, mon vieux. Tu ouvres et tu me laisses jeter un coup d'œil avant d'en sortir quoi que ce soit, OK ? »

Leycross avait l'air de connaître la procédure par cœur. Il coopéra. Il ne résista pas, ne protesta pas, ne jura pas, ne se plaignit pas. Il ne demanda pas pourquoi il avait été obligé de se garer. Il le savait très bien ; il savait aussi qu'il filait un mauvais coton.

Irving, simplement pour attiser l'angoisse de Leycross, examina les papiers comme s'ils recelaient quelque chose de très important.

Lorsqu'il les rendit à Leycross, ce dernier, l'espace d'une brève seconde, parut se demander si c'était terminé.

« Tu as trois contraventions non payées », dit Irving.

Leycross se décomposa.

« Je voulais les régler, mais... »

Irving leva la main. « Tu as un ordinateur dans le bureau du procureur, Tim. Ils ont ton ordinateur... Et ils sont en train de le décortiquer pour retrouver toutes les saloperies avec les gamins, pas vrai?»

Leycross feignit l'indignation, ouvrit la bouche pour protester.

«Je ne veux pas le savoir, fit Irving. C'est une affaire entre toi et le procureur.» Il se baissa, posa la main sur le toit de la voiture et arbora un grand sourire chaleureux. «En revanche, il y a une chose que j'ai envie de savoir : c'est ce que tu viens juste d'acheter à George Delaney.

— Delaney? Je ne connais personne...

— Du nom de Delaney, coupa Irving. Tu ne connais personne du nom de Delaney, ni du nom de Dietz, et si ça devait t'éviter la taule, alors je suis sûr que tu ne connaîtrais pas non plus ta propre mère.»

Leycross était agité. Son agacement se transformait progressivement en colère, mais il savait pertinemment que ça n'arrangerait pas ses affaires.

La discussion ne dura pas plus de trois ou quatre minutes. Leycross contesta à Irving le droit de l'arrêter sur le bas-côté et affirma qu'il n'avait aucun motif valable pour fouiller son véhicule. Irving rétorqua que, dès que sa voiture avait été arrêtée, la première chose qu'il avait faite avait été de tendre le bras pour cacher quelque chose sous le siège passager. Un pistolet? De la drogue, peut-être? Donc bien sûr qu'il avait un motif valable. Il vit l'éclair de colère traverser le regard de Leycross, qui sembla aussitôt capituler. Irving cherchait quelque chose – ça ne faisait aucun doute.

Valait-il mieux pour Leycross la jouer intransigeant et se faire arrêter, ou au contraire laisser tomber en espérant que le marché proposé ne serait pas trop mauvais ?

« Il faut que tu comprennes une chose, lui dit Irving. Soit tu coopères et tout le monde est content, soit tu fais le con et je suis convaincu que quelqu'un trouvera tout ce qu'il veut dans ton ordinateur, et tu retournes directement à Attica avec une étiquette de violeur d'enfants sur le front.

— Je n'ai violé personne.

— Tu connais la prison, Tim. Tu sais comment ça se passe... Ils s'en foutent de savoir si tu as touché ou si tu as seulement regardé ou vendu des images. Il y a des choses que même les pires êtres humains sur cette planète ne tolèrent pas. Rappelle-toi que la plupart d'entre eux ont des gamins, et pendant qu'ils sont en taule et s'inquiètent pour leurs enfants, ils t'imaginent en train de les traquer avec ta caméra vidéo. »

Irving sortit de sa poche intérieure de veste un sachet vide. Il l'ouvrit et le tendit à Leycross.

Ce dernier hésita. À cet instant précis, tout ce qu'il aurait voulu dire resta coincé au fond de sa gorge. Il remit à l'inspecteur Irving le paquet caché sous le siège passager.

Huit DVD amateur, gravés sur ordinateur. Pas de jaquette, pas d'étiquette, rien. Il les rangea dans le sachet, et Irving le referma.

« Quel âge ? »

Leycross fronça les sourcils.

« Les gamins dans les films ? »

Leycross secoua la tête.

« Est-ce qu'il y en a qui ont plus de 12 ans, Tim ? »

Leycross tourna la tête et regarda, à travers le pare-brise, le trottoir d'en face.

« Pour être très honnête avec toi, Tim, je n'ai même pas envie de savoir. »

Leycross le regarda, l'air méfiant.

« La petite sauterie, vendredi soir, reprit Irving. Tu y vas ?

— Mais quelle sauterie, putain ?

— Attention aux mots que tu emploies, Tim.

— Je ne vois pas de quoi vous parlez.

— La petite sauterie que ton ami George organise au Bedford Park Hotel. »

L'expression de Leycross changea brusquement. Dans ses yeux, une fraction de seconde, l'affolement. S'il n'avait pas regardé Irving, celui-ci ne l'aurait peut-être pas remarqué.

« Grosse soirée, vendredi », dit Irving sur un ton détaché, nonchalant. Comme si l'ensemble de la police new-yorkaise le savait depuis longtemps.

« Je ne suis pas au courant. Bordel, je ne sais pas de quoi vous parlez !

— Bon, soit tu me confirmes que tu sais exactement de quoi je parle, soit on fait un petit tour au commissariat, je t'épingle pour tes PV, je diffuse les DVD sur la télé du poste et une bonne demi-douzaine de flics de la Mondaine, des types aguerris et cyniques bien comme il faut, vont commencer à vérifier tes DVD pirates de *Jurassic Park* et de *La Guerre des étoiles*... Parce qu'à mon avis, c'est de ça qu'il s'agit, Tim. Pas vrai ? »

Leycross baissa la tête. Il poussa un long soupir. Lorsqu'il regarda de nouveau Irving, ce dernier perçut dans ses yeux quelque chose de tellement pathétique, de tellement résigné, qu'il eut du mal à ne pas rire.

« Qu'est-ce que vous voulez ? demanda Leycross.

— Je veux que tu m'emmènes là-bas avec toi.

— Quoi ?

— Au Bedford Park Hotel, vendredi soir. Je veux que tu m'y emmènes en tant qu'invité.

— Vous déconnez ou quoi ? »

Irving s'approcha de lui. Il sentit l'odeur de Leycross par la vitre ouverte. « Sinon, on va au n° 4 et on discute de ton retour anticipé à Attica.

— Mais qu'est-ce que c'est que cette merde ? Vous savez un peu ce qui va m'arriver si je vous emmène là-bas et que vous commencez à coffrer du monde…

— Je ne vais coffrer personne, Timothy. Je serai là en simple visiteur, un simple acheteur intéressé par ce que tes amis ont à vendre…

— Ce ne sont pas mes amis.

— Eh bien, tant mieux. Tant mieux s'ils ne te connaissent pas. Comme ça, ils ne te poseront pas de questions sur moi.

— Si vous êtes si bien informé et si vous savez où ça se passe, allez-y tout seul.

— Je sais comment ça marche, Tim. Crois-moi. C'est le genre d'endroit où on ne va pas sans invitation ou recommandation personnelle. Vendredi soir, je serai donc ton rendez-vous amoureux. Tu te fais tout beau, d'accord ?

— Conneries de merde... »

Irving donna une grande tape sur le toit de la voiture. Leycross sursauta.

« Allez, ça suffit, dit Irving en brandissant le sac. Tu m'emmènes au Bedford Park ou c'est moi qui t'emmène au n° 4.

— D'accord, d'accord, d'accord... Mais vraiment, c'est une méthode d'enfoiré. C'est du harcèlement !

— Et ça ? fit Irving en cognant l'épaule de Leycross avec le sachet rempli de DVD. C'est un gentil divertissement pour la famille ? Tu es un porc, mon vieux. Un putain de gros porc. Alors ne me parle plus jamais de harcèlement, vu ? »

Leycross leva la main en signe d'apaisement. « 19 heures. Vous connaissez St. Vincent ?

— L'hôpital ?

— Rendez-vous sur le parking vendredi... à 19 heures.

— Ai-je besoin de te préciser de n'en parler à personne ? »

Leycross fit signe que non. Il jeta un coup d'œil sur les DVD que tenait Irving.

« Oh non, mon vieux ! Je les garde pour moi. Ils sont mes otages. Si tu ne te pointes pas, si j'apprends que la réunion a été annulée, ou si j'ai ne serait-ce que le vague soupçon qu'ils savent qui je suis, eh bien... on partagera tes préférences cinématographiques avec le reste du monde. Compris ? »

Leycross ne dit rien.

« OK, Tim ?

— OK, OK, répondit l'autre, exaspéré.

— Bien. Le parking de l'hôpital St. Vincent à 19 heures. » Tandis qu'il regardait Leycross repartir en voiture, il se demanda quel dieu pouvait bien créer ce genre de personnes. Puis il sourit tout seul : cela faisait des années qu'il avait cessé de croire en un quelconque dieu.

24

Il y avait des lacunes. Si nombreuses que ça ne servait à rien d'en faire le compte. Des rapports de police avec des noms manquants, des contreseings sur des déclarations de témoins oculaires. Irving savait que les parents des jumeaux de 14 ans qui avaient découvert le corps de Mia Grant avaient signé un accord de divulgation de témoignage fait par personne mineure, mais ni Kayleigh ni Whittaker ne purent mettre la main dessus. Irving bipa la policière qui s'était rendue chez eux et reçut l'appel d'un collègue lui disant que la jeune femme serait absente jusqu'à la fin de la semaine. Il éplucha chacun des dossiers et découvrit d'autres oublis. Des photos de scène de crime avaient été datées de façon erronée. Une liste de noms – toutes les personnes interrogées dans l'enquête sur les assassinats Burch/Briley – était mentionnée dans le résumé du dossier, mais manquait à l'appel. Le témoignage de l'homme qui avait retrouvé les filles – Max Webster, commercial de son état – évoquait sa carte de visite, avec ses numéros de portable et de domicile figurant dessus, mais Irving ne la retrouva pas. Sans doute était-elle tombée par terre lors du transfert des dossiers; elle pouvait donc être n'importe où, dans un escalier, à l'arrière d'une voiture, sous un bureau quelque part. Certes, on pouvait retrouver Webster sans difficulté, mais là n'était pas la question. Le fait qu'un seul élément ait pu disparaître laissait penser que d'autres manquaient aussi. Et si Irving ignorait ce que c'était, il ne pouvait évidemment pas savoir où les chercher.

Il rangea les DVD de Leycross dans le tiroir inférieur de son bureau et ferma à clé. Une fois que Leycross lui aurait donné accès à la soirée au Bedford Park Hotel, ces DVD seraient confiés à la brigade mondaine. Avec des gens de cette engeance, Irving n'avait aucun scrupule à manquer à sa parole. Cette petite ordure de Leycross retournerait bel et bien à Attica – aucun doute là-dessus.

Sur le tableau blanc, il nota tous les éléments qui devaient être retrouvés. Au-dessous, il écrivit : « Groupe du Winterbourne », puis, encore plus bas : « John Costello ». Sur la gauche du tableau, il nota « Bedford Park, vendredi 15.09.2006 Timothy Walter Leycross », et enfin, sous le nom de Leycross, celui de « George Delaney, alias Dietz ».

Une réunion de victimes de tueurs en série dans un hôtel, le deuxième lundi de chaque mois – participants non identifiés. Une autre réunion d'adeptes de la pornographie enfantine, de pédophiles et autres crapules de toutes sortes dans un autre hôtel. Y avait-il un rapport entre eux ? Y avait-il des points qui reliaient ces gens les uns aux autres ? Quelque chose qui l'orienterait vers le tueur qu'il avait désormais pour mission d'identifier et de localiser ?

Irving passa une heure à taper son rapport initial. Il en envoya copie par mail à Bill Farraday, puis chercha sur Internet les noms des victimes du Zodiaque – confirmées ou pas – dont l'agression avait eu lieu entre un mardi 12 septembre et Noël. À propos de Noël, il s'aperçut que ce serait son deuxième depuis la mort de Deborah Wiltshire. Il reporta son attention sur les noms des victimes du Zodiaque et les nota sur un autre tableau blanc – cinq agressions, cinq morts, un rescapé. Il repensa à John Costello, qui avait échappé au Marteau de Dieu, et se rendit compte que Robert Clare avait fait autant de dégâts, en trois agressions, que le Zodiaque : cinq morts et un blessé.

Il écrivit leurs noms, les dates des meurtres – 26, 27 et 29 septembre, 11 et 16 octobre. Cinq dates. La plus proche tombait donc dans moins de deux semaines. Saurait-il retrouver le Commémorateur en quatorze jours ?

Irving devait affronter la réalité. Hormis le nombre d'adolescents tués, si cette affaire ne faisait pas les gros titres et ne donnait pas lieu à des conférences de presse, elle ressemblait, au fond, à toutes les autres affaires.

Le *New York Times* et le *City Herald* avaient été informés que le cabinet du maire souhaitait un moratoire sur la couverture médiatique jusqu'à nouvel ordre. Mais une telle exigence ne pourrait pas durer éternellement. Certes, plus l'intervalle entre les assassinats serait long, moins la presse s'y intéresserait. Si les faits remontaient au jour même, voire à la veille, les journaux pouvaient les exploiter. En revanche, les nouvelles de la semaine précédente étaient tout juste bonnes à emballer le poisson et à tapisser les cages à oiseaux. Le meilleur indice du soutien et des ressources dont il disposait, c'étaient les deux heures que Kayleigh et Whittaker lui avaient accordées. Qu'est-ce que cela lui indiquait ? Que Farraday l'appuyait, bien sûr, mais que même lui était obligé de maintenir une forte présence policière dans les rues, à la lumière des déclarations du maire selon lesquelles la délinquance diminuait parce que la police était visible. Ensuite, il y avait le directeur Ellmann, qui se préparait aussi en vue de la bataille électorale. Un nouveau maire signifierait sans doute un nouveau directeur de la police. Ellmann souhaitait donc que l'administration actuelle reste en place. C'était un bon directeur, l'un des meilleurs qu'Irving ait connus, mais il allait de soi qu'Ellmann ne sacrifierait pas son poste pour une affaire en particulier. Jamais il ne mettrait quatre inspecteurs et vingt-cinq agents sur le coup. Alors que lui restait-il ? Irving eut un sourire amer. Il restait John Costello – aussi fou soit-il, et lui-même suspect, faute de mieux –, qui l'aidait de mille et une façons qu'Irving ne comprenait pas tout à fait. C'était un pis-aller, une main sans paire ni brelan. On était mardi, soit trois jours avant la réunion au Bedford Park Hotel, qui elle-même risquait fort de ne le mener nulle part. Au mieux, c'était un pari insensé. Irving avait besoin d'autres pistes, d'autres directions. Il devait tout reprendre de zéro, tout réorganiser. Il devait creuser le moindre détail et retrouver les pistes perdues. Il voulait aussi savoir qui était vraiment Costello, et pourquoi ce dernier avait une telle envie de se mêler à une histoire qui ne le concernait pas – qui *apparemment* ne le concernait pas.

Il se laissa aller sur son siège et ferma les yeux quelques secondes. Ce qu'il avait en face de lui ressemblait à un cauchemar au ralenti. Tout était presque là, devant lui – chaque image, chaque rapport, chaque témoignage oculaire dont disposait la police –, mais quelque part se cachait un petit élément, un fil ténu : s'il mettait la main dessus, il savait qu'il pourrait le suivre. Au bout de ce fil se trouvait l'homme qui commettait ces meurtres. Il s'agissait simplement de le trouver.

Il rouvrit les yeux, souleva la première pile de dossiers posée par terre et commença à lire.

25

Mercredi 13 septembre, le matin. Irving avait à peine dormi. Il avait passé des heures à lire en détail chaque dossier, sans trouver le fil conducteur. Il s'était épuisé à force de chercher. Au bout d'un moment, les écritures illisibles et les innombrables coquilles avaient fini par l'exaspérer. Personne n'avait téléphoné, pas même Farraday. Pendant ces premières heures du jour, le monde extérieur à la salle des opérations avait été calme, plus calme qu'à l'accoutumée, comme s'il existait un espace au sein duquel seul Irving pouvait émettre un son. Le monde attendait ce qu'il avait à lui dire.

Ça y est… J'ai trouvé qui est ce type… Je sais où il habite… Les véhicules de patrouille sont déjà en route…

Irving était parti à 2 h 30, peut-être même un peu plus tard, avait rampé jusqu'à chez lui et dormi jusqu'à 4 heures. Il avait ensuite pris une douche, était retourné se coucher, n'avait pas arrêté de se retourner dans son lit jusqu'à 6 heures. Il avait alors essayé de regarder la télévision, mais sans parvenir à se concentrer.

Sur le coup de 8 h 15, il prit sa voiture et se rendit au Carnegie's. Il commanda du jambon de Virginie, en avala deux ou trois bouchées, but une tasse et demie de café, oublia de laisser un pourboire. Il voulait fumer, un paquet, peut-être deux. Il était nerveux, il voyait se profiler le parcours désormais familier qu'il emprunterait s'il n'arrivait pas à rester objectif. Dans ce métier, c'était toujours une question de vie ou de mort. Pas la sienne – celle d'un autre.

Sept messages l'attendaient à son bureau : trois de Jeff Turner, un de Farraday accusant réception de son rapport, un de la part de l'entreprise de nettoyage à sec, un autre des télécoms, enfin le dernier de Karen Langley, du *City Herald*. Il rappela d'abord Turner. Ce dernier lui dit simplement qu'une photo de l'autopsie de Mia Grant avait été oubliée et qu'il la lui envoyait par coursier.

À 9 h 20, il téléphona à Karen Langley, fut mis en attente pendant une ou deux minutes. Elle finit par décrocher et attaqua d'emblée par une question incongrue.

« Comment est-ce que vous tenez le coup, inspecteur ? »

Il fut pris au dépourvu. « Pardon ?

— Comment est-ce que vous tenez le coup maintenant que cette affaire est votre bébé ? Maintenant que vos collègues ont caviardé mon article ?

— Vous êtes au courant ?

— J'ai de grandes oreilles, répondit-elle avec un soupçon d'amertume.

— J'espère que votre bouche l'est un peu moins.

— Ce qui signifie ?

— Ne faites pas de bêtises, madame Langley. Vous êtes journaliste. Vous autres, vous formez une race à part.

— Comme les inspecteurs de police.

— Je suis sûr que vous n'avez pas pris mon appel uniquement pour me chercher des noises, madame Langley. »

Celle-ci hésita. Lorsqu'elle finit par répondre, le ton de sa voix avait perdu de sa sécheresse. « Vous savez qu'on a été censurés, n'est-ce pas ?

— Le mot est peut-être un peu fort, non ?

— Appelez ça comme vous voudrez. Il n'en reste pas moins que l'article a été caviardé.

— Vous comprenez, j'en suis sûr.

— Je comprends pourquoi on peut *penser* qu'il devrait être caviardé, mais pas pourquoi on juge nécessaire de le faire.

— Mais parce que nous ne sommes pas là pour satisfaire l'ego d'un psychopathe en expliquant au monde entier à quel point il est intelligent...

— Vous êtes de cet avis ?

— De quel avis ?

— Du fait que les gens qui font ce genre de choses cherchent uniquement à attirer l'attention sur eux.

— Je ne sais pas, madame Langley. Je n'en sais vraiment rien et, pour être très franc, je m'intéresse toujours moins au pourquoi qu'au comment et au quand. »

Pendant quelques secondes, Langley ne dit rien. Elle changea de sujet. « John... Il vous a aidé ?

— John Costello ? »

Irving se pencha vers l'avant et posa les coudes sur son bureau, une main sur son front plissé, l'autre tenant le combiné. « John Costello est... C'est...

— Un mystère ? tenta Langley.
— C'est le moins qu'on puisse dire. J'ai eu deux ou trois conversations avec lui...
— Et l'idée vous a traversé qu'il pourrait très bien être l'homme que vous recherchez ?
— Toute personne est suspecte tant que son innocence n'est pas prouvée.
— Mais vous vous demandez si lui l'est pour de bon ?
— C'est une habitude chez vous, madame Langley ?
— Quoi donc ?
— De terminer les phrases des autres. »
Elle rit. « Je suis désolée, inspecteur Irving. C'est juste que je suis...
— Mal élevée ?
— Exactement.
— Alors j'ai une question à vous poser, madame Langley.
— Karen, je vous prie. »
Irving eut un sourire espiègle. « Madame Langley, insista-t-il. Nous entretenons vous et moi une relation purement professionnelle, je dirais même une relation de travail très limitée... Nos prénoms n'ont donc pas à entrer en ligne de compte et je trouve que c'est très bien ainsi.
— Vous êtes un dur à cuire, inspecteur Irving.
— Plus que je n'en ai l'air.
— Quelle est votre question, donc ?
— Il s'agit de John Costello... J'ai fait quelques recherches, mais pas très approfondies. Quelle est votre relation avec lui ?

— C'est mon enquêteur. Il travaillait déjà pour mon prédécesseur, et je l'ai gardé. Il est là depuis une vingtaine d'années.

— Vous diriez que c'était un ami ?

— Oui... *C'est* un ami. Mais avec John Costello, vous ne nouez pas une amitié qui ressemble aux autres.

— Comment ça ?

— Je ne sais pas... Vous me demandez d'être objective à propos d'une chose très subjective. Je sais, sans la moindre hésitation, qu'il n'est pas le coupable. Je sais qu'il veut vous aider, mais il a parfois du mal dans ses relations avec les autres.

— Vous connaissez le groupe auquel il appartient, n'est-ce pas ?

— Les rescapés ?

— C'est comme ça qu'ils s'appellent ?

— Non, je ne crois pas qu'ils se donnent un nom particulier. Il s'agit simplement d'un groupe de gens qui se retrouvent chaque mois pour parler de choses qu'eux seuls connaissent.

— Au Winterbourne Hotel.

— Je ne sais pas où ils se rencontrent. John y va le deuxième lundi de chaque mois. Rien ne peut l'en empêcher et rien ne passe avant, même si on a du travail en retard. Vous voyez un peu ?

— Oui, bien sûr. Qu'est-ce que vous pensez de lui ? Franchement.

— Mon Dieu, par où commencer ? Il est brillant... Mais d'une façon dérangeante, si vous voyez ce que je veux dire.

— C'est une drôle de formule.

— Ça ne vous est jamais arrivé de rencontrer quelqu'un et de comprendre au bout de cinq minutes que son intellect est tellement plus puissant que le vôtre que le mieux serait peut-être de ne rien dire du tout?»

Irving réfléchit. Il repensa à un voisin, quand il était petit. «Si, répondit-il.

— Eh bien, John est comme ça. Il a une mémoire phénoménale, il est capable de se remémorer une discussion qu'on a eue il y a cinq ans... Il se rappelle les noms, les dates, les lieux, les numéros de téléphone. Des choses dont il n'y a apparemment aucune raison de se souvenir. Mais le jour où vous en avez besoin, vous lui demandez et il vous donne la réponse avant même que vous ayez terminé votre question.

— Et c'est tout le temps comme ça? Il est capable de se souvenir de tout?

— Il semblerait. Je me suis même dit qu'il devait être autiste ou quelque chose dans le genre. Bref, un de ces types qui possèdent une intelligence absolue mais qui, dès qu'il s'agit de la vraie vie, de parler avec les autres ou de garder la tête froide, ne sont plus bons à rien, incapables de se faire une tartine beurrée. Mais lui n'est pas comme ça... En revanche, il a ses trucs à lui.

— C'est-à-dire?

— Des choses qu'il ne fait pas. Des tics, des manies. On en a tous, non? Disons que John en a peut-être un peu plus que la moyenne.

— Par exemple?»

Langley réfléchit quelques secondes. «Je ne sais pas pourquoi je vous raconte tout ça. C'est personnel. John est un de mes bons amis...

— Qui a choisi d'être mêlé à une enquête sur plusieurs homicides et qui a toutes les chances de se retrouver dans l'œil du cyclone si je n'arrive pas à expliquer et à justifier ce qu'il est en train de faire. Voilà où on en est, madame Langley : il fait partie des suspects potentiels. Et même s'il a tout l'air d'être un garçon très gentil, manies ou pas, il s'est placé dans le collimateur tout seul. J'ai même caressé l'idée de le convoquer au commissariat pour faire des photos et une petite séance d'identification qui...

— Ce n'est pas lui, l'interrompit Langley.

— Si ce n'est pas lui, j'ai besoin de savoir qui il est et surtout pourquoi il a l'air d'avoir très envie de s'impliquer dans une affaire qui ne le concerne pas vraiment.

— Je ne peux pas vous en dire plus pour le moment, fit Langley avec une tension soudaine dans la voix.

— Très bien... Dans ce cas, je vais devoir poursuivre ma propre enquête au sujet de M. Costello.

— Non. Écoutez-moi... Je ne peux pas vous en dire plus *pour le moment.* »

Irving comprit. « Il est à côté de vous, c'est ça ?

— Oui.

— D'accord. Alors qu'est-ce...

— Vous voulez aller quelque part ?

— Parfait. Allons boire un café ou autre chose.

— Oui, ou autre chose. Sauf, bien sûr, si ce n'est pas convenable pour vous de sortir avec moi.

— Convenable ? demanda Irving. Comment ça ?

— Je vous invite quelque part. Vous comprenez ce que ça veut dire ?

— Dehors ?

— N'ayez pas l'air si étonné. On dirait que je vous ai proposé d'assassiner votre mère.

— Euh… Oui, oui… Bien sûr.

— Ne soyez pas sur la défensive, nom de Dieu! s'exclama Langley. Vous avez la tête d'un type qui repasse lui-même ses chemises, donc j'en déduis que vous n'avez personne en ce moment.

— La tête d'un type qui repasse lui-même ses chemises… Mais qu'est-ce que c'est censé vouloir dire, bordel?

— Ce que j'ai dit, rien de plus. Vous ressemblez à une doublure de Columbo.

— Vous êtes vraiment une personne délicieuse.

— Bon, alors? Vous voulez sortir ou non? On peut manger un morceau et terminer notre petite discussion.»

Irving n'hésita pas longtemps. «Oui, répondit-il tout en se rendant compte qu'il en avait envie. Pourquoi pas, après tout?

— C'est très aimable, répondit Langley. J'ai l'impression d'être le dernier recours d'un homme désespéré.

— Ce n'est pas ce que je voulais dire…

— Pas grave, inspecteur Irving. Détendez-vous. Je termine entre 18 heures et 18 h 30 et je ne vous emmène pas dans un endroit chic, donc pas la peine d'enfiler votre plus belle tenue.

— C'est *vous* qui m'emmenez?

— Les années 1950 étaient peut-être une époque bénie, inspecteur, mais elles sont révolues depuis longtemps. Il est parfaitement acceptable d'être sorti par une femme.

— Oui, c'est sûr… D'accord. 18 heures ou 18 h 30. Je passe vous prendre, si ça vous va ?

— Vous ne voulez pas que vos collègues me voient. Je comprends. »

Irving fronça les sourcils. « Ce n'est pas ce que je voulais dire…

— Oh là là ! s'écria Langley. Vous tombez dans le panneau chaque fois. Mais détendez-vous, bon sang ! Je vous taquine. Passez me prendre juste avant 19 heures, entendu ?

— Entendu, madame Langley.

— Madame Langley ? »

Elle éclata de rire.

« À tout à l'heure, *inspecteur* Irving. »

La ligne coupa. Irving resta assis un moment avec le combiné collé à l'oreille. Puis il se pencha, raccrocha et, avec un curieux demi-sourire, se leva pour aller vers la fenêtre.

Il venait d'être invité à sortir. Par une femme. Par Karen Langley, du *New York City Herald*. Il l'avait rappelée, prêt à se battre, mais il n'avait pas eu sa bagarre. Karen lui avait fait une proposition, il l'avait acceptée, et d'ici – il consulta sa montre – environ huit heures et demie il sortirait avec une femme pour la première fois depuis très, très longtemps. La mort de Deborah Wiltshire lui avait brisé le cœur et l'avait laissé seul. Avait-il même envisagé une seconde la possibilité de tout recommencer ?

Il sourit. Il s'emballait. Cette femme l'avait invité. Ils devaient achever leur discussion. Pour l'instant, ce n'était que professionnel, ni plus ni moins. Mieux valait que les choses en restent là, mais Irving savait ce qu'était la solitude et il se retrouva absolument incapable de se concentrer sur ce qu'il avait à faire.

Ce fut ça, plus que tout, qui lui fit comprendre qu'il filait déjà un mauvais coton.

26

Ray Irving n'avait qu'un seul costume digne de ce nom. En laine et cachemire, d'un rose-brun profond, avec de belles rayures blanches. Il l'avait acheté pour un mariage auquel il était invité avec Deborah. C'était une de ses amies, une très bonne amie, et elle lui avait dit que s'il ne faisait pas un petit effort de présentation, elle irait seule. Mais il avait insisté pour y aller. C'était un événement important pour Deborah, il n'avait pas voulu la laisser en plan et il s'était acheté son costume chez un tailleur de la 34e Rue Ouest, près de la synagogue. Il avait dépensé 600 dollars. Il l'avait porté une fois, le jour du mariage, puis il l'avait rangé au fond d'un placard.

En ce mercredi 13 septembre, il rentra chez lui à 17 heures. Il se doucha, se rasa, repassa une chemise, retrouva une cravate. Il ressortit son costume du placard où il traînait depuis maintenant cinq ans, en espérant qu'il lui irait encore. C'était le cas, sauf à la taille. Il avait maigri, quelques centimètres de tour de taille à peine, mais cela lui rappela qu'il vivait mieux avec Deborah. Elle insistait toujours pour qu'il mange bien. Elle lui avait fait arrêter la cigarette. Elle lui avait appris des choses sur la musique et la littérature, lui faisait écouter des heures de standards de jazz, de Chostakovitch, de Mahler, et lire Paul Auster, William Styron, John Irving. Pour elle, il avait fait un effort. Deborah était le genre de femme qui lui donnait envie d'être un homme meilleur.

Il enfila sa chemise à peine repassée, noua la cravate assortie et passa son seul costume valable, puis resta quelques instants planté devant la porte de son appartement, au croisement de la 40e Rue Ouest et de la 10e Avenue, en se demandant s'il avait le droit de faire ça.

Sortir avec une femme.

Une autre femme que Deborah Wiltshire.

Et s'il en avait le droit, serait-ce un nouveau départ, une remise en question, un changement de direction – ou serait-ce une trahison?

Avant de partir, il retourna dans sa chambre et sortit une petite photo de son cadre d'argent. La seule de Deborah qu'il possédât. Tout le reste, il avait demandé à sa belle-sœur de passer le récupérer; elle avait souri, compris, accepté de lui emprunter sa clé et de passer un autre jour avec son mari, pendant qu'il serait au travail. Ce jour-là, elle avait presque tout pris, et ce n'est que quelques semaines plus tard qu'il retrouva le fer à cheveux, la paire de chaussures plates au bout droit usé, ces objets qu'il regardait aujourd'hui avec un certain recul. Mais sa vie avait été jusque-là celle d'un homme seul, d'un homme qui n'avait personne. Maintenant voilà qu'il sortait un peu de sa coquille, qu'il regardait plus loin que les limites convenues posées par leur relation.

Une unité. Un simple pacte. On est ensemble. Il n'y a personne en dehors de ça. Cet accord tacite s'était-il jamais étendu à *Il n'y aura jamais personne d'autre*?

Irving toucha le verre lisse du cadre. Deborah Wiltshire le regardait. Elle souriait légèrement, une expression qui disait que toute l'importance de ce moment était déjà connue. *Je suis là,* disait ce sourire. *Je suis ce que je suis. Je ne serai jamais rien de plus ou de moins que ce que je suis aujourd'hui. C'est à prendre ou à laisser.*

Irving remit la photo à sa place, sur la commode, et s'en alla sans un regard en arrière. Le visage de Deborah sur la photo n'exprimait ni jugement, ni censure. Elle connaissait Ray, elle l'avait connu mieux que quiconque et elle aurait compris sa situation. Aurait-elle souhaité qu'il reste fidèle à leurs souvenirs aux dépens de tous les autres, aux dépens de ses besoins physiques et affectifs ? Ou aurait-elle voulu qu'il refasse sa vie ? Il se dit qu'elle aurait préféré cette dernière solution. Aussi n'était-il pas rongé par la culpabilité lorsqu'il quitta l'appartement pour se diriger vers sa voiture, avec ses chaussures cirées, sa chemise repassée et son seul costume correct qui voyait la lumière du jour pour la première fois depuis des années.

La soirée avait commencé sans lui. Le ciel était chargé, et la pluie semblait sur le point de tomber.

Il arriva devant le siège du *New York City Herald* à 18 h 25. Il n'entra pas. Il ne voulait pas être vu. Surtout, il ne voulait pas être vu par John Costello. Quoi qu'il arrive, il devait garder un point de vue mesuré sur la situation. Il devait se montrer réaliste. Karen Langley était journaliste. Costello était son enquêteur et, pour l'instant, quelqu'un qui comprenait peut-être mieux que personne l'importance de ces meurtres récents.

D'ailleurs, alors qu'il attendait patiemment que Karen Langley sorte de l'immeuble du *New York City Herald*, au croisement de la 31e Rue et de la 9e Avenue, il se demanda s'il n'avait pas déjà commis une grave erreur.

27

Peut-être que Karen Langley était elle aussi inquiète, car elle se dépêcha de faire le tour de la voiture d'Irving sans attendre qu'il lui ouvre la portière côté passager. Elle était essoufflée, un peu agitée, et une fois Irving installé au volant, elle sembla pressée de partir. Ou peut-être pas. Peut-être était-ce Irving qui imaginait cela, pour nourrir ses propres incertitudes.

« 72ᵉ Rue Est, dit-elle. En haut, près de St. James et du Whitney... Il y a un endroit que j'aime bien. »

Irving mit le contact mais hésita avant de démarrer.

« Qu'est-ce qu'il y a ? » demanda Langley.

Il se tourna vers elle. « Ce n'est pas quelque chose que j'ai l'habitude de faire.

— De quoi ? Conduire ? »

Il sourit. Elle essayait de le mettre à l'aise.

Elle posa une main sur son bras. « C'est quelque chose qu'aucun de nous n'a l'habitude de faire, inspecteur...

— Je crois qu'on va devoir abandonner les formalités, non ? »

Karen Langley plissa le front. « Je suis désolée, mais... quel est votre prénom, déjà ?

— Oh, allez vous faire foutre. »

Irving se mit à rire; elle l'imita. Il démarra et s'éloigna du trottoir. Tout ce qui devait être dit n'avait plus besoin d'être dit.

C'était un bon restaurant. L'atmosphère était idéale, suffisamment calme, et ils n'étaient pas obligés de hurler pour couvrir le brouhaha de la salle. Irving reconnut la musique de fond – Teddy Wilson, Stan Getz. Avec son costume et sa cravate en soie, il se sentait comme un pingouin. Karen ne fit aucune remarque là-dessus, ce dont il lui fut reconnaissant.

« Vous m'interrogiez sur John », dit-elle une fois qu'ils eurent étudié la carte.

Irving secoua la tête. « Il faut qu'on trace une limite, vous savez. »

Elle grimaça.

« Je dirige une enquête sur plusieurs assassinats. Vous, vous êtes journaliste. Vous pouvez prendre le problème par n'importe quel bout, ça ne fait jamais bon ménage dans une conversation de dîner.

— Vous savez que je suis aussi un être humain ?

— Je n'ai pas...

— Ce n'est pas ce que je voulais dire. J'entends par là qu'il y a un moment où le boulot s'arrête. »

Irving afficha un sourire résigné. « C'est peut-être mon problème... Peut-être qu'il n'y a aucun moment où mon boulot s'arrête.

— Vous, c'est différent, dit-elle.

— Différent ?

— Votre boulot est beaucoup plus important que le mien, puisqu'il s'agit de faire en sorte que les gens restent en vie. Le mien consiste à le leur annoncer après coup.

— On a une limite, donc ? »

Elle toucha de nouveau sa main. « On a une limite, Ray, ne vous en faites pas. Il n'y a pas de magnétos ici.

— Et vous n'avez pas la mémoire de John Costello ?

— Oh là, non. Ce type est une encyclopédie.

— C'est *quoi*, cette histoire, au juste ? »

Karen Langley déplia sa serviette et la posa sur ses genoux. « L'histoire ? Je ne crois pas qu'il y ait d'histoire. D'après le peu qu'il m'a raconté, il semblerait que sa blessure, le jour où il s'est fait agresser, a eu pour conséquence que certaines de ses facultés se sont étendues.

— Étendues ?

— C'est le terme qu'il emploie. Il parle de facultés étendues. Il dit qu'il arrive simplement à se souvenir des choses. Entre nous, on ne peut pas rêver mieux que lui comme enquêteur. C'est l'équivalent d'Internet, sauf que vous n'êtes pas obligé de vous taper trois cents pages de conneries avant de trouver ce que vous cherchez. Au début, les premières semaines, j'attendais qu'il quitte le bureau et je vérifiais que toutes les dates et les heures qu'il m'indiquait étaient correctes. Et puis au bout d'un moment, j'ai laissé tomber.

— Parce que ce n'était plus nécessaire.

— Tout ce que je vérifiais était exact. C'était dingue. Vraiment dingue.

— Qu'est-ce que vous pensez de lui, donc ?

— Honnêtement ? C'est un type bien. Je ne sais pas quoi vous dire d'autre. Il fait les choses à sa manière. Il mange presque la même chose tous les jours de la semaine. »

L'expression sur le visage d'Irving en disait long.

Karen rigola. « Le lundi il mange italien, le mardi français, le mercredi, c'est hot dogs avec ketchup et moutarde allemande, le jeudi c'est le destin qui décide, et le vendredi il va dans un restaurant iranien près de chez lui, dans le Garment District. Le week-end, je crois qu'il achète à emporter chez le Chinois, ou quelque chose comme ça. Il déjeune chaque jour au même endroit, dans une cafétéria à une ou deux rues du bureau. Je ne crois pas qu'il ait de petite amie. En tout cas, s'il en a une, il ne m'en a jamais parlé en presque dix ans. Ses parents sont morts. Il n'a pas de frères et sœurs.

— Un homme seul, dit Irving.

— Oui, seul, mais je dirais plutôt solitaire. Il mène sa vie et ça semble lui suffire. Ah, j'oubliais : il compte tout et il invente des noms aux gens. »

Karen Langley sourit.

« Quoi ?

— Il vous a trouvé un surnom. »

Irving haussa les sourcils. « Un surnom ?

— Oui, je vous assure. Il assemble des mots et invente des noms qui décrivent les gens. Il en a un pour moi, un pour tous les autres employés du journal, et maintenant il en a un pour vous.

— Allez-y.

— Inspecteur Côté-Obscur.

— "Inspecteur Côté-Obscur"? Qu'est-ce que c'est que cette connerie?

— John a une théorie. Il pense que les gens n'ont pas qu'un seul caractère, une seule personnalité. D'après lui, ils ont plusieurs facettes et, selon leur environnement et des données comme leur éducation, leur enfance, leurs liens familiaux – bref, tout le bazar habituel –, certaines facettes prennent le pas sur les autres.

— Ce qu'on appelle les dynamiques situationnelles.

— Exactement. Donc, selon ce qui se passe autour d'un être, certains aspects de sa personnalité vont ressortir plus que d'autres.

— Et en ce qui me concerne, ça veut dire?

— Vous voulez vraiment savoir?

— Et comment! fit Irving en souriant.

— Il dit que vous êtes moins dur qu'il n'y paraît et que c'est votre boulot qui vous oblige à afficher cet air sévère. Il dit que vous avez un cœur et qu'il s'est passé quelque chose dans votre vie qui vous a poussé à vous refermer sur vous…

— D'accord, coupa Irving. On arrête la psychanalyse de comptoir.

— Ne le prenez pas trop au sérieux. Vous voulez savoir comment il me surnomme?

— Dites toujours.

— Il m'appelle la Tornade Silencieuse.

— C'est-à-dire?

— D'après lui, je suis capable de faire tomber les défenses de n'importe quelle personne sans même qu'elle s'en aperçoive.

— Bon, très bien. J'ai l'impression que le beau temps est en train de passer, vous ne croyez pas ? Il semblerait que l'hiver s'installe pour de bon. Vous êtes prête pour la commande ? Vous voulez un hors-d'œuvre ou on passe directement au plat principal ? »

Karen Langley roula sa serviette en boule et la lança sur Irving. Elle avait un beau sourire. Un très beau sourire. Elle avait de la profondeur, elle était vive et bien mieux que ce qu'il avait d'abord cru ; l'espace d'un instant, il se sentit un peu coupable à l'idée que ce qu'il faisait pouvait être pris pour une trahison. Deborah était morte depuis… Il réfléchit : elle était morte en novembre, il y avait un peu moins d'un an. Peut-être que lui aussi était mort depuis…

Karen l'interrompit dans sa méditation. « Vous êtes un drôle de type. En fait, vous avez le sens de l'humour.

— Ce n'est qu'une rumeur. On croit savoir qui l'a lancée et on est sur le point de l'attraper.

— Eh bien… Je voudrais un cocktail. J'aimerais un Long Beach Iced Tea.

— Un quoi ?

— Un Long Beach Iced Tea… Gin, rhum, vodka, triple sec, *sour* et jus de canneberge. Vous n'avez jamais goûté ?

— Dieu merci, non.

— Alors vous allez goûter maintenant », dit-elle en faisant signe au serveur.

Elle lui posa des questions sur ses parents. Il lui parla de l'emphysème de sa mère et de sa mort au début de l'année 1984. De son père – qui jouait aux dominos, qui connaissait tous les résultats de baseball depuis 1973, qui récitait les noms d'acteurs de série B, qui était toujours capable de trouver sur le poste l'infime fréquence d'une station de jazz passant du Wynton Marsalis et du Dizzy Gillespie à 3 heures du matin. C'était la dernière chose qu'ils avaient encore en commun. Au bout de quarante et un ans, *One by One* et *Slew Foot* étaient à peu près tout ce qu'il leur restait.

« Ma mère vit à New York, dit Karen. Elle est plutôt en forme. On se voit une ou deux fois par semaine. Mais elle est trop indépendante, vraiment. Elle refuse que je l'aide. »

Irving connaissait la rengaine. La situation n'avait rien d'original.

Puis Karen demanda : « Comment se fait-il que vous soyez célibataire ? Pas de Mme Irving à la maison ? »

Irving prit le temps de la regarder, se demandant si elle était franche du collier ou si elle était en train de le préparer en vue d'un interrogatoire sur les assassinats du Commémorateur.

Il haussa les épaules.

« Jamais marié ?

— Non, je ne me suis jamais marié. Et vous ?

— Bien sûr, dit-elle. Pendant onze ans.

— Avec qui ? »

Son visage ne laissa rien transparaître. « Avec mon mari. »

Irving roula des yeux.

Karen sourit, leva son verre et sirota son cocktail. « Avec un journaliste, comme moi, dit-elle. On s'est rencontrés au tout début de ma carrière. Il a été mon patron pendant un temps, puis il est parti au *Times,* et aujourd'hui, si j'ai bien compris, il vit à Baltimore.

— Pas d'enfants?

— Non. Pour lui comme pour moi, la carrière représentait tout. C'était une erreur, mais bon, c'est la vie. On ne va pas pleurer non plus.

— Et la carrière représente encore tout?

— Vous avez quel âge? demanda-t-elle, changeant brusquement de sujet.

— Quel âge j'ai? 44 ans. Pourquoi?

— Vous ne vous dites jamais que vous avez bien foiré?

— Foiré quoi?

— Foiré votre vie. La direction que vous avez prise, si vous préférez. Vous ne vous dites jamais que si c'était à refaire, vous prendriez d'autres décisions et suivriez un autre chemin?

— Évidemment, dit-il. Comme tout le monde, non?

— Pour de vrai, je veux dire. Vous savez, du genre... Vous approchez de la quarantaine, vous commencez à vous dire que si vous voulez faire autre chose, il va falloir se dépêcher parce que, après, il sera trop tard.

— Non, pas vraiment. Je fais partie de ceux qui croient faire quelque chose d'utile. C'est peut-être faux, mais ça fait tellement longtemps que j'essaie de m'en convaincre que maintenant j'y crois dur comme fer. »

Il s'interrompit une seconde, l'air songeur. «J'ai tendance à penser qu'à part ça, je ne suis pas bon à grand-chose. »

Karen ne répondit pas. Elle reprit la carte, comme pour la relire une dernière fois. Irving comprit qu'elle n'était plus avec lui. Elle était ailleurs, loin ; il préféra attendre sagement qu'elle revienne.

« Ça va bien comme ça, dit-elle au bout d'un long moment. Je crois qu'on va un peu trop loin pour un premier rancard.

— Parce que c'est un rancard ? J'attendais le début de l'interrogatoire.

— L'interrogatoire ?

— Des trucs pour le prochain article sur ce type. Je sais que vous attendez impatiemment que quelque chose se produise.

— Faux, rétorqua Karen.

— Vrai.

— Peu importe, Ray. Pensez ce que vous voulez. Je suis là pour dîner et raconter des conneries avec vous. J'avais un vrai rancard, mais il a été obligé de partir en voyage d'affaires.

— Prenez-moi pour un con.

— Croyez ce que vous voulez, dit-elle. Moi, je commande. »

Elle lui demanda de la raccompagner au siège du *Herald*, où elle avait garé sa voiture. Il était 23 heures passées lorsqu'elle mit le contact. Elle fit demi-tour et passa à côté de lui alors qu'il était debout sur le trottoir. Elle leva la main et, à travers la vitre, il entrevit un sourire. Il marcha jusqu'à la rue suivante, entra dans un bar et but un café en attendant d'avoir les idées assez claires pour rentrer chez lui en voiture. Il était positivement bourré. S'il se faisait contrôler, il n'aurait qu'à montrer son insigne et ce serait terminé – mais il s'en moquait. Il se sentait bien. Enfin, le terme était peut-être un peu fort. Disons qu'il se sentait comme un humain, un peu en tout cas, et il pensait que ce qui venait de se passer ce soir-là était un tournant, une étape affective. Ils n'avaient pas échangé leurs numéros de téléphone. Pas besoin. Lui était au commissariat n° 4, elle au *City Herald*. Au moment de se dire au revoir, il lui avait dit qu'il avait passé un bon moment.

« Moi aussi, avait-elle répondu.

— Vous voulez qu'on remette ça un jour ? »

Elle avait hésité, l'air de réfléchir, puis avait fait signe que non. « Non. Ce n'était pas *si* bien que ça.

— Qu'est-ce qu'il faut pas entendre… »

Elle s'était penchée en avant, lui avait touché le bras et l'avait embrassé sur la joue. Elle avait ensuite laissé sa main posée sur sa joue et, avec le pouce, avait effacé la trace de rouge à lèvres.

Ses cheveux sentaient bon – un parfum vaguement citronné – et la sensation de cette main sur son bras, de ces lèvres frôlant son oreille… Tout ça lui avait rappelé quelque chose qu'il pensait avoir oublié.

Quelque chose d'important. Quelque chose qui donnait un sens à l'existence.

Il avait dit : « J'aimerais qu'on remette ça un jour, Karen. »

Elle avait répondu : « Moi aussi.

— Je vous rappellerai.

— Je décrocherai le téléphone.

— Soyez prudente sur la route. »

Elle avait souri, il lui avait ouvert la portière, l'avait regardée s'installer, mettre sa ceinture. Il avait refermé. Une seconde plus tard, la vitre s'était baissée de quelques centimètres.

« Bonne nuit, inspecteur Irving.

— Bonne nuit, madame Langley. »

Et elle était partie.

Plus tard, de nouveau seul, il sentit quelque chose. Encore l'ombre de la culpabilité, peut-être? Il l'attribua d'abord au fait qu'il venait de passer un certain temps avec une journaliste. Puis, regardant une fois de plus la photo en noir et blanc de Deborah Wiltshire, il se demanda ce qu'elle en aurait pensé. *Tu es comme tu es, Ray Irving,* aurait-elle dit. *Il n'y a que toi qui puisses apprendre à vivre avec.*

28

Le vendredi soir, l'orage éclata. Le ciel, nuageux toute la journée, finit par craquer vers 18 heures. Le temps qu'Irving coure de la porte de service du commissariat jusqu'à sa voiture, il se retrouva trempé par les bourrasques de pluie.

Ce matin-là, il ne s'était pas rasé. Il avait enfilé un jean noir, un sweat-shirt sombre, un coupe-vent bordeaux, autrement dit la tenue dévolue aux tâches ménagères extérieures – vider les poubelles, ramasser les feuilles mortes du jardin. Il avait l'air mal peigné. Il ne ressemblait pas à un inspecteur de la Criminelle, *ne voulait pas* ressembler à un inspecteur de la Criminelle. Presque quarante-huit heures s'étaient écoulées depuis son rendez-vous avec Karen Langley, et il avait tué le temps en relisant toutes les pièces du dossier. Il ne l'avait pas rappelée, n'avait reçu aucun message d'elle. Il avait retrouvé l'accord de divulgation de témoignage fait par personne mineure dans le dossier Mia Grant, ainsi que quelques bouts de paperasse qui s'étaient perdus en cours de route. Ça l'avait un peu rassuré sur le côté administratif, mais il n'avait pas pour autant une meilleure compréhension de ce à quoi il avait affaire. Il ne trouvait décidément pas le fil conducteur, ne voyait toujours pas se profiler l'élément qui ferait éclore la vérité. Quatre jours avaient passé depuis le dernier meurtre et il n'était pas plus avancé.

Farraday n'avait pas exigé sa présence. Irving avait rédigé ses rapports et les avait remis en temps et en heure, mais il n'avait reçu aucune réponse. En un sens, il n'était pas mécontent. On l'avait laissé se débrouiller seul, ce qu'il appréciait toujours davantage. New York était peuplée de millions de gens. Huit personnes assassinées – pour autant qu'elles l'aient été par le même homme –, cela faisait un pourcentage relativement insignifiant.

Tim Leycross l'attendait sur le parking de St. Vincent.

«C'est de la connerie, dit-il en guise de salutation.
— Tu crois que je ne suis pas au courant?»

Irving fit le tour de la voiture de Leycross et posa une main sur la poignée de la portière passager.

«On prend ma voiture?
— Ma plaque est enregistrée au commissariat», dit Irving.

Leycross éclata de rire. «Mais vous croyez quoi? Que ces gens travaillent pour la NSA? Ils n'ont aucun moyen de vérifier votre plaque d'immatriculation. Bordel, vous faites comme s'ils allaient vous soumettre à un scan rétinien et à une analyse ADN de vos empreintes.

— On prend ta voiture, Timothy. Point barre.»

Une ou deux rues plus loin, Leycross s'arrêta à quelque distance du Bedford Park Hotel. Ils auraient pu y aller à pied, mais Irving voulait qu'on les voie arriver ensemble dans la voiture de Leycross. Certes, ces gens-là n'étaient pas de la NSA. Ils n'étaient pas grand-chose, d'ailleurs. Mais souvent, la moindre inattention suffisait à faire capoter les plans les plus sophistiqués. Une fois, un agent infiltré des Stups avait oublié d'enlever son alliance. Sa femme et ses gamins avaient eu droit au drapeau américain replié et à une pension alimentaire.

Le type à l'accueil ressemblait à un boxeur épuisé. Il était extrêmement lourd et aurait pu se faire balayer par un simple coup de pied dans les genoux, mais il remplissait son rôle. Même s'il avait l'air plus agacé que menaçant, il dépassait Irving d'une bonne tête. Il n'y avait pas de cartes de membre pour cette réunion, juste un tarif d'entrée fixé à 25 dollars, qui permettait de rembourser la location de la salle. Pas de cocktails, pas de horsd'œuvre. Les gens qui venaient là carburaient à la bière et au Gatorade.

Ça aurait pu être un salon organisé par un fanclub. Des célébrités de seconde zone auraient été invitées – figurants et doublures prêts à signer des posters de la série télé *Battlestar Galactica*. Une dizaine de types, tous gros, la plupart portant des lunettes, vêtus d'épais sweat-shirts et de pulls à col roulé. Ils se tenaient derrière des tables sur lesquelles étaient exposées des collections de photos et de DVD. Accidentés de la route, suicidés, brûlés, dépecés, décapités, amputés, défenestrés, pendus : autant d'images qui provenaient évidemment des dossiers de la police – meurtres à coups de couteau, blessures mortelles par balles, égorgements, énucléations, arrachages de langue. Irving aurait été bien en peine de faire la différence entre les documents authentiques et ceux qui étaient l'œuvre de talentueux faussaires. Mais, comme dans toute passion ou passe-temps, il y avait des gens qui se sentaient investis du devoir de distinguer le réel de la fiction. Chaque domaine possédait ses propres experts, et tous les experts du monde avaient en commun de vouloir montrer l'étendue de leur érudition. Ils vivaient pour ce genre d'occasions.

Irving balaya la salle du regard. S'il n'avait pas été habitué, immunisé par la répétition de ces scènes, il aurait été écœuré. Malgré son expérience aux Mœurs et aux Stups, malgré son transfert récent à la Criminelle et ses fréquentes visites à la morgue à attendre gentiment qu'une jeune fille morte se fasse ouvrir de la gorge au nombril, il n'était pas totalement insensibilisé. La photo d'un enfant victime de viol en disait suffisamment long sur la mentalité des personnes qui faisaient commerce de ce genre de matériel. Ils n'étaient pas la pire engeance sur terre, mais ils en prenaient sérieusement le chemin.

Il resta une heure. Il acheta quelques photos de scènes de crime, marquées du tampon du commissariat n° 3 au verso, qui montraient une femme étranglée avec ses propres bas résille. Il les paya 30 dollars, sans reçu. Il réussit à discuter avec le vendeur, un barbu d'une quarantaine d'années prénommé Chaz. Chaz portait des lunettes en cul de bouteille qui lui faisaient des yeux énormes. Chaz posait son regard déformant sur le monde, et le monde devait lui paraître horriblement bizarre.

« Elles sont bien, ces images, lui dit Irving.

— Authentiques. C'est pour ça. »

Chaz se pencha vers lui, la main en coupole près de sa bouche. « La plupart des trucs ici sont bidon », glissa-t-il avec un air méfiant.

Irving haussa les épaules. « Je découvre un peu tout ça. J'ai vu des choses sur Internet… »

Chaz sourit. « Sur Internet, vous avez quatre-vingt-dix pour cent de choses bidon, et les dix pour cent restants encore plus bidon.

— Il faut bien étudier le produit pour savoir ce qu'on achète.

— Il faut en faire son métier. Il faut le faire en professionnel ou ne pas le faire du tout. J'ai une réputation à tenir. »

On sentait de la fierté dans sa voix, comme s'il rendait un vrai service, un service parfaitement honorable, à la société. On n'était pas loin des petites scoutes qui sonnaient à votre porte pour vous vendre leurs biscuits. Les gens avaient des besoins, et ces besoins devaient être satisfaits. Mieux valait que Chaz œuvre à l'assouvissement de ces besoins plutôt que les gens aillent tuer pour obtenir leurs propres sujets photographiques. Il y avait toujours de la rationalisation quelque part. Il y avait toujours un moyen de justifier quelque chose.

« Pas de doute que celles-là sont des vraies », dit Irving en retournant une des photos. Il montra le tampon au verso.

« Je peux vous trouver tout ce que vous voulez parmi les archives de la police, répondit Chaz. Dans la mesure du raisonnable, bien sûr.

— Tout ce que je veux ?

— Donnez-moi un nom, une date, un commissariat, n'importe quoi… Je peux vous avoir des photos. J'ai un contact. Un type qui est à l'intérieur du système, vous voyez ? »

Chaz lui adressa un petit clin d'œil souriant. C'était le patron, ici. Il pouvait vous vendre la Terre entière pour une bouchée de pain.

« C'est vraiment impressionnant, fit Irving. Je suis intéressé par… »

Chaz leva la main. « C'est le prix, bien sûr, qui fait tout. Plus le matériel est difficile à trouver, plus il coûte cher.

— Il faut savoir ce qu'on veut.

— Je suis bien d'accord avec vous. Il y a quelque chose qui vous intéresse en particulier ?

— Peut-être.

— Peut-être un peu ou peut-être beaucoup ? »

Irving fit la moue. « J'ai un faible… J'ai un faible pour…

— Vous savez, chacun ses goûts, dit Chaz. Les filles, les garçons…

— Pas les gamins, coupa Irving. Je ne fais pas les gamins.

— Donc qu'est-ce que je peux vous trouver, monsieur… ?

— Je m'appelle Gary. »

Chaz tendit la main. Ils se saluèrent. Chaz sourit. Il débitait son petit numéro de vendeur. Il avait mis le grappin sur un nouveau client, il l'avait ferré et il le savait.

« Alors, Gary... Dites-moi ce qui vous plairait et laissez-moi voir ce que je peux faire pour vous.

— Est-ce qu'on pourrait avoir un rendez-vous en privé ? »

Chaz éclata de rire. « Bien sûr. Ici, c'est la kermesse. La foire du village. C'est pas grand-chose : juste un moyen pour certains de creuser leur réseau, d'établir de nouveaux contacts, vous comprenez ? J'ai une affaire dans le centre. J'ai une collection qui vous fera pâlir d'envie – et ça fait quinze ans que je suis dans le métier...

— Quand est-ce qu'on se retrouve, alors ? »

Chaz consulta sa montre. « Ici, ça risque de se terminer vers 20 h 30, peut-être 21 heures. On ne va pas perdre de temps. Si vous voulez qu'on s'assoie quelque part, je suis libre ce soir. »

Irving s'efforça de jouer les naïfs. « Vous n'êtes pas un... Vous n'êtes pas flic, ou quelque chose dans le genre ? »

Chaz tendit son bras et saisit l'épaule d'Irving. « Si, bien sûr que je suis flic. Je suis le directeur de la police de New York. Vous n'étiez pas au courant ? Je suis le directeur de la police et je vous arrête tous ! »

Il y eut une cascade d'éclats de rire dans toute la salle. Chaz était le comique, ici. Il était marrant.

« Désolé, fit Irving. C'est juste que... Enfin, vous comprenez.

— Gary, détendez-vous, d'accord ? Tout va bien, l'ami. On va rester encore un peu ici. Vous pouvez m'aider à remballer la marchandise, ensuite on ira boire une bière et on verra ce que je peux faire pour vous ?

— Parfait. Merci... C'est vraiment gentil à vous.

— Pas de quoi, mon vieux. Il faut bien qu'on s'entraide, non ? Qu'on pense un peu à nous. »

29

Leycross avait disparu. Il s'était volatilisé en un clin d'œil. Il avait amené Irving, avait de toute évidence estimé son devoir accompli, puis s'en était allé.

À 21 h 15, Irving aidait Chaz à ranger ses dossiers de photos dans des cartons. Chaz, lui, était en train de parler d'un match des Knicks. Irving l'écoutait de loin, à l'affût des noms qui étaient prononcés dans la salle, tout en essayant d'imprimer les visages – ceux qui semblaient importants et les autres. Chaz avait un break bleu marine garé à l'arrière de l'hôtel. Les deux hommes chargèrent les cartons dans la voiture et marchèrent jusqu'à un bar nommé Freddie's, au carrefour suivant.

Irving savait qu'il s'agissait d'une piste. Ni plus ni moins. Il n'était pas assez naïf pour croire que Chaz était l'homme qui avait fourni au Commémorateur des photos de scènes de crime. Il n'avait même pas la certitude que l'assassin s'était fondé sur ces photos. Ces imitations étaient très proches de la réalité, mais pas complètement parfaites. Il s'agissait de répliques précises des crimes originels. Mais aucun de ces meurtres n'était resté totalement inconnu. Les détails – cause de la mort, vêtements de la victime, position du corps, degré de décomposition – figuraient dans des livres, des revues consacrées aux faits divers ou sur Internet. Irving tentait quelque chose, et c'était mieux que rien. S'il existait bel et bien un contact, quelqu'un au sein de la police ou du bureau du coroner qui avait accès à des photos et les subtilisait ou les copiait pour les revendre, cela constituait une affaire à part entière. Et si tout cela se concluait par la fin de cette opération, eh bien, soit. Irving devrait se contenter du peu qu'il obtiendrait.

« Alors dites-moi, Gary, fit Chaz. Quel est votre domaine de prédilection ?

— Les multiples. Deux, trois, voire plus. Les homicides multiples. »

Chaz sourit. « Oh là là, mais c'est très banal, ça ! Je pensais que vous alliez me sortir quelque chose de vraiment retors. »

Irving fronça les sourcils.

« Vous voulez savoir ce qu'on me demande parfois ? Vous n'imaginez même pas… Les vrais originaux sont les plus difficiles. Les trucs qui font les gros titres ; on les appelle les historiques. Ils ont gagné leur place dans l'Histoire. Ils sont exceptionnels.

— Par exemple ?

— Oh, je ne sais pas… Les tirages originaux de meurtres confirmés… Des gens comme Ted Bundy, le Zodiaque, Aileen Wuornos, surtout depuis le film avec Charlize Theron. Et puis il y a eu le truc sur Capote…

— Truman Capote ?

— Oui, le film. Le mec a gagné un oscar avec ça. Les meurtres dans les années 1950. On m'a demandé une fois les photos originales de la famille massacrée, les parents, le garçon et la fille. Vous l'avez vu, ce film ? »

Irving fit signe que non.

« Excellent film. Mais les photos, gros dossier.

— Vous les avez eues ?

— Des copies, pas les originaux. Les copies étaient de bonne qualité, mais elles rapportaient beaucoup moins. Elles partaient à 25 dollars. Les originaux, je les aurais vendus mille fois plus cher, au bas mot.

— 25 000 dollars ?

— Bien sûr. Mais ce n'est rien comparé à certains trucs dont j'ai entendu parler.

— Comme quoi ?

— Les plus chers, vous voulez dire ?

— Oui.

— Le produit le plus cher dont j'aie jamais entendu parler n'était pas une photo de scène de crime. C'était une photo de Gacy.

— John Wayne Gacy ?

— Lui-même. Signée, et avec un message typique de lui gribouillé dessus. »

Irving haussa les sourcils.

« Il semblerait que quelqu'un ait réussi à faire entrer en douce une photo de Gacy dans sa cellule, lui ait refilé 500 dollars en liquide pour qu'il la signe et écrive un message personnel. Vous savez ce qu'il a écrit sur son nom ? "Allez vous faire foutre jusqu'à en crever. Beaucoup d'amour, John." Et trois baisers au-dessous.

— C'est une blague ?

— Oh, que non. Allez vous faire foutre jusqu'à en crever. Beaucoup d'amour, John. Trois baisers au-dessous.

— Et elle s'est vendue à combien ?

— 340 000 dollars.

— Sans déconner ? s'exclama Irving.

— Sans déconner. Croyez-moi. 340 000 dollars à un Russe qui avait des tas de photos signées... Par Dahmer, par Bundy, même par l'autre cannibale qui avait bouffé ces pauvres gens, le Russe. Je ne me souviens plus de son nom...

— Quel sale métier, commenta Irving.

— L'offre et la demande, cher ami. L'offre et la demande.

— Et vous avez un contact... mais où ça ? À l'intérieur de la police ? »

Chaz lui adressa un sourire entendu. « J'ai un contact, et vous n'en saurez pas plus. »

Irving acquiesça. « Pardon. Je ne voulais pas jouer les curieux... C'est juste que je suis fasciné par tout ça.

— C'est un domaine fascinant. En attendant, vous voulez une autre bière ?

— Bien sûr. Je vais les chercher.

— C'est gentil à vous. Je vais prendre une Schlitz. »

Ils discutèrent pendant une heure. Un peu avant 22 h 30, Chaz dit qu'il devait y aller. Il passa Irving sur le gril. Que voulait-il ? Que cherchait-il précisément ?

« Les homicides multiples. Ceux qui remontent à plus de vingt ans, de préférence avec des détails très nets, par exemple les vêtements, la position du corps, ce genre de choses… Pas seulement le visage, vous voyez ? Mais toute la scène.

— Uniquement ça ? Les homicides multiples ?

— Tout ce qui peut concerner deux morts ou plus, oui – deux, trois, quatre victimes. Ou tout ce qui sort de l'ordinaire, par exemple si la victime a été déguisée, vêtue de quelque chose qui avait un sens aux yeux du tueur. »

Chaz s'empara d'un sous-bock et nota son numéro de téléphone portable. « Appelez-moi demain au déjeuner. Entre 13 heures et 13 h 30, d'accord ? J'aurai des choses pour vous. »

Irving sourit, manifestement surpris. « Si vite ?

— Quand on fait quelque chose, on le fait en professionnel – voilà comment je fonctionne. Soit je trouve ce que vous cherchez, soit je ne trouve rien. Ce n'est pas compliqué et je ne vais pas vous raconter de salades. Appelez-moi demain et je vous dirai si je peux vous aider. »

Ils se séparèrent sur le parking à l'arrière du bar. Chaz avait bu au moins quatre bières. Il n'aurait jamais dû prendre le volant de son break, et Irving pria pour qu'il ne se fasse pas arrêter. Une nuit au poste ne serait pas de bon augure pour le coup de fil prévu le lendemain.

Il retourna à St. Vincent, remonta dans sa voiture et regagna son bureau. Il y arriva juste avant minuit.

Il recopia le numéro de portable de Chaz, ainsi que celui de sa plaque d'immatriculation, puis lança une recherche.

Charles Wyngard Morrison, 116 Eldridge Street, dans le Bowery. Irving retrouva son numéro de téléphone fixe, son numéro de Sécurité sociale, et apprit qu'il travaillait comme informaticien dans une petite entreprise de Bedford-Stuyvesant. Chaz Morrison n'avait pas de casier judiciaire, même s'il avait été verbalisé pour avoir gêné un policier sur une scène de crime. Il était accro aux meurtres. Sans doute avait-il voulu prendre des photos ce jour-là.

Irving passa une heure à remplir la paperasse nécessaire pour mettre en place une écoute téléphonique sur sa ligne fixe et sa ligne de portable. Il le fit avec sérieux et application. Il n'oublia rien. Il insista sur le fait qu'il devait téléphoner à Morrison vers 13 heures le samedi : l'écoute devait donc être installée dans les plus brefs délais. Il espérait que Morrison attendrait le lendemain matin, tard, pour appeler, et ne passerait pas ses coups de fil dans la nuit.

Il rangea les photos achetées à Morrison dans le même tiroir qui contenait les DVD de Leycross. Maintenant, c'était lui qui devenait le collectionneur.

Il s'en alla vers 1 h 30 et roula lentement jusqu'à chez lui. Il était fatigué mais savait qu'il n'arriverait pas à dormir. Il chercherait une échappatoire sur le poste de radio, et là, comme s'ils l'attendaient, il entendrait Dave Brubeck et Charlie Mingus.

Cela lui fit penser à son père, au fait qu'il n'était pas allé le voir depuis le mois de mai. De quoi se rappeler que les vivants avaient autant besoin d'attention que les morts.

30

Irving se réveilla avec le mal de tête diffus que provoque le manque de sommeil. Ses premières pensées furent non pas pour Deborah Wiltshire, mais pour Karen Langley. Il était 6 h 45. Il resta couché jusqu'à 7 heures en essayant de ne pas réfléchir, de n'être nulle part, puis il se leva et prit une douche. On était samedi. Le jour des grasses matinées et des éditions du week-end, avec peut-être l'envie d'aller voir un match de base-ball, un film, une pièce de théâtre. Ces derniers temps, pourtant, il n'y avait pas de place pour ces choses-là dans la vie de Ray Irving – du moins pas encore.

Il téléphona à Farraday une fois arrivé au commissariat n° 4, se rendit chez lui en voiture et lui fit contresigner la demande d'écoute téléphonique. Il apporta aussitôt le document au juge Schaeffer, un faux con, une tête de mule, connu pour sa volonté de travailler avec les policiers plutôt que contre eux. L'écoute fut mise en place à 11 heures. Deux agents furent chargés de surveiller le moindre appel entrant ou sortant, et le petit univers sordide de Charles Morrison se retrouva bientôt enregistré. S'il préparait la transaction qu'Irving lui avait demandée par téléphone, ils apprendraient le nom de son contact.

N'ayant plus qu'à attendre, Irving jeta son dévolu sur le groupe du Winterbourne. Si Costello était un suspect potentiel, tous les autres membres du groupe l'étaient également. Il ne savait pas qui ils étaient, et la probabilité qu'il obtienne un mandat pour exiger du propriétaire de l'hôtel qu'il dévoile ces noms était très faible. Costello s'était montré parfaitement coopératif, et pourtant c'était sa promptitude à participer à l'enquête, à titre officiel ou non, qui éveillait les soupçons d'Irving. Il connaissait mal les tueurs en série et leurs motivations, mais il savait avec certitude qu'il n'était pas rare de voir un criminel frayer avec la police, voire aider à l'enquête. Un kidnappeur d'enfants, par exemple, aidant les gens du coin à retrouver un gamin qu'il a lui-même enlevé, violé, massacré et enterré ; ou l'assassin d'une jeune femme jouant les volontaires, prêt à arpenter les rues pour montrer aux passants des photos de la victime disparue. Comment expliquer ce comportement ? Le déni ? L'envie de se dissocier de son crime en devenant son propre pourfendeur ? La conviction que, par ce moyen-là, il pourra savoir ce que sait la police et faire en sorte de ne pas être confondu ? L'envie de montrer qu'il est plus fort, plus malin...

Irving s'interrompit quelques instants.

Il marcha jusqu'à la fenêtre de la salle des opérations et regarda la rue. Il vit l'orée de Bryant Park et, plus loin, la station de métro de la 42ᵉ Rue. Les passants étaient encore peu nombreux en ce samedi matin, et la circulation plutôt fluide.

L'envie de montrer qu'il est plus fort...

Il repensa à une chose que Costello lui avait dite – était-ce bien Costello ? Les meurtres récents étaient les répliques de crimes perpétrés par des gens qui avaient tous été arrêtés. Les uns étaient enfermés dans une prison fédérale jusqu'à la fin de leurs jours, d'autres avaient été exécutés, et l'un, si sa mémoire ne lui jouait pas des tours, était mort de sa belle mort. Et puis il y avait la lettre du Zodiaque. Certes, ce n'était que la transcription mot pour mot d'une lettre de Shawcross, mais rédigée grâce au cryptogramme du Zodiaque ; ce code qui avait été déchiffré par un professeur d'histoire et son épouse après plusieurs tentatives infructueuses du FBI et des services de renseignement de la marine. Le Zodiaque n'avait jamais été identifié et ne s'était jamais fait attraper en tant que Zodiaque. Peut-être même qu'il croupissait aujourd'hui dans une prison, arrêté, jugé et condamné pour un autre crime, et que personne n'en saurait rien. Peut-être qu'il mourrait quelque part en laissant la preuve de son identité et de ce qu'il avait fait... voire une explication de ses crimes. En attendant, personne ne savait son nom. En matière de meurtres en série, le Zodiaque était un champion. Il avait commis ses crimes. Il ne s'était pas fait capturer. Il restait une énigme.

Parmi les pages empilées sur son bureau, Irving chercha quelques notes qu'il avait prises et finit par retrouver ce qu'il voulait : la liste complète des assassinats commis par le Zodiaque, confirmés et non confirmés.

Michael Mageau et Darlene Ferrin, tous deux victimes indiscutables du Zodiaque, furent abattus le 5 juillet 1969. Mageau survécut, Ferrin non. Les autres agressions ou meurtres commis avant le 16 septembre étaient au nombre de vingt-sept. Peu importait l'année, car les meurtres attribués au Zodiaque s'étalaient d'octobre 1966 à mai 1981. Sur les vingt-sept, cinq avaient été commis en février, neuf en mars, un en avril, deux en mai, trois en juin, cinq en juillet, un en août, et, avant le 16, un seul commis en septembre. Le Commémorateur aurait donc pu rééditer n'importe lequel de ces meurtres, et même s'il ne s'en était tenu qu'aux crimes avérés du Zodiaque, le 5 juillet aurait été un anniversaire possible. Or, pour ce qu'en savait Irving, aucun double homicide n'avait été recensé le 5 juillet dans l'État de New York. Sinon, Costello aurait forcément été au courant.

Irving se connecta à la base de données pour vérifier. Il avait vu juste. Dans tout le comté, aucune affaire ne présentait la moindre ressemblance avec l'agression subie par Michael Mageau et Darlene Ferrin le 5 juillet 1969, à Vallejo. Ce qui signifiait quoi ? Que l'assassin ne rééditait que les meurtres commis par des individus identifiés et condamnés ? Dans ce cas, pourquoi avoir eu recours au code du Zodiaque pour transmettre la lettre de Shawcross ? Uniquement pour s'assurer que la police ferait le lien entre ce qu'il accomplissait et ces anciens meurtres ? Y avait-il encore une autre raison ?

À 12 h 25, Ray Irving téléphona au *New York City Herald*. John Costello n'était pas là, mais Karen Langley prit son appel.

« Salut.

— Bonjour, Karen.

— Vous cherchez à joindre John ?

— Oui. »

Il hésita une seconde, puis : « J'allais vous appeler…

— Vous n'êtes pas obligé.

— Je sais bien que je ne suis pas obligé. J'en ai envie. Mais je suis dans la mouise, vous voyez ? Vous pouvez comprendre ça. Vous aussi, vous avez des dates butoirs, pas vrai ?

— Et comment.

— J'ai passé un très bon moment la dernière fois, Karen.

— Je sais.

— Vous avez toujours réponse à tout.

— Bon. John n'est pas là, il est chez lui aujourd'hui. Enfin, j'imagine qu'il est chez lui. Pour être très franche, je n'ai absolument pas la moindre idée de ce que John peut faire de ses journées.

— Vous avez son numéro ?

— Je ne peux pas vous le donner.

— Vous ne pouvez pas ou vous ne voulez pas ?

— Je ne veux pas. Je ne peux pas lui faire ça. »

Irving ne dit rien. Il était un peu désarçonné.

« Ray, vous l'avez rencontré. Vous le connaissez. Il a du mal avec les gens. Il déteste bouleverser sa petite routine quotidienne.

— Et comment est-ce que je fais pour le joindre ?

— Je lui téléphonerai. Je lui dirai que vous souhaitez lui parler. Je ne sais pas s'il vous rappellera... »

Irving dut insister pour qu'elle termine sa phrase.

« Il a un problème, reprit Karen.

— Un problème ?

— Un problème avec vous.

— Qu'est-ce que vous racontez ?

— Le fait que nous soyons sortis ensemble. John a un souci avec vous.

— Moi ? Mais qu'est-ce que c'est que cette connerie ?

— Je suis son amie. On collabore depuis des années. D'une certaine manière, il s'estime responsable de moi. Entre lui et moi, il n'y a jamais rien eu d'autre qu'une relation professionnelle et platonique, mais il considère toujours que ce qui m'arrive le concerne aussi.

— Soit, fit Irving. Je peux comprendre, mais qu'est-ce que vous lui avez dit ? Vous lui avez dit que j'étais un connard ou quelque chose comme ça ?

— Non. Bien sûr que non.

— Mais alors, qu'est-ce que ça signifie ? Si je veux vous inviter quelque part, je devrais lui demander de nous accompagner ?

— Épargnez-moi vos sarcasmes, Ray. Faites avec. Bon, vous voulez que je l'appelle ou non ?

— S'il vous plaît, oui. Ce serait gentil. Dites-lui que j'ai besoin de son aide.

— Vous avez besoin de son aide ?

— Mais oui. Qu'est-ce qu'il y a de si bizarre ? C'est Rainman en personne, non ? Le type qui a plus de trois cent mille affaires criminelles enregistrées dans son cerveau.

— Allez, ça suffit... »

Irving inspira longuement. « Désolé, Karen, mais...

— Mais rien du tout. Traitez-le comme tout le monde, d'accord ? Ne le prenez pas de haut. Si j'apprends que vous l'avez blessé...

— Je ne le ferai pas. Je suis désolé. Vraiment. D'accord ? Je ne voulais pas dire ça comme ça.

— Trop tard. Et je n'ai pas apprécié. John est quelqu'un de bien, et un de mes amis très proches. Si vous lui faites du mal, non seulement vous ne me verrez plus jamais, mais en plus, je publierai tous les articles à la con que je veux publier, et vous et le directeur de la police, vous pourrez aller vous faire foutre. Compris ?

— Sérieusement, Karen, je...

— C'est bon, Ray. C'est tout ce que je vous demande. Une simple confirmation de votre part.

— Oui. C'est compris.

— Parfait. Alors j'appelle John. Parlez-lui gentiment. Un seul mot de travers et je débarque illico pour vous en coller une. Ensuite, quand vous aurez un moment, vous pourrez me passer un coup de fil et me parler tout aussi gentiment, et peut-être que j'accepterai de sortir avec vous une deuxième fois. Vous pouvez aussi m'envoyer des fleurs pour vous excuser d'être un connard, d'accord ?

— Vous êtes une foutue...

— Je raccroche, inspecteur Irving. »

Sur ce, elle raccrocha.

Dans son oreille, Irving entendit la tonalité accusatrice de la ligne coupée.

Il mit dix minutes à trouver le numéro d'un fleuriste. Au moment où il posa la main sur le combiné, le téléphone sonna. Surpris, il décrocha aussitôt.

« Inspecteur Irving ?
— Monsieur Costello ?
— Vous vouliez me parler.
— En effet. Merci de m'avoir rappelé.
— Vous allez devoir être concis. Il y a une émission à la télévision que je ne dois pas rater.
— Oui, bien sûr. Mon Dieu, vous m'avez pris de court. J'étais juste en train de…
— C'est lié à l'affaire ?
— Oui, c'est lié à l'affaire… À notre assassin. Les crimes qu'il réédite et la lettre qu'il a envoyée. »

Costello rit – réaction aussi soudaine qu'inattendue. « Vous et moi avons pensé la même chose, il semblerait.

— Comment ça ? demanda Irving, perplexe.

— La question que je me pose, c'est pourquoi il n'imite que des crimes commis par des gens qui se sont fait arrêter, tout en se servant du code du Zodiaque pour envoyer la lettre de Shawcross. C'était ça qui vous taraudait ? »

Irving resta bouche bée pendant quelques secondes.

« Inspecteur ? Vous êtes toujours là ?

— Oui… Oui, je suis là… Oui, bien sûr. Je suis un peu, je ne m'y attendais pas… Excusez-moi, mais vous m'avez pris au dépourvu. Je… J'étais en train de…

— De penser exactement la même chose ?

— Oui. C'est assez incroyable.

— Pas tant que ça, en fait. Quand on étudie le problème objectivement, on s'aperçoit que ça ne colle pas. C'est la première chose qu'on doit faire dans ce genre de cas : chercher l'élément qui ne colle pas.

— J'ai passé au crible les dates de tous les meurtres du Zodiaque, avérés ou non, et j'ai découvert que…

— Qu'il aurait pu rééditer n'importe lequel d'entre eux, n'importe quel mois, sauf en janvier. Il y a eu des crimes chaque mois de l'année, sauf en janvier.

— Exact… Et le seul qui ait eu lieu en septembre avant la date d'aujourd'hui s'est produit…

— Un 4 septembre, coupa Costello. Alexandra Clery. Frappée à mort le 4 septembre 1972. Un lundi. Meurtre non confirmé pour ce qui concerne le Zodiaque.

— Donc il n'imite pas le Zodiaque.

— Pas encore, non. Bien qu'il y ait eu trois autres agressions commises en septembre – mais toutes après le 16.

— Conclusion ? demanda Irving.

— Un hommage.

— Pardon ?

— La lettre, je crois, était un hommage au Zodiaque.

— Un hommage ?

— Oui, fit Costello. Il tue comme d'autres assassins. Et qu'est-ce qu'il nous dit? Il nous dit qu'il est capable de faire ce qu'ils ont fait. Et même mieux. Il est capable de le faire sans être arrêté. Il envoie la lettre de Shawcross avec le code du Zodiaque pour deux raisons. D'abord, il sait que les policiers sont moins intelligents que lui. Il doit donc s'assurer qu'ils font bien le rapport entre la prostituée retrouvée près des quais et la petite Steffen assassinée par Shawcross en 1988. Ensuite, et à mon avis c'est beaucoup plus important, il veut nous dire où il va…

— Où il va?

— Dans les manuels d'histoire, vous comprenez? En route pour la gloire des grands criminels. Il veut être une star de cinéma.

— Il veut être aussi célèbre que le Zodiaque.

— Il veut être Ted Bundy, John Wayne Gacy, et même sans doute le véritable Hannibal Lecter. Mais il veut rester inconnu jusqu'au bout, comme le Zodiaque. Et peut-être même battre tous les records.

— Mon Dieu… Carignan a assassiné plus de cinquante personnes…

— Vous incluez là ses crimes non confirmés. Pour les confirmés, il en a commis entre douze et vingt. C'est toujours la difficulté. Ces gens ont tendance à mentir sur leurs faits d'armes. Ils avouent des meurtres qu'ils n'ont pas commis et refusent de reconnaître ceux qui ont été de toute évidence commis par eux. Il s'agit toujours d'une estimation, voyez-vous? Cependant, d'après les renseignements communément admis, on peut dire que les Tueurs du Crépuscule ont tué sept personnes, Gacy trente-trois, Kenneth McDuff une quinzaine au vu des preuves dont on dispose, et Shawcross affirme en avoir assassiné cinquante-trois, même si, encore une fois, le chiffre probable se situe plutôt entre quinze et vingt-cinq.

— Et le pire de tous ?

— Difficile à dire, répondit Costello. Le pire de tous les temps n'est pas un Américain. C'est un Colombien du nom de Pedro Lopez. Il a tué plus de trois cents personnes. Ensuite vous avez un duo américain, Henry Lee Lucas et Ottis Toole, qui en ont apparemment assassiné plus de deux cents et avoué une trentaine après ce qu'on appelle la folie meurtrière de l'autoroute. Les sœurs De Gonzales, deux tenancières de bordel mexicaines, quatre-vingt-onze corps retrouvés dans leur établissement au début des années 1960. Bruno Lüdke, un Allemand, quatre-vingts ou quatre-vingt-cinq morts à son actif. Ensuite, le tristement célèbre Chikatilo, un Russe cannibale, qui en a tué une bonne cinquantaine. Onoprienko, autre Russe qui voulait visiblement décrocher le record mondial de meurtres en série mais qui s'est fait arrêter avant sa cinquante-troisième victime. Suivi d'un autre Américain, Gerald Stano, emprisonné à l'âge de 29 ans pour avoir assassiné quarante et une femmes, surtout des prostituées et des petites fugueuses, en Floride et dans le New Jersey. Il fut envoyé sur la chaise électrique en mars 1998. Gary Ridgway, le Tueur de la Green River, a quelque chose entre trente-cinq et cinquante victimes à son actif, la plupart à Seattle et à Tacoma. Gacy arrive après lui, avec cinquante-trois morts, puis vous avez Dean Corll et Wayne Williams, tous deux avec vingt-sept morts. Donc pour répondre à votre question, notre ami doit dépasser largement les cinquante victimes s'il veut entrer dans les annales. Et encore : si on se limite aux tueurs en série américains. En revanche, s'il veut battre le record du monde, il va falloir qu'il s'active très sérieusement. »

Irving observa un long silence. Il était en train d'avoir une discussion sur un sujet qu'il avait beaucoup de mal à appréhender.

« Pour l'instant, on en est à huit, finit-il par répondre.

— Huit victimes connues. Il y a toujours la possibilité qu'il vienne d'une autre ville. Il se pourrait même qu'il ait fait une pause pendant un laps de temps et qu'on ne cherche pas assez loin dans le passé pour retrouver le début du cycle. »

Irving sentit un frisson sur sa nuque. *Le début du cycle.* La formule rendait toute cette affaire incroyablement clinique.

« La vérité, c'est qu'il n'existe aucun moyen de prévoir qui il va choisir d'incarner la prochaine fois, dit Costello.

— Sauf bien sûr si quelque chose, dans les crimes précédents, nous livre un indice qu'on aurait manqué.

— Vous pensez qu'il veut vous montrer ce qu'il fait ?

— Comment savoir ce qu'il veut nous montrer ? Comment savoir ce qu'il veut montrer au monde ?

— Je crois qu'il veut montrer au monde qu'il est le meilleur. »

31

Peu après 12 h 30, moins d'une heure avant son coup de fil prévu à Chaz Morrison, il fut appelé à l'accueil. Morrison avait passé un appel depuis son téléphone fixe à 12 h 17. Il avait transmis ses exigences à quelqu'un : homicides multiples, de préférence remontant à plus de vingt ans ; trois ou quatre victimes, position du corps inhabituelle, vêtements laissés sur la scène de crime – bref, tout ce qui sortait un peu de l'ordinaire. Morrison et son contact avaient plaisanté sur les goûts banals des gens. Le contact avait répondu qu'il lui donnerait ce qu'il cherchait et lui avait conseillé de rappeler le lundi soir suivant. Fin de l'appel. En un quart d'heure, Irving apprit que le numéro de téléphone correspondait à celui d'une adresse dans Greenwich Village, près de la station de métro de la 14ᵉ Rue. Il entra l'adresse dans la base de données des fonctionnaires municipaux et tomba sur un nom. Dale Haynes, 25 ans, sans antécédents judiciaires, actuellement employé par le service de restauration des archives de la police.

Irving tenait donc le nom du vendeur. Il pouvait le faire tomber pour enfreinte aux clauses de confidentialité stipulées dans son contrat de fonctionnaire, vol et recel d'un bien appartenant à la municipalité. Mais tout ça n'avait pas grande importance ; l'essentiel était de savoir si, oui ou non, ce fameux Haynes avait fourni des photographies de scènes de crime au Commémorateur.

À 13 h 30, il avait un mandat de perquisition et une patrouille de surveillance était postée devant l'appartement de Haynes. Tout ça arrivait avant le coup de fil prévu à Chaz Morrison, mais Irving n'hésita pas longtemps. Farraday lui avait demandé un compte-rendu détaillé de ses activités et avait accédé à toutes ses demandes. Il avait l'air content de son travail ; il lui avait dit de choisir six hommes du n° 4 et de les déployer comme bon lui semblait. Haynes ne devait leur échapper sous aucun prétexte. Certes, pour l'instant, il n'était pas soupçonné d'avoir commis les meurtres, mais il représentait une piste potentielle et exigeait d'être manipulé avec le plus grand soin. Irving ne pouvait pas passer le moindre marché avec Haynes sans le feu vert définitif et spécifique de Farraday, lequel agirait à son tour en liaison étroite avec le procureur. L'affaire était trop importante pour être bâclée à coups d'erreurs de procédure.

En ce samedi 16 septembre, à 14 h 03, l'inspecteur Ray Irving se présenta devant l'appartement de Dale Haynes et frappa bruyamment à sa porte. Il déclina son identité et attendit les trente secondes réglementaires avant de faire une deuxième tentative.

À 14 h 04 passées de trente secondes, les hommes enfoncèrent la porte à l'aide d'un bélier.

Irving et trois agents investirent aussitôt l'appartement, pièce par pièce. Une porte était fermée. Avant même qu'Irving ait le temps de donner un grand coup de pied dedans, une voix hurla : « Attendez une minute ! Attendez, quoi ! »

— Dale Steven Haynes ? s'écria Irving.

— Oui… Je suis là… Qu'est-ce qui se passe ?

— Sortez de là. Les mains sur la tête. C'est la police !

— Qu'est-ce que c'est que ce…

— Sortez de la pièce, monsieur Haynes. Je compte jusqu'à trois. Si je ne vois pas la porte s'ouvrir, on l'enfonce.

— D'accord, d'accord… Bordel, mais qu'est-ce que c'est que cette connerie ? »

Irving hocha la tête en direction des agents, qui se positionnèrent de part et d'autre de la porte, collés contre le mur. La poignée fut actionnée. Irving se posta derrière un fauteuil et s'accroupit. Il avait la porte en ligne de mire.

Avant même de pouvoir dire ouf, Haynes fut extirpé de la pièce et menotté, à genoux. Vêtu d'un simple tee-shirt et d'un short, il avait les yeux hagards, le visage blême, l'air absolument terrorisé.

« Dale Steven Haynes, je vous arrête car vous êtes soupçonné d'avoir volé des biens appartenant à la municipalité et de les avoir vendus illégalement. Vous avez le droit de vous taire, mais tout ce que vous direz pourra et sera retenu contre vous. Vous avez le droit de disposer d'un avocat. Si vous ne pouvez pas vous le permettre, le tribunal en désignera un d'office… »

Haynes pleurait.

« Inspecteur ? lança un des agents dans la chambre.

— Gardez un œil sur lui », ordonna Irving à l'autre agent. Il passa à côté de Haynes, toujours agenouillé, et franchit le seuil de sa chambre.

Il devait bien y avoir huit ou neuf cantines. Des cantines en métal, de taille standard. Dedans, des enveloppes en kraft ; à l'intérieur de chaque enveloppe, des dizaines de photos. Tout ce qu'il était possible d'imaginer, certains clichés étaient absolument épouvantables, mais tous étaient issus de dossiers d'enquête restaurés et envoyés aux archives de la police new-yorkaise. Des affaires classées, seulement. Ces images, c'était le passé criminel de New York, c'étaient ses fantômes, ses spectres, des milliers de vies détruites par des tueurs, connus ou non. Dale Haynes arrondissait ses fins de mois en revendant les souvenirs les plus noirs de la ville.

Pendant un moment, il fut incapable de prononcer le moindre mot. Lorsqu'il se ressaisit enfin, il ne put dire que : « Je ne voulais pas que ça aille aussi loin... Je suis désolé... Je sais ce que vous cherchez... Je suis vraiment désolé. Putain, je suis tellement désolé... »

32

Haynes craqua sans même subir un interrogatoire en bonne et due forme. Il n'exigea pas d'avocat, même si, une fois qu'Irving eut appelé Farraday, ce dernier comprit que la piste tenait la route et insista pour qu'un avocat commis d'office soit dépêché au commissariat. Farraday téléphona au directeur de la police Ellmann, Ellmann au procureur, et le procureur envoya un de ses adjoints en tant qu'observateur indépendant. Tout renseignement que pouvait fournir Haynes concernant l'éventuel acheteur d'objets liés à des meurtres plus anciens devait être en béton armé. Aucune contrainte, aucune méthode d'interrogatoire douteuse, aucune pression inutile.

Le barnum se mit en branle un peu avant 15 heures. Haynes était abattu, mais il s'excusait sans arrêt. Il regardait toutes les personnes qui se présentaient avec la même expression – un auto-apitoiement abject. Il voulait que le monde ait pitié de lui. Il voulait que les gens sachent qu'il était, au fond, un type bien, un type qui s'était fourvoyé, qui avait voulu trouver un moyen de gagner sa vie mais qui avait perdu les pédales…

Pendant qu'il était assis dans une des salles d'interrogatoire du commissariat, son appartement fut fouillé. On y retrouva neuf cantines remplies de photos volées. Haynes était, de toute évidence, quelqu'un d'organisé. Il avait classé les photos selon le sexe, l'âge approximatif et la mort des victimes. Garçons, filles, adolescents des deux sexes, femmes de plus de 20 ans, hommes de plus de 20 ans, et une catégorie spéciale pour les victimes ayant dépassé la quarantaine. Il avait fait de son mieux pour distinguer les suicides, les morts par balles, les étranglements, les étouffements, les empoisonnements, les viols suivis de meurtre, les noyades, les traumatismes causés par des objets contondants, les décapitations et les coups de couteau. Puis une catégorie consacrée aux cas divers et variés, y compris celui d'un homme ligoté sur une chaise, auquel on avait coupé les mains à hauteur des poignets et qu'on avait laissé se vider de son sang. À première vue, il y avait là plus de sept mille photos, et Haynes – méthodique jusqu'au bout – avait recensé les noms codés, les dates, le nombre de clichés achetés, les sommes qu'il avait perçues, et le fait que le client était venu les chercher en personne ou avait demandé à se les faire expédier par courrier.

C'étaient surtout ces données-là qui intéressaient Irving. C'est d'ailleurs grâce à elles qu'il repéra un client recensé sous le nom de 1457 Poste. Quelle que fût son identité, 1457 Poste avait procédé à trois achats en mai de cette année, notamment des photos de la scène du crime d'Anne-Marie Steffen, la femme étranglée par Arthur Shawcross en 1988.

À 15 h 50, étaient présents dans la salle d'interrogatoire : Irving lui-même, deux agents, l'adjoint du procureur Harry Whittaker et l'avocate commise d'office, une femme entre deux âges nommée Fay Garrison. L'interrogatoire ne dura pas longtemps. Haynes répondit aux questions d'Irving sans la moindre hésitation.

« D'après vos propres archives, dit Irving, qui sont, je dois le reconnaître, d'une aide précieuse pour nous, votre petite entreprise vous a rapporté jusqu'à présent plus de 11 000 dollars. Voilà une chose que le fisc sera très content d'apprendre, vous ne croyez pas ? »

Haynes baissa la tête un long moment. Il leva enfin les yeux, voulut dire quelque chose. Dès qu'il se remit à expliquer combien il était absolument, profondément désolé, Irving leva la main pour le faire taire.

« L'un de vos clients vous a acheté trois jeux de photos différents en mai dernier. Une de ces photos était celle d'une prostituée assassinée à la fin des années 1980, une certaine Anne-Marie Steffen. Vous appelez ce client "1457 Poste". Qu'est-ce que cela désigne ? »

Haynes voulut se moucher avec sa manche. Il eut du mal, à cause des menottes. « C'est l'adresse à laquelle je les ai envoyées, répondit-il.

— Vous n'avez jamais rencontré ce client ?

— Non, jamais. Je ne lui ai parlé qu'au téléphone. Il m'a appelé pour me dire ce qu'il voulait. Et il m'a donné l'adresse.

— Et comment vous a-t-il payé ?

— Il m'a envoyé les billets par courrier. Les billets et rien d'autre. Il m'a indiqué une boîte postale pour les photos.

— La boîte postale n° 1457?»

Haynes hocha la tête. «Exact. La boîte postale n° 1457, à New York. Rien de plus. Je les ai envoyées là-bas.»

Irving jeta un coup d'œil vers un des agents. Ce dernier acquiesça et quitta discrètement la pièce. Il allait remplir les documents requis pour demander à la poste l'identité du détenteur de la boîte postale.

«OK, fit Irving en se calant au fond de son siège. Si je comprends bien, Dale, ça a été une belle opération, pas vrai? Une très belle opération... On va avoir besoin de votre témoignage sur tout : les dates, les horaires, quand et où tout a commencé... Bref, toute votre vie à partir du moment où cette petite aventure a débuté. Ensuite, on va vous inculper, fixer une date de comparution, et vous pouvez être sûr que vous retrouverez votre photo dans un dossier, prêt à être classé au service des archives.»

Une fois de plus, l'expression abjecte sur le visage de Haynes. «Vous croyez... Vous croyez que...

— Que vous allez faire de la taule? C'est ça que vous vouliez me demander?»

Haynes fit signe que oui, incapable de soutenir le regard d'Irving.

«Qui sait? On a encore plein de choses à élucider avant d'en arriver là, monsieur Haynes. Donc pour l'instant, le mieux que vous puissiez faire, c'est nous rédiger une belle déclaration, aussi complète et honnête que possible, en vérifiant bien que vous n'omettez aucun détail.

— Oui, bredouilla Haynes. Oui, bien sûr. »

Irving se leva. Il confia Dale Haynes aux bons soins du deuxième agent et quitta la pièce en compagnie de Whittaker et de Fay Garrison.

« Il n'ira jamais en prison, fit Whittaker. Il recevra une petite tape sur les fesses, peut-être une amende, quelques travaux d'intérêt général. Un type comme lui, c'est du menu fretin.

— Je sais, répondit Irving. Mais en attendant, il est calme et coopératif. Et j'aimerais que ça reste comme ça. »

Là-dessus, il leur serra la main. « Merci pour votre aide, mais il faut que j'avance sans plus attendre. »

Whittaker et Garrison ne lui en voulurent pas. Ils savaient que cette histoire n'était que la face émergée d'un gigantesque iceberg.

33

Le juge Schaeffer signa le mandat de perquisition à 16 h 48. Irving téléphona aux renseignements de la poste de New York, se présenta, donna la référence du mandat de perquisition, puis le nom de Schaeffer, et convint d'un rendez-vous avec l'adjoint du responsable de la sécurité à 17 h 15. Gyrophare allumé, il arriva sur place à 17 h 10.

On ne pouvait pas faire plus irlandais de New York que Lawrence Buchanan. Ne dépassant pas les un mètre soixante-huit, pesant peut-être soixante-quinze ou quatre-vingts kilos, il portait des chaussures à semelles de crêpe qui couinaient et marchait comme s'il était sur le point de partir en courant. Il avait le sourire chaleureux et la poignée de main vigoureuse; on sentait l'homme qui aimait passionnément la vie. Irving lui expliqua que sa requête était de la plus haute urgence, en rapport avec une série d'homicides. Irving n'avait pas à s'inquiéter, car Buchanan, tout sourire, pressa encore plus le pas.

« Dans ce cas, monsieur, dit-il, ne comptez pas sur moi pour vous ralentir. »

17 h 34. Irving quitta le bureau central des renseignements de la poste de New York avec, dans sa

poche intérieure de veste, un bout de papier. Sur ce bout de papier figurait une adresse : 1212 Montgomery Street, Apt. 14B. L'homme qui avait loué la boîte postale n° 1457 s'appelait A. J. Shawcross.

Irving appela le n° 4 et parla directement à Farraday en lui expliquant l'importance de ce nom-là. Farraday téléphona alors au juge Schaeffer, se chargea lui-même du mandat de perquisition et dépêcha une équipe des SWAT pour la fouille de l'appartement. Un homme qui avait assassiné huit personnes ne méritait pas moins.

Irving regagna le n° 4 un peu après 18 heures. Farraday le retrouva dans la salle des opérations, le félicita pour sa rapidité ainsi que pour son efficacité, lui rappela que cette affaire était cruciale et qu'une élucidation dans les plus brefs délais leur vaudrait à tous deux des éloges. Comme Irving, le capitaine se laissait gagner par la fébrilité et l'intensité de la traque. L'heure était à la nervosité. On prédisait le pire scénario tout en espérant le meilleur ; on échafaudait des plans de secours tout en s'efforçant de ne pas y arriver trop vite. Avec un peu de doigté, ils pouvaient mettre la main sur le Commémorateur. Un seul faux pas, une seule petite bourde, et ils retournaient à la case départ. Pire encore : des preuves douteuses, un vice de procédure, et le type pouvait s'en tirer grâce à deux ou trois détails techniques.

L'opération débuta à 18 h 45. Trois véhicules banalisés, un fourgon des SWAT, une voiture de liaison en soutien. La circulation était chargée, comme prévu. Ils descendirent la 6ᵉ Avenue et ne tournèrent pas avant West Houston Street. Sur le coup de

19 h 20, ils traversaient Delancey Street, avec le pont de Williamsburg sur leur gauche, la zone du Lower East Side comprise entre Delancey Street, Franklin D. Roosevelt Drive et le pont de Manhattan formant un cul-de-sac de six ou huit pâtés d'immeubles. Au-delà de Franklin D. Roosevelt Drive, Corlears Hook et la baie de Wallabout. Par beau temps on pouvait voir, sur l'autre rive de l'East River, le chantier naval de Brooklyn. Montgomery Street était bordée d'immeubles sans ascenseur, avec des issues de secours sur les façades arrière. Trois hommes pénétrèrent par l'entrée principale, trois autres se lancèrent dans l'escalier en fer forgé derrière. Le chef d'unité des SWAT donna ses instructions comme si sa mission n'était pas plus compliquée que l'animation d'un goûter d'anniversaire. Faites ci, faites ça, et puis ça, sans avoir besoin de réfléchir, juste d'agir. Irving suivait le déroulement des opérations depuis la rue, le cœur serré comme un poing fermé. Pour la première fois depuis des mois, il se surprit à prier. Ce n'était rien d'autre qu'une réaction instinctive, car la dernière fois qu'il avait prié, ça avait été pour Deborah Wiltshire, et ses mots n'avaient rien changé.

Au premier étage de l'immeuble, l'agent des SWAT parti en éclaireur emprunta le couloir jusqu'à l'appartement 14B, dos contre le mur. À deux mètres de la porte, personne à l'intérieur de l'appartement n'aurait pu le voir par la serrure, tant son angle d'approche était fermé.

Cet agent s'appelait Mike Radley, surnommé Boo par ses camarades. Peu importait qu'il eût déjà fait ça mille fois, qu'il dût encore le refaire mille fois – la sensation était toujours la même.

Une tension, comme un fil brûlant noué au fond des tripes. Une sensation d'équilibre, certes, mais fragile. Il avait vu les films – *Jarhead, La Chute du faucon noir* – et pensait plus ou moins comprendre ce que ces gens-là vivaient. Pars à la guerre. Ça aurait dû être leur devise. Réveille-toi, lave-toi les dents, habille-toi, pars à la guerre. Le Lower East Side n'était ni Beyrouth ni Bagdad, ni la Bosnie, ni Stalingrad, mais enfin, quel que soit le lieu, un gilet pare-balles ne protégeait pas votre cou, votre tête, vos épaules, l'énorme artère qui descendait dans votre jambe. Un pistolet restait un pistolet, que la personne qui le brandissait fût un terroriste, un junkie, un dealer, une pute, un mac, un évadé de Bellevue ou un type qui avait décidé de purger de leurs parasites les rues de New York. Les balles restaient des balles. Un mort restait un mort. Aujourd'hui, demain, le mardi suivant – c'était du pareil au même. Votre heure sonnait quand elle sonnait. Il s'agissait simplement de la retarder.

Boo Radley se tenait donc, dos au mur, à trente centimètres de l'appartement 14B. Il resta là un long moment, tout en écoutant le chef d'unité prononcer sa phrase rituelle : « Du calme, respire un bon coup, vas-y doucement, réfléchis vite. »

Il fit un geste à ses collègues. Il apprit que la deuxième équipe, à l'arrière de l'immeuble, était en position, prête à intervenir.

Il frappa à la porte.

Il tendit l'oreille. Chacun de ses sens était à l'affût d'un son, d'un mouvement, d'un signe montrant que l'appartement était occupé.

Il n'y avait rien.

Il toqua de nouveau à la porte, annonça sa présence, se déclara policier.

Il attendit ce qui lui parut être une éternité, puis se retourna et fit signe d'avancer. Le deuxième et le troisième homme arrivèrent avec le bélier. Radley s'adressa rapidement et succinctement au chef d'unité. Ils allaient entrer des deux côtés en même temps et inspecter l'appartement.

Plus tard – une fois la porte enfoncée, les premiers cris, la deuxième équipe entrée dans l'appartement par l'issue de secours et la fenêtre de la cuisine...

Plus tard – lorsque Irving apprendrait qu'il n'y avait personne de vivant dans l'appartement, qu'il commencerait à monter par l'escalier principal, pressentant déjà ce qui l'attendait et le désarroi qui venait quand une opération comme celle-là se concluait autrement qu'il l'avait prévu...

Plus tard – lorsqu'ils auraient découvert la fille morte par terre, nue, tabassée, les mains liées avec de la corde à linge blanche et serrées autour de son cou, l'odeur de décomposition presque insupportable, et par terre, à côté d'elle, écrites avec son propre sang, une série de runes cryptiques qu'Irving reconnaîtrait immédiatement...

Après tout ça... Hal Gerrard en route vers l'appartement, suivi par Jeff Turner, les sirènes et les gyrophares fonçant dans les bouchons du soir... Les émotions à fleur de peau et l'affolement. Irving dans le couloir, dehors, un mouchoir sur le visage, éprouvant quelque chose qui tenait autant de l'horreur que du délire, ressentant à la fois tout et rien, essayant de trouver un vague début de signification à ce cauchemar ; les sueurs froides, la nausée, non pas à cause de l'odeur, ni du corps de cette pauvre fille massacrée et abandonnée dans un appartement vacant de Montgomery Street, à côté d'un message qui laissait entrevoir un monde beaucoup plus noir que ce que n'importe lequel d'entre eux aurait pu imaginer – mais à cause de la désillusion inévitable...

Ce n'était jamais simple. Jamais aussi simple qu'on l'aurait voulu.

C'est à ce moment-là – après toutes ces choses – que Ray Irving mesura véritablement la profondeur de l'abîme.

La seule chose qui l'empêchait de sombrer était une emprise ténue sur le réel, la promesse d'un avenir meilleur, l'espoir que, d'une manière ou d'une autre, il se fraierait un chemin et verrait enfin l'autre côté...

Le pire du pire, semblait-il, était son envie de lâcher prise.

34

À 22 heures, ils connaissaient le nom de la fille.

Ils avaient déchiffré le code, les symboles tracés par terre avec son sang.

Elle avait 24 ans, elle travaillait chez un disquaire dans le centre. Aucune disparition inquiétante n'avait été signalée. Les employés du magasin de disques donneraient plus tard leur témoignage : *On s'est juste dit qu'elle n'aimait pas ce boulot... Elle était là depuis seulement deux semaines.*

New York. Une ville assez grande pour perdre ses habitants. Vous étiez quelqu'un sur le trottoir, aussitôt oublié dès que vous aviez tourné au coin.

Laura Margaret Cassidy.

Le message par terre disait : *Oakland 9472 Bob Hall Starr était une fiote.*

Celui qui avait écrit ces mots s'était servi d'une combinaison de codes empruntés à différentes lettres du Zodiaque – celles envoyées au *Vallejo Times-Herald,* au *San Francisco Examiner* et au *Chronicle.* Le 4 septembre 1972, à Oakland, en Californie, une jeune fille de 24 ans nommée Alexandra Clery fut retrouvée nue, ligotée et tabassée à mort. Clery était l'une des neuf victimes possibles du Zodiaque correspondant à cette période de l'année – Betty Cloer, Linda Ohlig, Susan McLaughlin, Yvonne Quilantang, Cathy Fechtel, Michael Shane, Donna Marie Braun et Susan Dye. La plupart avaient été assassinées au moment des solstices d'été, d'hiver et équinoxe d'automne, Linda Ohlig six jours après l'équinoxe de printemps. Ayant reconnu la graphie du code laissé sur le sol de l'appartement, Irving fit très vite le lien entre ce qu'il venait de découvrir et ce qui s'était passé trente-quatre ans auparavant. Il trouva également une référence, en plus d'un autre nom, à Bob Hall Starr.

Hal Gerrard et Jeff Turner confirmèrent que la mort de la fille de Montgomery Street – d'après l'examen préliminaire et l'état de décomposition – pouvait fort bien remonter à douze jours. Soit au 4 septembre. Le Commémorateur leur avait donc donné un meurtre du Zodiaque, mais ils n'en avaient rien su.

Le corps de Laura Cassidy fut envoyé chez le coroner afin d'être autopsié. Jeff Turner et son équipe de techniciens scientifiques commencèrent à passer l'appartement au peigne fin.

Irving, retrouvant Farraday au n° 4, lui dit ce qu'il en pensait.

« Je crois que l'appartement ne donnera rien d'intéressant.

— Je crois que vous avez sans doute raison, confirma Farraday. On peut espérer qu'elle a été tuée sur place... Avec la possibilité que le tueur ait laissé quelque chose. Par contre, si elle a été déposée là-bas après sa mort, on n'aura peut-être rien avant l'examen primaire. »

Il se leva de son fauteuil et s'approcha de la fenêtre, le dos tourné à Irving. « Et Bob Hall Starr ?

— C'était le nom, ou plutôt le pseudonyme, du suspect n° 1 aux yeux de la police de San Francisco.

— Soupçonné d'être le Zodiaque ?

— Oui.

— Et on part du principe qu'il est impossible que le Zodiaque soit encore en vie ? »

Farraday se retourna et s'assit sur le rebord de la fenêtre, les mains dans les poches.

« On part de ce principe, oui, répondit Irving.

— Qu'est-ce que vous en concluez, donc ?

— Que notre type essaie peut-être de prouver qu'il est plus fort que tous les autres. C'est mon point de vue... Mais c'est la conclusion à laquelle nous sommes arrivés et...

— *Nous sommes arrivés ?* fit Farraday. Qui ça, *nous*, au juste ? »

Irving s'aperçut de son erreur et s'en voulut. Il tourna la tête vers le mur où étaient accrochés les médailles de Farraday, ses éloges officiels, ses états de service et ses photos encadrées. Ses yeux se posèrent non pas directement sur le mur, mais sur l'espace qui l'en séparait. Pendant quelques secondes, Irving fut absent. Il était fatigué, perplexe, désenchanté, déçu, abattu, furieux, frustré. Bien décidé, aussi, à ne pas devenir le bouc émissaire face à l'avalanche de questions auxquelles Farraday risquait fort d'être incapable de répondre. Ce n'était pas comme ça que les choses étaient censées fonctionner. Ce n'était pas comme ça qu'il avait voulu que sa vie soit.

« Ray ? »

Irving revint à lui. Il regarda de nouveau Farraday. « Sur certains points de cette affaire, j'ai parfois recours à une assistance extérieure... Enfin, pas tout à fait une assistance. Plutôt une contribution.

— Une contribution ?

— Le type qui a fait les recherches pour l'article du *City Herald*... Celui qui a fait le lien entre les meurtres. »

Farraday se tut pendant un long moment. Il regagna son bureau et se rassit. Il avait l'air songeur, mais quelque chose sur son visage trahissait une difficulté à définir sa propre réaction.

« Je n'aime pas ça, finit-il par répondre. Ce n'est pas le genre de contribution extérieure qui passera... »

Irving se pencha vers lui. « Capitaine ? Est-ce qu'on peut essayer d'appréhender ça quelques instants sous un autre angle ? »

Farraday haussa les sourcils.

Irving se lança. « Oublions le maire et le patron. Oublions l'élection à venir, oublions qui pourrait ou ne pourrait pas être élu l'année prochaine. Est-ce qu'on ne peut pas analyser la situation du simple point de vue d'une enquête criminelle en cours ?

— *J'espère* que c'est comme ça que vous l'abordez, Ray...

— Moi, oui. Mais, que je sache, personne d'autre ne le fait... Du moins pas complètement.

— Expliquez-vous.

— D'abord en rognant sur les moyens. Pour m'aider à remplir la paperasse sur une demi-douzaine d'enquêtes criminelles, je n'ai que deux agents qui me sont prêtés pendant deux petites heures. J'ai un demi-bureau pour travailler, je n'ai aucun adjoint et j'ai cru comprendre qu'en obtenir un était juste inenvisageable, tout le monde étant mobilisé dans la rue pour faire plaisir au maire et au directeur de la police...»

Farraday leva la main. «C'est bon, Ray. Je dispose en tout de neuf inspecteurs, dont deux sont en congé. Il m'en reste donc sept. Vous êtes sur cette affaire, les six autres s'occupent de tout ce qui passe par notre commissariat. Sans oublier que deux gars de chez nous sont en train d'aider les collègues du n° 8. En plus, le capitaine Hughes s'en prend plein la gueule par les gens de la sécurité du territoire. On a l'autorité du transport, la sécurité aérienne, la grève des taxis, et cette connerie de coordination des événements en vue de Thanksgiving.

— Dans ce cas, *laissez-moi* trouver de l'aide, coupa Irving.

— Comment ça, *vous* laisser trouver de l'aide?

— Laissez-moi faire venir ce type chez nous.

— Quel type? Votre documentaliste? Enfin, merde, Ray... Vous plaisantez ou quoi? Si le directeur apprend qu'un journaliste travaille sur une enquête de police en cours...

— Il n'est pas journaliste, il est enquêteur pour un journal. Et d'après ce que je vois, il en sait davantage sur cette saloperie de tueur en série que n'importe qui. Et ce n'est ni un psychologue, ni un connard de bureaucrate du FBI à l'esprit borné. Certes, il a ses petites manies et ses particularités.

— Qu'est-ce que vous voulez dire ?»

Irving savait qu'il marchait sur des œufs, mais il s'en moquait. Il ne voyait pas comment les choses pouvaient être pires qu'elles ne l'étaient déjà.

«Je vous parle d'un type qui a un cerveau gros comme une planète, qui semble avoir passé ces vingt dernières années à essayer de comprendre les liens entre Dieu sait combien de crimes en série, et qui m'a proposé son aide. Il *veut* m'aider. Je le sais, parce qu'il m'appelle pour me dire de quels crimes anciens les plus récents sont des répliques. Il trouve des choses sur Internet et me les envoie ici...

— Et il pourrait être votre putain de suspect n° 1, si je comprends bien.

— Raison de plus pour l'avoir à portée de main, là où on veut qu'il soit. En attendant, on profite de tous les renseignements et coups de main qu'il peut nous filer sur cette affaire. C'est un vrai cauchemar, capitaine. Un cauchemar géant... Et je ne connais personne qui pourrait l'affronter tout seul. J'ai besoin d'aide. Ce type n'aurait pas besoin d'être payé. S'il a des frais, je les prends moi-même en charge, et...»

Farraday faisait non de la tête. «Si on doit en passer par là, alors on le fait dans les règles de l'art. Il sera embauché comme documentaliste. On lui donne un nom et une habilitation de sécurité – dans une certaine mesure, bien sûr. Il bosse avec nous, pas pour nous. Il ne représente pas la police, il est engagé en tant que consultant par la police et il se fait payer à un taux horaire convenu entre nous. Pour rien au monde, je ne veux voir un enfoiré de journaliste pondre un article expliquant que la police est tellement à court de personnel et de fric qu'elle est obligée d'avoir recours à une aide extérieure, dont les frais sont couverts par un inspecteur de la Criminelle. » Il s'interrompit un instant. « Vous comprenez ce que je veux dire ?

— Oui, je comprends... Ça me paraît logique. »

Farraday se leva et retourna à la fenêtre. Il resta silencieux un long moment, secouant la tête de temps à autre. Il semblait avoir une conversation muette avec quelqu'un, avec lui-même peut-être, justifiant ses propres décisions. « OK, parlez avec votre type, dit-il enfin. Voyez en quoi il pense pouvoir vous aider. Si ça vaut le coup, très bien. Ramenez-le ici et on l'intégrera. Sinon, oubliez-le et passez me voir. On essaiera de trouver quelqu'un pour répondre au téléphone à votre place et remplir la paperasse, ainsi qu'un agent pour les missions sur le terrain. Entendu ? »

Irving se leva à son tour.

« Entendu ? insista Farraday. On s'est bien compris, Ray, oui ?

— Tout à fait, capitaine. On s'est bien compris. »

35

« Je n'en ai aucune idée », dit Karen Langley.

Irving fit passer le combiné d'une oreille à l'autre. « Vous n'en avez aucune idée ?

— Non, Ray. Je n'en ai aucune idée.

— Mais vous travaillez avec lui depuis, quoi... huit ou neuf ans ?

— Ah, parce que vous savez où habitent toutes les personnes avec lesquelles vous travaillez, vous ? Il vit quelque part à New York, Ray, et je n'ai pas besoin de savoir précisément où. Je suis sûre que son adresse figure dans l'annuaire et j'imagine que les services de la comptabilité et des ressources humaines du journal doivent également la connaître. »

Irving avait du mal à y croire. « Écoutez, Karen... Franchement, ça m'étonne que vous travailliez avec un type depuis aussi longtemps sans savoir où il habite.

— Je précise qu'il ne veut pas que je connaisse son adresse. »

Nom de Dieu, pensa Irving. On était dimanche matin. Il avait appelé Karen Langley sur son portable. Elle était chez elle, vraisemblablement seule, et elle avait eu l'air contente d'entendre sa voix.

Jusqu'à ce qu'il lui indique la raison de son appel. Ensuite, elle s'était montrée un peu distante, professionnelle, pragmatique. Ce qu'il avait proposé à Farraday – que Costello soit engagé pour l'aider – lui avait pourtant semblé tellement évident la veille au soir. Des émotions fortes, une angoisse terrible, une impression de déconnexion, comme si personne sur terre ne pourrait jamais comprendre ce qu'il avait ressenti. Une nouvelle victime. Une réédition du Zodiaque par le Commémorateur. Et un message. *Bob Hall Starr était une fiote.* C'était un défi. *Je suis plus fort que tous les autres. Je suis le meilleur. Je suis tellement loin devant vous que vous n'y voyez que du feu… Encore mieux que ça : je ne laisse même pas de feu derrière moi.* Voilà ce qu'Irving avait compris dans le message – le défi tacite, la provocation. *Vas-y,* lui disait le tueur. *Tente ta chance.* Et Irving s'était dit que John Costello, curieusement, serait peut-être le seul à saisir à sa juste mesure le sens de ce défi.

S'ajoutait à cela une autre suspicion insidieuse. Costello l'avait mené à Leonard Beck, Beck à Chaz Morrison, Morrison à Haynes, et Haynes avait un lien direct avec la fille retrouvée morte dans l'appartement. Sans tous ces chaînons, celle-ci n'aurait même pas encore été découverte.

Irving aurait aimé croire que ce résultat était le fruit de son opiniâtreté et de son travail, mais – une fois de plus – ces événements semblaient tous relever de la pure coïncidence.

Réfléchissant sous la lumière froide du matin, après une nuit agitée et chaotique, il trouvait tout cela incohérent.

Et là-dessus, voilà que Karen Langley lui disait travailler avec Costello depuis des années sans savoir où il habitait...

« Où est le problème, Ray ? Qu'est-ce que vous voulez faire ? »

Irving s'aperçut qu'il ne disait rien depuis un bon moment. Il avait fermé les yeux, comme s'il espérait, en ne voyant pas ce qu'il avait devant lui, pouvoir s'imaginer ailleurs.

« Il faut que j'aille lui rendre visite. »

Elle hésita une ou deux secondes.

« Pardon ? demanda Irving.

— C'est impossible.

— Comment ça, impossible ?

— Impossible que vous alliez voir John Costello. Impossible. Vous comptez découvrir où il vit, chercher dans les ordinateurs de la police ou je ne sais où ? Vous imaginez un peu dans quel état il sera si vous débarquez chez lui comme ça ? »

Irving ne voulait pas dire qu'il n'avait trouvé nulle part l'adresse de Costello. « Non, je n'imagine pas, mais je commence à me demander sérieusement quel drôle de type vous avez pour collaborateur. »

Elle remit ça et il entendit le sourire dans sa voix. « Quoi ? Vous vous inquiétez pour moi ?

— Bien sûr... Bien sûr que je m'inquiète.

— Pourquoi ? Quelle importance ?

— Parce que je vous aime bien. Parce que vous êtes quelqu'un de bien...

— Vous ne m'avez pas rappelée... »

Tout à coup, sans prévenir, la discussion avait changé de cap.

365

Comment les femmes faisaient-elles pour toujours y parvenir ?

« Quoi ?

— Vous ne m'avez pas rappelée. On est sortis mercredi dernier, il y a quatre jours... Vous m'aviez dit que vous me rappelleriez et vous ne l'avez pas fait. »

Irving était prêt à raccrocher. « Je suis désolé. Attendez, Karen... Est-ce qu'on est en train de parler du fait que je ne vous ai pas rappelée ?

— Parfaitement. Vous me téléphonez ce matin pour me dire bonjour comment ça va. Point final. Rien d'autre. Ensuite vous voulez savoir si je peux vous faire entrer dans l'appartement de John Costello.

— Vous êtes fâchée ?

— Bien sûr que je suis fâchée. Bordel, Ray, vous êtes à ce point mal élevé ?

— OK, OK. Je suis navré. En ce moment, je suis un peu préoccupé, vous voyez ? Je suis un peu préoccupé par cette histoire. Je me retrouve avec une nouvelle fille morte sur les bras, découverte tard dans la nuit, et j'essaie d'y voir un peu plus clair. Alors je suis allé parler à mon capitaine pour lui dire qu'il y avait peut-être un type qui pouvait nous aider.

— Pardon ?

— Je suis allé voir mon capitaine... Je lui ai parlé de John, comme quoi il pourrait peut-être nous aider sur ce coup-là. »

Pendant quelques secondes, Karen Langley ne dit rien, et son silence rassura Irving. Pourquoi ? Il l'ignorait, mais entre eux la gêne sembla se dissiper instantanément.

« Je vais l'appeler, dit-elle enfin. J'ai son numéro. Je ne peux pas vous le donner parce qu'il m'a demandé de ne jamais le transmettre à qui que ce soit. Mais je vais l'appeler...

— Vous devez bien comprendre, Karen, que...

— Que rien de tout cela ne doit être publié, c'est ça ?

— C'est ça.

— Bien. Je lui téléphone et je vous tiens au courant.

— Merci, répondit Irving. Et encore une fois, désolé de ne pas vous avoir rappelée. J'aimerais vous dire que j'y ai pensé très fort, mais ce n'est pas le cas. J'ai pensé à vous, et puis j'ai été tellement pris par cette affaire...

— C'est bon, dit-elle, compatissante. Je comprends. Allez, raccrochez, maintenant. Je vais l'appeler.

— Merci, Karen. »

Sur ce, la ligne coupa.

36

Irving se rendit de bonne heure au Carnegie's et prit une table au fond, loin de la foule du dimanche midi.

Karen Langley l'avait rappelé quelques minutes après. Costello acceptait de discuter avec Irving, mais en présence de Karen, et pas chez lui.

« Il veut un endroit public, lui avait-elle expliqué.
— Nom de Dieu, Karen…
— Ray ? »

Irving s'était tu.

« Ne faites pas de manières, d'accord ? Il dit qu'il discutera avec vous. Contentez-vous de ce qu'il vous propose. »

Ils convinrent de se retrouver à 13 heures. Irving prit la peine de s'habiller correctement. Un pantalon noir, encore enveloppé dans le plastique du pressing vieux de plusieurs mois, et une veste bleu marine. Il repassa une chemise blanche, décida de se dispenser de cravate et cira ses plus belles chaussures. Il avait besoin de se faire couper les cheveux. Il avait besoin d'un costume neuf. Il avait besoin de beaucoup de choses.

Debout face au miroir du couloir – celui-là même que Deborah avait absolument voulu qu'il place à cet endroit, pour qu'elle puisse se voir une dernière fois avant de quitter l'appartement –, il se demanda s'il faisait tous ces efforts pour ressembler au professionnel qu'il était censé être ou pour plaire à Karen Langley. Un peu des deux, conclut-il. Cette affaire, peut-être plus qu'aucune autre dans sa carrière, exigeait de lui l'attention la plus soutenue. On était dimanche, midi et des poussières, et il avait déjà passé plusieurs coups de fil pour obtenir le rapport d'autopsie de Laura Cassidy. Cette enquête ne se ferait pas sans lui. Elle ne disparaîtrait pas discrètement, ne s'évaporerait pas dans la nature. Irving ne serait pas transféré vers un dossier plus important. Tant que cette enquête ne serait pas réglée – voilà : tant qu'elle ne serait pas réglée –, elle serait sa vie.

Il était arrivé au Carnegie's avec trente-cinq minutes d'avance. Il commanda un café et expliqua qu'il serait rejoint par deux autres personnes d'ici un petit moment. Il dit à la serveuse que ce serait un rendez-vous confidentiel : une fois qu'ils auraient commandé à manger – *s'ils* commandaient à manger –, il serait préférable qu'on les laisse tranquilles.

« Tu me connais, mon chéri, dit-elle. Pas du genre à me mêler de ce qui ne me regarde pas. »

Irving lui glissa un billet de 10 dollars dans la main, la remercia et s'assit.

Peut-être qu'il se trompait, mais il trouva que Karen Langley avait aussi fait un effort. Elle portait un tailleur-pantalon, un chemisier couleur crème et, autour du cou, un foulard noué à la diable. Elle avait l'air détendue, mais avec une élégance naturelle. Cette femme semblait posséder plusieurs facettes.

Irving devait encore découvrir celles qu'il n'aimait pas.

John Costello, lui, était comme toujours effacé et discret. Peut-être avait-il décidé un beau jour d'être d'une singulière banalité. Peut-être avait-il pour mission, dans sa vie, de ne plus être jamais remarqué – ni par un tueur en série, ni par quiconque.

«Bonjour, Karen. Bonjour, John.» Irving se leva et leur tendit la main.

Karen sourit. «C'est tellement solennel, dit-elle. Asseyez-vous, bon Dieu.»

Irving obéit.

Costello sourit à Karen. Il était le spectateur curieux, celui qui observait cette petite scène de théâtre.

«Merci d'être venu, John, dit Irving. Commençons par le commencement : est-ce qu'on mange un morceau?

— Mais évidemment, répondit Costello. Le dimanche, c'est programme libre. Comment est la nourriture ici?

— Bonne. Très bonne, même. J'aime beaucoup.

— Qu'est-ce qu'ils ont?

— Oh là! De tout. Plein de choses casher, bien sûr. Je vais aller chercher la carte...

— On vous laisse choisir, dit Costello. Ça vous va, Karen?

— Oui, pas de problème. Mais pas de foie de volaille. Je n'aime pas le foie de volaille.»

Irving attrapa le regard de la serveuse et lui fit signe de venir. «Est-ce qu'on peut prendre trois *knishes* au pastrami?» Il se tourna vers Costello et Karen. «Vous mangez du fromage, oui?»

Costello fit oui de la tête. «Allez.

— Du fromage pour trois, dit Irving, et une salade Central Park à partager.

— Café? demanda la serveuse.

— Vous avez du thé? répondit Costello.

— Bien sûr qu'on a du thé. Quel genre vous voulez? On a du Darjeeling, de l'English Breakfast, de l'Earl Grey...

— English Breakfast.

— Pour moi, du café», dit Karen.

La serveuse disparut et revint quelques instants plus tard avec leurs boissons. Elle resservit Irving en café. «Dix ou quinze minutes pour le déjeuner, ça vous va?»

Irving la remercia.

«J'ai cru comprendre, embraya Costello avant même qu'Irving ait le temps de parler, que vous en avez retrouvé une autre.

— Il a imité le Zodiaque.

— Quel crime?

— Celui d'Alexandra Clery... La fille dont vous m'aviez parlé.

— Vous l'avez retrouvée quand?

— Hier soir.

— Et elle était morte depuis le 4 septembre?»

Irving ouvrit de grands yeux. «Vous vous rappelez la date? Il va falloir que vous m'expliquiez comment vous faites!

— Oh, je lis des choses. Elles me restent dans la tête. Pas toutes, bien sûr, juste celles qui m'ont l'air pertinentes ou importantes. Ne me demandez pas comment ni pourquoi. C'est comme ça.»

Irving se dit que, au fond, il ne voulait peut-être pas savoir.

«Et? reprit Costello. Réponse à ma question?

— Si elle était morte depuis le 4? Oui, très vraisemblablement. Je n'ai pas encore reçu le rapport d'autopsie.

— Elle a été tabassée à mort et abandonnée nue, comme la fille d'Oakland en 1972?

— Apparemment.»

Irving se ravisa. «Attendez une minute. On va déjà plus vite que la musique.

— Plus vite que la musique? Comment ça?

— Ce rendez-vous, ici... Notre discussion. Je ne vous ai même pas encore dit ce dont je voulais vous parler.

— Je sais de quoi il s'agit, inspecteur Irving.»

Irving était bouche bée.

«Karen m'a raconté. Vous voulez que je sois indépendant et extérieur... Mais quoi, au juste?

— Un consultant? tenta Irving.

— D'accord, pas de problème. Un consultant.»

Pendant quelques secondes, personne ne prononça le moindre mot.

«Très bien, reprit Costello. C'est ce que vous voulez?

— Oui. Appelez ça comme vous voudrez. D'ordinaire, je fais appel à des profileurs, j'implique le FBI. Mais il n'y a aucune preuve réelle d'un quelconque enlèvement et...

— Les gens du FBI ont une vision incroyablement étriquée de ce genre d'affaires.

— C'est possible, mais j'ai rarement affaire à eux.

— Croyez-moi, continua Costello. Ils ont leurs propres règles et contraintes. Ils veulent toujours être très organisés et méthodiques, et je suis sûr que le plus souvent, ils y arrivent. Mais dès qu'il s'agit de se mettre dans la tête d'un tueur en série, ça ne fonctionne plus... Avec ces gens-là, il n'y a ni règles ni contraintes, hormis celles qu'ils s'imposent eux-mêmes.

— Donc vous êtes prêt à réfléchir à ma proposition? demanda Irving.

— Y réfléchir? Mais c'est tout vu, inspecteur. J'ai déjà décidé de vous aider.»

Irving s'efforça de ne paraître ni surpris, ni satisfait. «Ce sera officiel, bien sûr. Vous serez employé par la police de New York en tant que consultant externe, en tant que *chercheur*, faute d'un terme plus approprié. Vous serez payé selon un tarif convenu...

— Les détails ne sont pas importants, l'interrompit gentiment Costello. Je suis intéressé, point final. Cette affaire me fascine depuis le premier jour, et avoir accès à toutes les informations concernant les scènes de crime...

— Dans une certaine limite», rectifia Irving.

Costello s'enfonça sur son siège et reposa sa tasse de thé. «L'accès ne peut pas être limité, dit-il. Pas pour ce qui touche des informations en lien direct avec les affaires elles-mêmes. Comment voulez-vous que je découvre une piste si je ne peux pas tout voir?

— On s'en occupera, répondit Irving. Vous devez bien comprendre que c'est moi qui suis à l'origine de cette idée. Elle ne vient pas d'en haut. Il a fallu que je convainque mon supérieur, et je n'ose même pas imaginer ce que dirait le directeur de la police s'il était au courant de ce qui se passe. Pour dire la vérité, tout ça est très inhabituel. Un citoyen lambda, sans qualifications particulières en profilage criminel, sans connaissance réelle du travail policier...

— Mais vingt ans d'expérience en tant que spécialiste du crime, intervint Karen.

— Bien sûr, oui. Bien sûr.

— Sans compter, ajouta Costello, la meilleure de toutes les qualifications. Quelque chose que personne dans la police ou au FBI ne peut prétendre avoir. »

Irving lui lança un regard interrogateur.

Costello sourit. « J'y suis passé, inspecteur Irving. Je sais ce que c'est que de voir quelqu'un comme ça de près. De très, très près. »

37

Ils déjeunèrent sans reparler des meurtres du Commémorateur. Karen Langley avait habilement conclu leur conversation. Elle discuterait avec le rédacteur en chef adjoint du journal, Leland Winter, voire avec Bryan Benedict si nécessaire, et aiderait à faire en sorte que John Costello puisse conseiller la police de New York sans renoncer entièrement à ses responsabilités au sein du *City Herald*.

«John est mon bras droit», dit-elle.

Costello ne releva pas le compliment. Il était concentré sur sa nourriture, l'air déterminé, et paraissait indifférent aux menus détails dont parlaient les deux autres.

À 13 h 45, il se leva, replia soigneusement sa serviette et la posa à côté de son assiette. Il remercia Irving pour le déjeuner, salua Karen Langley puis, sans un mot de plus, fit demi-tour et quitta le restaurant.

Pendant un long moment, Irving ne sut pas quoi dire.

Karen regarda Costello s'en aller. Dès qu'elle revint vers Irving, elle ne put s'empêcher de rire en voyant la tête qu'il faisait.

« On dirait que vous venez de vous prendre une gifle. C'est tout John. N'y faites pas attention. Vous vous habituerez à ses excentricités.

— Vraiment ?

— Bien sûr. Et puis vous n'avez pas le choix, si ? »

Ils restèrent encore une heure.

« C'est donc devenu notre deuxième rendez-vous non officiel, dit-elle.

— Ce n'est pas tout à fait ce que j'avais imaginé. »

Karen recula et lui jeta un regard intrigué. « Vous avez toujours été aussi sérieux ?

— Vous pensez que je ne devrais pas être sérieux à propos de cette histoire ?

— Il y a une différence entre être sérieux et être sérieux *à propos de* quelque chose. Bien évidemment que c'est une histoire sérieuse. C'est une enquête criminelle, il y a de quoi être très sérieux. Mais je voulais dire en général…

— Vous me trouvez trop sérieux ? demanda Irving.

— Je trouve tout le monde trop sérieux, Ray. Je crois que la moitié des problèmes que les gens peuvent rencontrer est due au fait qu'ils se prennent trop au sérieux.

— Qu'est-ce que vous voulez que je fasse ? Qu'est-ce que vous voulez de moi ?

— Ce que je veux ? Mais rien du tout. À mon avis, c'est vous qui voulez quelque chose… Un peu plus qu'une simple enquête criminelle…

— Je dois vous avouer que j'ai un peu de mal à penser à autre chose en ce moment.

— Oui, je vois ça. »

Irving pencha la tête sur le côté et regarda Karen d'un air soupçonneux. « Qu'est-ce que ça veut dire ?

— Que vous prenez tout ce que je dis au pied de la lettre, rien de plus. Je ne vais pas vous demander de vous détendre – ça ne changerait rien. Mais je pense que vous devriez vous...

— Détendre ?

— Essayez, Ray. Peut-être même que vous y trouverez du plaisir.

— Promis. »

Ray voyait très bien ce qu'elle voulait dire. D'ailleurs, elle n'avait pas besoin de le lui dire. Mais qu'on le lui dise, voilà précisément ce dont *lui* avait besoin. Pourquoi fallait-il toujours qu'il y ait une tension, même dans les choses les plus simples ? Parler à quelqu'un. Apprendre à le connaître. Passer du temps avec lui. Il fallait toujours que d'autres éléments viennent interférer.

« Je dois vous demander quelque chose, dit Irving.

— Je vous écoute.

— C'est au sujet de la confidentialité... Le fait que je sois garant de l'intégrité de cette enquête, maintenant que...

— Maintenant que John est impliqué ? Vous pensez que je suis confrontée à des intérêts contradictoires, c'est ça ?

— Le contraire me paraîtrait difficile. Vous avez une affaire qui est digne de faire la une, un enquêteur qui va être directement impliqué, un accès à des renseignements qu'aucun autre journal ne peut espérer obtenir. Les rédacteurs en chef et les rédacteurs adjoints attendent beaucoup de vous et ils vont vous mettre la pression.

— Si c'est ce que vous croyez, alors vous connaissez mal John. Et moi encore moins. Si John dit qu'il se taira, alors il se taira. S'il signe un accord de confidentialité, il tiendra parole.

— J'ai du mal à comprendre comment vous pouvez en être si sûre. Il faut avoir une bonne dose de certitudes sur le caractère d'une personne...

— Alors que je ne sais même pas où il habite ? »

Irving sourit. « Franchement, Karen, c'est peu banal.

— Je ne vois pas comment vous le dire plus clairement. John est comme il est... Peut-être qu'il a toujours été comme ça, peut-être qu'il l'est devenu après ce qui lui est arrivé. Tout ce que je sais, c'est qu'il m'est indispensable. Dans le genre, je ne pouvais pas rêver mieux que lui. Mais il est comme tout le monde, il a ses habitudes, qu'il faut savoir accepter si on veut s'entendre avec lui. Peut-être que dans son cas, ces habitudes-là sont plus étonnantes, un peu plus prononcées, mais il est inoffensif et...

— Vous en êtes certaine ? »

Karen eut l'air surprise. Soudain, son expression changea. « Vous avez encore des doutes sur John ?

— Je viens de le rencontrer, Karen. Je ne sais rien de lui.

— Drôle de manière de choisir un assistant, vous ne croyez pas ?

— Bien. Dites-moi ce que vous savez d'autre. »

Karen sourit. « Vous allez devoir le découvrir vous-même, Ray. Vous vous êtes mis dans cette histoire, à vous d'en sortir tout seul.

— Allez, Karen. C'est injuste... »

Elle glissa sur le côté et récupéra sa veste. « J'y vais.

— Quoi ? »

Karen Langley leva la main pour le faire taire. « J'y vais. Je vais discuter avec Leland et avec toutes les personnes qu'il faudra mettre au courant. Je réglerai cette histoire avec John. » Elle était debout. Irving voulut se lever à son tour.

Elle sourit encore, tendit la main et la posa sur la joue d'Irving. « Ne vous levez pas. Ce n'est pas le bon moment pour ce à quoi nous pensons.

— Mais...

— Occupez-vous de ça. Une fois que vous aurez terminé, rappelez-moi. On pourra peut-être repartir sur de bonnes bases.

— Karen ! Je ne voulais pas du tout...

— Pas de problème, dit-elle à voix basse avant de se baisser et d'embrasser la joue d'Irving. Vous avez mon numéro. Quand vous n'aurez rien à me demander, appelez-moi, entendu ? »

Irving ne put que la regarder sans un mot.

« Hochez le menton, Ray. Hochez le menton pour que je sache que vous m'avez bien entendue. »

Irving hocha le menton.

Karen Langley sourit, presque comme si c'était ce qu'elle attendait, comme si elle s'y était préparée depuis longtemps et savait exactement comment agir. Là-dessus, elle fit demi-tour et marcha vers la sortie.

Ray Irving se leva soudain ; sa veste emporta l'anse de sa tasse à café, qui se renversa par terre.

Tout occupé à extraire des serviettes en papier du distributeur en chrome posé sur la table, il ne la vit pas partir. Lorsqu'il leva enfin les yeux, elle n'était plus là.

Peut-être s'était-elle retournée pour lui adresser un dernier regard, un petit sourire, histoire de bien réaffirmer sa position. Il ne le savait pas et ne le saurait jamais.

Il se rassit. La serveuse arriva et lui demanda s'il voulait encore du café. Il refusa, puis changea d'avis.

Il resta encore un petit moment – vingt minutes, une demi-heure peut-être. Il observa le monde par la fenêtre – la 7e Avenue un dimanche après-midi – et se fit la réflexion que ça avait été, sans aucun doute possible, le deuxième pire rendez-vous de sa vie.

38

Il était presque 15 heures. Rentrer chez soi n'avait pas grand sens. Irving se rendit donc à son bureau, passa quelques coups de fil, essaya de voir ce qu'il pouvait apprendre de plus sur John Costello. Ce dernier ne possédait aucun casier judiciaire, n'avait jamais été arrêté, encore moins inculpé, et ses empreintes digitales ne figuraient pas dans le fichier de la police. Irving réussit tout de même à trouver son numéro de Sécurité sociale, qui lui donna une adresse, un immeuble au croisement de la 39ᵉ Rue Ouest et de la 9ᵉ Avenue dans lequel Costello avait emménagé en janvier 1989. Si l'adresse était toujours la bonne – ce dont il n'avait aucune raison de douter –, Costello vivait donc au même endroit depuis près de dix-huit ans. Irving pouvait y aller à pied tout de suite. D'ici un quart d'heure ou vingt minutes, il serait devant la porte de l'appartement de John Costello, pourrait entrer chez lui et observer de près le monde qu'il s'était créé. La manière dont ces gens-là vivaient était toujours le meilleur reflet de leur mentalité.

Irving s'arrêta net. *Ces gens-là ?* Comment ça ? Qu'entendait-il par là ? Classait-il Costello dans la même catégorie, peu ou prou, que l'homme qu'il cherchait ?

Il préféra abandonner ce terrain glissant et se concentrer sur son ordinateur.

Les dossiers sur les meurtres du Marteau de Dieu lui avaient été scannés et envoyés par la police de Jersey City. Ils avaient été archivés à la fin de 2002. Irving avait eu vent du projet, une vaste entreprise censée redonner un peu d'ordre et de cohérence à l'énorme masse de dossiers qui croupissaient dans les archives des comtés, une tentative pour réduire l'espace de stockage, protéger les documents et rendre obsolète la bonne vieille méthode des références croisées à la main. Naturellement, comme pour tous les projets de cette ampleur, soit les financements avaient été épuisés ou suspendus, soit quelqu'un en avait profité pour faire cracher le contribuable en engageant des consultants et des petites mains à prix d'or. Quelqu'un finirait donc par exhumer le projet, le reprendre là où il avait été abandonné, et une deuxième, voire une troisième et une quatrième tentative seraient démarrées pour en venir enfin à bout. Irving avait de la chance : les dossiers du New Jersey remontaient au début de l'année 1986. Or la dernière des agressions du Marteau de Dieu – celle contre John Costello et Nadia McGowan – avait eu lieu en novembre 1984. Irving copia l'ensemble des dossiers sur son disque dur. *Treeware,* se dit-il avec un sourire, repensant au terme que les geeks employaient pour désigner les documents en papier. Au sous-sol du commissariat n° 4, il consulta la base de données des journaux en microfilms et sortit les articles du *Jersey City Tribune* parus en décembre 1984 : mercredi 5 («Arrestation dans l'affaire des assassinats au marteau»); vendredi 7 («Inculpation de l'homme suspecté dans les assassinats au marteau»); mercredi 12 («Le Marteau de Dieu sous les verrous»); un article daté du jeudi 20 expliquant que l'employeur de Robert Clare voulait traduire en justice les fanatiques de meurtres en série qui venaient dans son garage pour y glaner des objets-souvenirs. Enfin, le 27 décembre, un papier factuel sur le suicide de Robert Clare. Poursuivant ses recherches, Irving trouva un article saisissant, peut-être le plus triste de tous. Il était daté du 4 janvier 1985 et avait pour titre : «Le policier qui avait arrêté le "Marteau de Dieu" est mort».

On y apprenait que l'inspecteur Frank Gorman, chef de la brigade criminelle de Jersey City, était mort d'une crise cardiaque dans les toilettes d'un restaurant. Pour couronner le tout, Gorman, âgé de 51 ans, célibataire, mangeait seul ce jour-là. Dans la police depuis vingt-huit ans, il n'avait eu droit qu'à un entrefilet dans le *Tribune*.

Irving s'enfonça dans son fauteuil, perdu dans ses réflexions. Il se demanda combien de personnes avaient assisté à l'enterrement de Gorman le mercredi 9 janvier 1985, en l'église de la Première Communion… Combien de personnes hormis ses collègues.

Ces quelques paragraphes résumaient tout. L'histoire se répétait. Gorman et lui, c'était la même chose. Pas de famille, pas d'enfants, pas d'héritiers.

Ni fleurs ni couronnes. Ils disparaîtraient dans leur coin et seraient balayés.

Il referma le dossier des microfilms et remonta dans la salle des opérations. Il étudia les interrogatoires qu'avaient menés Gorman et Hennessy et retrouva une note griffonnée dans un coin du tout premier rapport McGowan/Costello. L'écriture était celle d'Hennessy. La note disait simplement : « Imitateur ?? »

De toute évidence, Frank Gorman et Warren Hennessy s'étaient posé les mêmes questions que lui. Costello avait été le seul à survivre. S'était-il lui-même infligé ses blessures ? Avait-il assassiné les couples précédents puis, pour détourner l'attention, tué sa petite amie avant de se blesser lui-même ? Si oui, qui était donc ce Robert Melvin Clare ? Et pourquoi aurait-il avoué ? Comparées aux analyses de scènes de crime actuelles et à la médecine légale moderne, la plupart des techniques, en 1984, n'en étaient qu'à leurs balbutiements. Peut-être y avait-il une explication plus simple – peut-être y avait-il deux tueurs similaires. Se pouvait-il que Costello, qui n'avait alors que 16 ans, eût déjà réédité un meurtre du Marteau de Dieu à l'époque ?

L'idée lui fit froid dans le dos. Il allait très loin dans les conjectures. Il avait rencontré plusieurs fois Costello. Pouvait-il vraiment être le Commémorateur ? John Wayne Gacy, Kenneth McDuff, Arthur Shawcross ou Harvey Carignan étaient-ils vraiment ce qu'on pensait ? Ou est-ce que la plus grosse supercherie était, dans ce genre de cas, ce qui importait le plus ? *Je ne suis pas celui que vous croyez. Je ne suis même pas celui que je crois être.*

Irving chercha la trace de Warren Hennessy, le collègue de l'inspecteur Gorman, dans la base de données interne. Il put la suivre jusqu'au mois de juillet 1994. Douze ans s'étaient écoulés depuis. Hennessy était-il toujours en vie ? Où diable pouvait-il être ? Fallait-il vraiment consacrer du temps et de l'énergie à mettre la main sur lui ? Au mieux, que pourrait-il lui dire au sujet de John Costello ? Que lui aussi avait envisagé la possibilité que Costello ait imité là signature criminelle du Marteau de Dieu ? Qu'il avait un temps soupçonné Costello d'être le pire de tous les menteurs ?

Irving abandonna. Il n'y croyait pas. Il remplissait les vides avec tout ce qu'il pouvait trouver, mais ça ne collait pas.

John Costello était une victime qui avait survécu. Point final. Il avait un don fabuleux pour relier les points entre eux, et ce don pouvait s'avérer utile si on voulait comprendre un peu mieux ce qui s'était passé. Rien de plus. Cet homme était une énigme, certes, mais Irving voulait croire à tout prix qu'il n'était pas un tueur en série.

Sur le coup de 17 heures, épuisé à force de lire des pages et des pages de documentation détaillée, il passa une heure à classer des dossiers et des photos, à remettre les choses dans l'ordre chronologique. Il souligna plusieurs points sur quelques feuilles tirées des premiers rapports d'enquête. Il nota certaines choses qu'il souhaitait garder à l'esprit lors de la prochaine visite de Costello.

Avant de partir, il téléphona au bureau du coroner et demanda le rapport d'autopsie de Laura Cassidy. Hal Gerrard était absent, mais un de ses assistants invita Irving à passer prendre le rapport sur place.

Irving s'exécuta et rentra chez lui. Un peu après 19 heures, assis dans sa cuisine, il parcourut les quelques notes concernant la mort d'une jeune disquaire de 24 ans que New York avait déjà oubliée. Laura Margaret Cassidy, assassinée selon le même mode opératoire qu'Alexandra Clery, victime non confirmée du Zodiaque.

Encore une fois, ce n'était qu'une hypothèse. Le lien était, au mieux, ténu. Qu'est-ce qui prouvait que tous ces meurtres avaient été commis par le même homme? Hormis les dates, rien. Hormis le fait que ces gens avaient été assassinés d'une certaine manière à une certaine date, rien.

Était-ce suffisant?

Il mit de côté le rapport d'autopsie. Il ferma les yeux et sentit un mal de crâne se former quelque part derrière son front.

En vérité, il *fallait* que ce soit suffisant. Parce qu'ils n'avaient rien d'autre.

39

« Est-ce que j'ai droit à un insigne ? demanda Costello, l'air très sérieux, sans aucune ironie.
— Un quoi ?
— Un insigne. Comme si j'assurais l'intérim ou quelque chose comme ça. »
Irving fronça les sourcils. « C'est une blague ? »
Costello répondit par un haussement d'épaules. Il se leva du bureau de la salle des opérations et avança jusqu'à la fenêtre, où il resta un moment à compter les voitures – les voitures blanches. Il était 10 h 20, le lundi 18 septembre. Karen Langley s'était entretenue avec Leland Winter, et ce dernier avec Bryan Benedict. Benedict et le capitaine Farraday avaient passé un petit quart d'heure au téléphone, et Costello avait été transféré du siège du *New York City Herald*, au croisement de la 31e Rue Ouest et de la 9e Avenue, au commissariat n° 4, à l'angle de la 57e Rue et de la 6e Avenue. Sans conditions. Aucun privilège d'exclusivité accordé au cas où l'affaire éclaterait au grand jour. Aucune faveur spéciale. Le *City Herald* prêtait un spécialiste du crime à la police, un homme fort d'une expérience de vingt ans en la matière, un homme capable de penser au-delà du cadre étroit qui

entourait généralement ces questions-là. De l'avis général, John Costello ne réfléchirait pas comme un inspecteur de la Criminelle. Il aborderait les choses sous un autre angle, et ce changement de perspective, ce glissement intellectuel, était précisément ce dont Irving avait besoin.

Costello se retourna, mains dans les poches. « En clair, dit-il, on a neuf victimes d'assassinat. La première a été tuée le 1er juin, et la dernière, Laura Cassidy, sans doute le 4 septembre, même si elle n'a été retrouvée que le samedi 11. » Il sourit. « Je me demande ce qu'il a bien pu ressentir pendant tout le temps où elle est restée morte dans son coin.

— Je me suis dit la même chose. Pourquoi nous envoyer la lettre de Shawcross, histoire d'être sûr qu'on puisse faire le lien avec Anne-Marie Steffen, pourquoi maquiller le petit Wolfe, et ensuite laisser la fille dite du Zodiaque comme ça ?

— Il a dû en crever de frustration.

— Ou alors il a simplement voulu limiter le nombre d'indices. Il veut nous en montrer juste assez, mais pas trop non plus.

— Le mystère, dit Costello.

— Le mystère ?

— Dans le fond, il s'agit bien de ça, non ? Un profileur du FBI, un certain John Douglas, expliquait un jour que tous ces gens-là sont mus par une volonté de définir et de perpétuer leur propre mythologie. Ils veulent tous être quelqu'un mais ne le sont pas. Alors ils sont obligés de se faire passer pour quelqu'un afin d'être entendus.

— Le cliché du gamin maltraité et abandonné…

— Les clichés ne sont des clichés que parce qu'ils expriment assez de vérité pour être répétés. »

Irving s'approcha des tableaux blancs installés au fond de la pièce. En un clin d'œil, Costello se retrouva à côté de lui. Les deux hommes étudièrent les visages des victimes, leurs noms, la date et l'heure de leur mort, les épingles et les petits drapeaux qui indiquaient les lieux du crime sur le plan de la ville.

« Il n'y a pas nécessairement une logique, si? demanda Irving.

— Une logique? Non, en effet, ce n'est pas obligatoire.

— Sauf pour lui.

— D'après lui, tout cela est parfaitement logique. Sans quoi il n'aurait aucune raison de le faire.

— C'est là qu'on voit qu'il y a quand même des gens totalement dingues.

— C'est réciproque, dit Costello. Cet homme pense la même chose de nous que nous de lui.

— Vous croyez vraiment?

— Oh, que oui. »

Les deux hommes restèrent un instant silencieux. Costello fit demi-tour et regagna le bureau. « Les photos de scènes de crime, dit-il. Je pense qu'on devrait analyser toutes celles qui ont été prises et si on ne trouve pas ce qu'on cherche, il nous faudrait aller sur les scènes de crime elles-mêmes.

— Pour y trouver la signature du tueur. Les photos, je peux les obtenir. En revanche, l'accès aux scènes de crime, ça me paraît plus difficile.

— Je comprends bien la nécessité de la confidentialité, mais s'il y a des éléments qui...

— Jetons un œil sur les photos, l'interrompit Irving. Si jamais on a besoin d'aller voir les scènes de crime, on avisera à ce moment-là. »

Ils se mirent au travail, vidèrent chaque dossier de toutes ses photos. En tout et pour tout, il y en avait plus de deux cents.

Ils poussèrent les bureaux contre le mur qui faisait face à la fenêtre et disposèrent les photos par terre, les unes à côté des autres, classées par affaires, jusqu'à ce qu'il n'y ait plus un seul centimètre carré de moquette visible.

Costello, debout sur le bureau, les mains sur les hanches, étudia le puzzle imagé qu'il avait sous les yeux. Irving, lui, se tenait près de la fenêtre.

« Venez ici, lui dit Costello. Ça vous donnera une autre perspective.

— Une autre perspective ? Non, mais vous...

— Je suis très sérieux. Rejoignez-moi et venez voir. »

Sur la pointe des pieds, Irving se fraya un chemin parmi les séries de clichés et gagna l'autre bout de la pièce. Il grimpa sur le bureau et se plaça à côté de Costello. Les deux hommes considérèrent les innombrables photos en couleurs.

« La fille retrouvée dans l'appartement, dit Costello. Celui qui a loué la boîte postale a forcément dû fournir une pièce d'identité, non ?

— Il me semble que vous pouvez louer une boîte postale avec un simple permis de conduire. Celui qui a fait le coup a utilisé une fausse carte d'identité établie au nom de Shawcross et a indiqué pour adresse l'appartement de Montgomery Street. »

Costello observa un long silence, puis : « Vous voyez des points communs ?

— J'ai regardé ces photos des dizaines de fois. Je les ai étudiées de près, de loin, de haut en bas, à l'envers, de toutes les façons possibles et imaginables… pour essayer d'y déceler quelque chose. Et je ne vois strictement rien.

— Il n'y a pas de signature. Ce type est un caméléon. Il prend la couleur des autres.

— Tout ça est très poétique, rétorqua Irving avec une pointe de sarcasme dans la voix.

— Il faut être un peu spécial pour sacrifier autant de soi-même, vous ne croyez pas ?

— Sacrifier ?

— Le terme n'est peut-être pas le mieux choisi, mais vous voyez ce que je veux dire. Ce type doit se sentir obligé de faire ça, n'est-ce pas ? C'est une pulsion. Ce ne sont pas des crimes de circonstance. Ils exigent une planification très méthodique, très précise, pour tout ce qui concerne la victime, le mode opératoire, le lieu, etc. C'est un perfectionniste, et pourtant il semble avoir le don de ne laisser derrière lui aucune trace. Il ne veut pas qu'on sache qui il est, et ce pour deux raisons. Primo, il ne veut pas se faire arrêter. Secundo, il se croit supérieur, non seulement à tous ces assassins plus anciens, mais aussi à nous.

— Voilà que vous parlez comme un profileur, maintenant. On ne vous demande pas de nous dire à quoi il ressemble, mais de mettre en pratique vos connaissances pour deviner qui il imitera la prochaine fois. »

Costello descendit du bureau et louvoya entre les photos. Il en ramassa une, celle d'une des filles découvertes près de l'East River Park. Il l'observa un long moment avant de la reposer. Il prit alors la photo de Mia Grant, l'adolescente retrouvée par les jumeaux Thomasian – le meurtre de la petite annonce déposée à Murray Hill.

« Harv le Marteau, dit Costello. C'était le surnom de Harvey Carignan. Ensuite, on a les deux filles assassinées par les Tueurs du Crépuscule près du parc. John Wayne Gacy... Que je sache, il n'a jamais eu de surnom, tout comme Kenneth McDuff. Shawcross était surnommé le Monstre des Rivières. Pour finir, on a la fille de l'appartement, la petite Cassidy, où on a droit au plus célèbre d'entre tous, le Zodiaque.

— Qu'est-ce que vous recherchez ?

— N'importe quoi. Il les choisit pour une raison précise. Peut-être le nom des assassins originels, le nom des victimes, les dates... »

Costello s'interrompit et leva les yeux vers Irving.

« Quoi donc ?

— Je voudrais établir la liste des dates. Les anciennes et les récentes. »

Les deux hommes s'attelèrent à la tâche, en partant du principe que Laura Cassidy avait été assassinée le 4 septembre. Costello nota les dates les unes après les autres, en remontant jusqu'à Mia Grant, le 3 juin. Il calcula ensuite le nombre de jours qui les séparaient les unes des autres.

« Entre Mia Grant et les deux filles, Ashley Burch et Lisa Briley, neuf jours. De là jusqu'au petit jeune découvert dans le magasin de feux d'artifice, quarante-sept jours. Jusqu'à la fille et ses deux copains dans le coffre de la voiture, huit jours. Ensuite, on a un intervalle de vingt-neuf jours jusqu'au 4 septembre et Laura Cassidy. Pour terminer, bien qu'elle ait été retrouvée avant la petite Cassidy, on a sept jours jusqu'au meurtre de Carol-Anne Stowell. Neuf, quarante-sept, huit, vingt-neuf, et sept...

— Neuf, huit, sept sont les chiffres intermédiaires, dit Irving. Si on met de côté les interruptions de quarante-sept et de vingt-neuf jours, on a une séquence.

— Ce qui signifierait que, s'il s'agit d'une séquence *volontaire,* notre cher ami va tuer à une date indéterminée, puis six jours après. Oh, non... Je crois qu'il n'y a rien dans les dates. Elles ne correspondent pas à des nombres premiers, ne sont pas toutes paires ou toutes impaires. Et les chiffres qui alternent ne forment pas de séquence. »

Irving s'assit sur le rebord de la fenêtre, les mains dans les poches. « Il a simplement choisi certains tueurs ou certains types de meurtres. Je crois que ce n'est pas plus compliqué que ce qu'on a soupçonné au départ.

— Il veut simplement faire connaître son génie au reste du monde.

— Appelez ça comme vous voudrez, dit Irving.

— Donc, si ce ne sont pas les victimes, et s'il ne se limite pas à des assassins qui ont été arrêtés – ce qui est le cas –, il s'agit forcément d'autre chose... »

Costello s'interrompit, puis dit : « Il nous reste à aller voir les scènes de crime.

— Je vais voir ce que je peux faire.

— J'attends votre coup de fil. »

Costello se leva et enfila sa veste. « Laissez un message à Karen et je vous rappellerai.

— Au fait, j'ai une question. »

Costello sourit, comme s'il savait déjà de quoi il s'agissait.

« Où habitez-vous ?

— Vous savez très bien où j'habite, inspecteur Irving. »

Ce dernier ne pouvait pas le nier, n'essaya même pas. « J'ai du mal à comprendre comment vous pouvez mener une existence aussi recluse...

— Recluse ? Pourquoi recluse ?

— Vous allez au travail. La personne pour qui vous travaillez n'est jamais passée chez vous. Vous semblez n'avoir aucune activité sociale. J'imagine que vous n'avez pas de relation en ce moment...

— Et c'est un problème, d'après vous ?

— Eh bien... Non, pas en tant que tel, mais je me dis que vous devez vous sentir un peu seul... »

Costello fourra ses mains dans ses poches et fixa le sol pendant quelques secondes. Lorsqu'il leva de nouveau les yeux, son visage était d'un calme imperturbable.

« Il faut donc croire que nous sommes deux dans ce cas-là, n'est-ce pas, inspecteur ? »

Ray Irving le regarda partir sans prononcer un mot.

40

La phrase le hantait : *Une volonté de définir et de perpétuer leur propre mythologie.*

Irving n'en dormait plus. Plus il y repensait, plus elle lui paraissait évidente.

À un moment donné, entre 2 et 3 heures du matin, il se leva de son lit et s'en alla chercher le mot dans le dictionnaire. *Mythe.* Il était question d'êtres surhumains, de demi-dieux, de déités. Il était question d'identités *créées,* celles auxquelles on avait recours pour expliquer l'inexplicable.

Il n'était pas possible de rationaliser ce que faisait le Commémorateur. Ce n'était même pas nécessaire. Il fallait simplement tenter de le comprendre ; avec la compréhension viendrait la possibilité de prévoir. Que ferait-il la fois d'après ? *Qui* serait-il ? Et quand ?

Irving s'endormit peu avant 3 heures, se réveilla à 7 h 30 et quitta son appartement à 8 h 15.

Il décida de sauter son petit déjeuner chez Carnegie's, s'acheta un café et fonça au n° 4. Coincé dans la 10e Rue, il réussit à faire un détour par la 42e Rue qui l'emmena au-delà du coin nord-ouest de Bryant Park. Mia Grant. 15 ans. Assassinée à la manière de Harv le Marteau.

Farraday devait arriver à 9 heures. Aucun message à la réception n'indiquant un changement de programme, Irving attendit devant le bureau du capitaine, dans le couloir, jusqu'à ce que celui-ci apparaisse.

« Bonne, mauvaise ou moyenne ? demanda Farraday.

— Il faut que je puisse emmener Costello sur les scènes de crime. »

Farraday s'arrêta net. Il avait sorti la clé de son bureau. Il l'introduisit dans la serrure, prit une lente inspiration et ferma un instant les yeux.

« Ce n'est pas lui le coupable, dit Irving.

— J'y ai repensé. »

Farraday actionna la clé, ouvrit la porte et pénétra dans son bureau.

Irving l'y suivit mais ne s'assit pas. Il n'avait pas l'intention de s'y attarder.

« Détecteur de mensonge, dit Farraday.

— Pour Costello ? Non, attendez, ça ne marchera jamais. De toute façon, c'est de la connerie…

— Écoutez-moi un peu, Ray. Écoutez-moi un peu. »

Farraday s'assit à son bureau, joignit ses deux index en flèche et regarda gravement Irving. « Asseyez-vous. »

Irving s'exécuta.

« Bon. Il est donc engagé de manière provisoire. C'est un spécialiste des faits divers et il remplit une fonction chez nous. Pas de problème. Mais imaginons autre chose. Mettons que ça foire. Mettons que l'assassin fasse partie de son fameux groupe du Winterbourne. Je ne sais pas, je ne fais que lancer une idée, d'accord? Je veux juste m'assurer qu'il ne peut rien nous arriver à cause de cette décision.

— Sérieusement, capitaine, je ne soumettrai pas ce type à un détecteur de mensonge. D'abord, ça ne constituerait en rien une preuve, et si quelque chose se passait mal, ça ne pourrait même pas nous servir de défense. Et puis... Merde, ce type est chaud comme la braise. Il ne fait pas tout ça parce qu'il en a simplement envie, mais parce qu'il se sent tenu de le faire.

— Et pourquoi donc?

— Qui sait? Sa propre histoire? Tout simplement la nature humaine, peut-être. »

Farraday afficha un sourire cynique.

« Laissez-moi l'emmener sur les scènes de crime. Ce n'est pas la mer à boire. Qui sera au courant? Laissez-moi l'emmener deux petites heures et on n'en parle plus. Peut-être qu'il verra des choses à côté desquelles on est passés.

— Vous croyez vraiment?

— Entre nous, il a repéré deux ou trois petites bricoles qui nous avaient échappé, non?

— Je ne suis pas d'humeur caustique. Alors allez-y, faites ce que vous voulez. »

Farraday le congédia d'un geste de la main. « Mais je ne veux en entendre parler que de votre bouche.

— Vous avez ma parole. »

Une heure et demie plus tard, John Costello descendait d'un taxi devant le commissariat n° 4 et traversait le parking pour retrouver Irving. Le temps était beau et sec, d'une fraîcheur vivifiante, et Irving, une fois de plus, se rappela que Noël approchait à grande vitesse, et avec la période des fêtes, l'inévitable sentiment de solitude. Il ne conseillerait à personne de voir l'être aimé mourir en novembre.

« Vous allez bien ? »

Costello hocha la tête. « Où va-t-on en premier ?

— Mia Grant », répondit Irving avant de l'accompagner jusqu'à sa voiture, derrière l'immeuble.

Bryant Park, les arbres aux branches basses sous lesquelles les jumeaux Thomasian avaient découvert le corps de la fille enveloppé dans du plastique. Puis la route qui bifurquait de Roosevelt Drive, juste à côté de l'East River Park. Les deux hommes restèrent debout, en silence, devant le bosquet où Ashley Burch et Lisa Briley avaient été retrouvées par Max Webster. Ensuite, respectant la chronologie des faits, Irving emmena Costello 39e Rue Est, au magasin de feux d'artifice et de déguisements Wang Hi Lee, avec le petit trou creusé dans le sol en béton d'où James Wolfe, grotesquement maquillé en clown, les avait regardés. Là-dessus, ils se rendirent sur le lieu où on avait retrouvé le corps tabassé de Caroline Parselle, sous le pont de Queensboro, puis au croisement entre la 23e Rue Est et la 2e Avenue, à l'emplacement de la Ford gris foncé dans laquelle les deux garçons avaient été découverts. Costello demanda où se trouvait la voiture, ce qu'elle était devenue.

« Elle est sous scellés, répondit Irving. Elle a été nettoyée de fond en comble. Déclarée volée deux mois auparavant, mais aucun indice à l'intérieur. »

Costello acquiesça et ne posa pas d'autres questions.

De là, ils roulèrent jusqu'au quai 67, via la 12ᵉ Avenue. Costello se pencha par-dessus le parapet et regarda l'endroit où le corps de Carol-Anne Stowell avait été jeté. Les eaux de l'Hudson étaient grisâtres, froides, impitoyables. Si de quelconques traces avaient été laissées ici, le fleuve les avait depuis bien longtemps charriées. Tout ce qui restait de Carol-Anne Stowell gisait désormais au fond de l'Hudson, et l'Hudson ne le rendrait jamais.

Irving et Costello remontèrent dans la voiture sans un mot. Il était 15 h 20, le ciel était bouché, la pluie semblait de nouveau imminente.

« Qu'est-ce que vous mangez le mardi ? demanda Irving.

— Karen vous en a parlé ? »

Irving ne répondit pas.

« Le mardi, je mange français.

— Quel genre ?

— Tout. Du bœuf bourguignon. Des crêpes.

— La cuisine cajun, c'est assez français pour vous ? »

Costello rigola. « Pourquoi ?

— Je connais un excellent restaurant cajun... On pourrait y déjeuner. »

Costello ne dit rien pendant un long moment, puis il sourit, presque à lui-même. Sans se tourner vers Irving, il hocha la tête lentement et répondit :

« D'accord. C'est un peu tiré par les cheveux, mais on va dire que cajun, c'est assez français pour un mardi. »

Ils ne reparlèrent pas des scènes de crime. D'un autre côté, il n'y avait pas grand-chose à en dire. L'heure était surtout à la réflexion. Costello trouvait leur virée *instructive*, mais ne fournit pas d'autre explication. Irving avait très envie de l'interroger sur l'agression qu'il avait subie, sur Robert Clare, sur Frank Gorman – quel genre d'homme c'était, s'ils avaient pu discuter au-delà de la stricte enquête – mais il ne le fit pas. Costello n'embraya pas. Lorsqu'ils eurent fini de manger, Irving le raccompagna au siège du *Herald* et le remercia de lui avoir consacré un peu de son temps.

« Je ne pense pas vous avoir été très utile, répondit Costello.

— Il fallait que je le fasse. Et je préférais ne pas le faire seul.

— Et maintenant ?

— Je vais réinterroger les parents, les amis, les dernières personnes à avoir vu les victimes vivantes. Je vais aller voir les gens qui ont découvert les cadavres. Je vais tout reprendre de zéro.

— Si vous avez besoin de moi, vous m'appelez. Je reste aux aguets.

— C'est gentil à vous.

— C'est un jeu de patience, non ?

— On observe, acquiesça Irving. On attend. On espère qu'on en a vu le bout. »

Costello n'eut pas besoin de répondre : l'expression sur son visage parlait d'elle-même.

L'un comme l'autre savaient très bien qu'ils n'en avaient pas vu le bout.

L'un comme l'autre savaient que le Commémorateur n'avait fait que commencer.

Ils attendirent vingt-huit jours.

Dans l'intervalle, les deux hommes se parlèrent à onze reprises, mais surtout par courtoisie, comme pour se rappeler qu'ils étaient encore en contact, que John Costello était toujours à l'affût, qu'Irving confirmait sa présence dans le dispositif. Irving n'appela Karen Langley que pour des motifs professionnels. Parfois c'était à elle qu'il laissait un message destiné à Costello, et une ou deux fois, ils échangèrent des propos aimables, se demandèrent mutuellement comment ça allait. Cependant, les vraies questions étaient éludées. Ils savaient tous deux qu'Irving ne connaîtrait aucun moment de répit tant que cette affaire ne serait pas élucidée.

Il y eut des réunions avec Farraday, mais les problèmes avaient tendance à être esquivés. Farraday voulait croire que la série noire avait cessé. Même s'il ne pouvait pas empêcher Irving de rencontrer tous les témoins, tous les proches, toutes les connaissances de chacune des victimes, même s'il ne pouvait pas le dissuader d'aller voir Hayes, Lucas, Lavelle et Vincent, voire les TSC qui s'étaient rendus sur les cinq scènes de crime, il y eut des rumeurs de redéploiement, des bruits selon lesquels Irving s'occuperait de nouvelles affaires en plus des autres investigations. Irving ne demanda pas si ces bruits étaient fondés. Il ne demanda pas à s'entretenir avec Farraday. Il restait dans la salle des opérations ou enquêtait sur le terrain. Il s'enfermait dans la solitude et dans une opiniâtreté muette.

41

Mercredi 18 octobre. Comme s'il n'était mû que par le désir pervers de montrer au monde ce dont il était capable, l'assassin de Lynette Berry abandonna son cadavre dans Central Park, à équidistance des statues d'Alice au pays des merveilles et de Hans Christian Andersen, non loin du hangar à bateaux Loeb, au bord du Conservatory Pond. Elle était grande, elle était noire et elle était toute nue dans l'herbe. Couchée sur le ventre, les jambes écartées, les bras en croix mais avec la main droite recroquevillée, elle avait été étranglée avec ce qui ressemblait, d'après les premières constatations, à un morceau de tissu. Elle fut identifiée par les agents de la Mondaine du n° 11. Ils connaissaient son nom, ainsi que ses pseudonymes : «Christy», «Domino», enfin «Blue», comme Blue Berry, son nom de danseuse au Showcase Revue Bar, près de l'hôpital universitaire.

À 10 h 06, Irving reçut un coup de téléphone de John Costello. «On a retrouvé une autre victime à Central Park, dit-il sans émotion particulière. Une Noire. Étranglée. Je ne sais pas encore son nom, mais...»

Irving poussa un long soupir.

Costello se tut.

Irving encaissa le choc. Il était tiraillé entre deux forces contraires : d'un côté la confirmation désagréable que la série noire ne s'était pas arrêtée en septembre avec Carol-Anne Stowell et Laura Cassidy, et de l'autre, l'espoir que cet ultime assassinat leur donnerait quelque chose, qu'un indice avait été laissé quelque part.

« Irving ?

— Oui, je vous écoute.

— Comme je vous disais, je ne connais pas le nom de la victime mais, d'après ce que je constate, il s'agit d'une réplique du meurtre de Yolanda Washington.

— Vous épelez ça comment ?

— Y-O-L-A-N-D-A. Et Washington, j'imagine que vous savez comment ça s'écrit. C'est un meurtre qui remonte au 18 octobre 1977. L'œuvre d'un certain Kenneth Alessio Bianchi. B-I-A-N-C-H-I.

— Comment êtes-vous au courant ?

— Par mon récepteur scanner, ce matin.

— Putain, fit Irving.

— Un peu moins discret que les autres, ce coup-ci, non ?

— Où êtes-vous ?

— Au bureau.

— Je dois passer quelques coups de fil. Restez là-bas. Je viens vous chercher.

— Je ne bouge pas. »

Irving parla à Farraday, Farraday parla au capitaine Glynn, du n° 11. Glynn accepta sans broncher.

Farraday demanda à Irving d'emmener Jeff Turner avec lui, afin de coordonner son action avec les TSC déjà sur place. Il hésita lorsque Irving lui annonça que Costello l'accompagnerait.

« Rappelez-vous notre petite discussion, dit Farraday. Si ça tourne au vinaigre… » Il lui laissa le soin de terminer sa phrase.

Irving rappela Costello et lui demanda de l'attendre devant le siège du *Herald*. Direction Central Park.

Malgré l'heure avancée, le brouillard était encore épais. À 11 h 15, Ray Irving, Jeff Turner et John Costello arrivèrent devant la zone sécurisée au bord du Conservatory Pond. Les équipes de télévision étaient là – au moins quatre –, et l'atmosphère n'était pas la même que celle qui régnait sur les précédentes scènes de crime. On pouvait parler de cirque policier et médiatique. On était à Central Park, en fin de matinée, pas dans une benne à ordures derrière un hôtel miteux ni sur un terrain vague planqué sous un pont.

« Il sort de l'anonymat », dit Irving, reprenant l'observation de Costello. Turner sembla ne pas l'entendre et se mit à discuter avec le TSC dépêché sur place. Le coroner avait été appelé mais n'était pas encore arrivé. Irving prit tout son temps pour délimiter le périmètre, discuter avec ses collègues du n° 11 et s'assurer que le passage des piétons était limité au minimum. On touchait au but. Il le *fallait* – un seul, un simple indice qui leur montrerait la direction à prendre. Lynette Berry devait leur donner quelque chose…

Costello fit le tour du périmètre de sécurité en essayant d'être le plus discret possible. À deux reprises, il fut interrogé par des policiers en uniforme; il les renvoya vers Irving. Il se tint à distance des caméras de télévision. Il ne les aimait pas, il ne voulait pas que le monde apprenne sa présence. L'atmosphère était bizarre. L'air semblait imprégné d'une odeur indescriptible – ni sang, ni humidité, rien qu'il pût identifier. Il se demanda si la peur avait une odeur, et l'idée le fit frémir.

Irving revint le voir au bout d'une heure. « Ce n'est pas la scène de crime originelle. La fille a été tuée ailleurs et déplacée ici. »

Costello hocha la tête. « Ça collerait avec l'affaire Bianchi.

— Comment ça s'est passé? Qui était-ce?

— Les Étrangleurs de Hillside, expliqua Costello. C'est comme ça qu'on les surnommait. Kenneth Bianchi et son cousin Angelo Buono. À Los Angeles, dans les années 1970. À eux deux, une quinzaine de victimes. Des jeunes filles, des prostituées, des étudiantes, tout ce qui leur passait par la tête. Buono est mort en 2002 à la prison de Calipatria. Quant à Bianchi, d'après ce que je sais, il est toujours à l'isolement dans la prison d'État de Washington. »

Irving se souvenait vaguement de ces deux noms, mais il n'avait jamais étudié l'affaire en détail.

Costello regarda en direction de l'endroit où le corps de la fille avait été retrouvé. « Vous avez eu du nouveau?

— Jeff est là-bas. Il analyse tout ce qu'il y a à analyser.

— Est-ce que je peux aller jeter un coup d'œil ? »
Irving parut surpris. « Vous voulez vraiment ? »
Costello se fendit d'un sourire sec. « Si je *veux* ? »
Il secoua la tête. « Bien sûr que non. C'est plutôt que je dois aller voir.

— Venez avec moi. Restez à mes côtés. Ne touchez à rien. »

Costello avait la tête de celui à qui on rappelle l'évidence même.

À cinq mètres du corps, il sentit une angoisse lui serrer les tripes. Il était tendu, son souffle se raccourcit, ses paumes devinrent moites.

« Tout va bien ? demanda Irving. On dirait que vous allez tomber dans les pommes.

— Ça va », répondit Costello d'une voix faible.

Côte à côte, ils s'approchèrent. Soudain, Costello eut sous les yeux le corps abandonné de Lynette Berry, le corps d'un être humain qui n'était plus. De la bouche, tordue par un rictus, sortait une langue noire et gonflée. Les doigts de la jeune femme étaient comme des griffes figées, ses cheveux souillés de terre et de feuilles mortes, sa peau tendue et froide, et ses yeux les regardaient avec une expression atroce qu'Irving ne connaissait que trop bien. *Où étiez-vous ? Pourquoi personne n'était là pour m'aider ? Pourquoi moi ?*

« Quel âge ? demanda Costello.

— La vingtaine.

— Yolanda Washington avait 19 ans. Vous savez, Bianchi cherchait ses proies dans le même coin que Shawcross – là-haut, à Rochester – bien avant qu'il parte s'installer à L. A. avec son cousin. Ses crimes ont été baptisés les Meurtres aux Doubles Initiales, puisque les prénoms et les noms de famille des victimes commençaient toujours par la même lettre. Carmen Colon, Wanda Walkowitz, Michelle Maenza. La première avait 10 ans, les deux autres 11. Assassinées entre novembre 1971 et novembre 1973. D'après la rumeur, l'homme qui les avait violées et étranglées s'était fait passer pour un agent de police, comme à L. A.

— Vous pensez que celui qui a tué celle-là a pu porter un uniforme ? »

Costello haussa les épaules. « Mon Dieu, je n'en sais rien. L'uniforme de policier, c'est bien la chose à laquelle personne ne fait attention, à moins d'être soi-même un criminel. » Il regarda de nouveau la fille aux jambes écartées sur l'herbe et se retourna. « Ça suffit », dit-il d'une voix calme, avant de rebrousser chemin.

Une demi-heure après, ils remontaient dans la voiture.

« Vous pensez qu'elle va vous livrer des indices cette fois ? demanda Costello.

— On va voir ce que Jeff parvient à trouver. Il nous enverra les renseignements sur la scène de crime et ensuite, on recevra le rapport d'autopsie.

— Vous pensiez vraiment qu'il s'était arrêté de tuer ?

— Parce qu'il ne s'est rien passé pendant un mois ? C'est ce que j'espérais. Je sais, l'espoir ne vaut pas grand-chose, mais je me suis dit que ça ne coûtait rien d'essayer. En fait, je ne sais pas trop ce que je pensais. J'ai passé les dernières semaines à revoir tout le monde, à emmerder les gens en revenant sur des choses qu'ils croyaient derrière eux... »

Irving ne termina pas sa phrase. Il se tourna de côté pour regarder la scène de crime par la vitre.

« L'affaire des Étrangleurs de Hillside avait mobilisé quatre-vingt-quatre policiers, répondit Costello. Dix mille pistes, une récompense de 140 000 dollars et, comme je vous le disais, la rumeur selon laquelle les assassins se faisaient passer pour des policiers. Si bien que les gens ne s'arrêtaient plus quand les policiers le leur demandaient. Du coup, ils ont dû décréter une règle affirmant que si une voiture de police vous demandait de vous arrêter, vous pouviez rouler jusqu'au commissariat le plus proche et ne vous arrêter qu'une fois devant le bâtiment.

— Tout ça est extrêmement réconfortant.

— Pourtant, ils ont quand même fini par les avoir. Ils les ont attrapés.

— Mais combien de morts ? C'est bien ça l'essentiel, non ? Combien de gens vont mourir avant que j'arrive enfin à le stopper ? »

Costello ne dit rien. Il suivit le regard d'Irving. Il compta les arbres, compta les agents en uniforme, compta les voitures qui passaient.

Finalement, il se retourna vers Irving, les yeux comme deux points d'interrogation.

« Quoi ? demanda Irving.

— Vous vous y habituez ?

— Aux gens qui meurent ?

— À tout ce que les gens infligent aux autres. »

Irving fit non de la tête. « J'ai toujours l'impression qu'au moment où je commence à m'y habituer, ils remettent ça et font pire encore. »

42

Le téléphone n'arrêtait pas de sonner. Sans ça, Irving aurait peut-être dormi jusqu'à midi.

Son corps semblait lutter contre lui, le tirer avec une sorte de force gravitationnelle profonde. *Reste couché,* lui disait-il. *Si tu continues comme ça, ce genre de chose finira par te tuer.*

Mais le téléphone ne se taisait pas. Irving se leva et marcha jusqu'à la table installée sous la fenêtre. Lorsqu'il décrocha et ânonna son nom, il fut accueilli par la voix de Farraday, qui aboyait furieusement.

«Vous... Vous quoi?» bredouilla-t-il. Farraday répéta sa phrase. Irving était bouche bée, stupéfait.

Il s'habilla et quitta son appartement en moins d'un quart d'heure. Il se coltina les bouchons du matin sur la 9ᵉ Avenue, puis sur la 42ᵉ Rue, alors qu'il tentait de couper par Midtown. Il sauta son café, ne s'arrêta pas au Carnegie's. Lorsqu'il arriva au n° 4, il n'était que 7 h 15, et sa tête lui faisait un mal de chien.

Farraday était là, en compagnie d'un dénommé Garrett Langdon, du département des relations publiques de la police de New York. Personne ne dit rien pendant un petit moment, jusqu'à ce que

Farraday brandisse le journal et le jette sur le bureau à l'intention d'Irving.

En page 3 du *New York Times,* sur une bonne demi-page, tout était dit : une photo très nette montrant l'inspecteur Ray Irving, du commissariat n° 4 de New York, aux côtés de John Costello, spécialiste des faits divers au *New York City Herald,* rescapé des meurtres du Marteau de Dieu, à Jersey City, au début des années 1980. On les voyait côte à côte, près de la statue d'Alice aux pays des merveilles à Central Park, avec en arrière-plan les rubans de scène de crime, les flics, et ce qu'on devinait être une femme noire étranglée, nue, sur l'herbe.

« Ça », dit Farraday avant qu'Irving ait l'occasion de rassembler ses esprits, d'évaluer l'importance de la situation et même de commencer à comprendre à quel point il se sentait dévasté. « C'est exactement, je dis bien *exactement,* le genre de choses que je voulais éviter. »

Irving ouvrit la bouche pour répondre.

« Je ne veux rien savoir, Ray. Je voulais que ça reste entre nous, qu'on fasse profil bas. Mais non. Ce n'est jamais aussi simple avec vous, n'est-ce pas ? Je vous demande de rester discret et il faut que je tombe sur une photo de vous deux en page 3 du *New York Times* ! Sans même parler du battage autour de cette fille retrouvée dans le parc.

— Capitaine… »

Farraday l'interrompit encore. « Peu importe le pourquoi du comment, Ray. Franchement, peu importe. Ce qui compte, c'est ce qui s'est passé. On ne peut pas rattraper le coup. Je suis très, très en colère... » Il secoua la tête. « Bon Dieu, je crois que je viens de prononcer l'euphémisme du siècle. » Il se rassit lourdement.

Irving s'assit à son tour. S'il avait prévu de dire quelque chose, il l'avait déjà oublié.

Langdon s'avança. « Il faut limiter la casse, dit-il. Ce qu'on va faire, maintenant, c'est qu'on va définir une ligne dont on ne s'écartera jamais. Le pire serait de nier l'implication de Costello. On l'a engagé de manière officielle, mais c'est temporaire, et c'est uniquement en tant que spécialiste du crime, rien d'autre. Le fait qu'il ait lui-même survécu à un tueur en série n'a rien à voir et il n'y a aucun rapport entre le meurtre de Central Park et les assassinats du Marteau de Dieu...

— Mais je me fous de savoir ce que racontent tous ces journaux à la con, rétorqua Irving. Ce qui m'inquiète, c'est Costello...

— Eh bien, ce qui m'inquiète, *moi,* Ray, l'interrompit Farraday, c'est précisément ce que les journaux racontent. Tout ça figure en page 3 du *New York Times,* bordel! Vous vous rendez compte du merdier dans lequel on se retrouve? Nom de Dieu, je n'en reviens pas que vous ayez dit ça.

— J'ai neuf morts sur les bras, capitaine.

— Je sais très bien combien de morts il y a, Ray, croyez-moi. Ce qui rend d'autant plus impératif d'éviter toute publicité autour de cette affaire.

— Justement, on fait peut-être fausse route. Peut-être que c'est le moment de rendre cette affaire publique. *Lui,* en tout cas, a l'air tout à fait disposé à montrer à la terre entière ce qu'il fait. »

Farraday regarda Langdon. Ce dernier avait la tête de quelqu'un dont la patience est à bout. Ils avaient face à eux un homme qui ne comprenait décidément pas comment le monde fonctionnait.

« Allez expliquer ça au directeur Ellmann, répondit Farraday, consterné. Mais non, qu'est-ce que je raconte ? Vous êtes bien la dernière personne à aller expliquer ça au directeur Ellmann. Cette jeune fille assassinée est passée à la télé, Ray. Encore combien de temps avant que quelqu'un comprenne la situation ? Vous me dites que c'est une énième réédition d'un crime qui remonte à Dieu sait quand, mais ce qui manque cruellement dans votre explication, c'est une vague idée de la manière dont on peut gérer ce genre de situation.

— Je fais tout mon possible, se défendit Irving. Honnêtement, avec le peu dont je dispose, je fais le maximum. »

Farraday leva la main. Il ne voulait surtout pas entendre une nouvelle supplique pour obtenir davantage d'aide. Il regarda Langdon et brandit le *New York Times*. « Et ça ?

— On peut se débrouiller, dit Langdon. À condition de rester concentrés sur ce qu'on essaie de faire. Il faut qu'on limite l'onde de diffusion. On doit aller voir le *New York Times,* savoir d'où vient la photo, qui l'a prise et s'assurer qu'elle n'est pas détenue par une agence. On ne peut pas se permettre de la voir publiée dans tous les journaux qui paraissent entre Rochester et Atlantic City. Si on arrive à calmer le jeu, à ne rien démentir, à ne faire aucune déclaration officielle susceptible d'attiser l'attention, on peut s'en tirer sans trop de dégâts.

— Pour vous, c'est ça, l'essentiel ? demanda Irving. Ne pas attirer l'attention ?

— Absolument, inspecteur Irving. C'est pour moi l'essentiel.

— Eh bien, moi, je pensais que l'essentiel consistait à empêcher un tueur en série de faire de nouvelles victimes.

— Oh! fit Farraday. Je vous assure qu'on peut se passer de vos petits sarcasmes à la noix, Ray. »

Irving ne réagit pas.

« OK ? »

Irving acquiesça lentement, les lèvres plissées, essayant de toutes ses forces de ne pas exprimer le fond de sa pensée.

« Alors allez-y, lui lança Farraday. Discutez avec le *New York Times* et voyez qui a pris la photo. Faites en sorte que tout ça n'aille pas plus loin. » Il se tourna vers Langdon. « Vous, vous m'accompagnez chez le directeur. On passe à l'offensive et on lui en parle avant qu'il ait le temps de nous en parler, entendu ? »

Langdon hocha la tête sans grande conviction.

« C'est vous, le magicien des relations publiques, non ? Vous devez m'aider à sortir Irving de ce merdier. »

Sur ce, Farraday se leva et ouvrit la porte pour Irving.

« Appelez-moi dès que vous avez une piste sur cette photo. »

Irving hésita.

«Allez! Foutez-moi le camp d'ici et réglez-moi cette connerie, nom de Dieu!»

Bien que tenté de répliquer avec toute la force de sa colère, Irving réussit à se contenir.

Il emprunta le couloir, prit l'escalier, monta les marches deux par deux et claqua la porte de son bureau.

La rédaction du *New York Times* n'avait pas reçu la photo d'une agence, ni d'un photographe attitré; elle ne l'avait pas non plus isolée à partir des images filmées par les nombreuses équipes de télévision présentes sur les lieux. Non, le cliché montrant l'inspecteur Ray Irving et John Costello était parvenu au journal dans une grande enveloppe en kraft déposée au service des informations la veille au soir, à 23 h 30. Irving s'entretint avec le directeur du service photo, un dénommé Earl Rhodes. Selon toute vraisemblance, le cliché avait été pris avec un appareil numérique, puis imprimé sur une bonne imprimante couleur et livré par un coursier à moto. Sur l'enveloppe figuraient six mots : *Service des informations, New York Times*. Et non, il n'avait pas gardé l'enveloppe. Oui, il y avait une caméra de surveillance dans le vestibule du bâtiment. La société qui employait le coursier fut identifiée et localisée en quelques minutes. Irving demanda à Rhodes pourquoi il n'avait pas gardé l'enveloppe. «Inspecteur, répondit-il, on est au *New York Times*. Vous imaginez un peu le nombre de photos qu'on reçoit chaque jour?

— Et y avait-il quelque chose avec la photo qui aurait pu vous renseigner sur l'expéditeur?

— Un bout de papier. Le message disait quelque chose comme : "Un inspecteur de la police de New York se fait aider par un spécialiste du crime." Quelque chose dans le genre.

— Et ça ne vous a pas étonné ? Vous ne vous êtes pas demandé d'où ça pouvait venir ?

— Encore une fois, vous n'avez pas idée du nombre de photos que je reçois chaque jour. Il y a les photographes du journal, les free-lances, les reporters de presse, les agences, AP, Reuters... Ça n'en finit pas. Je ne sais pas si une photo arrive parce qu'elle a été commandée ou si c'est un cadeau laissé par l'archange Gabriel en personne. Vous avez des dizaines de journalistes, ils ont tous leurs contacts et leurs sources. Les images arrivent et je les transmets sans attendre.

— Et celle-là ?

— Je l'ai envoyée au service des faits divers.

— Et le bout de papier qui l'accompagnait ?

— Parti avec la photo.

— À qui, précisément ?

— Oh là... Je n'en sais rien, dit Rhodes. Il faudrait que vous alliez là-haut pour voir à quel journaliste je l'ai transmis. »

Irving le remercia, nota le nom de la société du coursier et demanda où se trouvait le service des faits divers.

Troisième étage, un dédale de bureaux, un mur de bruit, entre les conversations au téléphone, les imprimantes, les fax, les portes ouvertes ou refermées, le brouhaha que représentaient « toutes les nouvelles qui méritent d'être imprimées », comme disait la devise du journal, un jeudi matin.

Le journaliste responsable de l'article sortit de son bureau pour rencontrer Irving.

Il sourit, comme conscient que ce dernier lui en voulait, puis tendit la main, se présenta – il s'appelait Gerry Eckhart – et lui indiqua une rangée de chaises installées contre le mur, à droite de l'ascenseur.

« Le bout de papier qui accompagnait la photo ? » demanda Irving.

Eckhart fronça les sourcils et secoua la tête. « Aïe, je viens juste de le jeter. Mais attendez une seconde... » Il se leva brusquement et s'en alla.

À peine trente ou quarante secondes plus tard, Eckhart réapparut, tenant dans sa main un bout de papier aussi petit qu'une carte de crédit. Dessus, imprimés dans une police ordinaire, il y avait ces mots : « Un inspecteur de la police de New York et un spécialiste du crime travaillant ensemble. »

« Et d'après ça, vous avez conclu que c'était John Costello et moi sur la photo.

— Ce n'était pas bien difficile. Trois collègues ont tout de suite reconnu votre visage. L'un d'eux disait que vous étiez au n° 6, mais les deux autres, que vous étiez au n° 4. Vous connaissez Danny Hunter, pas vrai ? »

Irving hocha la tête. Environ un an plus tôt, Danny Hunter avait couvert un long procès criminel qui faisait suite à une interpellation menée par Irving.

« Eh bien, Danny vous a reconnu. Ensuite, il a fallu identifier le type qui était avec vous. On a donc appelé tous les journaux de la ville pour leur demander s'ils avaient un spécialiste du crime qui travaillait en ce moment avec la police, et on a tapé dans le mille au *Herald*. Une fois qu'on a appris son nom, ça a tout changé, bien sûr.

— Les meurtres du Marteau de Dieu.

— Exact, fit Eckhart. Les meurtres du Marteau de Dieu.

— Tout ça ne m'a pas rendu service, vous savez ?

— Qu'est-ce que vous voulez que je vous dise ? On fait notre boulot.

— Je vais garder ce petit bout de papier avec moi.

— Comme vous voudrez. »

Irving sortit son calepin. « Vous pouvez me donner les noms de toutes les personnes qui ont pu toucher la photo ?

— Il n'y a que moi, je crois. Je l'ai scannée et je l'ai renvoyée au service photo. Elle doit être dans un dossier là-bas.

— Vous pourriez la récupérer pour moi ?

— Bien sûr.

— Tenez-la par les bords et mettez-la dans une enveloppe. »

Eckhart acquiesça et s'en alla chercher la photo.

Le bipeur d'Irving sonna. Il jeta un coup d'œil et sentit un poids s'abattre sur ses épaules. C'était le numéro de Karen Langley. Il regarda la page précédente. Toujours Karen Langley. Il savait précisément pourquoi elle l'appelait, mais n'avait aucune envie de se confronter à elle.

Eckhart revint avec l'original de la photo glissé dans une enveloppe transparente. Irving y déposa le petit bout de papier, remercia Eckhart et se dirigea vers l'ascenseur.

« Vous pensez que c'est votre tueur qui l'a prise ? demanda le journaliste.

— Aucune idée. Ah, au fait, je peux vous demander…

— De ne plus rien écrire sur le sujet ? »

Irving confirma d'un signe de tête.

« Vous pouvez me le demander, inspecteur. Mais ça ne veut pas dire que je le ferai.

— Dès que vous sortirez un papier là-dessus, auriez-vous la gentillesse de m'en avertir au préalable, histoire que je puisse limiter la casse si nécessaire ?

— Ça, oui. Je peux le faire.

— Bien aimable », fit Irving avant d'appuyer sur le bouton de l'ascenseur.

Il retrouva sans difficulté les coordonnées de la société du coursier. Il s'y rendit en voiture, une adresse en face de Grand Central Station.

Le responsable, un certain Bob Hyams, accepta de le rencontrer. « J'étais là hier soir, dit-il. Il me l'a apportée lui-même aux alentours de 22 h 30. » Hyams devait avoir un peu moins de 50 ans. Il avait l'air du genre efficace, mais l'aide qu'il put fournir était limitée. Les bureaux de City Express Delivery n'étaient pas équipés de caméras de surveillance, et l'homme qui avait déposé l'enveloppe n'avait laissé aucune signature.

« Le client vient, il nous confie le produit, il paie, on lui donne un reçu. Point final. Avec le monde qui va et vient ici, impossible de... » Il ne termina pas sa phrase.

Le bipeur d'Irving sonna pour la troisième fois.

« Donc ce type est arrivé et il a vous a juste laissé l'enveloppe ? fit Irving.

— Exact. Il m'a remis l'enveloppe, il a payé, je lui ai filé un reçu et il est reparti.

— Et il ressemblait à quoi ?

— Il ressemblait à un type en pleine forme. Comme s'il avait perdu du poids, ou qu'il essayait d'arrêter la cigarette. »

Hyams leva les yeux au ciel. « Mais bordel, comment voulez-vous que je sache à quoi il ressemblait ? À un type normal. Il ressemblait à tous les gens qui viennent ici. Cheveux foncés, bien rasé, chemise, veste. Qu'est-ce que vous voulez que je vous dise ? Je ne sais pas à quoi il ressemblait.

— Et l'enveloppe a été directement déposée au *New York Times* ?

— Il a payé pour. Livraison immédiate. 80 dollars, ça lui a coûté. Il n'a pas tiqué une seconde. Il a réglé ce qu'il devait, il m'a dit merci beaucoup et il est reparti.

— Il a payé en liquide ?

— Oui... Et avant que vous me demandiez de sortir tous les billets de la caisse, je préfère vous dire tout de suite qu'on les envoie à la banque le plus rapidement possible. On ne garde pas de liquide ici, pour des raisons évidentes.

— Vous déposez l'argent dans des sacs ou au guichet ?

— Au guichet. On n'a pas beaucoup de rentrées en liquide car la plupart des clients ont un compte.

Je dirais peut-être 500 dollars en liquide chaque jour. »

Hyams esquissa un sourire sarcastique. « Pas votre jour, hein ?

— Pas mon année, répliqua Irving.

— Vous cherchez ce type, c'est ça ?

— On ne peut rien vous cacher.

— Eh bien, je ne vois pas très bien en quoi je peux vous aider, mais si vous attrapez quelqu'un et que vous voulez que je passe jeter un coup d'œil, derrière une vitre…

— Merci. Il se peut que l'occasion se présente, en effet.

— OK, dit Hyams. Bonne chance. »

Irving ne répondit pas. Il se contenta de lui adresser un signe de tête et quitta l'immeuble.

De retour au n° 4, il confia la photo et le petit message à un agent en lui demandant de les transmettre à Jeff Turner pour analyse – empreintes digitales, modèle de l'imprimante, tout élément susceptible de permettre l'identification d'une source. Il donna le nom d'Eckhart, expliqua que ses empreintes figureraient dans la base de données en tant que journaliste au *New York Times,* afin de le disculper une bonne fois pour toutes. Il lui demanda, enfin, d'insister auprès de Jeff Turner pour qu'il récupère au plus vite le rapport scientifique concernant la scène de crime de Lynette Berry. « Dites-lui de me biper dès qu'il l'aura reçu. » Dans le couloir, alors que l'agent fonçait vers l'escalier, Irving hésita un instant, puis regagna son bureau. Une fois à l'intérieur, il resta tranquillement assis pendant une ou deux minutes, prit son courage à deux mains et souleva le combiné pour appeler Karen Langley.

43

« Il n'est pas venu ce matin. »

Irving ne répondit pas.

« Vous avez vu l'article ? Dans le *New York Times* ?

— Oui, dit Irving. Je l'ai lu.

— Vous vous rendez compte de ce que ça va lui faire ? Nom de Dieu…

— Jamais je n'aurais pensé que ça finirait dans le journal. Franchement, Karen, c'est une affaire très importante…

— Une affaire très importante que vous m'avez arrachée des mains.

— Je n'ai jamais rien arraché…

— Peu importe, Ray… La vérité, c'est qu'on a beaucoup travaillé là-dessus et qu'on n'a pas pu sortir l'affaire. Je vous ai pardonné. Mais ça ?

— Je ne voulais pas…

— C'est vous qui l'avez emmené là-bas, Ray. Sur une scène de crime à Central Park. Vous n'avez pas pensé une seule seconde aux équipes de télévision ? Ça ne s'est pas passé au fond d'un appartement minable perdu dans New York. C'était Central Park, merde !

— Où est-il, alors ? demanda Irving.

— Très certainement chez lui. J'imagine qu'il est terré dans son appartement, avec les rideaux tirés et les portes fermées à double tour, en train de se demander si un deuxième tueur en série ne va pas débarquer pour lui fracasser la tête à coups de marteau. »

Irving inspira lentement, les yeux fermés, en se massant le front avec la main droite. « Oh, bordel...

— On ne peut plus rien y changer, dit Karen. Le mal est fait.

— Et vous n'avez aucune nouvelle de lui?

— Aucune.

— Il a déjà fait le coup?

— John n'est jamais malade, Ray. Il ne manque jamais une journée de travail. Il ne prend même pas de vacances ou de jours de congé. Depuis des années que je le connais...

— Je vois le genre. Et vous excluez la possibilité qu'il n'ait pas lu l'article?

— À moins que l'autre taré l'ait retrouvé et assassiné quelque part, je peux imaginer que John Costello a été un des tout premiers New-Yorkais à être tombés dessus. C'est comme ça qu'il fonctionne, au cas où vous n'auriez pas remarqué. Il écoute la radio de la police, il lit les journaux, il cherche sur Internet. D'ailleurs, en ce moment il est en train de chercher des choses pour vous. Vous êtes au courant, quand même, oui?

— Karen... Sérieusement, je suis exténué, et toute cette affaire me tape sur le système. Alors la dernière chose au monde dont j'aie besoin, c'est que vous me sortiez ce genre de petites remarques caustiques.

— Je m'en fous, Ray... Je vais essayer de le joindre et une fois que j'aurai fait ça, je verrai ce qui se passe. Ensuite, je ferai tout mon possible pour l'aider à affronter ça. Je vous rappellerai peut-être après.

— Si vous y arrivez, dit Irving, est-ce que vous pouvez essayer de vous persuader que je suis un être humain à peu près digne de ce nom ?

— Attendez, qui joue les petits malins sarcastiques, maintenant ? »

Sur ce, Karen Langley raccrocha.

À 10 h 15, Irving avait identifié les quatre chaînes de télévision qui avaient envoyé des équipes sur la scène de crime de Lynette Berry : NBC, WNET, ABC et CBS. Il téléphona à Langdon, aux relations publiques de la police, lui dit qu'il avait besoin d'une copie de toutes les images filmées par ces quatre chaînes – non seulement celles qu'elles comptaient diffuser, mais aussi celles non montées. Langdon promit de le rappeler d'ici une heure.

Irving n'hésita pas longtemps à aller faire un tour chez Costello. Attendre n'aurait fait qu'aggraver la situation. Il songea à se rendre au bureau de Karen Langley. Mais pour lui dire quoi ? Il devait déjà affronter la paranoïa de Costello. Il se dit qu'il fallait compatir avec lui – après tout, il faisait de son mieux pour les aider, ce dont Irving devait lui savoir gré –, mais la compassion lui semblait pour le moment un sentiment inopportun, un luxe. Personne n'avait le temps de penser à autre chose qu'à être efficace. Limiter les dégâts vis-à-vis de Karen Langley constituait déjà une mission à part entière, qui marcherait ou qui échouerait. Il l'appréciait beaucoup, mais ce n'était pas sa femme, non plus. Si elle décidait de ne plus jamais lui parler, serait-ce vraiment la fin du monde ?

Le téléphone sonna. Il décrocha brusquement et faillit faire tomber le combiné.

« Oui ?

— Ray, c'est Karen. John a bien lu le papier. Il ne veut pas sortir de chez lui. Il dit qu'il n'est pas paranoïaque, mais réaliste. »

Irving sourit. C'était une simple réaction, rien de plus. C'était la fatigue, le stress, l'incrédulité absolue qui accompagnait inévitablement ce genre de scénarios.

« Du coup, il dit qu'il va faire profil bas pendant un petit moment.

— Profil bas ? Qu'est-ce que c'est que cette connerie encore ?

— Oh, ne me parlez pas comme ça, Ray. Ce n'est pas moi qui nous ai mis dans ce foutu cauchemar, mais vous. Alors montrez-moi un peu de respect ou allez vous faire mettre.

— Je suis désolé, Karen.

— Ça suffit. Je me fous de vos excuses. Je veux que vous fermiez votre grande gueule et que vous me laissiez terminer mon explication. Donc, il va faire profil bas pendant quelque temps. Il dit qu'il a besoin de se recentrer. Il veut essayer d'en savoir un peu plus sur ce type. Il a l'impression de s'être trop approché et il a besoin de prendre un peu de recul.

— Mais qu'est-ce que ça veut dire, Karen ? À quel genre de personnage est-ce que j'ai affaire, au juste ?

— Quel genre de personnage? Bon sang, Ray, parfois vous vous comportez vraiment comme un connard invétéré. »

Irving ne put pas s'en empêcher. Il éclata de rire.

« Vous avez perdu la boule ou quoi? reprit Karen. Je commence à m'inquiéter sérieusement pour vous, mon vieux.

— Vous savez quoi, Karen? Vous voulez que je vous dise?

— Allez-y, Ray. Donnez le meilleur de vous-même. »

Pourtant prêt à lui décocher une réplique cinglante, Irving se ravisa. Il se regarda un peu. Pendant un moment, il eut vraiment l'impression de se voir de loin – ce qu'il pensait, ce qu'il ressentait, ce qu'il avait prévu de dire à cette femme au bout du fil... Une femme qu'il connaissait à peine, une femme qui lui plaisait d'une manière un peu tordue. Et il se retint. Il ne lâcha pas sa phrase. Il se contenta de répondre : « Je suis désolé, Karen. Je suis profondément désolé pour ce qui s'est passé. Je comprends... En fait, non, je n'ai pas la moindre idée de ce qu'il peut endurer en ce moment, mais dites-lui de ma part que je comprends sa situation. Dites-lui que je suis désolé que les choses se soient passées comme ça, que si j'ai l'occasion de me racheter, je le ferai. Dites-lui de prendre tout le temps qu'il voudra, qu'il sait où me trouver, et que s'il a des idées sur la question il m'appelle... »

Karen Langley ne dit rien.

« Et pour ce qui vous concerne, ajouta Irving, je suis désolé que notre amitié soit née à cause d'un tueur en série. Si on s'était rencontrés autrement, peut-être que tout se passerait bien entre nous...

— Mais tout se passe bien entre nous, Ray. Ce sont des choses qui arrivent. Je transmets le message à John. Il appréciera. On reste en contact, hein ? »

Elle raccrocha.

Irving éprouva un sentiment de solitude profonde, comme s'il était désormais l'unique personne au monde capable d'arrêter cette machine infernale.

44

Assis dans une petite cabine insonorisée du laboratoire criminel de la police de New York, une paire d'écouteurs vissée sur les oreilles, le dos en sueur, Ray Irving travailla avec Jeff Turner de 9 heures à 16 heures. À partir des images filmées à Central Park, ils déterminèrent d'abord l'angle sous lequel la photo avait pu être prise. Le choix se réduisait ainsi à NBC ou à CBS. Ensuite, ils étudièrent de près les visages de tous les badauds, des membres des équipes de télévision, des photographes et des journalistes, pour tenter de repérer *la* tête qui ne collait pas, l'individu équipé d'un appareil qui avait photographié Irving et Costello sur la scène du crime de Lynette Berry.

À 16 h 10, alors qu'Irving pensait osciller éternellement entre le désespoir et un profond sentiment d'inutilité, un TSC entra dans la cabine pour lui transmettre un message. Il devait rappeler Karen Langley. De toute urgence.

« John doit vous parler, lui dit-elle. Où êtes-vous ? »

Irving lui expliqua la situation et lui donna le numéro de téléphone. Quelques minutes plus tard, Costello était à l'autre bout du fil.

«John... Comment va?

— C'est un flic.

— Quoi?»

Irving eut soudain l'impression de trébucher du haut d'un abîme et de s'écraser vers le sol.

«Non, pardon, reprit Costello. Ce n'est pas ce que je voulais dire... J'imagine que vous avez visionné les images de Central Park, non?

— Oui... Mais cette histoire de flic, John. Qu'est-ce que...

— Quelqu'un déguisé en flic. Il y avait beaucoup de policiers sur place. Eh bien, il était parmi eux. C'est l'affaire Bianchi, pas vrai? Apparemment, les Étrangleurs de Hillside se faisaient passer pour des flics. Vous vous rappelez ce que je vous ai dit? Sur le fait que les gens avaient tellement peur qu'ils ne s'arrêtaient même plus devant les flics? Ils se déguisaient en policiers. C'est comme ça qu'ils procédaient. Et je crois qu'il était là, au parc. Déguisé en flic. C'est comme ça qu'il a pu s'approcher et prendre la photo.»

Turner était à côté d'Irving, le front plissé.

«Putain... Putain, dit Irving.

— Je pense qu'il était là, Ray. J'en suis presque sûr.

— OK, OK... Bon. J'y retourne. Je vous rappelle. Ah, mais non... Je ne peux pas...

— Vous avez de quoi noter?

— De quoi noter? Oui, bien sûr.

— Voici mon numéro, Ray. Il n'est pas dans l'annuaire. Je vous fais confiance?

— Oui... Bien sûr.»

Costello lui donna son numéro. Irving le nota, le remercia, raccrocha et regarda Turner.

« Il faut qu'on identifie un flic avec un appareil photo », dit-il simplement avant de regagner la cabine.

Les caméras de NBC l'avaient filmé. Un policier à moto. Le seul présent sur les lieux. Il n'ôtait jamais son casque et, malgré le temps maussade, gardait tout le temps ses lunettes de soleil. On le voyait dans le cadre quelques petites secondes, en train de marcher sur l'herbe à dix ou quinze mètres du corps nu et froid de Lynette Berry. Il tenait dans sa main quelque chose. Irving crut d'abord que c'était son talkie-walkie. Mais grâce à la qualité du matériel numérique utilisé par NBC, ils purent élargir le plan image par image. Un téléphone portable. Sans doute équipé d'un appareil photo. C'était avec ça qu'il avait photographié Irving et Costello. La netteté de l'image leur permit de lire le numéro de son insigne sur son blouson ; ils firent des recherches et découvrirent que c'était un numéro bidon.

La frustration d'Irving atteignait des sommets.

« Attendez, Ray, comment est-ce que vous auriez pu savoir ? lui demanda Turner.

— Il était là, Jeff. Il était juste là. À vingt mètres de nous. Ce mec était sous nos yeux et...

— Et vous ne le saviez pas, et vous n'auriez jamais pu le savoir, et vous ne pouvez plus rien y faire. Vous avez là un type avec des lunettes noires et un casque de motard. Tout ce qu'on peut déterminer, c'est sa taille et son poids approximatifs... »

Irving se leva. Il fit les cent pas dans la pièce, cogna deux fois le mur près de la porte, puis resta immobile, les yeux fermés. Il essayait de se concentrer, de voir comment se sentir autrement que désespéré et inutile.

« Il a peut-être volé la moto, Ray. Vérifiez s'il y a eu des vols de motos de police...

— Je sais, je sais, fit Irving en levant les mains, poings serrés. Je sais ce qu'il faut faire... Mais voilà, on était à deux pas de ce type et... »

Il serra les mâchoires, agita ses poings, toujours les yeux fermés, les muscles et les veines de son cou bien visibles.

Au bout d'un moment, il baissa les bras et resta planté là, sans rien dire, tête baissée. « Imprimez-moi tout ce qu'on a, dit-il calmement. Des gros plans de sa tête, de son blouson, de son numéro d'insigne... Tout ce que vous trouverez, d'accord ? Vous pourrez ensuite l'envoyer au n° 4 dès que possible ?

— Je fais ça tout de suite. Vous pouvez attendre...

— Il faut que je me casse, Jeff. Il faut que je prenne l'air, sinon je vais... Merde, je ne sais pas ce que je vais faire mais...

— Allez-y. Je vous apporte tout ça dans moins d'une heure. »

Irving le remercia, ouvrit la porte et la claqua derrière lui. Il traversa le laboratoire criminel et sortit dans la rue. Il fit deux fois le tour du pâté d'immeubles et remonta dans sa voiture.

Il était bientôt 18 heures, la circulation était vraiment difficile ; il lui fallut près d'une heure pour regagner le n° 4.

Turner débarqua avec les résultats de l'autopsie et le rapport sur la scène de crime. Les TSC avaient récupéré des mégots de cigarettes, une empreinte de tennis Nike, pointure 45, une cannette de Coca avec trois empreintes partielles non identifiées, un cheveu blond retrouvé sur le pubis de Lynette Berry. Pas de trace de viol, pas de contusions sous-cutanées, pas de résidu d'adhésif sur les poignets ou les chevilles. Elle avait été endormie au moyen d'un barbiturique puissant, au plus tard vingt-quatre heures avant sa mort. La mort était due à une asphyxie : elle avait été étranglée à l'aide d'un morceau de tissu mais aucune fibre n'avait été retrouvée sur le corps ni sur la scène de crime. L'autopsie n'apprit rien d'autre à Irving. Central Park n'était pas le lieu du décès et, d'après une série de petites égratignures sur son épaule droite qui contenaient un résidu d'huile de moteur, Lynette Berry s'était très vraisemblablement débattue, malgré le sédatif, dans un endroit où un véhicule avait été garé. Un garage, une concession automobile ? Impossible à dire. Une fois de plus, comme pour Mia Grant et Carol-Anne Stowell, le lieu du crime était un mystère.

À 20 h 20, Ray Irving téléphona au bureau de Karen Langley et tomba sur son répondeur. Il ne laissa pas de message ; il ne savait même pas trop ce qu'il lui aurait dit si elle avait décroché. Il resta assis dans la salle des opérations, les yeux fixés sur les panneaux accrochés au mur. Une photo récente de Lynette Berry avait été ajoutée. C'était une jolie fille, doublée, d'après ce qu'il avait compris, d'une étudiante douée, sans dépendance à la drogue connue, puisque le rapport toxicologique n'indiquait que la présence du barbiturique. Sa mère était encore en vie, son père était mort, elle avait trois sœurs et un frère, et elle était la plus jeune. Pourquoi s'était-elle tournée vers la prostitution à 19 ans, alors qu'elle avait la vie devant elle ? Irving ne le saurait jamais. Des victimes de guerre – voilà comment il les voyait, désormais. De quelle guerre, avec quels belligérants ? Il n'en avait pas la moindre idée. Une guerre intérieure, quelque chose qui n'existait que dans le cerveau d'un homme. Ou une guerre contre quelque chose, ou contre quelqu'un, surgi du passé – une sœur détestée, une petite amie infidèle, une mère sadique. Il y avait toujours une raison, aussi irrationnelle fût-elle, et la connaître ne servait qu'à une chose : empêcher de nouvelles morts. Or Irving ne savait toujours pas plus de choses sur cette raison qu'en ce jour du début du mois de juin où il s'était approché du corps d'une adolescente enveloppé dans du plastique.

Il tapa son rapport quotidien à l'intention de Farraday – les détails concernant la photo, la société du coursier, les renseignements transmis par le *New York Times*. Avant de terminer, il passa tout de même un coup de téléphone à Jeff Turner.

« Rien, lui répondit ce dernier. Sinon que les empreintes sur la photo sont celles de votre type au *New York Times*. Quant au message qui l'accompagnait... La seule chose que je peux dire, c'est qu'il a été sorti sur une imprimante laser Hewlett-Packard, un modèle ancien, peut-être une 4M ou une 4M Plus. Le papier est on ne peut plus banal, on le trouve dans dix mille endroits possibles. J'ai bien peur de ne pas pouvoir vous éclairer davantage. »

Irving le remercia, raccrocha et ajouta cet ultime et décevant paragraphe à son rapport. Il envoya une demande de renseignement concernant un éventuel vol de moto de police à tous les commissariats de la ville, avec la mention « URGENT », et décida de partir.

Il décrocha son manteau derrière la porte et s'en alla.

Il était 21 h 18, le ciel était clair. Il se rendit chez Carnegie's, pour la chaleur de l'endroit, pour les bruits familiers et la présence réconfortante des gens qui ignoraient tout du Commémorateur.

45

Le vendredi 20 au matin, un message tomba au sujet d'une moto volée dans un garage agréé par la police de New York, à Bedford-Stuyvesant, non loin du Tompkins Square Park. La moto avait été enregistrée le samedi 14 et n'avait été inspectée que le mardi 17, dans l'après-midi. D'après le registre du garage, la première inspection du véhicule avait eu lieu ce jour-là à 15 h 55. Hormis la procédure classique de vérification de l'huile, du liquide de freins et de la pression des pneus, la moto avait reçu un bon de sortie et rien d'autre n'avait été fait jusqu'à la demande formulée par le commissariat n° 12.

Ce fut l'agent du standard qui téléphona à Irving pour lui transmettre le message et lui indiquer l'adresse du garage. Irving s'y rendit un peu avant midi et discuta avec le patron.

« Je ne sais pas quoi vous dire. » Il s'appelait Jack Brookes et il semblait prêt à l'aider par tous les moyens possibles. « Ça fait des années que je tiens cet endroit et je n'ai jamais eu aucun problème. Je n'en reviens pas... Je vais avoir du mal à renouveler le contrat. » Il secoua la tête, résigné. « La moto a été enregistrée, inspectée et une révision était programmée que nous devions faire demain. Si la demande d'inventaire n'était pas intervenue, on ne se serait pas aperçus qu'elle avait disparu avant vingt-quatre heures. »

Irving demanda à Brookes de lui montrer l'endroit où étaient garées les motos. En l'occurrence, c'était un petit entrepôt sécurisé, avec trente ou trente-cinq deux-roues, et dépourvu de caméras de surveillance.

« Les caméras ne sont pas obligatoires dans le cadre du contrat, expliqua Brookes. En général, les motos restent ici un jour ou deux, du moins celles qui ont juste besoin d'une révision. En revanche, on a reçu quelques motos abîmées qui étaient du coup prioritaires. Il y en a une ou deux qui auraient dû être envoyées à la casse, mais j'ai cru comprendre qu'en ce moment les budgets étaient serrés, pas vrai ? »

Irving le remercia et le laissa vaquer à ses affaires. Il passa une heure à faire le tour du garage. Il interrogea les employés, les mécaniciens, le personnel administratif. D'habitude, les motards de la police passaient simplement chercher leurs véhicules. Le photographe d'Irving avait très bien pu entrer dans le garage, avec son uniforme pour seule garantie, et repartir tranquillement sur une des motos. L'établissement entretenait de bons rapports avec la police, les employés n'avaient jamais eu de problèmes et partaient du principe qu'il n'y en aurait pas.

Irving s'en alla un peu avant 14 heures avec le cœur lourd et un mal de tête lancinant.

De retour au n° 4, il téléphona au domicile de Costello.

«Vous aviez raison, dit-il. C'était un policier à moto. Il en a volé une chez un garagiste dans les jours qui ont suivi mardi dernier. Personne n'a rien vu. Pas de caméra de surveillance, rien.

— Il sait ce qu'il fait. C'est un perfectionniste.

— Mais pourquoi...»

Plus qu'une question, Irving formulait une idée.

«Parce qu'il est dingue, répondit calmement Costello. Je ne pense pas qu'il faille chercher beaucoup plus loin.»

Après un silence, Irving demanda : «Comment allez-vous?

— Ça va. Voir ma photo dans le journal m'a secoué. Vraiment. Mais aujourd'hui... Aujourd'hui ça va, pour tout vous dire. Je vais aller au journal après le déjeuner, voir Karen, et voir ce qu'il faut faire.

— Et ce week-end?

— Aucune idée. Je ne fais pas de plans. En général, je reste chez moi, je regarde des films. Mais vous avez mon numéro, maintenant... En cas de besoin.

— C'est gentil, John. Je vous appelle si ça bouge.

— Et au fait... Bonne chance.

— C'est surfait, la chance, dit Irving. Très surfait.»

Il raccrocha. Il se pencha en avant et posa son front sur le bord du bureau.

Il était si fatigué, si insupportablement épuisé que, sans la sonnerie du téléphone, il aurait bien pu s'endormir dans la seconde.

46

La lettre était arrivée par le courrier normal. L'enveloppe était adressée à Karen Langley en ces termes : « URGENT VITE SVP. » Karen la décacheta, lut la lettre, la jeta sur son bureau et téléphona à Ray Irving.

Sortie toute la matinée, elle venait juste de rentrer au bureau pour ouvrir son courrier, et elle était tombée là-dessus.

Irving mit le gyrophare et fonça jusqu'à la 31e Rue Ouest. Il lui dit de ne pas bouger, de ne rien faire, de n'appeler personne, de ne pas toucher la lettre. Pendant tout le trajet, son cœur n'arrêta pas de battre la chamade. Il avait la bouche sèche et amère, et ses mains transpiraient.

John Costello était déjà sur place ; il avait vu la lettre.

« Papier Bond ordinaire, dit-il à Irving. Je ne l'ai pas touchée. Je connais la musique. »

Rédigé avec une écriture enfantine sur une seule page, le message était aussi clair que dérangeant :

une tuée à new
york

cheveux brun clair
Yeux bleus
New York
Buffalo
Aurait été étranglée
Avec une corde blanche
boucles d'oreilles
en or
avait une robe
intérieur de l'appartement
belles dents blanches
avec un espace entre les dents
du haut
Yeux bleus petite boucle
d'oreille
Cheveux plus bas que les épaules
par-dessus
Pont
la tête et les doigts manquants

Irving relut le texte, debout devant le bureau de Karen Langley – celle-ci à sa droite, Costello à sa gauche.

« Henry Lee Lucas, dit ce dernier. C'est une de ses lettres d'aveux, en octobre 1982.

— Et la victime ?

— Mon Dieu, il y en a eu des dizaines. Il avait un partenaire, un certain Ottis Toole. Ensemble, ils ont semé la terreur le long de la route I-35, au Texas.

— Quel mode opératoire ?

— Aucun en particulier. Ils ont abattu certaines personnes, en ont tabassé d'autres, et d'autres encore ont été étranglées, brûlées ou crucifiées. En général, les meurtres étaient sexuels. Ils violaient et sodomisaient. Ils voyageaient avec deux gamines, dont une petite de 13 ans qu'ils utilisaient pour appâter les camionneurs sur la route avant de les faire sortir de leur véhicule et de les tuer. »

Irving prit une longue inspiration. « Et les dates ?

— Un grand nombre d'assassinats ont été commis en octobre et en novembre, si c'est ce que vous voulez savoir. »

Irving hocha la tête. « C'est ce que je veux savoir.

— Qu'est-ce que vous allez faire de ça ? demanda Karen en montrant la lettre.

— Vous avez un sachet en plastique, une enveloppe ou quelque chose, pour que je puisse l'emporter ? Elle va aller tout droit au labo. Je vais la déposer moi-même, voir s'il y a des empreintes dessus. Si c'est comme avec les lettres précédentes, il n'y aura pas d'empreintes. »

Irving leva les yeux vers Karen Langley. Son visage était blême, presque vidé de ses couleurs, et elle avait les yeux grands ouverts. « Il sait qui nous sommes, dit-elle, presque en susurrant. Il a photographié John, et maintenant il m'envoie ça…

— Ce n'est pas une menace contre vous…

— Comment le savez-vous, Ray ? Comment savez-vous que ce n'est pas une menace contre moi ? »

Irving voulut répondre, puis se rendit compte qu'il n'avait rien à dire.

« Vous n'en savez rien, n'est-ce pas ? On ne sait rien de ce type. On ne sait pas ce qu'il veut. On ne sait pas… » Elle s'interrompit au milieu de sa phrase.

Ses yeux étaient embués. Elle recula et s'assit sur un fauteuil près de la fenêtre.

Irving s'approcha, s'agenouilla devant elle et prit ses deux mains dans les siennes.

« Je vais poster quelqu'un chez vous, lui dit-il sur un ton rassurant. J'enverrai un véhicule de patrouille devant votre maison. Quelqu'un passera vous voir. Au cas où ce type imagine… »

Karen secoua la tête. « Bordel, mais qu'est-ce qu'on a fait pour mériter ça, Ray ? Qu'est-ce qu'on a à voir avec ça ?

— Nous sommes ses adversaires, intervint Costello. C'est un jeu, et nous sommes les adversaires. Ni plus ni moins. Il faut qu'il ait quelqu'un contre qui jouer, et on est en plein dans le cadre.

— Mais là, c'est différent, dit Karen. C'est très différent. Écoutez, je suis habituée à en voir de toutes les couleurs, comme nous tous. Sauf que cette fois, c'est autre chose, non ? Franchement… Quand ça arrive aux autres, on observe, on écrit un papier dessus, parfois on voit des images, mais ça… »

Elle commença à faire de l'hyperventilation.

Irving jeta un coup d'œil vers Costello. Il se sentait gêné. Il aurait aimé prendre cette femme dans ses bras, la serrer fort, lui dire que tout finirait par s'arranger, que tout se passerait bien, mais il ne le pensait pas, et la présence de Costello le mettait dans l'embarras.

Karen voulut sécher ses larmes mais ne fit qu'étaler son mascara. Elle avait l'air abattue, submergée.

« Je ne veux pas me sentir comme ça. Je suis vraiment effrayée… Il sait qui nous sommes, Ray. Il m'a envoyé cette lettre… »

Elle prit alors une grande bouffée d'air. Elle ferma les yeux, expira. Lorsqu'elle les rouvrit, elle regarda d'abord Costello.

« Je suis d'accord avec Ray, dit ce dernier. Il ne va pas s'en prendre à nous. Pourquoi le ferait-il ? Il ne s'agit pas de nous, mais de lui. Il veut continuer à faire ce qu'il a envie de faire et s'en tirer sans problème. Il veut donner son petit spectacle et voir la police, le journal et les chaînes de télévision commencer à s'intéresser à lui. S'il s'en prend à nous, qui restera-t-il pour jouer avec lui ? »

Karen se ressaisit. Elle chercha un mouchoir dans son sac à main et essaya d'arranger son mascara. « J'ai besoin d'un café, dit-elle. Je vais aller en chercher un à la cafétéria. » Elle se leva et rajusta sa jupe. « Vous en voulez un ? »

Irving accepta, Costello refusa. Dès qu'elle eut quitté la pièce, Irving s'assit sur le fauteuil de Karen et relut la lettre.

« Vous étiez sincère ?

— Non, répondit Costello.

— Moi non plus.

— Et ce n'est pas cette lettre qui va nous aider à retrouver son identité.

— Je ne vous le fais pas dire.

— Et Central Park ? demanda Costello.

— Rien d'intéressant.

— La seule chose qu'on sait, donc, c'est qu'il a commis, ou va commettre, un meurtre inspiré de Henry Lee Lucas.

— Vous pouvez établir la chronologie des assassinats qui lui sont attribués ?

— Bien sûr... Vous voulez que je le fasse tout de suite ?

— Si c'est possible, ce serait parfait », dit Irving.

Costello le laissa seul.

Irving s'approcha de la fenêtre et observa la rue pendant un long moment. Karen Langley revint avec du café et son faux espoir – celui qui lui faisait croire qu'elle n'était pas directement visée.

« Ça va ? lui demanda Irving.

— On fait aller.

— J'attends encore un ou deux renseignements de John. Ensuite, je vais apporter la lettre aux experts scientifiques.

— Vous pouvez vraiment exiger une surveillance de ma maison ?

— Bien sûr que je peux... Dites-moi à quelle heure vous aurez terminé et je passerai moi-même.

— Ça dépend. 18 ou 19 heures... Dans ces eaux-là.

— Appelez-moi à ce moment-là et je vous suivrai jusqu'à chez vous, d'accord ?

— Merci, Ray. »

Karen se rassit avec sa tasse de café entre les mains et ferma les yeux. « Je me sens mal. Ça m'a vraiment secouée. »

Irving se planta à côté d'elle et posa une main sur son épaule. « Je sais, dit-il à voix basse. Je sais. »

47

Irving quitta le siège du *City Herald* avec la lettre et la chronologie des assassinats commis par Henry Lee Lucas. Ceux-ci s'étalaient sur toute l'année et semblaient n'obéir à aucune logique. Mais Henry Lee et son acolyte, Ottis Toole, n'avaient pas chômé. 22 octobre 1977 : ils tuèrent par balles Lily Pearl Darty. À Waco, Texas, le 1er novembre de la même année, ils ligotèrent Glen D. Parks et le tuèrent avec un .38. Le 31 octobre 1978, à Kennewick, Nevada, le duo viola et assassina une certaine Lisa Martini chez elle. Le 5 novembre 1978, ils roulaient sur la I-35, au Texas, lorsqu'ils repérèrent un jeune couple, Kevin Kay et Rita Salazar : ils violèrent la fille avant de la tuer de six balles, puis tuèrent Kay et abandonnèrent les deux cadavres sur le bord de la route. Un an plus tard, le 3 octobre 1979, Lucas et Toole détroussèrent, violèrent et assassinèrent Sandra Mae Stubbs. Dix jours après, ils abattaient un couple âgé qui tenait un magasin d'alcools à Austin, Texas. Le 31 octobre, une autre femme, non identifiée, était retrouvée morte au bord de la route I-35. Le 21 novembre, alors qu'ils braquaient un motel à Jacksonville, comté de Cherokee, Lucas viola et tua une femme de 31 ans nommée Elizabeth Knotts. Dix-huit jours plus tard, une adolescente était violée et poignardée chez elle. Son corps fut découvert dans un bois non loin de là.

Et ainsi de suite, à Noël, en janvier, en février et en mars 1980.

Leur folie meurtrière se poursuivit sans répit jusqu'à l'arrestation de Henry Lee Lucas en octobre 1982. Finalement, celui-ci avoua avoir commis cent cinquante-six homicides, et parmi ses armes de prédilection, il affirma s'être servi de pistolets, de fusils, de pieds de table, de cordons téléphoniques, de couteaux, de démonte-pneus, de haches, de câbles d'aspirateur, et même d'une voiture. Par la suite, on considérera que beaucoup des crimes attribués à Lucas étaient en réalité le fait de policiers trop zélés qui voulaient lui imputer un maximum d'affaires non élucidées. Néanmoins, l'enchaînement des meurtres permit à Irving d'avoir un petit aperçu du cauchemar auquel il était confronté. La réédition du crime Lucas-Toole pouvait s'être déjà produite ou n'être qu'à l'état de projet. Impossible de dire quel assassinat serait réédité, ni quand.

C'est ce scénario qu'il décrivit à Jeff Turner le soir même, lorsqu'il arriva au laboratoire de police criminelle un peu avant 18 heures.

Turner s'empara de la lettre et de la chronologie établie par Costello. Pendant quelques minutes, il resta assis sans prononcer le moindre mot.

« Vous pourriez commettre le péché originel, dit-il à Irving.

— À savoir ?

— Vous refilez un tuyau aux médias et vous faites en sorte que l'affaire passe aux infos. Vous créez suffisamment de bordel pour qu'on vous donne des renforts. »

Irving eut un sourire en coin. « Je vais faire comme si vous n'aviez jamais dit ça.

— Faites comme vous voudrez, Ray. La fille retrouvée à Central Park a occupé en tout et pour tout vingt-cinq minutes d'antenne. J'ai vu la nouvelle sur trois chaînes différentes. Les gens ne veulent pas savoir. C'était une pute, nom de Dieu. Or les gens ne voient pas les putes comme des êtres normaux. La réaction la plus sympathique que vous allez entendre, c'est qu'elle l'avait sans doute bien cherché.

— Vous croyez que je ne suis pas au courant ? »

Turner s'enfonça sur son siège. Il avait l'air aussi épuisé qu'Irving. « Qu'est-ce que vous allez faire, maintenant ?

— Je vais attendre vos résultats concernant la lettre, dit Irving en montrant la feuille posée sur le bureau.

— Et quand je vais revenir pour vous expliquer qu'il n'y a rien dessus, ni empreintes, ni marques distinctives...

— J'espère le contraire. Mais si c'est le cas, ce qui me paraît effectivement couru d'avance, je saute du premier pont. »

Son bipeur sonna. Encore Karen Langley.

Irving se leva. « Il faut que je passe un coup de fil. Je reviens dans deux minutes. »

« Karen.

— Appelez John. Il a quelque chose pour vous.

— Il vous a dit de quoi il s'agissait ?

— Non. Appelez-le. Je dois aller en réunion. »

Irving la remercia, téléphona à Costello et fit les cent pas dans le couloir en attendant qu'il décroche.

« John ? Ray à l'appareil.

— Il a oublié un mot.

— Pardon ?

— La lettre qu'il a envoyée à Karen... Il a oublié un mot.

— Quel mot ?

— Joanie.

— C'est le prénom de quelqu'un ?

— La Fille aux Chaussettes Orange, répondit Costello. C'est ce crime-là qu'il va rééditer.

— La Fille aux quoi ?

— Le 31 octobre 1979, au bord de la I-35, un motard a retrouvé un cadavre sous un dalot. Une jeune fille. Elle était entièrement nue, à l'exception d'une paire de chaussettes orange et d'une bague en argent. Pas d'habits, pas de sac, rien. Uniquement les chaussettes orange. Elle avait des dents en parfait état, aucun os cassé, pas de dossier médical ou dentaire permettant de l'identifier, et, sauf erreur de ma part, on ne sait toujours pas de qui il s'agit. Les seuls autres éléments étaient le contenu de son estomac et une petite culotte retrouvée non loin de là, à l'intérieur de laquelle se trouvait une serviette hygiénique de fortune.

— Et on est sûrs que c'est un assassinat commis par Lucas ?

— Lucas a été arrêté dans le comté de Montague et l'un des meurtres qu'il a avoués était celui d'une auto-stoppeuse qu'il avait prise près d'Oklahoma City. Il disait qu'elle s'appelait Joanie ou Judy. Il l'a emmenée sur la I-35 jusqu'à un relais routier où elle a commandé un hamburger, des frites et un Coca. C'est ce qu'on a retrouvé dans l'estomac de la fille. Puis il a raconté qu'ils avaient eu un rapport sexuel consenti. Quand ils ont eu fini, il l'a étouffée et l'a balancée sous un dalot. Il précisait aussi qu'elle avait une sorte de serviette hygiénique qu'il appelait un Kotex.

— Et le mot "Joanie" manque dans la lettre ?

— Oui. Entre "intérieur de l'appartement" et "belles dents blanches", il aurait dû y avoir "Joanie".

— Nom de Dieu, lâcha Irving. Donc si vous avez raison…

— Eh bien, on a une date.

— Halloween. Dans onze jours.

— Et la jeune fille sera balancée sous un dalot au bord d'une autoroute.

— OK… OK. »

Irving était déjà en train de penser au nombre de routes et d'autoroutes qui passaient par New York et au nombre de conduites et de collecteurs d'eaux pluviales qu'on pouvait considérer comme des dalots.

« John… Je vais travailler là-dessus, d'accord ? Je vous rappelle.

— Dites-moi ce que vous trouvez », fit Costello avant de raccrocher.

Irving laissa un message au réceptionniste du laboratoire de police criminelle. Il traversa de nouveau la ville pour se rendre au service central de l'assainissement, sollicita l'aide d'un des ingénieurs et obtint de lui qu'il lui montre le réseau qui quadrillait New York.

« Jusqu'où vous voulez aller ? demanda l'ingénieur, un homme trapu, au visage rougeaud, nommé Victor Grantham.

— Vous pouvez y superposer le plan de la ville ?

— Bien sûr. »

Grantham tapota sur son clavier, fit défiler l'écran, cliqua, et un plan d'ensemble de New York apparut.

« Prenons Henry Hudson Parkway, West Street, South Street jusqu'à la section surélevée. FDR Drive, Harlem River Drive, Bruckner Expressway, les ponts – Triborough, Queensboro, Williamsburg... » Irving réfléchit un instant. « Attendez. Quelles sont les routes inter-États qui traversent la ville ? »

Grantham descendit plus bas sur l'écran, ouvrit un dossier et demanda : « Uniquement la ville ou vous voulez aussi tout le comté ?

— Uniquement la ville.

— On a la I-87, qui devient ensuite la Major Deegan Expressway, la I-95 qui traverse le pont de Washington jusqu'au New Jersey, Bruckner Expressway qui est la I-278, et enfin la I-495, qui retrouve la 678 en sortant de la ville. Ah, et au-dessous de Lower Manhattan, vous avez le tunnel du pont de Brooklyn, qui correspond en gros à la I-478.

— D'accord. Donc si on s'en tient aux autoroutes inter-États, combien y a-t-il de sorties d'évacuation et de conduites ?

— Vous plaisantez ? »

Irving se contenta de le regarder.

« D'accord, vous ne plaisantez pas », dit Grantham en se remettant au travail.

Il lui fallut moins de deux minutes pour annoncer à Irving ce qu'il ne voulait pas entendre.

« Un peu plus de huit cent cinquante. Et encore, je ne vous parle que de celles qui figurent dans cette base de données. Si vous suivez les autoroutes jusqu'aux limites de la ville, et dans toutes les directions, il doit y en avoir des milliers. »

Irving ferma les yeux. Il poussa un long soupir et inclina le menton vers son torse.

« Ce n'est pas ça que vous vouliez entendre, si ? »

Irving secoua la tête sans la relever.

« Je peux vous demander pourquoi vous cherchez ce renseignement ?

— Parce qu'on pense que quelqu'un va vouloir jeter un cadavre dans un de ces dalots au moment d'Halloween.

— Un cadavre ? »

Irving releva la tête. « Oui, un cadavre.

— Et vous ne savez pas où ?

— Non, je ne sais pas où. Si je le savais, je n'aurais plus qu'à me poster devant en attendant de le cueillir.

— Et vous disposez de combien d'hommes pour couvrir toute cette zone ? »

Irving voulut d'abord rire, puis se retint. Il n'y avait pas de quoi rire. « Pas assez », répondit-il calmement.

« D'après moi, un cadavre risque de boucher complètement un dalot. Et s'il le bouche complètement, ça apparaîtra à l'écran. C'est comme ça que le système fonctionne : on voit où ça bloque et on envoie une équipe sur place. »

Irving se redressa, les yeux grands ouverts. « Vous avez combien d'équipes ? demanda-t-il.

— Combien ici ou combien pour toute la ville ?

— Pour toute la ville.

— Eh bien, on pourrait mobiliser peut-être trois cents équipes, à raison de deux hommes par équipe.

— Et quelle est la distance entre ces dalots ?

— Ça varie selon les portions de la route. Selon l'inclinaison, aussi. Selon que l'eau coule vite ou lentement, et le volume de la circulation…

— En gros, coupa Irving. En gros, quelle distance ?

— Oh, je n'en sais rien… Disons en moyenne deux ou trois cents mètres, quelque chose comme ça.

— Donc si vous mobilisiez vos trois cents équipes, elles pourraient couvrir trois dalots chacune sur l'ensemble des huit cent cinquante. Et si elles étaient postées au dalot qui est au centre des trois, il y aurait deux hommes à moins de deux ou trois cents mètres de n'importe quel point du système. »

Grantham confirma d'un hochement de tête. « Ce serait une opération de dingues, mais en effet, si on disposait de toutes nos équipes, on serait à bonne distance de toutes les conduites d'évacuation de la ville. »

Irving ne répondit pas. Il y avait une lueur dans son regard. Son cœur battait deux fois plus vite qu'à l'accoutumée.

« Et depuis ce poste, ajouta Grantham, quelqu'un installé à ce bureau pourrait dire en dix ou quinze secondes si quelque chose bouche l'une des conduites.

— Et comme il y aurait déjà un agent sur place, on bloquerait l'autoroute et on interrogerait tous les automobilistes à moins de huit cents mètres du lieu où le cadavre aurait été balancé.

— C'est jouable. Ça me paraît être une bonne idée. Une bonne idée qui nécessite tout de même la présence d'un cadavre...

— Je sais, rétorqua Irving. Mais au train où vont les choses...

— Allez-y. Dites à vos responsables que c'est possible. »

48

«Jamais de la vie», dit Farraday sans hausser le ton.

Quarante minutes plus tard. Commissariat n° 4. Dans le bureau du capitaine Farraday, Irving était debout près de la fenêtre.

Farraday avait écourté une conversation téléphonique pour le recevoir, pensant sans doute qu'il venait lui annoncer une bonne nouvelle, et non pas un plan délirant qui impliquait tout le service de l'assainissement de la ville de New York.

«Ils ont un système informatique, répéta Irving. Chaque conduite d'eau apparaît sur leur écran. Si quelqu'un balance un corps là-dedans…

— Ce type est armé, dangereux, à l'affût du moindre signe lui laissant penser qu'il est suivi, et vous comptez lui mettre un pauvre ingénieur sur le dos pour aller lui faire sauter sa putain de cervelle? Non mais enfin, Ray, vous avez perdu la tête ou quoi?

— Capitaine…

— C'est non.»

Farraday se leva de son bureau et se planta au milieu de la pièce. «Je sais que vous avez des éléments…

La lettre, le fait qu'il y a de fortes probabilités pour que le prochain crime soit celui-là. Mais vous vous rendez compte une seconde de ce qu'il faudrait pour déclencher une opération conjointe entre la police de New York et le service d'assainissement ? Le fric que ça coûterait, les vies qui seraient mises en danger ? Sans même parler des ressources requises pour fermer l'autoroute et interroger tous les automobilistes dans un rayon de huit cents mètres... » Il s'interrompit pour reprendre son souffle. « Je n'ose même pas imaginer ce qu'une telle opération nécessiterait.

— Qu'est-ce que je fais, alors ? Hein ? Qu'est-ce que vous voulez que je fasse de tout ça ? Je me casse le cul à essayer de...

— Je sais. Je lis les rapports, Ray. Je lis vos rapports, et je les lis de la première à la dernière page. Je sais que vous travaillez dur, mais on en revient à une discussion qu'on a déjà eue, vous et moi. Ce n'est pas la seule affaire qu'on doit gérer, et vu les éléments dont nous disposons, on pourrait très bien considérer les autres affaires comme étant distinctes. En ce qui concerne ces dates anniversaires, en gros, on n'a rien de plus que des éléments circonstanciels...

— Je ne peux pas croire que quiconque...

— Puisse les considérer comme circonstanciels, termina Farraday à sa place. Je sais, je sais. Mais les gens à qui j'ai affaire ne sont pas des flics. Ce ne sont pas des inspecteurs de police. Ce sont des bureaucrates, Ray. Rien de plus que des bureaucrates qui regardent la situation dans son ensemble. Ils voient les agressions, les viols, les braquages de voitures, les vols qui ont augmenté de vingt-six pour cent l'an dernier... Voilà ce qu'ils regardent. Les homicides... Merde, Ray, les homicides ont chuté de dix-neuf pour cent par rapport à la même époque l'année dernière, et la période prise en compte par les statistiques est terminée. Vos victimes... Eh bien, elles concernent le prochain trimestre. Et au prochain trimestre, les élections seront derrière nous, le directeur Ellmann sera ou ne sera plus le directeur, et le maire sera ou ne sera plus le maire. Ce n'est pas plus compliqué que ça.

— Qu'est-ce que vous pouvez me donner alors ? Une annonce publique ?

— Une annonce publique ? À quel sujet ? On dit à toutes les jeunes filles de New York qu'elles doivent faire attention à quelqu'un qui essaierait de les tuer ? Que si un monsieur les embête et essaie de leur faire enfiler une foutue paire de chaussettes orange, elles doivent prendre leurs jambes à leur cou ? »

Irving ne répondit pas. Farraday se leva et fit les cent pas.

« Je vais vous dire ce que je peux vous donner, finit-il par ajouter. Peut-être vingt unités de motards et dix équipes de garde pour le 31. Je vois ce que vous avez, et ce que vous avez me paraît suffisamment solide. Je suis avant tout un flic et je me contrefous de cette élection, sauf que si celle-ci ne se passe pas comme prévu, ça peut vouloir dire beaucoup moins de flics dans les parages. Je ne vous raconte même pas ce que la prochaine équipe a en magasin si elle arrive au pouvoir. Les commissions publiques de surveillance et d'évaluation, la requalification des délits, les tonnes de paperasse à la con sous lesquelles on va se retrouver engloutis. Je suis obligé d'y penser, Ray, de me dire qu'il n'y a pas qu'une seule vie en jeu, mais des milliers, et je dois me demander ce qu'il adviendra d'elles si on change la donne. Le seul problème, c'est que les habitants de cette ville sont certainement assez myopes pour être tout excités par la nouveauté et ne pas réfléchir une seule seconde au désastre à long terme qui les attend.

— Vingt unités de motards et dix équipes de garde ?

— Quel jour tombe le 31 ? »

Farraday prit son calendrier de bureau. « Un mardi. Parfait. Beaucoup mieux qu'un vendredi ou un samedi. Oui, je peux vous donner ça, et peut-être même plus, selon la tournure des événements. »

Irving fit demi-tour.

« Et d'ici là ? » demanda Farraday dans son dos.

Irving se retourna. L'expression sur son visage indiquait que c'était précisément le genre de question qu'il ne voulait pas entendre.

Farraday n'insista pas et le laissa partir. Il travaillait à la Criminelle depuis assez longtemps pour savoir que c'était sans doute le secteur le plus sombre de tous.

À 18 h 15, Ray Irving attendait patiemment dans le hall du siège du *City Herald*. Il s'était fait annoncer auprès de Karen Langley. On lui avait répondu qu'elle ne serait pas longue.

Il lui proposa de prendre un café avant de la raccompagner chez elle, et dans la tranquillité rassurante d'une cafétéria de la 28e Rue Ouest, il lui fit part de la réponse de Farraday à sa proposition.

«Le plus pénible, c'est de savoir qu'une fille va mourir, dit-il. De savoir *comment* elle va mourir et ce qu'il adviendra de son cadavre, mais de ne pas savoir qui ni où.

— C'est horrible. Je crois que c'est le truc le plus abject que j'aie jamais vu. Je n'en reviens pas…»

Elle secoua la tête. «Mais en fait, quand j'y pense… Je n'ai pas de mal à croire que quelqu'un puisse être aussi dingue.

— J'ai l'impression que ce type s'amuse. Il sait qui je suis, il connaît John, et pour s'assurer qu'on a bien conscience de son intelligence exceptionnelle, il vous envoie cette lettre… Pour être sûr qu'on sache à quel point il est malin.

— Qu'est-ce que vous allez faire, du coup?

— J'ai repris les dossiers depuis le départ. J'ai parlé à tous les proches, à tous les témoins, à toutes les personnes directement ou indirectement impliquées.

— Vous avez pu en apprendre davantage sur le groupe auquel John appartient?

— Les gens du Winterbourne Hotel? Non, voilà une piste que je n'ai pas suivie. Pas directement, en tout cas. John m'a expliqué que, en plus de lui, il y avait quatre femmes et deux hommes.

— Et les femmes?

— Notre bonhomme n'est pas une femme.»

Karen ne mit pas en doute la conviction d'Irving. Elle resta assise sans un mot. Elle but son café. Elle avait le sentiment de n'avoir rien d'intéressant à dire.

Ils s'en allèrent à 19 h 10. Langley prit sa voiture, Irving la suivit dans la sienne. Arrivés chez elle, à

Chelsea, près du Joyce Theater, Irving lui demanda d'attendre dans l'entrée pendant qu'il inspectait les lieux.

Rien à signaler. Il l'avait prévu, elle aussi, mais ils avaient l'impression de faire quelque chose d'utile. Il était là pour protéger et servir. Alors il le faisait.

Sur le pas de la porte, elle lui baisa la joue, lui tint la main pendant quelques instants et le remercia.

«Peut-être que, quand tout ça sera terminé...», dit-elle. Irving sentit quelque chose remuer brièvement dans son vieux cœur brisé et fatigué.

Il s'en alla sans un mot, mais sourit dans l'escalier, et Karen leva la main.

Il regagna sa voiture en se dépêchant sur les derniers mètres car la pluie s'était mise à tomber. Il rentra au n° 4, pour la simple et bonne raison qu'il ne voulait pas être seul.

On était le 20 octobre. Jusque-là, dix victimes. Encore onze jours à attendre avant que quelqu'un d'autre meure.

49

Ces onze jours furent parmi les pires de la vie de Ray Irving.

Dans sa tête, Deborah Wiltshire était deux fois morte. Après tant d'années d'une relation profonde – une relation qui signifiait sortir au restaurant, aller au cinéma, voir un concert à Central Park ; une fois, il avait eu la grippe et elle était venue chez lui avec du sirop pour la toux et du paracétamol –, il n'y avait plus rien. Quelque chose de bien avait disparu, et il eut sans doute plus conscience de cette absence au cours de ces onze jours que de toute l'année qui avait suivi la mort de Deborah.

Karen Langley aussi était une femme bien. Il le savait. Mais ils vivaient dans deux mondes qui ne pardonnaient rien, deux univers qui semblaient suivre des orbites différentes. Et essayer d'aller plus loin que leur amitié paraissait inapproprié autant qu'ingérable.

Le Commémorateur, car c'était ainsi qu'Irving avait décidé de le surnommer, avait bouleversé son existence.

Le Commémorateur avait anéanti toute possibilité d'une vie normale, et Irving lui en voulait. Un inconnu avait heurté de plein fouet son monde, et sous les décombres, Irving attendait avec hâte que l'auteur de ce désastre montre son visage.

La nuit du 30 au 31 octobre, il ne trouva pas le sommeil.

Quatre minutes après minuit, le téléphone sonna.

« Ray ?

— John ?

— Oui... Je vous appelais pour savoir comment ça allait.

— Je pense que je ne vais pas dormir, fit Irving. Merci d'avoir appelé.

— Pas de problème. »

Costello observa un silence. « Je peux me rendre utile ?

— Oh... Je ne vois pas ce qu'on peut faire d'autre, à part attendre.

— Ce n'est pas une situation agréable.

— Il faut bien affronter la réalité. Si les choses se passent comme je le pense, quelqu'un sera mort demain à la même heure.

— C'est épouvantable.

— Mais c'est vrai. »

Costello se tut quelques secondes, puis s'éclaircit la gorge et répondit : « Vous avez mon numéro.

— S'il me vient une idée de génie, je vous appelle. »

Irving dit cette phrase avec l'envie de donner l'impression qu'il souriait, qu'il était optimiste, qu'il pensait que quelque chose de bon finirait par sortir de tout cela. Il ne voyait pas bien quoi, mais ça ne l'empêchait pas d'espérer.

« À demain, alors, dit Costello.

— Oui, à demain. »

Au matin du 31, il pleuvait à torrents. Irving téléphona à Victor Grantham vers 7 h 30. Ils s'étaient parlé à deux reprises la semaine précédente, et Grantham avait reçu l'autorisation de travailler avec Irving toute la journée.

« Je suis assis devant l'écran, dit-il. J'ai une bouche d'égout défectueuse sur la 128e Rue Est, juste avant qu'elle enjambe l'Hudson pour retrouver la I-87. À part ça, tout va bien. Au pire, la pluie va nous aider.

— Comment ça ?

— Tout le réseau étant conçu pour évacuer l'eau, si ça ne marche pas, on le sait tout de suite.

— Qui avez-vous aujourd'hui ?

— En théorie, j'ai environ quatre-vingt-dix équipes disponibles. Il y a des sous-stations dans toute la ville, avec des tournées et des missions différentes, mais d'après ce que je vois, il n'y a aucune rupture dans le réseau. On a toute la journée devant nous.

— Je m'en serais bien passé. »

Grantham ne fit aucun commentaire.

« Donc vous restez sur la ligne directe, n'est-ce pas ? demanda Irving.

— Je suis là sans interruption. Ma femme m'a préparé des sandwichs, une gourde de café, et j'ai deux bouquins avec moi. Je resterai avec vous jusqu'au bout, quoi qu'il arrive.

— Bien... Je vous remercie beaucoup, Victor.

— En même temps, qu'est-ce que vous voulez que je fasse d'autre ? Il y a une vie en jeu, non ?

— Exactement. Donc je peux vous joindre à ce numéro. Vous me confirmez que c'est une ligne restreinte ? Personne d'autre sur cette ligne à part vous et moi, n'est-ce pas ?

— Vous avez tout compris, inspecteur. Vous et moi. »

Les deux hommes se turent un instant, puis Victor Grantham posa la question à laquelle ni l'un ni l'autre ne voulait répondre.

« Vous pensez qu'on a une petite chance ?

— Vous voulez savoir la vérité, Victor ? Non, je ne pense pas qu'on ait une petite chance. Mais comme vous le dites, qu'est-ce que vous voulez qu'on fasse d'autre ?

— Bonne chance.

— Pareillement. »

Irving raccrocha, se cala au fond de son siège et reporta son attention sur les panneaux de liège accrochés au mur d'en face.

« On y est », dit-il, tout en regrettant que ce fût le cas.

Il y eut trois fausses alertes avant la tombée de la nuit. Deux d'entre elles n'étaient que de simples dysfonctionnements mécaniques, la troisième due à un sac plastique rempli de cannettes de bière que quelqu'un avait jeté d'une voiture en marche. Irving venait d'atteindre la station de métro de la 23e Rue lorsque Grantham le rappela sur son portable pour lui annoncer la nouvelle. Gyrophare sur le toit et sirène hurlante, il avait démarré pied au plancher et quitté le commissariat en quelques minutes. Le cœur pantelant, il s'était garé sur le côté et avait martelé de ses mains le volant. Il avait juré de façon répétée et sonore, puis il était resté quelques minutes assis, les yeux clos, la nuque contre l'appuie-tête, jusqu'à ce que son corps retrouve un état normal. Lorsqu'il quitta le trottoir pour retourner au commissariat n° 4, il ne lui restait plus qu'un paquet de nerfs en feu au fond du ventre. La seule fois où il avait ressenti une chose pareille, avec une telle intensité, un tel désespoir impuissant, ça avait été le jour où le médecin était venu lui annoncer la mort de Deborah Wiltshire. Soit l'affaire de quelques minutes. Là, ça durait depuis le matin. Les émotions étaient incontrôlables, incessantes. Les émotions vous clouaient au sol, et vous n'aviez aucune échappatoire.

Ainsi tomba le soir, et à 19 heures, Irving ne tenait plus en place. Il arpentait la salle des opérations de long en large. Farraday descendit le voir deux fois, lui dit que si d'autres unités se libéraient, il le tiendrait au courant. Irving l'entendit à peine. Devant la fenêtre, il était absorbé par le kaléidoscope de la lumière des lampadaires extérieurs, dont les lueurs étaient réfractées et déformées par la pluie sur la vitre. Il était là-bas. Quelque part. En train de conduire, peut-être d'emmener une jeune fille morte jusque dans une petite rue secondaire, vers une évacuation choisie au préalable, où il n'aurait qu'à la faire basculer par-dessus la route et à la regarder se coincer dans le conduit. Et puis il rebrousserait chemin, épousseterait son blouson et remonterait à bord de sa voiture. Il bouclerait sa ceinture et roulerait avec prudence, ne voudrait pas se faire arrêter pour excès de vitesse ou non-port de la ceinture de sécurité. Il dépasserait de 10 km/h la limitation de vitesse, afin que les flics ne le soupçonnent pas de vouloir passer inaperçu. Il s'enfuirait dans les règles de l'art.

Irving se demandait s'il était possible de se sentir encore plus mal qu'il se sentait. Il ne voulait pas savoir, d'ailleurs. Quatre fois il appela Victor Grantham, pour s'assurer simplement que la ligne directe fonctionnait ; quatre fois Victor Grantham lui confirma qu'il avait un portable, qu'il avait le numéro d'Irving, et le numéro du commissariat, et que s'il avait une crise cardiaque, son patron préviendrait Irving qu'il prenait le relais.

« De ce côté-là, on est tranquilles », dit-il.

Irving tenta de lire quelques dossiers d'enquête. Il se promit de se repencher sur le groupe du Winterbourne, d'étudier chacun de ses membres, nonobstant les propos de Costello selon lesquels ces gens-là étaient des victimes et non des assassins. Il n'avait pas été très professionnel sur ce coup-là. Voilà une chose dont on le tiendrait responsable, si jamais...

Un agent en uniforme s'arrêta devant sa porte et lui demanda s'il avait besoin de quelque chose.

Il fit signe que non. « On attend, c'est tout.

— Je vois très bien ce que vous voulez dire. »

Je ne crois pas, non, pensa Irving. Mais il ne dit rien.

Il regarda le téléphone sur son bureau. Il voulait l'entendre sonner, mais rien ne se produisait. Il essaya de compter, comme John Costello – les dalles de moquette, les motifs identiques au mur, le nombre de voitures qui dépassaient le coin de la rue entre le feu vert et le feu rouge...

Le téléphone finit par sonner. Irving faillit bien arracher le fil du mur lorsque le socle tomba par terre, le laissant avec le seul combiné dans la main.

« Inspecteur... J'ai une alerte à l'endroit où le tunnel de Queens-Midtown ressort du fleuve. En fait, c'est à l'intérieur du tunnel lui-même... Juste au-dessous de Franklin D. Roosevelt Drive... »

Irving lâcha le téléphone et démarra en trombe.

Victor Grantham continua de parler jusqu'à ce qu'il comprenne qu'il n'y avait plus personne au bout du fil.

Sur place, il y avait déjà quatre unités de motards, un véhicule de police et trois équipes d'ingénieurs sous les ordres de Grantham. Malgré la sirène et le gyrophare, Irving avait mis vingt-deux minutes pour franchir sept rues. De sa voiture, il avait contacté le n° 4 par radio. Des barrages avaient été dressés sur Borden Avenue, à l'autre bout du tunnel, sur les 36e et 37e Rues Est, sur la Seconde Avenue, côté Tudor City. Mais ils avaient été mis en place trop tard, et il y avait trop de voitures, et il était impossible qu'une telle mesure puisse être d'une quelconque efficacité étant donné l'intensité de la circulation, l'obscurité, la pluie, les ressources limitées. Le chauffeur du véhicule avait très bien pu prendre à droite toute, vers la 55e Rue, et disparaître derrière la gare de Long Island City cinq minutes après avoir quitté les lieux du crime.

Ils retrouvèrent la jeune fille à 20 h 02. Elle était entièrement nue, à l'exception d'une paire de chaussettes orange et d'une bague en argent sertie de coquille d'ormeau. Tout près de là, une petite culotte avec à l'intérieur un bout de tissu en guise de serviette hygiénique. Il n'y avait ni sac à main, ni portefeuille, ni vêtement. Pas de marques sur le corps, hormis les traces de strangulation sur le cou. Irving prit son portable et joignit Turner. Ce dernier décolla quelques minutes plus tard. Irving appela ensuite le coroner. Une fois celui-ci en route, il remonta le tunnel sur une bonne trentaine de mètres et téléphona à John Costello.

« Vous l'avez retrouvée, n'est-ce pas ?

— Mais comment… ? demanda Irving.

— Votre numéro de portable s'est affiché. J'en ai déduit que vous n'étiez pas au bureau.

— Des chaussettes orange. Une bague en argent. C'est elle. »

Silence à l'autre bout du fil.

« Je voulais juste vous prévenir, John. C'est tout… Je dois y aller. J'ai du travail.

— Rappelez-moi si je peux faire quelque chose.

— Promis. »

Irving referma le clapet de son portable, fit demi-tour et retrouva le chaos et les lumières vives de la huitième scène de crime, autour du onzième cadavre.

50

Turner resta sur place après que le corps eut été enlevé. Il fit venir trois autres TSC et, ensemble, ils établirent un cordon de sécurité autour de la scène de crime, prirent des photos, recueillirent des indices, installèrent des lampes à arc et cherchèrent des empreintes digitales sur la chaussée dans un rayon de six mètres, jusqu'à ce que Turner ait la certitude que rien n'avait été oublié.

« Je crois qu'il n'y avait rien à *oublier* », dit-il à Irving. Il était déjà 23 heures. Les mains enfoncées dans les poches, Irving avait froid ; il était détaché, impassible, vaguement conscient qu'il n'avait rien avalé depuis le matin.

« Il s'agit simplement du site où elle a été abandonnée, reprit Turner. Le type a pris sa voiture, s'est garé sur le côté, a sorti la fille, l'a balancée dans le dalot et il est reparti. » Il se retourna et indiqua l'autre extrémité du tunnel, du côté de Hunters Point. « Dans cette direction. »

Irving regarda, pensant peut-être qu'il y avait quelque chose à voir. Le tunnel de Queens-Midtown, exceptionnellement vidé de ses voitures, le regardait en retour, vide, muet – il le narguait, presque.

« Mission terminée pour moi, dit Turner. Je vous dépose quelque part ?

— Non, j'ai ma voiture.

— Je serai au labo jusqu'à 6 heures. Appelez-moi si je peux faire quelque chose. »

Irving, sans un mot, regarda Turner réunir son équipe, superviser le chargement du matériel dans les véhicules, réenrouler le ruban noir et jaune, transporter les plots et replier les chevalets. Vingt minutes plus tard, il n'y avait plus personne. Irving recula tout près du mur et vit la circulation reprendre dans le tunnel.

On aurait eu du mal à croire que, à peine deux heures plus tôt, un cadavre avait été jeté à moins de dix mètres de l'endroit où se trouvait Irving. Il inclina la tête et emprunta le passage réservé aux cantonniers, qui courait tout le long du tunnel. Devant le dalot, il s'arrêta un dernier et inutile instant. Il ne vit rien ; il n'y avait rien à y voir.

C'était un jeu. Sophistiqué, compliqué, mû par quelque chose qu'il ne pouvait même pas commencer à saisir. Et cependant, rien de plus qu'un jeu.

Pour le moment, Ray Irving savait qu'il était en train de perdre.

Hal Gerrard, le coroner adjoint, retrouva Irving dans le couloir devant la salle n° 2.

« Elle a été récurée, dit-il. Elle a été étranglée, puis lavée et récurée avec une sorte de savon carbolique contenant du phénol. C'est un dérivé du benzène, qui nettoie et désinfecte assez profondément. Je n'ai pas tout à fait fini mais, pour l'instant, tout ce que je peux vous dire, c'est qu'elle a été étranglée par un droitier. Rien sous les ongles, rien sur le pubis. Pas de trace d'agression, ni physique ni sexuelle, aucune trace de viol.

— C'était une prostituée ? »

Gerrard haussa les épaules. « Difficile à dire. Ses empreintes ne figurent pas dans la base de données. On n'a pas encore vérifié l'ADN, ni procédé à l'analyse toxicologique, donc je ne sais pas si elle consommait des drogues. En tout cas, pas de traces sur les bras, rien entre les orteils ou derrière les genoux. Elle avait l'air plutôt en bonne forme, si je peux me permettre.

— L'heure de sa mort ?

— Fin d'après-midi. Vu la température du foie, la lividité... je dirais vers 17 heures. »

Irving essaya de se rappeler ce qu'il faisait à 17 heures. Impossible.

« Dans combien de temps est-ce que vous aurez terminé ?

— Pour l'analyse toxico et le reste, vous allez devoir nous la laisser. Je vais faire prélever l'ADN, passer les dents aux rayons X, bref, tout ce qui nous permettra de l'identifier, et je vous rappellerai.

— Vous avez mon numéro de portable, oui ?

— J'ai votre numéro de portable. »

Irving rebroussa chemin. Il resta assis dans sa voiture, sur le parking. Il était presque minuit. Il voulait aller chez Karen Langley, à Chelsea. Il voulait frapper à sa porte et lui dire ce qui s'était passé. Il voulait qu'elle lui réponde que tout allait bien, que tout se passerait bien, qu'il ferait mieux d'entrer un moment, d'enlever ses chaussures, de se détendre un peu. De boire un verre de vin, de regarder la télé, de s'endormir à côté d'elle, dans l'odeur de ses cheveux, de son parfum…

Voilà ce qu'il voulait, mais ce n'est pas ça qu'il fit.

Il démarra, fit un demi-tour complet et retourna au n° 4.

Le mardi soir, il ne rentra pas chez lui. Pendant que la moitié des New-Yorkais dormaient, rêvant de citrouille et de sacs de bonbons, pendant que les gens rentraient chez eux puis repartaient, qui au travail, qui en congé, qui pour aller voir des amis à la campagne, Ray Irving resta devant son bureau de la salle des opérations et essaya d'imaginer ce qu'il ferait s'il était plus intelligent.

Il en était donc là, toujours dans les mêmes habits, mal rasé, épuisé, lorsqu'un coup de téléphone du *New York Times* lui annonça qu'une autre lettre était arrivée.

51

Peut-être était-ce dû à la menace, peut-être au fait que l'auteur de la lettre évoquait des meurtres plus anciens. Jusque-là, rien n'avait semble-t-il eu assez d'impact pour souder les idées et les esprits de toutes les personnes impliquées, de façon directe ou indirecte, dans l'enquête.

Peut-être – comme l'avait soupçonné un temps Irving – la vérité était-elle simplement que Farraday, Ellmann, et ceux qui lisaient les rapports s'étaient persuadés qu'une coïncidence était possible, que la coïncidence avait joué un rôle dans cette affaire. Il n'y avait pas de tueur en série; c'était une simple vue de l'esprit.

La lettre qui parvint au siège du *New York Times* en ce mercredi 1er novembre 2006 au matin était impressionnante – et suffisamment détaillée pour dissiper le moindre doute quant à la nature de cette affaire.

Rédigée sur une feuille simple en vélin couleur crème, avec la même police de caractères ordinaire que celle du message accompagnant la photo de Costello et Irving à Central Park, la lettre racontait comment Mia Grant était *entrée très calmement dans cette longue nuit*; décrivait *deux filles en débardeur et jean qui suppliaient comme deux pauvres connes, me disant qu'elles n'étaient coupables de rien, qu'elles étaient innocentes, et moi j'écoutais ce qu'elles avaient à me dire, et je les ai laissées supplier encore plus longtemps, et puis je les ai abattues sur place, là où elles étaient agenouillées, et c'était terminé.* Son auteur parlait de John Wayne Gacy comme d'*une grosse merde minable doublée d'une pédale, infoutu d'obtenir ce qu'il voulait sans braquer un flingue sur la tempe de quelqu'un.* Puis il évoquait les prostituées, *rien de plus que de la saleté animale, pire que ça, la lie de l'humanité, avec leurs maladies et leur absence totale de morale.* Pour finir, il citait Isaïe, chapitre 66, verset 24 : « Et ils sortiront, et ils verront les cadavres de ceux qui se sont révoltés contre Moi : leur ver ne mourra pas, et leur feu ne s'éteindra pas, et leur vue sera un objet de dégoût pour toute chair. »

Il concluait sa lettre en expliquant en détail ce qu'il désirait et ce qu'il adviendrait si son désir n'était pas satisfait.

Publiez ces lignes en une de votre New York Times.
Publiez-les en majuscules afin que tout New York, que le monde entier voie.
JE SUIS L'AGNEAU PURIFICATEUR DU CHRIST.
JE SUIS LA TERRE, L'AIR, LE FEU ET L'EAU.
DEMANDEZ LE PARDON, REPENTEZ-VOUS DE VOS PÉCHÉS ET JE VOUS DÉLIVRERAI.

Ensuite, il exigeait que les photos de toutes ses victimes soient publiées sous son texte, et ajoutait cet ultime avertissement :

Et si vous ne le faites pas, j'enverrai une autre famille de pécheurs en Enfer.
Au moins six personnes.
Peut-être plus.
Après, ça deviendra personnel.

La lettre n'était pas signée, il n'y avait aucun pseudonyme accrocheur.

Et les quelques hommes concentrés qui, debout dans la salle de réunion du *New York Times*, regardaient cette lettre – parmi eux Ray Irving, Bill Farraday, le rédacteur en chef, son adjoint, le coordinateur des informations, deux avocats du journal installés en permanence au siège, bref, des hommes qui en avaient vu d'autres –, étaient assommés et pétrifiés par la simplicité glaçante du message, par sa franchise brutale.

Irving voulait savoir qui avait touché la lettre. Il téléphona au n° 4 afin que quelqu'un vienne recueillir les empreintes digitales et procède par élimination.

Farraday s'entretint avec l'agent de faction au commissariat et lui demanda d'appeler l'adjoint du DA et le directeur Ellmann, de retrouver tous les inspecteurs de la ville qui n'étaient pas occupés sur une scène de crime et de les convoquer au n° 4, tous, à 11 heures.

Les avocats du journal prirent note, donnèrent leur assentiment à la consigne de Farraday voulant que ce texte ne soit pas publié, et expliquèrent qu'ils obéiraient aux ordres du procureur. C'était pour eux une situation inédite. Ils étaient rompus à la calomnie ou à la diffamation, qu'ils maîtrisaient parfaitement, mais pas au droit pénal. Cette fois, leur vie était menacée. Ils quittèrent la salle de réunion et disparurent.

Irving et Farraday repartirent un peu avant 10 heures, comme ils étaient venus, chacun dans sa voiture. Farraday rangea la lettre dans une enveloppe en plastique transparent et la déposa directement au bureau de Jeff Turner. Ce dernier superviserait l'analyse et en préparerait une copie pour Farraday, qui l'emporterait à la réunion prévue au n° 4.

Irving et Farraday se retrouvèrent dans la salle des opérations à 10 h 45. Les inspecteurs Ken Hudson et Vernon Gifford étaient là. Quelques instants plus tard, Irving entendit l'adjoint du procureur, Paul Sonnenburg, monter dans l'escalier, portable à la main, en train de se disputer avec quelqu'un au sujet du «fait indiscutable» qu'ils n'avaient «rien de plus que des éléments circonstanciels, nom de Dieu». Il conclut par un grognement et entra dans la salle. Après avoir salué d'un signe de tête les personnes présentes, il voulut savoir qui était encore attendu.

«Le directeur», répondit Farraday avant de lui indiquer un siège.

Ellmann arriva avec quatre minutes de retard. Sans s'excuser, il s'installa et lut la copie de la lettre. Il la rendit à Farraday, se cala au fond de son siège et joignit ses deux index en flèche.

«Combien d'hommes avez-vous à votre disposition pour travailler là-dessus? dit-il.

— Pour le moment, trois, répondit Farraday. Irving, ici présent. Vous avez lu ses rapports. Il est sur la brèche depuis le début. Hudson et Gifford peuvent être réaffectés.

— Qui travaille sur l'original de la lettre ?
— Jeff Turner.
— Il ne s'occupe pas de la fille retrouvée dans le tunnel ?
— C'est déjà fait, intervint Irving. Les rapports d'autopsie et de scène de crime sont en route.
— Votre avis sur ce message ? lui demanda Ellmann.
— Je suis convaincu qu'il mettra sa menace à exécution. Le tout est simplement de savoir dans combien de temps.
— Et pensez-vous qu'il y a quelque chose dans cette lettre qui puisse nous aider ?
— Peut-être. D'après moi, tout ce qu'il fait, il le fait pour une bonne raison. Je pense que chaque mot a été choisi avec... »

Ellmann ne le laissa pas finir. « Quand est-ce qu'on passera de *penser* à *savoir* ?
— Laissez-moi un peu de temps ? » fit Irving sur un ton interrogateur.

Ellmann jeta un coup d'œil à sa montre. « J'ai des rendez-vous, dit-il en se levant. Je reviens à 14 heures. D'ici là, je veux des réponses. Rien ne filtre dans la presse – rien du tout. » Il fit signe à Farraday de le suivre dehors. Ils échangèrent quelques mots en haut de l'escalier, puis Ellmann partit.

Farraday revint dans la salle des opérations. « Alors ? lança-t-il à Irving.
— Laissez-moi m'occuper de la lettre. J'ai besoin d'un peu de temps.

— Pour quoi faire ? »

Irving se leva à son tour. « Pour essayer de comprendre ce qu'elle signifie vraiment.

— Vous pensez qu'il y a un sens caché ? Pourtant elle me paraît très claire. On publie ce tissu de conneries, sinon il en assassine six autres.

— C'est ça que je vais essayer de comprendre.

— Ne disparaissez pas et ne coupez pas votre téléphone, dit Farraday. Retour ici avant 13 heures. Et je veux que ça avance, compris ? »

Irving composait déjà le numéro de Karen Langley lorsqu'il quitta la pièce. Il entendit la première tonalité au moment d'atteindre l'escalier.

52

« La seule chose, fit remarquer Costello, c'est de déterminer si ce type est vraiment un illuminé mystique, ce dont je doute fort, ou s'il veut juste brouiller les pistes.

— Et l'autre problème, ajouta Karen Langley, c'est de savoir ce qu'il a exactement en tête quand il annonce que ça va devenir personnel. »

Ils étaient tous les trois assis dans le bureau de Langley. Irving était arrivé à 11 h 40.

Costello reprit la lettre, la relut et ferma les yeux pendant quelques secondes.

« La lettre de Shawcross, celle écrite avec le code du Zodiaque, n'était que la transcription d'une lettre déjà existante. La lettre de Henry Lee Lucas, celle où il manquait un mot, était fidèle à l'original, mais le nom de la fille avait été enlevé. Celle-là…

— A été entièrement rédigée par lui? demanda Irving.

— En tout cas, je ne connais aucune lettre qui y ressemble. Mais ça ne veut pas dire que quelqu'un d'autre, plus familier des messages et des témoignages écrits des tueurs en série, ne la reconnaîtrait pas. Quelqu'un comme Leonard Beck, peut-être.

— Ah oui, le collectionneur de lettres… Peut-être bien.

— Et je vais vous dire qui d'autre pourrait nous apporter quelques lumières sur cette lettre. Ne serait-ce que pour déterminer si elle comporte des sens cachés.

— Qui donc?

— Les membres du groupe du Winterbourne, répondit Costello.

— Vous croyez que…»

Costello se leva et s'avança vers la porte. «Appelez Beck, dit-il. Moi, j'appelle les autres.»

Leonard Beck fut heureux de pouvoir se rendre utile, alors même qu'il était sur le point d'assister à une réunion à l'autre bout de la ville. Il se rappelait bien le rendez-vous avec Irving en septembre dernier et ne fut pas rassuré d'apprendre qu'il enquêtait toujours sur la même affaire.

«Ça ne vous lâche pas, répondit Irving. Jusqu'à ce que vous trouviez la vérité.

— Dans ce cas, je ne vois pas en quoi je peux vous aider.

— Je suis en possession d'une lettre. Elle contient des références à la Bible et à des meurtres plus anciens, et se termine par une menace d'après laquelle, si nous n'accédons pas à une demande bien précise de l'auteur, d'autres assassinats suivront.

— Oh là, je vois… Les conneries mégalomanes classiques, fit Beck sur un ton caustique. Et qu'est-ce que vous voulez de moi?

— J'aimerais que vous jetiez un coup d'œil sur cette lettre et que vous me disiez si elle ne vous en rappelle pas d'autres, plus anciennes, dont vous auriez pu avoir connaissance.

— Comment? Vous n'avez pas d'équipes entières spécialisées dans ce genre de choses? Le FBI ne dispose pas de profileurs, d'experts et de...

— Bien sûr, coupa Irving. Mais il ne s'agit pas d'une enquête fédérale. Le seul élément pour lequel le FBI serait susceptible d'intervenir serait l'enlèvement. Or, pour le moment, rien, sinon des éléments circonstanciels, ne laisse penser que les victimes ont été enlevées.

— Vous avez accès à un ordinateur et à un scanner?

— Oui, je peux trouver ça.

— Alors scannez la lettre et envoyez-la-moi par mail... Je jetterai un œil dessus.

— Il faudrait que vous le fassiez maintenant, docteur Beck. Avant votre rendez-vous.

— Envoyez-la-moi tout de suite. Vous avez de quoi noter?

— Bien sûr. »

Beck lui donna son adresse mail. Irving raccrocha, donna les documents à Karen, qui les scanna et les envoya à Beck en pièces jointes.

« Et si votre patron apprend que vous avez fait ça? demanda-t-elle.

— Alors je me retrouverai au chômage et vous devrez m'embaucher. »

Quelques instants plus tard, Costello parut à la porte. « Je vous en ai trouvé cinq, dit-il, tout essoufflé. Une des femmes n'est pas à New York en ce moment, mais les autres sont prêts à vous aider… Mais pas ici, ni dans un commissariat de police. Il y a un hôtel dans la 45ᵉ Rue, près de la tour Stevens. Ils nous retrouvent là-bas à 12 h 45. »

Irving fit signe que non. « Je suis censé être de retour au n° 4 à 13 heures.

— Eh bien, vous arriverez en retard. »

Irving consulta sa montre. « On doit décoller dans dix minutes. » Son téléphone portable sonna.

« Inspecteur Irving ?

— Oui, docteur Beck. Vous l'avez reçue ?

— Je l'ai reçue, je l'ai lue… Ça ne me rappelle rien en particulier. Pour dire la vérité, des lettres avec des références à la Bible, il y en a des milliers. Mais de là à ressembler à une lettre que j'aurais déjà vue… »

Il ne termina pas sa phrase. C'était inutile.

« Docteur Beck ?

— Oui.

— Je veux que vous fassiez quelque chose pour moi.

— Vous voulez que j'efface votre mail de mon ordinateur, c'est ça ? Et cette conversation n'a jamais eu lieu ?

— Exactement.

— Considérez que c'est fait, inspecteur. Et bonne chance pour votre enquête.

— Je vous remercie, docteur Beck. Je vous remercie infiniment. »

Irving raccrocha et leva les yeux vers Costello. « On s'en va », dit-il, ce à quoi Karen Langley réagit en s'emparant de son manteau.

Irving haussa les sourcils, intrigué.

«Vous ne croyez tout de même pas que je vais attendre sagement ici pendant que vous, vous vous baladez dans toute la ville, si?

— Karen...»

Elle leva la main, en un geste clair et solennel. «Taisez-vous, Ray. Je vous accompagne.»

Irving regarda Costello, lequel sourit en haussant les épaules. «Ce n'est pas ma guerre, dit-il. Chacun sa bataille.»

53

Les cinq membres disponibles du groupe du Winterbourne arrivèrent à l'heure, avec seulement quelques minutes d'intervalle entre le premier et le dernier. Irving ne savait pas à quoi s'attendre – peut-être à des gens anxieux et effacés, bourrés de tics nerveux. Or c'était loin d'être le cas. Les individus qui entrèrent dans la pièce l'un après l'autre ressemblaient en tout point aux milliers de gens qui chaque matin prenaient le métro ou la voiture pour se rendre au travail, qui menaient une tranquille vie de famille aux quatre coins de la ville. John Costello les présenta tour à tour. Tous serrèrent la main d'Irving et de Langley, puis s'assirent autour de la table semi-circulaire installée au milieu de la chambre.

Trois femmes : Alison Cotten, la petite trentaine, une jolie brune qui n'était pas très éloignée, physiquement, de Karen Langley ; Barbara Floyd, cinq ou six ans de plus, une coupe courte presque trop sévère pour son visage, mais une attitude détendue et naturelle qui donnait l'impression d'une personne habituée à écouter ; enfin, Rebecca Holzman, entre 25 et 30 ans, cheveux blonds, yeux verts, un maquillage un peu trop visible pour masquer l'acné qui lui couvrait le bas du visage et la majeure partie du cou. Des deux hommes présents, le premier – George Curtis – devait avoir entre 50 et 55 ans et sa tignasse grise le faisait ressembler à un professeur de mathématiques. À ses côtés avait pris place Eugene Baumann, vêtu d'un impeccable costume trois pièces bleu nuit, d'une chemise blanche et d'une cravate bleu clair – le genre directeur de banque ou avocat dans un grand cabinet new-yorkais. Pourtant, Irving se dit que leur enveloppe extérieure, à tous, devait être à mille lieues de leur nature profonde. John Costello, par exemple, était la preuve vivante qu'il ne fallait jamais se fier aux apparences.

Ce dernier s'était installé à la droite d'Irving. Il fut le premier à prendre la parole.

« Je vous présente l'inspecteur Ray Irving, de la brigade criminelle du commissariat n° 4. Et ici, à sa gauche, voici Karen Langley, responsable des faits divers au *City Herald*... Comme je vous l'ai dit au téléphone, nous avons besoin de votre aide. »

Baumann se pencha en avant, s'éclaircit la voix et s'adressa à Irving. « Je suis prêt à faire tout mon possible, inspecteur, mais sachez qu'aujourd'hui je ne pourrai vous accorder qu'une demi-heure de mon temps. » Il regarda sa montre. « Du coup, si cette réunion devait durer plus longtemps, il va de soi que... »

Irving sourit. « Pour être très franc, monsieur Baumann, je suis encore plus pressé que vous. Il s'agit d'une discussion simple et franche, et vous serez en mesure de nous éclairer ou non. Mais avant de vous expliquer la situation, j'aimerais que les choses soient très claires : nous passons un accord. Tout ce qui sera dit entre les quatre murs de cette pièce...

— Je crois que vous n'avez aucun souci à vous faire là-dessus, intervint Alison Cotten. Étant donné nos histoires personnelles, nous sommes précisément de ceux qui n'attirent et ne veulent pas attirer l'attention sur eux. »

Elle arbora un sourire indulgent, comme si elle savait certaines choses qu'Irving ne pourrait jamais toucher du doigt.

« Je ne voulais pas dire que...

— Allons droit au but, inspecteur, voulez-vous ? fit Curtis. En quoi pensez-vous que nous pouvons vous aider ? »

Irving se lança. Il commença par Mia Grant, revint sur le début de l'histoire telle qu'il la connaissait, résuma les tenants et les aboutissants de l'enquête. Il décrivit les rééditions des meurtres, la lettre de Shawcross, l'utilisation du code du Zodiaque, puis leur montra la dernière lettre envoyée au *New York Times*. Au bout de quelques secondes, il la transmit à Costello, qui la passa à Barbara Floyd. Chacun des membres l'étudia à tour de rôle, la lut et la relut, discuta avec les autres. Irving n'intervint pas. Il les regarda se poser des questions et se répondre les uns aux autres, émettre des hypothèses, et ce n'est que lorsque Eugene Baumann lui redonna la lettre qu'il comprit qu'ils étaient parvenus à une sorte de consensus.

« Ça ne veut rien dire, affirma en effet Baumann. Ça n'a pas vraiment de sens. Les seules prostituées étaient cette Carol-Anne dont vous avez parlé et la fille de Central Park. Les adolescentes tuées n'étaient pas des prostituées, que je sache ?

— Exact.

— Il semblerait que le seul élément significatif de cette lettre, ce soit la menace elle-même, les six personnes qu'il tuera si le journal ne la publie pas. Et à mon avis... »

Baumann s'interrompit et regarda les autres membres du groupe du Winterbourne.

« Ça paraît pertinent, dit Rebecca Holzman. En ce qui concerne la date, vous voyez ? » Elle sourit. « Richard Segretti pourrait nous aider là-dessus. Il savait tout sur le sujet. »

Irving fronça les sourcils.

« Il a appartenu à notre groupe il y a quelque temps, expliqua Baumann. Mais sauf erreur de ma part, il a quitté New York.

— Il s'agit de DeFeo, non ? intervint soudain Costello.

— Notre présence est inutile, dit Baumann en souriant à Irving. Vous avez Costello. »

Il commença à se lever de son siège.

« Quoi ? fit Irving, manifestement troublé. Comment ça, DeFeo ?

— Racontez-lui, dit Costello à Curtis.

— Les meurtres commis par DeFeo. Le 13 novembre 1974. La date anniversaire tombe donc dans un peu plus d'une semaine. »

Costello se tourna vers Irving. « Vous avez déjà entendu parler d'un film intitulé *Amityville : la maison du diable* ?

— Bien sûr. Je l'ai même vu.

— Eh bien, précisa Curtis, ce film est l'adaptation d'un livre paru dans les années 1970. Une histoire de phénomènes paranormaux vus par une famille qui s'installait au 112, Ocean Drive, après les meurtres des DeFeo. Les parents, Ronald et Louise DeFeo, avaient été assassinés, ainsi que quatre de leurs enfants. Dawn, Allison, Marc et John. Ronald Jr. était l'aîné, et il a été… condamné pour ces crimes.

— Vous avez l'air d'avoir quelques doutes, remarqua Irving.

— Il y avait plusieurs incohérences dans cette affaire. La fille aînée, Dawn, avait 18 ans. Des résidus de décharge d'arme à feu furent retrouvés sur sa chemise de nuit, ce qui indiquait qu'elle avait très bien pu tenir et utiliser cette arme elle-même. Et d'autres choses encore… Mais Ronald DeFeo fut inculpé pour les six meurtres et condamné à six peines de prison allant de vingt-cinq ans à la perpétuité. Il est aujourd'hui à Green Haven… C'est bien ça, John ? »

Costello confirma d'un hochement de tête. « Oui, la prison de Green Haven, à Beekman.

— Toute la famille a été tuée à l'aide d'un fusil Marlin de calibre .35, intervint Baumann. La rapidité d'exécution, le fait que l'arme ne comportait pas de silencieux, la position des corps… Tous couchés sur le ventre, aucun ligoté ni drogué, et l'impression que la détonation de l'arme n'en avait réveillé aucun… Tous ces éléments formaient des incohérences dans le dossier.

— Et pourtant DeFeo a été reconnu coupable, dit Costello. Il a soumis de nombreuses demandes de libération conditionnelle, mais elles lui ont toutes été refusées.

— C'est donc cette affaire qui est évoquée dans cette lettre ? demanda Irving.

— C'est la seule chose qui paraisse un peu vraisemblable, dit Curtis. Il maudit les prostituées, mais ses victimes sont pour la plupart des adolescents, filles et garçons. Sur les dix, seules deux étaient des prostituées. »

Irving regarda de nouveau la lettre, incapable de ne pas éprouver un sentiment d'horreur face à ce qui se passait. Et il était de son devoir, de sa seule responsabilité, de diriger, de décider, de déléguer et d'agir.

Le Commémorateur avait promis six autres assassinats. À en croire les récents événements, il semblait n'avoir pas beaucoup de mal à tenir parole.

Un quart d'heure plus tard, la réunion s'achevait.

En partant, Irving et Langley, suivis par Costello, remercièrent chacun des cinq membres du groupe.

Le dernier à quitter les lieux fut Eugene Baumann. Il s'arrêta un instant et s'approcha d'Irving.

« J'ai été agressé en 1989, dit-il. J'ai passé quatre mois dans le coma et, pendant que j'étais entre la vie et la mort, ma femme a eu une liaison avec un homme beaucoup plus jeune. La semaine dernière, j'ai fait un check-up. Le médecin m'a dit que je n'avais jamais été aussi en forme. Ma femme, elle, est très malade du cœur et pourrait bien ne pas survivre à Noël. Ce que j'ai enduré m'a appris quelque chose de très précieux, à savoir que le seul véritable échec, c'est de renoncer à se battre. C'est un cliché, je vous l'accorde. Et alors ? » Il sourit chaleureusement et lui prit la main. « Appelez-moi si je peux faire quoi que ce soit pour vous. John sait où me joindre. Je suis peut-être un peu fou, mais si je peux faire quelque chose, je le ferai. »

Irving le remercia, le raccompagna à la porte et referma derrière lui, d'une main ferme.

« Il faut que je rentre au commissariat, dit-il. Je vous dépose au *Herald* ?

— Non, allez-y, répondit Karen. On va prendre un taxi. »

Irving tendit le bras, lui tint la main pendant quelques secondes et la serra fort.

En guise de remerciement, il adressa un signe de tête à Costello. Il quitta à son tour la chambre de l'hôtel et, d'un pas rapide, retrouva sa voiture.

54

Farraday secoua lentement la tête et s'affala sur son siège. «Nom de Dieu, soupira-t-il. Nom de Dieu de nom de Dieu…

— C'est la seule piste à suivre, dit Irving. Sérieusement, je ne vois pas d'autre façon de procéder…

— Vous vous rendez compte du nombre d'hommes qu'une telle opération exigerait?

— Non. Et je crois que c'est impossible à prévoir tant qu'on ne saura pas combien de familles sont impliquées.

— Et où était-ce, donc?

— Amityville? C'était… *C'est* à Long Island.

— Et vous pensez que ça se produira à l'intérieur des limites de la ville de New York?

— Tous les meurtres portés à notre connaissance ont été commis à l'intérieur des limites de la ville. Ce type se fout des lieux où ont eu lieu les crimes, il se contente de les rééditer, et à mon avis ce sera encore le cas cette fois-ci. Il va assassiner une famille de six personnes, exactement de la même manière, et dans un endroit pas très éloigné d'ici.

— OK, dit Farraday, soudain conscient qu'en l'absence d'une meilleure piste, il valait mieux agir que rester les bras ballants. Parlez-en aux archives municipales, aux responsables des registres électoraux... Je tiens le directeur au courant et je vais voir si le FBI ne peut pas nous aider à établir une sorte de base de données. On essaie d'avoir une liste complète d'ici vingt-quatre heures. Entendu ?

— Entendu. »

Il ne fallut pas vingt-quatre heures, mais plutôt quelque chose comme quatre-vingt-seize heures. Soit presque quatre jours. Et Ray Irving estimait toujours impossible de dresser une liste succincte et définitive de toutes les familles de six personnes, avec des enfants ou des adolescents, dans le cadre des limites de New York. Les gens se déplaçaient, les gens divorçaient. Parfois, quand on avait identifié deux adultes et quatre enfants, on découvrait que l'un d'eux avait déménagé dans un autre État. Une autre famille avait perdu trois de ses membres dans un accident de voiture le mois d'avant. Les employés des archives furent sollicités, de même que le personnel du registre électoral de l'État de New York. Ellmann s'assura le concours de quatre agents fédéraux, pour un rôle de supervision. Ils ne pouvaient pas utiliser leur propre base de données puisque les meurtres du Commémorateur ne relevaient pas d'un crime fédéral – c'est-à-dire espionnage, sabotage, enlèvement, braquage de banque, trafic de drogue, terrorisme, violations des droits civils et fraude fiscale. Toutefois, ces agents-là, braves types, travailleurs, mirent sur pied un système de vérification croisée qui permettait de recouper les bases de données entre elles, d'éliminer les noms et adresses qui faisaient doublon, de réduire le champ des recherches une première fois, puis deux, et de mettre un peu d'ordre dans le déroulement de l'opération. Sans eux, Irving se serait perdu.

Pourtant, le samedi 4 novembre, au petit matin, et bien qu'il eût réussi à obtenir une liste de cinq cent quarante-deux familles de six membres vivant dans les limites de la ville, toutes les personnes engagées dans l'opération savaient qu'il était impossible d'effectuer un maillage parfait. La liste était aussi complète que possible. Elle couvrait tout le territoire de la ville de New York. Irving et Farraday, soutenus par le directeur de la police et le cabinet du maire, avaient pour mission de prévenir ces gens-là du danger qui les guettait. Ou pas. Ils ne pouvaient pas être sûrs à cent pour cent. Mais, comme ne cessait de se le répéter Irving, n'importe quelle action, aussi mal exécutée fût-elle, valait mieux qu'une attente passive. Ellmann ne lâchait rien quant à sa décision concernant les journaux. Rien ne serait publié.

« Il y a onze ans de ça, dit-il à Farraday, on a eu une affaire du même genre. C'était avant que je sois directeur, mais mon prédécesseur vous en parlera volontiers. Un homme avait perdu sa femme et son enfant à la suite d'une erreur médicale de la maternité. Elle était morte en couches, et le bébé avec elle, et le type était déchaîné contre le corps médical. Un peu le même genre d'histoire que notre tueur, avec une menace qui disait que si sa lettre n'était pas publiée dans la presse, il se vengerait sur les médecins. Alors un journal a publié sa lettre et les médecins ont commencé à se promener avec des pistolets. Dans les deux semaines qui ont suivi, il y a eu onze tirs de balle par des médecins. Ils se prenaient tout à coup pour une milice privée, vous voyez ? Et au moins six personnes innocentes ont été grièvement blessées. Je n'ai aucune intention de voir ce genre de choses se reproduire aujourd'hui. »

Farraday transmit le message à Irving. Ce dernier – assis à son bureau dans la salle des opérations, exténué comme jamais – comprit et salua le point de vue d'Ellmann, dont il partageait les craintes. Mais il avait toujours devant lui la perspective de coordonner l'opération consistant à avertir cinq cent quarante-deux familles qu'une menace planerait sur elles d'ici neuf jours.

« On fait tout ce qu'on peut, dit Farraday. On a obtenu l'autorisation de se répartir ces familles entre tous les commissariats impliqués. On va utiliser les véhicules de patrouille pour protéger ces gens dans leurs faits et gestes quotidiens. On va se débrouiller pour aller voir chaque foyer, parler à tous les chefs de famille et les alerter, afin qu'ils sachent que si quelque chose arrive dans la nuit du 13, ce sera une de nos priorités absolues.

— Il y a du pain sur la planche, commenta Irving.

— C'est titanesque. Je n'ai jamais vu une aussi grosse opération autour d'une seule affaire. Mais on fait le maximum. Je sais que vous avez bossé dur sur ce coup-là, et...

— Et il se peut encore qu'on soit passés à côté d'une famille, ou de six, ou de douze... Franchement, capitaine, j'ignore s'il existe un moyen de repérer toutes les familles qui correspondent à ces critères. Et si ce type avait dans son collimateur une famille de quatre, en sachant que dans la nuit du 13, papi et mamie vont débarquer à la maison et rester quelques jours...

— Ray... Ça suffit. Je vous arrête tout de suite. Vous avez fait de votre mieux. Cette opération se passera exactement comme prévu. Ces gens seront contactés. Ils vont peut-être choisir de quitter la ville pendant quelque temps...

— Et si on se gourait de A à Z? Et si ça n'avait strictement rien à voir avec les meurtres de 1974?

— Ray, je veux que vous fassiez quelque chose pour moi.»

Irving leva les yeux.

«Je veux que vous rentriez chez vous et que vous dormiez un peu. Je ne vous parle pas d'un petit somme de deux ou trois heures, la tête sur le bureau. J'ai besoin de vous voir en meilleure forme. Rentrez à la maison et couchez-vous. Dans un lit, vous comprenez? Allongez-vous sur un putain de lit et enchaînez sept, huit heures de sommeil. Vous feriez ça pour moi?

— Mais...

— Allez, insista Farraday. Je vous ordonne de partir, et vous partirez.»

Il se leva.

«Rendez-vous demain matin.»

Farraday traversa la pièce jusqu'à la porte. «J'envoie quelqu'un d'ici un quart d'heure pour vérifier que vous avez bien quitté le bâtiment.»

Irving sourit. « J'y vais, dit-il. Je suis déjà en route. »

Sur le chemin du retour, Irving s'arrêta au Carnegie's. Il avait l'impression de ne pas s'être retrouvé sur sa banquette, à boire son café en discutant de la pluie et du beau temps avec la serveuse, depuis des siècles. Il mangea un bout d'omelette. Pourtant il n'avait pas faim, l'appétit lui faisait défaut depuis plusieurs jours; il savait que Farraday avait raison : il devait dormir. Et il devait parler avec Costello, et Karen Langley. Eux comprenaient peut-être mieux sa situation et les journées qui l'attendaient. Il ne demandait pas de la compassion – surtout pas. Mais il avait simplement besoin d'être près de ceux qui savaient ce qui se passait. Ils étaient devenus ses amis. C'était la vérité. Chacun à sa manière, ils faisaient de leur mieux pour changer les choses, et c'était une qualité rare, extraordinaire chez les humains. La plupart des gens n'y prêtaient pas attention, ou s'en foutaient, ou faisaient tout pour se convaincre que les aspects les plus obscurs du monde ne les atteindraient jamais...

Irving s'interrompit dans ses pensées et sourit.

Côté-Obscur.

Le surnom que Costello lui avait donné.

Il entendit alors la voix de Deborah Wiltshire, une phrase qu'elle répétait si souvent qu'il n'aurait jamais pu l'oublier. *Tu dois laisser les gens entrouvrir ta porte, Ray... Tu dois leur donner un peu de toi-même avant de recevoir quelque chose en retour...*

À cet instant précis, il se demanda s'il serait encore le même homme lorsque cette histoire serait terminée.

Il en doutait fort et, d'une certaine manière, il espérait bien ne pas être le même homme.

55

Les sept jours qui suivirent, malgré le froid mordant qui semblait soudain enserrer New York, malgré les imminentes célébrations de Thanksgiving et l'approche de Noël, Ray Irving travailla entre dix-huit et vingt heures par jour. Il ne s'arrêtait jamais, ne ralentissait jamais. Il s'entretint avec Karen, avec John Costello, organisa des réunions avec Farraday, le directeur Ellmann, les agents du FBI, des policiers chargés de l'aider dans la division des tâches, usa jusqu'à la corde les inspecteurs Hudson et Gifford – à coups de vérifications, de revérifications et de visites auprès des familles. Puis l'inévitable se produisit.

M. David Trent, la quarantaine bien tapée, chômeur, marié, père de quatre enfants, le genre de type qui estimait que tout lui était dû, prit sur lui de vendre la mèche. Bien que l'inspecteur Vernon Gifford lui eût expliqué la situation et eût insisté sur le besoin de conserver un certain sang-froid devant la nature de ce qu'ils affrontaient ; bien qu'il lui eût rappelé que le secret était vital, que tout devait être fait pour empêcher une psychose face à un éventuel tueur en série... Malgré tous les efforts entrepris pour que M. Trent comprenne la situation, ce dernier téléphona aux journalistes du *New York Times,* se rendit au siège du quotidien et leur annonça que quelque chose se tramait.

Plus tard, assis devant le capitaine Farraday et le directeur Ellmann, article en main, Irving se rendit compte que ce type de problème n'aurait pu être évité à cent pour cent. Manifestement, Trent avait parlé au *New York Times* le jeudi 9 novembre. Et le vendredi 10, trois jours avant la date anniversaire des meurtres d'Amityville, un titre volontairement accrocheur parut en page 2 du journal le plus lu d'Amérique :

NEW YORK EST-ELLE SOUS LA COUPE D'UN TUEUR EN SÉRIE ?

De façon peu concluante, l'article relatait le meurtre de Mia Grant, le triple assassinat de Luke Bradford, de Stephen Vogel et de Caroline Parselle le 6 août, un crime sans lien apparent commis le même mois, puis se chargeait « d'alerter les habitants de New York, comme il est du devoir de la presse », sur le fait que la police avait entrepris une vaste opération de sensibilisation auprès de plusieurs centaines de familles. L'article ne donnait aucun détail, sinon que ces gens « pouvaient être menacés par un ou plusieurs individus inconnus », et ne précisait pas qu'il s'agissait de familles composées de six personnes. Cela fit suffisamment de bruit pour que le directeur Ellmann convoque une conférence de presse le vendredi 10, en début d'après-midi, afin de dissiper les craintes et d'éviter la psychose.

« Nous ne possédons à l'heure actuelle aucun élément probant indiquant que New York est menacée par un tueur en série. En réalité, il se peut bien que ce terme ne soit pas le bon. » Il s'exprima avec autorité. Si Irving n'avait pas été au courant des tenants et aboutissants de l'affaire, il aurait même pu le croire. Après tout, Ellmann était le directeur de la police de New York.

« Une opération est en cours depuis quelques jours, continua Ellmann, qui consiste à contacter plusieurs familles dans le cadre des limites de la ville – familles que l'on pourrait définir par certaines caractéristiques démographiques. Le but de cette opération est d'empêcher de nouvelles violences, et non de susciter l'inquiétude ou l'affolement chez les New-Yorkais. Je puis vous assurer que si vous, ou un membre de votre famille, n'avez pas été contacté par un représentant de la police de New York ou par un agent fédéral, vous n'êtes pas concerné par cette catégorie démographique et vous n'avez aucune crainte à avoir. »

Lorsqu'un journaliste de NBC lui demanda ce qui avait déclenché cette opération, Ellmann répondit sans la moindre hésitation.

« Par une des nombreuses pistes d'investigation que nous suivons, nous avons découvert certains éléments – pour l'instant non étayés – laissant penser qu'un individu s'apprête peut-être à commettre de nouveaux meurtres. Comme je vous l'ai dit et ne cesserai de vous le dire, il n'y a aucune raison de s'alarmer. Grâce aux actions entreprises en ce moment par la police de New York, et avec le précieux soutien d'agents du FBI, la situation est parfaitement maîtrisée. Je peux vous assurer que le risque d'un événement malheureux est très faible et que toutes les mesures sont prises, avec la plus grande rapidité et la plus grande efficacité possible, pour empêcher que les habitants de New York soient pris pour cibles. Je voudrais répéter, une fois encore, qu'il n'existe pas de motif d'inquiétude réel. Je demande à tous les New-Yorkais de vaquer à leurs occupations habituelles. Nous disposons d'une des meilleures polices de tout le pays, d'une police qui a à cœur de rendre les rues et les foyers de cette magnifique ville totalement sûrs.»

Dans un brouhaha de questions et de flashs crépitants, Ellmann mit fin à la conférence de presse.

Alors que leur patron quittait l'estrade, Ray Irving et Bill Farraday, postés devant la télévision dans le bureau de ce dernier, se regardèrent pendant quelques secondes. Farraday éteignit le poste et se rassit.

«Très bon boulot, fit Irving.

— C'est pour ça qu'il est le directeur.

— Il semblerait quand même que notre type a obtenu en partie ce qu'il voulait.

— Vous croyez que ça se résume à ça ? Que les médias parlent de lui ?

— Dieu seul le sait. Mais il doit y avoir de ça, non ? C'est le vieux cliché... Quelqu'un ne l'a pas écouté, quelqu'un n'a pas fait attention à lui, alors le monde entier va devoir regarder ce qu'il est capable de faire.

— Mouais, fit Farraday en indiquant la télévision. Tout ce que je peux dire, c'est que maintenant que c'est public, on a intérêt à ne pas se louper. Si lundi une famille de six personnes se fait trucider, eh bien... Je ne veux même pas y aller.

— Moi non plus.

— Bon. Où en est-on?

— On a couvert quatre-vingts, quatre-vingt-cinq pour cent des familles. Il y a des failles, bien sûr. Des familles en déplacement, ou dont un des membres vit ailleurs, bref toutes ces choses qu'on avait prévues... Mais pour ce qui est des cinq cents familles disponibles, on a contacté environ quatre-vingt-cinq pour cent d'entre elles.

— Continuez. Il n'y a rien d'autre à faire.

— C'est exactement ce que je pense, dit Irving en s'approchant de la porte.

— Au fait, Ray...

— Quoi?

— Si ça merde lundi... Si on se retrouve vraiment avec six nouveaux morts sur les bras, la presse va nous tomber dessus comme une bande de vautours.

— Ce que je me dis, pour le moment, c'est que le temps qu'ils arrivent ici, je ne pense pas qu'il leur restera grand-chose à picorer. »

Il referma derrière lui la porte du bureau de Farraday et descendit rapidement l'escalier.

56

Elle s'appelait Marcie. Du moins c'est comme ça qu'elle voulait qu'on l'appelle. Baptisée Margaret, elle trouvait – du haut de ses 8 ans – que ça faisait lourd et ringard, comme un prénom de vieille, alors que Marcie, c'était un prénom joli et simple, avec deux petites syllabes. Deux syllabes, c'était parfait ; une seule, pas assez ; trois, trop. Marcie. Marcie Allen. 8 ans. Un petit frère, Brandon, que tout le monde surnommait « Buddy », âgé de 7 ans. Ensuite Leanne, 9 ans, et Frances, 13 ans. Ce qui faisait quatre personnes, six avec papa et maman. Le soir du dimanche 12 novembre, ils regardèrent tous ensemble une comédie en mangeant de la pizza et du pop-corn, car c'était le dernier soir avant l'école, et ils faisaient toujours des choses ensemble le dimanche soir – ils étaient comme ça.

Jean et Howard Allen étaient des gens bien. Ils travaillaient dur. Ils ne croyaient ni à la chance ni à la bonne fortune, sauf s'ils en étaient à l'origine. Howard, golfeur prometteur, repensait toujours à la vieille rengaine d'Arnold Palmer : *J'ai l'impression que plus je m'entraîne, plus je deviens chanceux.* Il trouvait que cette philosophie valait pour à peu près tout. Ainsi avançaient-ils dans la vie grâce à leur application, en respectant certaines valeurs. Bien que n'étant pas religieux et n'allant pas à l'église, les Allen avaient élevé leurs enfants avec l'idée, pleine de bon sens, que l'on récoltait ce que l'on semait. Howard avait coutume de dire : « Si on donne de la merde, on reçoit de la merde. » Jean, cependant, n'aimait pas entendre ce genre de langage en présence des enfants.

Chez les Allen, le coucher était échelonné. Buddy montait à 19 h 30, Marcie et Leanne à 20 h 15. Frances, adolescente, avait le droit de rester debout jusqu'à 21 heures. Elle trouvait toujours ça trop tôt, arguant que ses copines allaient au lit à 22 heures, si bien que c'était toujours la bataille devant la porte de sa chambre jusqu'à ce que Howard émette son *murmure sonore,* prenne son air sévère et lui ordonne d'aller se coucher, sans quoi elle serait privée de sortie. Ce n'était pas une méchante fille, loin de là, mais ses parents la trouvaient *obstinée* et *forte tête,* tout en estimant, dans leur for intérieur, que ces qualités la serviraient plus tard. Bien sûr ils ne le lui disaient pas mais, de tous leurs enfants, Frances était celle, d'après eux, qui se fraierait un chemin dans la vie et réussirait le mieux.

Howard Allen était un homme fier et il y avait de quoi. Il dirigeait sa propre affaire, une usine de composants électriques commerciaux, et la maison à deux étages qu'ils possédaient 17e Rue Est, près de l'hôpital de Beth-Israel, était quasiment remboursée, à 30 000 dollars près. Au moins deux des enfants disposaient d'un compte pour financer leurs études, et les Allen avaient envisagé d'acheter un appartement non loin de Kips Bay Plaza, en vue de le louer à des étudiants de la fac de médecine de NYU. L'avenir était prometteur, il y avait des choses à planifier, d'autres à prendre en considération, et jamais ils ne s'étaient dit que tout cela pourrait s'arrêter brutalement un jour.

À 20 h 10, le samedi 12, Ray Irving téléphona à Karen Langley au *City Herald*. Pourquoi ce besoin de parler ? Il ne savait pas vraiment, et l'idée qu'elle ne soit pas là ne lui traversa même pas l'esprit. Alors il l'appela, tomba sur son répondeur, laissa un message simple : « Je voulais juste discuter un peu. Rien de grave. Rappelez-moi quand vous pouvez. »

Il avait noté le numéro de son domicile quelque part ; il aurait d'ailleurs pu le retrouver par mille autres moyens, mais il ne le fit pas. Peut-être ne voulait-il pas vraiment lui parler, mais lui montrer qu'il y avait pensé, qu'il avait fait l'effort de la recontacter. Car eût-elle décroché qu'il n'aurait pas su quoi lui dire.

Ce soir. Ce soir après minuit. Si on ne se trompe pas trop, il va sortir ce soir et tuer six personnes…

Et qu'aurait-elle répondu ?

Ray Irving fit les cent pas dans son bureau. La veille, il avait fait installer plusieurs téléphones, dont l'un qui permettait de relier les deux commissariats. Les inspecteurs Gifford et Hudson se chargeaient du standard, et quatre agents supplémentaires étaient là en cas de besoin. Tous les véhicules de patrouille de la ville étaient en alerte et une fréquence spécifique avait été attribuée au n° 4. Il y avait tant de variables, tant d'inconnues. Il y avait tellement de possibilités, tellement d'erreurs potentielles, humaines ou autres, qu'Irving trouvait insupportable la simple idée d'envisager tout ce qui pouvait mal se passer. En ce moment même, alors qu'il allait et venait entre la fenêtre et la porte de son bureau, maudissant Gifford et Hudson qui avaient déjà douze minutes de retard, six personnes étaient peut-être déjà mortes quelque part. Ces meurtres avaient peut-être déjà eu lieu. Irving avait étudié l'affaire d'Amityville sous toutes ses coutures. L'apparition du fils aîné, Ronald «Butch» DeFeo, au Henry's Bar vers 18 h 30 le 13 novembre 1974, hurlant : «Il faut m'aider! Je crois que ma mère et mon père ont été abattus!» Jusqu'à ses aveux le lendemain : «Une fois que j'ai commencé, je n'ai pas pu m'arrêter. C'est allé tellement vite.» En plus d'obtenir la copie des rapports originaux, Irving avait lu tout ce qui existait sur les meurtres eux-mêmes. Peut-être pour essayer de comprendre, de repérer quelque chose qui lui indiquerait comment, pourquoi, où. Il n'avait rien trouvé, rien qui pût lui rendre la tâche plus aisée, ou en tout cas moins compliquée.

Alors il allait et venait dans son bureau, et il attendait Hudson et Gifford, et les téléphones restaient silencieux, aux aguets, et le cœur de Ray Irving pesait des tonnes.

Huit minutes après que Frances eut enfin accepté de regagner sa chambre, Jean et Howard Allen s'assirent dans la cuisine et se regardèrent longuement.

Ils devaient discuter d'un sujet d'importance, mais ni l'un ni l'autre ne souhaitait lancer la discussion. En effet, la mère de Jean, qui dans le meilleur des cas était une femme difficile, veuve depuis onze ans, farouchement indépendante et toujours aussi navrée par les choix matrimoniaux de sa fille, attendait les résultats d'une biopsie. Les premiers symptômes n'étaient pas rassurants. Elle avait perdu du poids, surtout au cours des trois derniers mois, et avait fait deux malaises : le premier dans un centre commercial, le second chez sa fille, un dimanche, pendant le dîner.

Finalement, en ce dimanche soir, Jean dit : « Si les résultats ne sont pas bons, tu sais qu'on va devoir l'héberger. »

Howard ne répondit rien.

« Sa maison est beaucoup trop grande, Howard. Elle aurait dû la vendre après la mort de papa…

— Je ne pense pas qu'elle ait envie de venir ici, rétorqua Howard, conscient que sa remarque ne voulait rien dire.

— Je sais bien qu'elle n'aura pas *envie* de venir. Mais ce n'est pas le problème. Elle va être *obligée* de venir. Il va falloir qu'on lui fasse comprendre qu'elle n'a pas le choix.

— Il y a toujours l'autre possibilité…

— Jamais de la vie je ne la mettrai dans une maison de retraite, Howard. En plus, on ne pourrait même pas se le permettre…

— Et sa maison ? »

Howard savait qu'il marchait sur des œufs, qu'il courait sur des œufs, pour être plus précis, et avec des semelles de plomb, qui plus est, comme s'il voulait briser les coquilles, se couvrir de honte et d'ignominie pour avoir osé penser une telle chose.

« Je ne vendrai pas l'endroit où j'ai grandi pour payer une maison de retraite à ma mère, et tu sais très bien qu'elle n'acceptera jamais. Nom de Dieu, Howard, parfois je me demande si tu te soucies vraiment de son sort. »

Howard, très doué pour arrondir les angles tranchants qui apparaissaient de temps en temps dans leur couple, tendit la main et la referma sur celle de Jean. Il lui adressa un sourire chaleureux, de ceux qui rappelaient à sa femme qu'elle avait devant lui un homme bon, un vrai, un homme avec un cœur, un cerveau et un sens aigu de la morale. Un homme qu'elle avait eu raison d'épouser. Quinze ans qu'ils étaient ensemble, quinze ans que Howard supportait les remarques cinglantes, les petites piques, les critiques vicieuses déguisées en « idées constructives » proférées par sa belle-mère, Kathleen Chantry. Car cette dernière avait un idéal en tête, un idéal qu'aucun homme n'atteindrait jamais, et elle pensait que Jean s'était fourvoyée en épousant Howard Allen. Howard, avec son application au travail, sa patience extraordinaire à l'égard de ses enfants, sa dévotion inépuisable et sa fidélité sans faille à sa femme qui, en voyant la lumière dans ses yeux quand il la regardait, savait que cet homme l'aimerait toujours d'un amour inconditionnel...

Jean et Howard étaient nés bons, ils mourraient bons.

À 22 heures, Irving commençait à se dire qu'ils avaient mal interprété la lettre. Il doutait de son hypothèse de départ et essayait d'oublier à quel point Farraday l'avait tanné pour qu'il lui explique comment il en était arrivé à cette conclusion.

« Vous rigolez ? Bordel, Ray, une bande de dingues qui ont été victimes de tueurs en série... Et vous leur avez montré la lettre ? »

Irving avait eu beau se défendre, lui exposer le pourquoi de sa démarche, Farraday ne le lui avait pas pardonné. Il était trop tard, cependant. L'opération durait déjà depuis trois jours. Farraday lui avait fait jurer que jamais Ellmann ne serait au courant. Il avait du mal à imaginer ce que celui-ci penserait du n° 4 s'il apprenait que l'opération policière la plus coûteuse en temps et en argent des trois dernières années reposait sur une hypothèse soulevée dans une chambre d'hôtel par cinq rescapés de meurtres en série. Au grand soulagement d'Irving, Farraday ne lui en reparla plus. Lorsqu'il déboula dans la salle des opérations le dimanche soir et resta à ses côtés dix ou quinze bonnes minutes sans rien dire, peut-être avec l'envie profonde qu'un des téléphones sonne, histoire de mettre fin à ce terrible suspense, Irving se sentit un peu rassuré. Farraday était avant tout un flic. Il l'avait toujours été, le serait toujours, et son sens du devoir le liait aux habitants de New York bien plus qu'à la classe politique.

« Rien ? » demanda-t-il.

Irving fit signe que non.

« Pourvu que ça dure. »

Et ce fut de nouveau le silence, une fois de plus.

Un silence guère différent, d'ailleurs, de celui qui régnait chez les Allen. Un répit dans la discussion autour des questions qui fâchaient, un bref intermède au cours duquel Jean et Howard se faisaient face à la table de la cuisine, chacun rassuré par la présence de l'autre, appréciant suffisamment bien leurs points de vue respectifs pour savoir qu'un problème aussi important que celui posé par Kathleen Chantry ne se réglerait pas en une soirée.

«Attendons de voir les résultats», conclut Howard, toujours avec ce fameux sourire, en serrant la main de Jean.

Celle-ci acquiesça, consciente que si elle continuait de parler elle risquait de finir en larmes. Or, ce soir-là, elle ne voulait pas pleurer. Ce soir-là, elle voulait se coucher tôt et bien dormir, car elle devait aller voir sa mère le lendemain et entamer la longue guerre d'usure contre la résistance de cette femme face à tout changement. Oui, un changement s'annonçait – c'était inévitable.

Elle jeta un coup d'œil vers l'horloge fixée au mur, au-dessus de la cuisinière. «Il est déjà 22 heures, dit-elle. Je vais me faire un thé… Tu en veux?

— Oui, je veux bien un Earl Grey. Il faut juste que je prépare un devis pour demain.

— Tu en as pour longtemps?

— Un petit quart d'heure?»

Jean tendit le bras et caressa la joue de Howard. «Après, dit-elle, tu pourras m'emmener au lit et me lire une histoire.

— Oh, ça, tu peux compter dessus», répondit-il d'un air coquin. Il se leva de sa chaise et se plaça juste derrière elle. Pendant quelques secondes, il lui saisit les épaules, puis se pencha en avant et déposa un baiser sur le sommet de son crâne.

« Vas-y, alors, dit-elle. Si tu dépasses le quart d'heure, je ne joue plus. »

57

La sensation qui attaqua les nerfs d'Irving au moment où le téléphone sonna fut indescriptible.

Il avait pensé à tout, imaginé plein de choses – sa réaction, ce qu'on lui annoncerait à l'autre bout du fil, la façon dont son cœur bondirait soudain, au quart de tour, comme s'il était relié à une batterie de voiture. Mais rien n'aurait pu le préparer à la décharge d'adrénaline qui le traversa des pieds à la tête.

Vernon Gifford décrocha brusquement le téléphone, aboya dans le combiné. Il était déjà debout. Irving courait presque sur les deux ou trois mètres qui le séparaient du bureau.

« 35e Rue Est et 3e Avenue, 35e Rue Est et 3e Avenue », ne cessait de répéter Gifford. Hudson avait déjà décroché l'autre téléphone, celui de la ligne spéciale qui le reliait au central. Les détails furent transmis. Gifford raccrocha et fonça vers la porte. Irving, tout en ordonnant à Hudson de rester là pour recevoir les autres appels et s'assurer que les véhicules de police seraient en route, suivit Gifford, submergé par le choc...

À trois marches du rez-de-chaussée, il faillit trébucher et sentit sa cheville se tordre, mais sans douleur.

Son corps n'enregistrait plus rien, sinon l'urgence, l'affolement, le *besoin* d'être dehors, dans une voiture, et de se précipiter au croisement de la 35e Rue Est et de la 3e Avenue, d'où provenait l'appel.

C'était une des familles. Une des familles avec lesquelles ils avaient discuté. Deux parents, quatre enfants. Un appel avait été passé, un appel d'urgence… Quelqu'un avait été aperçu dans le jardin à l'arrière de la propriété.

Clés en main, Irving ouvrit la portière côté conducteur tandis que Gifford refermait en claquant celle du côté passager. Ils démarrèrent en trombe, avec la sirène et le gyrophare, en laissant une trace de caoutchouc brûlé sur l'asphalte. Irving se faufila parmi les voitures, qui semblaient se retirer devant lui comme si elles avaient compris.

Une vingtaine de rues plus au sud-est, le cœur pantelant, la tête traversée d'images, les paumes moites, le sang cognant dans ses tempes et dans son cou, les tripes retournées, le sentiment que le moment était arrivé, enfin arrivé…

Même les feux restèrent verts – n'importe comment, l'inverse n'aurait pas changé grand-chose, avec trois véhicules de police, en provenance de Herald Square, roulant à la même vitesse que lui, une succession de gyrophares derrière lui, et les gens qui s'écartaient pour les laisser passer.

Irving écrasa l'accélérateur, monta jusqu'à 135 km/h, dut ralentir au moment d'arriver au coin de Park Avenue, puis repartit à fond les gaz.

Le micro à la main, Gifford dit quelque chose, discuta avec le central, mais Irving ne l'entendit même pas.

Il ne pouvait penser à rien d'autre qu'à ces paroles de Ronald DeFeo : *Une fois que j'ai commencé, je n'ai pas pu m'arrêter. C'est allé tellement vite.*

Howard travailla sur son devis pendant dix minutes, puis laissa tomber. Il aurait aimé faire affaire avec le fournisseur de Philadelphie, mais les Japonais étaient beaucoup moins chers. S'il choisissait Philadelphie, il aurait des délais de livraison plus courts, mais paierait 2,5 cents de plus par unité. Et 2,5 cents multipliés par 170 000, ça faisait plus de 4 000 dollars de différence, soit largement assez pour entamer sa marge, ou la confiance des clients si l'idée leur venait de vérifier les prix du fabricant. C'était une de ces situations où il ne reste plus qu'à se fier à son intuition ; et c'est ce qu'il fit.

Howard éteignit son ordinateur. Au même moment, Jean l'appela en haut de l'escalier.

Il fit le tour du rez-de-chaussée, vérifia que les fenêtres et les portes étaient bien fermées, éteignit toutes les lumières et laissa la pièce plongée dans le noir complet, à l'exception de la petite lueur verte de l'horloge électronique de la cuisinière. Il s'arrêta un instant au pied de l'escalier. *Les choses pourraient être mille fois pires,* se dit-il. *Tout va bien.* Au moment de poser ma main sur le garde-corps, il entendit des sirènes hurler quelque part, au loin. Puis il monta se coucher.

À 22 h 48 précises, dix-sept policiers en uniforme convergèrent vers une adresse au croisement de la 35ᵉ Rue Est et de la 3ᵉ Avenue. Ils étaient emmenés par les inspecteurs Ray Irving et Vernon Gifford. Le central avait gardé un contact permanent avec la famille qui vivait là-dedans – le père, la mère et les quatre enfants –, enfermée dans la chambre principale. On leur avait ordonné de ne quitter la chambre sous aucun prétexte tant que le central ne leur aurait pas dit que les policiers étaient chez eux, que l'ensemble de la propriété avait été fouillé et que Ray Irving, l'inspecteur en charge de l'opération, n'avait pas donné son aval. Le père de famille, Gregory Hill, assura à l'opératrice au bout du fil qu'il n'avait pas du tout l'intention de quitter sa chambre. Sa femme, Laura, et les gamins, Peter, Mark, Justin et Tiffany – 4 ans pour le plus petit, 11 ans pour l'aîné –, ne bougèrent pas, muets et effarés, tandis que Gregory murmurait dans le combiné, rassuré par l'opératrice : la situation était sous contrôle, les policiers savaient parfaitement ce qu'ils faisaient, tout se passerait pour le mieux.

L'opératrice, Harriet Miller, qui travaillait à ce poste depuis dix-sept ans, n'aurait pu mieux faire. Son ton mesuré, ses instructions prononcées avec un calme et un sang-froid exceptionnels, tombaient sur les pires heures jamais vécues par la famille Hill. Et Desmond Roarke – un voleur de 27 ans, cambrioleur et receleur au petit pied, déjà placé en liberté conditionnelle après trois tentatives de fraude à la carte de crédit et recherché pour être interrogé dans le cadre d'une enquête en cours sur un vol de voiture – dut se dire que Dieu avait vraiment une dent contre lui. Au moment où il se laissa glisser du toit pour atterrir sur le garage des Hill, tenant un petit fourre-tout noir contenant un cutter, une lampe de poche, un démonte-pneu enroulé dans un essuie-mains, deux paires de gants chirurgicaux, un rou-leau de *gaffer* et dix mètres de corde en nylon, une douzaine de faisceaux lumineux de la police éclairèrent violemment sa silhouette contre le ciel nocturne. Desmond Roarke trébucha, fit tomber son fourre-tout et dégringola sur les tuiles, échappant, par un vrai coup de chance, à une chute de cinq mètres sur la cour en ciment. Il réussit en effet à s'immobiliser sur le dos, les pieds au bord de la gouttière, les deux mains désespérément à la recherche d'un point d'appui. Il resta dans cette position jusqu'à ce que trois policiers se postent juste au-dessous de lui, pistolets au poing, et qu'Irving lui ordonne de ne pas bouger le petit doigt et d'attendre sagement, le temps de trouver des échelles. Celles-ci arrivèrent quelques minutes plus tard, et Desmond Roarke, qui avait déjà pissé dans son froc, fut descendu du toit du garage et réceptionné par un comité d'accueil comme il n'en verrait plus jamais.

À 23 h 30, les policiers avaient son nom et interrogé la base de données. Ils savaient qui il était, avaient une idée très précise de la raison de sa présence en ce lieu, ce qui aurait des répercussions cruciales dans les heures suivantes. La famille Hill avait été délivrée. Gregory Hill s'était entretenu avec les policiers, avait vu Vernon Gifford, qui lui avait expliqué que tout allait bien et que la vie pouvait reprendre son cours. Il y aurait toujours de l'angoisse, bien sûr, mais en même temps la conscience que, cette nuit-là, les choses auraient pu se passer beaucoup plus mal.

Ray Irving savait pertinemment que Desmond Roarke n'était pas leur homme, et il savait aussi pourquoi. Il n'était pas encore minuit. On n'était pas encore le 13 novembre. Dans la confusion et la panique, portés par l'espoir que, peut-être, les centaines d'heures de travail finiraient par payer, qu'ils venaient de sauver une famille d'une terrible catastrophe, ils avaient négligé le fait que le Commémorateur portait bien son nom. Les dates avaient un sens pour lui.

Les meurtres d'Amityville s'étaient déroulés le 13, et non le 12.

Ray Irving, qui avait oublié qu'il attendait minuit, se retrouvait ainsi à l'arrière de la maison, insensible au froid mordant comme au vent glacé qui s'était frayé un chemin dans la ville et lui mouillait les yeux. Il savait qu'ils n'avaient pas la moindre chance d'y arriver.

Howard Allen était couché, éveillé, à côté de sa femme endormie. Il adorait sentir son corps nu près de lui. Quatre enfants, quinze ans de mariage, des cheveux gris, des rides d'expression, et pourtant personne n'arrivait à la cheville de Jean. Ils se vouaient mutuellement une passion paisible qui était liée non pas à une forte attirance sexuelle, mais à leur complicité. Chacun savait ce que l'autre aimait. Elle savait ce qui le faisait grimper aux murs. Il savait ce qui lui faisait lacérer les draps. C'était bien ainsi, et pour rien au monde il n'aurait voulu autre chose.

Il jeta un coup d'œil à sa pendule. 23 h 56. Il était fatigué, exténué même, et bien qu'après l'amour il s'endormît généralement en moins d'un quart d'heure, il était encore tout à son affaire. Le jeu de mots le fit sourire, il essaya de se concentrer sur ses difficultés, mais son cerveau n'arrêtait pas de divaguer, et demain serait lundi, le début d'une nouvelle semaine, et peut-être qu'il appellerait le client pour mettre dans la balance les délais de livraison raccourcis et une économie de 2,5 cents par unité. Peut-être que le type serait suffisamment patriote pour oublier les 2,5 cents et acheter américain. L'idée fit sourire Howard, qui ferma les yeux.

Il entendit un bruit, comme une branche de bois vert qui craque sous une chaussure. Mais il était déjà parti dans les limbes du sommeil, et le lit était bien chaud, et Jean était à côté de lui, et les enfants dormaient à poings fermés.

«Il dit qu'il ne voulait pas voler, expliqua Gifford à Irving. Il dit qu'il a été payé par quelqu'un pour s'introduire dans la maison et chercher des preuves.»

Irving plissa le front. «Quoi?»

Ils étaient assis dans sa voiture, portières ouvertes, toujours sur la 35e Rue Est, à moins de vingt mètres de la maison. «Payé par quelqu'un pour chercher des preuves?»

Gifford confirma d'un signe de tête. «C'est ce qu'il a raconté.

— Mais payé par qui? Et des preuves de quoi?

— Il ne veut pas le dire.

— C'est de la connerie, fit Irving. Bordel...»

Il soupira, regarda encore une fois la maison et referma sa portière. «Allez, on retourne au n° 4.

Ce n'est pas lui, au moins on est sûrs de ça. Vous le ramenez, vous l'inculpez, vous obtenez plus de détails sur cette affaire, si possible, et vous me tenez au courant. Je dois poursuivre. »

Semblant sortir de la pénombre du couloir au premier étage, c'était comme s'il avait réussi à surgir du néant. Il n'y avait rien, et puis il y avait quelque chose. Personne, et puis quelqu'un. Et ce quelqu'un resta sans bouger pendant un long moment – dix minutes, peut-être même un quart d'heure –, parfaitement immobile, hormis sa respiration qui gonflait et dégonflait son torse. À ses côtés, posé sur la moquette, il y avait la crosse d'un fusil.

La forme finit par bouger. L'homme fit deux pas et, avant même d'avoir atteint la chambre de Frances Allen, posa le fusil à la verticale contre le bord du montant de la porte. Une main sur le chambranle, l'autre sur la poignée, il poussa doucement la porte en grand et s'arrêta – encore une fois pendant un long moment – pour l'écouter respirer. Il fit la même chose à chaque porte, jusqu'à trouver celle de la chambre principale, où dormaient les parents – Howard et Jean Allen. Là, il s'approcha du côté de Jean et se pencha pour observer son visage. Au bout de quelques secondes il tendit le bras, plaqua une main sur son nez et sa bouche, et attendit qu'elle ouvre les yeux, surprise.

Ce qui se produisit – des yeux écarquillés, effarés. Quand elle vit le regard de l'homme à travers la fente d'une cagoule, elle crut que son cœur terrorisé exploserait hors de sa poitrine.

Et en voyant le fusil, et la façon dont la silhouette se pencha calmement au-dessus d'elle pour secouer Howard jusqu'à ce qu'il se réveille, elle comprit, avec une certitude absolue, qu'il se passait quelque chose de terrible – et que ce n'était pas un mauvais rêve.

À 0 h 45, Gifford se présenta devant la salle des opérations d'Irving et attendit sur le seuil de la porte que ce dernier ait terminé sa conversation téléphonique avec le capitaine Farraday.

« J'ai un nom pour vous, dit-il.

— Comment ça ?

— Le nom de la personne censée avoir engagé Desmond pour qu'il cambriole la maison des Hill.

— Il maintient toujours cette version ?

— Oui. Et je pense que vous devriez venir écouter ce qu'il a à dire.

— Pourquoi ? Qu'est-ce qu'il raconte ?

— Il raconte qu'il s'agit d'Anthony Grant. »

Irving en resta bouche bée. Il secoua la tête quelques secondes, puis regarda Gifford avec un air incrédule. « Anthony Grant ?

— Exactement. Il explique que le type était un avocat du nom d'Anthony Grant. Il lui a filé 2 000 dollars pour qu'il pénètre dans la maison de Gregory Hill et récupère la preuve que Hill avait assassiné sa fille... »

Irving se leva lentement. Il avait peur de perdre l'équilibre. « C'est une blague... C'est une putain de blague...

— Il a même donné le nom de la fille... Mia Grant. C'est clair comme de l'eau de roche.

— Et ensuite ? demanda Irving, toujours ébahi.

— Il dit que Grant pensait que Gregory Hill l'avait assassinée et qu'il y avait des preuves chez lui. »

Nue, pétrifiée d'horreur, à peine en mesure de se lever pendant que l'homme au fusil lui tenait les cheveux et calait le canon de l'arme sous son menton, Jean Allen regarda son mari, debout, incapable de parler, de penser, et même de voir ce qui était en train de se passer.

L'homme au fusil fit sortir Jean dans le couloir, ordonna à Howard de marcher devant elle, d'aller jusqu'au fond et d'entrer dans la deuxième chambre.

Ce fut rapide. D'une rapidité folle, à couper le souffle. Il les poussa dans la chambre – Marcie et Leanne dormaient encore, la maison était plongée dans l'obscurité – et là, sans la moindre hésitation, il abattit les deux filles, l'une après l'autre. Howard se mit à crier, Jean aussi, et lorsque Howard se jeta sur l'homme pour lui arracher le fusil des mains, l'autre se retourna et, avec la crosse du fusil, le projeta au sol d'un simple coup à la tête. Jean baissa les yeux vers son mari, dont le visage blessé pissait déjà le sang, et s'effondra par terre. Elle s'évanouit. L'homme les laissa seuls. Il repartit en courant, passant d'une chambre à l'autre, tuant d'un coup de feu les deux autres enfants, avant de revenir voir les parents. Il posa son fusil et traîna Jean, puis Howard, jusqu'à leur chambre ; là, il les coucha sur le ventre. Jean commençait à recouvrer ses esprits au moment où l'homme revint avec le fusil. Il épaula son arme, la visa à une cinquantaine de centimètres et l'exécuta. Précis, intraitable, déterminé.

Il fit subir le même sort à Howard. Au-dessus de la tête de lit, de grandes traces symétriques de sang et de cervelle constellèrent le mur.

Entre le moment où il s'était penché au-dessus de Jean Allen pour poser une main sur sa bouche et celui où il redescendit l'escalier jusqu'au couloir de l'entrée, il s'écoula moins de deux minutes.

Il laissait derrière lui six morts. Deux parents, quatre enfants.

Il était 0 h 16, aux premières heures du 13 novembre.

58

À 0 h 55, Ray Irving était assis face à Desmond Roarke dans une salle d'interrogatoire du commissariat n° 4. Roarke avait demandé des cigarettes ; on les lui avait refusées. Il était allé aux toilettes à deux reprises, toujours menotté. À part ça, il n'avait fait que se prendre le bec avec l'inspecteur Vernon Gifford à propos de ses droits, de sa possibilité d'avoir un avocat, du fait qu'être découvert sur le toit de quelqu'un ne relevait, en tant que tel, que de la violation de propriété. Loin de la maison des Hill, il semblait avoir retrouvé un peu de sang-froid, d'aplomb même, et toutes les explications qu'il avait fournies jusque-là sur Anthony Grant et la mission que celui-ci lui aurait confiée avaient manifestement été oubliées.

« Tu vas retourner en taule, lui annonça Irving sur un ton solennel. Quelle que soit l'inculpation qu'on va te coller sur le dos, tu es toujours en conditionnelle. Ce qui veut dire qu'à la moindre arrestation, tu y retournes. »

Roarke ne répondit pas.

« Combien de temps ça va faire ? Encore neuf mois ? »

Nouveau silence de Roarke. Il lui lança un regard méprisant.

« Et en plus du vol de véhicule dont il va falloir qu'on reparle, il y a aussi l'assassinat de la gamine...

— Quoi ? » s'écria aussitôt Roarke en se levant.

Derrière lui, Gifford l'attrapa par les épaules et l'obligea à se rasseoir.

« Écoute, c'est toi qui as parlé d'elle, dit Irving. Jusqu'à ce que son nom sorte de ta bouche, on n'avait rien qui te reliait à Mia Grant. Maintenant, on a au moins de quoi te garder ici pendant que les TSC jettent un coup d'œil sur le contenu de ton sac... » Irving leva les yeux vers Gifford. « La fille était ligotée avec du *gaffer,* c'est bien ça ? Le même *gaffer* qu'on a retrouvé dans le sac de Desmond, pas vrai ?

— Exactement le même, répondit Gifford en maintenant Roarke, une fois encore, sur sa chaise.

— Mon cul ! s'exclama ce dernier. Vous vous foutez de ma gueule. Vous allez à la pêche, c'est tout. Vous n'avez rien, absolument rien qui me relie au meurtre de je sais pas quelle fille.

— Ce n'est pas ce que dit Grant.

— Quoi ? Qu'est-ce que vous racontez ?

— Grant. Anthony Grant, c'est ça ? On vient de lui parler. Il affirme qu'il n'a jamais entendu parler de toi...

— C'est de la connerie et vous le savez très bien. Il a été mon avocat... »

Irving regarda Gifford. Ce dernier sourit.

« Peu importe, Desmond... Le problème, c'est qu'Anthony Grant a insisté lourdement pour dire qu'il ne te connaissait pas du tout. Qu'il n'a jamais entendu parler de Gregory Hill. Qu'il ne t'a jamais parlé, jamais versé le moindre dollar. Tu pensais peut-être qu'on n'allait pas vérifier tout de suite dès que tu nous en as parlé?

— Quel enculé... Mais qu'est-ce que c'est que cette merde? C'est lui qui m'a appelé en me disant qu'il fallait que je fasse ça, qu'il me paierait... »

Roarke voulut se libérer de la poigne de Gifford sur ses épaules, mais n'y arriva pas. « J'ai même reçu la moitié du pognon... Une moitié tout de suite, l'autre moitié une fois que ce serait fait.

— Et qu'est-ce qu'il voulait que tu fasses, au juste, Desmond?

— Fouiller la maison. Entrer et fouiller. Il m'a dit que sa fille avait été tuée par l'autre taré, ce Gregory Hill. Il m'a dit que sa fille, une adolescente, avait été tuée par ce dingue et que je devais chercher dans la maison quelque chose qui appartenait à sa gamine... Un genre de preuve, quoi. Une preuve que c'était bien ce type qui l'avait butée.

— Et quand est-ce que tu as vu Anthony Grant pour la dernière fois? demanda Irving.

— Vu? Mais je ne l'ai jamais vu! Tout s'est passé par téléphone. Il m'a appelé la semaine dernière pour me dire qu'il avait un boulot pour moi, un truc tout con. Je devais aller dans un endroit et récupérer quelque chose pour lui. Après, il m'a dit qu'il me recontacterait, qu'il m'appellerait dès qu'il connaîtrait l'endroit précis, et que je n'avais qu'à me tenir prêt.

— Quand est-ce qu'il t'a rappelé?

— Tout à l'heure. Vers 20 heures. Il m'a filé le nom et l'adresse du type et m'a demandé d'y aller.

Il m'a dit qu'il y aurait des vêtements, peut-être un bijou. Il n'y aurait personne dans la maison, les propriétaires étaient absents. Ce n'était pas un vol, ni rien du tout. C'était juste... Enfin, comme s'il essayait de récupérer quelque chose qui lui permettrait de faire tomber l'enfoiré qui avait buté sa gamine, voyez ? Je me suis dit que c'était bien, que je devais lui rendre service. C'est un bon avocat. Il s'est bien occupé de moi et grâce à lui j'ai écopé de travaux d'intérêt général pour un truc qui aurait dû m'envoyer en taule.

— Donc tu ne l'as pas vu ? Tu ne t'es pas retrouvé face à lui ?

— Non. Pas depuis qu'il m'a défendu, il y a quatre ans.

— Et comment t'a-t-il envoyé l'argent ? La première moitié ?

— Il l'a déposé dans ma boîte aux lettres et basta. Une enveloppe marron, avec les billets à l'intérieur, propres et neufs, et c'était réglé. 1 000 dollars au départ, et 1 000 dollars à la fin.

— Et tu ne l'as jamais vu ?

— Mais non, je vous l'ai déjà dit ! Tout s'est fait par téléphone. Il m'appelle, il me dit ce qu'il veut, on tombe d'accord sur un prix, il paie la moitié, j'attends ses instructions. Rien de très compliqué.

— Donc tu n'as aucun moyen de savoir si c'est vraiment Grant qui t'a contacté ?

— Évidemment que c'était Grant ! Merde, qui ça aurait pu être d'autre ? Un inconnu qui m'aurait appelé et filé 2 000 balles pour que je rentre en douce dans une maison, comme ça ? »

Irving voyait parfaitement ce qui s'était passé. Il se leva. «Tu vas rester un peu ici, dit-il à Roarke. Ferme-la et tiens-toi à carreau.» Il regarda Gifford. «Faites venir Grant, dit-il en s'avançant vers la porte.

«Qu'est-ce que c'est que ce bordel? s'exclama Roarke. Vous m'avez dit que vous aviez déjà parlé avec Grant!»

Irving ne prêta pas attention à lui, ni à ses réclamations quant à ses droits, à sa demande d'avocat, à la violation des libertés civiles.

Irving et Gifford quittèrent en vitesse la salle d'interrogatoire et montèrent l'escalier.

59

Une heure vingt du matin. Anthony Grant était assis face à Ray Irving dans son bureau. Celui-ci aurait pu l'emmener dans la salle des opérations, mais il y avait des photos de sa fille accrochées au panneau de liège. Ou dans une salle d'interrogatoire. Néanmoins, il pensait que Grant n'avait rien à voir avec la petite virée de Roarke chez Gregory Hill. Il pensait aussi, mais c'était à confirmer, que ce fameux Gregory Hill n'avait jamais entendu parler de Mia Grant, et qu'il avait encore moins de rapport avec sa disparition et son assassinat.

«Desmond Roarke? Bien sûr que je le connais. Je l'ai défendu pour une broutille il y a quelques années. Pourquoi?»

Irving se carra au fond de son siège et sentit tout le poids de cette affaire, la pression, le fait qu'il était en train de creuser un trou dont il savait qu'il ne mènerait nulle part. En attendant, minuit était passé. On était le 13 novembre.

«Eh bien, monsieur Grant, parce qu'il porte contre vous une accusation très grave dont nous devons déterminer le bien-fondé.

— Une accusation? Mais à quel sujet?»

Irving l'observa. Malgré toute l'expérience de l'avocat, et l'aptitude manifeste à cacher son jeu jusqu'au dernier moment, celui des examens contradictoires et des réfutations, l'homme paraissait sincèrement surpris. Gifford était allé le chercher chez lui. Malgré l'heure tardive, Grant l'avait suivi de bonne grâce, pensant peut-être qu'il s'agissait de l'enquête sur le meurtre de sa fille. Ce qui était en effet le cas, mais pas tout à fait comme il aurait pu s'y attendre.

« Il dit que vous l'avez payé, ou du moins que vous lui avez promis 2 000 dollars s'il entrait par effraction dans la maison de quelqu'un pour mettre la main sur des preuves concernant la mort de votre fille. »

Grant fronça les sourcils. Il secoua ensuite la tête, sembla réfléchir et hésita un instant avant de demander : « Il a dit quoi ?

— J'imagine que c'est faux, précisa Irving.

— Attendez, je n'ai pas reparlé à Roarke depuis que je l'ai défendu. Et c'était il y a quoi ? Quatre ans ? Il raconte que je l'ai payé pour qu'il s'introduise chez quelqu'un ? Mais chez qui ?

— Désolé, je ne peux pas vous le dire. En revanche, je vais avoir besoin de votre coopération, monsieur Grant. Je dois vérifier qu'aucun appel n'a été passé de votre téléphone à Desmond Roarke.

— Quoi ? De mon téléphone fixe ? De mon portable ? Ça ne prouvera rien du tout. J'aurais très bien pu l'appeler d'une cabine ou d'un portable avec carte prépayée… De n'importe où.

— Bien sûr, mais il faut bien que je commence quelque part. J'ai une enquête à mener et j'ai autant besoin d'éléments pour disculper certaines personnes que pour en incriminer d'autres. Je suis persuadé que vous comprenez la situation.

— Quel est le rapport avec Mia ? Est-ce que ça vous permet de comprendre un peu mieux ce qui lui est arrivé ? »

Irving réfléchit.

« Pas du tout, c'est ça ? » reprit Grant. Il poussa un long soupir et baissa la tête. Quand il la releva, Irving entrevit la profondeur des ténèbres dans les yeux de cet homme, le fait qu'il supportait un fardeau similaire au sien, mais beaucoup plus douloureux.

« J'ai engagé un détective privé », dit Grant.

Irving ouvrit de grands yeux. « Quoi ?

— Qu'est-ce que vous voulez que je fasse d'autre, bordel ? Ma fille est morte. Ma vie est un enfer, inspecteur. Un enfer absolu. En cinq mois, rien de nouveau. Mia est morte en juin et on est en novembre. Vous pouvez imaginer un peu... »

Grant baissa de nouveau les yeux. « Non, vous ne pouvez pas imaginer. Vous n'avez pas la moindre idée de ce que c'est que de perdre un enfant. »

Irving ne répondit pas.

« Alors j'ai engagé quelqu'un, et il a fait des recherches. Et non, elles n'ont mené à rien. Donc au moins je sais que vous n'êtes pas passé à côté de choses évidentes...

— Monsieur Grant, je vous assure que nous faisons tout ce que...

— Tout ce que vous pouvez. Bien sûr, inspecteur. J'ai entendu ça mille fois. Je ne veux plus jamais l'entendre. »

Il se leva et boutonna son manteau. Il n'était pas rasé, il avait les cheveux en bataille. Il portait des chaussettes dépareillées – une marron, l'autre noire – et le genre de chaussures qu'on met pour sortir les poubelles, pas pour aller au commissariat.

« Je vais vous demander de ne pas quitter la ville », dit Irving.

Grant fourra ses mains dans ses poches. Il haussa les épaules. « Où voulez-vous que j'aille, inspecteur ? Je n'ai *nulle part* où aller. Je veux que cette histoire se termine, plus que quiconque. Je veux savoir qui a tué ma fille et pourquoi.

— Je dois vous dire, monsieur Grant. Il arrive parfois que...

— Qu'on ne retrouve jamais le coupable ? C'est ça que vous voulez me dire ?

— Malheureusement, c'est la vérité.

— Je sais. Je suis avocat. Je passe ma vie à défendre des gens comme Desmond Roarke. Je vois les deux côtés de la médaille et parfois je me demande lequel est le pire. Ne le prenez pas mal, mais il m'arrive de tomber sur des dossiers où le travail d'investigation relève de l'amateurisme pur et simple... »

Il s'arrêta au milieu de sa phrase. « Je vais vous laisser, inspecteur Irving, avant que je commence à dire des choses que vous et moi allons regretter. »

Grant tendit la main. Irving la serra.

« Il faut que je rentre pour expliquer à ma femme qu'il n'y a rien de nouveau.

— Je suis navré, monsieur Grant. Profondément navré. »

Grant hocha la tête en silence.

«Au fait, monsieur Grant? Quel est le nom du détective que vous avez engagé?

— Roberts. Karl Roberts.

— Il est basé ici, à New York?

— Oui. Je suis sûr que vous le trouverez dans l'annuaire.»

Irving raccompagna Grant jusqu'à la sortie, puis retrouva Gifford dans la salle des opérations.

«Amenez-moi Gregory Hill, lui dit-il. Où qu'il se trouve, quoi qu'il fasse, j'ai besoin de le voir tout de suite.»

60

« On nous manipule... On nous manipule comme des pauvres marionnettes à la con », dit Irving.

Il s'affala sur le fauteuil qui faisait face à Gifford. Une patrouille avait été dépêchée au croisement de la 35e Rue Est et de la 3e Avenue afin de passer prendre Gregory Hill. Sur place, les TSC étaient partout, avec l'espoir d'y trouver quelque chose qui relierait Hill à Grant, ou vice versa.

« Il n'y aucun rapport entre Greg Hill et Anthony Grant. J'en suis sûr et certain. Notre amoureux des anniversaires a téléphoné à Desmond Roarke en se faisant passer pour Grant et lui a demandé de s'introduire chez Hill ce soir. Il a choisi une famille de six...

— Vous pensez qu'il n'y a rien de plus ? demanda Gifford. Qu'il a juste voulu nous faire savoir qu'il pouvait s'en prendre à une famille de six ? »

Irving ne dit rien. Il n'aurait jamais pu être aussi optimiste. L'homme à qui ils avaient affaire avait assassiné onze personnes – depuis la petite Grant jusqu'à l'inconnue aux chaussettes orange.

Il regarda sa montre. Bientôt 2 heures du matin. Le 13 novembre durerait encore vingt-deux heures.

Il s'approcha du tableau au mur, étudia les visages des victimes, l'un après l'autre, et s'interrogea pour la millième fois sur la folie d'un individu qui s'estimait investi d'une mission aussi destructrice, aussi monstrueuse. Tel serait son legs, comme Shawcross, Bundy, Henry Lee Lucas et les autres – les trop nombreux autres.

« On a retrouvé l'identité de la dernière victime ? demanda Gifford.

— Non, on ne sait toujours pas qui c'est... Ça fait maintenant deux semaines. »

Le téléphone de la ligne interne sonna. Gifford prit l'appel. Il écouta, remercia son interlocuteur et raccrocha.

« Il est là, dit-il. Gregory Hill. »

Hill était encore sous le choc. Il faisait partie des centaines de personnes concernées par l'opération d'Irving. Contacté quelques jours plus tôt au sujet d'un danger potentiel que couraient sa famille et lui-même, il s'était montré particulièrement à l'affût de tout élément suspect autour de sa propriété. C'est cette vigilance qui avait causé la perte de Desmond Roarke : dès l'instant où Hill avait entendu un bruit près du garage, il avait appelé la police.

« Merci d'être venu jusqu'ici, lui dit Irving. J'imagine que ça a dû être une expérience traumatisante pour vous et votre famille.

— Une histoire de dingue. C'est le type que vous recherchiez ? Celui dont m'ont parlé vos collègues la semaine dernière ?

— On ne sait pas encore. Mais grâce à vous, au moins, on l'a arrêté. Nous vous remercions énormément pour votre coopération...

— Pas de quoi. Coupable ou non, en tout cas il essayait d'entrer chez moi par effraction. Si vous n'étiez pas passés me voir la semaine dernière pour m'en parler, pas sûr que je serais resté debout. Vous savez, c'est nous qui tenons à vous remercier. On est un peu secoués, mais contents d'avoir évité le pire.

— Si vous n'y voyez pas d'inconvénient, monsieur Hill, j'aimerais vérifier quelques points avec vous. Ça peut attendre demain, mais je me dis qu'il serait préférable de nous débarrasser de ces petites formalités au plus vite pour que vous puissiez reprendre votre vie normale.»

Hill acquiesça.

«Anthony Grant», dit Irving.

Hill plissa le front. «Oui, eh bien?»

L'expression d'Irving changea du tout au tout. «Vous connaissez un certain Anthony Grant?

— L'avocat? Cet Anthony Grant-là?»

Irving regarda Gifford. Il ressemblait à un lapin pris dans les phares d'une voiture.

«Oui, l'avocat. Vous êtes en train de me dire que vous le connaissez, monsieur Hill?

— Qu'est-ce que c'est que cette connerie? Est-ce que cet enfoiré a un rapport avec ça? Avec le type qui a essayé d'entrer chez moi?

— Eh bien... Eh bien, on ne pensait pas, monsieur Hill, mais maintenant que vous nous dites que vous le connaissez...»

Hill se leva, puis se rassit. «Putain, qu'est-ce que ça veut dire? Dites-moi ce qui se passe. Qu'est-ce qu'il vient foutre là-dedans, bordel de merde?

— Calmez-vous, monsieur Hill, dit Irving, qui avait lui-même beaucoup de mal à rester calme. Expliquez-moi comment vous connaissez Anthony Grant.»

Hill croisa ses deux bras sur la table, se pencha et posa la tête dessus. «Quel fumier, marmonna-t-il dans sa barbe. Enfoiré de fumier…

— Monsieur Hill?»

Il releva soudain la tête. Ses yeux étaient mouillés de larmes. «Il y a cinq ans, dit-il avec une colère sourde dans la voix. Il y a cinq ans, il a… Ma femme… Et merde! Ce fils de pute!

— Il a fait quoi, monsieur Hill?

— Il a eu une liaison avec ma femme, OK? Ce connard d'Anthony Grant a eu une liaison avec ma femme. Voilà ce qu'il a fait. Il a failli foutre toute ma vie en l'air!»

Irving adressa un signe de tête à Gifford. Ce dernier répondit de la même manière et se dirigea vers la porte.

Irving attendit d'être seul avec Gregory Hill pour se pencher vers lui, poser une main sur son bras et lui dire: «Racontez-moi, monsieur Hill. Racontez-moi exactement ce qui s'est passé.»

61

Il fallut près d'une heure avant qu'Irving, Gifford et Anthony Grant se retrouvent ensemble au commissariat n° 4. Grant était agité : on venait le chercher chez lui pour la deuxième fois. Même si on lui avait seulement expliqué qu'il devait répondre à quelques questions supplémentaires et que, non, ça ne pouvait pas attendre le lendemain matin, il s'était montré plutôt accommodant. Les coups de bluff et autres bravades qu'on entendait souvent sortir de la bouche des avocats avaient brillé par leur absence.

À 3 h 10 du matin, Ray Irving s'assit face à lui et lui posa une question simple qui modifia la couleur de son visage et fit perler une goutte de sueur sur son front.

« Dites-moi, monsieur Grant… Dites-moi qui est Laura Hill. »

Visiblement nerveux, Grant ouvrit la bouche et la referma aussitôt. Il regarda Irving, se retourna vers Vernon Gifford et demanda s'il avait besoin d'un avocat.

Irving fit signe que non. « On ne vous accuse de rien, monsieur Grant. Pour le moment, on n'a aucune raison de vous accuser. Cependant, si vous ne me dites pas la vérité tout de suite, vous êtes bon pour entrave à l'exercice de la justice. Au minimum. »

Grant leva la main. « Dites-moi juste une chose. Est-ce que Greg Hill a un quelconque rapport avec ce qui est arrivé à ma fille ?

— Pourquoi une telle idée, monsieur Grant ?

— À cause de ce qui s'est passé avec Laura. Parce que j'ai eu une liaison avec la femme de Hill.

— Pourquoi n'en avez-vous pas parlé plus tôt, monsieur Grant ?

— C'est donc celle-là, la maison qui a été cambriolée ? Ce pour quoi j'aurais payé Desmond Roarke ?

— Vous êtes ici pour répondre à nos questions, monsieur Grant, pas pour en poser. Que s'est-il passé entre Laura Hill et vous ?

— Nous avons eu une liaison.

— Quand ça ?

— Il y a cinq ans. Un peu plus de cinq ans.

— Et combien de temps cette liaison a-t-elle duré ?

— Sept ou huit mois... Ça s'est terminé de façon houleuse.

— C'est-à-dire ?

— Son mari s'en est rendu compte et lui a foutu sur la gueule.

— Votre femme n'était pas au courant ?

— Non, elle n'était pas au courant. »

Grant ferma les yeux. Pendant quelques secondes, il eut l'air complètement bouleversé. « Evelyn n'a jamais su, j'en suis sûr. Mais je pense que Mia a pu le savoir.

— Qu'est-ce qui vous fait dire ça ?

— Mon intuition. C'était une petite fille intelligente, très intelligente, même. Un jour, je suis allé la chercher à l'école alors que je venais de passer un moment avec Laura Hill, et Mia m'a dit que je sentais le parfum. Je lui ai expliqué que ce devait être une cliente. Elle a rigolé et m'a répondu que j'étais décidément très proche de mes clientes. C'est simplement la façon dont elle me l'a dit… Voilà tout.

— D'où le fait que vous n'en ayez pas parlé plus tôt.

— Parlé de quoi plus tôt? De ma liaison avec une femme? Vous ne m'avez pas interrogé sur ce point et vous n'avez pas cité le nom de Greg Hill. Vous ne m'avez pas dit que c'était chez lui que vous aviez attrapé Desmond Roarke…

— Je ne vous l'ai toujours pas dit, monsieur Grant.»

Grant eut un sourire entendu. «Ne me racontez pas de salades, inspecteur Irving. Le simple fait que vous m'ayez interrogé sur Laura Hill indique que c'est chez eux que Roarke a voulu entrer par effraction… Sinon, qu'est-ce que son nom viendrait foutre là-dedans?»

Irving hocha calmement la tête. «OK, dit-il. On va jouer cartes sur table, pour une fois. Desmond Roarke s'est fait arrêter alors qu'il essayait de s'introduire chez Gregory et Laura Hill. Vous allez me faire croire que vous ne savez rien de cette histoire?

— Eh bien, oui, inspecteur. Je ne sais *rien* de cette histoire. Vous pensez que c'est moi qui ai demandé à Roarke de s'introduire dans leur maison?

— C'est une possibilité, oui.

— Mais pourquoi donc?

— Parce que vous pensiez que Hill avait peut-être un rapport avec la mort de votre fille… Et qu'il y avait des preuves chez lui.

— Attendez, ça va un peu loin. Vous pensez que Greg Hill a tué Mia? Par vengeance, vous voulez dire? Pour me faire payer le fait que j'ai couché avec sa femme? Dans ce cas, pourquoi a-t-il attendu cinq ans?

— Peut-être qu'il ne voulait pas l'assassiner? Qu'il voulait l'agresser sexuellement et qu'il l'a tuée par erreur?»

Irving vit Grant serrer et desserrer ses poings tout en prenant de longues inspirations, faisant de son mieux pour se calmer, se contrôler, contenir sa fureur et sa haine.

«Si Greg Hill…» Il s'interrompit, rouvrit les yeux et regarda Irving.

«Vous disiez qu'il frappait sa femme.

— Oui, il l'a tabassée plusieurs fois, inspecteur. Il l'a tellement cognée qu'elle pouvait à peine parler pendant quinze jours.

— Et elle a porté plainte?»

Grant rigola. «Porté plainte? Mais auprès de qui?

— De nous. La police.

— Non, elle n'a pas porté plainte. Qu'est-ce que ça aurait changé? Vous croyez que le problème aurait été réglé? Son mari était fou de rage. Il a toujours été jaloux, mais quand il a découvert qu'elle le trompait, il a menacé de la tuer, et de me tuer…

— Sérieusement?

— Bien sûr. Vous ne pensez quand même pas que j'invente tout ça?

— Mais s'il la frappait, et menaçait de la tuer, et de vous tuer aussi... Est-ce qu'il ne vous paraît pas concevable qu'il ait été capable de tuer votre fille, même sans l'intention de le faire ? »

Grant ne répondit pas. Il regarda vers la porte. Lorsqu'il se retourna vers Irving, il avait les larmes aux yeux. « Concevable ? Je ne sais plus ce qui est concevable ou non, inspecteur. J'ai perdu mon seul enfant. Ma femme est dévastée, notre couple est en train de se déliter. Et maintenant, comme si ça ne suffisait pas, une liaison vieille de cinq ans va remonter à la surface...

— Vous craignez que votre femme l'apprenne ? »

Grant essuya ses yeux d'un revers de manche. « Vous ne croyez pas qu'elle a déjà suffisamment de problèmes comme ça ? »

À 4 heures du matin, c'était au tour d'Irving de se déliter. Il était assis à son bureau de la salle des opérations. Hill et Anthony Grant étaient rentrés chez eux, invités l'un comme l'autre à ne pas quitter la ville et à se tenir prêts pour de nouvelles questions.

« Pour résumer, dit-il à Vernon Gifford, on a des éléments circonstanciels et des on-dit. Rien ne prouve que Grant a ou n'a pas contacté Roarke. Roarke ne lui a jamais parlé directement, et les voix... De toute façon, en matière de preuve, les conversations téléphoniques ne valent rien. Le fait que Hill ait cogné sa femme n'est qu'un on-dit rapporté par Grant. On peut toujours interroger Laura Hill demain, mais... Et puis quoi, après ? De vieilles blessures ont été rouvertes. Elle peut très bien parler, ou se taire. Si son mari est aussi taré que le prétend Grant, elle aura sans doute trop peur de parler.

— Vous le soupçonnez d'avoir tué Mia Grant ?

— Non. Je le soupçonne d'être un connard. Mais de ce que j'ai vu de lui, il a l'air... »

Irving se tut quelques secondes. « J'ai envoyé Jeff Turner chez lui. S'il y a quelque chose à trouver, il le trouvera. Si Hill a tué la petite Grant, alors il a tué tous les autres, non ? On part du principe qu'il n'y a qu'un tueur pour toutes les victimes, depuis Mia Grant jusqu'à celle dont on ne connaît même pas le nom. » Il montra les panneaux de liège devant lui. « Vous pensez qu'un type comme Gregory Hill a pu être capable de faire tout ça ? »

Gifford secoua la tête. « Non, je ne crois pas. Bien sûr, je peux me gourer, mais je ne le vois pas du tout faire ça.

— Ce qui signifie qu'on a affaire à un coup monté. Tout a été préparé par notre expert ès anniversaires. Mais dans quel but ? Imaginons. Le Commémorateur appelle Roarke. Il se fait passer pour Anthony Grant. Roarke n'a pas parlé à Grant depuis des années, il ne se souvient plus de sa voix. Il croit le type sur parole, d'autant qu'il y a de l'argent à la clé. Notre tueur lui demande alors d'entrer en douce dans la maison de Hill... Si ça s'est passé comme ça, le tueur a donc forcément appris qu'on avait envoyé des patrouilles alerter toutes ces familles...

— Pas bien compliqué, après les déclarations d'Ellmann à la télévision.

— Attendez, Vernon. Il nous a prévenus, non ? Il nous a envoyé une lettre disant qu'il allait buter six...

— Vous pensez qu'il en a tué six autres, donc ? Vous croyez que c'était une diversion ?

— Putain, j'espère que non, Vernon. Mais j'ai l'impression qu'il n'a aucun mal à tenir parole.

— La journée du 13 va durer encore un bon bout de temps, fit Gifford en regardant l'horloge au-dessus de la porte.

— Vous devriez rentrer chez vous. Prenez quelques heures, si vous pouvez.

— Non, je reste avec vous tant que la journée n'est pas terminée.

— Ça ne veut rien dire, nuança Irving. Il a bien tué une fille dans un appartement de Montgomery Street qu'on a retrouvée douze jours après.

— Peu importe. Si vous restez là, je reste là. »

Irving se leva pour aller à la fenêtre. Désormais, les aubes et les crépuscules se mêlaient confusément, et tout ça à cause d'un seul homme. S'agissait-il de Gregory Hill ? Irving en doutait fort, mais il demanda tout de même à ce que la famille Hill soit confinée dans les deux chambres à l'étage pendant que Turner et son équipe passaient leur maison au peigne fin, officiellement afin de déterminer s'il existait d'autres éléments à charge contre Desmond Roarke dans sa tentative d'effraction, officieusement pour voir s'il y avait d'autres choses à découvrir au sujet de Gregory Hill.

Et cet interlocuteur anonyme ? Celui qui s'était fait passer pour Anthony Grant et avait stipendié Roarke pour qu'il s'introduise chez les Hill ? Ça aurait très bien pu être le détective privé engagé par Grant, le fameux Karl Roberts. Outrepassant un peu le cadre de la loi, allant un peu au-delà des limites de sa mission. Ce n'aurait pas été la première fois dans l'histoire. Mais Irving n'avait ni l'énergie mentale, ni les ressources pour retrouver cet homme. Il s'en occuperait une fois la nuit terminée, une fois qu'il saurait si la tentative d'effraction chez les Hill allait être leur seule source d'angoisse cette nuit… ou si quelque chose de bien pire les attendait.

62

Si Vernon Gifford s'était laissé convaincre par Ray Irving de rentrer chez lui, il n'aurait même pas eu le temps de regagner son appartement.

En effet, ce lundi 13 novembre, à 4 h 48 du matin, le commissariat n° 2 reçut un appel. Au départ, la standardiste eut du mal à comprendre, car son interlocuteur répétait sans arrêt les mêmes phrases. Après lui avoir demandé d'énoncer son message plus lentement, elle finit par comprendre : « 1448, 17ᵉ Rue Est. Dites à Ray Irving qu'une fois que j'ai commencé, je n'ai pas pu m'arrêter. C'est allé tellement vite... »

Dès que l'homme eut reçu confirmation que son message avait été bien noté, il raccrocha. Plus tard, on apprendrait que l'appel avait été passé d'une cabine de la 17ᵉ Rue Est. Mais avant qu'Irving en soit informé, que des voitures de patrouille soient envoyées sur place, que Vernon et lui-même aient constaté que personne ne répondait au 1448, 17ᵉ Rue Est, l'auteur du coup de téléphone avait disparu depuis longtemps. La cabine serait interdite d'accès, photographiée, l'appareil à pièces soigneusement vidé, et chacune des trente et une pièces de monnaie analysée. Sans résultat.

« La famille Allen, dit Gifford à Irving alors qu'ils se trouvaient devant la maison. Howard et Jean Allen. »

On n'entendait que le silence. Le reflet des gyrophares sur les fenêtres conférait à la scène une atmosphère irréelle de carnaval.

Rien de plus effrayant qu'un clown dans la nuit, pensa Irving, se rappelant l'expression du visage grimé de James Wolfe qui le regardait de son trou dans le sol.

Il était 5 h 36. Farraday, prévenu et tenu au courant de l'affaire Anthony Grant/Gregory Hill, avait autorisé Irving à prendre toutes les décisions qu'il jugeait nécessaires.

« Entrez dans cette foutue maison, lui avait-il dit. S'il n'y a personne, on réparera tous les dégâts... Allez-y et dites-moi qu'on n'a pas six autres cadavres sur les bras. »

Irving resta immobile un instant, puis se tourna vers Gifford. Il savait qu'il y avait autre chose, quelque chose qu'il n'avait pas du tout envie d'entendre.

Gifford, lui, détourna la tête pour ne pas lui faire face. « Quatre enfants », dit-il d'une voix étouffée.

Irving baissa la tête. Il avait le cœur noué. « Non », marmonna-t-il. Mais Gifford hochait le menton. Irving avait reçu le message par la radio et savait très bien ce que ça signifiait. *Une fois que j'ai commencé, je n'ai pas pu m'arrêter. C'est allé tellement vite.*

« Quatre enfants », répéta Gifford avant de faire signe à deux agents qui arrivaient tout juste de l'arrière de la propriété.

« Tout est fermé à clé, dit le premier. Il semblerait que la porte de derrière soit équipée d'une alarme, mais c'est probablement beaucoup plus facile d'entrer par là-bas que par-devant.

— Personne ne répond au téléphone ? demanda Irving.

— Personne, inspecteur. On l'a laissé sonner cinq bonnes minutes.

— On va passer par-derrière. »

Les agents ouvrirent la voie, suivis des deux inspecteurs et de deux autres policiers d'une autre voiture de patrouille appelés en renfort.

Irving sortit de la poche de son manteau un gant de cuir, l'enfila, puis choisit une pierre grosse comme le poing dans le jardin à l'arrière de la maison. Avant de casser la petite vitre tout près du verrou, il leva les yeux vers Gifford.

« Allez-y, lui dit celui-ci. Qu'on en finisse. »

La vitre se brisa au premier coup. Irving ouvrit la porte. L'alarme était étrangement muette, et la maison sombre et glacée. Il eut un pressentiment. Une impression désagréable, qu'il ne connaissait que trop bien.

Il se tourna vers Gifford avant même d'avoir franchi le seuil.

« Appelez Jeff Turner. Dites-lui que je vais avoir besoin de lui. »

Gifford monta à bord de la voiture de patrouille la plus proche et lança un appel radio. En attendant la réponse, il étudia l'arrière de la maison et remarqua le câble de l'alarme sectionné sous l'ombre de la gouttière. Le peu d'optimisme qu'il avait pu garder en réserve – l'espoir qu'il s'agisse d'un canular téléphonique, qu'ils ne trouveraient qu'une pauvre maison vide – s'évanouit aussitôt.

Pendant ce temps, Irving pénétrait dans la cuisine silencieuse et fraîche des Allen. Elle ressemblait à mille autres cuisines new-yorkaises. La porte du réfrigérateur était constellée de petits magnets, dont un *smiley* noir et jaune. De toute évidence l'œuvre d'un gamin, sans doute un des enfants Allen. Une tache de couleur avec des jambes et une tête plumée à peine reconnaissable était dessinée sur une feuille de papier jaune accrochée au mur. Au-dessous figurait le mot «dinde», écrit en un mélange de minuscules et de majuscules, avec le *e* qui débordait de la page. Un dessin fait à l'école maternelle, pour Thanksgiving.

Le nœud serré qu'était le cœur d'Irving lui faisait maintenant l'effet d'un poing froid.

Il se retourna vers les deux agents derrière lui, lut leurs noms sur les insignes qu'ils portaient au-dessus de leur poche de poitrine. Anderson et Maurizio.

«Vous, restez ici, dit-il à Maurizio. Attendez Gifford et fouillez le rez-de-chaussée ainsi que le sous-sol. Cherchez toute trace d'effraction. Et vous, Anderson, montez à l'étage avec moi.»

En haut de l'escalier, Irving comprit. Presque sans hésiter, il repéra la tache de sang sur le montant de la porte à sa droite. Il se retourna et leva la main. Anderson s'arrêta net sur l'avant-dernière marche.

«Je vais aller voir, dit Irving à voix basse. Pour l'instant, moins on sera nombreux là-haut, mieux ce sera.»

Anderson acquiesça sans un mot. Quelque chose dans son expression jurait avec son physique imposant. Irving comprit : Anderson était jeune, il croyait encore un peu à l'équilibre des choses, il préférait se dire que la vie était plus souvent belle que laide. Il ne voulait pas voir ce qui les attendait au premier étage du 1448, 17ᵉ Rue Est. Il en ferait des cauchemars. Le cynisme commencerait son travail d'usure sur lui – lentement, inexorablement – et d'ici dix ans, s'il s'accrochait bien, il ressemblerait à Irving et parlerait comme lui.

Le soulagement disparut du visage d'Anderson lorsqu'il vit Irving pousser de sa main gantée la première porte.

«Oh, mon Dieu...», l'entendit-il dire. La sensation qui irradia aussitôt de ses tripes, une sensation qui semblait rendre tous les muscles de son corps inutiles, il ne l'oublierait jamais.

Plus tard, il vit les cadavres, et il sut qu'il en ferait des cauchemars.

Jeff Turner arriva à 6 h 11. Il retrouva Irving dans le jardin.

«Il n'y a rien chez les Hill, dit-il. Mais j'imagine que Gregory Hill ne peut pas être votre homme, si?»

Irving leva les yeux vers les fenêtres. «C'est tout récent. Ça s'est produit au cours des toutes dernières heures. Sans doute pendant que Hill était chez lui avec sa famille. Greg Hill n'aurait pas pu rêver meilleur alibi.

— J'ai cru comprendre que Grant, le père de la première victime, était impliqué?

— C'est un coup monté, répondit Irving. Ou pas. Et puis, qu'est-ce que j'en sais, bordel ? Il se peut que le détective privé de Grant...

— Son détective privé ?

— Il en a engagé un, histoire d'être sûr qu'on n'était pas passés à côté de choses essentielles. En tout cas, ce n'est pas le problème le plus urgent.

— Et le fait que Hill a une femme et quatre enfants, et que Roarke a essayé d'entrer chez lui ce soir, comme par hasard... On dit que c'est une coïncidence ?

— On ne dit rien du tout, Jeff. Pour le moment...

— Pour le moment, on ne fait que retarder l'inévitable.

— Exactement.

— Vous m'accompagnez à l'intérieur ?

— Oui, répondit Irving. Je vous préviens, c'est moche... Très moche. »

63

Jeff Turner n'était pas un New-Yorkais. Originaire de Californie, il était sorti de Berkeley avec un diplôme de criminologie et de criminalistique, puis avait élu domicile à New York après deux ans passés au bureau du shérif de San Francisco en tant que technicien de scène de crime de niveau 1. À 33 ans, il fut nommé technicien de scène de crime de niveau 2. Il en avait maintenant presque 43, et derrière lui dix ans d'études prolongées, comprenant une période de trois ans au département des investigations scientifiques et une longue liste de diplômes et autres certificats : photographie, analyse d'empreintes digitales, électronique, expertise en écritures, toxicologie, évaluation par les pairs et encadrement. Il était célibataire, sans enfant, collectionnait les cartes de joueurs de base-ball et aimait les Marx Brothers. Il avait vu tout ce qu'il y avait à voir à San Francisco et à New York, sinon en chair et en os, du moins en photo, en vidéo, en 16 millimètres ou en image numérique.

Sa vie était peuplée de morts. Il les comprenait bien mieux qu'il avait jamais compris les vivants. Ils lui parlaient sans se servir de mots. Ils lui disaient des choses qu'ils n'auraient jamais transmises de leur vivant. Et bien qu'athée, il croyait en la spiritualité fondamentale de l'homme. Il accordait à l'imagination et à la prescience un pouvoir supérieur, qui ne réduisait pas l'homme à quatre-vingts kilos de viande et à une valeur marchande estimée à 19 dollars. Tout au long de sa carrière, il avait vécu des moments. C'était le seul mot qui lui venait : des *moments*. Le sentiment que, non loin du corps, la personne elle-même était encore là, qui le regardait, peut-être avec l'espoir que lui, Jeff Turner, dans son infinie sagesse, saurait lui expliquer pourquoi cette chose terrible avait eu lieu. Était-ce l'esprit de l'individu ? Son âme ? Jeff Turner l'ignorait. Il ne cherchait pas à le savoir. Simplement, il sentait ce qu'il sentait, percevait ce qu'il percevait. Et au premier étage de la maison des Allen, dans l'heure qui s'écoula entre son arrivée et la fin de son premier examen des six cadavres, il pensa avoir vécu plus de *moments* que dans toute sa vie.

Lorsque le coroner adjoint, Hal Gerrard, se présenta, comme l'exigeait la loi, avant que les corps soient déplacés ou examinés plus en profondeur, il trouva Jeff Turner debout dans la cuisine, le visage blême, l'œil vitreux, le front nappé d'une mince pellicule de sueur.

« Combien de personnes ? demanda-t-il.

— Six, en tout, répondit Turner. Le père, la mère et les quatre enfants. Le plus petit, 7 ans, la plus grande 13 ans. Blessures mortelles par arme à feu, dans la tête, pour chacun d'entre eux... On dirait du .38, mais Irving penche plutôt pour un fusil de .35. »

Gerrard fronça les sourcils.

« Il s'y attendait, expliqua Turner.

— Je ne vais pas lui demander. »

Gerrard promena son regard dans la cuisine, puis par la fenêtre qui donnait sur le jardin de derrière. « Et où est-il ?

— Il discute avec Farraday, sur la radio de la voiture.

— Vous avez besoin que je fasse quelque chose de spécial ?

— Non. Constatez les décès et autorisez un examen complet des corps. Je vais devoir les déplacer pour que mon équipe puisse accéder à toutes les pièces afin d'essayer de trouver quelque chose et de tout photographier. »

Gerrard hésita un instant avant de s'élancer vers l'escalier. « Ça va ? »

Turner haussa les épaules. « Les gamins. C'est ça, le plus dur. Même après toutes ces années…

— Je sais, Jeff. Je vois très bien ce que vous voulez dire. »

Irving arriva par la porte de la cuisine. Il salua Gerrard, puis annonça à Turner que Farraday et le directeur Ellmann souhaitaient voir la scène de crime examinée au plus vite. « Il vous confiera autant de personnel que vous voudrez.

— Ce n'est pas ça qui va m'aider, fit Turner. J'ai déjà deux TSC avec moi, ça me suffit largement.

— Je vais faire ce que je dois faire et je vous laisse tranquille », dit Gerrard.

Irving jeta un coup d'œil à sa montre. Il était 7 h 42.

« Quand est-ce que vous avez dormi pour la dernière fois ? lui demanda Turner.

— Je ne m'en souviens plus, répondit Irving avec une sorte de sourire.

— Qui est avec vous sur ce coup-là ?

— Vernon Gifford. Et Ken Hudson, si j'ai besoin de lui.

— D'après ce que j'ai pu voir jusqu'à maintenant, je n'ai pas grand-chose à vous offrir...

— Ce sera toujours ça de pris. Trouvez-moi n'importe quoi, Jeff... Pour l'instant, on n'a rien du tout. »

Irving et Gifford attendirent dans la cuisine.

Hal Gerrard termina sa mission en vingt minutes. Il partagea quelques mots avec Irving, signa les documents requis et partit.

« J'ai appelé Ken Hudson, dit Gifford. Je lui ai demandé de faire des recherches sur le détective privé engagé par Grant et je lui ai expliqué qu'on allait peut-être devoir suivre la piste Greg Hill, qu'il y ait eu violence conjugale ou non.

— Le détective privé, d'accord. Quant à Hill, n'y allez pas tant qu'on n'aura pas compris ce qui se passe. Pour le moment, il semble que les deux affaires ne soient pas liées, et je ne veux rien déclencher d'autre.

— On connaît l'heure de la mort ?

— Entre minuit et 1 heure du matin, répondit Irving.

— Et Hill nous a appelés à quelle heure ?

— Les véhicules de patrouille étaient dans la 35ᵉ Rue Est vers 22 h 50.

— Donc Hill est hors de cause.

— En effet. »

Irving leva les yeux au plafond. Des bruits de pas se faisaient entendre sur le palier de l'étage, dans la salle de bains et la chambre principale. Turner et ses deux TSC étaient en haut ; ils y resteraient le temps qu'il faudrait et ils trouveraient quelque chose. Ou pas.

« Il faut que je passe un coup de fil, dit Irving. Restez là, je reviens tout de suite. »

Gifford s'installa devant la table de la cuisine. Irving repartit par la porte de service, fit le tour de la maison et monta dans la voiture.

Il resta assis là pendant une bonne minute, prit son portable et composa un numéro.

Il y eut quatre ou cinq sonneries avant que quelqu'un décroche.

« John ? Ray Irving à l'appareil... »

Costello ne disait rien.

Irving ajouta : « Il l'a fait... Un père, une mère et les quatre enfants. Il les a tous tués. »

64

Turner redescendit dans la cuisine juste avant 19 h 30. Il s'installa en face d'Irving et de Gifford et leur présenta une feuille de papier sur laquelle il avait dessiné un plan du premier étage – la situation de chaque chambre, une silhouette pour chacun des cadavres tels qu'ils avaient été découverts.

« Vous aviez raison pour le calibre .35, dit-il. Il semblerait que le type ait réveillé les parents, qu'il les ait obligés à marcher devant lui d'une pièce à l'autre. D'après ce que j'ai pu voir, il a d'abord abattu les deux petites, puis le garçon, et ensuite la fille aînée. Le père et la mère ont été tués en dernier...

— Il les a obligés à voir leurs propres enfants se faire assassiner ? fit Gifford, sidéré.

— Il faut croire. Le père a une énorme plaie sur le crâne, apparemment due à un coup de crosse de fusil. Il a peut-être essayé d'arracher l'arme des mains du tueur, qui l'aurait assommé. Ou alors le tueur a abattu les enfants, le bruit a réveillé les parents et il est entré dans leur chambre au moment où ils se levaient. Il les a fait s'allonger de nouveau et les a tués. Les éléments matériels ne nous disent rien sur l'enchaînement exact des événements, mais je pense que ça s'est passé d'une de ces deux manières-là. Je pencherais plutôt pour la première hypothèse.

— D'après ce qu'on voit, il est entré par la porte de derrière, dit Irving. Il a d'abord désactivé l'alarme depuis l'extérieur en sectionnant le câble juste au-dessous des gouttières, puis crocheté le verrou. Il savait très bien ce qu'il faisait. Il n'y a presque aucune trace sur la gâche et la serrure.

— Je n'arrive pas à croire que ce type soit entré dans la maison et ait assassiné une famille entière», dit Gifford, qui n'en revenait toujours pas.

Turner sembla l'ignorer; il ne fit aucun commentaire, aucune réponse. Il se retourna comme s'il avait entendu un bruit et résuma à l'intention d'Irving, en quelques mots, l'état de ses recherches.

«Comme vous pouvez l'imaginer, il y a des empreintes partielles partout. On a relevé celles de la famille afin de les exclure, mais la plupart sont étalées ou superposées : bref, le lot commun dans une résidence d'habitation. Toutes les pièces possèdent de la moquette au sol, sauf la salle de bains. Elle est couverte de lino, mais il est très abîmé et trop strié pour qu'on y retrouve des empreintes de pas. On n'a retrouvé aucune douille mais vu les orifices d'entrée des balles je pencherais pour un fusil de .35. Bien que le calibre soit très proche, c'est une arme différente du .38. Ils ont tous été abattus à bout portant, à moins d'un mètre vingt. Tués sur le coup, c'est sûr. D'après les flaques de sang, ils étaient tous allongés. Peut-être que le fusil était équipé d'un silencieux, si bien que personne ne s'est réveillé ou levé à cause du bruit. Rien n'indique que les corps aient été touchés *post mortem.* On va les autopsier, évidemment, mais je pense que ça ne va rien nous révéler de plus sur la cause de la mort.

— Et la maison ?

— On va tout analyser. La porte de derrière, l'arrière du bâtiment, sous les avant-toits, partout où il peut y avoir eu un contact physique. Mais bon… Vous savez comment ça se passe, j'imagine ?

— Oui, fit Irving d'une voix à la fois lasse et désespérée. Je sais que ça ne changera rien. Cependant, j'aimerais savoir si ces gens ont reçu la visite de la police, s'ils étaient sur la liste des familles prévenues. »

Il se releva, accablé par le fardeau qui pesait sur ses épaules. « On va procéder à l'enquête de voisinage.

— Bonne chance », lui répondit Turner.

Irving et Gifford ressortirent de la maison et se lancèrent dans cette longue et laborieuse tâche qui consistait à interroger les voisins. Ils choisirent les douze résidences adjacentes au n° 1448, Irving celles de gauche, Gifford celles de droite, ainsi que les maisons situées en face. Quelques-unes étaient vides – ils se promirent de repasser –, mais par chance la plupart des gens n'étaient pas encore partis au travail. Aucun n'avait entendu ni vu quoi que ce soit d'anormal. À 9 h 30, les deux policiers n'avaient toujours rien d'intéressant à se mettre sous la dent. Farraday avait appelé Irving sur son bipeur trois fois, mais ce dernier ne l'avait pas recontacté.

Sur le coup de 9 h 40, Turner téléphona pour lui annoncer que les corps étaient en train d'être transférés. Entre-temps, intrigués par le va-et-vient des policiers, des badauds s'étaient massés sur le trottoir. Irving leur demanda de reculer pour laisser passer les civières et permettre aux TSC et à l'équipe du coroner de travailler tranquillement. Ils acceptèrent, souvent à contrecœur, comme s'ils avaient le droit de voir ce qui s'était passé. Heureusement qu'ils ne voyaient pas, pensa Irving. Heureusement pour eux.

Turner envoya ses TSC pour convoyer les corps. Il se chargea ensuite de guider Irving et Gifford à travers les pièces de l'étage, afin de leur montrer la position précise dans laquelle chaque cadavre avait été découvert, le parcours emprunté par le tueur.

Tandis que Turner et Gifford discutaient dans la chambre principale, Irving passa un moment, seul, dans la chambre du petit garçon. Brandon, s'appelait-il. Presque 7 ans. Un tas de DVD des X-Men étaient posés en désordre sous le lecteur. Des figurines trônaient sur les étagères, sorties d'une série de boîtes de rangement orange vif. Une veilleuse en forme de bonhomme de neige blanc jetait encore une lumière faible. Irving s'avança pour appuyer, avec le bout de son pied, sur l'interrupteur. Le 13 novembre, quelques jours avant Thanksgiving, moins de six semaines avant Noël. Il se dit que le petit garçon avait déjà dû rédiger sa liste de cadeaux.

Là-dessus, Turner et Gifford apparurent dans l'encadrement de la porte.

« Du nouveau ? demanda Gifford.

— Rien du tout.

— J'ai comme l'impression que s'il y a des choses à découvrir ici, elles ont été laissées intentionnellement.

— Je suis d'accord.»

Irving promena une dernière fois son regard autour de la chambre, puis s'engagea dans l'escalier. «Allez, on repart au n° 4, dit-il à Turner. Tenez-moi au courant pour les autopsies. J'aurai besoin des rapports au plus vite.

— Je vais aussi faire mes analyses préliminaires. Je vous les envoie par mail directement.»

Ils se saluèrent. Irving et Gifford regagnèrent leur voiture, Turner fit un ultime tour de la maison pour s'assurer qu'elle était bien sécurisée. Des policiers resteraient garés devant toute la journée, voire plus si nécessaire, afin d'en empêcher l'accès aux journalistes comme à ces petits groupes d'individus qui entraient par effraction sur les scènes de crime afin d'y voler des objets et d'y prendre des photos. En repensant à cette engeance, Irving se rappela l'article sur le Marteau de Dieu et la plainte déposée par le patron du garage où avait travaillé Robert Clare.

Gifford prit le volant. Irving ne disait rien. Il revoyait les images des petites figurines et des flaques de sang. Rien d'autre. Il n'arrivait pas à les chasser de sa tête.

Des figurines et des flaques de sang.

Dès qu'il eut regagné la salle des opérations, il s'entretint avec Hudson. Ce dernier n'avait pas encore mis la main sur le détective privé engagé par Grant. Il avait par contre obtenu son numéro de portable. Karl Roberts travaillait dans un petit bureau de la 25ᵉ Rue Est, près de la cour d'appel de Manhattan. Hudson s'était rendu sur place, avait frappé à la porte jusqu'à ce que le locataire du bureau voisin vienne lui demander ce qu'il fabriquait. Grant avait été contacté, mais il ne savait pas où se trouvait Roberts. Pour le moment, Irving ne se faisait pas trop de bile. Roberts avait pu, ou non, demander à Desmond Roarke de s'introduire clandestinement chez Greg Hill. Peu importait le comment du pourquoi : Greg Hill était hors de cause pour l'assassinat de la famille Allen. Irving avait même envisagé un instant que Mia Grant ait été assassinée par Hill, avec, pure coïncidence, un mode opératoire identique au meurtre de Kathy Sue Miller en 1973. Mais il s'était immédiatement ravisé. La lettre « Isaïe » envoyée au *New York Times,* celle qui promettait six autres morts, ne faisait-elle pas précisément référence à Mia Grant, à la manière dont elle était *entrée très calmement dans cette longue nuit*? La seule chose dont Irving fût sûr et certain, c'était qu'il s'agissait de la même personne. Et si Hill n'était pas l'assassin de la famille Allen, il n'avait donc pas tué les autres victimes.

Irving avait davantage la tête à sa réunion avec Bill Farraday qu'à tout ce que pouvait lui raconter Ken Hudson. Après lui avoir demandé de poursuivre ses recherches concernant le détective privé de Grant, il se dirigea vers le bureau du capitaine.

65

« Karl Roberts, dit Irving. Tant qu'on ne l'aura pas retrouvé, on n'a aucun moyen de savoir s'il est impliqué ou non. Pour le moment, tout ce qu'on a, c'est un Desmond Roarke nous expliquant que c'est Grant qui l'a appelé. Or, d'après Grant, ils ne se sont pas parlé depuis quatre ans, et j'ai tendance à le croire. On est en train de récupérer le relevé des conversations téléphoniques passées depuis le domicile de Grant, mais si c'est lui qui a contacté Roarke, je ne le crois pas assez bête pour l'avoir fait de chez lui. »

Farraday regardait par la fenêtre, debout, les mains dans les poches. « Conclusion ?

— Je pense que notre tueur a fait quelques recherches sur Grant, non seulement sur sa vie privée, mais sur ses anciens clients. Grant m'a dit que Mia le soupçonnait d'avoir peut-être une liaison. Peut-être en savait-elle davantage, par exemple qu'il s'agissait de Laura Hill. On peut imaginer que l'assassin de Mia l'ait forcée à raconter tout ce qu'elle savait sur son père. Et de là, à partir des anciens clients de Grant, il aurait pu retrouver Desmond Roarke et lui demander d'aller fouiner chez Greg

Hill. Plusieurs choses en résultent. On reçoit une fausse alerte concernant les six meurtres qu'il a évoqués dans la lettre d'Isaïe, Evelyn Grant découvre vraisemblablement la liaison de son mari avec Laura Hill, on a des hommes occupés par les enquêtes sur Hill et sur Roarke, et il nous rappelle à quel point il a un coup d'avance sur nous. Il sait qui nous sommes. Il sait que c'est moi qui dirige cette enquête. Il a simplement fallu qu'il voie la déclaration du directeur Ellmann, qu'il fasse un peu de surveillance la semaine dernière, vérifie certaines des adresses auxquelles je me suis rendu, consulte le registre électoral et mette les choses bout à bout. Il n'est pas idiot. Il nous a parlé des six victimes dans sa lettre et a anticipé notre réaction.

— Ensuite se pose l'autre problème. »

Farraday se retourna, rejoignit son bureau et s'assit.

« La partie de sa lettre où il explique que ça va devenir personnel ?

— Oui, acquiesça Farraday, l'air sombre. Il a parlé d'au moins six nouvelles victimes, peut-être plus, et expliqué qu'ensuite ça deviendrait personnel.

— À ma connaissance, il n'y a pas eu d'autres assassinats recensés la nuit dernière.

— Certes, mais ça ne veut pas dire qu'il n'y en a pas eu. Je vous rappelle qu'on a découvert la fille de Montgomery Street au bout de douze jours.

— Et l'aspect personnel ? Ça pourrait être moi, mais aussi bien quelqu'un d'autre. »

Farraday se pencha en avant. « On a maintenant un total de dix-sept victimes, dont on peut, presque avec certitude, attribuer la mort à un seul et même homme. Ça ne peut plus rester hors des radars. On ne peut plus garder le secret autour de cette affaire. Les flics qui ont débarqué chez les Hill, puis de nouveau sur la scène de crime de la famille Allen... Les deux fois, les journalistes se sont pointés. Ils n'ont qu'à discuter avec Desmond Roarke, voire avec Greg Hill et quelques-uns des voisins que vous avez interrogés, pour commencer à reconstituer le puzzle.

— Combien de temps, alors ? »

Farraday fit la moue. « Une journée ? Deux, dans le meilleur des cas.

— Bon. Je vais voir ce que donnent les rapports sur la scène de crime et les autopsies. J'ai demandé à Ken Hudson de mettre la main sur Karl Roberts et de voir s'il a quoi que ce soit à voir avec Desmond Roarke...

— Quand je dis un jour ou deux, coupa Farraday, j'entends par là que je vais devoir faire une déclaration demain ou après-demain. Une fois que ce sera fait, on fera les gros titres. Ce qui signifie qu'on doit avoir une piste sérieuse... »

Irving se leva. Il rajusta sa veste. « Les seuls témoins oculaires dont je disposais sont morts. Les éléments que j'ai, qui proviennent des scènes de crime, sont non seulement circonstanciels, mais peu concluants. J'ai la photo d'un homme déguisé en flic, qui est peut-être notre tueur, mais qui pourrait tout aussi bien être un type payé pour se rendre sur la scène du crime afin de me photographier avec Costello...

— Ce qui m'amène au point suivant. Vous voulez bien vous asseoir, oui ? »

Irving obéit.

« Est-ce que ce Costello vous sert à quelque chose ?
— Bien sûr.
— Donc ça vaut le coup de le garder avec nous ?
— Si vous avez besoin de quelqu'un pour justifier pourquoi on a fait cette...
— Ne vous préoccupez pas de justifier quoi que ce soit. Les gens n'en ont rien à battre de ce qu'on fait, pourvu qu'on ait des résultats. On pourrait recruter toute l'équipe des New England Patriots que tout le monde s'en foutrait royalement, du moment qu'on attrape ce type.
— Je sais, répondit Irving. Mais vous me demandez quelque chose de solide, de probant, et d'ici vingt-quatre heures. La vérité, c'est que ça fait plus de cinq mois que Mia Grant a été assassinée et qu'on n'a rien...
— Que les choses soient claires : ce genre de propos ne quitte pas cette pièce.
— Je sais bien ! Merde, Bill, qu'est-ce que vous croyez ?
— De quoi avez-vous besoin ? Dites-moi franchement. Vos copains du *City Herald,* les charognards du *New York Times*... Ils vont se ruer sur l'assassinat de la famille Allen. Quatre gamins ont été tués dans leur sommeil, nom de Dieu ! Ça va être... Bordel, je n'ose même pas imaginer leur réaction, mais vu le climat politique actuel et toutes les questions soulevées dans les interventions du maire à propos du financement de la police et Dieu sait quoi d'autre...

— Merci, je suis au courant. J'ai juste besoin d'hommes et de temps. Rien de plus.

— Du temps, je peux vous en donner. Et vous avez Hudson et Gifford. Quoi d'autre ?

— Il me faut au moins six agents. J'ai des tas de voisins à aller voir, des tas de questions à poser. J'ai des gens qui étaient absents aujourd'hui mais qui étaient peut-être présents la nuit dernière. Je dois suivre l'affaire des violences commises par Greg Hill sur sa femme. Je ne manque pas de boulot, même si, je vous l'accorde, certaines pistes sont sans doute bidon. Ce fameux détective privé ne donnera peut-être rien du tout, et si ça se trouve, l'histoire de Hill avec sa femme n'a tellement aucun rapport avec notre affaire que ce n'en est même plus drôle. Mais toutes ces pistes doivent être suivies. Et si je les suis, je lâche l'enquête avec Jeff Turner. Notre seul espoir, c'est qu'on découvre quelque chose sur les victimes ou dans la maison, quelque chose qui nous renseigne un peu plus sur l'assassin. C'est un puzzle, Bill... Et puis merde, pas besoin de vous faire un dessin, si ? On n'est pas à la télé. Ce n'est pas une affaire qui se règle en cinquante-deux minutes, avec tous les indices qui étaient là, sous les yeux de Briscoe et de Green...

— Six hommes, ça vous suffira ?

— Pour l'instant, oui. Il faut juste que je suive toutes ces pistes et je n'ai vraiment pas le temps. S'il me faut d'autres renforts, je vous ferai signe.

— Qui était dans la maison des Allen avec vous ?

— Anderson et Maurizio.

— Gardez-les. Je vais vous refiler Goldman, Vogel... »

Farraday se pencha en avant pour exhumer un emploi du temps caché sous une pile de papiers. Il passa les noms en revue. « Anderson, Maurizio, Goldman, Vogel... Saxon et O'Reilly. Ça nous fait six. Je veux voir les rapports détaillés. Tout ce que vous trouverez. Ensuite, on fait un bilan et on redéploie si besoin est. S'il vous faut plus d'inspecteurs, gueulez. Je ne sais pas du tout où je les trouverai, mais je vous les trouverai. »

Irving ne répondit pas.

« Maintenant vous pouvez vous lever, lui dit Farraday avant de regarder sa montre. Il est 10 h 50. Faites-moi un point à midi. Demandez à l'agent de faction de convoquer tous ces hommes. Avec Gifford, vous leur ferez un topo dans la salle des opérations. »

66

Avant l'arrivée des hommes en question, Irving lut ses mails. Turner ne lui avait encore rien envoyé.

À 11 h 08, il avait face à lui les inspecteurs et les agents réunis dans la salle des opérations. Il commença par rappeler où en était l'enquête.

« Laissez tomber le détective privé de Grant, dit-il à Ken Hudson. Je veux que vous alliez voir Greg Hill. Anderson, vous accompagnerez Ken. Parlez avec Hill, voyez ce qu'il sait, au juste, sur Anthony Grant et sur cette histoire de liaison. Apparemment, Hill a cogné sa femme quand il a appris qu'elle le trompait, mais elle n'a pas porté plainte contre lui, si bien qu'on n'a aucun dossier là-dessus. Voyez ce qui s'est vraiment passé. S'il le faut, parlez aussi avec Laura Hill. Mais pour le moment, je veux surtout savoir ce que Hill pense de Grant. Voulait-il se venger ? Avait-il assez de haine à l'encontre de Grant pour aller jusqu'à faire du mal à sa fille ? Une fois que vous en aurez terminé avec lui, demandez à Laura Hill de tout vous raconter au sujet de Grant. Comment elle l'a rencontré, combien de temps leur liaison a duré. Tout ce que vous pourrez découvrir, d'accord ? »

Hudson et Anderson se levèrent et quittèrent la pièce.

Irving se tourna alors vers l'inspecteur Gifford. « Vernon, vous allez prendre Maurizio avec vous... Et vous allez aller voir Anthony Grant. Consignez *sa* version de sa liaison avec Laura Hill. Je veux tout savoir de son point de vue. Je vous rappelle au passage qu'Evelyn Grant n'est au courant de rien, sauf s'il lui en a parlé au cours des dernières heures. Soyez prudents. Ce type est un avocat. Je ne veux pas être poursuivi pour harcèlement moral. »

Gifford se leva. « À quelle heure est-ce que vous voulez que je vous transmette le rapport ?

— L'essentiel, c'est d'obtenir l'information. Si vous arrivez à faire parler tout ce beau monde, ne vous souciez pas de l'heure. Envoyez-moi juste un SMS ou un message pour que je puisse avoir une vague idée de ce que vous obtenez. Compris ? »

Maurizio suivit Gifford hors de la pièce. Irving attendit jusqu'à ce qu'il ne les entende plus parler et se tourna vers les quatre agents qui restaient.

« Saxon et O'Reilly, vous allez me traquer ce Karl Roberts. Vous avez l'adresse de son bureau. Allez me le débusquer. Parlez-lui, interrogez-le sur Desmond Roarke. Est-ce qu'il le connaît ? Est-ce qu'il a déjà entendu parler de lui ? Jetez un coup d'œil autour de lui, mais discrètement. Essayez de vous faire une opinion sur lui, de voir si vous le sentez impliqué ou non dans cette histoire. Découvrez ce que Grant lui a dit à propos de la mort de sa fille le jour où il l'a engagé. Posez des tas de questions. L'un de vous parle pendant que l'autre prend des notes. C'est un détective privé. Les questions, il connaît ça par cœur. Et d'après mon expérience, ces types-là adorent s'écouter parler. »

Saxon et O'Reilly se levèrent.

Irving se retrouvait donc seul avec Vogel et Goldman. « Vous deux. Je veux que vous suiviez Desmond Roarke à la trace. Il est encore au trou, mais on va le faire comparaître d'ici une heure ou deux. Si on le retient, c'est uniquement pour obtenir un mandat. On va mettre sa ligne sur écoute, voir qui il appelle et qui l'appelle. Alors enfilez un jean, un sweat-shirt, et suivez-le. On le considère comme un suspect indirect dans cette affaire. C'est un peu léger, mais tout le monde est suffisamment sur les dents pour nous foutre la paix avec ça. Ce qu'on veut savoir, c'est s'il reçoit, oui ou non, de nouveaux coups de fil de la part d'Anthony Grant ou de quelqu'un se faisant passer pour Anthony Grant. D'où la mise sur écoute de son téléphone. La surveillance se fera depuis le commissariat n° 2 – c'est là qu'est arrivé le coup de fil anonyme concernant l'assassinat de la famille Allen –, et si Roarke reçoit ou passe un coup de fil qui le fait sortir de chez lui pour aller voir quelqu'un, l'information nous parviendra directement, si bien qu'on pourra le filer. »

Irving regarda derrière lui, vers le panneau de liège, vers les visages des victimes, vers l'espace vide tout à droite, où bientôt une mère, un père et quatre enfants le regarderaient à leur tour. « À mon avis, Desmond Roarke n'est pas directement impliqué. Mais il a reçu des appels de quelqu'un, et ce quelqu'un peut très bien être notre assassin se faisant passer pour Anthony Grant. Ou alors, le détective privé engagé par Grant est allé un peu au-delà de ses prérogatives. En tout cas, toutes les pistes doivent être explorées. »

Vogel et Goldman se levèrent. Ce dernier remercia Irving pour la mission qu'il lui confiait. Son regard en disait long. Il voulait à tout prix être inspecteur – Mœurs, Criminelle, Stups, peu importe. La grande majorité de ces types pensait qu'en dehors de ça, point de salut. Irving les regarda s'en aller et se dit que coller des PV pour excès de vitesse ou tapage nocturne représentait à ce moment précis une perspective beaucoup plus alléchante.

Il téléphona au bureau de Turner, laissa un message pour dire qu'il quittait le commissariat et serait joignable sur son portable. Il appela ensuite l'assistante de Farraday, lui expliqua qu'il serait de retour avant 13 heures, que le capitaine attendait un rapport à midi mais qu'il allait devoir patienter encore une heure.

Il rassembla le peu de notes qu'il avait sur l'assassinat de la famille Allen et se rendit en voiture jusqu'au siège du *City Herald*. La circulation sur la 34e Rue n'était pas trop mauvaise. Il arriva à 11 h 50 au croisement de la 31e Rue et de la 9e Avenue. Il voulait voir Karen Langley. Il voulait la voir simplement parce que avec elle il se sentait humain. John Costello, en revanche, c'était autre chose. Pour être très honnête, il ne voulait pas voir Costello. Il *devait* le voir.

67

« Je n'en sais pas plus que vous, dit Karen Langley. Je l'ai appelé dix mille fois, mais pas de réponse.

— Je l'ai eu ce matin, répondit Irving. Il devait être autour de 8 heures. Je lui ai annoncé l'assassinat de la famille Allen…

— Jusque-là, il n'avait jamais manqué le travail. Depuis que vous le connaissez, c'est la deuxième fois. »

Irving afficha un air légèrement caustique et s'assit. « Je ne pense pas que vous puissiez m'en tenir responsable, Karen.

— Vous croyez que cette affaire ne l'affecte pas ? Il a vécu ça lui-même. Personnellement, vous comprenez ? Contrairement à nous. Il ne peut pas ressentir les mêmes choses que nous.

— J'ai l'impression qu'il a fait ses propres choix depuis longtemps. Rappelez-vous que c'est lui qui a effectué les recherches autour du premier article qui nous a réunis, vous et moi.

— Mais justement, Ray. Il reste à distance. C'est comme ça qu'il affronte ce qui lui est arrivé. Il est spectateur, pas acteur, et vous l'avez mis dans une situation où il est obligé de s'impliquer…

— Vous parlez de Central Park ? Il a *voulu* y aller, Karen. À vous entendre, je l'aurais forcé.

— Vous l'y avez obligé, Ray. Vous lui avez fait comprendre qu'il pouvait vous aider ; c'est suffisant. C'est un enfant – voilà la vérité. Il lui est arrivé ce drame, et depuis, il a méticuleusement fait en sorte que ça ne se reproduise plus jamais... »

Karen Langley regarda par la fenêtre, songeuse, presque triste. Lorsqu'elle se tourna de nouveau vers Irving, ses défenses semblaient s'être un peu fragilisées.

« Je ne sais même pas de quoi je parle, reprit-elle. Je travaille avec lui depuis des années et je ne le connais pas. Si je vous raconte tout ça, c'est que je n'arrive pas à m'expliquer autrement son comportement. Il ne sort pas, sauf pour retrouver les autres victimes dans ce fameux hôtel. Il n'a pas de petite amie, n'en a, à ma connaissance, jamais eu... Pas depuis elle. Depuis qu'il était avec...

— Nadia McGowan.

— Oui. Nadia. Un jour il m'a expliqué que ça voulait dire "espoir" en russe.

— Ironie de l'histoire...

— Non, Ray. Tristesse de l'histoire. Point final. Toute sa vie est d'une tristesse extraordinaire, et je me demande souvent comment il fait pour ne pas devenir complètement fou. Parfois, je me demande aussi ce que ça ferait de subir cette épreuve, de me retrouver dans sa situation, ce qui me passerait par la tête après coup. Les explications que je chercherais pour essayer de vivre avec ça. »

Karen poussa un soupir sonore. « C'est un champ de ruines. Vraiment. Et la seule chose dont je me suis dit qu'elle pourrait l'empêcher de devenir dingue, c'est de travailler ici. De faire quelque chose dans un environnement où les gens le laissent agir à sa guise... Or, aujourd'hui, j'ai le sentiment que même ça est menacé par tout ce qui se passe.

— Bien. Quel est le meilleur moyen de mettre la main sur lui? demanda Irving.

— Pour le coup, je ne peux pas vous aider. J'irais bien chez lui, mais en ce moment je n'ai pas une minute pour moi. Il va bien finir par ressurgir et je suis sûre qu'il aura une explication parfaitement recevable à nous fournir... »

Voyant soudain le visage d'Irving changer d'expression, elle s'arrêta au milieu de sa phrase.

« Quoi ?

— Vous vous souvenez de la lettre? fit Irving en se relevant lentement.

— La lettre au *New York Times*? Bien sûr. Et alors?

— L'auteur disait qu'il tuerait six autres personnes, peut-être plus, et qu'ensuite ça deviendrait personnel.

— Vous pensez que...

— Il était à Central Park, non? Et si ce n'était pas lui en personne, du moins quelqu'un qu'il aurait chargé de prendre des photos de John et de moi.

— Vous pensez qu'il va s'en prendre à John? C'est ça qu'il a voulu dire? »

Irving ne répondit pas. Il était déjà devant la porte.

« Oh non, Ray... Nom de Dieu, non... »

Irving ne l'entendit même pas. Il était déjà en train de descendre l'escalier en courant, son portable à la main. Il composa le numéro du n° 4 et demanda qu'une voiture de police soit envoyée au croisement de la 39ᵉ Rue et de la 9ᵉ Avenue, près de l'église St. Raphael, dans le Garment District – l'appartement au deuxième étage.

Comme le lui avait dit John Costello, chaque jour de l'année était l'anniversaire de la mort de quelqu'un.

Howard et Jean Allen auraient pu en témoigner.

68

On demanda à Vogel de lâcher la surveillance de Roarke et à O'Reilly d'abandonner la traque de Karl Roberts. De la voiture, Irving contacta Farraday et lui demanda de requérir immédiatement un mandat de perquisition d'urgence pour l'appartement de John Costello.

« Franchement, Ray, on fait ce genre de trucs pour les enfants maltraités, par pour un spécialiste des faits divers qui ne s'est pas pointé au journal… »

Irving l'interrompit et lui fit part de ses craintes, à savoir que la menace, proférée par l'assassin, de passer à des choses personnelles ne soit plus tout à fait une simple menace.

Farraday lui dit de poursuivre son opération ; il se chargerait de la paperasse.

Irving arriva devant l'immeuble de Costello à 12 h 55. Il monta l'escalier, pistolet au poing, à l'affût du moindre bruit. Il avait déjà frappé plusieurs fois à la porte, sans obtenir de réponse, lorsque Vogel et O'Reilly le rejoignirent.

« Il y a une autre voiture de police derrière, lui dit Vogel. Si vous voulez que les gars se postent devant l'escalier de service…

— Donnez-leur le numéro de l'appartement. Dites-leur de ne pas faire de bruit, et qu'on n'aura pas forcément besoin d'eux, mais qu'ils repèrent toute personne essayant de fuir.»

Irving frappa de nouveau à la porte, appela Costello, se présenta, tendit l'oreille.

Cinq minutes plus tard, il adressa un signe de tête à O'Reilly. Ce dernier avait apporté le bélier hydraulique; il s'avança pour le placer au-dessus de la serrure et le mit en marche. Il y eut une sorte de gémissement pendant quelques secondes, jusqu'à ce qu'une petite lumière verte s'allume sur le haut de l'appareil.

Irving recula, hurla le nom de Costello une dernière fois, attendit deux ou trois secondes, puis donna le feu vert à O'Reilly.

Celui-ci actionna le mécanisme. Avec un bruit similaire à une détonation, un trou fut percé dans la porte. O'Reilly recula à son tour et la partie de la porte qui contenait la serrure tomba à l'intérieur de l'appartement. Le reste de la porte ne bougea pas.

«Des verrous en haut et en bas», commenta O'Reilly tout en passant la main dans le trou de la porte pour l'ouvrir de l'intérieur.

En un clin d'œil, Ray Irving se retrouva sur le seuil du monde de John Costello. Devant lui, un couloir propre et dépouillé, des murs nus, un lino ordinaire au sol. Il faisait froid. L'espace d'une seconde, Irving se demanda si une fenêtre n'avait pas été laissée ouverte quelque part. Heureusement, l'odeur de la mort, cette puanteur douceâtre, reconnaissable entre toutes, qui vous emplissait les narines, la bouche, la gorge, la poitrine, n'était pas là. Pas plus que cette autre odeur de mauvais augure, ce parfum dense et cuivré, celui du sang qui avait coulé et qui séchait quelque part.

Irving se retourna vers les agents. Pistolet dégainé, les trois hommes se dirigèrent vers les portes au fond du couloir, une à gauche, l'autre en face. Irving fit signe qu'il prendrait la deuxième, Vogel irait à gauche tandis que O'Reilly les couvrirait.

Cependant, Irving sentait que l'appartement était vide. Et c'est avec une vigilance un peu plus relâchée qu'à l'accoutumée qu'il ouvrit la porte et pénétra dans le salon de John Costello.

D'abord, il eut du mal à comprendre ce qu'il avait devant lui. Même au bout de plusieurs secondes – il se retourna vers O'Reilly, qui fronçait les sourcils, visiblement perplexe, presque intrigué –, Irving se demandait si on lui jouait un tour, s'il avait devant lui une sorte de trompe-l'œil. Face à lui se trouvait une série de bibliothèques métalliques, dressées si près les unes des autres qu'un homme pouvait à peine se tenir debout entre elles. Et sur ces étagères, les dos de sortes d'albums, par centaines, alignés côte à côte et qui recouvraient tous les murs du salon. Dans chaque coin de la pièce était installée une petite machine, comme un modem d'ordinateur, dont la face supérieure était constellée de voyants lumineux et la façade percée de petits trous. Ces machines ronronnaient et, curieusement, ne faisaient que souligner l'atmosphère sereine, presque intemporelle, de la pièce.

« Je crois que ce sont des ioniseurs, dit O'Reilly. Ma femme en a un... Un truc pour purifier l'air, ou quelque chose comme ça. Je n'ai jamais trop compris. »

Irving rejoignit Vogel dans la petite cuisine immaculée. Les surfaces étaient impeccables, débarrassées de tous les ustensiles et appareils qu'on trouve en général dans une cuisine. Lorsqu'il ouvrit l'un des placards fixés au mur à hauteur de tête, il ne fut pas tout à fait surpris d'y trouver toutes les boîtes de conserve sagement alignées, l'étiquette face à lui, empilées les unes sur les autres selon leur contenu. Il remarqua également autre chose. Abricots, chaudrée de palourdes, haricots blancs, haricots rouges, soupe de poulet... Les boîtes étaient classées par ordre alphabétique.

Une autre porte menait à la chambre et à une salle de bains attenante où la personnalité de Costello trouvait une nouvelle illustration. L'armoire au-dessus du lavabo contenait en effet huit barres de savon, toutes identiques, empilées, et, à côté, quatre tubes du même dentifrice. Derrière, soigneusement disposés, de l'aspirine, des pastilles pour la gorge, du spray nasal, des vitamines et des comprimés antirhume, là aussi rangés par ordre alphabétique. Détail supplémentaire : chaque emballage comportait une petite étiquette collée sur le devant, de sorte que ces étiquettes étaient non seulement toutes de la même taille, mais exactement à la même hauteur. Elles indiquaient la date d'expiration du produit.

« Qu'est-ce que c'est que ce... », dit Vogel, sans finir sa phrase. Il n'y avait rien à ajouter.

Irving regagna le salon mais, avant de s'intéresser aux volumes rangés dans les bibliothèques, il remarqua une petite alcôve au fond de la pièce. Là, un bureau avait été installé devant une fenêtre dont le bord de l'encadrement avait été scellé à l'aide d'une sorte de *gaffer* blanc. La surface du bureau était vierge de tout objet, chacun des tiroirs fermé à clé.

Irving se retourna et sortit un volume de l'étagère derrière lui.

Des coupures de journaux. Des photos extraites de magazines ou de fascicules. Des diagrammes. Une série de formes mathématiques apparemment sans logique. Une pleine page sur laquelle le mot « simplicité » avait été découpé dans cinquante ou soixante publications, avec des tailles, des polices et des couleurs différentes, puis collé côte à côte d'un bout à l'autre de la page et de haut en bas. La page d'après se réduisait à un mot imprimé très soigneusement en plein centre :

visagemort

Irving remit le volume à sa place et en prit un autre. Idem – des photos, des diagrammes, des symboles, des formes a priori incohérentes dessinées autour de lettres et de mots au milieu des coupures de journaux, mais le tout exécuté avec une précision remarquable. Un troisième volume était noirci d'une écriture manuscrite comme jamais Irving n'en avait vu, incroyablement soignée, au point qu'elle aurait pu être l'œuvre d'un ordinateur. Certains passages ressemblaient à des entrées de journal, reliées entre elles, rationnelles; d'autres étaient des variations sans fin autour d'un sujet ou d'un mot :

Belle comme le jour se faire la belle la bailler belle depuis belle lurette faire la partie belle l'échapper belle à la belle étoile mourir de sa belle mort…

« Qu'est-ce que c'est que ce truc? fit Vogel en lisant par-dessus l'épaule d'Irving.
— Je crois que c'est le cerveau de quelqu'un. »
Il referma le volume et le reposa, se demandant s'il n'avait pas commis la plus grave erreur de jugement de toute sa vie.

Au bout d'un quart d'heure, Irving évalua à plus de trois cent cinquante le nombre de ces volumes, chacun unique, chacun suivant une logique ou un sujet plus ou moins nébuleux. D'après ce qu'il avait compris, ces cahiers contenaient les pensées et les conclusions de John Costello depuis la fin de son adolescence jusqu'à aujourd'hui. Le volume le plus proche du bureau, placé à portée de main du fauteuil, était incomplet, bien que la dernière entrée, datée du 11 novembre, fût parfaitement claire :

Pour moi il n'y a aucun doute. Je crois comprendre le besoin d'aller jusqu'au bout. Six personnes vont être tuées, et elles seront tuées exactement de la même manière. C'est presque inévitable, et je ne vois pas comment Côté-Obscur va pouvoir l'empêcher. Avec ces six-là, ça fera dix-sept au total, mais ça ne s'arrêtera jamais, pas tant qu'une force extérieure s'en chargera. C'est un besoin. C'est une pulsion. Ce n'est pas une question de choix. Ce ne peut pas être négocié ou discuté. Il y a simplement le besoin de le faire, et en le faisant d'être reconnu pour au moins une chose. Peut-être existe-t-il des motivations plus profondes, plus importantes, mais pour l'instant, je ne les connais pas. J'en serais réduit à des conjectures, et je déteste les conjectures.

Irving crut que son cœur ralentissait. Il avait la nausée, il était perdu.

« On a une idée de l'endroit où il est ? demanda O'Reilly.

— Aucune… Il pourrait être n'importe où. »

O'Reilly indiqua le fond de l'appartement. « Vogel est en train de vérifier deux ou trois choses, histoire de trouver un indice qui permette de savoir où il est parti. Pourquoi est-ce qu'on est venus chez ce type ? Il y avait un risque qu'il prenne la fuite ?

— Je croyais qu'il était menacé, répondit Irving. Il travaille avec moi sur cette affaire.

— *Avec* vous ? Oh là… Vu la gueule de l'endroit, on dirait plutôt que c'est sur lui qu'il faut enquêter.

— Vous aussi, vous trouvez ? »

Irving lui lança un sourire las. Il ne savait pas quoi penser, ni comment exprimer ce qu'il ressentait.

Il ne voulait pas considérer qu'il avait fait une erreur. Il ne voulait pas envisager les conséquences des choix qu'il avait pu récemment faire s'il s'avérait que Costello était bel et bien l'homme qu'il imaginait maintenant pouvoir être.

Cet appartement n'était pas celui d'un homme normal. Ce qu'Irving avait sous les yeux défiait la raison, défiait toute explication, et appartenait à un monde bizarre et fragmenté, celui peuplé par John Costello, rescapé d'un tueur en série, apparemment un érudit, peut-être un malade mental, évanoui dans la nature...

Cet homme était-il capable d'avoir commis ces meurtres monstrueux? Était-il si doué? Si intelligent? Costello avait-il pénétré dans la maison des Allen, armé d'un fusil, et abattu six personnes?

Et maintenant? Où était-il parti?

Irving n'eut pas le temps de réfléchir davantage, car il entendit quelqu'un entrer dans l'appartement, et avant même qu'il puisse lancer le protocole standard, O'Reilly s'élançait, l'arme au poing. Irving retourna dans l'entrée pour trouver O'Reilly en train de plaquer un homme au sol, lui demandant son nom et lui enjoignant de donner une explication à sa présence...

Irving entendit alors la réponse étouffée, les sons douloureux émis par John Costello pendant qu'il se débattait sous le corps massif d'O'Reilly.

«J'habite ici, lâcha-t-il. C'est mon appartement... J'habite ici, nom de Dieu...»

69

À 15 h 18, Bill Farraday appela Ray Irving dans la salle d'interrogatoire. Apparemment, cela faisait une heure que Karen Langley attendait en bas. Aux différents agents qui lui demandaient de quitter les lieux, elle avait répondu d'«aller se faire mettre». Elle voulait voir Irving. Elle n'irait nulle part tant que celui-ci ne viendrait pas lui parler. Et si on l'expulsait *manu militari,* elle écrirait «un truc tellement violent sur vous, bande de connards, que vous ne saurez même plus quel jour on est, pigé?».

Le début d'amitié qui s'était formé entre Ray Irving et Karen Langley semblait avoir connu une fin rapide et définitive – très vraisemblablement moins de cinq minutes après qu'elle eut appris ce qu'Irving avait fait.

Qu'il ait traîné John Costello jusque dans une salle d'interrogatoire, qu'il soit en train d'*interroger* Costello, avec le sous-entendu – explicite ou non – que ce dernier était, d'une manière ou d'une autre, impliqué dans ces meurtres, elle ne pouvait pas le concevoir un instant.

«Ray Irving, lui lança-t-elle au moment où il s'avança vers elle, vous êtes un connard de première.»

Le visage rouge, les poings serrés, les yeux plissés, elle était prête à le dégommer. Elle le voyait déjà agenouillé par terre, la figure en sang, en train de la supplier de ne plus le frapper. « Je n'y crois pas... Je n'arrive pas à croire que vous puissiez être aussi dingue, aussi con... »

Irving leva les mains en un geste conciliant, apaisant. « Karen. Écoutez-moi...

— "Karen, écoutez-moi ?" Mais vous vous prenez pour qui, au juste ? Vous vous rendez compte de ce que ça va lui faire ? Putain, depuis que je vous ai rencontré, vous n'avez fait que foutre le bordel dans ma vie...

— Attendez, vous êtes injuste... Et d'abord, auriez-vous la gentillesse de dégager de ce foutu hall et d'avoir une discussion normale avec moi ?

— Une discussion normale ? Mais qu'est-ce que vous racontez ? Est-ce que vous vous êtes dit, ne serait-ce qu'une seule petite seconde, que j'aurais pu apprécier d'être prévenue de ce que vous alliez faire ?

— Karen, il s'agit d'une enquête criminelle, nom de Dieu ! »

Elle ouvrit de grands yeux. « Baissez d'un ton. Et non, je n'aurai pas une discussion normale avec vous. Je vous montre le même respect que vous m'avez montré. Vous êtes entré par effraction chez lui... » Les poings toujours serrés, elle recula de deux mètres, fit demi-tour et marcha jusqu'au bureau de la réception, comme pour se retenir de s'en prendre physiquement à Irving. Lorsqu'elle revint vers lui, elle le regarda de ce regard plein d'un mépris froid et distant qui lui venait si naturellement quand elle le voulait.

« Vous allez l'inculper ?

— Je ne répondrai pas à cette question, Karen. Et vous le savez très bien.

— Il est soupçonné d'avoir commis un meurtre ?

— Je ne vous répondrai pas.

— Vous savez quand même que j'envisage de ne plus jamais vous parler ? »

Irving sentait la moutarde lui monter au nez. Il estimait qu'elle n'avait pas le droit de le rabaisser à une telle position de faiblesse et de remords. « Mais vous croyez quoi, Karen ? » Il tendit le bras, la prit par le coude et, du centre du hall d'entrée, l'emmena jusqu'au mur de droite. « Vous croyez que je suis allé là-bas comme un bourrin, pour le plaisir, c'est ça ? Vous croyez que j'avais *envie* de faire ça ? Je suis allé chez lui parce qu'il avait *disparu*. Je suis allé le chercher là-bas parce que figurez-vous que je me soucie de son sort et de ce qu'il fait, compris ? Je n'en ai pas rien à foutre de ce type. Il nous aide, il fait ce qu'on lui demande de faire et, du jour au lendemain, il disparaît. Il se volatilise. Alors on va chez lui. On frappe à la porte, pas de réponse. Donc je commence à m'inquiéter, à repenser au dernier paragraphe de la lettre, sur le côté personnel de l'affaire... Je me dis que peut-être, je dis bien peut-être, tout ça était adressé à John, vous comprenez ? Que cet enfoiré de psychopathe s'est mis dans la tête que ce serait une bonne idée de terminer le boulot de Robert Clare. Et donc d'aller chez John Costello et, juste pour prouver qu'il est le meilleur parmi les meilleurs, de finir ce qu'un autre malade mental a laissé inachevé et de le réduire en bouillie à coups de marteau. Vous me suivez, jusque-là ?»

Karen Langley lui jeta un regard défiant et agressif. Irving revint à la charge.

« Donc je ne me défile pas. Je ne me dis pas : "Oh, et puis merde, il a dû aller manger une pizza quelque part, ou il est parti à un thé dansant." Non, je pense au pire. Je choisis l'hypothèse pessimiste et je me dis que j'ai peut-être laissé ce type s'approcher un peu trop de cette enquête. Je n'aurais peut-être pas dû le faire venir à Central Park, même s'il insistait, même s'il en faisait une condition pour continuer sa collaboration avec nous... Je n'aurais peut-être pas dû laisser l'autre enfoiré de malade mental découvrir que John Costello travaillait avec nous, et je l'ai peut-être conduit à sa mort. Alors j'entre. Je prends cette décision, Karen, pour le bien de John. Pas juste pour m'amuser. Et qu'est-ce que je découvre ?»

Irving se tourna un instant vers la porte. Lorsqu'il revint vers Karen Langley, celle-ci fut troublée par quelque chose dans son expression.

« Je vais vous dire ce qu'on a trouvé là-bas, Karen. On a trouvé des choses qui me paraissent très étranges. Même après toutes ces années de service, même après avoir vu les trucs les plus bizarres que le monde ait à offrir, ce que j'ai trouvé chez lui est vraiment très étrange. Certes, aucune preuve directe. Et peut-être que j'ai merdé, je vous le concède... J'aurais peut-être dû le chercher un peu plus activement avant de foncer chez lui, mais j'ai pris une décision, une décision dont je suis le seul et unique responsable, et s'il a envie de porter plainte, rien ne l'en empêche. Il a parfaitement le droit de déposer une plainte contre moi et de me traîner devant un tribunal pour harcèlement moral. S'il veut, il peut engager cet Anthony Grant de mes deux pour me poursuivre, dans cet État ou dans cinq autres. Voilà à quoi se résume ce putain de boulot, Karen. Prendre des putains de décisions, bonnes ou mauvaises, et s'y tenir, parce que dans la plupart des cas, on n'a pas le temps de réfléchir ni de peser le pour et le contre, et aucun moyen de revenir en arrière et de réparer les dégâts. Le recul, c'est une chose merveilleuse, mais le temps d'y arriver, il est déjà trop tard...

— Qu'est-ce que vous avez découvert?»

Ray Irving s'arrêta net. Il était lancé, il avait encore des choses à dire. Il *voulait* encore dire des choses. Pour la première fois depuis le début de cette affaire, il profitait de l'occasion pour épancher son spleen, vider son sac. Que Karen Langley estimât avoir le droit de lui en vouloir n'y changeait rien. Elle était là. Elle avait ouvert sa gueule pour se plaindre, elle était servie. Elle se prenait un violent retour de bâton.

«Je ne peux pas vous dire ce qu'on a découvert, Karen.

— Quelque chose qui l'implique dans le...

— Franchement, Karen... Vous le savez autant que moi.

— Non, Ray, et c'est bien le problème. Je ne *comprends* pas. Je n'ai pas la moindre idée de ce que vous *faites*...

— Je dois y aller, Karen. Je vous ai dit tout ce que je pouvais vous dire en l'état actuel des choses. Pour être très franc avec vous, si je suis là, c'est parce que mon capitaine m'a expliqué que vous étiez à l'accueil en train de dire aux agents de la sécurité d'aller se faire mettre. Alors maintenant, vous arrêtez vos conneries et vous me laissez travailler, OK ?

— Combien de temps pensez-vous le garder ici ?

— Autant qu'il le voudra. Pour l'instant, vous êtes la seule personne qui ait l'air choquée par cette situation. »

Elle ricana. « Qu'est-ce que vous en savez ? Vous ne connaissez absolument pas John. Vous n'avez pas idée de ce qui peut se passer dans sa tête en ce moment...

— Et c'est précisément pour ça qu'il est ici, Karen. Parce que ce qui se passe dans la tête de John Costello peut nous aider à comprendre ce à quoi nous avons affaire. »

Irving se pencha un peu plus près d'elle et baissa d'un ton. « J'ai dix-sept morts sur les bras. Je ne suis pas en train de jouer un petit jeu. Et sachez que ces temps-ci, je me fous pas mal de savoir si les susceptibilités des uns et des autres ont été froissées.

— C'est le moins qu'on puisse dire, en effet.

— Et vous pouvez garder vos sarcasmes pour vous, Karen. Vous êtes journaliste. Moi, je suis inspecteur de police, et vous êtes actuellement dans l'enceinte de mon commissariat. Nous ne sommes pas chez vous, dans votre bureau ou je ne sais quel autre endroit à la con où je suis obligé d'être poli.

— Allez vous faire foutre.

— Je crois que vous feriez mieux de partir, Karen.

— Si vous osez lui faire du mal, Ray, c'est moi qui irai chercher les avocats. Compris ?

— Vous avez bien raison, Karen... Pour l'instant, vous ne m'êtes d'aucun secours. »

En une fraction de seconde, Karen Langley retrouva son expression froide et haineuse. C'était le seul moyen pour elle de ne pas gifler Ray Irving de toutes ses forces.

« Vous êtes un putain d'enfoiré de première.

— Ça fait au moins un domaine où j'excelle, non ? »

Elle tourna les talons et marcha jusqu'à la sortie. Au moment de tendre le bras pour ouvrir la porte, elle jeta un coup d'œil vers Irving.

« Si vous avez besoin de moi, dit-elle, n'y pensez même pas. Vous aussi, vous pouvez aller vous faire mettre. »

Elle ouvrit la porte et la claqua violemment derrière elle.

Irving se retourna et vit que l'agent de faction le regardait.

« Le premier rancard ne s'est pas trop bien passé, si ? »

Ray Irving sourit et fit signe que non. « Ça ne se passe jamais très bien. »

70

Vernon Gifford attendait le retour d'Irving devant la porte de la salle d'interrogatoire. « Il dit que vous l'avez trahi.

— Trahi?

— Je le cite. Il raconte que vous n'aviez aucun droit d'entrer chez lui et, pire que tout, de fouiller dans ses affaires.

— Vous croyez que je ne suis pas au courant? »

Irving enfonça ses mains dans ses poches, avança d'une dizaine de mètres dans le couloir, puis revint sur ses pas.

« Vous allez le garder? demanda Gifford.

— Au nom de quoi? Sur quelle base? Il n'y a pas d'inculpation, pas de preuve...

— Sauf qu'il est complètement dingue. Et pour le coup, on ne manque pas de preuves, non? »

Irving préféra ne pas répondre. Il fit deux pas, ouvrit la porte et entra, suivi par Gifford. Il s'assit face à John Costello. Gifford prit une chaise contre le mur.

« John...

— C'était Karen?

— Oui.

— Elle va bien?

— Non. Elle a dit à plusieurs d'entre nous d'aller nous faire mettre, et en ce qui me concerne, elle a la ferme intention de ne plus jamais me reparler. »

Costello ne dit rien.

« Bon, alors, John... Il faut qu'on parle de tout ça. »

Costello ouvrit de grands yeux, presque dans l'expectative. « Tout ça ? fit-il sur un ton innocent.

— Vos livres. Vos écrits. Les objets chez vous.

— *Mes* livres. *Mes* écrits. Les objets chez *moi* ?

— Je sais, John, je sais... Mais vous convenez tout de même qu'il y a quelque chose de bizarre...

— Chez moi ? Dans ma façon d'être ? Dans ma manière de vivre ? demanda Costello avec un sourire ironique. Pas besoin d'être un génie, il me semble, pour comprendre qu'il y a surtout quelque chose de bizarre chez *vous,* inspecteur Irving. Vous vivez seul, vous mangez tous les jours dans le même restaurant, vous n'avez pas d'amis, pas de vie sociale. On dirait que ce que vous êtes en train de faire, et ce que vous faites depuis des semaines, est la seule chose qui vous définisse...

— Sérieusement, John, j'ai besoin de savoir à qui j'ai affaire...

— Vous ? Pourquoi pensez-vous avoir affaire à quelque chose ?

— Les livres chez vous... Une pièce entière remplie de livres. Des ioniseurs ou je ne sais quoi...

— Des déshumidificateurs, rectifia Costello. Ils sont là pour empêcher que la pièce devienne humide.

— Qu'est-ce que ça veut dire ? Qu'est-ce que...

— Mais ça ne veut rien dire, inspecteur. Ou peut-être si. Pour être très honnête, je me fous de savoir si ce que je suis et ce que je fais signifient quelque chose ou non à vos yeux.

— John... Nom de Dieu, John, je dois justifier mes décisions. Et l'une d'elles a consisté à vous faire travailler avec nous.

— Vous n'aurez plus rien à justifier, inspecteur. Ne vous embêtez plus avec ça. Je laisse tomber.

— Pardon ?

— J'arrête. C'est aussi simple que ça. Aucun problème. Vous n'avez rien à justifier ou à expliquer à quiconque. »

Du coin de l'œil, Irving aperçut un vague mouvement derrière la petite fenêtre au milieu de la porte.

Gifford dut voir la même chose, car il se leva et sortit dans le couloir. Il revint quelques instants plus tard, tapota sur l'épaule d'Irving et lui indiqua qu'il était attendu dehors.

Le visage de Bill Farraday était on ne peut plus parlant. « J'ai appris la nouvelle, murmura-t-il. J'ai déjà eu Ellmann dix fois au téléphone. Qu'est-ce que c'est que ce merdier ?

— Qu'est-ce que j'en sais ? Un appartement très bizarre. Des tas de documents que j'aimerais étudier de plus près, sauf que pour l'instant, je n'ai aucune raison valable de le faire. Je peux expliquer pourquoi je suis entré par effraction chez lui, mais je n'ai rien pour le retenir ici, rien qui mérite une inculpation, si ce n'est le soupçon qu'il est complètement dingue.

— Laissez-le partir. »

Irving regarda ses pieds. Il aurait dû s'y attendre.

« Sortez-le d'ici, reprit Farraday. Dites-lui de faire réparer sa porte et de nous envoyer la facture. Qu'il se tire de cet immeuble et qu'il arrête de travailler pour nous... Je savais que c'était une énorme connerie...

— Il a déjà démissionné. »

Farraday poussa un grognement méprisant. « Vous m'en voyez réjoui. C'est devenu un véritable cirque, nom de Dieu ! Je veux que vous arrêtiez de travailler avec lui, Ray, et que vous le fassiez sortir d'ici. Et vous me le muselez. Ses mésaventures racontées dans le journal, c'est sans doute la dernière chose au monde que j'ai envie de me coltiner. »

Irving savait qu'ils n'avaient rien contre Costello, aucune raison valable de justifier la fouille de son appartement, aucun motif de se pencher sur les centaines de volumes rangés sur ses étagères, déshumidifiés, et hautement suspects.

« Six morts, dont quatre gamins... » Farraday ne termina même pas sa phrase.

Irving regagna la salle d'interrogatoire, annonça à Costello qu'il était libre, qu'il n'y avait aucun motif pour le retenir plus longtemps. Il lui demanda aussi de garder le secret autour de ce qui venait de se passer.

Debout devant la porte, John Costello sourit calmement.

« Dites-moi juste une chose », lui lança Irving.

Costello haussa un sourcil.

« Dites-moi que je ne me suis pas trompé sur vous. Dites-moi que vous n'êtes pas impliqué dans ces meurtres. »

Costello sourit de nouveau, mais cette fois avec un air presque supérieur – non pas méprisant, ni critique, ni réprobateur, mais *entendu* –, comme s'il avait conscience d'être très au-dessus des pensées triviales d'Irving.

« Impliqué dans ces meurtres ? Bien sûr que je suis impliqué, inspecteur. Et c'est vous qui m'avez impliqué. »

Sur ces entrefaites, il ouvrit la porte et s'en alla.

Irving regarda Gifford. Gifford le regarda à son tour.

Ni l'un ni l'autre ne dit un mot. Ils n'avaient rien à dire.

71

À 17 heures, Ray Irving avait l'intime conviction qu'Anthony Grant et Desmond Roarke ne s'étaient jamais reparlé depuis la fin de leur relation professionnelle, quelques années en arrière. L'inspecteur Ken Hudson, chargé de remonter toutes les pistes susceptibles de mener jusqu'à Karl Roberts, le détective privé de Grant, trouva aussi le temps de rencontrer Gregory Hill. Sous couvert de lui donner davantage de renseignements sur la visite clandestine de Desmond Roarke, on conduisit Hill jusqu'à la salle d'interrogatoire et on l'interrogea, en l'absence de sa femme. Ce dont il remercia les policiers. Elle avait suffisamment souffert comme ça. Sa liaison avec Grant était un vieux souvenir. Ils avaient réussi à surmonter cette épreuve. Elle avait reconnu avoir commis une énorme bêtise, assuré son mari qu'elle ne recommencerait plus, et il lui avait pardonné.

« Et y a-t-il eu des confrontations physiques ? » lui demanda Hudson. Hill regarda aussitôt ailleurs, avec un air piteux, et répondit par un simple murmure.

« Je buvais. J'ai dit des choses… et fait des choses…

— L'avez-vous physiquement agressée, monsieur Hill ?

— Je n'étais pas le même homme à l'époque. Je la frappais. Vous ne pouvez pas savoir à quel point j'ai honte de moi. Quoi qu'on puisse reprocher à quelqu'un, la violence ne se justifie jamais. »

Hudson jugea l'homme sincère dans sa contrition. Les Hill avaient subi la pire chose qui puisse arriver à un couple, et ils y avaient survécu. Il était maintenant clair que les investigations ne devaient porter ni sur Anthony Grant, ni sur Greg Hill, ni même sur Desmond Roarke. Tous les efforts devaient se concentrer sur l'homme qui avait contacté Roarke en se faisant passer pour Grant, celui qui avait engagé ce même Roarke afin qu'il s'introduise chez les Hill, prétendument pour y trouver des preuves incriminant Hill dans l'assassinat de Mia Grant. À l'intérieur de la maison, les TSC n'avaient rien trouvé. Roarke n'avait téléphoné à aucun numéro appartenant à Grant. La liste des appels reçus par Roarke montrait les numéros de trois cabines, toutes situées dans un périmètre de dix rues autour du commissariat n° 4 ; ces appels avaient été passés à des heures correspondant à celles auxquelles Roarke situait les coups de fil de Grant. Rien de concluant ne reliait ces hommes. Leurs versions tenaient la route.

Desmond Roarke serait jugé pour sa tentative d'effraction. Il n'avait pas respecté sa libération conditionnelle et retournerait en prison pour y purger sa peine. Laura Hill se verrait épargner un interrogatoire sur son infidélité. Evelyn Grant n'apprendrait pas la liaison que son mari avait eue avec

Laura Hill cinq ans plus tôt. Grant était avocat. Il savait jusqu'où pouvait aller la police et où elle devait s'arrêter. Il y avait des limites, et certaines ne devaient pas être franchies.

Où que se posât leur regard, Irving et ses hommes se heurtaient à des murs, et ces murs étaient larges et hauts, sans qu'il fût apparemment possible de les contourner.

À 18 h 45, une réunion eut lieu dans la salle des opérations. Y assistaient Farraday, Irving, Gifford, Hudson, Jeff Turner et l'assistant du TSC, revenu de la maison des Allen.

« Avant de passer en revue tous les rapports d'autopsie et de scène de crime, il nous faut rassembler tout ce dont nous disposons, commença Farraday.

— Ce dont nous ne disposons pas », rectifia Irving.

Farraday ne répondit pas, parcourut quelques notes jetées sur une feuille de papier et dit : « Roarke va être inculpé pour sa tentative d'effraction, c'est bien ça ?

— Ce sera fait ce soir, répondit Hudson. On le remettra à l'administration du comté demain matin.

— Où est-ce qu'il va aller ?

— On ne sait pas encore. Toutes les prisons sont surpeuplées. On aura la décision demain.

— Assurez-vous d'avoir l'info avant qu'il disparaisse. On aura peut-être besoin de lui reparler bientôt. »

Farraday retrouva une autre feuille de papier, lut en silence quelques phrases et la mit de côté. « Bon, où en est-on ? Greg Hill n'est pas celui qu'on cherche. C'est sûr et certain ?

— Il n'y a rien dans la maison. Hill a des alibis pour la quasi-totalité des meurtres. Il a été loin de la ville, trois jours de week-end prolongé, le dimanche 6 août, quand les trois jeunes ont été assassinés. Ce n'est pas lui.

— Et sa femme ?

— Laura Hill ? Non. Elle s'est tapée Grant pendant un temps. La femme de Grant ne l'a jamais su. Hill a avoué qu'il frappait Laura et expliqué qu'il buvait trop. Un problème conjugal qui n'a pas quitté le domicile. Pas de dénonciation, pas de plainte déposée par la femme. On n'a soumis aucune demande d'enquête ou d'inculpation. Ils ont l'air de s'être débrouillés tout seuls avec leur histoire.

— Ce qui nous permet de supposer deux choses, dit Farraday. *Primo,* notre tueur savait qu'on était en rapport avec des familles de six personnes. *Secundo,* c'est lui qui a piégé Roarke pour qu'il entre en douce chez Greg Hill.

— Et si Roarke avait réussi son coup ? demanda Hudson. Que se serait-il passé ?

— Aucune idée. Je crois qu'envoyer Roarke chez les Hill était un moyen, non pas de détourner notre attention, mais de nous dire *allez vous faire foutre* une fois de plus. Ce type a un coup d'avance sur nous. Il veut qu'on le sache. Il fait tout ce qu'il faut pour nous rappeler qu'on est très loin derrière lui.

— Roarke, Grant, Hill, intervint Irving. Pour moi, ils sont tous les trois hors de cause. Si on continue dans cette direction, on va droit dans le mur.

— Ce qui nous amène aux rapports d'autopsie et de la scène de crime des Allen », dit Farraday. Il se tourna vers Turner.

Celui-ci secoua la tête avant même de parler. « Je n'ai aucune révélation à vous faire, dit-il en tapant du doigt sur une pile de dossiers kraft. Six autopsies, un rapport de scène de crime complet. Analyse toxicologique, armes à feu, empreintes digitales, le câble de l'alarme sectionné, les traces de crochetage sur la porte de derrière… On a tout passé au crible. On a trouvé une trace de pas sur la terre humide, juste devant une des fenêtres. Une basket de marque standard, pointure 44 et demi, mêmes dimensions que celle retrouvée à Central Park. Mais ça ne confirme rien. Aucune empreinte à l'intérieur, sinon celles de la famille, deux ou trois taches, deux empreintes partielles non identifiées sur la boîte aux lettres, dehors. Il y en avait plein autour de la boîte à fusibles extérieure, mais on a contacté la société d'électricité et un de leurs employés est passé la réparer il y a moins de deux semaines, à la demande des Allen. L'assassin n'a rien laissé qui puisse nous faciliter la tâche.

— Et le fusil de .35 ? demanda Irving.

— La balistique nous a parlé d'un Remington Marlin, modèle 336. Il peut être chambré en calibre .35.

— Nom de Dieu… Il s'est servi de la même marque de fusil.

— Il faut dire que ce n'est pas une arme rare. Pour l'instant, on en a trois cent quarante déclarées à New York, et plusieurs milliers si on élargit à tout le comté.

— Sans compter celles qui sont détenues illégalement, les prêteurs sur gages et les vols non signalés.

— Connaissant le bonhomme, fit remarquer Farraday, il ne va pas utiliser une arme déclarée à son nom. Non, je crois que ça ne mène nulle part… Je pense qu'on perd notre temps avec le fusil.

— Le problème, répondit Hudson, c'est que toutes les pistes qu'on a suivies n'ont rien donné. Du moins jusqu'à présent.

— Eh bien… On va devoir les faire parler. »

Farraday jeta un coup d'œil à sa montre. « Bon. Il est 19 h 10. Les gars, je veux que vous planchiez sur une proposition que je pourrai soumettre à Ellmann à 21 heures. Trois chaînes d'information en continu ont titré sur l'assassinat de la famille Allen. Ça va finir par se calmer, mais plus cette affaire attire l'attention, plus le cabinet du maire nous bombarde de coups de fil… »

Irving voulut dire quelque chose mais Farraday, d'un simple geste de la main, l'en empêcha. « J'ai déjà suffisamment de problèmes sans que vous me donniez votre point de vue sur le cabinet du maire », dit-il avant de se lever. Il tassa la pile de papiers sur le bureau et s'avança vers la porte. « 21 heures, insista-t-il. Je veux une proposition digne de ce nom, pas un truc à la mords-moi-le-nœud dont tout le monde sait que ça ne marchera jamais. Entendu ? »

Turner regarda Irving, Irving regarda Hudson et Gifford. Tous suivirent des yeux Farraday pendant qu'il quittait la pièce et se dirigeait vers l'escalier.

« Bien, fit Turner. Mesdemoiselles, je vais vous laisser.

— Hop hop hop, dit Irving. Restez assis. Vous êtes plongé dedans jusqu'au cou autant que nous. On va tout reprendre à zéro jusqu'à ce qu'on ait quelque chose à proposer à la télé. »

72

Irving rentra chez lui à 23 heures. Dans sa poche, il avait le petit bout de papier sur lequel il avait noté le numéro de téléphone fixe de Karen Langley.

Il se prépara un café, s'assit dans le salon, sonda la nuit à travers la fenêtre et se posa mille questions.

Vingt minutes plus tard, il décrochait son téléphone et composait le numéro.

« Espèce de connard, dit-elle d'emblée.

— Karen…

— Arrêtez avec vos Karen, Ray. Allez vous faire foutre. Dégagez de ma vie, OK ? Laissez-moi faire ce que je faisais jusque-là. Tout allait bien jusqu'à ce que vous débarquiez comme un gros…

— Écoutez-moi.

— Franchement, Ray, je n'ai pas le temps. Il est tard et je suis fatiguée. Je me suis occupée de John toute la soirée et maintenant je vais me coucher, parce que grâce à vous, je dois encore faire exactement la même chose demain…

— Tout ce qui arrive est un problème, Karen. Voilà mon boulot. Je me coltine tous les problèmes dont personne ne veut.

— Mais Ray, bon Dieu... Ray... Il rentre chez lui et, avant même d'avoir franchi le seuil, un connard est déjà sur lui, en train d'essayer de le menotter...

— Vous vous rendez compte que...

— Ça suffit. Je ne veux pas parler de ça en ce moment.

— Quand, alors ? Quand *voulez-vous* en parler ?

— Jamais. Voilà. C'est vraiment comme ça que je vois les choses, Ray. Jamais je ne veux en reparler avec vous.

— Vous esquivez.

— Allez au diable.

— Allez au diable vous-même.

— Je vais vous dire une bonne chose, Ray... Je n'ai peut-être aucune idée de ce que ça fait d'être devant la porte de chez quelqu'un en se demandant s'il y a un cadavre à l'intérieur. Mais je ne parle même pas de ça. Il n'y a pas de place dans ma vie pour quelqu'un qui ne me parle pas...

— Qui ne vous parle pas ? Mais de quoi, bordel ?

— De ce qui arrive. De ce qui se passe.

— Comme quoi ? Ce que je fais, par exemple ? Vous voulez que je vous appelle en pleine nuit pour vous raconter ce que je fais ? Du genre : "Salut, Karen, vous devriez venir voir ça. Quelqu'un est entré chez un type et lui a fracassé la tête. Ses yeux sont défoncés, tout noirs, et pissent le sang et la dope." Ou alors vous raconter qu'on est allés chez un pauvre camé, qu'on a retrouvé maman et ses trois petits gamins charcutés par papa et que le gars est tellement défoncé au crack et à je ne sais pas quoi d'autre qu'il ne se rend même pas compte de ce qu'il a fait...

— La ferme ! Fermez votre gueule, OK ? Je raccroche.

— Ne me raccrochez pas au nez, Karen. Je vous jure, ne me raccrochez pas au...

— Au revoir, Ray. »

Et la ligne coupa.

Irving resta avec le téléphone dans la main pendant quelque temps, puis il le reposa et s'enfonça dans son fauteuil.

Les choses ne s'étaient pas passées aussi bien qu'il l'avait voulu.

Comme souvent.

73

Mardi 14 novembre, tôt le matin. Irving avait dormi d'un sommeil agité, irrégulier. Il s'était réveillé plusieurs fois en sursaut, des images confuses et hachées plein la tête. Le corps de Mia Grant enveloppé dans du plastique noir. James Wolfe, face de clown aux yeux morts, le regardant du fond d'un trou dans le sol…

Tout l'humiliait, le défiait, lui donnait le sentiment d'être impuissant et faible. Le Commémorateur avait choisi son propre terrain de jeu et démontré sa supériorité, sans contestation possible.

Je suis plus fort, plus intelligent, plus rapide…

Je suis tellement en avance sur vous…

Vous autres… Vous autres, vous me faites doucement rire…

En outre, le stress et la pression de l'enquête commençaient à se faire ressentir. La relation – professionnelle ou autre – qu'Irving avait pu nouer avec Karen Langley était désormais en lambeaux. Quant à John Costello… Irving essaya par tous les moyens de ne pas penser à lui.

Il se fit du café et s'assit à la table de la cuisine. Il avait envie d'une bouteille de Jack Daniel's et d'une cartouche de Lucky. Il avait envie de souffler. Il avait envie d'avoir la paix.

Son bipeur sonna à 8 h 10. Il rappela. Il apprit que Farraday voulait le voir dans son bureau à 8 h 45.

« Vous êtes en retard » : ainsi le salua Farraday. L'expression sur son visage était indéchiffrable. Pas de sympathie, pas d'empathie, pas de compassion, pas de compréhension, pas d'humour.

« J'ai d'autres coups de fil à gérer, dit-il. J'ai les journaux, les attachés de presse du cabinet du maire, Ellmann, le procureur. J'ai les chaînes de télévision, les stations de radio, et même des chats Internet à la con qui postent des copiés-collés d'articles sur ces assassinats... » Il se pencha en arrière jusqu'à voir le plafond et ferma les yeux. « J'ai aussi des journalistes qui ont enquêté, comme prévu. Et cette fois-ci, ils reviennent vers moi avec leurs conclusions. Maintenant, cette histoire est dans le domaine public, Ray, et je veux en finir...

— Je fais tout ce que...

— Je sais, je sais. Mais de toute évidence, ça ne suffit pas. Je veux plus. Je veux que vous collaboriez avec les profileurs du FBI, avec les TSC, avec le bureau du coroner. Je veux que Hudson, Gifford et vous travailliez jusqu'à pas d'heure. Je veux qu'on reconstitue les dossiers et qu'on mette tout ça en forme sur ordinateur. Je veux des comptes-rendus sur tous les rapports de scène de crime. »

Il baissa la tête et regarda Irving droit dans les yeux. « Mais ce que je veux plus que tout au monde, ce sont des résultats. »

Irving ne réagit pas. Il connaissait la rengaine, il l'entendrait encore mille fois tant que cette affaire ne serait pas résolue. Il n'osait même pas envisager qu'elle puisse ne pas l'être.

«Alors allez-y, continua Farraday. Voyez ce que vous comptez faire et dites-moi de quoi vous avez besoin. Je verrai si je peux vous le donner.»

Irving lui lança un sourire caustique. «Une couverture par toutes les chaînes de télé. Trois cents inspecteurs de la Criminelle. Et la garde nationale, pour faire bonne mesure.

— Avec ces choses-là, on doit toujours être parfaitement au point, Ray. Je ne vais pas vous faire un dessin. Les questions pleuvent sur vous, vous n'y répondez pas. On est sur un scénario "aucun commentaire" de A à Z. Ne leur donnez jamais l'impression que vous ne contrôlez pas totalement la situation...

— Je sais. Je sais», répondit Irving sur un ton qui trahissait son ras-le-bol.

Farraday se pencha vers lui, les coudes sur la table, les mains jointes, comme en une prière. «Dites-moi... Dites-moi sincèrement si vous avez un début de commencement d'idée sur l'identité de ce type.

— Je n'ai pas le début d'un commencement d'idée sur l'identité de ce type.

— Rien?

— Rien.

— Rien parmi le groupe de gens que Costello retrouvait dans ce fameux hôtel? demanda Farraday.

— On les a tous étudiés – il y a également quatre femmes dans le groupe. Pas de casier, pas d'antécédents. Un seul point commun : ils ont tous été victimes d'un cinglé. Les deux hommes sont au-dessus de tout soupçon... Rien de ce côté-là.

— J'ai lu le rapport destiné à Ellmann. Sur le papier, c'est très joli, toutes ces conneries, mais vous savez aussi bien que moi que la moitié d'entre elles ne fonctionnent pas dans la vraie vie.

— La seule piste qu'il me reste, c'est ce détective privé engagé par Grant. Il a disparu dans la nature. J'ai la désagréable impression qu'il a dû trouver quelque chose et qu'il va finir dans une benne à ordures quelque part, les yeux arrachés.

— Vous pensez qu'il était sur la piste de notre cher tueur ?

— Aucune idée, capitaine. Je n'en sais foutre rien. Demandez-vous comment vous expliqueriez ce genre de choses à quelqu'un qui n'est pas flic. Imaginez-vous en train d'essayer de dire qu'on peut tuer autant de monde sans laisser derrière soi le moindre élément incriminant ou concluant. Après coup, oui, quand tous les éléments circonstanciels corroborent les aveux. Mais avant d'avoir attrapé le type, tout ça ne vaut rien.

— Merci, pas besoin de me le rappeler...

— Donc je crois qu'on devrait sortir cette affaire au grand jour. »

Farraday ne répondit pas. Il ne le contredit pas. Il ne balaya pas son idée d'un revers de main. Irving en conclut qu'il avait aussi envisagé cette possibilité.

« Et ensuite ?

— On dit la vérité, ou en tout cas la dose de vérité nécessaire pour être compris.

— On n'a pas de photo, ni même un croquis. Qu'est-ce qu'on va demander aux gens d'aller chercher ?

— On ne va pas leur demander de chercher quoi que ce soit. On va leur demander de *se surveiller* les uns les autres.

— Vous voulez mettre toute une ville sur les dents.

— Je veux mettre toute une ville sur les dents... On filtre les appels, les fausses alertes, on met le plus de monde possible là-dessus et on règle cette affaire avant Noël...

— Je veux que ce soit terminé bien avant Noël.

— Alors il va falloir travailler avec les bonnes personnes, obtenir tous les moyens qu'on veut, et on balance l'affaire aux journaux et à la télévision.

— Vous voulez mon avis ? Je pense que ça ne va pas passer.

— Donc on n'essaie même pas ?

— Si, on va essayer. Mais je ne veux pas vous voir ruer dans les brancards le jour où on se fera botter le cul.

— Qu'ils aillent se faire foutre, dit Irving. S'ils ne nous donnent pas ce qu'on demande, ils peuvent chercher quelqu'un d'autre pour diriger cette enquête. »

Farraday lui adressa un sourire malicieux. « Il n'y a personne d'autre pour diriger cette enquête.

— Dans ce cas, ils seront bien emmerdés, non ? »

Farraday se tut pendant quelques secondes. « Donc il n'y a pas d'autre issue ? C'est ce que vous voulez faire ? demanda-t-il.

— C'est ce que je veux faire... C'est ce que *je crois* qu'il faut faire.

— Parce que c'est la meilleure stratégie ou parce que c'est la seule stratégie?

— La seule.

— Bon. Alors pondez-moi une déclaration, mais faites en sorte qu'en la lisant j'aie l'impression que c'est la *meilleure* stratégie, d'accord?

— Je peux vous faire ça. »

Farraday regarda de nouveau sa montre. « Il est 9 h 35. Envoyez-moi ça avant 11 heures. Vous avez besoin du psy du commissariat?

— Vous croyez que je dois aller consulter un psy?

— Pour l'article. Pour la rédaction de votre article, espèce de con. Je suis en train de me dire qu'on peut placer un appât dans notre déclaration pour attirer l'attention de l'assassin.

— C'est-à-dire? D'aller raconter à la Terre entière que c'est une pédale ou qu'il a une toute petite bite, par exemple? Ce genre de choses? Oh, que non... Je ne veux surtout pas qu'il s'énerve encore plus. De toute manière, tout ce que les psys savent du comportement humain, je pourrais vous l'écrire sur un timbre-poste. »

Farraday eut un sourire complice. « Allez-y, dit-il. Préparez-moi quelque chose que je puisse envoyer aujourd'hui même. »

74

Savoir attendre était un don, peut-être même tout un art. Quoi qu'il en soit, ça n'avait jamais été le fort de l'inspecteur Irving.

Il rédigea la déclaration. Il prépara une ébauche d'article. Il le faisait, non parce qu'il en avait l'habitude ou l'expérience, mais par pure nécessité. Car en vérité, à part lui et les hommes qu'il dirigeait, personne ne semblait vraiment déterminé à élucider cette affaire. Ceux qui gravitaient autour – les représentants du cabinet du maire, les attachés de presse, voire les agences fédérales – voulaient l'assassin, mais pas le travail. Il y avait la police pour ça. Les impôts servaient à payer la police. La police savait toujours exactement quoi faire, et elle le faisait.

Bien sûr.

Hudson et Gifford partirent à la recherche de Karl Roberts, le détective privé. Ils trouvèrent son bureau et son appartement vides. Ils mirent la main sur des photos de lui et lancèrent un appel à témoins. Ils ne diffusèrent pas son portrait à la télévision, au cas où il serait encore en vie : une telle démarche risquerait d'en faire une victime potentielle.

Cependant, Irving pensait que Roberts avait peut-être découvert quelque chose au sujet de l'assassin de Mia Grant. Dans ce cas, il y avait fort à parier qu'il n'était déjà plus de ce monde.

Irving s'entretint une fois encore avec Anthony Grant et l'interrogea longuement sur tout ce que Roberts avait pu lui raconter concernant la mort de Mia, les pistes qu'il remontait, les recherches qu'il menait. Grant n'avait eu connaissance d'aucun élément intéressant. Il expliqua que Roberts était un type sérieux, presque totalement dépourvu d'humour, mais à l'évidence appliqué, travailleur, professionnel dans son approche et suffisamment rodé aux méthodes de la police pour laisser penser que c'était un ancien flic. Ce qui, en soi, n'avait rien d'extraordinaire. Irving demanda à Hudson et Gifford de passer au crible les bases de données de la police – une recherche dans les archives passées, actuelles, et dans les autres États de la région. Ils trouvèrent un Carl Roberts dans l'Upper West Side et un Karl Robertson dans le New Jersey. Rien d'autre.

Cinq jours passèrent. Le lundi 20, le service de presse de la police de New York produisit une déclaration officielle et un article. Les deux furent envoyés au *New York Times,* au *City Herald,* au *Daily News,* à la fois sous format papier et en version numérique pour leur site Internet. L'information fut reprise par NBC, ABC, CBS et WNET. Le directeur Ellmann confia à son adjoint la tâche de faire les déclarations publiques. Il ne voulait pas qu'on se souvienne de lui comme de l'homme qui annonçait les mauvaises nouvelles.

Les New-Yorkais apprirent qu'un tueur sévissait parmi eux depuis cinq mois. En tout, dix-sept assassinats lui étaient attribués. Les visages des victimes furent publiés et diffusés sur Internet. Un numéro de téléphone spécial fut mis en place pour recevoir les appels de toutes les personnes qui reconnaîtraient ces victimes, qui les auraient vues dans les heures ou les jours précédant leur mort, ou qui posséderaient des renseignements susceptibles d'intéresser la police.

Ellmann et Farraday enrôlèrent quinze agents supplémentaires pour traiter ces appels. À 16 h 30, ce même jour, ils étaient déjà débordés. On sentait une panique sourde, tant au sein de la police qu'à l'extérieur. Gifford, Hudson, Saxon, O'Reilly, Goldman et Vogel furent de nouveau convoqués. Farraday les mit au parfum en présence d'Irving. Trois inspecteurs furent prêtés par le n° 7 pour s'occuper des tâches quotidiennes au n° 4, cependant que les inspecteurs de la Criminelle étaient chargés de s'occuper de tout appel qui ne serait pas un canular. Ellmann était d'accord avec Farraday : les hommes qui connaissaient déjà le dossier devaient continuer de travailler dessus, ce qui permettait de ne pas reprendre tout à zéro avec les nouveaux venus.

À 19 heures, il y avait trois cent quatorze pistes nouvelles ; à 21 heures, plus de cinq cents. Les journaux regorgeaient d'hypothèses et d'articles fallacieux. La psychose enflait. Irving ne savait pas s'il rêvait, mais chaque fois qu'il quittait le commissariat, il trouvait l'atmosphère de la ville très pesante.

Sur le coup de 22 heures, il téléphona à Karen Langley et lui laissa un message.

«Karen, c'est Ray. Je me retrouve avec plus de cinq cents pistes sur les bras. Dites à John de m'appeler. J'ai vraiment besoin de son aide. Ça dépasse vraiment nos petits problèmes personnels, là, vous comprenez? Il s'agit de la vie des autres. Dites-lui ça de ma part. Dites-lui que s'il ne vient pas m'aider...»

Tout à coup, il entendit un déclic, puis la voix de Karen Langley.

«Ray?

— Ah, Karen. J'étais en train de vous laisser un message.

— J'ai entendu, Ray. Il a disparu.

— Quoi?

— John... Il a disparu.»

Irving sentit un frisson sur sa nuque. «Comment ça, disparu?

— Bon Dieu, Ray, ce n'est pas difficile à comprendre! Disparu.

— Depuis quand?

— Je l'ai vu la dernière fois vendredi après-midi. Il m'a demandé s'il pouvait partir plus tôt. Il n'est pas venu ce matin et son téléphone ne répond pas. Rien. J'ai même envoyé quelqu'un pour voir s'il y a de la lumière chez lui, mais il n'y a rien.»

Irving se sentit nauséeux. Troublé.

«Ray?

— Oui?

— Je m'inquiète pour lui... J'ai peur qu'il ait fait une bêtise.

— Vous croyez qu'il est instable à ce point ?

— Écoutez, je ne sais pas quoi penser. Simplement, je suis sûre et certaine qu'il n'a rien à voir avec ces meurtres. Je sais que vous avez toujours un doute...

— Non, Karen... J'étais vraiment passé à autre chose mais ensuite, j'ai vu son appartement. Et j'en ai conclu que... Oh, et puis je ne sais même pas ce que j'en ai conclu !

— Pour moi, comme toutes ces autres choses qui paraissent bizarres chez lui, je vois ça comme sa façon d'affronter ce qui lui est arrivé.

— Ça en dit long sur nos différences.

— On n'est pas si différents que ça, Ray. Vous êtes simplement plus inculte et égocentrique que moi. Et un peu moins intelligent, aussi. »

Irving sourit. Vu les circonstances, l'humour n'était pas tout à fait de mise, mais Karen Langley venait de lui rappeler, une fois de plus, qu'il y avait une vie en dehors du commissariat n° 4.

« Qu'est-ce que vous comptez faire ?

— Je vais le retrouver, Karen. Il faut que je sache. Ce n'est plus de la simple curiosité, ou l'envie de savoir où il est, mais le besoin de déterminer si oui ou non il est impliqué.

— Je vous assure que...

— Je sais, Karen. Je sais. Et j'espère vraiment qu'il n'a rien à voir avec ça. Mais il faut que j'en aie le cœur net. Il y a trop de choses en jeu pour que je laisse ça en plan.

— Je comprends.
— Et merci d'avoir décroché.
— Soyez prudent, Ray Irving.
— Pareillement. »

Elle raccrocha. Irving fit de même, hésita une seconde et souleva de nouveau le combiné pour joindre Hudson et Gifford.

« Lancez un appel à témoins pour Costello, leur dit-il. Il faut qu'on le retrouve à tout prix, OK ? »

75

Le monde sembla s'arrêter de tourner pendant trois jours. Le commissariat n° 4 se transforma en pandémonium. C'était le chaos. Une armée d'opérateurs téléphoniques, constamment renouvelée, se chargeait de gérer toutes les incohérences, les suppositions, les hypothèses et les failles d'une enquête désormais rendue publique. Pour cinquante appels, on comptait une demi-douzaine de pistes intéressantes à suivre. Les agents Vogel, O'Reilly, Goldman et Saxon circulaient en voiture ; les inspecteurs Hudson et Gifford essayaient de localiser Karl Roberts et Costello.

Journaux et chaînes de télévision commencèrent à critiquer les forces de l'ordre. Pourquoi l'enquête n'aboutissait-elle pas ? Où allait l'argent du contribuable ? Malgré le maillage de toute la ville et des moyens apparemment illimités, les policiers n'arrivaient-ils donc toujours pas à mettre la main sur l'homme qui terrorisait New York ?

Le monde ne leur offrit rien jusqu'au matin du jeudi 23 novembre, et quand cela arriva, Irving s'était attendu à tout sauf à cela.

7 heures passées de quelques minutes. Il était assis devant son bureau de la salle des opérations. Cela

faisait déjà deux heures qu'il était rentré au commissariat, après l'avoir quitté vers 1 heure du matin. Trois petites heures de sommeil, et il marchait au bord du gouffre, une fois de plus.

L'affaire était connue du public depuis maintenant trois jours. Vingt-quatre heures pour laisser New York digérer la nouvelle; vingt-quatre autres pour le retour de bâton instinctif contre la police et l'équipe municipale en place; et vingt-quatre autres encore pour que la psychose générale s'installe chez les New-Yorkais. La population se montrait soit sévère, soit cynique, soit terrorisée.

Ce matin-là, Irving ne répondit presque pas au téléphone. Il lisait les tout derniers rapports qui s'étaient accumulés en son absence. Deux messages avaient été laissés par la même personne, une femme qui semblait avoir peur; à deux opérateurs différents, elle avait expliqué qu'elle avait peut-être vu quelque chose concernant l'assassinat de la famille Allen. Elle vivait à deux rues plus à l'est, et une de ses amies habitait juste en face des Allen. Le soir du drame, elle était restée chez cette amie jusque tard, puis, remontant vers le bout de la rue, avait vu un pick-up de couleur sombre arriver au coin et ralentir. Elle avait pressé le pas, inquiète, consciente de se retrouver seule dans une rue obscure et déserte à une heure tardive. Et bien que la distance qui la séparait de chez elle fût réduite, le conducteur pouvait toujours sortir de son véhicule en un éclair...

Elle avait retenu trois des chiffres qui figuraient sur la plaque d'immatriculation. Pourquoi? Parce que c'était la date d'anniversaire de sa sœur : 161.

Le 16 janvier. Un pick-up sombre – noir, peut-être bleu marine, sans doute de marque Ford – avec un 161 sur la plaque.

Là-dessus, le téléphone sonna. Irving tendit le bras pour décrocher mais se ravisa. Les lignes supplémentaires qui avaient été installées dans la salle des opérations avaient saturé le système, si bien qu'il avait reçu ce matin des tas d'appels destinés à d'autres bureaux.

Au bout de la quatrième sonnerie, il sentit quand même comme une insistance. Il tendit de nouveau le bras, souleva le téléphone et le colla à son oreille. C'était l'agent de faction. « Ray… J'ai un appel de quelqu'un qui dit que vous le cherchez. » Il n'en fallut pas davantage.

Il savait que c'était John Costello. « Allô, oui… » Il attendait la voix familière et se préparait déjà à se confondre en plates excuses, à faire tout ce qu'il fallait pour le ramener dans le jeu et l'inciter à se présenter au commissariat.

Mais la voix qui lui répondit, et le mot qui fut prononcé, ne ressemblaient tellement *pas* à Costello qu'un frisson glacé le parcourut des pieds à la tête.

« Inspecteur ?

— Oui… Bonjour… Qui est à l'appareil ?

— J'ai cru comprendre que vous me cherchiez.

— Que je vous cherchais ? »

Irving sentit ses narines se dégager d'un seul coup, comme s'il avait reniflé de l'ammoniac. Tous les poils de son corps se hérissèrent. Il frémit, d'une façon imperceptible à quiconque l'aurait regardé, mais la sensation fut tellement puissante qu'il se demanda s'il allait encore pouvoir parler.

« J'ai peur, inspecteur... J'ai vraiment peur... Ça fait un petit moment que je me cache...

— Peur ? Mais qui êtes-vous ?

— Je suis la personne que vous cherchez. J'ai entendu des choses par des gens que je connais...

— Qui ça ? Qu'avez-vous entendu ?

— Je suis le détective privé, dit la voix. Karl Roberts. »

Irving sentit un soulagement immense.

Il se dit qu'il n'avait jamais, de sa vie, éprouvé autant d'émotions contradictoires.

D'un côté, la peur paralysante d'avoir cru, un instant, discuter avec le Commémorateur, la possibilité très réelle que cet enfoiré de mégalomane l'ait appelé pour le narguer, le défier... Et de l'autre côté, la déception – non, quelque chose de beaucoup plus profond que la déception – de constater que *ce n'était pas* lui, que les éventuelles découvertes de Roberts ne mèneraient nulle part.

Irving resta un moment immobile, presque comme s'il avait oublié de respirer, puis dit : « Oui, monsieur Roberts, on vous cherchait. » Avec la réponse de Roberts, Irving sentit que tout remontait à la surface.

« Je crois... Mon Dieu, je crois savoir qui c'est. »

Irving ne dit rien.

« Et je crois qu'il sait qui je suis... Et à mon avis, si je fais quoi que ce soit qui lui permette de savoir où je me trouve...

— Où êtes-vous, monsieur Roberts ? »

Le cœur d'Irving battait la chamade. Il sentit la sueur perler sur son cuir chevelu, cette sensation insidieuse, cette démangeaison.

« Je ne vous le dirai pas. Pas au téléphone.

— Vous devez venir ici, monsieur Roberts. On peut vous protéger… »

Roberts eut un rire nerveux. « Je suis désolé, inspecteur. Je suis détective privé depuis trop longtemps pour croire à ce que vous me dites. N'oubliez pas qu'avant ça, j'étais l'un des vôtres.

— Vous étiez dans la police ?

— J'étais inspecteur. Aux Mœurs, aux Stups… J'ai passé un paquet d'années en première ligne.

— On a cherché… On n'a trouvé personne à votre nom dans nos archives.

— Vous avez cherché où ? À New York ? Dans le New Jersey ?

— Oui, bien sûr…

— Seattle, coupa Roberts. C'est de là que je viens, au départ. Mais ce n'est pas le problème.

— Vous dites savoir qui pourrait être cette personne ?

— Oui.

— Vous souhaitez nous raconter ce que vous avez découvert ?

— Évidemment. Sinon, pourquoi est-ce que je vous aurais appelé, bordel ? Vous croyez que c'est un putain de jeu ou quoi ?

— Fixons un rendez-vous quelque part, alors. Je viendrai en personne. Je peux vous garantir…

— Rien. Vous ne pouvez rien me garantir, inspecteur. Vous avez des lignes sécurisées chez vous, dans votre commissariat, n'est-ce pas ?

— Bien sûr.

— Foutaises. Pas quand il s'agit de parler de ce que je sais.»

Irving observa un silence. «Quelqu'un au sein de…

— Ça suffit. Encore une fois, on en reparlera plus tard. Et non, je ne viendrai pas dans votre commissariat. On doit se rencontrer ailleurs.

— Oui, c'est sûr… On doit se rencontrer.

— Et je veux un lieu public. Un lieu où il y a du monde…

— Très bien, répondit Irving. Où ça?

— Qu'est-ce que j'en sais, nom de Dieu? Un grand magasin, un restaurant…

— Une cafétéria? On pourrait se retrouver dans une cafétéria.

— Parfait. Une cafétéria, ça me va… Et venez accompagné.

— Pardon?

— Oui, amenez quelqu'un. Pas un policier. Quelqu'un de neutre.

— Comme qui?

— N'importe. Je m'en fous. Tout sauf un policier.

— Qu'est-ce que vous diriez de Karen Langley?

— Qui est-ce?

— Elle est journaliste au *City Herald*.

— Oui, ça fera l'affaire. Amenez-la.

— Vous connaissez le Carnegie's, sur la 7ᵉ Avenue, au croisement avec la 55ᵉ Rue?

— Non, mais je trouverai. Ce soir, d'accord? Et donnez-moi votre numéro de portable.»

Irving le lui donna.

« Je vous retéléphonerai plus tard. Je vous indiquerai un numéro de cabine. Vous sortirez du commissariat, vous irez dans une autre cabine et vous me rappellerez. J'attendrai. Je vous dirai alors à quelle heure on se retrouve. Vous viendrez avec la journaliste, mais je vous en supplie, personne d'autre. Si je vois quelqu'un d'autre, je me tire. Compris ?

— Oui, compris. Bien compris.

— OK. Alors on en a terminé. Attendez mon coup de fil et n'essayez pas de me retrouver d'ici là. Ne faites rien qui attire l'attention, d'accord ? Ce que j'ai à vous dire... Mon vieux, ce serait vraiment dommage que la police de New York aide ce type à mettre la main sur moi.

— Quelqu'un à l'intérieur de la police... C'est ce que vous êtes en train de me dire, oui ? Vous êtes en train de me dire qu'il s'agit d'une personne à l'intérieur de la police...

— À tout à l'heure », dit Roberts. Et il raccrocha.

76

Irving retrouva le dossier de Karl Roberts dans la base de données de la police de Seattle. Promu inspecteur en 1987, il avait passé trois ans aux Mœurs, huit ans aux Stups et prit une retraite anticipée début 1999. Installé à New York en 2001, détective privé agréé en juillet 2003. Il n'y avait rien à redire. Le visage sur sa fiche de police correspondait à celui de sa carte d'identité. Cet homme existait bel et bien. Ce n'était pas un fantôme. Il avait fait carrière comme inspecteur de police, avait eu de bons états de service et avait travaillé sur l'assassinat de Mia Grant en tant que détective privé. Et ce même Karl Roberts affirmait aujourd'hui connaître l'identité du tueur. Il avait laissé entendre que ce dernier appartenait à la police de New York. Même si cet élément précis était sans doute le plus dur à avaler pour Irving et Farraday, ça n'avait rien d'exceptionnel. Farraday autorisa l'annulation de l'avis de recherche pour Roberts, mais, avec l'accord d'Irving, maintint celui qui concernait Costello.

« Et vous allez emmener Langley avec vous ?

— Je n'ai pas le choix, répondit Irving. Je vais aller la voir directement. Je veux éviter le téléphone au maximum. »

Farraday secoua la tête, l'air résigné. «Vous pensez vraiment que ça pourrait être quelqu'un de la maison?» Il ajouta: «Simple question rhétorique... Pas la peine de me répondre.»

Irving se rendit en voiture au siège du *City Herald*. Il échangea quelques mots avec Emma Scott à l'accueil; elle prévint Karen Langley.

Celle-ci – pensant qu'Irving avait peut-être des nouvelles de John Costello – dit à Emma de faire monter l'inspecteur sans attendre.

Irving la trouva debout devant la fenêtre de son bureau. Elle paraissait agitée, démoralisée; il savait que ce qu'il s'apprêtait à lui dire n'arrangerait pas les choses.

«Pourquoi moi?» Telle fut sa réaction. Avant qu'Irving ait eu le temps de lui répondre, elle lui décocha une salve de questions. Est-ce qu'il pensait que Costello était mort, qu'il s'était suicidé, qu'il avait pu être assassiné? Costello pouvait-il être ce fameux infiltré dans la police dont parlait Karl Roberts? Depuis qu'il travaillait avec Irving, Costello n'était-il pas en effet «dans» la police? L'hypothèse n'était pas absurde. Cela pouvait expliquer pourquoi Roberts avait exigé d'Irving qu'il vienne accompagné d'une personne qui ne fût pas directement liée à la police. Mais si c'était le cas, Roberts aurait sûrement su où et pour qui travaillait Costello. Il aurait donc certainement refusé la présence de Karen Langley à ce fameux rendez-vous. N'était-ce pas la preuve même que John Costello ne pouvait pas être impliqué?

«Karen, Karen, Karen.» Irving s'approcha d'elle et, d'une main ferme, lui prit les épaules. Il la guida jusqu'à son siège et la fit s'asseoir. Il resta un long moment à la regarder. Elle semblait totalement perdue. Terrorisée. Comme si le moindre grain de sable pouvait la faire sombrer dans un tel état de désolation morale qu'elle risquait bien de ne pas en ressortir indemne.

« La réponse à tout ça, c'est que je ne sais pas, Karen. En tout cas, pas de manière certaine. Il sera beaucoup plus aisé de répondre à vos questions une fois qu'on aura vu Karl Roberts et entendu ce qu'il a à nous dire.

— Mais pourquoi moi? insista-t-elle. Pourquoi veut-il que je vous accompagne?

— Ce n'est pas lui qui l'a demandé. Il voulait quelqu'un qui soit hors de la police. Ce type a peur, Karen. Il a peut-être travaillé dans la police, mais ça reste un être humain, et il pense que sa vie est en danger. Il sait des choses et il estime qu'il a besoin de voir quelqu'un de neutre... Peut-être pense-t-il même que *je* suis impliqué... Allez savoir. Ou alors il croit qu'on savait déjà que le tueur était de la maison et que j'ai été envoyé pour laver le linge sale en famille et empêcher que ça sorte dans la presse. Je pense qu'à sa place, j'aurais fait la même chose...

— Je ne peux pas refuser, si? Cette histoire me fout les jetons. Et je vais vous dire une bonne chose : si seulement je savais où se trouve John, ça irait déjà beaucoup mieux.

— On fait ce qu'on peut. J'ai mis tous mes hommes sur le coup, et maintenant qu'on a annulé l'avis de recherche pour Roberts, ça va améliorer nos chances. »

Après un long silence, Karen se pencha vers Irving. « Dites-moi la vérité, Ray. Dites-moi honnêtement, du plus profond de votre cœur, si vous pensez que John a pu commettre ces crimes.

— Je ne crois pas. Et je ne *veux* pas le croire. Mais ça reste une possibilité. Même si elle est infime, je ne peux pas l'exclure entièrement.

— Et s'il l'a fait... Et si on a vécu à ses côtés pendant tout ce temps-là, et si vous l'avez laissé entrer dans votre commissariat, travailler avec vous, vous dire où chercher...

— Alors je perds mon boulot, Karen. Et je vais devoir venir en chercher un ici. »

Karen Langley sourit timidement. Irving essayait de faire entrer un peu de lumière dans leur discussion, mais l'heure était sombre, au point d'en devenir étouffante, et elle le resterait tant qu'ils n'auraient pas découvert la vérité.

« Alors ? insista Irving.

— Alors ? répéta Karen. Alors, rien, Ray... Bien sûr que je vais venir. Je n'ai pas le choix, je crois. »

Irving s'assit face à elle. La fatigue, l'épuisement absolu qui le rongeaient soulignaient chaque ombre, chaque pli, chaque ride de son visage. « Non, répondit-il calmement. Vous n'avez pas le choix. »

Les heures s'étiraient, comme l'avait prévu Irving. Il retourna au n° 4, s'entretint avec Farraday, et ce dernier – comprenant l'énorme poids que représentait cette enquête pour Irving et sentant sans doute qu'il devait faire preuve d'un peu de compassion à son égard – le laissa tranquille. Il n'exigea rien de lui. Irving s'installa dans la salle des opérations et passa presque une heure à la cantine du commissariat, méditant sur tout ce qui s'était passé, essayant surtout de ne pas trop s'emballer à propos des révélations de Roberts. Ancien flic ou non, ce dernier pouvait toujours se tromper. Et même s'il disait vrai, y aurait-il autre chose que des éléments circonstanciels ? Y aurait-il de quoi ouvrir une enquête ? Ou serait-ce un énième pas de plus dans une impasse ?

À 17 heures, Irving voulut joindre Karen Langley et tomba sur sa messagerie.

À 17 h 11, son portable sonna. C'était Roberts.

« 18 heures, dit-il. Au lieu dont nous sommes convenus... La cafétéria. D'accord ? »

Irving se leva aussitôt. « Oui, j'y serai.

— Et vous amenez la femme, n'est-ce pas ?

— Oui, elle sera là. »

Roberts raccrocha.

Irving appela Karen Langley.

Cette dernière quitta le siège du *Herald* à 17 h 22. Elle traversa la rue et marcha sur les deux cents mètres qui la séparaient de sa voiture. Elle ignorait que, posté au coin de la 33e Rue Ouest, en face du bureau de poste, le conducteur d'une berline grise, une voiture de location, l'observait attentivement.

À 17 h 28, elle démarra, rejoignit le trafic de la 9e Avenue et se dirigea vers Central Park. La berline traînait derrière elle comme une ombre et la suivit jusqu'au parking situé derrière la station de métro de la 57e Rue. Le conducteur la regarda parcourir à pied le court chemin qui la mena au Carnegie's Delicatessen & Restaurant, 854, 7e Avenue. Sans quitter des yeux l'entrée du Carnegie's, il gara sa berline non loin du croisement avec la 58ᵉ Rue et fut content de voir arriver Ray Irving. Il connaissait sa tête. Ray Irving faisait partie de cette histoire autant que les autres, que Mia Grant, que James Wolfe, que la famille Allen, que toutes les victimes. Ray Irving était désormais le noyau autour duquel tournait ce petit univers. Tout avait commencé avec lui; tout finirait avec lui.

«Ray», dit-elle lorsqu'il s'approcha de la table. Elle était installée sur une des banquettes du fond, comme si, en s'éloignant de la rue et du brouhaha de la salle, elle avait une chance d'oublier la réalité de ce qu'elle vivait.
«Ça va?» lui demanda Irving avant de s'asseoir face à elle. Sans réfléchir, il tendit la main et la posa sur la sienne.
«Mon Dieu, vous êtes glacée.» Elle sourit, essayant peut-être de faire passer ce rendez-vous pour ce qu'il n'était pas. Ils étaient amis, bons amis, peut-être même amants; ils sortaient dîner; le monde qu'ils avaient face à eux n'était ni plus ni moins que le monde qu'ils avaient eux-mêmes créé. Dans ce monde, pas de cadavres, pas de tueur en série. Pas de rendez-vous avec un ancien inspecteur de Seattle qui détenait des renseignements susceptibles de leur révéler ce qui était arrivé à dix-sept innocents en l'espace de cinq mois. Des journées normales, des gamins à aller chercher au cours de théâtre, une discussion pour savoir quels beaux-parents, cette fois-ci, viendraient le soir de Thanksgiving...

Le genre de conversation que Jean et Howard Allen avaient sans doute eue.

Mais pas du tout. Leur vie n'avait rien à voir avec ça. Et, tout innocents et ordinaires que Ray Irving et Karen Langley aient pu paraître, très rares étaient ceux qui auraient pu comprendre leur monde et la raison de leur présence en ce lieu.

Ils étaient là parce que des gens avaient été brutalement et sadiquement assassinés. Ils étaient là parce que quelqu'un s'était donné pour mission de débarrasser la planète des êtres qu'il jugeait indignes de la peupler. Folie, inhumanité, absence totale de pitié, de compassion ou de scrupule. Et toutes ces choses s'étaient maintenant glissées sous la peau d'Irving et de Langley, avaient encore davantage assombri leur horizon. Ils n'étaient pas à la télévision. Ils n'étaient pas dans un film interdit aux moins de 18 ans. Ils avaient devant eux le pire de ce que pouvait offrir le monde, et s'ils y allaient en courant, c'était qu'ils espéraient encore pouvoir l'arrêter.

Ils se tinrent la main encore quelques instants, puis Irving se cala au fond de la banquette. Il sourit – expression bien connue de la résignation philosophique – et Karen sourit à son tour.

« Je ne sais pas, dit Irving, si le mot "désolé" convient pour tout ce qui s'est passé avec John.

— Je suis trop fatiguée. Je prie pour qu'il aille bien. Je ne sais pas quoi penser et je n'ai plus la force de réfléchir.

— Il faut qu'on sache ce que ce fameux Roberts a pu découvrir.

— Alors on attend.

— On attend, oui.
— Vous avez faim ? demanda-t-elle.
— Non. Et vous ?
— Un café me tenterait bien. »

Irving se leva et s'approcha du comptoir pour parler à la serveuse. Il revint, suivi un peu plus tard par la jeune fille ; elle remplit leurs tasses et leur demanda de lui faire signe s'ils voulaient manger un morceau.

Ils restèrent assis sans rien dire. La tension se lisait sur leurs visages, dans leur langage corporel, dans leurs yeux.

Le conducteur de la berline restait également assis sans rien dire. Bien que, de là où il était, il ne vît pas Irving et Langley, il savait qu'ils étaient là, quelque part derrière la vitrine, dans la lumière, la chaleur de la cafétéria, en sécurité.

Mais comme toutes choses, cette lumière, cette chaleur et cette sécurité étaient éphémères. Ce que l'on croyait posséder, on pouvait le perdre en un clin d'œil. Pour toujours. Ainsi allait le monde.

77

Le temps semblait se précipiter. Car lorsque le téléphone portable d'Irving sonna, lorsqu'il s'en saisit sur la table d'un geste brusque et vit le numéro masqué, il avait l'impression d'avoir bavardé avec Karen Langley seulement quelques petites minutes. Pourtant, il était déjà 18 h 03.

«Oui?»

Karen haussa les sourcils.

Irving arracha une serviette en papier du distributeur, sortit un stylo de sa poche intérieure de veste et nota un numéro. «Très bien.» Il raccrocha.

«Allons-y», dit-il d'une voix presque réduite à un murmure, mais pleine d'autorité.

Ils se dépêchèrent de traverser la rue jusqu'à une cabine téléphonique en face.

Ils entrèrent par la porte pliante, de biais, serrés l'un contre l'autre. Irving introduisit une, puis deux, puis trois, puis quatre pièces de monnaie dans la fente. Il avait le cœur pantelant, son pouls était saccadé, il le sentait dans sa gorge, dans ses tempes, il avait les yeux grands ouverts, le souffle court, il était blotti contre Karen, comme s'ils partageaient la même peau, et les émotions atteignaient leur paroxysme...

Le bruit des pièces qui tombaient dans la fente et roulaient dans la machine. Le déclic métallique au moment où Irving souleva le combiné. La petite tonalité lorsqu'il appuya sur les touches, bien conscient qu'il avait devant lui la brèche, cette chose qu'il avait tant cherchée, tant implorée, tant espérée, parfois contre son intuition et son expérience qui lui disaient qu'une telle chose était impossible.

D'ici quelques minutes, pas plus, il se retrouverait face à un homme qui savait ce qui était arrivé à Mia Grant, un homme qui avait arraché la première couche de mensonge qui entourait ce cauchemar et en était revenu avec une idée, une réflexion, une conviction, une supposition, n'importe quoi…

Peut-être même avec un nom.

À cet instant précis, Irving se rendit compte à quel point il avait noyé ses propres doutes, ses propres craintes d'avoir affaire à autre chose. Il s'était jusque-là persuadé qu'il se moquait bien de savoir qui était le Commémorateur, s'il était fou ou non. Il ne voulait pas comprendre les raisons de ses actes. Il se moquait bien de savoir si c'était quelqu'un qu'il connaissait, s'il l'avait rencontré, et même s'il appartenait à la police…

Il voulait juste savoir, et il voulait que ce type soit arrêté.

« Irving ?

— Oui, c'est moi. Je suis là.

— Elle est avec vous ? La journaliste ?

— Oui, elle est là, juste à côté de moi.

— Vous connaissez le parc de Madison Square ?

— Oui, je connais.

— Rendez-vous là-bas. Dans un quart d'heure...

— Attendez, je ne comprends pas, coupa Irving. Nous sommes là où nous étions convenus de nous retrouver, dans la cafétéria...

— Eh bien, non. J'ai changé d'avis. Vous venez au parc de Madison Square, ou alors on ne se voit pas. »

Irving jeta un coup d'œil vers Karen. Elle vit l'angoisse sur son visage.

Qu'est-ce qui se passe ? fit-elle avec ses lèvres.

« Où ça, précisément ? demanda Irving.

— Il y a des bancs installés dans le coin nord-est du parc. Le coin qui fait face au New York Life Insurance Building.

— Oui, je vois bien.

— Dans un quart d'heure. Seulement vous deux. Si je vois quelqu'un d'autre, je me tire. Ne soyez pas en retard.

— C'est bon, je... »

Sur ce, son interlocuteur raccrocha.

Irving resta sans bouger pendant quelques secondes. Son cœur menaçait d'exploser hors de sa cage thoracique. Il finit par raccrocher, commença à manœuvrer pour sortir de la cabine, avec Karen Langley à ses côtés, tout en lui expliquant où ils se rendaient et le changement de dernière minute.

« Vous croyez ce type ? demanda-t-elle, tandis qu'Irving la prenait par la main et l'emmenait vers sa voiture garée en face.

— Si je le crois ? Bordel, Karen, ça fait un bail que j'ai arrêté de me demander ce en quoi je croyais. Pour l'instant, il n'y a personne d'autre. Pour l'instant, il faut juste que j'entende ce qu'il sait. »

Ils montèrent dans la voiture, sortirent du parking et prirent la direction du sud, vers Madison Square.

Une minute plus tard, la berline gris foncé s'éloigna du trottoir et s'inséra dans la circulation ralentie des voitures, juste derrière eux.

Ils ne s'aperçurent de rien.

Dans la voiture, Irving appela Farraday. Il lui dit où il se rendait, lui expliqua que Langley était avec lui, qu'ils allaient retrouver Roberts au parc, et non dans la cafétéria, comme prévu. Peut-être avait-il pris peur. Peut-être pensait-il qu'un lieu découvert conviendrait mieux. Irving demanda qu'on envoie des véhicules banalisés à chaque coin du parc – au croisement de la 26e Rue Ouest et de la 5e Avenue, sur la 23e Rue Ouest près de la gare, au carrefour entre Madison Avenue et la 23e Rue Est, enfin à deux cents mètres de l'endroit où ils devaient retrouver Roberts, garé à l'ombre du New York Life Insurance Building.

« Roberts est un ancien flic, ajouta Irving. Il connaît toutes ces conneries aussi bien que nous. Mettez un gars sur le siège conducteur, un autre allongé derrière lui. Avec deux types assis dans une berline, on se fait griller tout de suite. »

Farraday lui indiqua une fréquence sécurisée pour son émetteur radio. « Prenez-le avec vous, dit-il. Laissez-le allumé sous votre veste.

— Il va falloir jouer sur du velours. Si quelqu'un se fait repérer, c'est foutu. »

Farraday comprit. Il lui promit une discrétion absolue. Il lui donna sa parole, et Irving le crut.

Plus que huit minutes. Ils étaient toujours coincés dans les bouchons entre la station de métro de la 34e Rue et Penn Station. Tout à coup, les choses s'arrangèrent ; une cohorte de voitures s'en alla par la 32e Rue. Irving appuya sur l'accélérateur. Dans la 26e Rue, il tourna à gauche et redescendit Broadway Avenue jusqu'à l'orée du parc.

Ils se garèrent et marchèrent deux cents mètres. Irving et Langley se tenaient par la main, comme pour se rassurer mutuellement et se convaincre qu'ils n'étaient pas seuls. Ils n'échangèrent aucun mot. Comme si tout ce qui exigeait des mots avait déjà été dit.

Ray Irving ne prêta pas attention à un pressentiment aussi soudain qu'agaçant, le pressentiment qu'à l'issue de ce rendez-vous la vérité lui serait encore moins accessible.

Il y avait des voitures banalisées garées aux quatre coins du parc, chacune transportant deux policiers qui guettaient en silence les messages radio. Grâce à la fréquence sécurisée, tous pouvaient entendre les échanges entre Langley et Irving. Une rangée de bancs en bois vides les attendait au coin nord-est du parc, et c'est là qu'ils s'installèrent.

« J'ai vraiment la frousse », dit à un moment Karen Langley. Ken Hudson, qui les observait avec des jumelles de la 26e Rue Ouest, voyait très bien ce qu'elle voulait dire. Ce qu'elle ressentait, il connaissait ça par cœur. Les gens en perdaient la tête. C'était une chose qu'il n'aurait souhaitée à personne, surtout pas à un civil embringué dans cette affaire sans avoir vraiment eu le choix. Regardant ces deux silhouettes longilignes assises sur un banc au milieu des arbres, il savait qu'Irving, malgré son expérience et sa formation, était tiraillé entre le besoin de rencontrer ce fameux Karl Roberts et l'envie de protéger Karen Langley. Pris entre le marteau et l'enclume.

Au bout de trois ou quatre minutes, Irving vit quelqu'un traverser la pelouse sur sa gauche et avancer vers les arbres. Il portait un long manteau, apparemment marron clair, et sa démarche, quoique prudente, semblait déterminée.

Irving sentit son ventre se nouer.

Assis au volant d'un autre véhicule de police, Vernon Gifford vit un deuxième homme sortir d'un taxi au croisement de la 25e Rue Est et de Madison Avenue, puis se diriger vers les grilles du parc. Vêtu d'un blouson noir, il avait les mains fourrées dans les poches, les épaules voûtées et la tête baissée, le visage caché par une casquette de base-ball. À mesure que Gifford se calait contre le dossier, l'agent en uniforme accroupi derrière lui sentit toute la pression de son dos. Il transpirait beaucoup, le coin de sa radio lui rentrait dans la cuisse, mais il ne pouvait pas bouger.

Des mots furent échangés entre les quatre équipes en planque. Les policiers observaient maintenant quatre individus : Irving et Langley, l'homme au manteau marron et celui à la casquette.

Irving se redressa un peu tandis que l'homme au manteau traversait son champ de vision, tournait à gauche et marchait lentement vers eux. Son cœur était hors de contrôle.

Vernon Gifford vit l'homme à la casquette longer les grilles et pénétrer dans le parc par la porte nord-est. Il sentit que les choses étaient en train de mal tourner. Il se tortilla, posa la main sur la poignée de la portière et dit à l'agent caché derrière lui de s'installer discrètement sur le siège avant une fois qu'il serait parti.

« J'y vais, dit Gifford à la radio. Pour le moment, personne ne bouge. »

Il ouvrit sa portière et sortit sans un bruit. Il la referma et fila jusqu'au coin de la rue. Il avait le souffle court – chaque fois qu'il exhalait, des nuages de fumée blanche se formaient devant sa bouche. La situation était extrêmement tendue.

S'il ratait son coup, ils étaient tous foutus.

S'il ratait son coup, Dieu seul savait combien de gens mourraient encore.

Il dégaina son .38 et ralentit le pas. Il arriva devant les grilles du parc au moment même où l'homme au manteau apparut derrière un arbre, à gauche de l'allée. Il était à une bonne cinquantaine de mètres, mais il avait Irving et Langley dans son champ de vision, sur leur banc. Il vit alors l'homme à la casquette les approcher par-derrière, et en même temps celui au manteau marcher vers eux, en provenance des arbres. Il sentit une goutte de sueur couler sur son crâne et glisser sur son nez.

« Casquette par l'arrière, dit-il dans son émetteur. Et Manteau en face. Unité 3 : envoyez votre éclaireur à l'extrémité droite du parc et approchez en douceur. Unité 4, vous attendez. Irving ? Vous avez un individu non identifié portant une casquette de base-ball qui s'approche de vous par-derrière, et l'homme au manteau marron devant vous. Levez la main gauche et touchez votre oreille si vous m'avez bien entendu. »

Gifford vit Irving lever lentement la main et se toucher l'oreille.

Irving se pencha en avant, toujours assis. Il serra fort la main de Karen et aperçut une silhouette émerger derrière les arbres et marcher dans leur direction. L'homme au manteau était maintenant juste en face d'eux. Il marchait à pas lents, mains dans les poches, tête baissée. Il portait une écharpe enroulée autour du cou, dissimulant le bas de son visage. Même à cinq mètres, Irving ne distingua pas ses traits. Cependant, la démarche résolue de l'individu lui fit penser qu'il s'agissait de Karl Roberts, qu'enfin cette affaire allait connaître un rebondissement, quelque chose qui débloquerait la situation dans laquelle il était enlisé depuis un nombre incalculable de jours...

Karl Roberts n'était plus qu'à trois mètres d'Irving, qui se leva.

Celui-ci n'osait pas regarder derrière lui, mais il sentait une présence. L'homme à la casquette de base-ball. Roberts avait-il fait venir son propre garde du corps ?

De là où était posté Gifford, il était évident que l'homme à la casquette n'avait pas été vu par celui au manteau. Gifford se baissa, conscient que le moindre mouvement avertirait ce dernier de sa présence. Il se coucha sur l'herbe froide et mouillée, le .38 dans sa main, le cœur battant à cent à l'heure, le souffle court parce qu'il essayait de ne faire aucun bruit.

« Monsieur Roberts, dit Irving.
— Inspecteur Irving », répondit l'autre. Karl Roberts franchit les derniers centimètres qui le sépareraient d'Irving, sans savoir que Vernon Gifford était couché dans l'herbe à moins de cinq mètres de lui.

« Je vous en prie, dit Roberts. Asseyez-vous. »
Irving recula et se rassit à côté de Karen.
« Vous craignez pour votre vie », dit-il.
Roberts, debout devant eux, le manteau jusqu'aux genoux et l'écharpe enroulée sous son nez pour lutter contre le froid – et pour ne pas être identifié par l'homme qu'il pensait être le Commémorateur –, sembla pousser un soupir sonore. Irving savait que ce n'était pas possible – pas avec la circulation qu'il y avait dans la rue, derrière eux, et le bruit de son propre souffle, et les battements de son cœur –, mais il l'entendit quand même.

Peut-être, pensa-t-il, que quelque chose allait se jouer ici pour eux deux. Traqué, incapable de parler à quiconque, Karl Roberts trouverait peut-être une issue en livrant ce qu'il savait à un homme impliqué dans cette histoire depuis plus longtemps que lui.

« Pour ma vie ? répondit Roberts. Oui. J'ai peur de tout. J'ai même peur de mon ombre, ces derniers temps.

— Alors, que savez-vous ? » demanda Irving. Encore cette impression troublante, une sombre prémonition, omniprésente.

« Il s'agit de Karen Langley ?

— Oui, c'est Karen Langley. »

Roberts hocha le menton. « Merci d'être venue... Je sais que ce doit être atroce pour vous...

— Ça va, dit Karen. Vraiment. Je voulais venir. Je voulais aider dans la mesure de mes moyens.

— C'est gentil... Mais malheureusement, les choses sont bien pires, je crois, que ce que vous avez pu vous imaginer l'un et l'autre. »

Irving fut parcouru par un frisson sinistre. « Pire ? Comment ça ? Comment est-ce que ça pourrait être pire encore ? »

Roberts baissa la tête. Lorsqu'il la releva, il eut l'air distrait par quelque chose au milieu des arbres. « Il y a quelqu'un avec vous ? Vous m'aviez dit qu'il n'y aurait personne... S'il y a quelqu'un... » Il recula, fit demi-tour et jeta un coup d'œil vers l'allée. Il vérifiait qu'il pouvait battre en retraite sans difficulté.

Irving se mit debout et leva les mains pour apaiser Roberts. « Il n'y a personne, dit-il. Je vous garantis que nous sommes seuls. Il n'y a que nous. Pas de policiers... Rien. »

Roberts se calma, sans doute rassuré par les propos d'Irving.

« Je vous en supplie, insista ce dernier en se rasseyant. Dites-nous ce que vous savez. Dites-le-nous pour que nous puissions agir au plus vite et éradiquer cette menace… »

Roberts fit un pas vers eux. « Je sais qui c'est. » C'était une simple affirmation, mais énoncée avec une telle force qu'Irving en resta coi pendant quelques secondes.

« Vous savez qui c'est ? » Les mains d'Irving étaient littéralement ruisselantes de sueur. Il regarda Karen Langley. Elle avait les yeux écarquillés, le teint livide – on aurait dit une fillette terrorisée.

« Oui, répondit Roberts d'une voix calme. Je sais exactement qui c'est. »

Il s'avança encore d'un pas. À cet instant, Irving comprit la source de son trouble. L'homme qui lui faisait face était trop grand. Il mesurait plus d'un mètre quatre-vingts. Or il avait lu le dossier de police de Karl Roberts, ainsi que sa demande d'agrément pour devenir détective privé, autant de documents où étaient consignés sa taille et son poids, la couleur de ses yeux, sa race, sa religion, son sexe… Ses empreintes…

Irving se leva et fit un pas sur sa gauche. L'arrière de ses genoux se retrouva contre les jambes de Karen Langley. Par réflexe, il écarta les bras et les maintint à hauteur de taille, pour essayer de la protéger… Car au moment même où il sondait sa mémoire concernant les détails morphologiques de Roberts et se disait que quelque chose clochait, l'homme tira un objet de sa poche de manteau, un objet immédiatement reconnaissable. Et les mots qui sortirent de sa bouche furent d'une clarté et d'une simplicité absolues :

« Je suis le Marteau de Dieu », dit-il, d'une voix posée, insistante, calme, qui ne trahissait en rien la colère et la haine sous-jacentes.

« Je suis l'impitoyable enfoiré de Marteau de Dieu... »

Irving essaya désespérément de dégainer son arme, mais il s'écroula au premier coup. En tombant par terre, en entendant Karen Langley hurler, il se rendit compte qu'ils avaient commis une erreur, une terrible erreur.

Le bruit du marteau sur la tête de Karen Langley fut indescriptible. Mais aussitôt après – presque comme dans un rêve –, des coups de feu retentirent. Dans la folie de l'instant, Irving regarda par-dessous le banc et vit, à moins de six mètres de lui, un homme avec une casquette de base-ball sur la tête, la main levée, le canon d'un pistolet faisant feu ; soudain, son agresseur recula en titubant. Avant même qu'Irving ait eu le temps de tourner la tête pour voir qui venait de tirer, il entendit la voix de Vernon Gifford.

Ce dernier hurla, puis, de toutes ses forces, somma l'homme à la casquette de lâcher son arme. Il y eut quelques secondes de confusion, car l'homme à la casquette hésita, se retourna vers le policier et se mit à courir en direction d'Irving et de Langley.

Il ne lâcha pas son arme et la brandit à l'instant où l'agresseur releva le marteau au-dessus de lui, et c'est à cette seconde précise que Gifford fit feu. Hagard, désorienté, paralysé par la douleur et cherchant à protéger Karen du chaos qui régnait autour d'eux, Irving fut incapable d'attraper son pistolet avec son bras endolori. Gifford tira à sa place. Il prit une décision et s'y tint. Son tir fut précis. Du bon travail. La balle de calibre .38 toucha le haut de la cuisse droite de l'homme à la casquette et ressortit de l'autre côté. L'avant de la jambe explosa ; l'homme tomba à genoux. Il avait enfin lâché son arme. Peut-être ne vit-il pas l'homme au manteau se positionner au-dessus de lui, mais Gifford, lui, le vit, très nettement, et reconnut la forme du marteau qui s'abattait. L'homme à la casquette pivota, péniblement, et le marteau ricocha sur son épaule. Son hurlement de douleur fut tout aussi indescriptible.

Il s'effondra sur le côté, une main posée sur le bord du banc, et, l'espace d'une seconde, sembla hésiter entre son instinct de survie et sa volonté de protéger Karen Langley contre un nouvel assaut.

Incapable de bouger le bras droit, Irving tenta d'extraire son pistolet du holster avec sa main gauche. Il perdait peu à peu conscience. Il sentit l'arme glisser de ses doigts et tomber par terre.

L'homme à la casquette voulut se relever, agrippant le banc pour se hisser, mais l'homme au manteau était là. Debout. Au-dessus de lui. Le marteau s'abattit de nouveau, sur son oreille cette fois, puis le long de sa nuque. Irving entendit quelque chose se briser. L'homme à la casquette de base-ball chuta comme un poids mort.

Irving luttait contre des vagues de douleur et d'obscurité. Il trouva enfin son pistolet, sentit la sueur couler sur ses mains, s'efforça de trouver une prise et réussit à se retourner tout en protégeant

Karen Langley. Il voulut soulever son arme, mais celle-ci lui glissa encore des mains. Son agresseur revint vers lui, le toisant de toute sa hauteur, et Irving crut, pendant un instant, que l'homme n'avait pas de visage, mais un simple amas de traits cachés dans l'ombre, comme s'il avait surgi des ténèbres...

Il poussa un hurlement. Ensuite parvinrent à ses oreilles des voix, innombrables. Il se demanda d'où elles venaient, jusqu'à ce qu'il entende : « Il est touché ! Il est touché ! »

Une seule détonation, et l'homme chancela en arrière. Le marteau tomba de sa main et atterrit sur l'herbe. Irving ne savait pas où il avait été touché ; il le vit seulement faire deux pas à reculons et s'écrouler.

Gifford arriva, puis quelqu'un d'autre, et encore quelqu'un d'autre, et les voix étaient tellement fortes, et Irving fut ébloui par une lumière vive...

Ray Irving tourna la tête sur le côté pour regarder entre les deux pieds du banc. L'homme à la casquette de base-ball gisait par terre. Il vit son visage. Il se souvint de la date et comprit que cette histoire n'aurait pas pu se terminer autrement.

Il repensa alors à Karen. Vernon Gifford éloigna le marteau à coups de pied et quelqu'un s'agenouilla à côté de Roberts. Puis Irving sentit qu'on le soulevait, mais la douleur fut infernale... Des hommes essayaient de l'installer sur le banc tout en hurlant dans des émetteurs.

Il entendit des gens courir dans l'allée, crier, et au loin une sirène...

Gifford était maintenant à ses côtés. Irving essaya de dire ce qu'il avait à dire sans mots, car la nuit qui l'engloutissait était profonde, infinie et peuplée des ombres les plus noires, sans le moindre son, sans aucun élément familier. Il se laissa aller en silence, car il n'avait plus rien pour se battre.

78

23 novembre 1984. Le meurtre de Nadia McGowan par le Marteau de Dieu.

23 novembre 2006. Vingt-deux ans après, le dernier meurtre du Marteau de Dieu avait été réédité, avec Karen Langley et Ray Irving pour cibles désignées. Ils avaient survécu mais, cette fois, ce fut John Costello – victime d'un terrible, d'un sinistre pied de nez du destin – qui ne s'en tira pas. Il fut assassiné par un tueur qui se faisait passer pour Karl Roberts ; assassiné par le Commémorateur. Et cet homme, dont le vrai nom n'était pas encore connu, subit une intervention chirurgicale à la suite de la blessure par balle qu'il avait reçue au torse. Le bruit courait qu'il survivrait, qu'il s'en sortirait ; le bureau du procureur, les commissariats impliqués, en somme toutes les personnes concernées par cette affaire se prépareraient à affronter cet être épouvantable.

Vernon Gifford, inspecteur de la Criminelle chevronné, qui n'avait rien vu d'autre qu'un individu non identifié portant une casquette de base-ball braquer un pistolet vers Ray Irving et Karen Langley, avait pris la seule décision rationnelle dans ce genre de situation. S'il n'avait pas tiré sur Costello, s'il ne lui avait pas logé une balle dans la cuisse, la suite n'aurait peut-être pas été la même.

Assis au chevet du lit d'hôpital de Karen Langley toujours inconsciente, Irving analysait l'épisode sous toutes ses coutures. Il était convaincu que même si Gifford avait agi autrement, la mort de John Costello aurait été la même. Dans son esprit, John Costello attendait ce moment-là depuis novembre 1984.

Le samedi 25 novembre 2006, à 9 h 18 du matin, Karen Langley recouvra ses esprits dans la salle de convalescence postopératoire du St. Clare's Hospital, au croisement de la 51e Rue Est et de la 9e Avenue. L'équipe chirurgicale avait opéré une fracture qui partait du bord supérieur de son oreille droite et s'étendait sur onze centimètres à l'arrière de son crâne. Elle avait aussi la clavicule droite brisée et deux côtes cassées.

Ray Irving était présent lorsqu'elle se réveilla. Lui-même avait l'épaule et le bras droits entourés d'un bandage serré, qui cachait une blessure recousue par trente-huit points de suture.

Ce fut lui qui lui annonça la mort de John Costello, tué d'un coup de marteau à la tête. C'était Costello qui les avait suivis, casquette de base-ball vissée sur le crâne, col relevé. Costello qui avait déchiffré le message du Commémorateur annonçant que le prochain assassinat serait personnel... Et Costello, encore, qui s'était préparé à faire tout ce qu'il fallait pour protéger Karen Langley.

« Qui est ce type ? » demanda Karen. Ses lèvres étaient sèches et gonflées.

«Ce n'est pas Karl Roberts, répondit Irving. On n'a toujours pas retrouvé Roberts. On peut simplement émettre l'hypothèse qu'il a été assassiné quelque part. Anthony Grant a identifié l'homme du parc comme étant le Karl Roberts à qui il a eu affaire. C'est difficile à croire, mais Grant a bel et bien engagé l'assassin de sa propre fille afin qu'il enquête sur sa mort.

— Vous connaissez son nom ?

— Pas encore. Ses empreintes ne figurent pas dans les archives et il n'apparaît dans aucun de nos dossiers, ici, à New York. Mais ça ne veut pas dire qu'il n'est pas recensé ailleurs. Les gens du FBI travaillent dessus avec nous... Ils vont nous aider à l'identifier.»

Karen avait les larmes aux yeux, comme si elle savait qu'elle ne pourrait plus échapper à la réalité du destin de John Costello.

«John est mort, susurra-t-elle.

— Oui.»

Irving se pencha vers elle et serra sa main.

«C'était un type bien, Ray... C'était vraiment un type bien.

— Je sais.

— Il s'est fait tuer le même jour... Toutes ces années après...

— Chhhhut.

— Il nous a sauvé la vie... Et...

— Ne vous fatiguez pas.»

Il sortit un mouchoir de la boîte posée sur l'étagère à côté du lit et sécha délicatement les joues ruisselantes de Karen. «Reposez-vous, lui glissa-t-il.

Essayez de dormir un peu, d'accord? Fermez les yeux et dormez.»

Combiné aux anti-inflammatoires et aux effets secondaires de l'anesthésie, le choc émotionnel qu'elle avait encaissé la fit capituler, lâcher prise. C'en était trop pour elle. Et à cet instant, elle non plus – tout comme Ray Irving – n'avait pas d'arme pour se battre.

79

New York vous offrait des matins comme nulle part ailleurs. Des matins qui variaient selon les saisons, chaque fois uniques. Peut-être que ceux qui y vivaient ne s'en rendaient plus compte, blasés par l'habitude et la routine. Pourtant cette réalité était bien là, sous leurs yeux, à condition qu'ils daignent s'arrêter une seconde pour la regarder.

Régulièrement, quoique de moins en moins souvent avec les années, Ray Irving découvrait dans cette ville quelque chose d'à la fois surprenant et familier, comme s'il repensait soudain à un vieil ami, à une maîtresse oubliée, à une maison qu'il avait habitée quand sa vie était différente. Pendant ces brefs instants où son regard portait plus loin que son travail – par-delà les visages des morts, par-delà ces malheureux qu'on laissait se vider de leur sang comme si la vie ne valait pas grand-chose –, il se sentait encore humain, malgré tout, avec pour responsabilité d'arriver à bon port, sain et sauf. Dans quel port? Parfois, il ne le savait plus trop. Mais il devait y arriver.

Le mardi 19 décembre au matin, la belle lumière du jour croisa Irving au moment où il se posta sur

Dans le passé de Richard Segretti, pas de camisoles de force, pas d'antécédents criminels, pas d'incidents avec torture d'animaux ou incendie volontaire pendant l'enfance, pas de prison pour jeunes délinquants. Son père était bûcheron, sa mère couturière. Des gens pieux, attachés aux valeurs familiales, morts en l'espace de trois ans, elle d'une crise cardiaque en 1996, lui d'une attaque à l'automne 1999. Richard Segretti avait gardé la maison dans l'état précis où ses parents l'avaient laissée, jusqu'aux lunettes de lecture de son père posées sur *Sérénade* de James M. Cain, à côté du lit.

Irving se rendit sur place après le passage du FBI, des TSC et de la police scientifique. Il emmena Jeff Turner avec lui. La maison était intacte, immaculée, impeccable. Les livres étaient rangés par ordre alphabétique dans les bibliothèques, de même que les CD et les cassettes vidéo. Dans la cuisine, les boîtes de conserve étaient classées selon leur contenu, leur date de péremption, et toutes disposées avec l'étiquette vers l'extérieur. Dans la salle de bains, un placard renfermait onze barres de savon, non ouvertes, onze tubes de dentifrice, onze paquets de fil dentaire, onze brosses à dents neuves, toutes de la même marque, les poils de la même couleur. Dans les couloirs et dans le salon, les cadres étaient accrochés de telle sorte que leur bordure supérieure se situe précisément à un mètre quatre-vingt-six du sol.

Soit la taille de Segretti.

Dans une chambre, on retrouva des albums photos, des boîtes remplies de souvenirs récupérés sur chacune des victimes. Tous ces objets furent rangés dans des sachets puis étiquetés, prêts à être transmis au bureau du procureur en attendant le procès de Segretti. On retrouva aussi les vêtements de Carol-Anne Stowell, une boîte de maquillage de théâtre, un certain nombre de cheveux collés sur un tube de fard blanc – ceux de James Wolfe. Et d'autres choses du même acabit.

Irving et Turner retournèrent à New York sans échanger un mot.

Turner avait également vu l'appartement de Costello juste après sa mort. Les rangées de journaux, les CD, les cassettes vidéo, les DVD – tous identiques, classés par ordre alphabétique, sans aucune trace de poussière, impeccables. Et la cuisine, la salle de bains, la manière dont étaient repliées les serviettes, dont le rideau de douche était accroché, avec le même intervalle entre tous les anneaux en plastique sur la tringle au-dessus de la baignoire.

Les deux domiciles auraient pu être occupés par le même homme.

Ces similitudes entre Costello et Segretti plongèrent Irving dans un abîme de réflexion qui finit par lui donner la migraine. Un homme empruntait un chemin, l'autre suivait une voie différente. Irving se rappelait une phrase dans un film sur Truman Capote, où celui-ci disait, à propos des ressemblances entre lui et le meurtrier Perry Smith : « C'était comme si nous avions grandi dans la même maison. Mais un jour, je suis sorti par la porte de devant, et Perry par celle de derrière. » Quelque chose comme ça.

Irving se surprit à compter des choses. Les cabines téléphoniques. Les filles aux cheveux roux.

Comme si les chiffres procuraient un sentiment de sécurité.

Au bout d'un moment, il arrêta d'essayer de comprendre.

Il n'y avait rien à comprendre.

La mort de John Costello fit l'objet d'une enquête interne. La commission des armes à feu de la police de New York interrogea Vernon Gifford et Ray Irving. Si Karen Langley avait pu se déplacer, elle aurait été convoquée en tant que témoin indépendant. La commission se réunit, auditionna et trancha en son absence. Quoique malheureux, le meurtre de John Costello fut jugé «conforme». Gifford ne fut ni suspendu de ses fonctions, ni blâmé pour usage excessif de la force.

L'enterrement de John Costello eut lieu en l'église St. Mary of the Divine Cross le dimanche 3 décembre. Irving y assista, mais Karen Langley ne fut pas autorisée à quitter l'hôpital. Aux côtés d'Irving figuraient Bryan Benedict, Leland Winter et Emma Scott du *City Herald*. Irving avait emmené Gifford, Hudson et Turner, car il savait que Costello n'avait pas beaucoup d'amis. Au-delà du *Herald* et de sa brève collaboration avec le commissariat n° 4, sa vie sociale était représentée par George Curtis et Rebecca Holzman, du groupe du Winterbourne Hotel, manifestement bouleversés. Puisque aucun membre de sa famille n'était là pour lui rendre hommage par quelques mots, Irving s'en chargea. Plus tard, il ne se souviendrait plus de ce qu'il avait dit, mais Gifford lui rappellerait que son discours avait été juste et bien senti, et que Costello aurait apprécié.

Segretti fut déféré devant un tribunal par l'État de New York. Sa sœur préféra ne pas faire le déplacement depuis Saratoga Springs pour lui rendre visite et refusa toute déclaration à la presse.

Au bout d'une semaine, John Costello et Richard Segretti semblaient ne jamais avoir existé. L'un comme l'autre furent relégués dans la mémoire collective des New-Yorkais, une mémoire qui semblait parfois suspendue quelque part au milieu des limbes, remplie de choses dont personne ne voulait se souvenir, souhaitant qu'elles n'aient jamais existé. Le procès ne débuterait pas avant six mois, voire un an. Tout le monde aurait déjà oublié qui il était.

Discutant de cela avec Irving, Vernon Gifford dit : « Jusqu'à la fin de ses jours, il saura qu'il n'a pas gagné à la fin, qu'il n'était finalement pas plus intelligent que les autres.

— Oui... Et maintenant, il va devoir affronter tous les McDuff, les Gacy et les Shawcross de ce monde dans une cour de prison. Ils se méritent bien les uns les autres, non ? »

C'était tellement vrai, tellement juste. Une ironie sublime.

Une semaine avant la fin du mois de décembre, le corps de Karl Roberts, ancien flic de Seattle devenu détective privé, demeurait toujours introuvable. Il n'y avait pas assez d'hommes pour poursuivre les recherches, mais il était présumé mort, assassiné par Segretti, qui avait usurpé son identité pour se rapprocher de Grant et, de là, entrer en contact avec Irving et Langley.

Comment Grant en était-il venu à l'engager ? Comment Segretti s'était-il fait passer pour Roberts et avait-il réussi à décrocher un contrat auprès d'un père endeuillé ? Grant raconta leur rencontre à Irving – ça avait été simple comme bonjour. Segretti avait repéré le bar où il avait ses habitudes. Il avait attendu que Grant soit à l'intérieur, puis était entré à son tour avec une photo d'une jeune fille disparue, avait interrogé le patron, s'était montré insistant, presque agressif, et Grant avait mordu à l'hameçon.

« Il m'a expliqué qu'il était spécialisé dans les enfants disparus. Qu'il était un ancien flic, qu'il avait des tas de contacts à New York, dans le New Jersey, à Atlantic City, sur toute la côte Est. Il connaissait des gens qui connaissaient des gens. Il avait l'air sincère, père de deux filles, grandes maintenant, parties à la fac, et il compatissait. Je l'ai trouvé vraiment dévoué et sérieux. Il me disait qu'il serait heureux de pouvoir m'aider, ne serait-ce qu'en se servant de ses contacts pour obtenir des tuyaux en interne sur l'affaire... Je n'arrive pas y croire... Je n'arrive pas à croire que j'ai offert des coups à boire au type qui a assassiné ma fille... »

Irving, lui, arrivait à y croire. Sans aucune hésitation. Désormais il savait, s'il ne l'avait pas su jusque-là, que l'être humain était capable d'à peu près tout.

En cette matinée du 19 décembre 2006, Ray Irving se détourna de la belle lumière pure, de la silhouette de l'église St. Raphael, et ramassa sa veste accrochée au dossier de la chaise. Il s'arrêta un instant devant la porte, la referma doucement derrière lui et quitta l'immeuble. La circulation s'était un peu fluidifiée, et il ne lui fallut que quelques minutes pour rejoindre le parking derrière le St. Clare's Hospital.

Karen Langley l'attendait dans le hall, un petit sac de voyage à ses pieds. Elle avait encore la tête bandée et, même si elle était moins gonflée, les séquelles de ses blessures se voyaient encore autour de son œil et de sa mâchoire. Cela faisait presque un mois, déjà. Mais pour eux c'était hier.

Irving l'avait vue la veille encore. Chaque fois qu'il lui rendait visite, il se rendait compte à quel point il sentait les choses différemment, à quel point la survie de cette femme comptait pour lui, à quel point il aurait été dévasté si elle avait été tuée.

Ces choses-là lui rappelaient qu'ils n'étaient que de simples mortels.

« Ray », dit-elle.

Il sourit, l'aida à se lever, se saisit de son sac et l'accompagna jusqu'à la voiture.

Ils arrivèrent chez lui avant même d'avoir eu le temps de dire quoi que ce soit d'essentiel. Une fois à l'intérieur, dans la petite cuisine, il la prit dans ses bras, la serra contre lui et resta silencieux pendant qu'elle pleurait à chaudes larmes.

Elle finit par s'asseoir. Irving fit du café, l'écouta parler, écouta les mots qui se bousculaient dans sa bouche, comme s'il fallait rattraper en quelques minutes un mois entier passé coupée du monde.

Enfin, après qu'elle eut dit tout ce qu'elle avait besoin de dire, elle lui posa la grande question : *« Pourquoi ? »*

Irving se retourna, s'avança vers elle, s'assit à ses côtés et lui prit la main.

Il la serra fort, secoua lentement la tête, esquissa un sourire triste et doux. « Je ne sais pas. Et je ne sais même pas si on le comprendra un jour. »

Karen tourna la tête quelques secondes, vers la petite fenêtre qui donnait sur le matin new-yorkais, puis revint vers lui. « Je dois me convaincre que je n'ai pas besoin de savoir. »

Pendant un moment, ils restèrent là sans rien dire, jusqu'à ce qu'Irving pose une main sur sa joue.

« Restez, lui dit-il dans un murmure. Ici. Avec moi. Restez ici, Karen. »

Karen Langley ferma les yeux et prit une longue inspiration. Lorsqu'elle regarda de nouveau Ray Irving, elle était en larmes.

« On n'est pas censés être aussi seuls, si ? » demanda-t-elle. Et dans sa manière de poser la question, Irving comprit que celle-ci n'appelait pas de réponse.

Alors il n'essaya même pas.

NOTE DE L'AUTEUR

Il serait sans doute rassurant de se dire que les nombreux tueurs en série qui ont joué un rôle dans cette histoire sont le fruit de mon imagination débordante. Or, malheureusement pour l'humanité, ce n'est pas le cas.

Des recherches approfondies ont été menées pour s'assurer au mieux de la justesse des noms, des dates, des horaires et des lieux. Je me suis également servi d'un certain nombre de rapports documentés, travaillant à partir de ceux qui me semblaient être les plus fiables, les plus sérieux. Cependant, les assassins sont des menteurs, et leurs propos parfois contradictoires jettent un doute sur des détails pourtant d'une grande précision.

Quant au lieu que j'ai choisi, New York, que le lecteur veuille bien se montrer indulgent à mon égard. J'ai en effet pris quelques libertés avec certains éléments géographiques secondaires, et ce uniquement pour mieux servir l'histoire. Les New-Yorkais sont, à juste titre, fiers de leur magnifique ville, l'une des plus belles du monde occidental, et j'espère que ma licence dramatique ne les blessera pas.

RJE

REMERCIEMENTS

Il semblerait que je passe beaucoup de temps à remercier les gens sans lesquels mes livres n'arriveraient jamais dans les librairies. Ces gens sont systématiquement modestes et me disent de ne pas me soucier d'eux ; or cette modestie ne fait que les grandir encore un peu plus dans mon estime. Alors, une fois de plus, allons-y.

Jon, mon éditeur ; Euan, mon agent ; tous les gens d'Orion – Jade, Natalie, Gen, Juliet, Lisa, Malcolm, Susan L. et Susan H., Krystyna, Hannah, Mark Streatfeild et Mark Stay, Anthony, Julia, Sarah, Sherif, Michael G., Pandora et Victoria, Emily, Suzy, Jessica et Kim, Lisa G., Kate, et Mark Rusher. Vous avez tous travaillé très dur, et j'ai fait de mon mieux pour être à la hauteur.

Robyn Karney, une correctrice et une femme remarquable.

Amanda Ross, pour ton amitié durable et ton soutien sans faille. Je suis ton obligé.

Kate Mosse, Bob Crais, Dennis Lehane, Mark Billingham, Simon Kernick, Stuart MacBride, Laura Wilson, Lee Child, Ali Karim, George Easter, Steve Warne, Ben Hunt, Mike Bursaw, les équipes de Cactus TV, Mariella Frostrup et Judy Elliott chez Sky, Chris Simmons, Sharon

Canavar, Barry Forshaw, Judy Bobalik, Jon et Ruth Jordan, Paul Blezard, toutes les personnes de chez WF Howes, Jonathan Davidson, Lorne Jackson, Matt Lewin et Sharone Neuhoff. Et aussi Lindsay Boyle, Ciara Redman, Paul Hutchins et Andrew Tomlinson de la BBC pour leur voyage vraiment épatant à Washington.

Un remerciement tout particulier à June Boyle de la brigade criminelle du comté de Fairfax, à Brad Garrett, membre du FBI à Washington, et à Walter Pincus du *Washington Post,* qui m'ont tous donné un aperçu de la vérité.

À mon frère Guy, à ma femme Vicky, à mon fils Ryan. Vous assurez.

R. J. Ellory
dans Le Livre de Poche

Les Anges de New York n° 33095

Frank Parish, inspecteur au NYPD, s'entête à enquêter sur le meurtre d'une adolescente. Contraint de consulter une psychothérapeute après la mort de son partenaire, il lui livre l'histoire de son père, membre des Anges de New York, flics d'élite qui, dans les années 1980, ont nettoyé Manhattan de la pègre et des gangs.

Les Anonymes n° 32542

Washington. Quatre meurtres aux modes opératoires identiques. La marque d'un *serial killer* de toute évidence. Une enquête presque classique donc pour l'inspecteur Miller. Jusqu'au moment où il découvre qu'une des victimes vivait sous une fausse identité.

Mauvaise étoile n° 33537

Texas, 1964. Après l'assassinat de leur mère, Elliott et Clarence passent de maisons de correction en établissements pénitentiaires pour mineurs. Le jour où Earl Sheridan les prend en otages, les deux adolescents se trouvent embarqués dans un périple meurtrier.

Les Neuf Cercles n° 33920

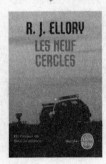

1974. Vétéran du Viêtnam, John Gaines a accepté le poste de shérif de Whytesburg dans le Mississippi. Un jour, on découvre, enterré sur la berge de la rivière, le cadavre d'une adolescente, Nancy Denton, disparue vingt ans plus tôt.

Seul le silence n° 31494

Joseph, 12 ans, découvre dans son village de Géorgie le corps d'une fillette assassinée. La première victime d'une longue série de crimes. Des années plus tard, les meurtres d'enfants recommencent... Joseph part à la recherche de ce tueur qui le hante.

Vendetta

La Nouvelle-Orléans, 2006. La fille du gouverneur de Louisiane est enlevée. Le kidnappeur, Ernesto Perez, se livre aux autorités, mais demande à s'entretenir avec Ray Hartmann qui travaille dans une unité de lutte contre le crime organisé. Peu à peu, Perez va faire le récit de sa vie de tueur à gages au service de la mafia.

DU MÊME AUTEUR
CHEZ SONATINE ÉDITIONS :

Seul le silence, 2008.
Vendetta, 2009.
Les Anonymes, 2010.
Les Anges de New York, 2012.
Mauvaise étoile, 2013.
Les Neuf Cercles, 2014.
Papillon de nuit, 2015.
Un cœur sombre, 2016.

Le Livre de Poche s'engage pour l'environnement en réduisant l'empreinte carbone de ses livres. Celle de cet exemplaire est de :
800 g éq. CO_2
Rendez-vous sur
www.livredepoche-durable.fr

Composition réalisée par Lumina Datamatics

Achevé d'imprimer en mars 2017 en Espagne par
CPI BLACKPRINT
Dépôt légal 1re publication : septembre 2016
Édition 04 – mars 2017
LIBRAIRIE GÉNÉRALE FRANÇAISE
21, rue du Montparnasse – 75298 Paris Cedex 06

78/7787/3